長生殿資料彙編考釋

王亞楠◎編著

上海人民出版社

國家古籍整理出版專項資助項目

目　録

四、評點編

五、評論編

六、影響編

序　言

朱恒夫

　　戲曲劇目真可謂"詞山曲海"，十多年前，我和學生一起搜集自宋代以來的戲曲劇目，編纂成《中國戲曲劇目總録》，有五六萬個之多，但這肯定不是戲曲史上全部創演過的劇目，因爲只有知名度較高的文人編創的和能"立得住"的劇目才會流傳下來，或被一些文獻著録，而知名度不高的文人、藝人所編創的、在當時或後來又没有得到觀衆讚賞的劇目，基本上都煙消雲散，不會留下多少痕跡了，這些劇目是大量的，不可計數的。然而，就是這五六萬個劇目，能在戲曲史上佔有一席之地的也只有二三百個；能進入學人視野，不斷地進行研究的至多七八十個；能被普通人熟悉、張口就能説出來的，最多二三十個。而清初"南洪北孔"所創作的《長生殿》《桃花扇》就是這二三十個中的兩個，它們甚至還能排在這二三十個中的前列。稱它們是戲曲的經典劇目，可以説，没有人會提出異議。

　　那麼，什麼樣的劇目才能經受住時間的考驗而成爲經典呢？雖然每個優秀的劇目都有自己的特色，不同時代、不同區域、不同階層、不同學養、不同職業、不同年齡的觀衆，其審美趣味也不完全一樣，但能被古今的觀衆奉爲戲曲經典劇目的，它們還是有着共同特點的，即以《長生殿》《桃花扇》這兩部劇爲考察的對象，就會發現它們至少有三個共同點。

　　一是能給人許多教益。教益是多方面的，政治的、倫理的、人生的，等等，越多越好，因爲觀衆會從中得到精神上的滿足。僅從政治上來講,《長生殿》探討了一個正處於山河一統、百業繁榮、國力鼎盛階段的國家爲何會突然發生逆轉,變成了戰爭頻仍、人們朝不保夕、連皇帝都不能保護自己愛妃的社會動蕩局面的問題,它告訴我們:君王的倦政是肇禍的根源,因爲他惰怠懶散,不再爲大唐社會的發展、百姓的福祉殫心竭慮、宵衣旰食,自然會盲目失聰,易於受人蠱惑,從而任用奸臣,放縱逆藩,結果是綱紀廢弛,社會失序,叛賊造反,烽火四起。因爲他耽於安樂,便不顧一切、不計後果地迷戀上了妃子楊玉環。儘管他的愛也出於真情實意,但由於他是帝王,九五之尊的社會地位、掌控國家一切的權力、後宮三千粉黛爭寵一人的所處環境,必然會賦予帝妃之愛政治性、剝削性、殘酷性和脆弱性這些無可消弭的特點,從而搖動國家的根基。《桃花扇》摹寫了山河破碎、風雨飄搖的新舊鼎革時期的社會面貌,反映了帝王、將相、士紳、文士、百姓在這一時期的心態與行爲,揭示了"三百年基業"爲何會迅速崩潰的原因。其原因即是,帝王沒有大志,既不近憂,也無遠慮,在亡國的危險日益加重的時候,依然朝歡暮樂,醉生夢死;權臣們對帝王是"只勸樓臺追後主,不愁弓矢下南唐",而他們自己,或以"萬事不如杯在手,百年幾見月當頭"的生活態度沉溺於聲色的享受,或重興黨獄,打擊異己,同室操戈,爭權奪利。文士們呢? 平日裏調嘴磕牙,壯志滿懷,而到了民族處於生死存亡的危急關頭,卻成了"銀樣鑞槍頭",起不了砥柱中流的作用。

二是能講好一個引人入勝的故事。戲曲屬於敘事性藝術形式,不僅表演與歌唱依賴着故事這一載體,就是劇旨的傳導、人物形象的塑造亦以情節曲折、內容豐富的故事爲基礎。因此,故事是戲曲藝術的重要因素。然而,光有好的故事素材還不行,作者得獨運匠心,巧妙地將它講述出來。《長生殿》與《桃花扇》之所以受到觀衆的熱烈歡迎,與他們將故事講好有很大的關係。《長生殿》安排了李、楊愛情和安史之亂這兩條線,儘管每一條線的内容都很龐雜,但經過洪昇的構建,做到了條理分明,不枝不蔓,且讓這兩條線時分時合,相互推進,始終保持着内在的統一和密切的聯繫。《桃花扇》中之"桃花扇","譬如珠也,作《桃花扇》之筆譬則龍也。穿雲入霧,或正或側,而龍睛龍爪,總不離乎珠"。(《桃花扇·凡例》)這把扇子,既是侯朝宗與李香君愛情與"離合"的見證,又將表現南明王朝興亡的諸多事件串連到一起,使"南朝興亡,遂繫之桃花扇底。"

　　三是語言能表現人物的個性,曲詞合律依腔,音樂悦耳動人。《長生殿》與《桃花扇》的上場人物,有名有姓的,都有二三十個,但每一個人的性格皆鮮明突出。《桃花扇》劇中的人物有帝王將相、文人學士、清客妓女、販夫走卒等各色人等,因人物的語言都吻合各自的身份,故而,每一個人物的"面目精神,跳躍紙上,勃勃欲生"。這兩部劇問世之後,都立即被伶人搬演,"長安(指北京)之演《桃花扇》者,歲無虛日"。而觀衆對《長生殿》更是迷戀,"愛文者喜其詞,知音者賞其律,以是傳聞益遠。蓄家樂者攢筆競寫,轉相教習,優伶能是,升價什佰"。(《長生殿·吳舒鳧序》)能被搬上臺,而没有像許多文人所寫的那樣成爲案頭劇,就是因爲他們"句精字研,罔不諧叶",且聲腔動人心弦,並有一種引人學唱的誘惑力,"家家收拾起,户户不提防",就反映了《長生殿》的一些唱段成爲流行歌曲的情況。

　　由於《長生殿》與《桃花扇》是經典劇目,蘊涵着豐富的思想内容與藝術表現手法,通過對它們的探討,能讓我們把握戲曲的審美特質,瞭解這兩部劇問世之時人們的審美取向,而對作者和作品的研究，則有助於戲曲史的建設，有助於今日戲曲的傳承與發展。故而，學術界從未停止對他們的關注，不時地發表研究成果。而在這支研究隊伍中，王亞楠博士是其中較爲突出的一位。

突出的表現在於他專注於《桃花扇》的研究。從2013年發表論文開始，他的研究對象基本上都是這部經典劇目，研究它的作者、它的版本、它的傳播、它的改編、它的藝術和前人對它的研究。說王亞楠是一位《桃花扇》研究專家，毫不爲過。由於他研究《桃花扇》成績顯著，受到了學界的關注，得到了同行專家和相關機構的高度認可，便批准了他申報的"《桃花扇》批評史"等科研項目，並將他的專著《〈桃花扇〉接受史》評爲河南省高校哲學社會科學優秀成果獎。

他目下在研究《桃花扇》的基礎上，開始涉獵《長生殿》了，先從文獻的搜集、整理做起，然後再像做《桃花扇》的研究那樣，逐步進行全面的探索。

他的研究方法，能給年輕的學者這樣的兩點啟示：一是研究的對象須爲經受住了時間考驗的經典。當然，研究經典，難度很大，因爲之前的研究成果已經很多，要想突破前人的廣度和跨越前人的高度，是很不容易的。然而，正是因爲難度很大，做出的東西才有價值，因爲你推進了這個領域或這個課題的研究。二是要想在學術上做出突出的成績，並知名於學術界，須在一個領域甚至在一個課題上鍥而不捨地研究，發表的一個又一個的成果就像投進水面的一顆一顆的石子，使得水面不斷地泛起由你激起來的漣漪，從而引起人們的注意，從心底裏認同你是該領域或該課題的專家。待到這個課題的研究到了以你現時的能力不能再找到新的材料、新的視角和得不到新的觀點之後，便移足到新的領域與新的課題上，去收穫新的成果。

　　經典作品除了在審美上具有永不衰弱的生命力之外，在研究上，也會有無窮無盡的空間。所以，對《長生殿》《桃花扇》的探索，永遠在路上，而文獻是一切研究的基礎。儘管這兩部作品的研究成果數以千計，但我相信，《〈長生殿〉資料彙編考釋》與《〈桃花扇〉資料彙編考釋》由於提供了迄今爲止最豐富、最系統和最新發現的文獻，一定會促進這兩部戲曲經典劇目的研究。

前　言

　　代表着崑曲傳奇最後輝煌的《長生殿》和《桃花扇》問世後，都受到了讀者、觀衆的喜愛和肯定，在有清一代的戲曲舞臺上廣泛、長久地搬演、流傳，對於清代、民國的通俗文學創作産生了比較大的影響，清代、民國間的衆多文人學者也從思想到藝術對這兩部名劇進行了題詠、批評和研究。這些現象和活動都産生和流傳下來豐富的文獻資料，但因爲數量較大、瑣碎而又分散，至今都尚未得到充分的重視、搜集、輯録和利用。

　　二十世紀中，學界對於這兩部劇作的文獻的搜集、整理和研究取得了一定的進展。如劉世珩在清末民初主持和組織刻印暖紅室《彙刻傳劇》時，對於這兩部劇作特别是《長生殿》的有關文獻資料進行了初步搜集和匯輯，主要是吳舒鳬等的多篇序文、吳尚榮等的多篇題辭和王暉等的跋文。但劉世珩在《重刻〈長生殿〉跋》、吳梅在《校正識》中都没有説明這些相對於稗畦草堂刻本新增的序跋、題辭的來源出處（吳舒鳬和徐麟的序可能據光緒十六年上海文瑞樓刻本）。吳梅僅提及校勘時使用了"李鍾元本"作爲參校本"合校數過"，其實李鍾元應作"李鐘元"。李鐘元其人和所謂的"李鐘元本"《長生殿》未見其他著述提及和著録，也並無特别的校勘價值，只是稗畦草堂本的一種偷工減料的翻刻本。首都圖書館藏有李鐘元刊本《長生殿》，凡一函四册，正文首頁題署的末行作"滬城李鐘元重刊"。此版本的刊刻時間不詳，無書名頁，卷首僅有洪昇《自序》、徐麟序,不僅沒有其他人所作的序文,而且相較稗畦草堂本還缺少了洪昇所撰的《例言》。第三十四出《刺逆》、第三十五出《收京》和第三十七出《尸解》中的數處文字錯誤也與稗畦草堂本相同①。作品版本的影印方面,《長生殿》有《古本戲曲叢刊》五集第四函所收的北京圖書館藏康熙稗畦草堂刊本,《續修四庫全書》第1775 冊所收的版本相同;《桃花扇》有《古本戲曲叢刊》五集第五函所收的"北京圖書館藏康熙三十年介安堂原刊本",實則是康熙刊本的覆刻本,《續修四庫全書》第1776 冊所收的版本相同。另有江蘇廣陵古籍刻印社1979 年據劉世珩暖紅室刻本校定重刻的《增圖校正〈桃花扇〉》,一函六冊。作品的整理方面,《長生殿》有徐朔方先生的注本、蔡運長的"通俗注釋"本、竹村則行和康保成先生的"箋注"本等;《桃花扇》有賀湖散人的《詳注〈桃花扇〉傳奇》、王季思等先生注釋的《中國古典文學讀本叢書》本、劉葉秋注釋的《孔尚任詩和〈桃花扇〉》本等。

進入二十一世紀以來的二十年間,學界對於兩部劇作的文獻資料的整理和研究在原有的基礎上有了一些新的進展,取得了一些新的成果。這主要表現在兩個方面:作品版本的影印和整理出版、相關文獻資料的整理和研究。

一、作品版本的影印和整理出版

《長生殿》和《桃花扇》的清代刊本衆多,但版本源流比較簡單和清晰。《長生殿》刊本中的稗畦草堂本、《桃花扇》刊本中的康熙

---

① 詳見〔日〕竹村則行、康保成箋注《〈長生殿〉箋注》第三十四出《刺逆》的箋注〔九〕、第三十五出《收京》的箋注〔一一〕和第三十七出《尸解》的箋注〔二二〕,中州古籍出版社1999 年版,第248、254、269 頁。

刊本的覆刻本和暖紅室刊本比較常見。進入新世紀以來，又有一些其他的稀見的版本得到了影印出版。北京大學圖書館藏有清彩繪本《桃花扇》，包括堅白道人所繪的 44 幅彩畫（每出一幅）和太瘦生鈔寫的每出的唱詞，彩畫和鈔寫的唱詞完成於不同時期。作家出版社 2009 年予以全部照相影印出版，同時附有劇作全文和中英文的故事梗概。原本和影印的詳情可參看沈乃文《清彩繪本〈桃花扇〉影印序言》（《版本目録學研究》，國家圖書館出版社 2009）。不過，彩繪本的價值主要在於藝術方面。

《桃花扇》有蘭雪堂本，初刻於光緒二十一年（1895），校改重刻於光緒三十三年（1907）。鳳凰出版社 2016 年影印出版其初刻本，列入《古椿閣再造善本叢刊》，凡一函五冊。影印本《前言》對蘭雪堂本做了一些介紹和評價，但其中存在不少錯誤。如《前言》中的以下兩段文字：

> 《桃花扇》最初的刊本是康熙戊子年即康熙四十七年介安堂所刻，孔尚任時年六十歲，但此本並非最善。此後有蘭雪堂本、西園本、泰州沈氏刻本、嘉慶刻本、暖紅室本、梁啟超校注本等，著名戲曲理論家吳梅先生認爲蘭雪堂本較佳，最接近原稿，他主要是從藝術創作角度研究蘭雪堂本桃花扇，一是論其寫史筆法；二是論其藝術構思；三是曲詞批評。而暖紅室本太過期於盡善，個別做了刪改。在桃花扇所有的幾個本子之中，蘭雪堂本的校勘價值較大，業界認爲在版本校勘上蘭雪堂應排首位。蘭雪堂本天頭敞闊，刻有眉批。蘭雪堂本桃花扇的批語也很有特色，批語分眉批和總批兩種，其中眉批 779 條，比康熙原刻本多出 35 條，總批 69 條。這些批語對於桃花扇的主題構思、藝術手法以及人物形象方面有着獨到的分析。

　　光緒二十一年(1895)合肥李氏蘭雪堂主人李國松以原刻本參校嘉慶本刊刻桃花扇。李國松,字健父,安徽合肥人,光緒間舉人,博雅好古,藏書數萬卷。共五册,卷首一册,正文四卷四册。光緒三十三年(丁未年,1907),李氏將初刊本校改後又出了重刊本,在乙未原版上進行了修改。也就等同於第二次印。在《桃花扇考據》增加了少量其他内容。孔尚任在正文劇前列出考據,本是爲了標舉南明的主要史實和史料,並一一參照。而蘭雪堂本桃花扇中的考據,與解放後出版而目前通行的版本有較大不同,而且明顯優於通行本,有重要的校勘價值。①

　　第一處錯誤是没有進行詳細校勘,就貶低康熙間介安堂刊本的價值。實際情況是介安堂刊本是《桃花扇》現存刊本中最好的版本,最接近原本面貌,内容最完整,錯誤最少,具有最大的校勘價值。《前言》所謂的蘭雪堂本的眉批"比康熙原刻本多出 35 條"也是不符合版本實際的。蘭雪堂本僅比介安堂刊本多出一條眉批,即第十九出《和戰》中的"當此時,解恨息爭稍晚矣。何侯生不早計及之"②。此外,介安堂刊本第四出《偵戲》的下場詩中的"惟有美人稱妙計"句的眉批作"古今小人,多用美人計"③,而蘭雪堂本作"古今小人多會算計"④,明顯不如介安堂刊本的批語準確、恰切。

　　第二處錯誤是顛倒和錯亂了《桃花扇》版本的源流演變順序。按照刊刻的時間先後,清代、民國間《桃花扇》的重要版本有介安堂

---

① 《前言》,《蘭雪堂重校刊〈桃花扇〉》,鳳凰出版社 2016 年版。
② 《桃花扇》第十九出《和戰》眉批,蘭雪堂刊本,光緒二十一年(1895)刊。
③ 《桃花扇》第四出《偵戲》眉批,康熙介安堂刊本,北京大學圖書館藏。
④ 《桃花扇》第四出《偵戲》眉批,蘭雪堂刊本。

刊本、康熙刊本、康熙刊本的覆刻本、西園本、嘉慶刊本、蘭雪堂本和暖紅室刊本。所謂的"梁啟超校注本"並不具有版本校勘價值。

第三處錯誤是高估了蘭雪堂本的價值,其實蘭雪堂本刻印的時間較晚,可供版本校勘的價值不大,而且存在比較多的脫漏。蘭雪堂初刻本即乙未刻本删去了《桃花扇·考據》中自"董閬石《尊鄉贅筆》七條"至"王世德《崇禎遺録》"的文字,其後的"侯朝宗《壯悔堂集》十五篇"及各篇篇目也被删去。重刻本即丁未刻本恢復了所删《考據》中的文字,但第四出《偵戲》闕出批,第十九出《和戰》闕"副淨持槍罵上"至"那個怕你"共二十字。《前言》却將蘭雪堂本的這一文字缺陷視爲它的優長之處。

中國藝術研究院藏有乾隆十五年(1750)沈文彩鈔本《長生殿》,原爲程硯秋藏書,一函二册,凡五十出,函套題"長生殿傳奇清乾隆抄本"。此鈔本卷首附吉祥咒,卷尾附砌末,每出注明身段,應是當時的演出臺本,可供我們考察、研究《長生殿》在當時演出的情況,是極其珍貴的重要史料。文化藝術出版社2012年將其影印出版,題爲《乾隆沈文彩鈔本長生殿傳奇》。

近二十年來也有兩部劇作的多種整理本出版。《長生殿》主要有《吳人評點〈長生殿〉》(上海古籍出版社2012)、"國學典藏"本(上海古籍出版社2016)和翁敏華、陳勁松評注本(中華書局2016);《桃花扇》主要有徐振貴主編《孔尚任全集輯校注評》本(齊魯書社2004)、《云亭山人批點〈桃花扇〉》(上海古籍出版社2012)、"國學典藏"本(上海古籍出版社2016)、謝雍君、朱方遒評注本(中華書局2016)和屠青校注本(中州古籍出版社2018)等。

《孔尚任全集輯校注評》雖名爲"全集",却存在較多本不該出現的遺漏,周洪才、朱則傑、張兵等學者已撰文指出。該書在文字、標點、注釋等方面也存在不少錯誤。第一册收孔尚任的兩部戲曲作品:《桃花扇》和《小忽雷》。書名既言"輯校",却沒有説明校勘所用的底本和校本,也沒有校勘記,而且缺少刻本中的"題辭"、"砌末"和跋語。該書收録了刻本中的少量眉批和出批,却又將這些批語列入注釋中,也不便查閲。

謝雍君、朱方遒評注本在注釋中也收録了少量批語,同樣與注釋文字混雜,而且標作"暖紅室本眉批",但其實這些批語在介安堂刊本中便已存在。

《云亭山人批點〈桃花扇〉》和"國學典藏"本《桃花扇》兩書均在封面、書名頁和版權頁標明"云亭山人批點",前者更直接在書名中點出。但實際《桃花扇》刻本中的批語並非出自孔尚任之手。晚清學者李慈銘最早在其《越縵堂日記·〈荀學齋日記〉辛集下》光緒十二年丙戌(1886)十二月初三的日記中認爲《桃花扇》刻本中的大量批語爲孔尚任自作,後來得到了梁啓超、王季思、徐振貴、葉長海和吳新雷等學者的信從,但或簡單表示贊同,或不能提出確實的證據,論證存在漏洞。筆者已有專文對這一錯誤觀點進行駁正,現再略加申説。李慈銘一生的創作和研究雖涉獵較廣,但主要用力之處和成就在於史學方面,而又重在史學考證,如平步青在《掌山西道監察御史督理街道李君蓴客傳》中所説:"君自謂於經史子集以及稗官、梵夾、詩餘、傳奇,無不涉獵而無放之,而所致力者莫如史"①。李慈銘閲讀和評論小説、戲曲作品體現出兩個特點:第一,他抱持着傳統、保守的思想觀念,同古代多數文人士大夫一樣貶低

① [清]平步青:《掌山西道監察御史督理街道李君蓴客傳》,《白華絳柎閣詩》附,光緒刻本。

這類作品。偶有閲覽，也是爲了遣悶或寧神。如他在日記中曾言：
"顧生平所不認自棄者有二：一則幼喜觀史"，"一則性不喜看小說。
即一二膾炙古今者，觀之亦若格格不相入，故架無雜書。"①此處所
説的"小説"，當不包括記述文史掌故的文言筆記小説。又如他稱
戲曲作品爲"鄭聲豔曲"②。第二，對於歷史題材的或者歷史人物
爲主角的小説、戲曲作品，可以發揮他的特長的，如《三國志演義》、
"楊家將"故事小説、《龍圖公案》等，他的評價便較爲詳細、深入；而
評價無本事、原型可考的作品，便顯得無所用力，或者轉述它書記
載，並且不注明出處，或者信口雌黄、妄下斷語。轉述它書記載，而
不注明出處的如《越縵堂日記》中所記："夜閱《燕子箋》。大鋮柄用
南都時，嘗衣素蟒服誓師江上，觀者以爲梨園變相。"③阮大鋮"衣
素蟒服誓師江上"之事，吴偉業《鹿樵紀聞》、夏完淳《續倖存録》均
有記述。其中影響最大的錯誤觀點便是認爲《桃花扇》刻本中的批
語爲孔尚任自作，長久貽誤後學。他平生還曾因性格缺陷與多人
交惡，對他人評價多刻薄、主觀。如他曾評價章學誠："而其短則讀
書魯莽，糠秕古人，不能明是非，究正變，泛持一切高論，憑臆進退，
矜己自封，好爲立異，駕空無實之言，動以道渺宗旨壓人，而不知已
陷於學究雲霧之識。"④這一評價當然與章學誠的治學方法和成就
嚴重不符，但移用來評價李慈銘自己評述小説（不包括文言小説）、
戲曲的方法和結論倒是比較貼近實際情況的。而後來的一些學
者，對於他在日記中隨手寫下的無端揣測的文字，"耳食其言，以爲

---

① ［清］李慈銘：《越縵堂日記》，廣陵書社 2004 年版，第 376 頁。
②③ 同上書，第 6037 頁。
④ 由雲龍輯：《越縵堂讀書記》，中華書局 2006 年版，第 781 頁。

高奇"①，不僅不加質疑，反而盲目信從，使這一錯誤較長期地流傳，嚴重誤導了一些研究者和讀者。

屠青校注本《桃花扇》的"前言"中稱該書校勘以康熙刊本爲底本，以暖紅室本、蘭雪堂本、西園本爲參校本，"試圖整理出一個儘量可信的定本"②。但遺憾的是該書遠未實現這一預想的目標，其中實際存在不少錯誤。比如，第八出《鬧榭》中的"舟是拏龍弩"的"弩"，應作"拿（拏）"，因形近而誤；《〈桃花扇〉本末》的文末原署"云亭山人漫述"，誤作"云亭山人漫題"；《〈桃花扇〉砌末》的文末原署"云亭山人漫録"，該書遺漏；《〈桃花扇〉後序》的文末原署"北平吳穆鏡庵氏識"，誤作"北平吳穆鏡庵識"；黃元治所作跋語的篇末原署"桃源逸史黃元治跋"，誤作"桃源逸叟黃元治跋"；葉藩所作跋語的篇末原署"婁東葉藩跋"，誤作"婁東葉搖搖藩跋"。

二、相關文獻資料的整理和研究

文獻資料是學術研究的基礎，對文獻資料進行搜集、整理、考辨和闡釋是開展學術研究的基礎性工作和前提條件。文獻資料的新發現可以推動研究的新進展，而文獻資料的缺失則會制約研究的深入和提高。學術觀念的變革和研究方法的更新則可以幫助擴展文獻資料搜集的範圍、促進文獻資料整理、彙編的方法和形式的完善。戲曲的創作、演唱和研究在中國古代多受輕視和貶低，戲曲史料又更爲多樣而龐雜（包括文字、圖畫、音像和實物），由於思想文化觀念和記録、保存、流傳的技術條件的限制，中國古代對於戲

---

① 由雲龍輯：《越縵堂讀書記》，中華書局 2006 年版，第 781—782 頁。
② 屠青校注：《西廂記·桃花扇》，中州古籍出版社 2018 年版，第 182 頁。

曲文獻資料的搜集、整理一般範圍狹小、挖掘不深、流傳不廣、散佚嚴重。十九、二十世紀之交，隨着西方現代學術觀念思想傳入我國並發生影響，在當時特殊的社會政治文化語境下，戲曲、小説等通俗文學受到空前重視和嚴肅對待，地位大大提升。現代學科意義上的戲曲研究興起後，爲開展研究之需，學者們也重視和開始較大規模地、不斷深入地挖掘、搜集、整理和匯輯戲曲文獻資料。民國時期，這項工作已經取得了一定的成果；新中國成立後，在新的歷史條件下，在劇目調查、整理和論著整理、彙編等多個方面都取得了很大的成績；新時期特別是新世紀以來，國家、高校和科研機構更爲重視戲曲文獻資料搜集、整理工作，也有更多學者在這方面投入精力和心血，取得了更多、更好的成果，如《南戲大典》、《崑曲藝術大典》、《民國京崑史料叢書》、《京劇歷史文獻彙編》、《清代散見戲曲史料彙編》等。從搜集、整理以供自用到專門輯録、服務學界；從戲曲、小説、曲藝混雜不分（如錢靜方《小説叢考》、蔣瑞藻《小説考證》）到專録戲曲史料，從注重專書到擴大到單篇（條）、實物和口述史料，百餘年中對於中國古代戲曲文獻資料的搜集範圍更廣泛，涉及的文獻類型更多樣，分類更細化、準確，整理方法更趨完善，也更便於利用。戲曲文獻學從興起、形成到不斷發展，逐漸走向成熟，成果層出不窮，而且始終與中國戲曲史學、戲曲研究、戲曲理論批評研究的發展相伴隨。

目前較爲全面、系統地搜集、整理和輯録有關單部戲曲作品的文獻資料的資料彙編主要集中在幾部古代的名劇。有路工、傅惜華編《〈十五貫〉戲曲資料彙編》（作家出版社 1957）、霍松林編《西廂彙編》（山東文藝出版社 1987）、徐扶明編著《〈牡丹亭〉研究資料考釋》（上海古籍出版社 1987）、侯百朋編《〈琵琶記〉資料彙編》（書目文獻出版社 1989)、伏滌修、伏濛濛輯校《〈西廂記〉資料彙編》（黃山書社 2012)、周錫山編著《〈西廂記〉注釋匯評》（上海人民出版社 2014)、周錫山編著《〈牡丹亭〉注釋匯評》（上海人民出版社 2017)等。這些資料彙編可以分爲三種不同的類型：《〈十五貫〉戲曲資料彙編》（作家出版社 1957)和霍松林編《西廂彙編》側重於整理、收錄同題材文藝作品，包括本事作品和改訂作品。《〈牡丹亭〉研究資料考釋》、《〈琵琶記〉資料彙編》和《〈西廂記〉資料彙編》側重於按照史料的內容性質的不同分類整理、輯錄有關各劇的文獻材料。《〈西廂記〉注釋匯評》和《〈牡丹亭〉注釋匯評》輯錄了一些有關兩部劇作的古代批評文字，而主體是注釋和現代研究論文。而對於代表着崑曲傳奇最後輝煌的《長生殿》和《桃花扇》，至今卻沒有學人專門搜集、輯錄和出版有關這兩部劇作的文獻資料。

近二十年來，對於《長生殿》和《桃花扇》相關文獻資料的整理和研究及其成果據其性質和類型可以分爲如下兩類：

第一類是對於《長生殿》和《桃花扇》相關文獻資料的搜羅、整理和研究。在劉世珩編輯、刊印暖紅室《彙刻傳劇》後很長一段時間內，學者們主要在有關兩劇的論著中提及少量常見、易得的文獻資料，而且基本集中在批評研究方面。隨着二十世紀八十年代初西方接受美學思想和論著被譯介入我國並產生影響，研究者擴大視野，開始關注和研究兩劇的流傳、接受和影響情況，相關的文獻資料也得到挖掘、搜集和利用。如朱錦華的博士論文《〈長生殿〉演出史研究》（上海戲劇學院 2007)和陳仕國的《〈桃花扇〉接受史研究》（中國戲劇出版社 2016)，但前者所搜集、利用的史料僅限於演唱和接受，後者在引用史料時存在諸如錯別字、斷句、標點等錯誤。《〈桃花扇〉接受史研究》對於某些文獻資料的作者的判斷和論述也存在錯誤。如第一章第三節"民國時期《桃花扇》刊本""一、案頭本"所列的第一種初版於 1924 年 6 月、上海會文堂新記書局發行的《詳注〈桃花扇〉》的版權頁明確標明"詳注者"爲賀湖散人,其人並非陳仕國所認爲的盧前,自然初版本卷首署名"壬戌孟夏賀湖散人"的序也非盧前所作。此外,《詳注〈桃花扇〉》中收録的眉批皆采自《桃花扇》的清刻本,並非如陳仕國所説的"皆不同於清代刊刻本"[1]。又如王小恒、單永軍等對於《桃花扇》詠劇詩的初步搜集和分析。此外就是多篇研究《長生殿》、《桃花扇》的傳播、接受的碩士學位論文。

《長生殿》和《桃花扇》在國外也有比較廣泛的傳播、接受和影響。李福清、王麗娜等曾對國外《長生殿》和《桃花扇》的翻譯情況和研究論著做過零星、簡單的介紹。而這兩部劇作産生影響主要還是在日本、朝鮮半島等國家和地區,日本學者在對這兩部劇作的譯注、研究方面有比較多而突出的成果。日本著名學者青木正兒在其《中國近世戲曲史》中稱《長生殿》和《桃花扇》"並爲清代戲曲雙璧,爲藝苑定論"[2],這也代表了近現代中日戲曲研究者的一致看法。戲曲作品的跨文化、跨語際傳播、接受是戲曲接受史研究的一項重要内容。而自江户時代中國的戲曲劇本輸入日本,戲曲作爲兼具文學性、音樂性和舞臺性的綜合藝術便是中日文化交流的重要領域,戲曲研究也是近現代中日學術研究現代轉型和成果積累的重要體現。被目爲經典名劇的《長生殿》和《桃花扇》在日本的接受和研究,是中日文化交流、學術影響的一個具體而典型的案

---

① 　陳仕國:《〈桃花扇〉接受史研究》,中國戲劇出版社 2016 年版,第 51 頁。
② 　[日]青木正兒原著:《中國近世戲曲史》,王古魯譯著、蔡毅校訂,中華書局 2010 年版,第 283 頁。

例，具有多重的價值、意義。日本學者對《長生殿》和《桃花扇》的接受、研究前後之間有影響和承傳，借此可窺見日本近現代戲曲研究進展的一些線索；中日的評論、研究之間也存在借鑒和互滲，共同推動了《長生殿》和《桃花扇》的現代研究。對於國外有關兩劇的資料的整理、評介有全婉澄《日本明治時期〈桃花扇〉題詠詩輯考》（《戲曲與俗文學研究》第六輯，2018 年 12 月），對明治時期（1868—1912）多位詩人的有關詩歌進行了初步的搜集、介紹；程芸《孔尚任〈桃花扇〉東傳朝鮮王朝考述》（《戲曲研究》第 102 輯，2017 年 7 月）鉤稽朝鮮王朝《燕行錄》和文人文集中的相關資料，並做了簡要考述。

另有一項特殊的資料，即梁啟超批注《桃花扇》的文字。梁啟超爲《桃花扇》作批注，所據的底本爲刻本，主要形式是"頂批和注解"①。這些批注後來被移錄於一種現代的話劇劇本體裁的《桃花扇》版本之上，排印於劇作正文每出的末尾，在 1936 年被收入中華書局出版的《飲冰室合集》，列爲專集第九十五種，收於第二十和二十一冊中。所以中華書局版《桃花扇注》的劇作正文中也存在個別文字錯誤。在卷首另有一篇《著者略曆及其他著作》，主要評價了孔尚任的另一部劇作《小忽雷》。梁啟超在批注中援引了較大量的詩文別集、筆記、雜著和史書對於劇作人物的原型和情節本事進行了考察和介紹，有較大的參考價值。梁啟超的《桃花扇注》有鳳凰出版社 2011 年出版的整理排印本，將注文排於正文相關文字之後，便於閱讀。

---

① 熊佛西：《記梁任公先生二三事》，夏曉虹編《追憶梁啟超》，中國廣播電視出版社 1993 年版，第 353 頁。

　　第二類是有關資料的目錄的編制，爲進一步的整理、研究提供了線索。如朱錦華的博士論文《〈長生殿〉演出史研究》的正文後的六項附錄，分別簡要羅列、介紹了《長生殿》的版本、研究論著、同題材劇本及演出、折子戲、唱片和録影帶等資料的情況，有很大的參考價值。

三、對《長生殿》、《桃花扇》文獻整理、研究的反思

　　如上所述，當前對《長生殿》和《桃花扇》的各類文獻資料缺乏全面、系統地挖掘、搜集和整理，而這嚴重制約了批評、研究的拓展、深入和提高。如蔣星煜先生曾發表兩篇文章《〈桃花扇〉在清代流傳的軌跡》和《〈桃花扇〉桃花扇從未被表演藝術所漠視——二百多年來〈桃花扇〉演出盛況述略》，搜集了一些史料，論證該劇“並未絕跡於清代舞臺”，而是經常上演。但文中所用作論據的詩文還不夠豐富和充分，而且没有梳理出清代《桃花扇》舞臺演唱的發展軌跡和特點。後有顔健發表數篇文章探討這一問題，但是將《桃花扇》的舞臺演唱和案頭閲讀、影響合併考察，所涉及的詩文史料雖有有所豐富和擴展，但論述不充分，也没有揭示《桃花扇》的演唱由全本戲向折子戲演化的趨勢和原因。而且兩人的文章中存在相同的史實錯誤，即認爲和相信《桃花扇》曾在清宫内上演，康熙皇帝曾親自觀看、稱賞，並興發感歎。但其實至今没有直接、可靠和確鑿的文獻資料可以作爲證據證明這一點。這一長期流傳、被廣爲接受的錯誤是從吳梅開始的。吳梅在《顧曲麈談》説：“相傳聖祖最喜此曲，内廷宴集，非此不奏，自《長生殿》進御後，此曲稍衰矣。聖祖每至《設朝》、《選優》諸折，輒皺眉頓足曰：‘弘光弘光，雖欲不亡，其

可得乎？'往往爲之罷酒也。"①《長生殿》、《桃花扇》兩劇確曾進入
内廷，並得御覽。孔尚任自己在《本末》中就有自述："己卯秋夕，内
侍索《桃花扇》本甚急。予之繕本莫知流傳何所，乃於張平州中丞
家覓得一本，午夜進之直邸，遂入内府。"②但吳梅顛倒了前後的時
間順序。《長生殿》完成於康熙二十七年（1688）。王應奎《柳南隨
筆》卷六記載："《長生殿》傳奇初成，授内聚班演之。聖祖覽之稱
善，賜優人白金二十兩，且向諸親王稱之。"③如果所記屬實，則康
熙帝觀看《長生殿》當在康熙二十七、二十八年間。而《桃花扇》的
完成在康熙三十八年（1699），已在十年之後。容肇祖先生早在
1934 年一月八日爲其《孔尚任年譜》（《嶺南學報》第三卷第二期，
又有同年的抽印本）所作的《自跋一》中便已指出："我既作成了這
年譜，覺近人頗有因未審尚任的年代而妄説的。……吳先生所説
《長生殿》進御後，《桃花扇》稍衰，疑適得其反？由以上兩點看，這
年譜的紀述，不是全無用的。"④

　　吳梅既稱"相傳"，又自認這一描述屬於"軼事"，而且不見《顧
曲塵談》前其他現存的文獻資料和著述的記載，所以儘管不清楚這
一描述的來源，但可以確定它只是傳言，未有實證。但自從吳梅將
其寫入《顧曲塵譚》，這一傳言便在一定範圍内傳播，並爲一些論者
接受和相信，在他們的論述中重述或提及。首先便是吳梅的弟子
盧前的《明清戲曲史》、《中國戲劇概論》，其他還有梁乙真《中國文
學史話》、許之衡《戲曲史》講義等。蔣星煜先生還在《〈桃花扇〉桃

---

① 吳梅：《顧曲塵談》，《顧曲塵談・中國戲曲概論》，上海古籍出版社 2000 年版，第
　118 頁。
② ［清］孔尚任：《本末》，王季思等注《桃花扇》，人民文學出版社 1959 年版，第 7 頁。
③ ［清］王應奎：《柳南隨筆續筆》，中華書局 1983 年版，第 123 頁。
④ 容肇祖：《孔尚任年譜》，《嶺南學報》第三卷第二期，1934 年，第 83—84 頁。

花扇從未被表演藝術所漠視——二百多年來〈桃花扇〉演出盛況述略》一文中認爲孔尚任在《本末》中所說的"遂入内府"的"内府"指的是"清代掌管宫廷演劇事務的機構,其地址位於今北京市南長街南口。這一結構隸屬於内務府,但内務府設於西華門内,在北面,故此處又被稱爲南府"①。但其實孔尚任所說的"内府"是泛指宫廷或内廷。

又如鄧小軍在其《董小宛入清宫與順治出家考》(華東師範大學出版社 2018)下部第九章中結合一些詩作,用一章的篇幅考察、論證洪昇創作《長生殿》是以唐明皇、楊貴妃的帝妃愛情故事隱喻董小宛入清宫和順治出家。而其實早在 1931 年梁品如便在其《〈長生殿〉本事發微》(初刊於《津逮》1931 年第 1 期)中依據相同、相似甚至更多的史料做出了同樣的推斷。梁品如的《〈長生殿〉本事發微》初稿撰於 1931 年 4 月,刊載於《津逮》1931 年第 1 期,1931年 6 月發行;又刊載於《工業年刊》1931 年第 1 期,1931 年 7 月發行;後"重訂"於 1940 年元月,刊載於《經世季刊》第 1 卷第 1 期,1940 年 6 月發行。"重訂"本與初稿本個別字詞稍有差異,"重訂"本篇尾附有署名"一山"即蕭一山的"附記"文字,對文章的内容和觀點做了平允、精當的評價。

因此,很有必要從清代、民國間中國和域外的《長生殿》和《桃花扇》的版本、别集、總集、選集、戲曲、小説、曲譜、曲選、筆記、雜著、日記、信札、方志、檔案和報刊等中深入挖掘、廣泛搜集有關這兩部劇作的成書、刊印、流傳、演唱、接受、批評、研究、影響等的第

---

① 蔣星煜:《〈桃花扇〉從未被表演藝術所漠視——二百多年來〈桃花扇〉演出盛況述略》,《藝術百家》,2001 年第 1 期,第 53 頁。

一手的大量文獻資料，精當選擇，審慎取捨，考辨真偽，精心校勘，妥當分類，有序排列，最後集成爲一部搜羅豐富、内容準確、分類明確、條理清晰、方便利用的資料彙編。

四、《長生殿》《桃花扇》資料輯録的價值意義

孔尚任在《桃花扇·本末》中提及當時"讀《桃花扇》者，有題辭、有跋語，今已録於前後。……至於投詩贈歌，充盈篋笥，美且不勝收矣，俟録專集"①。但這一"專集"最終未能完成、問世。沈德潛編選《清詩別裁集》卷二十七收有侯銓《題〈桃花扇〉傳奇》詩兩首，其中"青蓋黄旗事可羞"一首後有沈德潛評注，云："賦此題者甚多，未免過於瑣屑。着筆滄桑，不粘兒女，故爲雅音。"袁行雲《清人詩集敘録》卷十四"《湖海集》十三卷"條指出清代作《桃花扇》詠劇詩者有數十家，而數量也"較諸詠《長生殿傳奇》不啻數十百倍"：

> 至詠《桃花扇傳奇》及觀演《桃花扇》劇詩，散見後人詩集者極多。光緒間蘭雪堂刊本《桃花扇》卷首載諸家題詞，什不一二耳。以歌行論，孔傳鐸、孔傳鉽、劉中柱、吳璂、朱錦琮詩集均有《桃花扇歌》，以近體言，有《桃花扇》題辭而見於諸家詩集者，爲田雯、王革、帥家相、程夢星、商盤、魯曾煜、商嘉言、陳沆、沈初、錢琦、孫士毅、何晫、韓是升、李燧、邵颿、茹綸常、龔褆身、舒位、李賡芸、張問陶、蔣一元、斌良、陳偕燦、陸繼輅、吳熽文、陳鶴、馮鎮巒、王斯年、林楓、何盛斯、方熊、瑞琦、吳勤邦、恒慶、居瑾、李彦章、方炳奎、賈樹誠、楊季鸞、楊澤闓、劉存

---

① ［清］孔尚任：《本末》，王季思等注《桃花扇》，人民文學出版社1959年版，第7頁。

仁、陳榮昌，各存數首至十首不等。最多者爲黄體正，一人作四十四首，分詠各出，羅天閭一人作百十六首，幾成專集。若廣爲甄録所存，則張令儀《橐窗詩集》十首，黄理《畊南詩鈔》四首，宋之睿《懷泉書屋詩稿》九首，陳梓《玲瓏山房詩集》四首，孫蓀意《貽硯齋詩稿》四首，柳邁祖《四松堂詩集》三首，李世伸《屈翁詩鈔》五首，劉肇春《嘯笑齋存草》三首，三偶《蓮舫詩吟》一首，梁承詒《獨慎齋詩鈔》二首，何焕綸《棠蔭書屋詩鈔》四首，周寶《無盡庵遺集》五首，秦金《燭藜軒詩稿》（筆者按應作秦金燭《藜軒詩稿》）十四首。見於《海虞詩苑》、《山左詩鈔》、《曲阿詩鈔》等總集者，尚有若干首。較諸詠《長生殿傳奇》不啻數十百倍。清代士夫多趨尚此南明亡國故事。尊洪抑孔，乃近人之見也。①

　　由上可見，有清一代“南洪北孔”的兩部名劇，尤其是孔尚任的《桃花扇》傳奇在文人戲曲作品閲讀活動中的突出存在。有關《桃花扇》的詠劇詩的數量在中國歷代詠劇詩中毫無疑問是首屈一指的。而有關《長生殿》的詠劇詩的數量較少，可能因爲白居易的《長恨歌》等前代類似題材的作品的影響與《長生殿》相當，甚至更勝過該劇；而洪昇創作《長生殿》對於這些前代作品有較多的借鑒，在原創性上不如《桃花扇》。並且《長生殿》一劇的本事遠在唐代，自中唐始，歷代詩人對於李、楊情事及相關遺跡、圖畫便多有吟詠，數量甚多。後世文人凡行經馬嵬，幾乎必作詩詠歎。明人對於李、楊情事特別是楊貴妃的題詠，可參看何韻詩《承傳與轉捩：楊貴妃在明代文學中的面貌》（浙江大學出版社 2018 年）清人所作相關的題詠

---

① 　袁行雲：《清人詩集敍録》卷十四，文化藝術出版社 1994 年版，第一册，第 475 頁。

詩歌的數量更多,但在題材和内容上並無多少創新。如也有詠"楊
妃病齒"的作品,清胡敬有《題楊妃病齒圖》,載於其《崇雅堂詩鈔》
卷九。甚至有詠楊貴妃出生地的"楊妃井"者。

　　輯録《長生殿》、《桃花扇》兩劇的資料,可以較爲客觀地呈現兩
部劇作在有清一代的傳播、接受的歷史圖景,也可以展現批評、研
究兩劇的活動的發展歷程和脈絡。如程夢星有詩題《觀演〈桃花
扇〉劇四絶句並序》,小序云:"康熙己卯、庚辰間,京師盛演《桃花
扇》。興化總憲家優金斗暨高陽相國文孫寄園,每讌集必延云亭山
人上座,即席指點,客有爲之唏嘘泣下者。乾隆辛酉,家載南蓄優
童自淮陰授此劇歸,同人歌演,遂無虚日,多賦詩紀之。余謂:'徵
事選詞,雖未必盡皆實録,而北里烟花,奚啻南朝金粉? 宜其耽情
伎席,擅美歌場。至若秋風離黍,不過剩水殘山。方今四海一家,
又何必問蕭蕭蘆荻耶!'"①程夢星認爲隨着社會環境的改變,文人
在觀演何閲讀《桃花扇》時,關注的重點應從興亡之感轉移到兒女
之情。這不是程夢星一家的意見。我們對比《桃花扇》詠劇詩中創
作於康熙年間的作品和創作於乾隆年間,特别是乾隆朝以後的作
品,可以明顯發現這一前後差異和變化。

　　有關兩劇特别是《桃花扇》的本事的資料,可以使我們瞭解劇
中人物、劇情的原型和來源,也可藉以探討從生活原型到文學形象
的創作方法與規律,爲了解文學作品從初具模型走向高度典型提
供重要途徑。如孔尚任在《桃花扇》的卷末特别附録《考據》,詳列
他在創作此劇時有所借鑒、參考的文獻史料的書(篇)名,涉及多種
不同性質、體裁的作品,反映了他徵實尚史的創作傾向。這些文獻

---

① ［清］程夢星:《今有堂詩後集・漪南集》,乾隆十二年(1747)刻本。

史料現今皆有傳本，將其内容與《桃花扇》劇中的人物、劇情一一對照，會有助於我們了解孔尚任選棄史料的原則標準、構思、組織情節的方法，特別是他有關歷史劇創作的虛實觀，在有關"朝政得失、文人聚散"方面，具體有哪些人、事"確考時地，全無假借"，而在有關"兒女鍾情、賓客解嘲"方面，又有哪些人、事"稍有點染"。進行這種對照，還可以幫助我們在文獻學方面對《桃花扇》一劇的文本本身有更多的認識。《桃花扇》現存刊刻時間最早的版本爲康熙間介安堂刻本，一般認爲刊刻於康熙四十七年（戊子 1708），可能因爲佟鉉（？—1723）於此年至曲阜過訪孔尚任，但其實缺乏確鑿的證據。孔尚任在《本末》最後説："《桃花扇》鈔本久而漫滅，幾不可識。津門佟蔗村者，詩人也，與粵東屈翁山善。翁山之遺孤，育於其家。佟爲謀婚産，無異己子，世多義之。薄游東魯，過予舍，索鈔本讀之。才數行，擊節叫絶，傾囊橐五十金，付之梓人。計其竣工也，尚難於百里之半，災梨真非易事也。"①説明此時《桃花扇》可能雖已開雕，但距離刊刻完成遥遥無期。孔尚任逝世於康熙五十七年（1718）正月十一日，《考據》末署"云亭山人漫摭"，表明此篇重要文字爲孔尚任親自所作，而其中却存在兩處錯誤。第一處，"陳寶崖《曠園雜誌》一條：甲申三月順天府僞官李某葬崇禎帝"。其中"陳寶崖"應作"吳寶崖"，即吳陳琰，字寶崖。第二處，《考據》所列買開宗注《四憶堂詩注》中有"《甲申渡京口》"一篇，但侯方域集中無此篇詩。按照《考據》中各篇文字的前後順序，此篇詩應在《甲申聞新參相公口號》和《燕子磯送吳次尾》之間。而侯方域的《四憶堂詩集》中《甲申聞新參相公口號》後爲《禹鑄九鼎歌》，該篇詩題下有

---

① ［清］孔尚任：《本末》，王季思等注《桃花扇》，人民文學出版社 1959 年版，第 7 頁。

侯方域自注,曰:"甲申渡京口江作。"①篇末徐作肅注曰:"京口江,
即揚子也。按,是歲高傑開藩揚州,侯子避難往依之。"②由此可
知,《考據》將《禹鑄九鼎歌》題下的侯方域自注誤作詩題,並有脱
文。現存侯方域的集子的所有版本皆未將《禹鑄九鼎歌》詩題誤作
"甲申渡京口"者。《考據》中的這兩處錯誤在現存包括介安堂本在
内的《桃花扇》的所有刻本、石印本、排印本、現代整理本中皆未得
到指出和改正,也未見有人撰文指出。而孔尚任與吴陳琰是有較
多交往的,侯方域位列"明末四公子"、"清初三大家",又是《桃花
扇》的主人公之一,《考據》中當不至於出現上述明顯的文字錯誤。
所以,産生這種錯誤的原因可能只有一個,即《桃花扇》在孔尚任生
前並未全部刊刻完成,他的家人或族人在其逝世後根據他的遺稿
繼續進行刊刻,在刊刻、刷印的某一環節由於疏忽導致了錯誤的産
生。《考據》中這兩處文字錯誤的存在可以説明介安堂本並非刊刻
完成於康熙四十七年(戊子1708),而是在孔尚任逝世之後。

　　《長生殿》和《桃花扇》流傳、接受和發生影響的過程,也是其價
值意義得到發掘、凝練和地位逐漸確立、鞏固的過程。有關兩劇的
資料,特別是較大量的詠劇詩對於研究古代戲曲理論的發展、觀衆
審美心態的演變、戲曲聲腔源流、分化的研究等,也具有特殊而重
要的價值意義。

　　筆者搜集、輯録有關《長生殿》、《桃花扇》這兩部名劇的較爲豐
富、系統的資料,希望可以幫助今後的研究者省去許多翻檢之勞,
同時也爲相關的研究提供線索,希望能夠有助於開拓研究視野,幫
助推動劇作文本研究、批評史研究更加深入發展和不斷提高。而

①②　[清]侯方域:《四憶堂詩集》卷三,順治間商邱侯氏家刻本。

限於筆者的時間、精力以及搜集、閱讀的範圍，其間必有遺漏。如《桃花扇》有清同治年間王寶庸評注本，現有稿本流傳，卷首有王寶庸自序，末署"同治七年歲在戊辰重陽前一日吳陵小厓王寶庸識"。但筆者目前未見全書，對於王寶庸的這篇自序的收錄只能暫付闕如①。特別是有關兩劇的詠劇詩，在浩如烟海的清人詩文別集中必定還有許多未被輯錄。另有幾十首有關兩劇的詩歌，目前僅知出處，暫未找到作者詩文別集，有待繼續尋訪。筆者會持續不斷地進行搜集，希望以後有機會進行增補，或以專文的形式加以介紹。

---

① 　屈萬里、劉兆祐主編《明清未刊稿彙編初輯》（聯經出版事業公司 1976 年版）收有王寶庸《竹裏全稿》，包括《竹裏草堂日記》、《小竹裏館示兒編抄餘》一卷、補鈔一卷、《運歲並推》一卷、《王氏支譜》一卷、《小竹裏館律賦效顰》一卷、《小竹裏館雜體文》一卷、《小竹裏館浮生記》一卷。

凡　例

一、本資料彙編所輯録的有關《長生殿》的文獻史料，除"本事編"外，皆撰作、刊印和發表於清代（1644—1911）、民國（1912—1949）間。

二、本資料彙編主要輯録單篇（條）文獻史料，不收專書與篇幅較大的文獻史料和作品，如元王伯成的《天寶遺事諸宮調》、明吳世熙的《驚鴻記》傳奇、清孫鬱的《天寶曲史》等。《天寶遺事諸宮調》有朱禧輯本，天津古籍出版社 1986 年版；又有淩景埏、謝伯陽校注《諸宮調兩種》本，齊魯書社 1988 年版。《驚鴻記》有康保成先生點校的"明清傳奇選刊"本，中華書局 2004 年版，與《鹽梅記》合爲一册。爲集中史料、便於利用和比較計，酌情收録某些常見、易得的作品，如唐白居易的《長恨歌》、陳鴻的《長恨歌傳》、宋樂史的《楊太真外傳》、元白樸的《唐明皇秋夜梧桐雨》等。

三、本資料彙編依所輯録文獻史料的内容和性質，共分爲六個部分：

1. 本事編：輯録清以前的部分唐明皇、楊貴妃故事題材的文藝作品。

2. 版本編：輯録清代《長生殿》各類版本中作者洪昇所撰的多篇文字、他人所作的與作品刊印、出版有關的文字和晚清報刊登載的有關該劇的出版、售賣的廣告文字。

3. 演唱編：輯録清代、民國間記載和能夠反映《長生殿》崑腔演唱情形的文獻史料，包括部分虛構的小説作品。

4. 評點編：輯録《長生殿》康熙間稗畦草堂刻本中吴人、徐麟所作的眉批文字。

5. 評論編：輯録清代、民國間批評、研究《長生殿》原劇的文獻史料。

6. 影響編：輯録清代、民國間改編自《長生殿》的戲劇、小説、曲藝作品和對這些作品進行批評、研究的文獻史料，以及記載有關戲劇、曲藝作品演唱情形的文獻史料；輯録直接借鑒這兩部劇作的創作方法的戲劇、曲藝作品。

四、在每篇（條）資料後加編者按語，以"【按】"標明。或介紹作者，或解釋資料，或提出問題，或發表觀點。涉及事實者，探究其載録的源流；涉及觀點者，追尋其論説的出處。考證其中所涉時地人事、撰作背景，以見清代、民國間《長生殿》傳播、接受、影響之大較。

五、本資料彙編輯録文獻史料所用的底本一般選擇公認的善本或刊印早、内容完整、錯訛少的版本；有經過校勘、箋注的可靠的現代整理本的，一般選用整理本；少數作者後來做過修訂、有多種版本流傳的文獻史料，選擇修訂過、有附録資訊或附録資訊多的版本。

六、本資料彙編對於輯録的文獻史料儘量保存其本來面目，個別文獻史料的不同版本的文字差異較大的，多種版本兼收或出校勘記；文獻史料中原有的注釋，皆予以保留，以圓括號（）括起和區別。

七、爲節省篇幅，對於底本或原文篇幅較大、内容完整者，只輯録與《長生殿》有關的文字，前後删略的内容，以省略號"……"

表示。

八、同一條史料在後來的文獻中多次、重復引用的，文字或有增删。爲見其演變嬗化之跡，多數照録，不加删略。

九、各編中所收的文獻史料，輯自清代刻本、活字印本的按作者（或編纂者）的生年先後排列；生卒年不詳者，則參考其行事、活動年代排列；輯自晚清、民國石印本和報刊的按初版和刊載的時間先後排列。但輯自同一底本的多篇（條）文獻史料，則按底本中原有的順序編排，如暖紅室《彙刻傳劇》本《長生殿》劇尾所附的多篇題辭。

十、輯録的文獻史料有原題的皆保留原題，輯自筆記、雜著的，目録中列書名，正文中列書名和篇名（條目）；原無標題者，依内容和性質另擬；輯録報刊的原有題目較長的，取第一、二句作爲題目。

十一、篇目或條目下標出撰人或編纂者，原署字號或別稱、本名不可考者，一仍其舊；本名可考者，出校記説明。

十二、對於所輯録的文獻史料，皆在篇末注明來源、出處，包括書名、册數、卷數、版本、報刊名稱、卷數、期數和發行時間。來源、出處相同的文獻史料，僅在首次出現時注明以上資訊。

十三、本資料彙編對於所收的文獻史料，統一使用繁體字、横排輯録；原文爲繁體字者，一律照録；原文爲簡體字者，改爲規範繁體字；原文爲繁體字者中的簡體字、俗體字、異體字等除極個別特別生僻、有礙認讀的改爲規範繁體字外，一般不作改動。

十四、輯録的文獻史料，有標點整理本的，斷句、標點依整理本，標點有誤處，予以改正；原無斷句或未使用現代標點符號者，使用現代標點符號進行斷句、標點。

十五、底本或原文分段的，一律照録；未分段而篇幅較大的，酌情分段。

十六、本資料彙編輯録的戲曲作品，無論原文是否區分正襯，一律改用同一字號。

十七、校勘中，底本有明顯錯誤者，出校記加以説明；輯録自晚清、民國報刊的文獻史料，原文中有明顯的衍、訛、倒處，皆均改，不出校記。

十八、底本引用其他文獻史料，文義可通者，不改；文義有誤者，則出校記説明。

十九、底本闕略，原以方框□表示的，照録，並出校記説明；底本或原文漫漶、模糊、無法辨認的，以方框□表示的，不出校記。

二十、最後附以"《洪昇年譜》、《孔尚任年譜》證補"、"徵引書目"。

一、本事編

長恨歌

［唐］白居易

漢皇重色思傾國，御宇多年求不得。楊家有女初長成，養在深閨人未識。

天生麗質難自棄，一朝選在君王側。回眸一笑百媚生，六宮粉黛無顔色。

春寒賜浴華清池，溫泉水滑洗凝脂。侍兒扶起嬌無力，始是新承恩澤時。

雲鬢花顔金步搖，芙蓉帳暖度春宵。春宵苦短日高起，從此君王不早朝。

承歡侍宴無閒暇，春從春游夜專夜。後宮佳麗三千人，三千寵愛在一身。

金屋妝成嬌侍夜，玉樓宴罷醉和春。姊妹弟兄皆列土，可憐光彩生門户。

遂令天下父母心，不重生男重生女。驪宫高處入青雲，仙樂風飄處處聞。

緩歌慢舞凝絲竹，盡日君王看不足。漁陽鼙鼓動地來，驚破《霓裳羽衣曲》。

九重城闕烟塵生，千乘萬騎西南行。翠華搖搖行復止，西出都門百餘里。

六軍不發無奈何，宛轉娥眉馬前死。花鈿委地無人收，翠翹金雀玉搔頭。

君王掩面救不得，回看血淚相和流。黃埃散漫風蕭索，雲棧縈
紆登劍閣。

峨嵋山下少人行，旌旗無光日色薄。蜀江水碧蜀山青，聖主朝
朝暮暮情。

行宮見月傷心色，夜雨聞鈴腸斷聲。天旋日轉回龍馭，到此躊
躇不能去。

馬嵬坡下泥土中，不見玉顏空死處。君臣相顧盡沾衣，東望都
門信馬歸。

歸來池苑皆依舊，太液芙蓉未央柳。芙蓉如面柳如眉，對此如
何不淚垂？

春風桃李花開夜，秋雨梧桐葉落時。西宮南苑多秋草，宮葉滿
階紅不掃。

梨園弟子白髮新，椒房阿監青娥老。夕殿螢飛思悄然，孤燈挑
盡未成眠。

遲遲鐘鼓初長夜，耿耿星河欲曙天。鴛鴦瓦冷霜華重，翡翠衾
寒誰與共？

悠悠生死別經年，魂魄不曾來入夢。臨邛道士鴻都客，能以精
誠致魂魄。

爲感君王展轉思，遂教方士殷勤覓。排空馭氣奔如電，昇天入
地求之遍。

上窮碧落下黃泉，兩處茫茫皆不見。忽聞海上有仙山，山在虛
無縹緲間。

樓閣玲瓏五雲起，其中綽約多仙子。中有一人字太真，雪膚花
貌參差是。

金闕西廂叩玉扃,轉教小玉報雙成。聞道漢家天子使,九華帳裏夢魂驚。

攬衣推枕起徘徊,珠箔銀屏邐迤開。雲鬢半偏新睡覺,花冠不整下堂來。

風吹仙袂飄飄舉,猶似霓裳羽衣舞。玉容寂寞淚闌干,梨花一枝春帶雨。

含情凝睇謝君王,一別音容兩眇茫。昭陽殿裏恩愛絕,蓬萊宮中日月長。

回頭下望人寰處,不見長安見塵霧。唯將舊物表深情,鈿合金釵寄將去。

釵留一股合一扇,釵擘黃金合分鈿。但教心似金鈿堅,天上人間會相見。

臨別殷勤重寄詞,詞中有誓兩心知。七月七日長生殿,夜半無人私語時:

在天願作比翼鳥,在地願爲連理枝。天長地久有時盡,此恨綿綿無絕期!

(《白居易集》卷十二,中華書局 1979)

【按】有關《長恨歌》的版本、流傳及其與陳鴻《長恨歌傳》的關係,可參見周相録《〈長恨歌〉研究》(巴蜀書社 2003)、張中宇《白居易〈長恨歌〉研究》(中華書局 2005)、文艷蓉《白居易生平與創作實證研究》(上海古籍出版社 2016)。

清靳榮藩有《書白樂天〈長恨歌〉後(六首)》詩,云:

天寶新開時世粧,名花特地入昭陽。佀誅建死緣何事,未主東宮喜壽王。

五色文衣結隊回,冰山儻可比春臺。如何劍外南京路,不仗劍南旌節來。

羯鼓聲消戰鼓酣，龜年老大走江南。可憐紅豆非天樂，一
曲淋鈴總未諳。

炎海離支駐馬看，君王遺祭語辛酸。誰知已得長生訣，不
負當時作女冠。

鴻都仙術早知名，曾扈宸游月殿行。海上豈如天上遠，三
郎應是未多情。

七夕佳期誓未忘，話來清淚滿衣裳。可憐一陣梨花雨，即
是當時睡海棠。

見《綠溪詩》卷四，乾隆四十二年（1777）刻本。

清萬夢丹有《書〈長恨歌〉後》詩，云："翠羽西巡喚奈何，六軍兵
諫逼金戈。拼將一死紓君難，愧殺從行將士多。"載於《韻香書室吟
稿》，清蔡殿齊編《國朝閨閣詩鈔》第十冊卷十，道光嫏嬛別館刻本。
卷首小傳云："萬安人夢丹，原名品菊，字篆卿，江西德化縣人。安
徽知縣兆霖第五女，翰林院編修蔡殿齊室。著有《韻香書室吟稿》
一卷、遺稿一卷。《彤管新編》四卷。"

清李庚有《題〈長恨歌〉》，云："南內淒涼淚滿襟，梨園舊曲忍重
聽。當年盟誓徒虛語，怕對牽牛織女星。"見周慶雲輯《潯溪詩徵》
卷三十三，1917年夢坡室刻本。

清吳鎮有《題〈長恨歌〉二首》，云："長生私誓月輪寒，參昴星橫
夜欲闌。若使玉環同武氏，要封天后有何難。（終身作妃，此亦玉
環好處。）""巴山夜雨感鈴音，不礙君恩世世深。三十八年春已老，
尚留長恨到而今。"見清李苞輯《洮陽詩集》卷五，嘉慶三年（1798）
刻本。

清孔璐華有《讀〈長恨歌〉》二首，云："侭可宮中寵太真，但須將

相用賢臣。君王誤在漁陽事，空把傾城咎婦人。”“假使綿綿恨早成，殿中妃子未長生。安楊將相仍如舊，未必漁陽不反兵。”見《唐宋舊經樓詩稿》卷一，道光間闕里刻本。

清楊慶琛有《〈長恨歌〉題後》二首，云：“紫禁豬籠釀禍胎，梨花零落佛堂開。西宮南內無窮恨，都向香山筆底來。”“君王空有誓如山，敲斷金釵負玉顏。從此仙妃冠不整，卻生天上勝人間。”見《絳雪山房詩鈔》卷一，道光二十八年（1848）刻本。

長恨歌傳

［唐］陳　鴻

開元中，泰階平，四海無事。玄宗在位歲久，倦於旰食宵衣，政無大小，始委於右丞相，深居游宴，以聲色自娛。先是，元獻皇后、武淑妃皆有寵，相次即世。宮中雖良家子千數，無可悅目者，上心忽忽不樂。時每歲十月，駕幸華清宮，內外命婦，熠燿景從，浴日餘波，賜以湯沐，春風靈液，澹蕩其間。上心油然，若有顧遇，左右前後，粉色如土。詔高力士潛搜外宮，得弘農楊玄琰女於壽邸。既笄矣，鬢髮膩理，纖穠中度，舉止閒冶，如漢武帝李夫人。別疏湯泉，詔賜藻瑩。既出水，體弱力微，若不任羅綺；光彩煥發，轉動照人。上甚悅。進見之日，奏《霓裳羽衣曲》以導之；定情之夕，授金釵鈿合以固之。又命戴步搖，垂金璫。明年，冊爲貴妃，半后服用。由是冶其容，敏其詞，婉變萬態，以中上意，上益嬖焉。時省風九州，泥金五嶽，驪山雪夜，上陽春朝，與上行同輦，居同室，宴專席，寢專房。雖有三夫人、九嬪、二十七世婦、八十一御妻，暨後宮才人、樂府妓女，使天子無顧盼意。自是六宮無復進幸者。非徒殊豔尤態致是，蓋才智明慧，善巧便佞，先意希旨，有不可形容者。叔父昆弟，皆列位清貴，爵爲通侯。姊妹封國夫人，富埒王室，車服邸第，與大長公主侔矣，而恩澤勢力，則又過之，出入禁門不問，京師長吏爲之側目。故當時謠詠有云："生女勿悲酸，生(兒)勿喜歡。"又曰："男不封侯女作妃，看女却爲門上楣。"其爲人心羨慕如此。

天寶末，兄國忠盜丞相位，愚弄國柄。及安禄山引兵嚮闕，以討楊氏爲辭。潼關不守，翠華南幸，出咸陽道，次馬嵬亭，六軍徘徊，持戟不進，從官郎吏，伏上馬前，請誅錯以謝天下。國忠奉氂纓盤水，死於道周。左右之意未快。上問之。當時敢言者，請以貴妃塞天下怒。上知不免，而不忍見其死，反袂掩面，使牽之而去。倉皇展轉，竟就絕於尺組之下。既而玄宗狩成都，肅宗受禪靈武。明年，大兇歸元，大駕還都，尊玄宗爲太上皇，就養南宮，遷於西内。時移事去，樂盡悲來。每至春之日，冬之夜，池蓮夏開，宮槐秋落，梨園弟子玉琯發音，聞《霓裳羽衣》一聲，則天顏不怡，左右歔欷。三載一意，其念不衰。求之夢魂，杳不能得。

適有道士自蜀來，知上皇心念楊妃如是，自言有李少君之術。玄宗大喜，命致其神。方士乃竭其術以索之，不至。又能游神馭氣，出天界，没地府以求之，不見。又旁求四虛上下，東極天海，跨蓬壺，見最高仙山，上多樓闕，西廂下有洞户，東嚮，闔其門，署曰"玉妃太真院"。方士抽簪叩扉，有雙鬟童女出應門。方士造次未及言，而雙鬟復入。俄有碧衣侍女又至，詰其所從。方士因稱唐天子使者，且致其命。碧衣云："玉妃方寢，請少待之。"於時，雲海沈沈，洞天日晚，瓊户重闔，悄然無聲。方士屏息斂足，拱手門下。久之，而碧衣延入，且曰："玉妃出。"見一人，冠金蓮，披紫綃，珮紅玉，曳鳳舃，左右侍者七八人，揖方士，問皇帝安否，次問天寶十四載已還事。言訖，憫然。指碧衣取金釵鈿合，各析其半，授使者曰："爲謝太上皇，謹獻是物，尋舊好也。"方士受辭與信，將行，色有不足。玉妃固徵其意，復前跪致詞："請當時一事，不爲他人聞者，驗於太上皇。不然，恐鈿合金釵，負新垣平之詐也。"玉妃茫然退立，若有所思，徐而言之曰："昔天寶十載，侍輦避暑驪山宮。秋七月，牽牛織女相見之夕，秦人風俗，是夜張錦繡，陳飲食，樹瓜華，焚香於庭，號爲乞巧。宮掖間尤尚之。夜殆半，休侍衛於東西廂，獨侍上。上憑肩而立，因仰天感牛女事，密相誓心，願世世爲夫婦。言畢，執手各嗚咽。此獨君王知之耳。"因自悲曰："由此一念，又不得居此。復墮下界，且結後緣。或爲天，或爲人，決再相見，好合如舊。"因言："太上皇亦不久人間，幸惟自安，無自苦耳。"使者還奏太上皇，皇心震悼，日日不豫。其年夏四月，南宮宴駕。

元和元年冬十二月，太原白樂天自校書郎尉於盩厔，鴻與琅邪王質夫家於是邑。暇日相攜游仙游寺，話及此事，枑與感歎。質夫舉酒於樂天前曰："夫希代之事，非遇出世之才潤色之，則與時消没，不聞於世。樂天深於詩，多於情者也。試爲歌之，如何？"樂天因爲《長恨歌》。意者不但感其事，亦欲懲尤物，窒亂階，垂於將來也。歌既成，使鴻傳焉。世所不聞者，予非開元遺民，不得知；世所知者，有《玄宗本紀》在。今但傳《長恨歌》云爾。

（《白居易集》卷十二，中華書局 1979）

【按】清舒位有《讀〈長恨傳〉三首用李義山〈碧城〉詩韻》，見《瓶水齋詩集》卷一，作於乾隆四十九年（甲辰 1784），云：

誰將辱井比長干，無復飛橋奏廣寒。踏臂悔教夾赤鳳，返魂何處覓青鸞？

空餘宮女偷閒說，忍使天孫帶笑看。淒絕江南花落後，拋殘腰鼓共鈴盤。

玉體匆匆見小憐，六軍無暇請遊田。紫茵褁後難回首，紅藥開時記並肩。

客寄雙釵雲滿鬢，嫗留一襪月初弦。無因更問樓東笛，燈暗長門背雨眠。

地久天長有絕期，分明外傳淚雙垂。心驚忽更聽鸚鵡，齒痛誰能笑荔枝？

生女生男空復感，爲雲爲雨豈堪思？年年宮殿江頭閉，付與新蒲細柳知。

清吳嵩梁有《書〈長恨歌傳〉後》詩，云：“私語憑肩淚欲流，君王妃子苦綢繆。長門一例人如玉，自捲珠簾看女牛。”載於《香蘇山館今體詩集》卷一，《香蘇山館全集》，道光二十三年（1843）刻本。

清李傳燮有《讀唐人〈長恨傳〉書後》詩，見清曾燠輯《江西詩徵》卷八十四，光緒五年（1879）棣華書屋重刻本，云：

碧落黃泉盡可哀，武皇內傳幾番開。生人亦有綿綿恨，那得鴻都道士來。

南內歸來秋草零，白頭宮女話零星。願君一掬夫容淚，不哭雙成哭九齡。

雲閣玲瓏一到難，傳聞褒妲住蓬山。開天不少神仙客，紫府真人昨夜還。

金闕歸來舊玉妃，五雲深處鎖蛾眉。人天一念休輕起，看取仙人墮落時。

清陳世慶有《書唐人〈長恨傳〉》，見其《九十九峰草堂詩鈔》，有

同治八年(1869)嫏嬛別館刻蔡壽祺輯《故友詩録》本,云:

> 重關劍閣遠蒙塵,五夜鈴聲百感新。莫向西宮念恩愛,睢陽殺妾爲何人。

楊太眞外傳

[宋]樂　史

楊貴妃,小字玉環,弘農華陰人也。後徙居蒲州永樂之獨頭村。高祖令本,金州刺史;父玄琰,蜀州司户。貴妃生於蜀。嘗誤墜池中,後人呼爲落妃池,池在導江縣前。(亦如王昭君生於峽州,今有昭君村;緑珠生於白州,今有緑珠江。)妃早孤,養於叔父河南府士曹玄璬家。開元二十二年十一月,歸於壽邸。二十八年十月,玄宗幸温泉宮,(自天寶六載十月復改爲華清宮)使高力士取楊氏女於壽邸,度爲女道士,號太眞,住内太眞宮。天寶四載七月,册左衛中郎將韋昭訓女配壽邸。是月,於鳳凰園册太眞宮女道士楊氏爲貴妃,半后服用。進見之日,奏《霓裳羽衣曲》。(《霓裳羽衣曲》者,是玄宗登三鄉驛,望女几山所作也。故劉禹錫詩有云《伏睹玄宗皇帝望女几山詩,小臣斐然有感》:開元天子萬事足,惟惜當時光景促。三鄉驛上望仙山,歸作《霓裳羽衣曲》。仙心從此在瑶池,三清八景相追隨。天上忽乘白雲去,世間空有《秋風詞》。"又《逸史》云:"羅公遠天寶初侍玄宗,八月十五日夜,宮中玩月,曰:'陛下能從臣月中游乎?'乃取一枝桂,向空擲之,化爲一橋,其色如銀。請上同登,約行數十里,遂至大城闕。公遠曰:'此月宮也。'有仙女數百,素練寬衣,舞於廣庭。上前問曰:'此何曲也?'曰:'《霓裳羽衣》也。'上密記其聲調,遂回橋,却顧,隨步而滅。旦諭伶官,象其聲調，作《霓裳羽衣曲》。"以二說不同，乃備錄於此。）是夕，授金釵鈿合、卻暑犀如意、辟塵香、雲母起花屏風、舞鳳交烟香爐、潤玉合歡條脫、紫瓊杯、玉竹水紋簟、百花文石硯。上又自執麗水鎮庫紫磨金琢成步搖，至粧閣，親與插鬢。上喜甚，謂後宮人曰："朕得楊貴妃，如得至寶也。"乃制曲子，曰《得寶子》，又曰《得靴子》。

先是，開元初，玄宗有武惠妃、王皇后。后無子，妃生子，又美麗，寵傾後宮。至十三年，皇后廢，妃嬪無得與惠妃比。二十一年十一月，惠妃即世。後庭雖有良家子，無悅上目者，上心淒然。至是得貴妃，又寵甚於惠妃。有姊三人，皆豐碩修整，工於譖浪，巧會旨趣。每入宮中，移晷方出。宮中呼貴妃爲娘子，禮數同於皇后。册妃日，贈其父玄琰濟陰太守，母李氏隴西郡夫人。又贈玄琰兵部尚書，李氏涼國夫人。叔玄珪爲光祿卿、銀青光祿大夫。再從兄釗拜爲侍郎，兼數使。兄銛又居朝列。堂弟錡尚太華公主，是武惠妃生，以母見遇過於諸女。賜第連於宮禁。自此楊氏權傾天下，每有囑請，臺省府縣，若奉詔敕。四方奇貨，童僕、駝馬，日輸其門。

時安祿山爲范陽節度，恩遇最深，上呼之爲兒。嘗於便殿與貴妃同宴樂，祿山每就坐，不拜上而拜貴妃。上顧而問之："胡不拜我而拜妃子？意者何也？"祿山奏云："胡家不知其父，只知其母。"上笑而赦之。又命楊銛以下，約祿山爲兄弟姊妹，往來必相宴餞。初雖結義頗深，後亦權敵不叶。

五載七月，妃子以妒悍忤旨，乘單車，令高力士送還楊銛宅。及亭午，上思之不食，舉動發怒。力士探旨，奏請載還，送院中宮衣物及司農米麴酒饌百餘車。諸姊及銛初則懼禍聚哭，及恩賜浸廣，御饌兼至，乃稍寬慰。妃初出，上無聊，中官趨過者，或笞撻之，至有驚怖而亡者。力士因請就召，既夜，遂開安興坊，從太華宅以入。及曉，玄宗見之内殿，大悦，貴妃拜泣謝過。因召兩市雜戲，以娛貴妃，貴妃諸姊進食作樂。自兹恩遇日深，後宮無得進幸矣。

七載，加釗御史大夫、權京兆尹，賜名國忠。封大姨爲韓國夫人，三姨爲虢國夫人，八姨爲秦國夫人，同日拜命，皆月給錢十萬，爲脂粉之資。然虢國不施粧粉，自炫美豔，常素面朝天。當時杜甫有詩云："虢國夫人承主恩，平明上馬入宮門。却嫌脂粉涴顏色，淡掃娥眉朝至尊。"又賜虢國照夜璣，秦國七葉冠，國忠鏁子帳，蓋希代之珍，其恩寵如此。銛授銀青光禄大夫、鴻臚卿，將列榮戟，特授上柱國，一日三詔。與國忠五家於宣陽里甲第洞開，僭擬宮掖，車馬僕從，照耀京邑。遞相誇尚，每造一堂，費逾千萬計，見制度宏壯於己者，則毁之復造，土木之工，不捨晝夜。上賜御食，及外方進獻，皆頒賜五宅。開元已來，豪貴榮盛，未之比也。

上起動必與貴妃同行，將乘馬，則力士執轡授鞭。宮中掌貴妃刺繡織錦七百人，雕樓器物又數百人，供生日及時節慶。續命楊益往嶺南，長吏日求新奇以進奉。嶺南節度張九章，廣陵長史王翼，以端午進貴妃珍玩衣服，異於他郡，九章加銀青光禄大夫，翼擢爲户部侍郎。九載二月，上舊置五王帳，長枕大被，與兄弟共處其間。妃子無何竊寧王紫玉笛吹，故詩人張祜詩云："梨花靜院無人見，閑把寧王玉笛吹。"因此又忤旨，放出。時吉温多與中貴人善，國忠懼，請計於温。遂入奏曰："妃，婦人，無智識。有忤聖顏，罪當死。既嘗蒙恩寵，只合死於宮中。陛下何惜一席之地，使其就戮？安忍取辱於外乎？"上曰："朕用卿，蓋不緣妃也。"初，令中使張韜光送妃至宅，妃泣謂韜光曰："請奏：妾罪合萬死。衣服之外，皆聖恩所賜，惟髮膚是父母所生。今當即死，無以謝上。"乃引刀剪其髮一繚，附韜光以獻。妃既出，上憮然。至是，韜光以髮搭於肩上以奏，上大驚愕，遽使力士就召以歸，自後益嬖焉。又加國忠遙領劍南節度使。十載上元節，楊氏五宅夜游，遂與廣寧公主騎從爭西市門。楊氏奴揮鞭誤及公主衣，公主墮馬，駙馬程昌裔扶公主，因及數楇。公主泣奏之，上令決殺楊家奴一人，昌裔停官，不許朝謁。於是楊家轉橫，出入禁門不問，京師長吏，爲之側目。故當時謡曰："生女勿悲酸，生男勿喜歡。"又曰："男不封侯女作妃，君看女却是門楣。"其天下人心羨慕如此。

上一旦御勤政樓，大張聲樂。時教坊有王大娘，善戴百尺竿，上施木山，狀瀛洲、方丈，令小兒持絳節，出入其間，而舞不輟。時劉晏以神童爲秘書省正字，十歲，惠悟過人。上召於樓中，貴妃坐於膝上，爲施粉黛，與之巾櫛。貴妃令詠王大娘戴竿，晏應聲曰："樓前百戲競爭新，唯有長竿妙入神。誰謂綺羅翻有力，猶自嫌輕更著人。"上與妃及嬪御皆歡笑移時，聲聞於外，因命牙笏、黃紋袍賜之。上又宴諸王於木蘭殿，時木蘭花發，皇情不悦。妃醉中舞《霓裳羽衣》一曲，天顔大悦，方知迴雪流風，可以迴天轉地。上嘗夢十仙子，乃制《紫云迴》（玄宗嘗夢仙子十餘輩，御卿云而下，各執樂器，懸奏之。曲度清越，真仙府之音。有一仙人曰："此神仙《紫雲迴》。今傳受陛下，爲正始之音。"上喜而傳受。寤後，餘響猶在。旦，命玉笛習之，盡得其節奏也）。並夢龍女，又制《凌波曲》（玄宗在東都，晝夢一女，容貌豔異，梳交心髻，大袖寬衣，拜於床前。上問："汝何人？"曰："妾是陛下凌波池中龍女，衛宮護駕，妾實有功。今陛下洞曉鈞天之音，乞賜一曲，以光族類。"上於夢中爲鼓胡琴，拾新舊之曲聲，爲《凌波曲》，龍女再拜而去。及覺，盡記之。會禁樂，自御琵琶，習而翻之。與文武臣僚，於凌波宮臨池奏新曲。池中波濤湧起，復有神女出池心，乃所夢之女也。上大悦，語於宰相，因於池上置廟，每歲命祀之）。二曲既成，遂賜宜春院及梨園弟子並諸王。時新豐初進女伶謝阿蠻，善舞。上與妃子鍾念，因而受焉。就按於清元小殿，寧王吹玉笛，上羯鼓，妃琵琶，馬仙期方響，李龜年觱篥，張野狐箜篌，賀懷智拍板，自旦至午，歡洽異常。時唯妃女弟秦國夫人端坐觀之。曲罷，上戲曰："阿瞞（上在禁中多自稱也）樂籍，今日幸得供養夫人，請一纏頭。"秦國曰："豈有大唐天子阿姨無錢用耶？"遂出三百萬為一局焉。樂器皆非世有者，才奏而清風習習，聲出天表。妃子琵琶邐迤檀，寺人白季貞使蜀還獻。其木温潤如玉，光耀可鑒，有金縷紅文，蹙成雙鳳，以龍香板為撥。弦乃末訶彌羅國永泰元年所貢者，淥水蠶絲也，光瑩如貫珠瑟瑟。紫玉笛乃桓娥所得也。禄山進三百事管色，俱用媚玉為之。諸王、郡主、妃之姊妹，皆師妃為琵琶弟子。每一曲徹，廣有獻遺。妃子是日問阿蠻曰："爾貧，無可獻師長，待我與爾為。"命侍兒紅桃娘取紅粟玉臂支賜阿蠻。妃善擊磬，拊搏之音泠泠然，多新聲，雖太常梨園之妓，莫能及之。上命採藍田綠玉，琢成磬。上方造簨，流蘇之屬以金鈿珠翠飾之，鑄金為二獅子，以為跌。彩繒綷麗，一時無比。

先，開元中，禁中重木芍藥，即今牡丹也。（《開元天寶花木記》云："禁中呼木芍藥為牡丹。"）得數本紅紫淺紅通白者，上因移植於興慶池東沉香亭前。會花方繁開，上乘照夜白，妃以步輦從。詔選梨園弟子中尤者，得樂十六色。李龜年以歌擅一時之名，手捧檀板，押衆樂前，將欲歌之。上曰："賞名花，對妃子，焉用舊樂詞為？"遽命龜年持金花箋，宣賜翰林學士李白，立進《清平樂詞》三篇。承旨猶苦宿醒，因援筆賦之。

第一首：

　　雲想衣裳花想容，春風拂檻露華濃。

　　若非群玉山頭見，會向瑤臺月下逢。

第二首：

　　一枝紅豔露凝香，雲雨巫山枉斷腸。

　　借問漢宮誰得似？可憐飛燕倚新粧。

第三首：

　　名花傾國兩相歡，長得君王帶笑看。

　　解釋春風無限恨，沉香亭北倚欄干。

龜年捧詞進，上命梨園弟子略約詞調，撫絲竹，遂促龜年以歌。妃持玻璃七寶杯，酌西涼州葡萄酒，笑領歌，意甚厚。上因調玉笛以倚曲，每曲遍將換，則遲其聲以媚之。妃飲罷，斂繡巾再拜。上自是顧李翰林尤異於他學士。會力士終以脫靴爲恥，異日，妃重吟前詞，力士戲曰："始爲妃子怨李白深入骨髓，何翻拳拳如是耶？"妃子驚曰："何學士能辱人如斯？"力士曰："以飛燕指妃子，賤之甚矣。"妃深然之。上嘗三欲命李白官，卒爲宮中所捍而止。

上在百花院便殿，因覽《漢成帝內傳》，時妃子後至，以手整上衣領，曰："看何文書？"上笑曰："莫問，知則又殢人。"覓去，乃是："漢成帝獲飛燕，身輕欲不勝風。恐其飄蕩，帝爲造水晶盤，令宮人掌之而歌舞。又製七寶避風臺，間以諸香，安於上，恐其四肢不禁也。"上又曰："爾則任風吹多少。"蓋妃微有肌也，故上有此語戲妃。妃曰："《霓裳羽衣》一曲，可掩前古。"上曰："我才弄，爾便欲嗔乎？憶有一屏風，合在，待訪得以賜爾。"屏風乃虹霓爲名，雕刻前代美人之形，可長三寸許。其間服玩之器、衣服，皆用衆寶雜廁而成。水精爲地，外以玳瑁、水犀爲押，絡以珍珠瑟瑟。間綴精妙，迨非人力所製。此乃隋文帝所造，賜義成公主，隨在北胡。貞觀初，滅胡，與蕭后同歸中國，上因而賜焉。（妃歸衛公家，遂持去，安於高樓上，未及將歸。國忠日午偃息樓上，至床，睹屏風在焉。才就枕，而屏風諸女悉皆下床前，各通所號，曰：“裂繒人也。”“定陶人也。”“穿廬人也。”“當壚人也。”“亡吳人也。”“步蓮人也。”“桃源人也。”“班竹人也。”“奉五官人也。”“温肌人也。”“曹氏投波人也。”“吳宮無雙返香人也。”“拾翠人也。”“竊香人也。”“金屋人也。”“解佩人也。”“爲雲人也。”“董雙成也。”“爲烟人也。”“畫眉人也。”“吹簫人也。”“笑蹙人也。”“垓中人也。”“許飛瓊也。”“趙飛燕也。”“金谷人也。”“小鬢人也。”“光髮人也。”“薛夜來也。”“結綺人也。”“臨春閣人也。”“扶風女也。”國忠雖開目，歷歷見之，而身體不能動，口不能發聲。諸女各以物列坐。俄有纖腰妓人近十餘輩，曰：“楚章華踏謡娘也。”乃連臂而歌之，曰：“三朵芙蓉是我流，大楊造得小楊收。”復有二三妓，又曰：“楚宫弓腰娘也。何不見《楚辭别序》云：‘綽約花態，弓身玉肌？’”俄而遞爲本藝。將呈訖，一一復歸屏上。國忠方醒，惶懼甚，遽走下樓，急令封鎖之。貴妃知之，亦不欲見焉。禄山亂後，其物猶存，在宰相元載家，自後不知所在。）

初，開元末，江陵進乳柑橘，上以十枚種於蓬萊宫。至天寶十載九月秋結實，宣賜宰臣，曰：“朕近於宫内種柑子樹數株，今秋結實一百五十餘顆，乃與江南及蜀道所進無别，亦可謂稍異者。”宰臣表賀曰：“伏以自天所育者，不能改有常之性；曠古所無者，乃可謂非常之感。是知聖人御物，以元氣布和；大道乘時，則殊方葉致。且橘柚所植，南北異名，實造化之有初，匪陰陽之有革。陛下玄風真紀，六合一家。雨露所均，混天區而齊被；草木有性，憑地氣以潛通。故兹江外之珍果，爲禁中之佳實。緑蒂含霜，芳流綺殿；金衣爛日，色麗彤庭。"云云。乃頒賜大臣。外有一合歡實,上與妃子互相持玩。上曰:"此果似知人意,朕與卿固同一體,所以合歡。"於是促坐同食焉。因令畫圖,傳之於後。妃子既生於蜀,嗜荔枝。南海荔枝勝於蜀者,故每歲馳驛以進。然方暑熱而熟,經宿則無味,後人不能知也。

上與妃采戲,將北,惟重四轉敗爲勝。連叱之,骰子宛轉而成重四,遂令高力士賜緋,風俗因而不易。廣南進白鸚鵡,洞曉言詞,呼爲"雪衣女"。一朝飛上妃鏡臺上,自語:"雪衣女昨夜夢爲鷙鳥所搏。"上令妃授以《多心經》,記誦精熟。後上與妃游別殿,置雪衣女於步輦竿上同去。瞥有鷹至,搏之而斃。上與妃歎息久之,遂瘞於苑中,呼爲鸚鵡塚。交趾貢龍腦香,有蟬蠶之狀,五十枚,波斯言老龍腦樹節方有,禁中呼爲瑞龍腦,上賜妃十枚,妃私發明駝使(明駝使者,眼下有毛,夜能明,日馳五百里),持三枚遺禄山。妃又常遺禄山金平脱裝具、玉盒、金平脱鐵面椀。

十一載,李林甫死,又以國忠爲相,帶四十餘使。十二載,加國忠司空。長男暄,先尚延和郡主,又拜銀青光禄大夫、太常卿,兼户部侍郎。小男昢,尚萬春公主。貴妃堂弟秘書少監鑑,尚承榮郡主。一門一貴妃,二公主,二郡主,三夫人。十三載,重贈玄琰太尉、齊國公,母重封梁國夫人。官爲造廟,御制碑及書。叔玄珪又拜工部尚書。韓國婿秘書少監崔珣女,爲代宗妃;虢國男裴徽,尚代宗女延光公主,女爲讓帝男妻。秦國婿柳澄男鈞,尚長清縣主,澄弟潭,尚肅宗女和政公主。上每年冬十月,幸華清宫,常經冬還宫闕,去即與妃同輦。華清有端正樓,即貴妃梳洗之所;有蓮花湯,即貴妃澡沐之室。國忠賜第在宫東門之南,虢國相對,韓國、秦國,甍棟相接。天子幸其第,必過五家,賞賜燕樂。扈從之時,每家爲一隊,隊著一色衣,五家合隊相映,如百花之焕發。遺鈿墜舄,瑟瑟珠翠，燦於路歧可掬。曾有人俯身一窺其車，香氣數日不絕。駝馬千餘頭匹，以劍南旌節器仗前驅。出有餞飲，還有軟脚。遠近餉遺珍玩狗馬、閹侍歌兒，相望於道。及秦國先死，獨虢國、韓國、國忠轉盛。虢國又與國忠亂焉，略無儀檢。每入朝謁，國忠與韓、虢連轡，揮鞭驟馬，以爲諧謔。從官嬤嫗百餘騎，秉燭如晝，鮮裝袨服而行，亦無蒙蔽，衢路觀者如堵，無不駭歎。十宅諸王男女婚嫁，皆資韓、虢紹介；每一人納一千貫，上乃許之。

十四載六月一日，上幸華清宮，乃貴妃生日。上命小部音聲（小部者，梨園法部所置，凡三十人，皆十五已下），於長生殿奏新曲。未有名，會南海進荔枝，因以曲名《荔枝香》。左右歡呼，聲動山谷。其年十一月，禄山反幽陵（禄山本名軋犖山，雜種胡人也。母本巫師。禄山晚年益肥，垂肚過膝，自稱得三百五十斤。於上前胡旋舞，疾如風焉。上嘗於勤政樓東間設大金雞障，施一大榻，卷去簾，令禄山坐。其下設百戲，與禄山看焉。肅宗諫曰："歷觀今古，未聞臣下與君上同坐閱戲。"上私曰："渠有異相，我禳之故耳。"又嘗與夜燕，禄山醉卧，化爲一豬而龍首。左右遽告帝，帝曰："此豬龍，無能爲。"終不殺。卒亂中國。）以誅國忠爲名。咸言國忠、虢國、貴妃三罪，莫敢上聞。上欲以皇太子監國，蓋欲傳位，自親征。謀於國忠，國忠大懼，歸謂姊妹曰："我等死在旦夕，今東宮監國，當與娘子等併命矣。"姊妹哭訴於貴妃。妃銜土請命，事乃寝。十五載六月，潼關失守。上幸巴蜀，貴妃從。至馬嵬，右龍武將軍陳玄禮懼兵亂，乃謂軍士曰："今天下崩離，萬乘震盪，豈不由楊國忠割剥甿庶，以至於此。若不誅之，何以謝天下！"衆曰："念之久矣。"會吐蕃和好使在驛門遮國忠訴事，軍士呼曰："楊國忠與蕃人謀叛！"諸軍乃圍驛四合，殺國忠並男暄等。（國忠舊名釗，本張易之子也。天授中,易之恩幸莫比。每歸私第,詔令居樓,仍去其梯,圍以束棘,無復女奴侍立。母恐張氏絕嗣,乃置女奴嬪珠於樓複壁中,遂有娠,而生國忠,後嫁於楊氏。)上乃出驛門勞六軍,六軍不解圍。上顧左右責其故,高力士對曰:"國忠負罪,諸將討之。貴妃即國忠之妹,猶在陛下左右,群臣能無憂怖?伏乞聖慮裁斷。"(一本云:"賊根猶在,何敢散乎?"蓋斥貴妃也。)上迴入驛,驛門內傍有小巷,上不忍歸行宮,於巷中倚杖欹首而立,聖情昏嘿,久而不進。京兆司祿韋鍔(見素男也)進曰:"乞陛下割恩忍斷,以寧國家。"逡巡,上入行宮,撫妃子出於廳門,至馬道北牆口而別之,使力士賜死。妃泣涕嗚咽,語不勝情,乃曰:"願大家好住。妾誠負國恩,死無恨矣,乞容禮佛。"帝曰:"願妃子善地受生。"力士遂縊於佛堂前之梨樹下。才絕,而南方進荔枝至,上睹之,長號數息,使力士曰:"與我祭之。"祭後,六軍尚未解圍。以繡衾覆床,置驛庭中,敕玄禮等入驛視之。玄禮抬其首,知其死,曰:"是矣。"而圍解。瘞於西郭之外一里許道北坎下。妃時年三十八。上持荔枝,於馬上謂張野狐曰:"此去劍門,鳥啼花落,水綠山青,無非助朕悲悼妃子之由也。"初,上在華清宮日,乘馬出宮門,欲幸虢國夫人之宅,玄禮曰:"未宣敕報臣,天子不可輕去就。"上爲之迴轡。他年在華清宮,逼上元,欲夜游,玄禮奏曰:"宮外即是曠野,須有預備,若欲夜游,願歸城闕。"上又不能違諫。及此馬嵬之誅,皆是敢言之有便也。

先是,術士李遐周有詩曰:"燕市人皆去,函關馬不歸。若逢山下鬼,環上繫羅衣。""燕市人皆去",祿山悉薊門之士而來。"函關馬不歸",哥舒翰之敗潼關也。"若逢山下鬼",嵬字,即馬嵬驛也。"環上系羅衣",貴妃小字玉環,及其死也,力士以羅巾縊焉。又妃常以假髻爲首飾,而好服黃裙。天寶末,京師童謠曰:"義髻抛河裏，黄裙逐水流。"至此應矣。初，禄山嘗於上前應對，雜以諧謔。妃常在座，禄山心動。及聞馬嵬之死，數日歡愴。雖林甫養育之，國忠激怒之，然其有所自也。是時虢國夫人先至陳倉之官店。國忠誅問至，縣令薛景仙率吏人追之。走入竹林下，以爲賊軍至，虢國先殺其男徽，次殺其女。國忠妻裴柔曰："娘子何不借我方便乎？"遂並其女刺殺之。已而自刎不死，載於獄中，猶問人曰："國家乎？賊乎？"獄吏曰："互有之。"血凝其喉而死。遂並坎於東郭十餘步道北楊樹下。

上發馬嵬，行至扶風道。道傍有花，寺畔見石楠樹團圓，愛玩之，因呼爲端正樹，蓋有所思也。又至斜谷口，屬霖雨涉旬，於棧道雨中聞鈴聲隔山相應。上既悼念貴妃，因採其聲爲《雨霖鈴》曲，以寄恨焉。至德二年，既收復西京，十一月，上自成都還，使祭之。後欲改葬，李輔國等皆不從。時禮部侍郎李揆奏曰："龍武將士以楊國忠反，故誅之。今改葬故妃，恐龍武將士疑懼。"肅宗遂止之。上皇密令中官潛移葬之於他所。妃之初瘞，以紫褥裹之，及移葬，肌膚已消釋矣，胸前猶有錦香囊在焉。中官葬畢以獻，上皇置之懷袖。又令畫工寫妃形於別殿，朝夕視之而歔欷焉。上皇既居南內，夜闌登勤政樓，憑欄南望，烟月滿目。上因自歌曰："庭前琪樹已堪攀，塞外征人殊未還。"歌歇，聞里中隱隱如有歌聲者。顧力士曰："得非梨園舊人乎？遲明爲我訪來。"翌日，力士潛求於里中，因召與同去，果梨園弟子也。其後，上復與妃侍者紅桃在焉，歌《涼州》之詞，貴妃所制也。上親御玉笛，爲之倚曲。曲罷相視，無不掩泣。上因廣其曲，今《涼州》留傳者，益加怨切焉。

至德中，復幸華清宮，從官嬪御，多非舊人。上於望京樓下，命張野狐奏《雨霖鈴》曲，曲半，上四顧凄涼，不覺流涕，左右亦爲感傷。新豐有女伶謝阿蠻,善舞《淩波曲》,舊出入宮禁,貴妃厚焉。是日,詔令舞。舞罷,阿蠻因進金粟裝臂環,曰:"此貴妃所賜。"上持之,淒然垂涕曰:"此我祖大帝破高麗獲二寶:一紫金帶,一紅玉支。朕以岐王所進《龍池篇》,賜之金帶,紅玉支賜妃子。後高麗知此寶歸我,乃上言:'本國因失此寶,風雨愆時,民離兵弱。'朕尋以爲得此不足爲貴,乃命還其紫金帶,唯此不還。汝既得之於妃子,朕今再睹之,但興悲念矣。"言訖,又涕零。至乾元元年,賀懷智又上言,曰:"昔上夏日與親王棋,令臣獨彈琵琶(其琵琶以石爲槽,鵾雞筋爲弦,用鐵撥彈之),貴妃立於局前觀之。上數枰子將輸,貴妃放康國猧子上局亂之,上大悦。時風吹貴妃領巾於臣巾上,良久迴身方落。及歸,覺滿身香氣,乃卸頭幘,貯於錦囊中。今輒進所貯幞頭。"上皇發囊,且曰:"此瑞龍腦香也。吾曾施於暖池玉蓮朵,再幸尚有香氣宛然。況乎絲縷潤膩之物哉!"遂悽愴不已。自是聖懷耿耿,但吟:"刻木牽絲作老翁,雞皮鶴髮與真同。須臾舞罷寂無事,還似人生一世中。"

有道士楊通幽自蜀來,知上皇念楊貴妃,自云有李少君之術。上皇大喜,命致其神。方士乃竭其術以索之,不至。又能游神馭氣,出天界、入地府求之,竟不見。又旁求四虛上下,東極絕大海,跨蓬壺。忽見最高山,上多樓閣。泊至,西廂下有洞户,東向,闔其門,額署曰"玉妃太真院"。方士抽簪叩扉,有雙鬟童女出應門。方士造次未及言,雙鬟復入。俄有碧衣侍女至,詰其所從來。方士因稱天子使者,且致其命。碧衣云:"玉妃方寢,請少待之。"逾時,碧衣延入,且引曰:"玉妃出。"冠金蓮,帔紫綃,佩紅玉,拽鳳舄,左右侍女七八人。揖方士,問皇帝安否,次問天寶十四載以還事,言訖憫然。指碧衣女取金釵鈿合,析其半授使者,曰:"爲我謝太上皇,謹獻是物，尋舊好也。"方士將行，色有不足，玉妃因徵其意，乃復前跪致詞："請當時一事，不聞於他人者，驗於太上皇。不然，恐金釵鈿合，負新垣平之詐也。"玉妃忙然退立，若有所思，徐而言曰："昔天寶十載，侍輦避暑驪山宮。秋七月，牽牛織女相見之夕，上憑肩而望。因仰天感牛女事，密相誓心：'願世世爲夫婦。'言畢，執手各嗚咽。此獨君王知之耳。"因悲曰："由此一念，又不得居此，復墮下界，且結後緣。或爲天，或爲人，決再相見，好合如舊。"因言："太上皇亦不久人間，幸惟自愛，無自苦耳。"使者還，具奏太上皇，皇心震悼。

及至移入大內甘露殿，悲悼妃子，無日無之。遂辟穀服氣，張皇后進櫻桃、蔗漿，聖皇並不食。常玩一紫玉笛，因吹數聲，有雙鶴下於庭，徘徊而去。聖皇語侍兒宮愛曰："吾奉上帝所命，爲元始孔昇真人，此期可再會妃子耳。笛非爾所寶，可送大收。（大收，代宗小字。）"即令具湯沐曰："我若就枕，慎勿驚我。"宮愛聞睡中有聲，駭而視之，已崩矣。妃子死日，馬嵬嫗得錦袎襪一只，相傳過客一玩百錢，前後獲錢無數。

悲夫！玄宗在位久，倦於萬機，常以大臣接對拘檢，難徇私欲。自得李林甫，一以委成。故絕逆耳之言，恣行燕樂，衽席無別，不以爲恥，由林甫之贊成矣。乘輿遷播，朝廷陷沒，百僚繫頸，妃王被戮，兵滿天下，毒流四海，皆國忠之召禍也。

史臣曰："夫禮者，定尊卑，理家國。君不君，何以享國？父不父，何以正家？有一於此，未或不亡。唐明皇之一誤，貽天下之羞，所以祿山叛亂，指罪三人。今爲外傳，非徒拾楊妃之故事，且懲禍階而已。"

（李劍國輯校《宋代傳奇集》上冊，中華書局2018）

【按】清熊璉《澹仙詩鈔》（有嘉慶二年金陵杜新甫刻本）卷

四有《書〈楊太真傳〉後》七絕二首：

貪看溫泉浴後粧，樓東誰與慰淒涼。海棠自向春風笑，偏讓梅花雪裏香。

中原烽火爲嬋娟，葬玉埋花亦可憐。若果蓬萊宮裏去，千秋傾國盡神仙。

同卷有《和顏鑑塘使君百美新詠（並序）》，中有《梅妃》一首，可作上引第一首七絕的注脚：

佳人不買《長門賦》，自向樓東寫斷腸。酷愛梅花應有意，一生心事付寒香。

唐明皇哭香囊（殘）

［元］關漢卿

【越調】【雪裏梅】鬧炒炒樹頭邊，訟都都絮無休；止不過添兵，離不了求救，你怎麼諸葛武侯！

【幺篇】你可甚分破帝王憂，向沙塞擁戈矛。那裏也斷密亡隋，排蕭剪闍，擒充戮竇。

【絡絲娘】不要你微分間到口，則要你滿飲這一盞勞神御酒。額角上花鈿墜不收，粉汗交流。

【綿搭絮】玉簪初綻，金菊才開，碧梧恰落，翠柳微凋，都做了野草閒花滿地愁。說與那教坊司、仙音院，莫落後。若得些松閒，共娘娘做取個九月九。

【拙魯速】比當日黑河秋，則不爭擁著貂裘。向前待問候，只見淡淡雙蛾緊相斗；翠眉皺，手按著驊騮，忔忒忒戰又怯，嬌又羞。

（《關漢卿全集校注》，河北教育出版社 1988）

唐明皇秋夜梧桐雨

［元］白　樸

楔　子

（沖末扮張守珪引卒子上，詩云）坐擁貔貅鎮朔方，每臨塞下受降王。太平時世轅門静，自把雕弓數雁行。某姓張，名守珪，見任幽州節度使。幼讀儒書，兼通韜略，爲藩鎮之名臣，受心膂之重寄。且喜近年以來，邊烽息警，軍士休閒。昨日奚契丹部擅殺公主，某差捉生使安禄山率兵征討，不見來回話。左右，轅門前覷者，等來時報復我知道。（卒云）理會的。（淨扮安禄山上，云）自家安禄山是也。積祖以來，爲營州雜胡，本姓康氏。母阿史德，爲突厥覡者，禱於軋犖山戰鬥之神而生某。生時有光照穹廬，野獸皆鳴，遂名爲軋犖山。後母改嫁安延偃，乃隨安姓，改名安禄山。開元年間，延偃攜某歸國，遂蒙聖恩，分隷張守珪部下。爲某通曉六蕃言語，膂力過人，現任捉生討擊使。昨因奚契丹反叛，差我征討。自恃勇力深入，不料衆寡不敵，遂致喪師。今日不免回見主帥，別作道理。早來到府門首也。左右，報復去，道有捉生使安禄山來見。（卒報科）（張守珪云）著他進來。（安禄山做見科）（張守珪云）安禄山，征討勝敗如何？（安禄山云）賊衆我寡，軍士畏怯，遂至敗北。（張守珪云）損軍失機，明例不宥。左右，推出去，斬首報來。（卒推出科）（安禄山大叫，云）主帥不欲滅奚契丹耶，奈何殺壯士？（張守珪云）放他回來。（安禄山回科）（張守珪云）某也惜你驍勇，但國有定法，某不敢賣法市恩，送你上京，取聖斷，如何？（安禄山云）謝主帥不殺之恩。（押下）（張守珪云）安禄山去了也。（詩云）須知生殺有旗

牌，只爲軍中惜將才。不然斬一胡兒首，何用親煩聖斷來。（下）

（正末扮唐玄宗駕，旦扮楊貴妃，引高力士、楊國忠、宮娥上）（正末云）寡人唐玄宗是也。自高祖神堯皇帝起兵晉陽，全仗我太宗皇帝，滅了六十四處烟塵，一十八家擅改年號，立起大唐天下。傳高宗、中宗，不幸有宮闈之變。寡人以臨淄郡王領兵靖難，大哥哥寧王讓位於寡人。即位以來二十餘年，喜的太平無事。賴有賢相姚元之、宋璟、韓休、張九齡同心致治，寡人得遂安逸。六宮嬪御雖多，自武惠妃死後，無當意者。去年八月中秋，夢游月宮，見嫦娥之貌，人間少有。昨壽邸楊妃，絕類嫦娥，已命爲女道士；既而取入宮中，策爲貴妃，居太真院。寡人自從太真入宮，朝歌暮宴，無有虛日。高力士，你快傳旨排宴，梨園子弟奏樂，寡人消遣咱。（高力士云）理會的。（外扮張九齡押安祿山上，詩云）調和鼎鼐理陰陽，位列鵷班坐省堂。四海承平無一事，朝朝曳履侍君王。老夫張九齡是也，南海人氏。早登甲第，荷聖恩直做到丞相之職。近日，邊帥張守珪解送失機蕃將一人，名安祿山。我見其身軀肥矮，語言利便，有許多異相。若留此人，必亂天下。我今見聖人，面奏此事。早來到宮門前也。（入見科，云）臣張九齡見駕。（正末云）卿來有何事？（張九齡云）近日邊臣張守珪解送失機蕃將安祿山，例該斬首，未敢擅便，押來請旨。（正末云）你引那蕃將來我看。（張九齡引安祿山見科，云）這就是失機蕃將安祿山。（正末云）一員好將官也。你武藝如何？（安祿山云）臣左右開弓，一十八般武藝，無有不會；能通六蕃言語。（正末云）你這等肥胖，此胡腹中何所有？（安祿山云）惟有赤心耳。（正末云）丞相，不可殺此人，留他做個白衣將領。（張九齡云）陛下，此人有異相，留他必有後患。（正末云）卿勿以王夷甫識石勒，留著怕做甚麼！兀那左右，放了他者。（做放科)(安禄山起，謝云)謝主公不殺之恩。（做跳舞科）（正末云）這是甚麼？（安禄山云）這是胡旋舞。（旦云）陛下，這人又矬矮，又會旋舞，留著解悶倒好。（正末云）貴妃，就與你做義子，你領去。（旦云）多謝聖恩。（同安禄山下）（張九齡云）國舅，此人有異相，他日必亂唐室，衣冠受禍不小。老夫老矣，國舅恐或見之，奈何？（楊國忠云）待下官明日再奏，務要屏除爲妙。（正末云）不知後宮中爲甚麼這般喧笑？左右，可去看來回話。（宮娥云）是貴妃娘娘與安禄山做洗兒會哩。（正末云）既做洗兒會，取金錢百文，賜他做賀禮。就與我宣禄山來，封他官職。（宮娥拿金錢下）（安禄山上，見駕科，云）謝陛下賞賜，宣臣那厢使用？（正末云）宣卿來不爲別，卿既爲貴妃之子，即是朕之子，白衣不好出入宮掖，就加你爲平章政事者。（安禄山云）謝了聖恩。（楊國忠云）陛下，不可，不可！安禄山乃失律邊將，例當處斬，陛下免其死足矣。今給事宮庭，已爲非宜，有何功勳，加爲平章政事？況胡人狼子野心，不可留居左右。望陛下聖鑒。（張九齡云）楊國忠之言，陛下不可不聽。（正末云）你可也説的是。安禄山，且加你爲漁陽節度使，統領蕃漢兵馬，鎮守邊庭，早立軍功，不次升擢。（安禄山云）感謝聖恩。（正末云）卿休要怨寡人，這是國家典制，非輕可也呵！（唱）

【仙吕・端正好】則爲你不曾建甚奇功，便教你做元輔，滿朝中都指斥鑾輿。眼見的平章政事難停住，寡人待定奪些別官禄。

【么篇】且著你做節度漁陽去，破强寇，永鎮幽都。休得待國家危急才防護；常先事設權謀，收猛將保皇圖。分鐵券，賜丹書，怎肯便辜負了你這功勞簿。（同下）

（安禄山云）聖人回宮去了也。我出的宮門來。叵耐楊國忠這厮，好生無禮，在聖人前奏准，著我做漁陽節度使，明升暗貶。别的

都罷,只是我與貴妃有些私事,一旦遠離,怎生放的下心。罷、罷、
罷!我這一去,到的漁陽,練兵秣馬,別作個道理。正是:畫虎不成
君莫笑,安排牙爪好驚人。(下)

第一折

(旦扮貴妃引宮娥上,云)妾身楊氏,弘農人也。父親楊玄琰,
爲蜀州司户。開元二十二年,蒙恩選爲壽王妃。開元二十八年八
月十五日,乃主上聖節,妾身朝賀。聖上見妾貌類嫦娥,令高力士
傳旨度爲女道士,住內太真宮,賜號太真。天寶四年,册封爲貴妃,
半后服用,寵倖殊甚。將我哥哥楊國忠加爲丞相,姊妹三人封做夫
人,一門榮顯極矣。近日,邊庭送一蕃將來,名安祿山。此人猾黠,
能奉承人意,又能胡旋舞。聖人賜與妾爲義子,出入宮掖。不期我
哥哥楊國忠看出破綻,奏准天子,封他爲漁陽節度使,送上邊庭。
妾心中懷想,不能再見,好是煩惱人也。今日是七月七夕,牛女相
會,人間乞巧令節。已曾分付宮娥,排設乞巧筵在長生殿,妾身乞
巧一番。宮娥,乞巧筵設定不曾?(宮娥云)已完備多時了。(旦
云)咱乞巧則個。(正末引宮娥挑燈拿砌末上,云)寡人今日朝回無
事,一心只想著貴妃。已令在長生殿設宴,慶賞七夕。內使,引駕
去來。(唱)

【仙吕·八聲甘州】朝綱倦整,寡人待痛飲昭陽,爛醉華清。却
是吾當有幸,一個太真妃傾國傾城。珊瑚枕上兩意足,翡翠簾前百
媚生。夜同寢,晝同行,恰似鸞鳳和鳴。(帶云)寡人自從得了楊
妃,真所謂朝朝寒食,夜夜元宵也。(唱)

【混江龍】晚來乘興,一襟爽氣酒初醒。鬆開了龍袍羅扣,偏斜
了鳳帶紅輕。侍女齊扶碧玉輦,宮娥雙挑絳紗燈。順風聽,一派簫

韶令。(内作吹打喧笑科)(正末云)是那裏這等喧笑？(宮娥云)是太真娘娘在長生殿乞巧排宴哩。(正末云)衆宮娥，不要走的響，待寡人自看去。(唱)多咱是胭嬌簇擁，粉黛施呈。

【油葫蘆】報接駕的宮娥且慢行。親自聽，上瑤階那步近前楹。悄悄蹙蹙款把紗窗映，撲撲簌簌風颭珠簾影。我恰待行，打個嚲掙，怪玉籠中鸚鵡知人性，不住的語偏明。

(内作鸚鵡叫，云)萬歲來了，接駕。(旦驚云)聖上來了！(做接駕科)(正末唱)

【天下樂】則見展翅忙呼萬歲聲，驚的那娉婷將鑾駕迎。一個暈龐兒畫不就，描不成。行的一步步嬌，生的一件件撐，一聲聲似柳外鶯。(云)卿在此做甚麼？

(旦云)今逢七夕，妾身設瓜果之會，問天孫乞巧哩。(正末看科，云)排設的是好也。(唱)

【醉中天】龍麝焚金鼎，花蕚插銀瓶，小小金盆種五生，供養著鵲橋會丹青幛，把一個米來大蜘蛛兒抱定。攬奪盡六宮寵幸，更待怎生般智巧心靈。(正末與旦砌末科，云)這金釵一對，鈿盒一枚，賜與卿者。

(旦接科，云)謝了聖恩也。(正末唱)

【金盞兒】我著絳紗蒙，翠盤盛。兩般禮物堪人敬，趁著這新秋節令賜卿卿。七寶金釵盟厚意，百花鈿盒表深情。這金釵兒教你高聳聳頭上頂，這鈿盒兒把你另巍巍手中擎。

(旦云)這秋光可人，妾待與聖駕亭下閑步一番。(正末做同行科，唱)

【憶王孫】瑤階月色晃疏櫺，銀燭秋光冷畫屏。消遣此時此夜景，和月步閑庭，苔浸的凌波羅襪冷。(云)這秋景與四時不同。

（旦云）怎見的與四時不同？（正末云）你聽我説。（唱）

【勝葫蘆】露下天高夜氣清，風掠得羽衣輕，香惹丁東環佩聲。碧天澄淨，銀河光瑩，只疑是身在玉蓬瀛。

（旦云）今夕牛郎織女相會之期，一年只是得見一遭，怎生便又分離也？（正末唱）

【金盞兒】他此夕把雲路鳳車乘，銀漢鵲橋平。不甫能今夜成歡慶，枕邊忽聽曉雞鳴。却早離愁情脈脈，別淚雨泠泠。五更長歎息，則是一夜短恩情。

（旦云）他是天宮星宿，經年不見，不知也曾相憶否？（正末云）他可怎生不想來！（唱）

【醉扶歸】暗想那織女分，牛郎命，雖不老，是長生。他阻隔銀河信杳冥，經年度歲成孤另。你試向天宮打聽，他決害了些相思病。

（旦云）妾身得侍陛下，寵幸極矣；但恐容貌日衰，不得似織女長久也！（正末唱）

【後庭花】偏不是上列著星宿名，下臨著塵世生。把天上姻緣重，將人間恩愛輕。各辦著真誠，天心必應，量他每何足稱。

（旦云）妾想牛郎織女，年年相見，天長地久，只是如此，世人怎得似他情長也。（正末唱）

【金盞兒】咱日日醉霞觥，夜夜宿銀屏；他一年一日見把佳期等。若論著多多爲勝，咱也合贏。我爲君王猶妄想，你做皇后尚嫌輕。可知道斗牛星畔客，回首問前程。

（旦云）妾蒙主上恩寵無比，但恐春老花殘，主上恩移寵衰，使妾有龍陽泣魚之悲，班姬題扇之怨，奈何！（正末云）妃子，你話説那裏！（旦云）陛下，請示私約，以堅終始。（正末云）咱和你去那處説話去。（做行科，唱）

【醉中天】我把你半躲的肩兒憑，他把個百媚臉兒擎。正是金
闕西廂叩玉扃，悄悄回廊靜。靠著這招彩鳳、舞青鸞、金井梧桐樹
影，雖無人竊聽，也索悄聲兒海誓山盟。（云）妃子，朕與卿儘今生
偕老；百年以後，世世永爲夫婦。神明鑒護者！

（旦云）誰是盟證？（正末唱）

【賺煞尾】長如一雙鈿盒盛，休似兩股金釵另，願世世姻緣注
定。在天呵做鴛鴦常比並，在地呵做連理枝生。月澄澄銀漢無聲，
説盡千秋萬古情。咱各辦著志誠，你道誰爲顯證，有今夜度天河相
見女牛星。（同下）

第二折

（安禄山引衆將上，云）某安禄山是也。自到漁陽，操練蕃漢人
馬，精兵見有四十萬，戰將千員。如今明皇年已昏眊，楊國忠、李林
甫播弄朝政。我今只以討賊爲名，起兵到長安，搶了貴妃，奪了唐
朝天下，才是我平生願足。左右，軍馬齊備了麼？（衆將云）都齊備
了。（安禄山云）著軍政司先發檄一道，説某奉密旨討楊國忠等。
隨後令史思明領兵三萬，先取潼關，直抵京師，成大事如反掌耳！
（衆將云）得令。（安禄山云）今日天晚，明日起兵。（詩云）統精兵
直指潼關，料唐家無計遮攔。單要搶貴妃一個，非專爲錦繡江山。
（同下）

（正末引高力士，鄭觀音抱琵琶，寧王吹笛，花奴打羯鼓，黃翻
綽執板，捧旦上）（正末云）今日新秋天氣，寡人朝回無事，妃子學得
霓裳羽衣舞，同往御園中沉香亭下，閑耍一番。早來到也。你看這
秋來風物，好是動人也呵！（唱）

【中吕·粉蝶兒】天淡雲閑，列長空數行征雁。御園中夏景初

殘:柳添黃,荷減翠,秋蓮脱瓣。坐近幽蘭,噴清香玉簪花綻。(帶云)早到御園中也。雖是小宴,倒也整齊。(唱)

【叫聲】共妃子喜開顏,等閒,等閒,御園中列肴饌。酒注嫩鵝黃,茶點鷓鴣斑。

【醉春風】酒光泛紫金鐘,茶香浮碧玉盞。沉香亭畔晚涼多,把一搭兒親自揀、揀。粉黛濃妝,管弦齊列,綺羅相間。

(外扮使臣上,詩云)長安回望繡成堆,山頂千門次第開。一騎紅塵妃子笑,無人知是荔枝來。小官四川道差來使臣。因貴妃娘好唉鮮荔枝,遵奉詔旨,特來進鮮。早到朝門外了。宮官,通報一聲,説四川使臣來進荔枝。(做報科)(正末云)引他進來。(使臣見駕科,云)四川道使臣進貢荔枝。(正末看科,云)妃子,你好食此果,朕特令他及時進來。(旦云)是好荔枝也。(正末唱)

【迎仙客】香噴噴味正甘,嬌滴滴色初綻,只疑是九重天謫來人世間。取時難,得後慳。可惜不近長安,因此上教驛使把紅塵踐。

(旦云)這荔枝顏色嬌嫩,端的可愛也。(正末唱)

【紅繡鞋】不則向金盤中好看,便宜將玉手擎餐,端的個絳紗籠罩水晶寒。爲甚教寡人醒醉眼,妃子暈嬌顏,物稀也人見罕。

(高力士云)請娘娘登盤,演一回霓裳之舞。(正末云)依卿奏者。(正旦做舞,衆樂攛掇科)(正末唱)

【快活三】囑付你仙音院莫怠慢,道與你教坊司要迭辦。把個太真妃扶在翠盤間,快結束,宜妝扮。

【鮑老兒】雙撮得泥金衫袖挽,把月殿裏霓裳按。鄭觀音琵琶準備彈,早搭上鮫綃襟。賢王玉笛,花奴羯鼓,韻美聲繁。壽寧錦瑟,梅妃玉簫,嘹亮循環。

【古鮑老】屹刺刺撒開紫檀,黃翻綽向前手拈板。低低的叫聲玉環，太真妃笑時花近眼。紅牙箸趁五音、擊著梧桐按，嫩枝柯猶未乾、更帶著瑤琴音泛。卿呵，你則索出幾點瓊珠汗。

（旦舞科）（正末唱）

【紅芍藥】腰鼓聲乾，羅襪弓彎，玉佩丁東響珊珊，即漸裏舞軃雲鬟。施呈你蜂腰細，燕體翻，作兩袖香風拂散。（帶云）卿倦也，飲一杯酒者。（唱）寡人親捧杯玉露甘寒，你可也莫得留殘，拚著個醉醺醺直吃到夜靜更闌。

（旦飲酒科）（淨扮李林甫上，云）小官李林甫是也，見爲左丞相之職。今早飛報將來，説安禄山反叛，軍馬浩大，不敢抵敵，只得見駕。（做見駕科）（正末云）丞相有何事這等慌促？（李林甫云）邊關飛報，安禄山造反，大勢軍馬殺將來了。陛下，承平日久，人不知兵，怎生是好？（正末云）你慌做甚麼！（唱）

【剔銀燈】止不過奏説邊庭上造反，也合看空便，覷遲疾緊慢。等不的俺筵上笙歌散，可不氣丕丕冒突天顔！那些個齊管仲鄭子産，敢待做假忠孝龍逢比干？

（李林甫云）陛下，如今賊兵已破潼關，哥舒翰失守逃回，目下就到長安了。京城空虚，決不能守，怎生是好？（正末唱）

【蔓菁菜】險些兒慌殺你個周公旦。（李林甫云）陛下，只因女寵盛，讒夫昌，惹起這刀兵來了。（正末唱）你道我因歌舞壞江山？你常好是占奸。早難道羽扇綸巾笑談間，破强虜三十萬。（云）既賊兵壓境，你衆官計議，選將統兵，出征便了。

（李林甫云）如今京營兵不滿萬，將官衰老，如哥舒翰名將，尚且支持不住，那一個是去得的？（正末唱）

【滿庭芳】你文武兩班，空列些烏靴象簡，金紫羅襴。内中没個英雄漢，掃蕩塵寰。慣縱的個無徒禄山，没揣的撞過潼關，先敗了哥舒翰。疑怪昨宵向晚，不見烽火報平安。（云）卿等有何計策，可退賊兵？

（李林甫云）安祿山部下，蕃漢兵馬四十餘萬，皆是以一當百，怎與他拒敵？莫若陛下幸蜀，以避其鋒，待天下兵至，再作計較。（正末云）依卿所奏，便傳旨收拾。六宮嬪御，諸王百官，明日早起，幸蜀去來。（旦作悲科，云）妾身怎生是好也！（正末唱）

【普天樂】恨無窮，愁無限。爭奈倉卒之際，避不得蕎嶺登山。鑾駕遷，成都盼。更那堪滻水西飛雁，一聲聲送上雕鞍。傷心故園，西風渭水，落日長安。

（旦云）陛下怎受的途路之苦？（正末云）寡人也沒奈何哩！（唱）

【啄木兒尾】端詳了你上馬嬌，怎支吾蜀道難！替你愁那嵯峨峻嶺連云棧，自來驅馳可慣，幾程兒挨得過劍門關？（同下）

第三折

（外扮陳玄禮上，詩云）世受君恩統禁軍，天顏喜怒得先聞。太平武備皆無用，誰料狂胡起戰塵。某右龍武將軍陳玄禮是也。昨因逆胡安祿山倡亂，潼關失守。昨日宰臣會議，大駕暫幸蜀川，以避其鋒。今早飛報說，賊兵離京城不遠。聖主令某統領禁軍護駕，軍馬點就多時，專候大駕起行。（正末引旦及楊國忠、高力士並太子、扈駕郭子儀、李光弼上）（正末云）寡人眼不識人，致令狂胡作亂。事出急迫，只得西行避兵，好傷感人也呵！（唱）

【雙調·新水令】五方旗招颭日邊霞，冷清清半張鑾駕。鞭倦裊，鐙慵踏，回首京華，一步步放不下。（帶云）寡人深居九重，怎知閭閻貧苦也！（唱）

【駐馬聽】隱隱天涯，剩水殘山五六搭；蕭蕭林下，壞垣破屋兩三家。秦川遠樹霧昏花,灞橋衰柳風瀟灑。煞不如碧窗紗,晨光閃爍鴛鴦瓦。

(衆扮父老上,云)聖上,鄉里百姓叩頭。(正末云)父老有何話説?(衆云)宮闕,陛下家居;陵寢,陛下祖墓。今捨此,欲何之?(正末云)寡人不得已,暫避兵耳。(衆云)陛下既不肯留,臣等願率子弟,從殿下東破賊,取長安。若愉下與至尊皆入蜀,使中原百姓,誰爲之主?(正末云)父老説的是。左右,宣我兒近前來者。(太子做見科)(正末云)衆父老説,中原無主,留你東還,統兵殺賊。就令郭子儀、李光弼爲元帥,後軍分撥三千人,跟你回去。你聽我説。(唱)

【沉醉東風】父老每忠言聽納,教小儲君專任征伐。你也合分取些社稷憂,怎肯教別人把江山霸?將這顆傳國寶你行留下。(太子云)兒子只統兵殺賊,豈敢便登天位?(正末唱)剿除了賊徒,救了國家,更避甚稱孤道寡?

(太子云)既爲國家重事,兒子領詔旨,率領郭子儀、李光弼回去也。(做辭駕科)(衆軍不行科)(正末唱)

【慶東原】前軍疾行動,因甚不進發?(衆軍呐喊科)一行人覷了皆驚怕。嗔忿忿停鞭立馬,惡嗷嗷披袍貫甲,明颭颭掣劍離匣,齊臻臻雁行班排,密匝匝魚鱗似亞。

(陳玄禮云)衆軍士説,國有奸邪,以致乘輿播遷。君側之禍不除,不能斂戢衆志。(正末云)這是怎麼説?(唱)

【步步嬌】寡人呵萬里烟塵,你也合嗟訝,就勢兒把吾當唬。國家又不曾虧你半掐,因甚軍心有爭差?問卿咱,爲甚不説半句兒知心話?

(陳玄禮云)楊國忠專權誤國,今又與吐蕃使者交通,似有反情,請誅之以謝天下。(正末唱)

【沉醉東風】據著楊國忠合該萬剮，闞的個禄山賊亂了中華。是非寡人股肱難棄捨，更兼與妃子骨肉相牽掛。斷遣盡枉展汙了五條刑法；把他剥了官職，貶做窮民，也是陣殺。允不允，陳玄禮將軍鑒察！（衆軍怒喊科）

（陳玄禮云）陛下，軍心已變，臣不能禁止，如之奈何？（正末云）隨你罷！（衆殺楊國忠科）（正末唱）

【雁兒落】數層槍，密匝匝；一聲喊，山摧塌。元來是陳將軍號令明，把楊國忠施行罷。（衆軍仗劍擁上科）（正末唱）

【撥不斷】語喧嘩，鬧交雜，六軍不進屯戈甲。把個馬嵬坡簇合沙，又待做甚麼？唬的我戰欽欽遍體寒毛乍。吃緊的軍隨印轉，將令威嚴；兵權在手，主弱臣强。卿呵，則你道波寡人是怕也那不怕！（云）楊國忠已殺了，您衆軍不進，却爲甚的？

（陳玄禮云）國忠謀反，貴妃不宜供奉，願陛下割恩正法。（正末唱）

【攪箏琶】高力士道與陳玄禮休没高下，豈可教妃子受刑罰？他見請受著皇后中宮，兼踏著寡人御榻，他又無罪過頗賢達。須不似周褒姒舉火取笑，紂妲己敲脛覷人。早間把他個哥哥壞了，總便有萬千不是，看寡人也合饒過他，一地胡拿。

（高力士云）貴妃誠無罪，然將士已殺國忠，貴妃在陛下左右，豈敢自安。願陛下審思之，將士安，則陛下安矣。（正末唱）

【風入松】止不過鳳簫羯鼓間琵琶，忽剌剌板撒紅牙。假若更添個么花十八，那些兒是敗國亡家！可知道陳後主遭著殺伐，皆因唱《後庭花》。

（旦云）妾死不足惜，但主上之恩，不曾報得。數年恩愛，教妾怎生割捨？（正末云）妃子，不濟事了，六軍心變，寡人自不能保。（唱）

【胡十八】似恁地對咱，多應來變了卦。見俺留戀著他，龍泉三尺手中拿。便不將他刺將，也將他嚇殺。更問甚陛下，大古是知重俺帝王家？

（陳玄禮云）願陛下早割恩正法。（旦云）陛下，怎生救妾一救？（正末云）寡人怎生是好？（唱）

【落梅風】眼兒前不甫能栽起合歡樹，恨不得手掌裏奇擎著解語花，盡今生翠鸞同跨。怎生般愛他看待他，怎下的教橫拖在馬嵬坡下！

（陳玄禮云）禄山反逆，皆因楊氏兄妹；若不正法，以謝天下，禍變何時得消？望陛下乞與楊氏，使六軍馬踏其尸，方得憑信。（正末云）他如何受的？高力士，引妃子去佛堂中，令其自盡，然後教軍士驗看。（高力士云）有白練在此。（正末唱）

【殿前歡】他是朵嬌滴滴海棠花，怎做得鬧荒荒亡國禍根芽？再不將曲彎彎遠山眉兒畫，亂鬆鬆雲鬢堆鴉。怎下的磣磕磕馬蹄兒臉上踏，則將細裊裊咽喉掐，早把條長攙攙素白練安排下。他那裏一身受死，我痛煞煞獨力難加。

（高力士云）娘娘去罷，誤了軍行，（旦回望科，云）陛下好下的也！（正末云）卿休怨寡人！（唱）

【沽美酒】没亂殺，怎救拔？没奈何，怎留他？把死限俄延了多半霎，生各支勒殺，陳玄禮鬧交加。（高力士引旦下）（正末唱）

【太平令】怎的教酪子裏題名單罵，腦背後著武士金瓜。教幾個魯莽的宮娥監押，休將那軟款的娘娘驚唬。你呀，見他，問咱，可憐見唐朝天下。

（高力士持旦衣上，云）娘娘已賜死了，六軍進來看視。（陳玄禮率衆馬踐科）（正末做哭科，云）妃子，閃殺寡人也呵！（唱）

【三煞】不想你馬嵬坡下今朝化，沒指望長生殿裏當時話。

【太清歌】恨無情捲地狂風刮，可怎生偏吹落我御苑名花！想他魂斷天涯，作幾縷兒彩霞。天那！一個漢明妃遠把單于嫁，止不過泣西風淚濕胡笳。幾曾見六軍廝踐踏，將一個尸首臥黃沙？

（正末做拿汗巾哭科，云）妃子不知那裏去了，止留下這個汗巾兒，好傷感人也！（唱）

【二煞】誰收了錦纏聯窄面吳綾襪，空感歎這淚斑斕搵項鮫綃帕。

【川撥棹】痛憐他，不能彀水銀灌玉匣，又沒甚彩嬙宮娃，拽布拖麻，奠酒澆茶。只索淺土兒權時葬下，又不及選山陵將墓打。

【鴛鴦煞】黃埃散漫悲風颯，碧云黯淡斜陽下。一程程水綠山青，一步步劍嶺巴峽。唱道感歎情多，悽惶淚灑，早得升遐，休休却是今生罷。這個不得已的官家，哭上逍遙玉驄馬。（同下）

第四折

（高力士上，云）自家高力士是也。自幼供奉內宮，蒙主上抬舉，加爲六宮提督太監。往年主上悅楊氏容貌，命某取入宮中，寵愛無比，封爲貴妃，賜號太真。後來逆胡稱兵，僞誅楊國忠爲名，逼的主上幸蜀。行致中途，六軍不進。右龍武將軍陳玄禮奏過，殺了國忠，禍連貴妃。主上無可奈何，只得從之，縊死馬嵬驛中。今日賊平無事，主上還國，太子做了皇帝。主上養老，退居西宮，晝夜只是想貴妃娘娘。今日教某掛起真容，朝夕哭奠。不免收拾停當，在此伺候咱。（正末上，云）寡人自幸蜀還京，太子破了逆賊，即了帝位。寡人退居西宮養老，每日只是思量妃子。教畫工畫了一軸真容供養著，每日相對，越增煩惱也呵！（做哭科，唱）

【正宮·端正好】自從幸西川還京兆,甚的是月夜花朝!這半年來白髮添多少,怎打疊愁容貌!

【么篇】瘦岩岩不避群臣笑。玉叉兒將畫軸高挑,荔枝花果香檀卓,目覰了傷懷抱。(做看真容科,唱)

【滾繡球】險些把我氣衝倒,身謾靠,把太真妃放聲高叫。叫不應,雨淚嚎咷。這待詔手段高,畫的來沒半星兒差錯。雖然是快染能描,畫不出沉香亭畔回鸞舞,花萼樓前上馬嬌,一段兒妖嬈。

【倘秀才】妃子呵,常記得千秋節華清宮宴樂,七夕會長生殿乞巧。誓願學連理枝比翼鳥,誰想你乘彩鳳返丹霄,命夭!(帶云)寡人越看越添傷感,怎生是好!(唱)

【呆骨朵】寡人有心待蓋一座楊妃廟,爭奈無權柄謝位辭朝。則俺這孤辰限難熬,更打著離恨天最高。在生時同衾枕,不能勾死後也同棺槨。誰承望馬嵬坡塵土中,可惜把一朵海棠花零落了。(帶云)一會兒身子困乏,且下這亭子去閑行一會咱。(唱)

【白鶴子】那身離殿宇,信步下亭皋。見楊柳裊翠藍絲,芙蓉拆胭脂萼。

【么】見芙蓉懷媚臉,遇楊柳憶纖腰。依舊的兩般兒點綴上陽宮,他管一靈兒瀟灑長安道。

【么】常記得碧梧桐陰下立,紅牙箸手中敲。他笑整縷金衣,舞按霓裳樂。

【么】到如今翠盤中荒草滿,芳樹下暗香消。空對井梧陰,不見傾城貌。(做歎科,云)寡人也怕閑行,不如回去來。(唱)

【倘秀才】本待閒散心追歡取樂,倒惹的感舊恨天荒地老。快快歸來鳳幃悄,甚法兒挨今宵?懊惱!(帶云)回到這寢殿中,一弄兒助人愁也。(唱)

【芙蓉花】淡氤氳串烟裊，昏慘刺銀燈照；玉漏迢迢才是初更報。暗覷清霄，盼夢裏他來到。却不道口是心苗，不住的頻頻叫。（帶云）不覺一陣昏迷上來，寡人試睡些兒。（唱）

【伴讀書】一會家心焦懆，四壁厢秋蟲鬧。忽見掀簾西風惡，遙觀滿地陰雲罩。俺這裏披衣悶把幃屏靠，業眼難交。

【笑和尚】原來是滴溜溜繞閑階敗葉飄，疏刺刺刷落葉被西風掃，忽魯魯風閃得銀燈爆。廝琅琅鳴殿鐸，撲簌簌動朱箔，吉丁當玉馬兒向簷間鬧。（做睡科，唱）

【倘秀才】悶打頦和衣臥倒，軟兀刺方才睡著。（旦上，云）妾身貴妃是也。今日殿中設宴，宮娥，請主上赴席咱。（正末唱）忽見青衣走來報，道太真妃將寡人邀、宴樂。（正末見旦科，云）妃子，你在那裏來？

（旦云）今日長生殿排宴，請主上赴席。（正末云）分付梨園子弟齊備著。（旦下）（正末做驚醒科，云）呀！元來是一夢。分明夢見妃子，却又不見了。（唱）

【雙鴛鴦】斜軃翠鸞翹，渾一似出浴的舊風標，映著雲屏一半兒嬌。好夢將成還驚覺，半襟情淚濕鮫綃。

【蠻姑兒】懊惱，窅約。驚我來的又不是樓頭過雁，砌下寒蛩，簷前玉馬，架上金雞；是兀那窗兒外梧桐上雨瀟瀟。一聲聲灑殘葉，一點點滴寒梢，會把愁人定虐。

【滾繡球】這雨呵，又不是救旱苗，潤枯草，灑開花萼，誰望道秋雨如膏。向青翠條，碧玉梢，碎聲兒刮剝，增百十倍，歇和芭蕉。子管裏珠連玉散飄千顆，平白地瀁甕番盆下一宵，惹的人心焦。

【叨叨令】一會價緊呵，似玉盤中萬顆珍珠落；一會價響呵，似玳筵前幾簇笙歌鬧；一會價清呵，似翠岩頭一派寒泉瀑；一會價猛呵,似繡旗下數面征鼛操。兀的不惱殺人也麼哥!兀的不惱殺人也麼哥!則被他諸般兒雨聲相聒噪。

【倘秀才】這雨一陣陣打梧桐葉凋,一點點滴人心碎了。枉著金井銀床緊圍繞,只好把潑枝葉做柴燒,鋸倒。(帶云)當初妃子舞翠盤時,在此樹下;寡人與妃子盟誓時,亦對此樹。今日夢境相尋,又被他驚覺了。(唱)

【滾繡球】長生殿那一宵,轉回廊,説誓約,不合對梧桐並肩斜靠,盡言詞絮絮叨叨。沉香亭那一朝,按霓裳,舞六么,紅牙箸擊成腔調,亂宮商鬧鬧炒炒。是兀那當時歡會栽排下,今日淒涼廝輳著,暗地量度。

(高力士云)主上,這諸樣草木,皆有雨聲,豈獨梧桐?(正末云)你那裏知道,我説與你聽者。(唱)

【三煞】潤濛濛楊柳雨,淒淒院宇侵簾幕。細絲絲梅子雨,裝點江干滿樓閣。杏花雨紅濕闌干,梨花雨玉容寂寞。荷花雨翠蓋翩翩,豆花雨綠葉瀟條。都不似你驚魂破夢,助恨添愁,徹夜連宵。莫不是水仙弄嬌,蘸楊柳灑風飄?

【二煞】(咻)似噴泉瑞獸臨雙沼,刷刷似食葉春蠶散滿箔。亂灑瓊階,水傳宮漏;飛上雕簷,酒滴新槽。直下的更殘漏斷,枕冷衾寒,燭滅香消。可知道夏天不覺,把高鳳麥來漂。

【黃鐘煞】順西風低把紗窗哨,送寒氣頻將繡户敲。莫不是天故將人愁悶攪?前度鈴聲響棧道。似花奴羯鼓調,如伯牙《水仙操》。洗黃花,潤籬落;漬蒼苔,倒牆角。渲湖山,漱石竅;浸枯荷,溢池沼。沾殘蝶粉漸消,灑流螢焰不著。綠窗前促織叫,聲相近雁影高。催鄰砧處處搗,助新涼分外早。斟量來這一宵,雨和人緊廝熬,伴銅壺點點敲,雨更多淚不少。雨濕寒梢,淚染龍袍,不肯相饒,共隔著一樹梧桐直滴到曉。

題目　安禄山反叛兵戈舉　　陳玄禮拆散鸞鳳侶

正名　楊貴妃曉日荔枝香　　唐明皇秋夜梧桐雨

　　　　（王文才校註《白樸戲曲集校註》,人民文學出版社 1984）

情史（節録）

[明]馮夢龍輯評

卷六　情愛類

楊太真

　　楊太真以天寶四載七月册爲貴妃,次年七月,以妒悍忤旨,令高力士以單車送還楊銛宅。初出,上無聊,中官趨過者,或笞撻之,至有驚怖而亡者。力士因請召還。既夜,遂開大興坊,從太華宅以入。及曉,上見之殿内,大悦。貴妃拜泣謝過。因召兩市雜劇以娛之。諸姊進食作樂。自此恩遇日深。九載二月,以竊吹寧王紫玉笛忤旨,復放出宫。吉温奏曰:"妃,婦人,無知識,有忤聖顔,罪當死。既蒙恩寵,只合死於宮中。陛下何惜一席之地,使其就戮?而忍使其取辱於外乎?"上爲之憮然。中使張韜光送妃至宅,妃泣曰:"衣服之外,皆聖恩所賜。惟髮膚是父母所生。今當就死,無以謝上。"引刀剪髮一(上髟下寮),附韜光以獻。上見之驚惋,遽使力士召歸,益嬖之。妃既生蜀,嗜荔枝。南海味勝於蜀,乃令每歲馳驛以進,毋過宿,恐味敗也。故杜牧詩云:"一騎紅塵妃子笑,無人知是荔枝來。"御苑新有千葉桃花,帝親折一枝插於妃子寶冠。帝曰:"此花尤能助嬌態。"因呼爲"助嬌花"。五月五日,上避暑游興慶池，與妃子晝寢於水殿中。宮嬪輩憑欄倚檻，爭看雌雄二鸂鶒戲於水中。上時擁妃子於綃帳内，謂宮嬪曰："爾等愛水中鸂鶒，爭如我被底鴛鴦！"秋八月，太液池有千葉白蓮數枝盛開，帝與貴戚宴賞，左右皆歎羨而已。帝指妃子示左右曰："爭如我解語花！"宮妓中有念奴者，有姿色，善歌唱。帝所鍾愛，未嘗一日離左右。每執板，當席顧盼。帝謂妃子曰："此女妖麗，眼色媚人。每囀聲歌喉，則聲出於朝霞之上，雖鐘鼓笙竽嘈雜，而莫能遏。"

（清康熙芥子園刻本）

二、版本編

《長生殿》自序

［清］洪　昇

余覽白樂天《長恨歌》及元人《秋雨梧桐》劇，輒作數日惡。南曲《驚鴻》一記，未免涉穢。從來傳奇家，非言情之文，不能擅場；而近乃子虛烏有，動寫情詞贈答，數見不鮮，兼乖典則。因斷章取義，借天寶遺事，綴成此劇。凡史家穢語，概削不書，非曰匿瑕，亦要諸詩人忠厚之旨云爾。然而樂極哀來，垂戒來世，意即寓焉。凡古今來逞侈心而窮人慾，禍敗隨之，未有不悔者也。玉環傾國，卒至隕身，死而有知，情悔何極！苟非怨艾之深，尚何證仙之與有？孔子刪書而錄《秦誓》，嘉其敗而能悔，殆若是歟。第曲終難於奏雅，稍借月宮足成之。要之廣寒聽曲之時，即游仙上升之日。雙星作合，生忉利天，情緣總歸虛幻；清夜聞鐘，夫亦可以蘧然夢覺矣。康熙己未仲秋，稗畦洪昇題於孤嶼草堂。

（稗畦草堂本《長生殿》）

【按】《長生殿》的原刻本為康熙間稗畦草堂刻本。康熙三十三年（1694），洪昇之女洪之則為《吳人三婦評牡丹亭》作跋①，其中提及："今大人歸里，將於孤嶼築稗畦草堂為吟嘯之地。"毛奇齡曾應洪昇之請，為《長生殿》作序，其中謂："康熙乙亥，予醫瘠杭州，遇昉思於錢湖之濱。道無恙外，即出其院本，固請予序。"康熙乙亥為康熙三十四年。但稗畦草堂本《長生殿》卷首卻僅有一篇汪熷所

---

① 　章培恒：《洪昇年譜》，上海古籍出版社 1979 年版，第 320 頁。

作的序言，没有毛奇齡的序，説明稗畦草堂本本年已付刻，不及收
入毛奇齡的序。所以，稗畦草堂本《長生殿》的刊刻始於康熙三十
四年（1695），先刻上卷，約刻成於康熙三十九年（1700）。暖紅室
《匯刻傳劇》本《長生殿》卷首有朱襄《序》，作於康熙三十九年
（1700）六月。文中云：“余於燕會之間，時聽唱《長生殿》樂府，蓋餘
友洪子昉思之所譜也。往至武林，過昉思，索其稿，僅得下半。後
五年，爲康熙庚辰歲夏六月，復至武林，乃索其上半讀之，而後驚詫
其行文之妙。”五年前約爲康熙三十四年（1695），朱襄在杭州從洪
昇處讀到的《長生殿》的“下半”“稿”也是稿本或謄清本。當時洪昇
的手中也只有下半部《長生殿》，可能便是因爲上半部正在刊刻中。
而康熙三十九年六月朱襄在杭州又是從洪昇處“索其上半讀之”，
説明此時《長生殿》的上卷也没有最終刊刻完成和問世。王晫在康
熙四十二年（1703）寫給張潮的一封信中提及：“《長生殿》下卷雖已
動刻，還未知何日成書。”①而王廷謨在爲《長生殿》所作序中云：
“壬午夏，洪子昉思自杭州來，持所作《長生殿》，擲余前曰：‘聞子
能論文，能識我文乎？’余以爲是名下士也，置案頭三日不翻閲。
偶朝起，俟水洗面，呆立案左，隨手掀《定情》篇讀之，不覺神爲所
攝。噫嘻！異哉！昉思爲誰也，而能是文耶？是文也，而竟出自
昉思耶？急追次篇讀之，不自禁又追其次之次讀之，至畫午遂盡
上卷。又急追下卷讀之，不自知其拍案呼曰：‘……’”壬午爲康
熙四十一年，當時洪昇所持、王廷謨翻閲的《長生殿》既包括完整
的上下兩卷，應是洪昇的謄清本。稗畦草堂本上、下卷的刊刻之
所以相隔數年，主要因爲當上卷刻成後，恰逢主持刊刻者吳人的

---

① ［清］張潮編《尺牘友聲集》卷四，康熙刻本。

母親去世，他要爲母守制，使得下卷的刊刻遷延到康熙四十二年初夏方才開始①。而下卷刻完已在洪昇去世後。王士禛《蠶尾集》卷七有《挽洪昉思》詩，詩中原注云：“昉思工詞曲，所制《長生殿》傳奇刻初成。”②

　　有清一代，《長生殿》有刻本、鈔本、石印本等衆多版本，諸本間在卷首和卷末的序跋、題辭等附錄文字上存在較大差異，在卷數上又或分兩卷，或分四卷。兩卷本有稗畦草堂原刻本、嘉慶十九年（1814）李鍾元刻本、光緒十三年（1887）上海蜚英館石印本、暖紅室《匯刻傳劇》第二十八種本等，四卷本有乾隆間內府鈔本、欣賞齋刻巾箱本、光緒十六年（1890）上海文瑞樓鉛印本等。

　　《長生殿》稗畦草堂原刻本現藏於國家圖書館，原爲鄭振鐸所藏。原書板框高20.9釐米，寬15.0釐米。左右單邊，黑口單魚尾。書名頁文字分三欄，分別爲：左：“錢唐洪昉思編”；中：“長生殿”；右：“稗畦草堂藏板”。全書文字半葉10行，行20字，小字行19字。卷首依次爲汪熷《序》、洪昇《自序》和《例言》、目錄，天頭有眉欄，但無文字。全書目錄和正文分上下兩卷，每卷各二十五齣。國家圖書館藏稗畦草堂本目錄後有手寫批語一則：“此曲本初演時，關係康熙中一段文人公案。初刊本尤罕，非他傳奇比也，故亟取之。”末署“初僧”。正文首葉“長生殿傳奇上卷”後署“錢唐洪昇昉思填詞　　同里吳人舒凫論文　　長洲徐麟靈昭樂句”。吳人和徐麟的批語在天頭眉欄中，每行7字。全劇每齣有齣目，但齣目前無“第某齣”。齣目下有科介。稗畦草堂本雖爲原刻本，但未收入

① 　劉輝箋校：《洪昇集》“前言”，浙江古籍出版社2012年版，上册，第5頁。
② 　清王士禛：《蠶尾集》卷七，《王漁洋遺書》本。

多篇撰寫於刊刻期間的序文。如毛奇齡《序》(作於康熙三十四年)、尤侗《序》(作於康熙三十六年)、朱襄《序》(作於康熙三十九年)、朱彝尊《序》(作於康熙四十一年)、王廷謨《序》(作於康熙四十一年)等。

此外,稗畦草堂本中還存在一些文字錯誤。如第三十四齣《刺逆》,【雙調・二犯江兒水】與【前腔】兩支曲子之間的如下說白:

> (老旦、副淨)没有人。(淨)傳令外面軍士,小心巡邏。(老旦、副淨)領旨。(作開門出,向内傳介)(内應介)(老旦、副淨進,忘閉門,復坐地盹介)

該齣末尾的如下說白:

> (老旦、副淨)好胡説,你每在外厢護衛,放了賊進來。明日大將軍查問,少不得一個個都是死。(軍)難道你每就推得乾淨?(諢介)(雜扮將官上)凶音來紫殿,令旨出青宫。大將軍有令:主上被唐朝郭子儀遣人刺死,即著軍士抬往段夫人宫中收殮,候大將軍即位發喪。(四雜)得令。(抬尸下)(老旦、副淨向内介)

據同出前文,其中的"副淨"皆應作"中淨"。

第三十五齣《收京》,【甘州歌】後的說白:"(外)當時也詳解不出。如今看來,卻句句驗了。(將)請道其詳。"據同出前文,其中的"將"應作"四將"。第三十七齣《尸解》,【南呂過曲・香柳娘】中有說白:"(副淨)小神向奉西嶽帝君敕旨,將仙體保護在此。待我扶將出來。"而第二十七齣《冥追》中副淨扮土地白:"奉東嶽帝君之命,道貴妃楊玉環原系蓬萊仙子,今死在吾神界内,特命將他肉身保護。"故《尸解》齣的"西嶽帝君"應作"東嶽帝君"。

《長生殿》例言

[清]洪　昇

　　憶與嚴十定隅坐皋園，談及開元天寶間事，偶感李白之遇，作《沉香亭》傳奇。尋客燕臺，忘友毛玉斯謂排場近熟，因去李白，入李泌輔肅宗中興，更名《舞霓裳》，優伶皆久習之。又念情之所鍾，在帝王家罕有，馬嵬之變已違夙誓；而唐人有玉妃歸蓬萊仙院，明皇游月宮之說，因合用之，專寫釵盒情緣，以《長生殿》題名。諸同人頗賞之，樂人請是本演習，遂傳於時。蓋經十餘年，三易稿而始成，予可爲樂此不疲矣。

　　史載楊妃多汙亂事，予撰此劇止按白居易《長恨歌》、陳鴻《長恨歌傳》爲之。而中間點染處，多採《天寶遺事·楊妃傳》。若一涉穢跡，恐妨風教，絕不闌入，覽者有以知予之志也。今載《長恨歌傳》以表所由，其《楊妃本傳》、《外傳》及《天寶遺事》諸書，既不便刪削，故概置不録焉。

　　棠村相國嘗稱予是劇乃一部“鬧熱《牡丹亭》”，世以爲知言。予自惟文采不逮臨川，而恪守韻調，罔敢少有逾越。蓋姑蘇徐靈昭氏爲今之周郎，嘗論撰《九宮新譜》，予與之審協律，無一字不慎也。

　　曩作《鬧高唐》、《孝節坊》諸劇，皆友人吳子舒鳧爲予評點。今《長生殿》行世，伶人苦於繁難長難演，竟爲傖夫妄加節改，關目都廢。吳子憤之，效《墨憨十四種》更定二十八折，而以虢國、梅妃別爲饒戲，兩戲確當不易；且全本得其論文，發予意所涵蘊者實多。分兩日唱演殊快，取簡便當覓吳本教習，勿爲傖誤可耳。

是書義取崇雅，情在寫真。近唱演家改換有必不可從者，如增
虢國承寵、楊妃忿爭一段，作三家村婦醜態，既失蘊藉，尤不耐觀。
其《哭像》折，以"哭"題名，如禮之兇奠，非吉祭也。今滿場皆用紅
衣，則情事乖違，不但明皇鍾情不能寫出，而阿監、宮娥涕泣皆不稱
矣。至於《舞盤》及末折《演舞》，原名《霓裳羽衣》，只須白襖紅裙，
便自當行本色，細繹曲中，舞節當一一自具。今有貴妃舞盤學《浣
紗舞》，而末折仙女或舞燈、舞汗巾者，俱屬荒唐，全無是處。洪昇
昉思父識。

（稗畦草堂本《長生殿》）

重刻《長生殿》跋

劉世珩

稗畦爲漁洋高弟，以詩名當世。與益都趙秋谷宮贊友善，秋谷
即據其說以作《談龍錄》者。稗畦撰有院本數種，《長生殿》特爲頑
豔凄麗。兼有文字之獄牽連名士，稗畦以是除名太學，編管顛頓，
墮水以死，秋谷又坐此削籍歸里，此傳奇中之一大公案也。阮吾山
《茶餘客話》指爲康熙丁卯國喪之時。謹案：太皇太后崩於丁卯十
二月二十五日，當四海遏密，安有演劇一事？董東亭《東皋雜鈔》謂
在戊辰，是也。舉劾者爲黃給事六鴻。黃行取入都，以土物、詩稿
遍贈輦下諸公爲羔雁，秋谷有"土物拜登，大稿璧謝"之謔。黃銜之
次骨，因摭此入奏。聖祖先飭刑部挐人，後交吏部。（戴服塘太常
在吏科親檢此案閱之。）連累者五十餘人，查初白即在其內。徐勝
力以賂聚和班伶，詭言未預，獲免。考是會爲稗畦徇諸伶之請，大
會名士於生公園。主之者正定梁棠村相國，秋谷具柬邀客，而偶遺

虞山趙徵介。趙館六鴻所，唆黃按名具奏，謂是日係太皇太后忌辰，爲大不敬。章上，遂奉嚴旨。秋谷詣刑部獨承，餘除名免議。（以上即據《柳南隨筆》、《東皋雜鈔》、《茶餘客話》、《藤陰雜記》諸書。）秋谷年甫二十有七，至乾隆初尚在。其《飴山堂集》於稗畦諸詩絕無怨尤之語，可謂長者矣。獨念稗畦爲竹垞老人所賞，其贈稗畦詩云：“海內詩篇洪玉父，禁中樂府柳屯田。梧桐夜雨秋蕭瑟，薏苡明珠謗偶然。”知竹垞亦不直是獄，且見稗畦兼以詩名於耆舊間。秋谷寄竹垞詩云：“各有彈文留日下，他時誰作舊聞傳？”其隱自傷痛如此。余既重稗畦審音協律遠過臨川，又感黃給事之處秋谷近於宋蘇子美進奏院一案。夫洪、趙爲風流罪過，絕非尤西堂《萬金記》以不第孤憤文字之內先伏殺機、釀成順治丁酉江南科場之獄可比，千載而下，應爲惋惜。余特搜羅佳本，校讐精審，並捃拾本事，羅縷書之，以爲後跋，私謂可附沈景倩《顧曲雜言》之末。不僅稗畦身世可見，遙想承平人物被譴韻事，即此小節亦無復存，則夫資談助而廣語林，其必有於余言申獨契者，余請爲前馬之導可也。甲寅九月貴池劉世珩識於楚園夢鳳樓。

（暖紅室《彙刻傳劇》第二十八種本《長生殿》卷末，
清末民初刊印本）

校訂跋

吴　梅

稗畦《長生殿》，前人推許至矣。二百年來登場奏演，殆無虛日。古今詞人之遇，清遠“四夢”而外，未有盛於此者。書凡三易稿，始名《沉香亭》，繼易《舞霓裳》，最後乃定今名。《沉香亭》原文與屠赤水《彩毫》相類，删汰已盡，獨《驚變》折"泣顔回"曲隱括《清平調》，尚是舊稿。《舞霓裳》存留亦少，惟《舞盤》折及《重圓》折"羽衣三疊"猶爲昉思原詞。伶人有一稿、二稿、三稿之説，蓋謂此也。此書脱稿後，錢塘吳舒鳧爲之論文，長洲徐靈昭爲之樂句。（趙秋谷曾代昉思填詞，見《飴山·懷人》詩注。）文律、曲律兩擅其美，惜傳本不多，未易訪購。楚園先生重刊此劇，囑爲校理。余舊有吳本，上方缺徐氏評語。因取李鍾元本合校數過，又據馮雲章全譜分別正贈，而此書庶幾完善矣。嘗謂：傳奇之道，首論事實，次論文字，次論音律。此劇依白傅《長恨歌》，摭拾開天遺事，巨細不遺，而於史家所載楊妃穢事概削不書，深合風人之旨。後人以《冥追》、《神訴》、《慫合》諸折謂鑿空附會，是未知傳奇結構之法，無足深辯。且文字之美遠勝有明諸家，《彈詞》之"貨郎兒"、《覓魂》之"混江龍"，雖若士、海浮，猶且斂手焉。至於音律，更無遺憾。平仄、務頭，無一不合律；集曲、犯調，無一不合格。此又非尋常科諢家所能企及者。如《賄權》折"解三酲"第五句首枝云"單槍匹馬身幸免"，第二枝云"言聽計從微有權"，"幸"字、"有"字皆用仄聲。《春睡》折"祝英臺"第六句首枝云"著意再描雙蛾"，第二枝云"低蹴半彎淩波"，第三枝云"一片美人香和"，第四枝云"掠削鬢兒敧嫷"，皆作"平仄仄平平平"。《疑讖》折"集賢賓"首句云"論男兒壯懷須自吐"，第七句云"聽雞鳴起身獨夜舞"，皆作"平平仄平平去上"。《絮閣》折"醉花陰"首句云"一夜無眠亂愁攪"，作"仄仄平平去平上"；又"尾聲"云"重把定情心事表"，作"平上去平平去上"。《合圍》折"紫花拔四"一套、《偵報》折"夜行船"一套，一仿《邯鄲》，一仿東籬，而陰陽諸字處處和協。其字法之嚴如此。他若《舞盤》中集曲如"八仙會蓬海"、"杯底慶長生"、"羽衣第二疊"、"千秋舞霓裳"諸牌，

《窺浴》折"鳳釵花落索"，《仙憶》折"清商七犯"，皆出昉思自運，銖
黍別刊，窮極工妙。其律度之嚴又如此。惟傳刻本間有誤處，如
《權哄》折"風入鬆"第三曲"若論你恃戚里"云云，及第五曲"朝門内
一任你張牙爪"云云，皆是"急三鎗"，而諸刻皆誤遺牌名。《夜怨》
折"風雲會四朝元"末句應疊，而全折四枝皆脱去疊句。《情悔》折
"三仙橋"三曲系仿《琵琶》"描容"，而正襯未分，前後互異。《勦寇》
折"馱環著"首句應疊，而首枝誤脱。此皆前人校勘疏漏處，余得據
馮譜厘正焉，質諸楚園先生以爲何如。又稗畦所著尚有《四嬋娟》、
《迴文錦》、《迴龍院》、《錦繡圖》、《鬧高唐》、《節孝坊》諸本，惜未得
見。而此劇自行世以來，當推是刻爲最精審。既補圖畫，又載《長
恨歌》、《傳》，正合《凡例》中語，以表所由。並刻《太真外傳》，使讀
曲者知稗畦所譜有自來也。其美備更可見矣。丙辰夏六月長洲吳
梅校畢並識。

（暖紅室《彙刻傳劇》第二十八種本《長生殿》卷末，

清末民初刊印本）

【按】原文無標題，"校訂跋"爲筆者據本文内容及文末吳梅
自署擬定。

劉世珩在清末民初主持和組織刻印《暖紅室彙刻傳劇》時，收
入《長生殿》，列爲第二十八種，凡上下兩卷，具體在第34、35册。
劉世珩和吳梅匯集《長生殿》的幾種版本及馮起鳳的《吟香閣曲
譜》，進行互校，並對有關《長生殿》的文獻資料進行了初步搜集和
匯輯，主要是吳舒鳧等的多篇序文、吳尚榮等的多篇題辭和王暉等
的跋文。但劉世珩在《重刻〈長生殿〉跋》、吳梅在《校訂跋》中都没
有説明這些相對於稗畦草堂刻本新增的序跋、題辭的來源出處（吳
舒鳧和徐麟的序可能據光緒十六年上海文瑞樓刻本）。

　　《彙刻傳劇》本《長生殿》爲四周單邊，白口單魚尾，正文半葉九行，行二十字，小字雙行同，眉批每行五字。書名頁中"長生殿"後署"傅春姗署檢"。卷首依次爲《長生殿》序(作者分別爲尤侗、毛奇齡、朱彝尊、朱襄、王廷謨、容安弟××、吳人、徐麟、蘇輪和汪熷)、《長生殿》題辭(作者分別爲吳向榮、梅庚、陳玉琛、杜首言、羅坤、周在浚、孫鳳儀、×××××、王紹曾、周鼎、黃鶴田、楊嗣震、王位坤、許觀光和吳來佺)、洪昇所作《自序》、《例言》、唐白居易《長恨歌》、唐陳鴻《長恨歌傳》、宋樂史《楊太真外傳》。最後有《太真遺象》一幅，右上題"太真遺象"，下署"淑仙影橅鮑同野摹本"，《太真遺象》後半葉爲劉世珩識語："楊太真像載在李鍾元刻本，内子淑仙爲照影橅，列於太真傳後。而李本僅此一像，通本無圖。因屬休寧吳子鼎縣尉(汾)補畫二十四圖，付黃岡陶子麟刻之，庶可補李本缺限矣。靈田耕者劉世珩識於上海楚園。"吳瑞汾(1873—1945)，一名瑞芬，字子鼎。安徽休寧人，南社社員。早年曾爲陳夔龍幕賓。寓吳中，工人物、山水。陶子麟(1857—1928)，湖北黃岡人。清末民初鐫刻高手，所刻仿宋體及軟體字皆稱精美。上、下兩卷的目錄分列於各卷之首，卷上正文首行題"長生殿卷上　雜劇傳奇彙刻第二十八種"，自次行起自右至左、自上至下分署"錢塘吳人舒鳧論文　錢塘洪昇昉思填詞　長洲徐麟靈昭樂句""夢鳳樓　暖紅室校訂"。每出出目前標明"第×出"。刻本全劇中共有繡像插圖 24 幅，分別在《定情》《春睡》《禊遊》《倖恩》《獻髮》《復召》《聞樂》《制譜》《偷曲》《舞盤》《窺浴》《密誓》《陷關》《驚變》《埋玉》(以上卷上)《聞鈴》《哭像》《收京》《看襪》《彈詞》《見月》《覓魂》《寄情》《重圓》(以上卷下)諸出中。卷末依次爲《長生殿》原跋(作者分別爲王晫、胡梁、吳牧之和吳作梅)、劉世珩的《重刻〈長生殿〉跋》和吳梅的無題跋文一篇。

《彙刻傳劇總目》中《長生殿》之下列有兩種版本："靜深書屋刻本"、"李鍾元刻本"。國家圖書館、蘇州大學圖書館均藏有從溪靜深書屋刻本《長生殿》，刻印於嘉慶十九年（1814），凡二卷，應即"靜深書屋"刻本。劉世珩在《彙刻傳劇自序》中稱"《長生殿》《桃花扇》所得不止一本，皆老魏（文智）、小韓（林蔚）搜諸廠甸者"，自序末署"宣統紀元後十年屠維協洽之次太歲在己未仲冬十一月十有六日枕雷道士靈田劉世珩薗石序於上海草鞋浜楚園之雙鐵如意館"。據李小文、孫俊《文友堂傅增湘手劄》（《文獻》2007 年第 4 期），魏文智字子敏，冀縣人，光緒二十某年在琉璃廠文昌館內開設毓文堂，經營十餘年後歇業。民國十某年，魏文智赴天津，開設文在堂，1931 年歇業。國家圖書館藏 1928 年刻印的《魏氏家譜》載有魏文智，稱其字子敏。孫殿起《琉璃廠小志》載來鹿堂弟子有魏文（子敏）和魏文智①。李小文、孫俊的文章懷疑兩人恐為同一人，而誤作不同的兩人②。韓林蔚（1877—1963）字滋源，湖北衡水人。晚清民國時期北京琉璃廠著名書肆"翰文齋"的第二代主人。翰文齋前後營業長達七十年，歷經韓俊亭、韓林蔚和韓煥光三代。韓林蔚對版本學較有研究，經鑒定，在經營翰文齋期間，先後收得宋元明清各代珍本、孤本、善本達數十種；同時他還自己刻印書籍。晚清陳夔龍在《夢蕉亭雜記》卷一中稱"遍時京師刻工，以琉璃廠西門翰文齋為第一"③。

吳梅的《校訂跋》末署"丙辰夏六月長洲吳梅校畢並識"，丙辰為 1916 年。在《校訂跋》中稱"餘舊有吳本，上方缺徐氏評語。

---

① 孫殿起：《琉璃廠小志》，北京古籍出版社 1982 年版，第 198 頁。
② 李小文、孫俊：《文友堂藏傅增湘手劄》，《文獻》2007 年第 4 期，第 155 頁。
③ 陳夔龍：《夢蕉亭雜記》，中華書局 2007 年版，第 11 頁。

因取李鍾元本合校數過，又據馮雲章全譜分別正贈，而此書庶幾完善矣。"①其中"吳本"指有吳舒鳧批語的刻本，應指康熙間稗畦草堂刻本。但稗畦草堂刻本《長生殿》原有徐麟（字靈昭），即吳梅所說"徐氏"的批語，所以吳梅所有的"缺徐氏評語"的刻本應非稗畦草堂的原本。吳梅又稱取"李鍾元本"與他所謂的"吳本""合校數過"，可能因爲吳梅手邊除"吳本"外僅有"李鍾元本"，也可能因爲劉世珩將"李鍾元本"提供給吳梅，而劉世珩或吳梅視"李鍾元本"爲另一具有較重要價值的善本。但其實李鍾元應作"李鐘元"，生平不詳，清嘉慶時曾任太常寺博士，今上海市長寧區法華鎮路361號的嘉蔭堂爲其居宅。所謂的"李鍾元本"《長生殿》也並無特別的校勘價值，只是稗畦草堂本的一種偷工減料的翻刻本。首都圖書館藏有李鍾元刊本《長生殿》，凡一函四冊，上下兩卷，半葉八行，行十六字，有眉批，行七字，白口，四周單邊，單黑魚尾，板框 17.6×13.9 釐米。正文首頁"長生殿卷上"後題署"錢唐洪昇昉思填詞　同里吳人舒鳧論文　長洲徐麟靈昭樂句　滬城李鍾元重刊"。此版本無書名頁，刊刻時間不詳。卷首僅有洪昇《自序》、徐麟序，不僅沒有其他人所作的序文，而且相較稗畦草堂本還缺少了洪昇所撰的《例言》。每出前與稗畦草堂本相同，只標出目，不標出數。第三十四出《刺逆》、第三十五出《收京》和第三十七出《屍解》中的數處文字錯誤也與稗畦草堂本相同②。

"馮雲章"即馮起鳳，字雲章，與葉堂（約 1724—1795 後）合作

① 吳梅：《校正跋》，《彙刻傳劇》第二十八種本《長生殿》卷末，清末民初陸續刊印本。
② 詳見〔日〕竹村則行、康保成箋注《〈長生殿〉箋注》第三十四出《刺逆》的箋注〔九〕、第三十五出《收京》的箋注〔一一〕和第三十七出《屍解》的箋注〔二二〕，中州古籍出版社 1999 年版，第 248、254、269 頁。

選訂《吟香閣曲譜》四卷，前二卷爲《牡丹亭曲譜》，後二卷爲《長生殿曲譜》，有乾隆五十四年(1789)刊本。《長生殿曲譜》爲供清唱所用的清宮譜，選録原劇有曲無白，爲原劇除《傳概》外的四十九出譜曲，標明曲文所屬的宮調、曲牌，旁綴工尺唱譜，對於板式只點中眼，不點小眼①。石韞玉在其乾隆五十四年(末署"乾隆己酉春三月下澣平江石韞玉題序")爲《長生殿曲譜》所作的序中云："今吾吳馮丈，以縹緲之音，度娟麗之語，凡聲律款致，宮調節拍，胥考訂無遺者，誠善本也。"②後梁廷枏在《曲話》卷三中也稱將《長生殿曲譜》"謂之《長生殿》第一功臣，可也"③。

由於《吟香堂曲譜》對於《長生殿》"凡曲必録，逐曲安腔"，即對於原作的曲牌"並無任何删節，且凡是録入之曲，皆逐曲譜入工尺，求其全備"④。《吟香堂曲譜》中的《長生殿》全譜二卷，除正譜外，另附有數出俗譜、通用譜，即俗《小宴》、通用《疑讖》、通用《聞鈴》和通用《彈詞》。其中，"正譜的曲文與稗畦草堂刊本《長生殿》相同，而通用譜的曲文，則是時俗演出所唱"⑤。故吳梅是以《吟香堂曲譜》中有關《長生殿》的兩卷的正譜校訂所謂"吳本"，具體包括"分别正贈"、"釐正""傳刻本"中的"誤處""前人校勘疏漏處"⑥。劉世

---

① 有關馮起鳳及《長生殿曲譜》，參見林佳儀《馮起鳳〈吟香堂曲譜〉內容考釋》一文及本書後文有關章節。林文載於杜桂萍、李亦輝主編《辨疑與新説：古典戲曲回思録》，黑龍江大學出版社 2013 年版，第 384—397 頁。
② 石韞玉：《長生殿曲譜序》，郭英德、李志遠纂箋《明清戲曲序跋纂箋》，人民文學出版社 2021 年版，第十一册，第 5543 頁。
③ 梁廷枏：《曲話》卷三，中國戲曲研究院編《中國古典戲曲論著集成》(八)，中國戲劇出版社 1959 年版，第 270 頁。
④ 林佳儀：《馮起鳳〈吟香堂曲譜〉內容考釋》，杜桂萍、李亦輝主編《辨疑與新説：古典戲曲回思録》，黑龍江大學出版社 2013 年版，第 387 頁。
⑤ 同上書，第 390 頁。
⑥ 吳梅：《校正跋》，《彙刻傳劇》第二十八種本《長生殿》卷末，清末民初陸續刊印本。

珩在刻印《暖紅室彙刻傳劇》時，延請吳梅校訂其中的《長生殿》一劇，給予了其充分的信任和操作的自由度。故吳梅在《校訂跋》中稱"此皆前人校勘疏漏處，余得據馮譜釐正焉，質諸楚園先生以爲何如。"①而覆勘《暖紅室彙刻傳劇》所收《長生殿》，可知《校訂跋》所舉《權哄》《夜怨》《情悔》《剿寇》諸出中的"前人校勘疏漏處"皆已得到"釐正"，劉世珩（號楚園）在刊印時完全采納了吳梅的校訂意見。

吳梅在文末稱讚《長生殿》"自行世以來，當推是刻爲最精審"，這並非自誇，强調自己的校訂工作在使得"是刻爲最精審"中所起的作用，而是對主持者劉世珩的揄揚。由前引劉世珩爲《太真遺象》所作的識語可知，吳梅在《校訂跋》文末所説的《暖紅室彙刻傳劇》本《長生殿》較諸此前諸本"既補圖畫，又載《長恨歌》、《傳》""並刻《太真外傳》"，使得"其美備更可見矣"，皆爲劉世珩的意見和安排。文物出版社2019年出版鄧占平主編《奎文萃珍·長生殿》，爲《暖紅室彙刻傳劇》本《長生殿》的影印本，共上下兩册。卷首的介紹文字稱："暖紅室本雖晚出，但較前此諸本校刻精審，劉世珩搜羅佳本，並延請吳梅校勘；所附資料齊全，除前此諸本中的序跋、例言、題辭、'太真遺像'及吳人、徐麟的批語外，又收載白居易《長恨歌》、陳鴻《長恨歌傳》、樂史《楊太真外傳》等，'使讀曲者知稗畦所譜有自來'。"②

劉世珩對於自己輯刻古代戲曲作品和著述的成就頗爲自負，他在《彙刻傳劇自序》中稱《彙刻傳劇》"若以種數言，僅及臧氏之

① 吳梅：《校正跋》，《彙刻傳劇》第二十八種本《長生殿》卷末，清末民初陸續刊印本。
② 鄧占平主編《奎文萃珍·長生殿》，文物出版社2019年版。

半，視汲古猶少十種，然審慎完美似有過之，而最著名之本又無不備焉，於快雨堂冰絲則更不第，僅掩其上而已。我朝論傳奇、雜劇之有彙刻，當以余爲五丁之首。""以刊校經史例，訂雜劇、傳奇，可謂於此中別開生面者矣"。劉世珩有鑒於《長生殿》的文學藝術價值、地位和影響，將其收入《彙刻傳劇》①，而"《長生殿》《桃花扇》刻本雖多，苦無精槧"②。所謂"審慎完美"、"精槧"或"佳本"的標準，劉世珩認爲主要應包括"雕鏤甚工"、内容完整、精校細勘、不訛不闕和有"畫像"（即有繡像插圖），即内容與形式並重，兼顧文學性與藝術性。他在進行《彙刻傳劇》所收作品的底本選擇和具體刻印時皆持此標準。據《彙刻傳劇自序》，具體的編輯過程和步驟包括："集得諸本，不取删節，必求原書；書有音釋，一仍其舊；編列總目，各撰提要；偶得它本參校，别作札記"。在《彙刻傳劇》所收諸種戲曲作品和著述中，最爲劉世珩重視的當屬《還魂記》一劇，即明湯顯祖的《牡丹亭》傳奇。《彙刻傳劇自序》謂："國朝乾隆時快雨堂冰絲館刊《還魂記》，讎校既精，板式亦雅，其圖以明本重模，尤極工致，可爲傳奇刻本之冠。"劉世珩在爲《還魂記》所作的跋文中稱他對於該劇親自"悉心讎校，校過付寫，寫過復校，校後付刻，刻後復校；校非一次，時逾三年，始成此本"，可謂精益求精，務臻完美。吳梅在校勘《長生殿》時運用了對校、本校和他校等多種校勘法，改正了此前的《長生殿》版本，甚至包括稗畦草堂原刻本中的一些訛誤，如前文所述第三十四出《刺逆》、第三十五出《收京》、第三十七出《屍解》

① 劉世珩從元明清三朝的衆多戲曲作品中僅遴選三十種入《彙刻傳劇》的正集，被收入者或公論具有重要的價值、地位，或底本符合劉世珩的戲曲文獻審美的特殊要求。繆荃孫在《玉海堂叢書序》中提及劉世珩刻印的叢書中有"《元明國朝傳奇》三十種"，應即指《暖紅室彙刻傳劇》的正集。
② 劉世珩：《彙刻傳劇自序》，19b。

中的多處前後不照應的文字訛誤。但,《彙刻傳劇》中《長生殿》的校勘和刻印卻存在一些問題,未達到吳梅所認爲的接近"完善"的地步。首先,底本未選擇精良的版本,如稗畦草堂原刻本,參校本也並非善本,且數量不多。如前所述,《彙刻傳劇總目》中《長生殿》僅列有兩種版本:"靜深書屋刻本"、"李鐘元刻本"。"靜深書屋"本無考,而"李鐘元刻本"只是稗畦草堂原刻本的一種偷工減料的翻刻本。吳梅在校勘時取"李鐘元本"與"吳本"合校,但他所用的"吳本"的眉批中缺少了徐麟的評語,並非稗畦草堂的原刻本。吳梅稱他"又據馮雲章全譜分別正贈",而實際還據《吟香閣曲譜》"釐正"了"傳刻本"中的"誤處""前人校勘疏漏處"。他在《校訂跋》中也未提及所謂的"靜深書屋刻本"。

其次,劉世珩和吳梅沒有說明《彙刻傳劇》本《長生殿》卷首除徐麟和汪熷的序文外新增的尤侗等九人所作的序文、吳向榮等十六人的題辭的來源、出處。又如前所述,《彙刻傳劇》本《長生殿》卷首附文本的最後爲《太真遺象》,下署"淑仙影橅鮑同野摹本",劉世珩在爲《太真遺象》所作的識語中稱:"楊太真像載在李鐘元刻本,内子淑仙爲照影橅,列於太真傳後。"但首都圖書館所藏的李鐘元"重刊"本《長生殿》的卷首並無所謂的《太真遺象》,也沒有有關楊貴妃的其他繡像。

最後,《彙刻傳劇》本《長生殿》卷首諸篇序文的 9b、11a/b、12a 分別有字數不等、程度不同的殘損,特別是"洪君昉思客長安……"這篇序文末的署名有殘損,使得序文作者的姓名、身份不能得到確認。而實際此文的作者是可考的,詳見後文。

三、演唱編

燕九日宴集觀演《長生殿》雜劇四絕句

［清］王式丹

元宵才過花燈市，燕九旋開歌舞場。貪看新妝似飛燕，更無人記白雲鄉。（京都舊俗，燕九日競往白雲觀，尋丘真人遺跡。）

舊譜霓裳已不完，舞衫猶照燭花殘。可憐沈七他生石，寶厤金鈿馬四官。

第一傳頭是永新，囀年弦索剩熙春。瓊枝璧月憑誰見，勾引風情攏笛人。

琵琶一曲忍重聽，月殿星宮付杳冥。舞罷紅燈天欲曉，出門殘雪萬峰青。

（《樓邨詩集·忍冬齋集》卷二十，雍正四年刻本）

【按】王式丹（1645—1718）字方若，號樓邨，寶應（今屬江蘇）人。積學嗜古，有盛名。康熙四十二年（1703）一甲一名進士，授翰林院修撰。與修《佩文韻府》、《大清一統志》、《朱子全書》、《淵鑒類函》，分校二十一史諸書。因其耳聾，不為康熙所喜。康熙五十二年（1713年）罷官歸。後僑居揚州，與鄉士大夫論文為樂，士多從之游。式丹工詩，田雯、王士禛皆推許之，宋犖刻《江左十五子詩選》，以式丹為首。以詩文名海內。每一篇出，人相傳誦。有《龍竿》、《忍冬齋》等集，後合為《樓邨詩集》二十五卷。另有《四書直音》一卷及《靈豆錄》。此篇詩作於康熙四十九年（1710）。丘處機誕辰在正月十九日，後人為祭祀丘處機，約從明初始衍爲燕九節，流行於北京地區。此篇詩所描述的《長生殿》的演唱當在康熙四十九年正月十九日，地點在白雲觀。

觀《長生殿》傳奇有感

[清]陳弈禧

粧點真妃繡佛堂，傳將遺事未荒唐。何人身後憐詞筆，只負山東一趙郎。（《長生殿》，洪昇所爲也。曲成，昇招輦下親知釀分試演。適當太皇太后之喪，被臺官劾奏。山東翰林趙執信與昇友善，待昇極盡恩誼。趙亦在會中，西曹將取昇口供，索賄不遂，竟被指名革職。）

（《春藹堂續集》卷一"茂苑新僑集"，康熙四十七年刻本）

【按】此詩作於康熙四十六年（1707）。因其兄長陳弈培涉案，陳弈禧自注中對於"演《長生殿》致禍"一案的緣由和趙執信涉案、遭革的敍述應具有較大的可信度。

燕九日郭於宮、范密居招諸子社集， 演洪稗畦《長生殿》傳奇。 余不及赴，口占二絶句答之

[清]查慎行

曾從崔九堂前見，法曲依稀焰段傳。不獨聽歌人散盡，教坊可有李龜年。憶己巳秋事。

上客紅筵興自酣，風光重說後三三。老夫別有燒香曲，憑向聲

聞斷處參。

（《敬業堂詩集》卷三十八，康熙五十八年刻本）

【按】查慎行（1650—1727），初名嗣璉，字夏重，號查田；後改名慎行，字悔餘，號他山，賜號烟波釣徒。晚年居於初白庵，故又稱查初白。海寧袁花（今屬浙江）人。康熙四十二年（1703）進士，特授翰林院編修，入直內廷。五十二年（1713），乞休歸里，家居十餘年。雍正四年（1726），因弟查嗣庭訕謗案，以家長失教獲罪，被逮入京，次年放歸，不久去世。查慎行詩學東坡、放翁，嘗注蘇詩。自朱彝尊去世後，爲東南詩壇領袖。著有《他山詩鈔》。

演《長生殿》傷洪昉思

[清]先　　著

一曲新聲是禍媒，當時傳寫遍燕臺。陽侯不爲才人惜，竟向錢塘水底埋。

飛燕昭陽事有無，玉環銜恨不勝汙。借他一尺紅牙拍，洗却唐家稗史誣。（洗兒錢事，蓋小說之誣陷，爲史家誤採。喜其絕不涉此，可云雅奏。）

洪生本色填詞客，出手遥拈若士香。正是斷腸千載事，殘春天氣好排場。

（《之溪老生集》卷六，清刻本）

【按】先著（1651—1721後）字渭求、遷夫，號蠋齋、染庵，晚號盍旦子。四川瀘州人。流寓江寧，與顧友星、程丹問、周斯盛及石濤等交游，酬唱無虛日。《盍旦子傳》謂其"四十以外，爲病所苦，因自廢焉"。終於金陵。學問博洽，善書畫，花卉人物極有法度，書得晉人遺意,尤工詩詞。著有《之溪老生集》八卷,有《勸影堂詞》三卷。此篇詩作於洪昇去世未久,即在六月。

觀演劇悼洪昉思作

[清]陳大章

紅燭高燒照酒舟,桂華香徹月華流。虹冠霞帔霓衣舉,並作西宮一色秋。

舊曲新翻自性靈,哀絲急管遏行雲。柔聲入拍如將絕,眼見何人不哭君。(賈島吊孟郊詩:"昔年遇事君多哭,今日何人更哭君。"昉思填詞,至得意處,更大哭不已。)

哀樂無端急轉輈,人間天上兩悠悠。千金一字淋鈴曲,不比尋常菊部頭。

萬劫情緣一瞬間,才子薄命抵紅顏。風流不是庭蘭輩,漫把哀音付等閒。(秋谷詩:"獨抱焦桐俯流水,哀音還爲董庭蘭。"爲昉思作也。)

(《玉照亭詩鈔》卷十八"秋篷集下",乾隆四年刻"黃岡二家詩"本)

【按】陳大章(1659—1727)字仲夔,號雨山,黃岡(今武漢新洲)縣人。陳肇昌次子,清初學者、著名詩人。少從名儒陸隴其,交梁佩蘭、陳恭尹,工詩古文。後遊學問津書院,問津書院問津堂會課生,勤奮好學,博研經史,能詩會文,善書畫,尤工墨菊、行草書。

"昔年遇事君多哭,今日何人更哭君"出自賈島《過京索先生墳》詩,"獨抱焦桐俯流水,哀音還爲董庭蘭"出自趙執信《寄洪昉思》詩。

聞吳門演《長生殿》傳奇,一時稱盛。
不得往游與觀,有作(並小序)

［清］王　錫

　　蓋死生貴賤,乾坤都是戲場;離合悲歡,今古自成雜劇。男女人之大欲,帝王不免鍾情。一片堅心,世世願爲夫婦;千年長恨,匆匆遥隔幽明。方聞蟾窟之霓裳,頓委馬嵬之錦襪。風流雲散,從來聲色原空;彩筆花生,寫得精神活現。意欲痛懲後世,俾知烔鑒前車。伊昔燕臺登徒中傷夫宋玉,於今鶴市伯牙欣遇乎鍾期。妙舞清歌,綺帳重開茂苑;吳姬越女,青錢競買蘭舟。若令季札來觀,亦有蔑加之歎;即使魏文久聽,應無恐卧之情。但嗟勝地筵開,未與絶纓良會;徒念鈞天樂奏,將尋墮珥閒游。

一

　　虎丘歌舞地,士女四時游。燈月原無夜,池臺不易秋。
　　忍寒辭半臂,扶醉贈纏頭。況演《長生殿》,傾城倚畫樓。

二

　　宋璟梅花賦,何嫌鐵石腸。(宋大中丞命梨園演《長生殿》,水陸觀者如蟻。)
　　水嬉邀杜牧,曲誤問周郎。豪傑生當代,風流每擅場。畫船燈萬點,爭看《舞霓裳》。(《長生殿》,原名《舞霓裳》。)

三

　　勝事空相失,傳聞心已馳。春風花月夜,綺席管弦時。

牛女半宵感，馬嵬千古悲。舞衣如未散，幽夢到雞陂。

（《嘯竹堂集》，乾隆二十二年刻本）

【按】王錫（1660—?）字百朋，浙江仁和（今杭州）人。諸生。曾與沈用濟等受業於洪昇。撰有《嘯竹堂集》。王錫另作有《讀〈稗畦集〉》詩：

> 西泠才子客幽燕，短劍悲歌二十年。烏鳥痛深寒雨夜，脊令音斷白雲天。

> 關山暗灑思鄉淚，花月都成恨別篇。無限聲情幽咽處，燈膿一讀一淒然。

上元觀演《長生殿》劇十絕句

［清］趙執信

傾國爭誇天寶時，才人例解説相思。三生影響陳鴻傳，一種風情白傅詩。

遥指仙山唤太真，華清一浴斬然新。怪來宇内求難得，元在深閨未識人。

脂粉無由汙淡妝，雙飛端合在昭陽。酷憐姊妹開來艷，虛憶梅花冷處香。

溫泉清滑浸芙蓉，玉女飛來太華峰。石杵臱魚猶觸忤，那教取次近豬龍。

月殿酣歌夢許攀，輕將仙樂落人間。笑他穆滿無情思，身到瑶池白手還。

垂老荒迷花月場，臨淄英略未銷亡。投珠抵璧尋常事，夙遣元臣駐朔方。

蜀山秋雨感飄零，殘夢頻迴舊驛亭。妙寫鈴聲入新曲，可能渾似月中聽。

牛女經年夢亦慵，翻從人世管情蹤。玉妃應有婚姻牘，才過開元便得逢。

黄泉碧落事荒哉，差勝樓船去不迴。本與求仙情味别，何嘗身欲到蓬萊。

清歌重引昔歡場，燈月何人共此堂。六百餘年尋覆轍，菟裘恠底近滄浪。（余以此劇被放，事跡頗類蘇子美。昔過蘇州，有句云："聞道滄浪有遺築，故應許我問菟裘。"）

（《飴山詩集》卷十四，乾隆刻本）

冬夜看演《長生殿》傳奇因賦瑣事十六絶句和韓寄庵原韻

［清］陳鵬年

其一　定情

步虚唱罷斗壇開，雲髻新從别殿來。不識宫中女道士，祇今朝暮赴陽臺。

其二　禊游

椒房姊妹互承恩，並轡華清奉至尊。最是曲江三月節，長安花柳艷千門。

其三　春睡

春愁黯黯遠峰微，唤起屏山鬌欲飛。不比寒鴉遲日影，海棠嬌處弄朝暉。

其四　嬌妒

自占昭陽第一人，蛾眉宛轉慣生嗔。瓶梅已謝江姬老，三十六宮誰是春。

其五　出鎮

六街簇擁看新王，羽騎聯翩出范陽。莫道分桐嫌異姓，蓮花曾賜洗兒湯。

其六　私盟

瓜菓深深拜鵲橋，多生締結自今宵。揚塵早識蓬萊淺，不怕銀河水沒腰。

其七　犯順

曲江諷諫老臣心，一夕鳴笳塞草深。不信臨淄曾定亂，宮闈養虎到於今。

其八　入關

陣雲如墨慘難舒，百萬良家喪釜魚。一炬關中皆戰血，蠶叢猶假越無諸。

其九　罵賊

一夕邊烽徹禁中，銅駝石馬泣秋風。可憐罵賊成千古，只剩梨園老樂工。

其十　埋玉

社稷佳人淚滿懷，六軍無語墮金釵。獨留錦襪千年恨，不共西風一夜埋。

其十一　郵宿

劍閣崎嶇隔萬山，雨淋鈴裏度重關。懸知他日歸南内，只有三郎匹馬還。

其十二　曲哀

凝碧池空散管弦，白頭人識李龜年。傷心莫更彈天寶，花落江南淚泫然。

其十三　魂游

玉魚零落葬荒丘，杳杳香魂亦解愁。髣髴驪山猶望幸，嶺雲遮斷曲江游。

其十四　戡亂

郭相深蒙國士知，兩京收復未云遲。人間富貴兼眉壽，亦在天孫乞巧時。

其十五　仙遇

問訊蓬萊間碧霄，玉宮清寂路迢遥。騰波試看潢池水，恐有豬龍早晚朝。

其十六　重圓

咫尺虹橋達九天，年年金屋貯（按稿本作"護"）嬋娟。多情翻
覺愁牛女，一歲河邊一度圓。

（《陳恪勤公詩集‧秣陵集》卷一，康熙刻本）

【按】陳鵬年（1664—1723）字北溟，號滄洲，湖南湘潭人。
康熙三十年（1691）進士，授浙江西安知縣，改江蘇山陽知縣。四十
二年，康熙南巡閱河，返程召見於濟寧，賦詩稱旨，擢江寧知府。康
熙四十四年，因力阻兩江總督阿山加稅而被誣下獄，奉詔罷官免
死。後起復爲蘇州知府，河道總督。爲人剛直，敢於任事，人稱"陳
青天"。死諡"恪勤"。《清史稿》有傳。撰有《陳恪勤公詩集》、《滄
洲近詩》、《道榮堂文集》等。《秣陵集》係其任江寧知府時所作，時
在康熙四十二、四十三年間。可知此篇詩所記得《長生殿》演出在
江寧，時值冬日。"韓寄庵"，可能爲韓洽，字君望，號寄庵，晚號羊
山畸人，長洲（今蘇州）人。生卒年不詳。撰有《寄庵詩存》四卷。

夜半樂‧秋夜觀《長生殿》劇（唐明皇故事也）

〔清〕孔毓埏

開元遠勝天寶，無爲端拱，正勤求宵旰。笑鞏固金甌，玉環輕
煽。深宮浴罷，鴛幃睡起。最憐妙舞清歌，沉香亭畔。羨掌上、輕
盈過飛燕。　曲江上巳攘攘，繡轂轔轔，霞裳粲粲。更姊妹、三人
皆承天眷。算幾何時，燕犀冀馬，堪嗟逼上蠶叢，連雲古棧。葬紅
粉、梨花作同伴。　到此聞得，劍閣鈴聲，愈難消遣。縱譜入、《霓
裳》按弦管。這離情、料難似太平清讌。剩蒲柳、野老空悲歎，人間

豈有長生殿。

(《遠秀堂集·蕉露詞下》,乾隆八年刻本)

【按】此集又有清抄本,應爲謄清本。孔毓埏(1665—1722)字鍾興,號宏興,六十六代衍聖公孔興燮次子,六十六代衍聖公孔毓圻之弟。世襲翰林院五經博士,賜三品階。著名書法家、詩人,著有《遠秀堂集》八卷等。

孔毓埏《遠秀堂集》卷二"詩二"有《題〈明皇按樂圖卷〉》,可與此闋詞共讀,云:

開元天子風流祖,端拱垂裳教歌舞。平明小試寧王篴,夜深亂撾花奴鼓。

落日春風醉管弦,偷將《霓裳》製新譜。《霓裳羽衣》天下無,嚦嚦歌喉一串珠。

借問宮娥誰第一,左有永新右念奴。千金一曲君心喜,萬歲千秋樂未已。

無端鼙鼓動漁陽,至尊下殿楊妃死。傷心蜀道雨淋鈴,早聽張公不至此。

嗚呼,美人黄土久無香,舞馬空傳登玉床。但有梨園能罵賊,不聞紅粉解勤王。

吾聞今樂猶古樂,此事何關悲劍閣。假使好樂國便亡,君不見前有《咸》《英》後《韶》《濩》。

春夜觀演《長生殿》雜劇口占
五絶却寄錢塘洪丈昉思

［清］李必恒

檀槽親掐教歌伶,玉茗新詞擅義仍。不分懷寧阮司馬,烏絲欄格寫吳綾。

　　氍毹如月踏來遲，散序開頭入拍時。此夜婆娑親按節，不勞曲譜問微之。（《霓裳羽衣曲》，即西涼《婆羅門曲》。白樂天有《答元微之霓裳羽衣曲譜歌》。）

　　金雞障撤舞黃虯，夜雨零鈴蜀道愁。腸斷佛堂情盡日，何人玉筯不交流。

　　合樂旗亭正鬥班，定風波帶念家山。延秋老部頹唐甚，看殺鴉翎最小鬟。

　　舞衣風動散餘薰，橡燭燒殘坐夜分。拾得江南紅豆子，矮箋憑仗大馮君（謂山公先生）。

　　　　　　　　　（《樗巢詩選》卷五，嘉慶十四年半舫齋夏氏刻本）

　【按】　李必恒（1666—?）字北嶽、百藥，晚號樗巢，高郵（今屬江蘇）人。諸生。屢困場屋。康熙三十六年（1697），由宋犖舉薦任幕府。另撰有《三十六湖草堂詩集》，已佚。嘉慶間，後人輯爲《樗巢詩選》。

夜半樂・秋夜觀演洪昉思《長生殿》劇

　　　　　　　　　　　　　　　　　［清］孔傳鐸

　　是誰才子落筆，聲聲喚破，千古埋香塚？記鈿合金釵，誓盟深重。昭陽宮裏，沉香亭畔，一時粉黛三千，有誰競寵？密語向、雙星死生共。漁陽鼙鼓忽起，老將生降，帝京騷動。蒼皇去，馬嵬山下悲慟。弄權丞相，奢豪虢國，同時併命軍前，問誰作俑？長生殿、魂歸杳如夢。到此愁聽，夜雨淋零，斷腸何用。香囊在徒勞念情種。奏《霓裳》，一聲一淚如泉湧。謾傳說、玉妃在仙洞。恨金徽斷弦難弄。

（《申椒集·紅萼詞》卷下，康熙四十五年刻本）

【按】此闋詞後有李爲龍評語，曰："長調難處，在一氣貫注。此作直隱括《長恨歌》，不留剩意。"

觀《長生殿》劇

［清］沈德潛

天長地久兩情綿，一破潼關頓棄捐。雨際聞鈴荒主泣，墓前觀襪衆人憐。

道流海外傳仙語，私誓秋宵締宿緣。舊事淒涼誰寫出，江南零落李龜年。

（《沈歸愚詩文全集·歸愚詩鈔餘集》卷十，乾隆教忠堂刻本）

夜半樂·秋夜觀演《長生殿》

［清］孔傳鋕

浮雲過眼成夢，繁華一瞬，常自傷今古。記翠遶珠圍，夜深私語。細風乍冷，長生殿角，驀聞宮監傳呼：念奴何處？笑語向、蹁躚翠盤舞。但教梅妃寂寞，虛賜珍珠，問誰買賦。賜浴罷，還歸沉香亭去。范陽兵起，霖鈴夢斷，馬嵬一片香魂，尚驚鼙鼓。風剪碎、霓裳舊歌譜。到此枉對，劍閣梧桐，淚流如注。縱後約釵鈿杳無據。悵雙星，可能照見蓬萊路。思往日、歡會成塵土。斷魂縹渺江天暮。

（《補閑集·清濤詞》卷上，康熙刻本）

【按】孔傳鋕（1678—1731）字振文，號西銘，別署蝶庵、也足園叟、補閑齋，曲阜（今屬山東）人。孔子嫡系六十八代孫。性通敏，美豐儀，善詩詞，工書畫，精篆刻。康熙四十五年（1706）襲五經博士，授通議大夫。康熙帝臨雍，入京陪祀，召見內殿，欲用之，辭以職在奉祀，得賜“六藝世家”匾額。著有《補閑集》、《清濤詞》。與孔尚任、顧彩過從甚密。撰有傳奇 3 種：《軟羊脂》、《軟錕鋙》、《軟郵筒》，皆存於世。

觀劇演《長生殿》即事成詩二章

［清］汪沈琇

珠被空閒覆御床，愛將法曲按霓裳。雕欄芍藥酣新雨，水殿芙蓉護曉霜。

香拂金車朝虢國，聲吹玉篴醉寧王。不堪蜀道重回首，冷盡華清十六湯。

荒宮槐葉落秋烟，贏得詞臣哭管弦。沙苑草深迷玉輦，蓬山雲斷隔金鈿。

無人南內供朝膳，有客東城伴夜禪。莫奏開元舊時曲，至今愁絕李龜年。

（《太古山房詩鈔》卷十三《環秀集》上，清鈔本）

【按】汪沈琇（1679—1754）字西京，號茶圃，常熟人。雍正七年（1729）貢生。官宣城教諭。有詩名，爲虞山詩派後期作者。此篇詩作於乾隆四年（1739）秋日。

十七日長男第中觀劇看放烟火十首(節録)

[清]文　昭

國朝樂府屬洪君,堪與臨川繼後塵。一掃宮闈疑似事,馬嵬千載有功臣。

(《紫幢軒詩·檜棲草》卷上,康熙、雍正文昭刻本)

【按】文昭(1680—1732)字子晉,號紫幢,又號薌嬰居士、北柴山人、檜棲居士。清宗室。鎮國公百綬子。王士禎的入室弟子。康熙三十八年(1699),特命宗室應鄉試,他因在後場用了《莊子》語句,遂被放居。文昭就此索性辭俸家居,掃軌謝客,學道作詩。他一生肆力爲詩,有"雕蟲深愧壯夫爲,嘔出心血也不辭"的自況。有《紫幢軒詩》三十二卷。

觀演《長生殿》劇

[清]徐德音

鈿合金釵事渺然,徒勞瀛海問神仙。可憐空有他生誓,何處重逢七夕緣。

宮監歸來頭似雪,梨園老去散如煙。今宵聽奏《霓裳曲》,誰賜開元舊寶錢?

(《緑淨軒詩鈔》卷一,胡曉明、彭國忠主編
《江南女性別集初編》上册,黄山書社 2008)

【按】徐德音（1681—1760 後）字淑則，錢塘（今浙江杭州）人。漕運總督徐旭齡女，許荔生室。晚年自號綠淨老人，論詩者以爲閨秀第一。

同年王孫同招集錫壽堂即事

［清］彭啟豐

蘭膏吐焰壁籠紗，邸次飛觴樂事賒。黃菊留香人益壽，青山如畫客思家。

《霓裳》聽徹仙音森，甊飯炊來鬟影華。（時演《長生殿》、《邯鄲夢》雜齣）日下舊題追仿佛，眼前指點盡飛花。

（《芝庭詩文稿》卷十二，乾隆刻增修本）

席上贈楊華官（郎小字華官
沈文憲公字曰灃蘭）

［清］袁 枚

一曲歌成楊白花，生男從此重楊家。泥金替寫坤靈扇，當作三生繫臂紗。

幽情真個灃蘭如，前輩標題字豈虛。檢點侍兒小名錄，不禁腸斷沈尚書。

美如任育兼看影，清比荀郎似有香。禁得風前訴幽咽，華清閣下詠《霓裳》。（方演《長生殿》）

（《小倉山房詩集》卷二十三，乾隆刻增修本）

隨園詩話（節錄）

［清］袁　　枚

卷　一

六　一

錢塘洪昉思昇，相國黃文僖公機之女孫婿也。人但知其《長生》曲本，與《牡丹亭》並傳，而不知其詩才在湯若士之上。《曉行》云：“……”《夜泊》云：“……”性落拓不羈。晚年渡江，老僕墜水，先生醉矣，提燈救之，遂與俱死。《送高江村宮詹入都》五排一百韻，沉鬱頓挫，逼真少陵。先生爲王貞女作《金鐶曲》云：“……”其事、其詩，俱足千古。篇終結句，餘韻悠然。

卷　五

二　九

余掛冠四十年，久不閱《縉紳》，偶有送者，擷之都非相識。偶讀趙秋谷《題〈縉紳〉》云：“无复堪容位置處，漸多不識姓名人。”爲之一笑。先生康熙己未翰林，至乾隆己未，而身猶强健，惟兩目不能見物，與余爲先後同年。相傳所著《談龍録》痛詆阮亭，余索觀之，亦無甚抵牾。先生名執信，以國忌日演戲被劾，故有句云：“可憐一曲《長生殿》，直誤功名到白頭！”

附録　《批本隨園詩話》批語

乾隆辛亥，余省親福建，見夢樓於京口。留飯聽戲，三日而別。其演戲用家樂約三十人，外有女子四人。所演《西樓記》、《長生殿》。

（人民文學出版社 1982）

聽演《長生殿》傳奇口占四絶

［清］陶元藻

香汗風吹日午天,口脂紅惹玉魚鮮。頗黎碑裏花微笑,人到華清第二泉。

月洗芙蓉水殿開,輕羅小扇共徘徊。隴山西去紅鸚鵡,曾聽長生私語來。

玉骨潛封蔓草荒,飄零錦祕在何鄉?傷心只有高驃騎,指點青山語上皇。

淋鈴秋雨夜纏綿,斜谷驚聞路幾千。一曲張徽腸欲斷,不勞天寶訴龜年。

(《泊鷗山房集》卷二十三,清刻本)

觀劇(並引)(節録)

［清］劉　墉

王元美、楊升庵無所不學,宋詞、元曲以下,或未必盡爲之,未嘗不盡知之也。弇州談論,尤爲超卓。閒中閲及四部雜文,見其所論詞曲優劣,因思近日劇場亦清商樂府之遺音也。美斯愛,愛斯傳焉。玩其華藻,節而不溺,達者有取焉耳。絶句數首,偶然作之。舊人集中亦有此題,非以鬥巧,聊以寓興而已。

蜀道山青怨杜鵑,鳥啼花落雨如煙。鈴聲恰似丁寧語,好爲三生話舊緣。(《聞鈴》)

(《劉文清公遺集》卷十七,道光六年劉氏味經書屋刻本)

觀劇六絶（節録）

［清］王　昶

瓊筵花露泛紅螺，六曲燈檠照綺羅。晴雪一櫓香霧裏，雲鬟十隊舞蠻鞾。

……

長生殿裏可憐宵，曾炷沉檀禮鵲橋。一樹梨花人不見，青騾蜀棧雨蕭蕭。（《長生殿》）

（《春融堂集》卷六《述庵集》，嘉慶十二年塾南書舍刻本）

【按】王昶（1725—1806）字德甫，號述庵，又號蘭泉。江蘇青浦朱家角（今屬上海）人。清代金石學家。乾隆十九年（1754）進士，官至刑部右侍郎。工詩文，與王鳴盛、吳泰來、錢大昕、趙升之、曹仁虎、黃文蓮並稱"吳中七子"。王昶窮半生精力搜羅商周銅器及歷代碑刻拓本，於嘉慶十年（1805）撰成《金石萃編》一百六十卷。另著有《使楚從譚》、《征緬紀聞》、《春融堂詩文集》。輯有《明詞綜》、《國朝詞綜》、《湖海詩傳》、《湖海文傳》等書。

七夕飲蔣蓉龕前輩齋用梨雲曲元韻

［清］董　潮

柳梢螢火墮人懷，蘭未成花蕊已佳。恰共當筵人比俊，數莖新綠小於釵。

琵琶彈徹月初黃，法曲開元說說上黃。小院秋深聽不得，紅桃曾唱荔枝香。（時諸伶歌《長生殿》。）

涼風吹客奈愁何，記取宵來賭酒歌。別夢應添鴆鵲觀，玉梅橋下隔年波。

靈和楊柳鬥蹋腰身，裀幕飛花總昔因。寄語紫薇狂御史，綠陰休怨別時春。

（《紅豆詩人集》卷十七，道光十九年董敏善刻本）

【按】 據《紅豆詩人集》編年，此詩作於乾隆二十八年（1763 癸未）。董潮（1729—1764）字曉滄，號東亭，本江蘇常州府陽湖縣人，少孤，贅於浙江海鹽，遂占籍。乾隆二十八年（1763）進士，改庶吉士，授編修。曾充《通鑒輯覽》纂修官。參與修纂《武進陽湖縣誌》，垂成而歿。工詩詞古文，兼擅書法。曾賦《紅豆樹》歌，被稱爲"紅豆詩人"。又位列"嘉禾八子"。撰有《紅豆詩人集》、《東亭集》、《潄花集詩餘》等。蔣蓉龕，即蔣和寧（1709—1786）字耕叔，號用安，又號蓉龕，世爲江蘇常州府武進縣人，雍正二年（1724）分縣後爲陽湖人。洪亮吉從舅。乾隆十七年（1752）進士，改庶吉士，授編修，充方略館、武英殿纂修官，改湖廣道監察禦史。工詩，能文。曾爲董潮續成《武進縣誌》、《陽湖縣誌》。

賀新郎·觀演《長生殿》院本

［清］張　塤

雨擺梨花罅。佛堂前、風波平地，可憐人鮓。未必卿卿能誤國，何事六軍激射。唐天子、何其懦下。一世夫妻猶若此，爲今生、反使來生怕。雙星恨，高高掛。明皇與太真誓曰："生生世世，願爲夫婦。" 夜深蠟炬和灰瀉。蜀當歸、關山烽火，它年入畫。提起宮中行樂事，苦了將軍戰馬。又苦了、尣央棒打。虢國夫人無結局，與梅妃、一樣三人者。同命薄，無依藉。

（《竹葉庵文集》卷二十七，乾隆五十一年刻本）

【按】張塤（1731—1789）字商言、商賢，號瘦銅（一作瘦桐）、吟薌、石公山人、小茅山人。江蘇吳縣人。乾隆三十年（1765年）舉人，三十四年考授內閣中書。後入四庫館。考證金石及書畫題跋，頗詳贍可喜。書法秀瘦可愛。工詩，少與蔣士銓齊名，以清峭勝。有《竹葉庵集》三十五卷。

看演《長生殿》傳奇全本

〔清〕范來宗

才人餘事訂宮商，檀板珠喉雅擅場。舊夢春明誰再續，蘇臺今看舞霓裳。

柔情如水暮和朝，密誓深盟取次邀。一唱無愁天子曲，萬夫回首盡魂銷。

鼛鼓漁陽闐似雷，興亡滿眼極堪哀。還須按譜添私祭，白髮紅顏對話來。（舊本有《私祭》，今删。）

紛紛名部出江南，遲暮相逢也自諳。絲竹中年陶寫後，重聽法曲奏何戡。

（《洽園詩稿》卷十九，清刻本）

【按】范來宗（1737—1817）字翰尊，號芝岩、支山，吳縣人。范仲淹後人。乾隆四十年（1775）進士，選庶吉士，授編修，任國史館提調總纂官。

諧鐸(節録)

[清]沈起鳳

卷 九

賽齊婦

　　旌德某,爲里黨所逐,竄跡維揚,以千錢娶婦某氏。後家小阜,能畜婢媼。以數百金捐空銜,門内紅帽高懸,竹箆雙列,封條暄赫,擬於世家;然不商不賈,未測其財所自來。暮出曉歸,形殊詭秘。婦問之。曰:"商人夜宴貴客,乞予代作筵主。"揚州商習,宴客必徹夜,陪坐者以什伯計,婦故信之。然終歲赴席,未有一人從者。

　　婦欲覘其蹤跡。一夕,鮮衣華帽,軒然而出。婦躡其後,見匆匆入一枯廟去。亡何,短衣草履,髮挽作旋螺狀,悄步而行,至僻巷,有牆壁頗峻,出斧鑿丁丁半響,灰磚墮落如腐。俄成一穴,大僅如斗,某探首蛇行而進。婦急歸,喚集婢媼,盡易男裝,自乃高冠華服,僞作巡夜官,命婢媼取架上紅帽戴之,並挾竹箆出門而去。至僻巷,伺於牆下。四更許,某從穴中出。衆擒縛而前,俯伏不敢仰視,曳下責二十板,提裈而起。四圍周視,而官役輩不知何往矣!

　　重入枯廟,改易華裝,候天曉叩門而歸。婦問:"昨夜何適?"某仍以夜宴對。問:"曾演劇否?"某曰:"是洪家老樂部。演《長生殿》全本。"婦曰:"吾聞昨夜止演得雜劇。開場是《燕子箋·鑽狗洞》,收場是《勘皮靴·打竹箆》也。"婢媼輩皆匿笑。某知墮婦術中,紅漲於面,不敢措一詞。婦恚曰:"昏夜之行,人情不免,何至罔惜廉恥,至於此極? 請從此逝,他日勿相累也。"拂袖欲出,某曳令稍坐。婦指天畫地,詬罵萬端。某出所盜金陳幾上。婦審視良久,忽大笑曰:

"枉尺直尋,宜若可爲。自今以後,蚤夜聽子而行,吾不汝瑕疵矣!"

後某盜金事發,系獄而斃。婦竟席捲遁,不知所之。

鐸曰:"墦間乞食,夫也不良。而中庭訕泣,家有賢妻矣! 此婦先號後笑,包藏禍心,迨至覆櫝而揮其珠,夫罹毒害,於婦何不科焉? 是故王孺仲之不改行昌操者,内助之力爲多。"

卷十二

南 部

吳中樂部,色藝兼優者,若肥張、瘦許,豔絶當時。後起之秀,目不見前輩典型,挾其片長,亦足傾動四座。如金德輝之《尋夢》,孫柏齡之《別祠》,彷彿江彩萍樓東獨步,冷淡處別饒一種哀豔。朱曉春之《歡月》,馬奇玉之《題曲》,正如孟德曜練裳椎髻,不失大家風範。張聯芳之《思凡》,曹遠亭之《佳期》,又似孫荆玉舉止放誕,而反腰貼地,要是天然態度。王阿長之《埋玉》,週二官之《劈棺》,如徐月華臨青陽門彈箜篌,一時聲情俱裂。戴雲從之《偷棋》,沈人瑞之《盜令》,未免稍軼範圍,却似趙飛燕跋扈昭陽。而掌中一舞。頗能竄易耳目。至如張修來《思春》一齣,雖秋娘老去,猶似十三四女郎堂上簸錢光景。一兒歌場,得此數人提倡,稍可維持菊部。

自西蜀韋三兒來吳,淫聲妖態,闌入歌臺。亂彈部靡然效之,而崑班子弟,亦有倍師而學者。以至漸染骨髓,幾如康崑崙學琵琶,本領既雜,兼帶邪聲,必十年不近樂器,然後可教。

因歎文人通道不篤,背正學而入歧趨,雖復邀譽目前,亦見笑而自點耳。觀於樂部,能無爽然!

鐸曰:"以文爲戲,即以戲論文。歌柳郎中'曉風殘月',寧效蘇學士,銅琵琶,鐵綽扳,唱'大江東去'。"

(人民文學出版社 1985)

記季、亢二家事

[清]王友亮

國初巨富有"南季北亢"之稱，今殆無復知者。余居江寧，外兄羅履堂自江北歸，爲言泰興有季家市，居人三百餘家，半爲季氏。相傳市乃其先一家所居，環居爲複道，每夕行掫六十人，蓄伶甚衆；又有女樂二部，稚齒韶顔，服飾皆直鉅萬。及笄，或自納，或贈人。有修撰某得其一，百方媚之，姬涕泣廢飡，謂弗若其主家廝養，乃遣還。與鈕氏《觚剩》所載略相同。余幼隨先大夫之山西平陽任，屢遊城外亢家，園中設寶座，仁皇帝嘗臨幸焉。尤西堂編修亦客此，撰《李白登科》雜劇。園大十里，樹石池臺，幽深如畫。間有婢媵出窺，皆吳中妝束也。既南返，猶心憶之弗忘。乾隆壬寅，余官秋曹郎中，浮山張菊坡與亢世爲姻戚，因言亢先世得李闖所遺輜重起家。康熙中，《長生殿》傳奇新出，命家伶演之，一切器用費鏹四十餘萬，他舉稱是。雍正末，所居火，凡十七晝夜，珍寶一空。計余遊時，亢已中落，規模僅存；今則蕩然無人，園亦鞠爲茂草矣。余聆之太息曰："盛衰相倚，天也，而人事居半焉。兩家盛時，不思種惪以培其後，驕奢淫佚，如出一途，轉瞬百年之間，漸滅至盡，可憫也。夫季氏尚知課子，有登第官侍御者，其家雖替，子孫借儒業自存。亢氏以學爲苦，日惟聲色飲博是耽，迨乎困窮，束手無能，憂傷短折，遂致餒，而非父兄失教使然歟？世人崇貨殖而薄詩書，觀於此可以憬然悟矣。"

（《雙佩齋文集》卷三，嘉慶刻本）

【按】乾隆壬寅，即乾隆四十七年（1782）。王友亮（1742—1797）字景南，號葑亭，安徽婺源人。初由舉人官内閣中書、軍機章京。乾隆五十六年(1791)進士,官至通政司副使。官刑部時,決獄多平反。工詩文,詩格與袁枚相近。有《荨亭文集》、《雙佩齋詩集》八卷、《文集》四卷、《駢體文集》一卷、《補梅書屋詩草》一卷、《金陵雜詠》。

《海鷗小譜》附記

[清]楊復吉

秋谷先生於康熙己未科館選,時年一十有八。甲子衡文山右,所謂有事太原東下太行者,指此時也。至作譜,歲在甲申。則先生已於戊辰年因演洪稗畦《長生殿》事去官。自後遂浪游燕趙吳越間,老而喪明,不廢吟詠。迨乾隆己未,猶及與後輩稱前後同年云。楊復吉附記。

(《燕蘭小譜附海鷗小譜》,宣統三年長沙葉氏校刻本)

【按】楊復吉(1747—1820)字列歐,一字列侯,號夢蘭,一號慧樓。震澤(今江蘇吳江)人。少有異禀,十歲屬文,組織經史。乾隆三十七年(1772)中進士。好聚書,拜王鳴盛爲師,王鳴盛主講笠澤書院,與辯論古今,深推服之。家富藏書,古文説部,觀覽數遍,文名爲時所重。有書樓名"香月樓",每日著述、讀書其中。著有《鄉學樓學古文》、《夢蘭瑣筆》、《遼史拾遺補》,編有《史餘備考》、《元文選》、《昭代叢書五編題跋》、《昭代叢書續集》、《虞初餘志》、《元稗類鈔》、《燕窩譜》等。

褚五郎行

[清]黄景仁

廿條銀燭高崔巍,筵前羯鼓紛喧豗。主人愛客客滿座,相逢四海傾瑤杯。

上座聽歌氣如虎，有客停杯慘無語。往事楊枝裊綠煙，故家燕子愁紅雨。

褚郎十五記將迎，袴褶妝成鎖骨輕。故緩紅牙偷入破，慣拋珠淚得人情。

徘徊舞榭兼歌榭，飄泊山城更水城。逢渠猶記花開夕，謝家子弟爭移席。

一囀輕喉發曼聲，吳儂相顧皆無色。前輩風流酒作池，後堂絲管春成國。

脫帽翻尊奪錦茵，就中狂殺江南客。江南一別又經年，西風吹夢尋無跡。

顧曲周郎鬢漸星，多愁白傅衫常濕。崔九堂前有舊人，奉誠園內無新識。

三千里外楚王臺，驀地重逢醉眼開。驚定相看翻似夢，關山知否得曾來？

此際歌場正嘹亮，晴絲作陣空中颺。鈿合方看訂再生（時演《長生殿》），《霓裳》已見歸天上。

背人脈脈送橫波，似曾相識驚無恙。舞罷更妝向畫筵，尊前細訴飄零狀。

問訊同遊幾輩存，羊曇華屋增悲愴。感時懷舊更長籲，我亦風塵無事無。

肯把鼕婆通貴戚，不堪鐵笛老江湖。褚生飲汝一杯酒，酒盡猶能進歌否？

人世悲歡轉眼非，青衫失路嗟何有？落魄空沾淮海塵，相思爲怨金城柳。

莫作《伊》《涼》變征歌，酒闌蕭瑟斷腸多。他年此會知何日？
月落烏啼奈爾何！

（李國章標點《兩當軒集》卷第二十二“補遺”，
上海古籍出版社 1983）

揚州畫舫錄（節錄）

［清］李　斗

卷　五

新城北錄下

小生陳雲九。年九十演《彩毫記》“吟詩脱靴”一齣。風流橫
溢。化工之技。董美臣亞於雲九。授其徒張維尚。謂之董派。美
臣以長生殿擅場。維尚以西樓記擅場。維尚游京師時。人謂之狀
元小生。後入洪班。

……

戲具謂之行頭，行頭分衣、盔、雜、把四箱。衣箱中有大衣箱、
布衣箱之分。……把箱則鑾儀兵器備焉，此之謂“江湖行頭”。鹽
務自製戲具，謂之“内班行頭”，自老徐班全本《琵琶記》請郎花燭，
則用紅全堂。風木餘恨則用白全堂，備極其盛。他如大張班，《長生
殿》用黃全堂，小程班《三國志》用綠蟲全堂。小張班十二月花神
衣，價至萬金；百福班一齣北餞，十一條通天犀玉帶；小洪班燈戲，
點三層牌樓，二十四燈，戲箱各極其盛。若今之大洪、春臺兩班，則
聚衆美而大備矣。

（中華書局 1960）

韋晴帆（布）六十生日壽詩

［清］王　蘇

太白樓頭秋月白，韋郎倒著參軍幘。爽氣朝排名士亭，豪情夜踏仙人跡。

仙人耕石煮紅糧，蠡杯滿泛流霞液。飲君薰髓一樽碧，祝君堅似青銅柏。（晴帆嘗攜酒人飲濟上太白樓，酒酣，有老翁出共飲，賓主曾不相識。老翁訂以明日復往共飲，及往，几席、酒肴皆具，老翁不出，知為樓居仙人也。）

酒酣卧聽紫雲迴，噩夢頻驚馬嵬驛。登場欲斷元禮頭，吊古能還阿環魄。

龍武衛中有此客，千秋不為三郎惜。（晴帆觀劇，見演《埋玉》一折，登場毆陳元禮幾死。）

大筆淋漓醉騰擲，不寫權門貴人壁。八分書後雜真行，山水幀邊補松石。

姓名一旦署宦籍，章服重重裹腰腋。折腰屈膝無不為，自畫新圖感今昔。

東方千騎大官來，手版親持不盈尺。拜塵猶恐一塵隔，上有紅樓俯春陌。

樓上峨峨紅粉妝，當窗蹙損塗黃額。嬌啼擁頸罥齊人，始識袍韡愧巾幗。（晴帆通籍後自畫其迎拜上官之狀，題曰《今若此》。）

捧檄煙馳欲雨天，搴荽露坐新霜夕。職秩難增人易老，迴環綺甲駒過隙。

百花生後長庚謫，枝頭杏鬧開瑤席。儻來富貴豈須求，揮出雲煙尚成癖。

我識君家老探花（謂約軒先生），竹林小阮餘風格。回首蓬萊幾萬重，落盡洪桃不堪摘。

請君自奏《鶴南飛》，願我得觴君八百。

（《試晙堂詩集》卷六，道光二年重刻本）

【按】王蘇，字儶嶠，江蘇江陰人。乾隆五十五年（1790）進士。改庶吉士，授編修，歷官衛輝知府。撰有《試晙堂詩集》十二卷、《試晙堂賦鈔》四卷、《試晙堂文鈔》一卷。韋布字晴帆，安徽人。官河南知縣。工書及篆刻，善畫山水、花卉。

觀劇十首（選一）

[清]潘素心

別殿歡娛夜未央，驚聞鼙鼓下漁陽。馬嵬不記來生誓，一曲淋鈴淚萬行。

（《不栉吟續刻》卷一，道光三年刻本）

【按】潘素心（1764—1847後）字虛白，號若耶女史，山陰（浙江紹興）人。潘汝炯女，汪潤之妻。乾隆至道光年間重要女詩人。著有《不栉吟》三卷、《不栉吟續刻》三卷，並曾爲多不閒秀詩集選詩作序。有關潘素心的詠劇詩，參見鄭志良《潘素心與其詠劇詩》，《明清戲曲文學與文獻探考》，中華書局2014年版。

觀演《長生殿》樂府

〔清〕舒　位

其　一

一飯張巡妾，三秋織女星。他生原未卜，此曲竟難聽。
羯鼓催鼛鼓，盤鈴換閣鈴。青山啼杜宇，何處雨冥冥。

其　二

奉詔慚高熲，題詩怨鄭畋。佛堂埋玉樹，仙海寄金鈿。
客唱《霓裳序》，人輸錦襪錢。江南花落後，重見李龜年。

其　三

白髮談天寶，琵琶喚奈何。未應來赤鳳，從此老青娥。
楊柳詞成讖，梨花淚更多。至憐湯殿永，兵馬洗天河。

其　四

酒綠燈紅夜，春風舞一場。亂離唐四紀，優孟李三郎。
國事休回首，詩篇說斷腸。誰知新舊史，多爲郭汾陽。

(《瓶水齋詩集》卷四，光緒十二年刻本)

【按】據詩集編年，此組詩作於乾隆五十七年(壬子 1792)。
舒位(1765—1815)字立人，號鐵雲，直隸大興(今屬北京市)人。少
聰慧好學，十歲即能下筆成文。乾隆五十三年(1788)中舉，家境貧
苦，以館幕爲生。博學多才，尤工詩，與王曇、孫原湘爲"三君"。撰
有《瓶水齋集》，又有雜劇《酉陽修月》、《卓女當壚》、《樊姬擁髻》、
《博望訪星》四種，合稱"瓶笙館修簫譜"。

觀劇絕句十二首(選四)

[清]鄧廷楨

　　斜封勑下玉妃來，露井桃花昨夜開。從此六宮無粉黛，樓東閑煞一枝梅。

　　金釵鈿合笑相偎，死死生生不化灰。卻怪玉魚從葬後，肯教方士重攜回。

　　山鬼羅衣詎等閒，倚樓讀罷淚斑斑。一杯自酹空同劍，要爾收京破祿山。

　　慷慨長歌更短歌，梨園白髮奈愁何。霓裳舊譜淋鈴曲，併入琵琶血淚多。

　　　　　　　　　　　　　　　　(《雙硯齋詩鈔》卷七，清末刻本)

　　【按】 鄧廷楨(1776—1846)字維周，又字嶰筠，晚號妙吉祥室老人、剛木老人。南京人。祖籍蘇州洞庭西山明月灣。嘉慶六年(1801)進士，授編修，官至雲貴、閩浙、兩廣總督，與林則徐協力查禁鴉片，擊退英艦挑釁。後調閩浙，坐在粵辦理不善事戍伊犁。釋還，遷至陝西巡撫。有《雙硯齋詩鈔》十六卷、《詞鈔》二卷、《筆記》六卷等。

觀演《長生殿》院本有作

[清]姚燮

　　鈴騎漁陽遞戰書，上皇淒絕馬嵬車。竟將烟月沉天寶，那有蓬萊幻海墟。

　　妺夏原難仇妹喜，防秋應悔仗哥舒。佳人粉黛才人筆，收拾龜年涕淚餘。

(《复庄詩問》卷八,道光姚氏刻大梅山館集本)

【按】姚燮(1805—1864)字梅伯,號復莊,又號大梅山民、疏影詞史。浙江鎮海人。道光十四年(1834)舉人。博學多才,詩詞駢文皆有盛名,又兼擅戲曲、書畫。有詩詞文曲多種著作行世,合稱《復莊全集》。此篇詩作於道光十五年(1835)。

觀演《長生殿》雜劇

[清]貝青喬

譜按《霓裳》李阿瞞,梨園舊部此重看。雄關警報兵何急,內殿酣歌讌未闌。

一代浪誇初政美,三唐早識中興難。金錢會裏琵琶曲,彈向江南淚不乾。

(《半行庵詩存稿》卷六,同治五年葉廷琯等刻本)

淞隱漫録(節録)

[清]王 韜

卷十一

名優類志

小梅者,亦著名之優,旦中之傑出者也。豫省梨園有三部:曰榮升,曰慶福,曰福喜。其爲優伶者,多本省子弟,裝服黯淡,音節侏,幾於索然厭聽,味同嚼蠟。小梅隸榮升班,庸中佼佼,獨能冠其儕輩。匡晴泉,豪士也,家本黃州。生平足跡,已半天下,一日見小梅演《思凡》一齣，心大嘉賞，自此聞小梅登場，必往觀之。同幕諸君俱習見京中名優，咸不以爲然。紫縵曰："諸君何過泥也？夫乘舟於萬柄蓮香中，臨風映日，別樣鮮妍，見者或不以爲異；至於齋院之間，一盆一盎，植藕其中，或開一二花焉，則珍而視之矣。今小梅在此中，得無類是？"皆笑而頷之曰："然。"由是小梅名益噪，而於匡君頗有知己之感云。滬上昔日盛行崑曲，大章、大雅、鴻福、集秀尤爲著名。鴻福班中之榮桂，集秀班中之三多，俱稱領袖。一登氍毹，神情態度，迥爾不同。三多身材纖小，行步婀娜，其聲紆徐以取妍，清脆而合度，真可謂色藝並擅者也。榮桂綺年玉貌，泂如尤物，足以移人。每演《跳牆》、《著棋》、《絮閣》、《樓會》四齣，觀者率皆傾耳注目，擊節歎賞不止。榮桂容尤嬌豔，兩頰微紅，渾如初放桃紅，益增其媚。時滬上萠紫琴、陳子卿輩方以清客串戲，創名"集賢班"，曾演於西園，一時來觀者，翠袖紅裙，樓頭幾滿。王子根又招演於其家，余忝首座，特呼榮桂隅坐，執壺慇懃相勸，於是滬城之妓前來侑觴者，幾空冀北之群，可謂極花月之大觀，盡笙歌之盛事。今不復見此樂矣。榮桂後蓄厚資，自爲領班。

　　近日盛行京腔，弋陽腔徽班次之，至崑曲，則幾如廣陵散矣。然吳人尚能爲此調，余所心賞者，得二人焉：一曰鳳林，一曰桂林。……桂林字蟾香。以同時亦有桂林，故加小字以別之。來滬僅數月，在三雅戲院，年止十九齡。先以桐蓀爲師，意韻纏綿，情致曲折，別有心授。每演《折柳》《絮閣》兩齣，意態逼真，聽者爲之神移。桂林不能飲酒，量幾不勝蕉葉；又素不習拇戰，惟端坐席上，人與之言，則作色。秉性聰敏，於曲譜之陰陽清濁，一見即辨。近日讀秦九、柳七詞，頗有所悟，戲填《如夢令》一闋，妙合宮商云。

（人民文學出版社 1999）

【按】王韜(1828—1897)，初名利賓，早字子久，又字蘭卿，入縣學後改名瀚，字瀨今，後更名韜，字仲弢，一字子潛、紫詮，自號天南遁叟、弢園老民等。清末長洲甫里人。出身詩禮之家。十八歲中秀才，在家鄉設館教書。道光二十九年(1849)，應英國傳教士麥都思的邀請，到上海墨海書館參加編校譯書工作長達十三年。太平天國和第二次鴉片戰爭時，屢向清政府獻“禦戎”、“平賊”等策，未被採納。咸豐十一年(1862)底回鄉，化名“黃畹”，上書太平軍將領，事爲清政府獲悉，遭通緝，逃亡香港，爲英國傳教士理雅各翻譯中國經書。後游歷英、法等國，熟諳多國情況。同治十三年(1874)在港創辦《迴圈日報》，評論時政，主張維新自强，提出“振興中國，提倡西學”，是我國新聞史上第一位報刊政論家。光緒十年(1884)獲李鴻章默許回滬，主持格致書院。與丁日昌、盛宣懷等交游，常爲洋務派出謀獻策。但對洋務運動頗有批評，主張變法自强。著作有《弢園文錄外編》、《弢園尺牘》、《松隱漫錄》、《普法戰紀》、《法國志略》、《扶桑游記》等數十種。

越縵堂菊話(節錄)

［清］李慈銘

光緒十二年十二月初三日：是日，復覺不快，雜閱詩曲以自遣。洪稗畦《長生殿》傳奇，纔演科白俱元曲當家。詞亦曲折盡情，首尾完密，點染不俗。國朝人樂府惟此與《桃花扇》足以並立。其風旨皆有關治亂，足與史事相稔，非小技也。《桃花扇》曲中時寓特筆，包慎伯能知之而未盡，其序及評語皆東塘自爲之。不過借侯朝宗爲楔子，以傳奇家法，必有一生一旦，非有取於朝宗也。其於史道鄰、黃虎侯,雖寫其忠,而皆不滿。故於史之解哄、哭師,皆極形其才短;於黃口中時及田雄,明其養賊而不知。高傑、左良玉並不足言。而傑之死最可惜;良玉之死實非叛。兩人皆南都興亡所系,寫之極得分寸。馬、阮之惡極矣。然非降我朝而致死。夏氏《倖存錄》之言非妄,故《全謝山外集》亦辨之,非開脫巨奸也。東塘傳其死亦核,且深得稗官家法。惟言袁臨侯之從左起兵,以黃澍爲末色,以鄭妥娘爲丑色,皆未滿人意。然傳奇亦不得不然耳。《長生殿》寄托尤深,未易一二言之。

(張次溪編纂《清代燕都梨園史料(正續編)》,

中國戲劇出版社 1988)

入覲恭祝慈壽紀恩八首

[清]陳夔龍

瑤池西望靄雲軿,堯母門開瑞葉黌。萬壽嵩呼宣寶歷,龍飛七秩有三齡。

儀鸞宮殿應朝暾,慈孝天家笑語溫。賀表書成雲五色,至尊捧出寶光門。

綵衣戲舞晉霞觴,左右鴛班列兩行。一曲《霓裳》新破就,內人傳喚賜茶湯。

才唅紅綾禮數殊,調羹恩又拜天廚。衢歌封祝光華旦,歡語今朝是大酺。

烟波一舸任游行,三海風光畫不成。爲報來年豐已兆,雪花飛上御簾旌。

《長生殿》本最傷神,凝碧池邊百戲陳。南府舊人誰尚在? 不堪回首説庚辛。（是日演《長生殿》傳奇。）

湛恩承露玉盤中，附鳳攀龍一德同。五十五人爭拜賜，朝儀仍蕭未央宫。（是日入座聽戲者計五十五人。）

銜命西川叱馭來，外臣今許近蓬萊。鈞天廣樂聽都遍，又策驊騮道路開。

（《松壽堂詩鈔》卷六"征鴻集"，宣統三年京師刻本）

【按】此詩作於光緒三十三年（丁未1907）。

餐櫻廡隨筆（節録）

[清]况周頤

尤展成自《秋波詞》進御，才子名士之目，受兩朝特達之知，所著《讀離騷》、《鈞天樂》等傳奇數種，教坊内人，鏤之管弦，爲霓裳羽衣之曲。洪昉思（昇）雖以《長生殿》得罪，而此曲即亦流傳禁中。蓋清廷當全盛時，九天歌管，猶有雅音；嘉、道而後，遂岑寂無聞焉；乃至今日，風雅掃地，瓦釜雷鳴，雖日星河漢之文字，不惜弇髦棄之，矧選聲訂韻之末技，夫孰過而問者，則章披賤而琴書苦矣。

（山西古籍出版社1995）

舊劇叢談（節録）

陳彦衡

皮黄戲劇之組織排場，多與崑曲相類，蓋由蘇班摹仿變化而自成一派，已非舊觀。然則今日之皮黄，當明其源別、源流之所以異，與夫因革變化之所由來，而折衷於一是。固不可拘一隅之見而概論之也。

今日之皮黃，由崑曲變化之明證，厥有數端。徽、漢兩派唱白純用方音鄉語，北京之皮黃平仄陰陽、尖團清濁分別甚清，頗有崑曲家法，此其一證也。漢調淨角用窄音假嗓，皮黃淨角用闊口堂音，係本諸崑腔而迴非漢調，此其二證也。皮黃劇中吹打曲牌皆摘自崑曲，如〔泣顏回〕摘自《起布》、〔朱奴兒〕摘自《寧武關》、〔醉太平〕摘自《姑蘇臺》、〔粉孩兒〕摘自《埋玉》，諸如此類，不可枚舉。而武劇中之整套〔醉花陰〕、〔新水令〕、〔鬭鵪鶉〕、〔混江龍〕等更無論矣，此其三證也。北京皮黃初興時，尚用雙笛隨腔，後始改用胡琴，今日所指唱者之〔正宮〕、〔六字〕諸調，皆就笛而言，其爲崑班摹仿變化無疑，此其四證也。

（張次溪編纂《清代燕都梨園史料（正續編）》，
中國戲劇出版社 1988）

清稗類鈔（節錄）

徐　珂

音樂類

旗亭歌洪昉思詞

錢塘洪昉思太學昇工樂府，宮商不差脣吻，旗亭畫壁，往往歌之。所作樂府，有《長生殿》傳奇及《天涯淚》、《四嬋娟》雜劇。娶同里黃文僖公機孫女，亦諳音律。

戲劇類

演《長生殿》傳奇

錢唐太學生洪昉思昇著《長生殿》傳奇，初成，授聚和班演之，

聖祖覽之稱善，賜優人白金二十兩。於是諸親王及閣部大臣，凡有
宴會，必演此劇，而纏頭之費，較之御賞且數倍。聚和班優人乃請
開筵爲洪壽，即演是劇以侑觴。某日，宴於宣武門外孫公園，名流
之在都下者，悉爲羅致，而不及給諫黃六鴻。黃奏謂皇太后忌辰，
設宴樂爲大不敬，請按律治罪。上覽其奏，命下刑部獄。益都趙秋
谷對簿自承，經部議革職，一時凡士大夫及諸生除名者，幾五十人，
秋谷及海寧查夏重其最著者。後查改名慎行，登第。趙年僅廿八，
竟廢置終其身。洪放歸，旋墮苕、霅間而死。當時編修徐嘉炎，亦
與讌對歌，略聚和班優人，詭稱未與，得免。都人有口號云："國服
雖除未滿喪，何如便入戲文場？自家原有三分錯，莫把彈章怨老
黃。""秋谷才華迴絕儔，少年科第盡風流。可憐一齣《長生殿》，斷
送功名到白頭。""周王廟祝本輕浮，也向長生殿裏游。抖擻香金求
脫網，聚和班裏制行頭。"徐豐頤修髯，有周道士之稱，後官學士。
或曰，黃由知縣行取入京，以土物、詩稿遍贈諸名士，至秋谷，答以
柬云："土物拜登，大稿璧謝。"黃銜之刺骨，故有是劾也。

（1917 年商務印書館初版）

新世説（節錄）

易宗夔

卷　七

黜免第二十八

　　趙秋谷倚才傲物，人多憾之。未幾，而有國喪演劇之事，黃六
鴻據實彈劾。先是洪太學昉思著《長生殿》傳奇初成，授内聚班演
之，大内演之稱善，於是諸王府及閣部大臣凡有讌集，必演此劇，得

纏頭無數。班主語洪曰："賴君新製，獲賜多矣，請張宴爲君壽，即演是劇以侑觴。凡君所交游，當邀之俱來。"乃擇日治具，大會於生公園，名流咸集，而忘是日爲忌辰。黃之彈章既上，得旨下刑部獄，士大夫及諸生除名者幾五十人，趙其最著者也。京師有詩詠其事，所謂"可憐一曲《長生殿》，斷送功名到白頭"。是獄成而《長生殿》之曲流傳禁中，佈滿天下，故朱竹垞檢討贈洪詩有"海內詩篇洪玉父，禁中樂府柳屯田。梧桐夜雨聲淒絕，薏苡明珠謗偶然"之句，樊榭老人歎爲字字典雅者也。（趙公爵里見前。洪名昇，浙江錢塘人。京師有詩三首詠其事，其一云："國服雖除未滿喪，如何便入戲文場。自家原有些兒錯，莫把彈章怨老黃。"其二云："秋谷才華迴絕儔，少年科第儘風流。可憐一曲《長生殿》，斷送功名到白頭。"其三云："周王廟祝本輕浮，也向長生殿裏游。抖擻香金求脫網，聚和班裏製行頭。"周王廟祝者，徐勝力編修嘉炎，是日亦在座，對簿時賂伶人，詭稱未遇，得免。徐豐頤修髯，有周道士之稱也。）

(1918 年序排印本)

【按】易宗夔（1874—1925），原名易鼐，戊戌變法後改名易宗夔，字蔚儒，又字味腴。湘潭人。早年與譚嗣同等創立南學會。戊戌變法期間，任《湘學報》史學編輯。光緒二十九年（1903）赴日本留學於日本東京法政學堂，未幾返國。宣統元年（1909）冬，被選爲資政院議員。民國成立後，曾任國民黨政事部幹事、衆議院議員，被選爲憲法起草委員。1914 年，國會解散後，攜眷回湘，經營實業。1916 年、1922 年兩次任衆議院議員。後任北京政府國務院法制局局長。1924 年 5 月免職。1925 年病逝。著有《新世說》八卷、《湖海樓詩文集》。

十朝詩乘（節録）

郭則澐

卷一八

舊制：設升平署，掌演習雅樂，隸内務府。咸豐時，復置南府，選内監之穎秀者，命樂工教之。兩部皆不時進御。維時海宇多故，聖懷不樂，稍近聲色。圓明園總管文豐承旨，采江浙佳麗以進，即所謂“四春”者，列居別苑，並承宸眷。而菊部之秀，則越伶蔣檀青爲冠。每内廷奏技，恩賚過諸伶。未幾，宫車蒙塵，澱園灰燼，檀青猶應召赴灤陽。同治初，復返京師，侘傺無所遇，遂從人游江淮間，沿門賣曲爲業，都下無復知其人者。楊雲史少日游廣陵，於平山堂酒座睹之，垂垂老矣，彈筝一曲，淚隨聲下，因言宫中舊事甚悉，云：“咸豐九年三月某夕，鏤月開雲臺牡丹盛開，夜涼月出，上敕諸美人侍宴，寶炬千百，珠翠如雲，召演《長生殿》數折。上顧諸美人嗟賞，傳賜伽楠牟尼碧玉帶、鉤各一，文錦兩襲。内官引就花陰拜謝，舞衣猶未卸也。”言已欷歔。雲史感其事，爲賦《檀青引》，有云：“三山涼月照瑶臺，夾道珠鐙擁夜來。一派吳歌調鳳琯，《後庭玉樹》報花開。臨春高宴新承寵，玉骨輕盈珠極重。避面寧教妒尹邢，當筵未許憐江孔。太液春寒召管弦，官家沈醉杏花天。昭陽宫裏春如海，五鼓新傳《燕子箋》。呈紅照睡繁枝重，絶代佳人花簇擁。南府新聲壓野狐，升平獨賜龜年俸。夜半青娥掃落花，深宫月色趁羊車。庸知銅輦春風夢，留與詞人賦館娃。當時海内勤王事，慷慨誓師曾與李。未見江頭捷騎來，忽聞海上夷歌起。避暑温泉夜氣清，宫花露冷月華明。驚心一曲《長生殿》，直是漁陽鼙鼓聲。延秋門外烏啼苦，城闕塵生嬪御去。穆王從此不重來，馬上天顏屢回顧。來朝胡騎繞宮牆，凝碧池頭踞御床。昨夜采蓮新制曲，水雲多處舞衣涼。太白晱晱欃槍吐，雲房水殿都悽楚。阿房萬落倚天高，可憐一炬空焦土。和戎留守有賢王，萬騎西行入大荒。金粟堆空啼杜宇，蒼梧雲冷泣英皇。居庸日落離宮暮，北望幽都黯烟樹。初聞哀詔下沙邱，已報新君出靈武。鼎湖龍去使人愁，福海悠悠春水流。山蝶亂飛歌板地，野鶯啼滿殿西頭。梨園寂寂扃烟雨，百草千花愁無主。漢家仙掌出人間，壺宮寶鏡知何處。歸來掩面過宮門，犬馬難忘舊日恩。檀板紅牙今落拓，尋常風月最銷魂。十年血戰動天地，金陵浪說風雲氣。南部烟花北地人，天涯那免傷心淚。憐爾依稀事兩朝，千秋萬歲恨迢迢。至今烟月千門鎖，天上人間兩寂寥。"檀青事無紀者，讀此詩，如聆天寶彈詞。

（福建人民出版社 2000）

【按】郭則澐（1882—1946）字蟄雲、養雲、養洪，號嘯麓，別號孑厂，侯官縣（今福州市區）人。光緒二十九年（1903）進士，授庶吉士、武英殿協修。光緒三十三年（1907），派赴日本早稻田大學留學。不久，回國任東三省總督徐世昌二等秘書官。宣統元年（1909），改任浙江金華知府，後署浙江提學使，創機織學堂。後任浙江溫處道道臺。民國建立後，歷任北洋政府國務院秘書廳秘書、政事堂參議、銓敘局局長、兼代國務院秘書長、經濟調查局副總裁、僑務局總裁。1922 年，第一次直奉戰爭後去職，在京、津購地建房隱居，講學著作。1937 年，在北海團城創辦古學院，被推爲副院長兼教師，訪求古籍，研讀古文，培養人才，校印古書，暇則撰寫小說。著述甚豐，有《瀛海采風錄》二卷、《十朝詩乘》二十四卷、

《清詞玉屑》十二卷、《舊德述聞》、《竹軒摭録》八卷、《庚子詩鑒》、《南屋述聞》、《知寒軒談薈》、《龍顧山房全集》等二十餘種刊行，還有《洞靈小志》、《洞靈續志》、《洞靈補志》、小説《紅樓真夢》（又名《石頭補記》）。

　　楊雲史，即楊圻（1875—1941），初名朝慶，更名鑒塋，又名圻，字雲史，號野王，常熟人。年二十一，以秀才爲詹事府主簿，二十七爲户部郎中。光緒二十八年（1902）舉人，官郵傳部郎中，出任駐英屬新加坡總領事。入民國，任吴佩孚秘書長，亦曾經商。抗日戰爭爆發，居香港，病卒。著有《江山萬里樓詩鈔》十二卷，詞四卷。生平事蹟，見其《江山萬里樓詩鈔自敍》，陳灝一《楊雲史先生家傳》。

三十年來伶界之拿手戲：小金虎之《絮閣》

漱

　　小金虎，蘇州章姓子，習崑腔花旦。出師時年齡尚稚，故以“小金虎”名。二十年前抵申，隸三雅園。長頸，修眉，演宮裝戲最得妃嬪風度。嘗見其《長生殿》之《絮閣》一折，如泣如訴，宜喜宜嗔，他伶斷難得其神似。餘如《定情賜盒》、《鵲橋密誓》、《驚變埋玉》，以及《鳳儀亭》之《梳妝擲戟》、《孽海記》之《思凡下山》、《金雀記》之《喬醋》、《牡丹亭》之《學堂》等劇亦頗柳寵花嬌，令人目光爲之凝注。光緒辛卯，忽就北京之聘，改習亂彈。記者曾於是年在廣德樓見之，所演係《雙搖會》，全失崑伶態度矣。

　　（《圖畫日報》第二百九十七號，1910 年五月十一日）

浪淘沙·秋夜聞歌《長生殿》傳奇《聞鈴》

〔清〕吳尚熹

秋氣露爲霜,漏漸添長。無聊正欲卸殘妝。忽覺清音偏著耳,均正淒涼。傾國悔明皇,驛路蒼茫。馬嵬風雨□何狂。玉隕珠沉空有恨,聽到郎當。

（《小檀欒室彙刻閨秀詞·寫均廎詞》,光緒間南陵徐氏刻本）

【按】吳尚熹,別字禄卿,又字小荷,佛山人,吳榮光（1773—1843）之女。生卒年不詳。幼年時跟隨父親在各地生活,長大後下嫁給畫家葉夢龍的兒子。她擅長畫設色花卉,畫面鮮豔奪目。她寫得一手好字又善於詩詞,曾在一幅自畫的小影上題詞:"此身原不讓男兒。"廣州美術館藏有她畫的菊花扇面、《水仙卷》及《群仙拱壽卷》。並著有《寫韻樓詞》。

京華消遣记

情天外史

予宦黔十載,任衝難,調衝繁。捐廉俸,募親兵。衛閭閻,丈田畝。捕積匪二十餘起,復匿糧五千餘石。不合於大人先生,乃罷官去。家無立錐地,亦無擔石儲。就養於予弟,督兒輩習舉子業,送考游梁燕。思以家學矯挽浮薄風氣,於鄉會試及大考輒擬作,大人先生或否之。

越癸巳甲午,兒輩有所成就,家學幸不墜,擬作亦無庸矣。年逾六十,耳聰目明,貿然無所事。惟遣興梨園,擊節賞奇,倚歌屬和。或訕笑見者,予自適其適,弗較也。漸以顧曲周先生者,今垂青於雛伶後進也。華衮之榮奚過是。有以雛伶行酒者邀予,諸伶來見時,各眉飛色舞,作小鳥依人狀。詢及予姓氏,羣呼予"老頭"。予喜其情親而意切也,遂受之。或以先來傲後至者曰:"汝詎識若耶!"仿西洋氣,學製造萊菔槍,分贈諸雛伶,爲郎相引重。京華各樂部,非老手頹唐,即才人膽大,格格不相入。日從事於小天仙。

憶年時七夕,聽他班《鵲橋》甫散,出大栅欄,有艷品坐車中,搴簾呼曰:"胡未聽小天仙?"貌則滴粉搓酥,聲則吹蘭振玉。方稠人過市,未及通姓名,忽獨顧予言:"向不白於大人萊菔槍隊,藉諗其色藝,並悉其性情焉。"

小天仙班中多後起之秀。知音苦希,座客不滿,予心爲不平,作《情天外史》正册表揚之。益以各班之翹楚爲續册。正册十人,首神品。續册十人,首超品。此二十人者,有經歲之周旋,無通風之關節,視向之花榜不侔焉。有曾冠花榜而次二,弗甘易爐金之躍冶,斯秀品闕文矣。有曾冠花榜而次四,亦悦采崑玉之韞山,斯上品者録矣。有夜光暗投,按劍相視,如正册雋品,不理人口也。有呼聲甫絶,飛鉤著胸,如續册媚品,善解人意也。又詳加考核,於簡末移置三人。《情天外史》之全册乃定。二十人皆善予,惟正册第三人與予爲尤善,倘亦佛家所謂前世因耶。嗟夫!三閭之香草尚在山中,二姚之美人不離世上。東坡有言曰:"風月山川無主人,得間者便是主人。"予幸得間於京華,平章風月。行將游江浙,泛淮泗,歸隱光黄,盤作山川主人,不若靈均鬱鬱也。汨羅有知,當投《情天外史》全册贈之。即以爲反《離騷》也可。

光緒乙未六月中浣情天外史自記
(《情天外史》,張次溪編纂《清代燕都梨園
史料(正續編)》,中國戲劇出版社 1988)

衆香國(節錄)

衆香主人

幽香

……

王桂林(字浣香,現在三慶部。)

貌不異人,而能傾倒王公貴客。蓋遠而望之,似有不可狎者。近即之,則吹氣如蘭,芬芳可襲也。演《跪池》、《剔目》、《埋玉》諸齣,聲情刻露,頓挫悠揚。又善琵琶小曲,往往低唱淺斟,一彈再鼓,玉指珠喉,蕩人魂魄。雅部諸伶,尤爲一時無兩云。

（張次溪編纂《清代燕都梨園史料(正續編)》,
中國戲劇出版社 1988)

日下看花記(節錄)

小鐵笛道人

卷 一

首録八人

……

桂林

姓王,字琬香,年十七歲,江蘇長洲人。金玉部。媚臉潮紅,修眉橫翠,清言屑玉,雅步生香。縱使玉樹爲屏,瓊枝繞坐,王郎入戶,自有一種華貴氣。海棠舒艷,妍勝朝霞,定須金屋貯之。桃李漫山,輿儓屬矣。其演《長生殿》諸劇,凝神渺慮,吐羽含商,清屬紓徐，追微入奧，雲衫月扇，亦頗自命不凡。間演新劇，不蹈時派，色色俱佳。昔秋遇之於曼香居士席間，酒盡三巡，清歌一曲。一經上史，揄袂擁之。仰視碧空，纖雲不翳，皓魄當庭，澄芬襲戶。此身宛傍廣寒，與素娥相對矣！

漁陽鼙鼓不堪聽，歡宴方終酒未醒。看到馬嵬魂已斷，莫教更唱《雨淋鈴》。

錦幕香凝漏響沉，樓東長此寂寥心。一宵恩寵難分却，寫得情思如許深。

觸處頻將客思撩，楊梅街轉認櫻桃。不教著個王郎宅，疇把吳音解鬱陶。

雅輪此日屬誰扶，片語先徵意趣殊。海內詞壇分樹幟，廻瀾手筆勢同孤。

……

福壽

姓吳，字春祉，年十六歲，揚州人。春臺部。姿容明媚，骨肉停勻。演《學堂》，閨閣風儀，別饒韻致。《碧玉釧》扮小姑最佳。《驚變》《埋玉》，王、蔣間並駕，未能允堪接軫。近見演《英雄譜》，扮霍玉蟬侍婢春花，"代主抵罪"一段，情辭激烈，聲容哀豔，兒女英雄，令人淚下。吳郎洵徽部後秀中傑出也。曾於公所席上遇之，衣圭閒雅，辭色恬和，是能心領夫在山出山之旨，不卑不抗，斟酌盡善者。

師師舉舉與當當，誤取韓詩比艷香。說是兒家隋岸住，分明描出絳仙妝。（初誤吳郎姓李，並不知其係維揚人。）

誤投鴛社可憐宵，好事端須明艷描。最愛佯瞋腕無力，眼波鬆後臉紅潮。

愁喜無端變一時，絕憐閨閣被人欺。金釵不是溫家鏡，兩下情根各自知。（灌畦居士賞其《相約》、《相罵》，謂吾吳名班技止此。）

香肩已會擔風月，巧舌還能亂是非。如此多情兼任俠，人間何必羨崔徽。

（張次溪編纂《清代燕都梨園史料（正續編）》，
中國戲劇出版社 1988）

聽春新詠（徽部）（節錄）

留春閣小史輯錄

添壽

姓李，字菊如，年十七，揚州人。（四喜部）艷比瓊霜，清同蓮露，一種雅靜之氣，令人挹之不盡。吉光之羽，優曇之花，惟此佳麗足以方之。且性情柔媚，談吐溫文。竹葉微醺，星眸斜睇。一顰一笑，能使騷客解頤、醉人醒夢。芳草詞人與醉菊居士爭欲繪圖奉之，雖一時癡情，實千秋佳話。《絮閣》《偷詩》諸劇，眉黛含嬌，秋波送艷，見者神迷。或以短視少之，殆猶食諫果而嫌其澀也歟！

贈李菊如

林香居士

纖眉曲曲遠山橫，京兆風流畫不成。舞倦影隨飛絮軟，歌遲韻度落花輕。

玉蟾光淨雲俱淡，金鴨香微夢轉清。私把歲華書一遍，幾人標格似秋英。

贈李菊如

醉菊居士

不將脂粉擅風流，淡淡春山翠欲浮。生恐捲簾魚避影，曉妝莫上水邊樓。

燭影搖紅雪映紗，寒宵獨自演琵琶。青衫一樣多情淚，薄倖終憐帶雨花。

曲欄攜手話喃喃，月下燈前思不堪。贏得離愁填滿腹，更何情緒憶江南。

……

添慶

姓謝，字雲仙，年十七，揚州人，始隸三和，今入三慶部。豐神妍媚，玉貌婉變，有芙蓉出水之姿，無蜂蝶撩人之態。若真置之閨秀，“閑靜”二字足以當之。始字瑞雲，醇庵胡氏為易雲仙，知其賞鑒甚真也。《絮閣》《奇柬》諸劇，歌喉圓亮，態度春容，出字收音，頗遵法律。間唱秦聲，亦委婉多風，靡靡動聽，宜仿雲（趙慶齡）、嘯雲（楊長青）諸卿稱道不置云。

東飛伯勞西飛燕歌，為謝雲仙作

芳草詞人

東飛伯勞西飛燕，人生幾度能相見。芝蘭玉樹謝家郎，寶劍瑤環錦衣裳。

長筵夜列阿房曲，銀燭光中接芳馥。一線橫波巧避人，佯為不理暗相覷。

赤瑛盞內櫻桃熟，隔座偷嘗一點春。游仙好夢原難久，唱罷天雞復何有。

雨濕芭蕉冷到心，獨擁香爐坐夜深。

葡萄堆滿翡翠葉，下有佳人暈紅頰。

密語無多人不聞，羅襟繡帶兩難分。鏡中重睹芙蓉面，鳳炙鸞笙促開宴。

一曲連環香韻流，明珠十斛當纏頭。玉山半倒扶難起，一片銀蟾入懷裏。

頃刻罡風散落花，秋深閑煞廣陵槎。

（張次溪編纂《清代燕都梨園史料（正續編）》，

中國戲劇出版社 1988）

丁年玉筍志（節録）

蕊珠舊史

金麟，字綺人。春臺部胡小雲弟子也。小雲爲桐仙之師。金麟既出名門，意態皆能不失大家風範。綽約秾鬱，自然可親。儗之南州香草，當在夜合、含笑之間。又如黃梅花，雖未是清品，要其風味，正自醲厚。丙申暮春，在燕喜堂肩隨桐仙執壺。於時光裕堂中，翠霞、秀蓮皆捧觴隨行，以次進酒。綺人乃如鶴立雞羣，置之諸郎中，固應翹然獨秀。余初撰《看花記》，在丙申夏五，敍金麟者止如此。越一歲，則金麟已聲名洋溢。走馬帝城者，幾不欲作第二人位置矣。南海顏佩秋，以書抵余曰："金麟歌喉獨出冠時，作者何以記不及此，得無遺憾耶？"余笑而謝。既而見其演《絮閣》《賜珠》二齣，乃信名下固無虛士。近日雛鶯乳燕，呢喃學語，細聲窈杳，裁如游絲，氣息僅屬，幾似龍賓十二，回翔應對時，三弦不敢促柱。淒淒咽咽,惟聞笛笙聲。雖有師曠之聰,不能辨其五音六律。周郎顧曲,但喚奈何而已。綺人出爲"獅子吼",證聲聞果,高視闊步。踔厲發揚,其意氣固已足以陵鑠一世。及其發聲,遂乃如項王,喑嗚叱咤,千人皆廢,真可充滿天地,俯視餘子,聲嗚嗚如泣、如訴、如怨、如慕,乃與蜩抱枝,螢伏砌,不可同年而語矣。同日又得觀其師小雲演《費宮人刺虎》。作家舉止,固自不凡。是日適遇各莊分包,故茶樓雜劇,春泉堂師徒獨佔三齣,幾與堂會指名奏伎者同。(春臺部,寓虎坊橋口內,五道頭前春泉堂胡。)

(張次溪編纂《清代燕都梨園史料(正續編)》,

中國戲劇出版社1988)

辛壬癸甲録(節録)

蕊珠舊史

道光丙申,春試報罷,余出居保定。適有小伶翠林,新自京師來,自言舊隸春臺部。捧紈扇,乞填〔柳梢青〕詞一闋。既而曜靈西匿,華燈繼張,催花傳箭,豪飲達旦。酒酣,相與縱論春明門內人物,乘醉捉筆,爲《長安看花記》一册,授之。自序曰:"僕今説現在法,故但據目前爲斷。"雖第一仙人,廣大教化主,如梅鶴堂之韻香,亦不得闌入。體例然也。嗟夫,僕年三十矣! 萬里未歸,二毛將及,每念陳同甫"華燈縱博,雕鞍馳射"之語,能不怦怦。唐人王之渙與高適、李益、王昌齡輩,旗亭畫壁,至雙鬟發聲唱"黃河遠上白云間"之句,撫掌曰:"田舍奴,我豈妄哉!"諸伶官羅拜遮邀,盡醉乃罷。此千古美談也。僕以負俗之累,久作寓公。日月逾邁,英雄兒女,一事無成,遂有燕市酒人之目。及時行樂,排日選歡,無過藉彼柔情，銷我豪氣。而任性疏脫，慣無羈檢，雖不至如翁鐵庵遽遭怡園爆竹炙面。（《藤陰雜記》："康熙朝，宛平相當國。元夕張燈，翁鐵庵太史乘醉踏月，過青箱堂門外，適值怡園歌姬歸院，避之不及。從者怪其平視，以爆竹炙面而歸。"）然黃仲則粉墨淋漓，歌哭登場，（乾隆間，武進才人黃仲則，名景仁，居京師。落落寡合，權貴人莫能招致之。日惟從伶人乞食，或竟粉墨淋漓，登場歌哭，如唐六如、張夢晉大雪中效乞兒唱蓮花落故事。詳余所爲小游仙詩第一首注。）秀師拈槌豎拂，見詞者屢矣。嘗自署大門曰："南國衣冠，西京輪蓋；東山絲竹，北海壺觴。"尋復易之曰："敢擬蓬萊誇白傅，聊將絲竹慰蒼生。"又集宋人句爲楹帖曰："書卷五千誰入室，（陸放翁詩）酒徒一半取封侯。（劉龍州詞）"又集慢詞長句云："仗酒祓清愁，花銷英氣；（姜白石〔翠樓吟〕）縱家傳白璧，誰鑄黃金。（張弈山〔渡江雲〕）"英雄習氣，豪傑初心，情見乎辭矣。中秋後，杖策盧龍塞上，邊關風月，感慨尤多。《扶風豪士歌》不堪更讀，因自榜所居曰"夢俠情禪室"。九月三日，秋窗聽雨，用吳穀人祭酒〔高陽臺〕韻曰："一桁簾垂，一枝燈剪，如烟如夢光陰。又近重陽，秋痕易上秋襟。角巾已悔浮名誤，甚傳杯還勸深深？奈秋聲，不住如箏，彈破蕉心。客船換盡歌樓味，漸微寒斗帳，不耐羅衿。縱逼中年，誰曾慣聽秋砧。櫻桃記否開盦處，潤琴弦、煮夢沉沉。剩今宵，笛裏霖鈴，自譜微吟。"（時方學歌《長生殿·聞鈴》〔武陵花〕一齣。）安定郡王《侯鯖錄》載："魏城君謂東坡曰：'秋月色不如春月好。'王子霞則謂：'奴所不能歌者，是"枝上柳綿吹又少，天涯何處無芳草"。'坡笑曰：'我方悲秋，汝又傷春。'"案：《毛詩》傳："秋，士悲；春，女悲。"理固宜然。惟是言者心聲，與境推移。長笛一聲人倚樓，斷非謝鎮西著紫羅袴褶，據胡床，臨城樓北窗彈琵琶情態。倘使桓子野聞之，亦當但喚奈何而已。僕以辛卯六月離家園，今計當俟明年戊戌試後，乃得南歸。僂指正合八年之數。回憶壬辰入都時，有"辛壬癸甲"之語，殆爲之兆也。五載長安，四番矮屋。文章憎命，魑魅喜人。京洛緇塵，遽集衣袂。劉伶荷鍤，畢卓盜甕，阮籍眠爐，大抵有托而逃。古今傷心人豈獨信陵君？醇酒美人爲不可説、不可思議哉。屠門酤肆中，酒食游戲相征逐，閱人多矣。物換星移，風流云散。岐王宅裏，崔九堂前，梨園菊部中老輩，存者寥落如曙星。昔乾隆年人，得吳太初郡丞撰《燕蘭小諸》以傳，嘉慶間雖有《鶯花小譜》之作，今寂無聞焉。傳不傳固有幸、有不幸耶？近年《聽春新詠》、《日下看花記》及時品中人物，余已多不及識。以余所識諸人，今亦半成老物。倘不及今撰定，恐更十年後，無復有能道道光年太平盛事者矣。丁酉入春以來，彤雲釀雪，峭寒特甚。簾衣絳地，愁春未醒。西望帝城，好春如海。剪燈命酒，坐憶故人。各爲撰小傳，命之曰《辛壬癸甲録》。志緣始也。何平叔景福殿賦辛壬癸甲，爲之名秩。斷章取義，於文亦詞，是爲《長安看花記》之前集。其中所見異辭、所聞異辭、所傳聞又異辭。善善從長，弗爲溪刻。世之有心人，於寒夜重合，玉幃四垂，氍毹重疊，燒樺燭四、五枝，參差列几案，設大小宣爐數事，選沈水結隔砂蒸之，温香靜對，魂夢俱適。旁有知心青衣如紫雲其人者，方且撥鼎中獸炭，暖越中陳冬釀，於梅花水仙影中，按拍引曼聲，度〔賞花時〕北曲。不覺欣然，爲浮大白。又或清暑招涼於竹林深處，六扇文窗，茜紗盡拓。簟文如水，簾影如波。以大白瓷盂，貯新汲井華，水浸荔支三百顆，與調冰雪藕之人一同啖盡。已乃聞瓶笙聲，水火相得，吟嘯互答。當此之時，展此録、此記讀之。此中有人，呼之欲出。如聞其聲，如見其人。夕陽一片桃花影，知是亭亭倩女魂。是耶？非耶？以視落花時節，相逢定何如耶？中和節後三日，春風加厲，陰霾竟日，日色皆黃。窗紙淅淅作秋聲，百花生日近矣。"二月邊城未見花"，今始信然。排悶折紙，自詠自寫，遂已裒然成帙。昔余澹心之作《板橋雜記》也，援道君在五國城作《李師師傳》爲説，豈非以"佳人難再"，故作此情癡狡獪耶？余讀《竹垞詞集》，自題〔解佩令〕曰："十年磨劍，五陵結客，把平生涕淚都飄盡。老去填詞，一半是空中傳恨。幾曾圍、燕釵蟬鬢。不師秦七，不師黃九，倚新聲、玉田差近。落拓江湖，且分付、歌筵紅粉。料封侯，白頭無分。"抗節長吟，不覺唾壺擊碎。呼童子起爇火，炙秫齊半罌，慨然釃三爵。起，奮筆題門曰："燕巢豈足樂，龍性誰能馴？"嗚乎，我輩鍾情，狂奴故態，一時呈見矣。書之當佛前發露懺悔。

夢俠情禪室主人蕊珠舊史記。

（張次溪編纂《清代燕都梨園史料（正續編）》，
中國戲劇出版社 1988）

夢華瑣簿（節録）

蕊珠舊史

湘舟又言：友人丁四，與米伶交最密。從之學度曲，聲容畢肖。米伶知醫，人稱米先生。以正生擅一時名。刻意求精，家設等身大鏡，日夕對影徘徊，自習容止。積勞成疾，往往嘔血。丁日日周旋茶鐺藥碗間。（米伶般關帝，不傅赤面，但略撲水粉，紮包巾出。居然鳳目蠶眉，神威照人。對之者蕭然起敬。今京師歌樓演劇，不敢復般關帝，固由凡有血氣莫不尊親，聲靈赫濯，不敢褻侮，亦緣米伶之後難爲繼也。）一日，歌館指名索米，米病不能往。飛騎迫促再三，不獲已。丁往代之，登場揚袍振袂，鬚眉意氣，笑語動止，宛然米伶。客倉卒不能辨也。余謂我輩伊抑無俚，逢場作戲，借此一寫狂奴故態。昔乾隆間，黃仲則居京師，落落寡合。每有虞仲翔青蠅之感。權貴人莫能招致之，日惟從伶人乞食。時或竟於紅氍毹上，現種種身說法。粉墨淋漓，登場歌哭。謔浪笑傲，旁若無人。如楊升庵在滇南，醉後胡粉傅面，插花滿頭，門生諸妓，輿以過市。唐六如與張夢晉，大雪中游虎阜，效乞兒唱蓮花落。才人失意，遂至踰閒蕩檢。此亦幸際聖朝，容其傲兀耳。道光初，有中書舍人，於酒筵沈酣，登樓歌舞，爲御史所糾，落職。去年又有大理丞，以往來伶人家，爲延尉刺得，劾論如律。其外吏獲譴者，山東鹽運司，以狎優縱酒，掛彈章。又開酌增常例時，有郡守入都納粟，擢觀察使，以歌童沈醉不醒，事幾臨不測。其季父郡丞，竟論西戍。坊官亦緣此，累罷官。同生盛世，而遭逢亦有幸不幸矣，可不慎歟！康熙朝，洪昉思、趙秋谷、潘稼堂、朱竹垞諸公，以國忌日聽歌，同罣吏議。所謂"可憐一曲《長生殿》，斷送功名到白頭"者是也。聞其事，實由一郡守入京朝覲，應酬不周，致圖報復。蓋中宿歸裝蒲葵五萬，亦能累人。戴光祿官給事中時，曾於刑科本庫檢得當日彈章，云凡十餘人，詳載《藤蔭雜記》中。

（張次溪編纂《清代燕都梨園史料（正續編）》，
中國戲劇出版社 1988）

帝城花樣（節錄）

蕊珠舊史

瑤卿傳

大玉林，字瑤卿。稱大者，所以別於敬義堂字佩珊之玉林也。

其師故日新堂殷采芝弟子。別居後，授徒三人，皆庸碌釵裙。瑤卿豐容多肌，當其不櫛而巾，亦是尋常兒郎。至於薰染梳掃，擁髻升歌，豐融旖旎，意態動人。"醲釀香夢怯春寒"，恍惚遇之矣。演《長生殿》"驚變"一齣，於太真醉態，頗能體會，無矯揉造作痕。所惜鵾旦不鳴，三弦不敢促柱，吹笛者往往宛轉高下以就之，遂令人有鑄鐘過厚之歎耳。

戴璐《藤陰雜記》卷二："趙秋谷執信去官，查他山慎行被議，人皆知於國忌日同觀洪昉思昇《長生殿》。昉思巔躓終身，他山改名應舉，秋谷一蹶不振。贈他山云：'與君南北馬牛風，一笑同逃世網中。'竹垞贈洪句'梧桐夜雨詞淒絕，薏苡明珠謗偶然'是也。近於吏科見黃六鴻原奏，尚有侍讀學士朱典、侍講李澄中、臺灣知府翁世庸同宴洪寓，而無查名，不知何以牽及？又傳黃以知縣行取入都，以詩稿、土宜送趙，答刺：'土宜拜登，大稿璧謝。'因之挾嫌訐奏。黃有《福惠全書》，坊間盛行，初仕者奉爲金針。李字渭清，己未鴻博，與朱、毛倡和，世無知其被論，何也？"

（張廷華輯《香艷叢書》，人民文學出版社 1992）

菊部羣英（節錄）

邗江小游仙客

自　序

僕燕臺匏繫，十餘年來，雅有徵歌之癖。然聞其聲而莫辨其人，美哉猶有憾。因於庚辛以還，暇時留意梨園，旁諮博訪，彙爲上下兩編。搜集尚未全備，友人索觀甚夥。爰取下卷先爲校定，付之剞劂，以公同好。上卷並諸公所賜題詠，容俟彙齊續刊。

同治十二年歲次癸酉三月邗江小游仙客謹識。附凡例十四則：

一、是編專就時下梨園子弟，全行搜録。其有從前名下翛然塵外，不事應酬者，未及備載。

一、各班人名，悉照脚色序列；各堂次序，悉依住址編列，並非意存軒輊。

一、各堂子弟無多，悉數編入；各班脚色人數極繁，僅擇其尤。遺漏之處，誠知難免。

一、各脚色宗族姻親而隸梨園籍中，亦就訪得者注明，尚恐缺而不備。

一、各堂主人曾係籍隸梨園者，備書籍貫等項。即物故者，亦略分注於下。非是者但繫以姓。

一、各堂主人所出門下，亦皆備載，以識淵源。其有老輩年深無從考究者，闕以俟補。

一、各堂主人多係以藝擅名，惟現不登場者，無從睹記，概從略焉。

一、梨園脚色，向分付、貼、淨、末等名目，此編分注概從俗稱。

一、戲名所傳不一，如《小宴》即《醉妃》、《琵琶行》即《送客》、《七星燈》即《五丈原》、《八大錘》即《朱仙鎮》之類。兹編所載，亦皆從俗，俾閱者易曉。

一、京都舊有《法嬰秘笈》刊本，現在物色維艱，其中編列人名，無憑查註，留俟續增。

一、京都高腔及各小班，頗有擅長脚色，惟素鮮見聞，難於搜輯，姑從割愛。

一、是編匆促付梓，各脚色籍貫、技藝，難免遺漏。且恐傳聞有誤，率爾操觚者，尚希大雅鑒正。

一、是編僅就各腳色籍貫、技藝等項，詳細考訂，不加贊語，識者自能辨之，無俟詞贊。

一、是編梓成後，有續增改正者，請付本鋪照辦，以期美備，且能歷久常新。

……

聞德主人徐阿三

……

桂官（姓王，號楞仙。本京人，己未四月初四日生。正名樹榮。部同，唱崑生。怡道人有傳。）

《寄子》（伍興）《回獵》（咬臍郎）《看狀》（蘇公子）《冥勘》（炳靈公）《舟配》（陳春生）《榮歸》（趙廷玉）《後親》（韓琦仲）《長亭》（張珙）

全：《打番》（桂官、桂林番兒）《游園驚夢》（桂官柳夢梅、桂林杜麗娘）

《醉歸》（桂官秦鍾、桂林花魁）《獨占》（桂官、桂林同上）

《琴挑》（桂官潘必正、桂林陳妙常）《姑阻失約》（桂官、桂林同上）

《吞丹》（桂官李餘林、桂林狐狸）《喬醋》（桂官潘嶽、桂林夫人）

《藏舟》（桂官劉蒜、桂林鄔飛霞）《亭會》（桂官趙伯疇、桂林謝素秋）

《後約》（桂官唐伯虎、桂林秋香）《贈劍》（桂官海俊、桂林百花公主）

《回頭岸》（桂官劉遠生、桂林吳氏）《大小宴》（桂官呂布、桂林貂蟬）

《奇雙會》（桂官知縣、桂林吳氏）《說親回話》（桂官王孫、桂林田氏）

桂芸（姓趙，號聘仙，小名恩賜。本京人，庚申生。部同。唱崑旦。）

《寄柬（紅娘）》《舟配》（周玉姐）《回頭岸》（丫鬟）《盤絲洞》（蜘蛛）《後親》（戚小姐）

桂芝（姓薛，原名玉福，號□□，小名鎖兒。本京人，庚申生。部同，唱崑旦。舊屬盛安。桂芝已去。）

《打番》（番兒）《拷紅》（紅娘）《學堂》（春香）《冥勘》（馨娘）《榮歸》（小姐）

全：《游湖借傘》桂官（許宣）桂林（白蛇）桂芸（船婦）桂芝（青蛇）

《水鬥》桂官（哪吒）桂林（木吒）桂芸（青蛇）桂芝（白蛇）

《雙官誥》桂官（馮雄）桂林（何碧蓮）桂芸（二娘）桂芝（大娘）

《乾元山》桂官（哪吒）桂林（太乙真人）桂芸（石磯）桂芝（碧雲公主）

《鵲橋密誓》桂官（唐明皇）桂林（楊貴妃）桂芝（牛郎）桂芸（織女）

……

聞憙主人曹福壽（正名服疇，號韻仙，本京人，辛亥六月二十九日生。唱崑旦，善畫蘭。舊屬雙貴，出聞德，改署譙國。住韓家潭。）

《連相》《花鼓》（婆子）《昭君》（王嬙）《折柳》（霍小玉）《獨占》（花魁）《偷詩》（陳妙常）《藏舟》（鄔飛霞）《鵲橋密誓》（楊貴妃）《小宴》（同上）《挑簾裁衣》（潘金蓮）《後誘》（同上）《游園驚夢》（杜麗娘）《游湖借傘》（白蛇）《草橋驚夢》（崔鶯鶯）《雙官誥》（大、二娘）《巧姻緣》（周蕙娘）《蓮花塘》（大娘）

……

樂安主人孫心蘭（號性香，本京人，己酉生。隸三慶部，唱青衫。出東安義。住韓家潭。）

《彩樓記》（王寶川）《探窰》（同上）《打金枝》（昇平公主）《祭塔》（白蛇）《祭江》（孫夫人）《斬子》（穆桂英）《蘆花河》（樊梨花）《戰太平》（二夫人）

玉林（姓□，號□□，山西人，戊午生。隸三慶，唱崑旦。辛癸出臺。）

《獨占》（花魁）《小宴》（楊貴妃）《舟配》（周玉姐）《茶敘》（陳妙常）（玉林已出）

……

麗華主人沈芷秋（正名全珍，蘇州人。丁未十二月十一日生，唱崑旦。出春華。前淨香鄭蓮桂之壻。傳載《明僮合錄》。住百順胡同。）

《思凡》（趙尼）《下山》（同上）《游園驚夢》（杜麗娘）《尋夢》《圓駕》（俱同上）《鵲橋密誓》（楊貴妃）《絮閣》《小宴》（俱同上）《撈月》（韓國夫人）《醉歸》（花魁）《獨占》（同上）《琴挑》（陳妙常）《偷詩》（同上）《折柳》（霍小玉）《藏舟》（鄔飛霞）《喬醋》（夫人）《梳妝跪池》（柳夫人）《樓會》（穆素徽）《盜令》（趙翠兒）《後親》（戚小姐）《斷橋》（白蛇）《瑤臺》（公主）

……

○聯星主人沈阿壽（號眉仙，蘇州人。辛丑九月生。唱旦，兼崑亂。出兄本堂。前四喜名旦沈寶珠之胞弟，住石頭胡同。）

《水鬭》（青蛇）《斷橋》（同上）《游園驚夢》（春香）《刺梁》（鄔飛霞）《蘆林》（龐夫人）《說親回話》（田氏）《黃河陣》（瓊霄）《娘子軍》（平陽公主）《千里駒》（呂小姐）《破洪州》（穆桂英）《雙沙河》（公主）《貪歡報》（李湘蘭）《馬上緣》（樊梨花）《奪錦標》（薛芳娘）

少主人小寶（正名振基，號燕香。壬子二月十八日生。唱崑生，兼武生。現隸春臺，出西福雲。前四喜名旦沈寶珠之子，聞馨王長桂之壻。傳載《明僮合錄》。）

《獨占》（秦鍾）《大小宴》（呂布）《探莊》（石秀）《岳家莊》（岳雲）《蔡家莊》（蔡吉全）《八大錘》（陸文龍）《觀音山》（小龍）《蓮花塘》（同上）

……

○蕉雪主人王順福（正名琪，號佩仙，小名二歌。本京人，辛亥十二月二十二日生。隸四喜部，唱青衫兼花旦，識名人字畫。出保身，聞馨王長桂之壻。）

《彩樓配》（王寶川）《探窰》《跑坡》《回龍鴿》（代戰公主）《打金枝》（正宮、昇平公主）《金水橋》（西宮、銀瓶公主）《戲妻》（羅敷）《蘆花河》（樊梨花）《拾鐲》（孫玉姣）《探親》（妞兒）《絨花記》《金玉墜》《乘龍會》（東海龍母）

二主人王湘雲（改名緗芸，號次瀛。本京人，乙卯十月二十四日生。隸四喜，唱崑旦。同胞兄弟，出景龢，同住石頭胡同。）

《湖船》（張大姐）《游園驚夢》（杜麗娘）《折柳》（霍小玉）《小宴》（楊貴妃）《舟配》（周玉姐）《狐思》（玉面姑姑）《打櫻桃》（平兒）

……

綺春主人時小福（正名慶，號琴香，別號贊卿，小名阿慶。蘇州人，丙申九月初九日生，唱旦，兼崑亂。善飲奕。出春馥。本師清馥徐阿福。傳載《明僮合錄》。住豬毛胡同。）

《挑簾裁衣》（潘金蓮）《折柳》（霍小玉）《小宴》（楊貴妃）《彩樓配》（王寶川）《擊掌》《探窰》《跑坡》《回龍鴿》（俱同上、代戰公主）《趕三關》（代戰公主）《打金枝》（正宮、昇平公主）《金水橋》（西宮、

銀瓶公主）《法門寺》（宋巧姣）《探母》（四夫人）《教子》（王春娥）《戲
妻》（羅敷）《斬子》（穆桂英）《祭江》（孫夫人）《汾河灣》（柳迎春）《斬
竇娥》（竇娥）《南天門》（曹玉蓮）《二進宮》（李燕妃）《宇宙鋒》（趙小
姐）《蘆花河》（樊梨花）《牧羊圈》（趙景棠）《玉堂春》（蘇三）《虹霓
關》（丫鬟）

……

景龢主人梅巧玲（正名芳，號慧仙，又號雪芬。蘇州人，原籍泰
州。壬寅八月二十一日生。掌四喜部，唱旦，兼崑亂。工隸書，精
鑒金石。出醇和。本師福盛楊三喜。傳載《明僮合錄》，名生陳金
爵之壻。住李鐵拐斜街。）

《思凡》（趙尼）《刺虎》（費宮娥）《定情》（楊貴妃）《賜盒》《絮閣》
《小宴》（俱同上）《折柳》（霍小玉）《剔目》（李亞仙）《贈劍》（百花公
主）《說親回話》（田氏）《雙鈴記》（趙玉）《萬事足》（邱夫人）《紅樓
夢》（史湘雲）《雪中人》（夫人）《梅玉配》（韓翠珠）《黃河陣》（雲霄）
《彩樓配》（王寶川）《趄三關》（代戰公主）《回龍鴿》（同上）《打金枝》
（正宮、昇平公主）《金水橋》（西宮）《探母》（蕭太后、公主）《雁門關》
（蕭太后）《二進宮》（李燕妃）《蘆花河》（樊梨花）《汾河灣》（柳迎春）
《三進士》（王氏）《玉堂春》（蘇三）《虹霓關》（東方夫人）《翠屏山》
（潘巧雲）《烏龍院》（閻婆惜）《胭脂虎》（石中玉）《玉玲瓏》（梁紅玉）
《浣花溪》（任燆卿）《得意緣》（雲鸞）《閨房樂》（管夫人）《德政坊》
（窮不怕、夫人）《真富貴》（邵真真）《紅鸞喜》（金玉奴）《延安關》（雙
陽公主）《雙沙河》（公主）《破洪州》（穆桂英）《搖會》（大娘）《變羊》
（柳夫人）《探親》（旗婆）《貪歡報》（李湘蘭）《思志誠》（女老闆）《盤
絲洞》（蜘蛛）《乘龍會》（柳毅）

……

〇瑞春主人錢阿四（名玉壽，蘇州人。隸四喜部，唱崑正旦。出南班。名生陳金爵之壻。住櫻桃斜街。）

《後親》（柳夫人）《盤秋》（夫人）《拜冬》（同上）《癡夢（崔氏）》《雙官誥》（何碧蓮）《陽告陰告》（敫桂英）

少主人寶蓮（號秀珊，小名文玉，甲寅生。隸四喜、春臺，唱崑旦兼花旦。）

《獨占》（花魁）《小宴》（楊貴妃）《茶敘》（陳妙常）《紡花》

……

〇嘉禮主人杜阿五（正名世樂，號步雲。蘇州人，甲辰生。隸四喜部，唱崑旦。出前嘉樹。杜蝶雲之胞兄，壬申新立。）

《刺虎》（費宮娥）《拷紅》（紅娘）《刺梁》（鄔飛霞）《劈棺》（田氏）《秋江》（陳妙常）《絮閣》（楊貴妃）《小宴》（同上）《拜冬》（万俟小姐）《游園驚夢》（春香）《金山寺》（青蛇）《四平山》（朱貴兒）

（張次溪編纂《清代燕都梨園史料（正續編）》，
中國戲劇出版社 1988）

懷芳記（節錄）

蘿摩庵老人

國恤過密，倚雲出都爲人僕，蘊卿服賈。倚雲所託非知音者，悒悒死。蘊卿遇寇，折閱殆盡，遂成竇子。兩人度曲，實超越尋常，而遭際若此。凡所業至精者，所遇必極寋，雖一技莫不然矣。（京華菊部，真堪顧曲者，十不得一。維新堂弟子崑寶，豐容盛鬋，色藝俱勝。唱曲知辨陰陽、喉舌、務頭、襯字，遇人輒問。繼之者湘雲，戲則不多，《游園驚夢》、《小宴》、《七夕》，步武音節，皆有悟境。崑寶負盛名，己未，公車招之者幾廢寢食。稍一料理，數千金可立致。顧以不暇自謀，終未脫弟子籍。盛筵易散，鬱鬱早夭。湘雲童年酣嬉，少長厭棄賤業。離師後，依其兄順福以居。裹足不入歌樓，舊相識三五人晤語欸曲，衹道家常。喜從賞鑒家辯論法書名畫，爲鑪翟中清涼居士。）

（張次溪編纂《清代燕都梨園史料（正續編）》，

中國戲劇出版社 1988）

鞠臺集秀錄（節錄）

佚　名

○綺春主人時小福

豬毛胡同

名慶，字琴香，一字贊卿，小名阿慶。蘇州人。掌四喜部，唱旦，兼崑、弋，並唱小生。傳載《明僮合錄》。

《挑簾裁衣》（潘金蓮）《折柳》（霍小玉）《小宴》（楊貴妃）《教子》（王春娥）《彩樓配》（王寶釧）《擊掌》、《探窰》、《跑坡》、《回龍鴿》（俱同上，並代戰公主）《汾河灣》（柳迎春）《斬竇娥》（竇娥）《二進宮》（李艷妃）《玉堂春》（蘇三）《虹霓關》（丫鬟）《宇宙鋒》（趙小姐）《牧羊圈》（趙錦棠）《羣英會》（周瑜）《孝感天》（共叔段）《雁門關》（楊八郎）《打金枝》（郭曖）

……

○雲龢主人朱藹雲

韓家潭

字霞芬,蘇州人。隸四喜部,唱崑旦。

《喬醋》(夫人)《思凡》(趙尼)《下山》(同上)《小宴》(楊貴妃)
《琵琶行》(花秀紅)《游園驚夢》(杜麗娘)

（張次溪編纂《清代燕都梨園史料(正續編)》,
中國戲劇出版社 1988）

畫舫餘譚（節録）

捧花生

輯《秦淮畫舫録》竟,偶有見聞,補綴於後,凡數十則,即題曰
《畫舫餘譚》,亦足新讀者之目。信手編入,無所謂體例,他日更有
所得,當仿《容齋五筆》之例,再續成之。倦眠饑食,無所用心,唯此
是務,適見笑而自點耳。嘉慶戊寅九月朔,捧花生漫志。

……

顧雙鳳之《規奴》,張素蘭之《南浦》,金太平之《思凡》,解素音
之《佳期》,雛鬟演劇,播譽一時。子山、竹林嘗於秋賦後,招朋好八
九人,集藿甘園,觀諸姬奏伎。布紅氍於花底,斂翠袖於樽前,漫舞
凝歌,足壓江城絲管已。

……

小伶朱雙壽,韶顏稚齒,弁而釵者也。早馳聲於梨園菊部間,
所演《絮閣》、《藏舟》、《打番兒》、《雪夜琵琶》諸曲,觀者莫不心醉。
本隸金閶籍,近亦河滸傀屋,輪奂一新。間與小酌清譚,足令櫻桃
減色。去年木犀開時,同子白、湘亭、藥諳、練塘,游西城山中,適雙
壽亦攜其婦桂枝來,邂逅相遇,即買畫舫泛青溪。當時有聯句詩紀
事,子白云:"佩環縹緲神仙眷",正指此也。

……

"夜半春帆送美人"，本《桃花扇》傳奇中句，鄰樓近屬叔美作圖，蓋寓送小燕赴揚州意也。范川題詩云：

片帆淼淼欲何之？載了輕盈載別離。已近曉風殘月候，況當春水綠波時。

瓜皮艇子安身小，桃葉江頭打槳遲。千尺花潭君住處，深情重唱蹋歌詞。

情韻雙絕，余最愛誦之。

（《叢書集成續編》本，臺灣新文豐出版有限公司 1989）

【按】捧花生，原名畫持謙（1778—1842），字子尊，號秋舲。南京上元縣人。嘉慶諸生。工詩詞。家有讀書樓曰"捧花樓"。著有《捧花樓詞》、《秦淮畫舫錄》二卷、《畫舫餘譚》一卷。參見徐心悅《清代南京籍戲曲家捧花生及其著作研究》，《戲劇文學》2013 年第10 期。

珠江梅柳記

周友良

辛酉秋，予赴穗垣鄉試，同寓者程子香輪也。程雅好狹邪游，省城中故多烟月作坊，莫不流覽殆遍，而於珠江春色，尤屬意焉。然有所遇，輒勾留移日，不辨妍媸，同輩笑之，終己弗顧。知予選色必求備，每難當意，是以未嘗與偕。一日聞西關外有地名沙面者，新來兩美，一曰雪梅，一曰柳鶯，皆色藝超群，為珠江翹楚。以其初入妓館，身價未昂，程子舉以示予，予姑妄聽之耳。未幾同往西關訪友，中途遇雨，呼小艇暫避。而程子意在梅柳，命榜人移棹向西，予無可如何，亦且任之。時晚潮初漲，沿流而下，已報伊人室邇矣。遂艤舟登閣，鴇母延入客座。俄而珠圍翠繞，以次出見，有二美者，姍姍來遲，半遮半掩，顏有羞澀狀，予意必梅柳也，詢之果然。程子顧予曰："若可謂名下無虛，今君不負此行矣。"予乃首肯。因議各挾其一，而二美意皆屬予，微露拒程之意，程子亦心印，笑向予曰："君少年未婚，花林所歷，所謂兩美必合，何妨左擁右抱乎？"予口雖謙讓，心焉許之。於是呼酒張筵，樂而忘返也。酒半攜手，入雪梅臥房，碧檻紅窗，繡簾羅幙，幾案床褥，色色可人。壁間一聯云："直把春償酒，都將命乞花。"寫作俱佳，饒有雅人深致。室中管弦羅列，予度《佳期》一曲，梅唱《絮閣》，柳唱《思凡》繼之，音韻繞梁，令人心醉。斯時群美畢集，中有春桃者，色稍遜於梅柳，而姿態橫生，且喜其同以花名，促程子留焉。程子賦七律二章，予和之云：……

（張廷華輯《香艷叢書》，人民文學出版社 1992）

長安看花記（節錄）

蕊珠舊史

大玉林，字瑤卿。稱大者，所以別敬義堂字佩珊之玉林也。其師故日新堂殷采芝弟子，別居後授徒二人，皆庸碌釵裙。瑤卿豐容多肌。當其不櫛而巾，亦是尋常兒郎。至於薰燃梳掃，擁髻升歌，豐融旖旎，意態動人，"酖釅香夢怯春寒"，恍惚遇之矣。演《長生殿·小宴·驚變》二齣，於太真醉態，頗能體會，無矯揉造作痕，遂如陳思王所賦"進退無常，若往若還；動止無期，若危若安"矣。四喜部胖玉喜，亦演《驚變》《埋玉》，聲大而遠，悲涼激楚，非瑤卿之所能及，而態度遠遜瑤卿。至於佩珊，在敬義堂如太邱長家，"季方難爲弟"，"松柏之下，其草不植"，未免虛有其名。謝道韞所謂"封胡羯末，莫不知名；不意天壤之間，乃有王郎"。若是夫，託根擇地，亦有幸不幸也。所惜瑤卿如鶡旦不鳴，三弦不敢促柱，吹笛者往往宛轉高下以就之，遂令人有鑄鐘過後之歎。（格物者謂革性惡濕，韗人之職，就燥爲先，津潤所蒸，幾於太古之簣，枠而土鼓也。然徐文長之用缶坐擊也，燒藥物搏爲陶鼓，扣之，其聲乃鏗鏗然。物理固有不可解者，豈獨王文成格庭前竹，七日不能得其理哉？）然其人固是誠實無僞。昔乾隆間歌樓一字評旦，三元曰"糙"，謂其不文也。余按《中庸注》"慥慥，篤實貌"，若瑤卿者可命之曰"慥"。（春臺部，寓朱家胡同復新堂；玉喜在四喜部；小玉林在三慶部。）

（張次溪編纂《清代燕都梨園史料（正續編）》，

中國戲劇出版社 1988）

燕蘭小譜（節錄）

安樂山樵

卷之四

王翠官，（慶春部）諢號"水蜜桃"，江蘇元和人，崑旦中歡喜緣也。恬雅妍媚，水團面笑容可掬，人見之未有不歡悅者，雅號於以稱焉。嘗演《絮閣搜妝》，恰稱玉環嬌態。今回蘇，而是班之彩雲零落矣！

侵曉衝寒叩紫宸，妬情嬌語可憐春。饒他四面觀音好，未底王昌態度勻。（蘇旦有號"四面觀音"者，以《長生殿》得名。）

玉容春盆潤如膏，赢得人呼"水蜜桃"。却笑吳姬名亦爾，兩般滋味盡酕醄。（友人云：金閶有伎，亦名"水蜜桃"。）

（張次溪編纂《清代燕都梨園史料（正續編）》，中國戲劇出版社 1988）

金臺殘淚記（節錄）

華胥大夫

卷　二

閱《燕蘭小譜》諸詩，有慨於近事者，綴以絶句

……

霓裳合獻水仙王，秋谷江湖放逐長。遺恨纏綿付弦管，百年聲價有諸郎。（王翠官，蘇伶"四面觀音"，皆以《長生殿》得名，而趙秋谷以此罷官，洪昉思舟過苕溪，一笑投水死。才人薄命，乃可慨矣。）

（張次溪編纂《清代燕都梨園史料（正續編）》，中國戲劇出版社 1988）

曇波（節錄）

四不頭陀

翠　琴

翠琴，姓周氏，字檷雲，年十六，長洲人。早知名。庚辛兩載，笙歌闃寂，各部名優風流雲散。檷雲髫齡妙質，獨出冠時。迨音樂重開，蓮芬以清婉之品，駕而上之。檷雲名稍減，然其風流自

賞,固不肯甘落後塵也。一日飲玉波生齋中。顧曲甘招之來。穉雲神采飛揚,不平之氣溢於眉宇。其急思脫籍,顧影生愁,亦似微傷其遲暮者。搗塵子即席賦詩二章云:"丁香初結蔻初胎,翠羽啁啾破細苔,驀地春光遽如許,梢頭漸到五分開。""碧篁新籜嫩抽簪,恰稱凌雲一寸心。莫更烟梢和露長,高寒容易綠成陰。"頃於穉雲筐頭,見吾友吳君超甫長句云:"奏技燕臺舊擅名,秋風憔悴可憐生。長卿瀟脫難求友,屈子牢騷合結盟。月果常圓寧抱憾,花因欲落倍關情。好將一曲《長生殿》,譜向人間訴不平。"二君未謀面,而為穉雲寫照,若出一手。雖云筆墨有靈,抑亦穉雲牢騷,傾之即吐也。

(張次溪編纂《清代燕都梨園史料(正續編)》,

中國戲劇出版社 1988)

明僮合錄(節錄)

餘不釣徒　殿春生

《明僮小錄》題辭

并州挹翠主人

辛酉長夏,梅雨積階,煩襟若渴。獲讀斯錄,清風忽披,字珠照艷,足令玉筍班中頓增聲價。曩歲珥筆春明,屢預文宴。大酒肥魚之局,斜街炒栗之燈。回溯前塵,撫感今昔,聊成七絕五章。

艷絕珊瑚筆一枝,矗眠小字寫烏絲。錦氍毹上三生影,幻到春明入夢時。

霓裳小隊演《長生》,並蒂花開擅盛名。一事難忘惆悵處,不將殘墨吊雲英。(春暉主人與棣香昆季善演《長生殿》諸劇,惜彩雲易散，故及之。）

……

明僮小録

　　春華張慶齡，字芷馨，年十六，隸四喜部。不假雕飾，獨出冠時，秾纖得中，儀態閑逸。當其酡顔半醉，倚榻微眠，星眸乍回，色授神與。無言却對，使人之意也消。工《小宴》《詫美》諸劇。容華都麗，儼然姬姜。及爲齊婦琵琶，如怨如慕，又能使青衫淚濕也。圓璧方珪，無施不可。其藝尤有過人者，以之弁冕，誰曰不宜？

（張次溪編纂《清代燕都梨園史料（正續編）》，

中國戲劇出版社 1988）

新刊鞠臺集秀録（節録）

佚　名

　　○韻春主人孫梅雲，號癯仙，唱青衫兼花旦。

　　《探母》《教子》《采桑》《小宴》

　　……

　　○綺春主人時小福（住豬毛胡同），名慶，號琴香，唱青衫，兼崑旦，掌春和部。

　　《挑簾裁衣》《汾河灣》《斬竇娥》《小宴》

（張次溪編纂《清代燕都梨園史料（正續編）》，

中國戲劇出版社 1988）

梨園舊話（節錄）

倦游逸叟

　　前四喜班有兩長劇，一《雁門關》、一《五彩輿》，皆以八日分演，引人入勝。《雁門關》演遼宋交戰，終於行成，大率本小説之《楊家將》而成此劇。本班名伶無不獻技，咸謂非四喜班不能演此劇。梅巧齡飾蕭后、王九齡飾楊延輝，已足涵蓋一切，而時小福、余紫雲、張紫仙飾三公主，尚有飾延輝原配及所謂八姐、九妹者，又有各堂弟子分飾所謂阿哥、格格者。此劇佔旦角太多，無不競勝博觀者歡，以各堂多隸屬於四喜故也。《五彩輿》一劇，演明嘉靖時嚴嵩父子專政，及其黨鄢懋卿巡淮浙鹽務，攜其妾乘五彩輿到處滋擾故事。此事《明史》亦載之。聞此劇為道光朝嚴問樵大令保庸所編。戲園屢演此劇，觀者無不厭心。各伶醵金公宴大令以酬其勞，與康熙年間京師聚和班伶人以《長生殿》一劇公宴洪昉思太學，情事相同。余屢觀此劇，最喜王九齡之飾海剛峯、余紫雲之飾鄢妾，一則不畏強禦，風骨嶙峋，一則姿媚橫生，唱工圓潤，可謂毫髮無遺憾矣。

（張次溪編纂《清代燕都梨園史料（正續編）》，

中國戲劇出版社 1988）

北京梨園掌故長編（節錄）

張江裁

《長生殿》（梁鴻志《爰居閣脞談》中）

　　《長生殿》傳奇，在崑曲中固稱雅奏，而有清一代戲曲之有關掌故者,亦莫《長生殿》者若也。清儒著述紀其事者,一鱗半爪,往往不詳,且各尊所聞,殊不一致。余暇日刺取諸書,加以案斷,雖未臻博洽,而事實略明。洪稗畦、趙秋谷有知,其許我矣。

王東漵《柳南隨筆》:"康熙丁卯、戊辰間,京師梨園子弟以内聚班爲第一。時錢塘洪太學昉思昇著《長生殿》傳奇初成,授内聚班演之。聖祖覽之稱善,賜優人白金二十兩,且向諸親王稱之。於是諸親王及閣部大臣凡有宴會必演此劇,而纏頭之賞,其數悉如御賜,先後所獲殆不資。内聚班優人因告於洪曰:'賴君新製,吾輩獲賞賜多矣。請開筵爲君壽,而即演是劇以侑觴。凡君所交游,當延之俱來。'乃擇日治具,大會於生公園,名流之在都下者悉爲羅致,而不及吾邑趙□□。(名字原闕。按:其人爲趙星瞻徵介也。趙,常熟人,康熙四十二年癸未進士,選庶吉士。)趙適館給諫王某所,乃言於王,促之入奏,謂是日係國忌,設宴張樂爲大不敬。上覽其奏,命下刑部獄,凡士大夫以諸生除名者幾五十人,益都趙贊善伸符(執信)、海寧查太學夏重(嗣璉)其最著者也。後查以改名慎行登第,而趙竟廢棄終身。"

梁應來《兩般秋雨庵隨筆》:"黄六鴻者,康熙中由知縣行取給事中,入京以土物及詩稿遍送諸名士。至趙秋谷贊善,答以束云:'土物拜登,大集璧謝。'黄遂銜之刻骨。乃未幾而有國喪演劇一事,黄遂據實彈劾。朝廷取《長生殿》院本閱之,以爲有心諷刺,大怒,遂罷趙職,而洪昇編管山西。京師有詩詠其事,今人但傳'可憐一曲《長生殿》,斷送功名到白頭'二句,不知此詩原有三首也,其一云:'國服雖除未滿喪,如何便入戲文場? 自家原有些兒錯,莫把彈章怨老黄。'其二云:'秋谷才華迥絕儔,少年科第盡風流。可憐一齣《長生殿》,斷送功名到白頭。'其三云:'周王廟祝本輕浮,也向長生殿裏游。抖擞香金求脱網,聚和班裏制行頭。'周王廟祝者,徐勝力編修(嘉炎)是日亦在座,對簿時賂聚和班伶人,詭稱未遇得免。徐豐頤修髯,有'周道士'之稱也。是獄成,而《長生殿》之曲流傳禁中,佈滿天下,故朱竹垞檢討《贈洪稗畦(即洪昉思)詩》有:'海内詩篇洪玉父,禁中樂府柳屯田。梧桐夜雨聲淒絶,薏苡明珠謗偶然'句,(《梧桐夜雨》,元人雜劇,亦明皇幸蜀事)樊榭老人歎爲'字字典雅'者也。"

金壂門《巾箱説》一:"昉思之游雲間、白門也,提帥張雲翼開宴於九峯三泖間,選吳優十人搬演《長生殿》,軍士執殳者亦許列觀堂下,而所部諸將並得納交昉思。時督造曹公子清(寅)亦即迎致於白門。曹公素有詩才,明聲律,乃集江南北名士爲高會,獨讓昉思居上座,置《長生殿》本於其席,又自置一本於席,每優人演出一折,公與昉思讎對其本,以合節奏,凡三晝夜始闋。兩公並極盡其興賞之豪華,以互相引重,且出上幣兼金贐行,長安傳爲盛事,士林榮之。迨歸至烏鎮,昉思酒後登舟,而竟爲汩羅之投矣,傷哉!予爲文以誄,有云:'陸海潘江,落文星於水府;風魂雪魄,赴曲宴於晶宫。'西河毛先生頗稱之。先是康熙戊辰,朝彦名流聞《長生殿》出,各釀金過昉思邸搬演,觴而觀之。會國服未除,才一日,其不與者嫉而構難,有翰部名流坐是罷官者。後其本遂經御覽,被宸褒焉。"

金壂門《巾箱説》二:"予過岸堂(孔東塘尚任,取漁洋所書'岸堂'二字爲號),索觀《桃花扇》至'香君寄扇'一折,借血點作桃花,紅雨著於便面,真千古新奇之事。所謂全秉巧心,獨抒妙手,關、馬能不下拜耶?予一讀一擊節,東塘亦自讀自擊節。當是時也,不覺秋爽侵人,墜葉響於庭階矣。憶洪昉思譜《長生殿》成,以本示予,予每醉輒歌之。今兩家並行矣。因題二絶句於《桃花扇》後云:'潭水深深柳乍垂，香君樓上好風吹。不知京兆當年筆，曾染桃花向畫眉。'兩家樂府盛康熙，進御均叨天子知。縱使元人多院本，勾欄爭唱孔洪詞。'"

焦里堂《劇説》："稗畦居士洪昉思昇，仁和人，工詞曲，撰《長生殿》雜劇，薈萃唐人諸説部中事，及李、杜、元、白、温、李數家詩句，又刺取古今劇部中繁麗色段以潤色之，遂爲近代曲家第一。在京師填詞初畢，選名優譜之，大集賓客。是日國忌，爲臺垣所論，與會凡數人皆落職，趙秋谷時官贊善，亦罷去。秋谷年二十三，典試山西。（秋谷生於康熙元年壬寅，年十八，中己未進士。二十三年甲子，典山西鄉試，年才二十三也。）回時，騾車中惟攜《元人百種曲》一部，日夕吟諷，至都門值《長生殿》初成，因爲點定數折。昉思跌宕孤逸無俗情，年五十餘，墮水死。"

毛西河《〈長生殿〉院本序》："洪君昉思好爲詞，以四門弟子遨游京師。初爲西蜀吟，既而爲大晟樂府，又繼而爲金元間人曲子，自散套雅劇以至院本，每用作長安往來歌詠酬贈之具。嘗以不得事父母，作《天涯淚》劇，以寓其思親之旨。應莊親王世子之請，取唐人《長恨歌》事，作《長生殿》院本，一時勾欄多演之。越一年，有言日下新聞者謂：'長安邸第每以演《長生殿》曲，爲見者所惡。'會國恤止樂，其在京朝官大紅小紅已浹日，而纖練未除。言官謂遏密讀曲大不敬，賴聖明寬之，第褫其四門之員，而不予以罪，而京朝諸官則從此有罷去者。"

《清史·趙執信傳》節録："執信少穎慧，工吟詠，尤爲朱彝尊、陳維崧、毛奇齡所引重，訂忘年交。性喜諧謔，士以詩文贄者，合則投分，不合則略視數行揮手謝去，以是得狂名。康熙二十三年，充山西鄉試正考官，尋擢右春坊右贊善。二十八年，以國恤中在友人寓宴飲觀劇，爲給事中黃儀所劾，遂削籍，時年未三十也。”

《清史·洪昇傳》節録：“論詩引繩切墨，不順時趨，與王士禎意見亦多不合，朝貴輕之，鮮與往還。見趙執信詩，驚異，遂相友善。所作高超閑淡，不落凡境。兼工樂府，宮商不差唇吻，旗亭畫壁，往往歌之。以所作《長生殿》傳奇，國恤中演於查樓，執信罷官、昇亦斥革。年五十餘，備極坎壈，道經吳興尋溪，墮水死。”

李次青《先正事略》：“秋谷先生名日高，忌者亦日衆。朝士某以詩集遍貽臺館，先生甫展卷，立還其使，其人銜次骨。錢塘洪昇昉思以詩詞游公卿間，所演《長生殿》傳奇初成，置酒高會，名流畢集。時尚在國恤，銜先生者因騰章入告，遍及同會先生。至考功獨任之，在座者得薄譴，而先生罷職。”綜上諸説，知演劇被劾事在康熙二十八年己巳。（據《清史》趙傳）秋谷是時年甫二十八也。上彈章者確爲給事中黃儀，亦即《柳南隨筆》所謂王某。東潊常熟人，操吳音，黃、王不分，故有此誤。《兩般秋雨庵隨筆》所載，則直書黃六鴻矣。余意黃爲秋谷所輕，所謂“大集奉璧”云云，必有其事。《清史》趙傳所載，以詩文贄者，不合則略視數行，揮手謝去，此固秋谷恒態，而《先正事略》則明言“朝士某以詩集遍貽臺館，秋谷甫展卷即還其使”，此朝士即黃儀。黃儀亦常熟人，故趙星瞻以同縣之故，館於其邸。趙以不獲與宴，而促黃上封事，於理亦或有之。黃實讀書人，精輿地之學，嘗與閻若璩、顧祖禹修《一統志》者，詩文或非所長，故爲秋谷所輕視耳。演劇之地，或曰生公園，或曰查樓，或曰即在昉思邸中，今不可考矣。演劇之時，在康熙二十八年，是年七月孝懿仁皇后新薨，（孝懿后，即貴妃佟氏，薨之前一日，册封爲後者。）而孝莊文皇后則以太皇太后之尊，甫於前一年（即康熙二十七年戊辰）薨逝，尚在八音遏密時也。或謂演劇之日適逢忌辰，大誤。

三絶句中固明言"國服雖除未滿喪"也。至傳奇脚本,或言先達禁中,梨園子弟咸被厚賜,遂演劇以酬洪昉思之勞。或言因被劾而後聖祖見之,於是内廷亦盛行此劇。然據毛西河所述,則明言洪應莊親王世子之請,遂作《長生殿》院本,則此曲必先爲内廷所賞,即竹垞所謂"禁中樂府柳屯田"也。至於違制演劇之處分,有謂洪昉思編管山西者,有謂僅削去四門弟子者。余意秋谷被劾罷官,昉思必同時斥革,似無屏諸遠方之理。或因此不能徜徉都下,遂歸老吳越間耳。其後朱竹垞《贈昉思詩》則作於康熙四十年辛巳。(詩曰:"金臺酒座擘紅箋,雲散星離又十年。海内詩篇洪玉父,禁中樂府柳屯田。梧桐夜雨聲淒絶,薏苡明珠謗偶然。白髮相逢豈容易,津頭且纜下河船。")明年壬午,竹垞又有《題洪上舍傳奇絶句》,洪上舍即昉思也。(詩曰:"十日黃梅雨未消,破窗殘燭影芭蕉。還君曲譜難終讀,莫付尊前沈阿翹。")又二年,爲康熙四十三年甲申,則昉思墮水死矣。(金壑門《巾箱説》:"往予杭州寄亭,去昉思居咫尺,每風動春朝,月明秋夜,未嘗不彼此相過,偕步於東園。游魚水曲,欲去還留;啼鳥花間,將行且佇。昉思輒向予誦'明朝未必春風在,更爲梨園主少時'之句,且曰:'吾儕可弗及時行樂耶?'迨甲申春初,昉思別予游云間白門,甫兩月而訃至,所誦二句竟成其讖。至今追思,爲之欷惋。"又《疑年賡録》亦載昉思卒康熙四十三年甲申,年五十餘。生年未詳。)又趙秋谷《贈竹垞詩》結聯有:"各有彈文留日下,他時誰作舊聞傳"之句,注云:"竹垞在長安著《日下舊聞》。"按:秋谷此詩作於康熙三十六年丁丑,去己巳被劾時已八載,竹垞亦嘗以攜小史入直,爲掌院學士牛鈕所劾,故秋谷謂"各有彈文言日下"也。先退庵公《浪跡叢談》卷六,謂《長生殿》戲最爲雅奏,諳崑曲者無不喜之,而余頗不以爲然,即如《絮閣》、《搜鞋》等劇,陳陳

相因，未免如聽古樂而思臥。而《醉酒》一齣尤近惡道，不能人云亦
云也。又引王東漵、梁應來兩人筆記中語，謂兩書所記各有不同，百
餘年中事，焉得博雅君子一質之，云云。蓋雖不滿於此曲腳本，固極
重視此曲之舊聞也。康、雍之間有項生者，以演《長生殿》名，去洪、趙
時，已三十年矣。厲樊榭徵君《書項生事》一篇，可資噱噱，文曰："甲
寅冬，(按：甲寅爲雍正十二年)十一月十六，夜飲小玲瓏山館主人許，
歌酒間有狐旦色項生者，意態融冶，婉婉似好女子。曲能唱情，殆楊
瓊一流。坐間皆爲之迴腸盪氣，不復知其爲三十許人。主人因告予
言：'項生故吳產也，十餘年前曾隸江淮大吏某家樂部，大吏昵之，令
習《長生殿》新聲，爲楊玉環。項生素慧黠，不數日，盡其妙。大吏益
以爲天下聲色之選在是，凡飾歌舞具，金繒錦翠，珠璫犀珀，刻意精
麗。至玉環馬嵬縊後，明皇泣玉環像，則令好手雕沉水香，肖項生
像，傅以粉黛，飾之如生。明皇泣，大吏亦泣。後大吏竟以賄敗。
項生淪落，乃鬻歌以食，話舊事尚時時流涕'"云云。此亦《長生殿》
劇中最哀豔故事，故附記之。當項生演劇時，昉思早死，而秋谷尚
健在，(秋谷卒於乾隆九年)惜未能親聆雅奏，與某大吏同時搵淚，
哭生沈檀象也。(編者按：《書項生事》見《樊榭山房文集》卷八)

(張次溪編纂《清代燕都梨園史料(正續編)》，

中國戲劇出版社 1988)

消寒新詠(節錄)

鐵橋山人　　問津漁者　　石坪居士

范二官

慶寧部，生，吳人，比梅花、白鶴。擅者《吟詩》(《彩毫記》)《吃

茶》《鳴鳳記》《打車》《千忠戮》《誥圓》《雙冠誥》《逼休》《爛柯山》《望鄉》《牧羊記》《寫本》《鳴鳳記》《彈詞》《長生殿》）

……

王百壽

萬和部，小生，吳人，比玉茗、青鸞。《拾畫》《叫畫》（《牡丹亭》）《茶敘》《問病》《秋江》（《玉簪記》）《跪池》（《獅吼記》）《喬醋》（《金雀》）《驚變》《埋玉》（《長生殿》）《打車》（《千忠戮》）《錯夢》《贈馬》（《西樓記》）

……

李玉齡

樂善部，小旦，比虞美人、秦吉了。《佳期》《拷紅》（《西廂》）《相罵》（《釵釧記》）《絮閣》（《長生殿》）《思凡》（《孽海記》）《戲叔》（《義俠記》）《盜令》（《翡翠園》）

（張次溪編纂《清代燕都梨園史料（正續編）》，
中國戲劇出版社 1988）

送陳子厚歸海寧（時以飲酒觀劇被累）

[清]李嶟瑞

風波多處是長安，一曲聽來徑出關。但見酒杯傾子美，不聞絲竹累東山。

浙江潮白搖鄉夢，薊苑塵紅變客顏。雞肋且拋君莫恨，歸歟身脫是非間。

（《後圃編年稿》卷七《北游稿》
["起己巳閏三月，盡是年冬"]，康熙刻本）

【按】康熙二十八年（1689）八月，招伶人演《長生殿》，在京名士多醵分往觀。值佟皇后病逝，尚未除服，爲黃六鴻所劾，"演《長生殿》之禍"案發。王應奎《柳南隨筆》載本案所涉人物"士大夫及諸生除名者幾五十人"。而具體姓名可考者有：洪昇、朱典、趙執信、翁世庸、查慎行、李澄中、徐嘉炎、陳弈培等。

陳弈培涉案，由其弟陳弈禧《虞州續集》卷二所載《得子厚兄京師近問志感》詩和詩注可證，該詩作於康熙二十八年（己巳 1689）。此由章培恒先生首先發現和提及。而清李嵂瑞《後圃編年稿》卷七《北游稿》（"起己巳閏三月，盡是年冬"）有《送陳子厚歸海寧（時以飲酒觀劇被累）》詩亦可爲證。陳子厚，即陳弈培，字子厚。此詩前隔三題爲《重陽後一日九畹厚文小集寓齋別後以詩索和率答二首》，可知此詩作於康熙二十八年重陽後至年末，也可證"演《長生殿》之禍"案發確在康熙二十八年。李嵂瑞在詩中既爲陳子厚的不幸遭遇抱不平，又對他進行安慰、寬解。

陳弈禧《虞州續集》卷一有《與子厚兄晤語玥侄同自虞入都》詩。全篇如下：

> 弟已四旬逾二歲，兄今五十又三年。中年兄弟憐萍聚，宦後家門柰罄懸。

> 半職從人誰掛齒（予兄弟皆出身州邑佐），排詩言志杜差肩（兄有寄梁真定、王新城長律百韻）。丹山攜得新雛好，盼取秋風向日邊。

由此可知，陳弈禧小其兄陳弈培 11 歲。而陳弈禧生於清順治五年（1648），故陳弈培生於明崇禎十年（1637）。

陳弈培科舉蹭蹬，宦途坎坷。陳弈禧《虞州集》卷一《予舊年作汝潁之游同子厚兄過伏城驛是正月望今新春四日往山西宿此奉寄

兼呈三兄子榮》詩有注云："兩兄今歲被放，家居不出。"《虞州集》卷
四有《歲暮得子厚兄京師書十四韻》詩，從中亦可見陳弈培生平遭
際。全篇如下：

> 吾兄富才識，經藝素能嫻。豈墮風塵際，偏遭運數艱。
> 無媒通鳳闕，流恨滿燕山。書笈編應絕，星華鬢欲斑。
> 頻年甘遠寄，故國肯虛還。叢枳棲難穩，高梧未得攀。
> 熊羆窺棘水，載籍訪河間。（書雲被放後游東光間）
> 猶是三千士，空餘十八鬢。寒沙延野望，斜日帶愁顏。
> 江介諸生老，（三兄子榮亦困守門户）河東小吏閑。
> 冰霜分異地，花萼最相關。遣夢池塘隔，開書涕淚潸。
> 飛鳴遠天雁，難問大刀環。獨抱殘冬被，牽情任體孱。

　　陳氏爲海寧望族，但陳敬璋原編、陳其謙、陳大綸重輯的記載
陳氏族人生平、著述的《海寧渤海陳氏著録》中卻無陳弈培的姓名，
可能便是因爲他一生既無功名，又未曾任過官。

　　此外，古正、古雲同編《阿字無禪師光宣臺集》卷二十"七言律"
有《送陳子厚、子文昆玉扶其尊人薑亦先生靈櫬歸海昌》、吳雯《蓮
洋詩鈔》卷七有《送陳子厚之燕二首（録一首）》、梁清標有《送陳子
厚歸海寧曾費尊公岱清同門遺集數十卷相示》詩（《畿輔詩傳》卷
六）、《送陳子文由大梁歸海寧》詩（《畿輔詩傳》卷六）、梁清標《棠村
詞》中有《念奴嬌·其二十》"座中贈陳子文。是日陳心簡、陳子厚
諸子同集蕉林"、陳維崧《陳迦陵儷體文集》卷五有《陳子厚〈關中紀
游詩〉序》。"阿字無禪師"，即釋今無。

　　陳弈培父爲陳殿桂（1614—1666），字岱清，號玉窗。齋名問青
堂。撰有《行役草》、《樂樂草》《嶺南草》、《弦閣吟草》、《與袁堂文
集》等。曾任職方郎廣東高涼郡理官。《海寧渤海陳氏著録》引《州

志·文苑傳》,謂其"字長生,號岱清。崇禎癸未進士,歷官廣東高
州府推官。以子弈禧貴,贈奉政大夫、戶部郎中。"陳殿桂撰有《與
袁堂詩集》十卷、《文集》四卷、《行役草》一卷、《嶺南浮沉草》一卷、
《弦閣詩》一卷。

　　陳弈禧(1648—1709),字子文。他與洪昇有交往,其《虞州集》
卷五有《閩南道上懷湯西厓、洪昉思》詩。《海寧渤海陳氏著錄》引
《山西通志》,謂其"字子文,號香泉,海寧人。以貢生任安邑丞。負
詩名,工書法。由部郎分司大通橋,出知石阡府,補南安。所至,人
皆乞其書,爭相寶貴。"陳弈禧撰有《文海》、《金石遺文錄》十卷、《小
名補錄》、《皋蘭載筆》二卷、《陳子日記》、《雲中紀行》一卷、《益州於
役記》四卷、《北行日記》一卷、《奇花異木記》一卷、《北解雜述》一
卷、《晉陽行紀》一卷、《虞州集》十卷、《續集》二卷、《春靄堂集》十八
卷、《含香新牘》一卷、《葑叟題跋》一卷、《積雨齋集》一卷、《笑門集》
一卷、《綠陰亭集》一卷、《隱綠軒題識》一卷。

　　王永寬先生主編《中國戲曲通鑒》中康熙二十八年己巳(1689)
"八月,洪昇因演《長生殿》劇招禍"條謂:"其他受處分的官員還有
讀學朱典、臺灣太守翁世庸及弈培、弈禧兄弟等。"有誤。陳弈培當
時不是"官員",其弟陳弈禧也並未涉案,更未受到處分。

和邇求觀劇四首(演《長生殿》傳奇)

[清]許志進

　　人代茫茫感逝波,華清芳草月明多。《霓裳》舊譜翻新曲,不數
香山《長恨歌》。
　　萬古芳魂怨馬嵬,珠沉玉碎事堪哀。怪他杜李無情思,爭忍同

譏褒姐來。（少陵詩："不聞夏殷衰,中自誅褒姐。"義山詩："未免被他褒女笑,止教天子暫蒙塵。"）

驛路空傳錦襪香,人間天上兩茫茫。莫愁無恙盧家老,那怪風鈴怨李郎。

紅燭清樽豔曲聞,分明重召玉妃魂。朝元閣下湯泉路,記撫蓮花驗浴痕。（華清第二湯乃楊妃所浴。池中有白石蓮花,鏤刻絕工。）

（《謹齋詩稿》"庚寅年稿",康熙資敬堂刊本）

【按】許志進,字念中,號謹齋,江蘇山陽（今淮安）人。生卒年不詳。康熙三十年(1691)進士,閱五年知鐵嶺縣事,入爲戶部主事,擢禮科給事中,曾劾兩江制府噶禮不法,直聲動朝野。性豪邁,精騎射,能爲滿、蒙語。罷官後歸隱,辟園亭、栽花木,購書數萬卷。曾從王士禛學,詩格亦略相似。郭麐稱他"五七古皆唐音,沉鬱悲涼","近體渾成清逸,兼饒風趣"。鄧之誠亦謂"其詩風華掩映,爲王士禛嫡派。才情標格,在湯石曾之上"。著有《謹齋詩稿》二十卷。生平事蹟見《國朝耆獻類徵初編》卷一三五。邇求,即邱迥(1672—1740),字邇求,號拙存、翼堂,淮安人。撰有《翼堂詩集》二卷,有乾隆十四年(1749)刻本。《山陽縣志》載:"邱迥,字邇求,廩貢生。所居桐園,積書甚富。嘗游王士禛、朱彝尊之門,學術深邃。尤長於詩,而深自矜慎,未嘗苟作。"

讀洪昉思雜曲感興眎公子漸修四首

［清］許志進

蜀烏啼殘黯斷魂,哀猿號處此聲吞。西河老去舒鳧死,一種傷心未忍論。

當行本色元人劇，伯仲東嘉、實父間。解識詩人忠厚意，國風小雅不須删。

歌傳長恨馬嵬殘，曲譜霓裳自廣寒。爲愛焦桐撫流水，被人錯怨董庭蘭。（歲在己巳，昉思作《長生殿》傳奇，京師盛傳。以太皇太后國喪未除，觀劇者多至□（按原文剜去一字）免趙宮詹秋谷。詩云："欲撫焦桐寫流水，哀音獨爲董庭蘭。"）

與君風雪坐寒宵，怨曲休歌沈阿翹。惆悵江潭憔悴客，真成痛飲讀離騷。

（《謹齋詩稿》"癸巳年稿下"，康熙資敬堂刊本）

觀《長生殿》傳奇

［清］許志進

彩筆真傳萬古情，梨園舊譜更教成。劇憐半拍霓裳序，能遣君王到錦城。

（《謹齋詩稿》"戊戌年稿上"，康熙資敬堂刊本）

摸魚兒·辛齋五叔招飲，觀演《長生殿》傳奇

［清］蔣應焆

喜良宵，管弦疊奏，當筵酒抱如許。兩行畫燭簾垂繡，演出《長生》全部。霓裳舞。真引我、賞心痛飲杯無數。拓開小户。是兵起漁陽，鼓鼙動地，急點打如雨。閒吟想，可恨將軍跋扈。六軍撩亂無主。錦城遠去名花萎，誰伴君王遲暮？蛾眉苦。君不見、馬前宛轉愁難訴。移宮换羽。更一曲零鈴，玉杯停飲，衫袖淚痕聚。

（丁紹儀輯《清詞綜補》卷十一，中華書局 1986）

【按】蔣應焆，原名燾，字元揆，吳縣人。乾隆四年（1739）進士。官中書。

觀劇雜詠（選一）

〔清〕寅　保

雨淋鈴處剩三郎，比翼連枝總夢鄉。一騎塵隨鼙鼓散，曲名猶説荔枝香。

（《秀鍾堂詩鈔》，嘉慶五年刻本）

【按】寅保，字虎侯，號芝圃，漢軍正白旗人。乾隆十三年（1748）進士，改庶吉士，授編修，三十四年（1769），官杭州織造，三年而卒。原詩凡八首，此爲第四首。

觀　劇

〔清〕陳　熙

暮云宫闕正驚秋，環系羅衣血淚流。縱説佳人解傾國，那能天子竟無愁。

東風吹勒琵（入聲）琶弦，斜日清溪古寺邊。草長鶯飛花落候，江南愁煞李龜年。

蜀道青天萬里途，雨淋鈴處想崎嶇。六軍暗激陳元禮，一曲空傳張野狐。

（《騰嘯軒詩鈔》卷二十六，道光二年刻本）

【按】陳熙，字梅岑，秀水（今嘉興秀水）人。國學生議敘，官安徽、河南州判，歷官至郡丞，有《騰嘯軒詩集》。《隨園詩話》卷七第七四則云:"嚴冬友最愛陳梅岑'怕鋤野草傷新筍,偶檢殘書得舊詩'之句;以爲閒中鋤地、翻卷,往往有之。"嚴冬友即嚴長明(1731—1787),字冬友,一字道甫,號用晦。江寧(今江蘇南京)人。乾隆二十七年(1762)高宗南巡時,被召試賜爲舉人,授内閣中書,旋入值軍機處七年。乾隆三十六年(1771)乞歸,遂不復出。家中藏書頗富,辭官歸後,築書樓三楹,名"歸求草堂",藏書三萬卷,金石文字三千卷,終日吟詠其中。

觀演《長生殿·彈辭》

[清]于學謐

天寶年間老樂師,興亡唱盡淚絲絲。《霓裳》御譜沿門賣,千古才人飲恨時。

(《焚餘詩草》,乾隆間榮慶堂刻本)

【按】于學謐(生卒年不詳),字小晉,又字靖之,莒州城南於家莊人。乾隆四十二年(1777)拔貢。工詩辭,長書法。性嗜古,藏書甚多,旁及佛學。卒年僅三十歲。書畫大家錢載對于激賞,常對人語曰:"得心契者,惟于生一人耳!"著有《焚餘詩草》。

觀演劇二首

[清]吴清鵬

長生殿

常疑漢武笑唐明,一爲多情一寡情。趣去未憐鉤弋死,重逢還望玉環生。

馬嵬坡

漢武末年多自悔,明皇當日亦英姿。馬嵬大夢曾無覺,腸斷淋鈴一曲癡。

（《笏庵詩》卷七,咸豐五年刻《吳氏一家稿》本）

【按】 此詩作於道光十二年(1832),又見載於《笏庵詩鈔》卷八,清末刻本。吳清鵬(1786—?),浙江錢塘人,字程九,號笏庵。嘉慶二十二年(1817)進士,由翰林院編修累官至順天府丞。

觀　劇

[清]奚樹珊

玉釵金鈿化雲烟,一曲《霓裳》亦可憐。彈出唐家天寶事,落花愁絶李龜年。

（黃協塤輯《海曲詩鈔三集》卷四,1918年國光書局鉛印本）

【按】 奚樹珊,字蘭舟。諸生,居新場。著有《靈華館詩草》。

觀劇四十詠(節録)

[清]杜元勛

彈　詞

感慨談天寶,琵琶此老誇。高歌新樂府,落魄舊生涯。
子弟都星散,江山易日斜。衰年餘白髮,遺恨譜紅牙。
吊古傷今事,花殘玉碎嗟。四弦酸欲裂,一座淚如麻。
曲歎《霓裳》冷,聲愁鼛鼓撾。是誰攜鐵笛,重與訴繁華。

春　睡

繡幕隱芙蓉，宮鶯報晚鐘。早朝金殿罷，香夢玉環濃。
秋水眸雙合，春雲鬢半鬆。泥金編熨貼，支枕又惺忪。
柳擬眠風軟，花看浥露重。艷分仙荔醉，嬌趁海棠慵。
侍女頻低喚，君王帶笑容。醒來紅一撚，芳意滿眉峰。

埋　玉

妃子傷心訣，君王掩面哀。忍成千古恨，苦被六軍催。
倉卒驚龍馭，淒涼泣馬嵬。遺言宮監託，禮拜佛堂開。
往事金釵寵，他生錦襪灰。薄同梅婢命，禍起祿兒胎。
梨樹巾三尺，桃腮土一抔。何堪臨劍閣，鈴語聽徘徊。

舞　盤

艷說昭陽舞，環肥態更妍。月隨人宛轉，雲想袂褊襈。
託出團圝影，飛來縹緲仙。恩原承露渥，身比走珠圓。
池漾亭亭柳，荷擎步步蓮。萬枝花錯落，五色鏡迴旋。
羯鼓清聲助，《霓裳》妙曲傳。漢宮誰得似，掌上漫相憐。

（凝瑞堂主人輯《咀華錄》卷四，道光二十年刻本）

【按】《觀劇四十詠》原署"古吳杜元勛甫春槎著"，作者生平
不詳。全詩凡四十首，分詠四十齣折子戲。以上所錄分詠源出《長
生殿》的折子戲的四首，分別爲組詩的第九、十五、二十二和三十
六首。

對山書屋墨餘録（節録）

毛祥麟

田臾傳

同治乙丑夏，友人以南邑雨蒼朱君所撰《田臾傳》一篇示余。是傳余雖未之見，而嘗得其說於故友周子荔軒。周與朱居同里，同歲游庠，而皆寒士。歲時相見，每道愁苦。一日周語朱曰："窮愁之況，經我兩人筆舌，亦已盡矣！古稱'歡愉之言難工'。子固多才，其能作一既富貴又壽考之文，爲窮措大作開心符否？"朱笑諾，遂有斯作，周爲評點。所謂"田臾字同貝"者，蓋折"富貴"字以言也。歲己巳，雨蒼以事來滬，過余齋譚及是傳，云係外編三種之一，尚有怡云吟館詩、古文稿，合雜俎、墨塵等，共若干卷，遭亂盡失，今爲没字碑矣。時余適有《墨餘録》之編，既愛斯作，又歎其舊稿之盡亡也，爰序其由而代存如左。其文雖極寫富貴，而抑塞磊落，實深顛倒賢愚之慨。此皆不平之氣，猶客嘲天問，於游戲中寓感喟者也。有識者自能嘗之，毋多贅云。

有唐宏農郡王田臾，字同貝，漢武安侯蚡之後也。祖犁，元宗時領千牛衛；父騂，以勇聞，安史亂，郭令公召爲牙門將，以麻角林功歷擢蜀川道節度使。遂家蜀，娶米氏，生臾。生時，米夢神錫異貝千萬，故字同貝。臾少不慧，雖讀書，嘗以富貴我所自有，故不終帙，便棄去。然有口辨，作事敏達，析秋毫，特好游獵，馳逐狗馬不少疲。有青城山道士過之，曰："郎君，此亦何樂？余相子福甚厚，顧第數十年富貴耳！如願棄凡穢者，合得長生術，子欲之乎？"臾自以世家子，方尚豪侈，數十年富貴何不樂，而欲以長生易之乎？乃不語。道士察其意，曰："使郎君大富貴，又登仙，何如？"昹應曰："苟如是，復何求？"道士曰："然則子自勉之，斯已耳！"遂微笑去。是時昹年及冠，父以其縱，初不喜。母夫人特憐之，乃與駪議，欲爲昹婚。夫人，故陳倉人也。時蜀亦有米氏，舊家禾中，曰米仁者，官龍武軍長史，以功拜涇原道監察御史，奉册迎上皇來蜀，因亦家焉。夫人言氏無子，生女曰珠，稱國色。米夫人欲之，而難其辭。因托宗誼，時與言往來頗得，乃示意。仁固不欲，曰："是特田舍家兒耳，何可配珠女？"言曰："不然。田家郎四體敦崇，頭角嶄嶄，他日任重致遠，當無出其右。倘必欲王楊盧駱，其人雖才，然自後言之，或非俊物。且彼家既爲節度矣，何求全也？"仁於是亦首肯，田遂以黃金千鎰聘焉。禾中米氏，故世貴，積資飽天下，而仁富又甲一族。婚有期，童隸采買四方郡縣器物者，趾相錯。紀網僕千、侍婢百，皆衣文衣，五人爲隊，隊間其色。奩贈計萬億，箱籠多紫檀香柟，雕鏤如鬼工。其妝臺，蓋碧玉也，圍以珊瑚闌，雜嵌百寶。盤盂等物，多金玉。及期，昹行親迎禮。既奠雁，米氏出九華云蝶游仙錦步障，施之如複道然，直達田所。障間悉綴珍玩、火齊、木難、瓊枝、碧樹，光采四溢。明珠、瑟瑟懸障頂，如繁星。里許間一夜光，明豔又如月。飾沉香輦爲花輿，笙簫沸天，燭淚如雨。道撒金錢結福緣，無數。輿過，麝蘭香經數月不散。昹於斯時，如墮雲霧也。昹既得米資，益自營運，躬親穢褻。不數年，陂池田囿，膏腴盡蜀水。復得窖金萬萬，家愈饒。無何，母夫人卒，父亦繼薨，昹自稱留後。唐自肅宗後，節度多世擅。代宗八年，遂詔昹實領蜀川節度使。諺曰："生兒不用識文字，鬥雞走馬勝書史。田家舍人年未壯，富貴榮華復誰抗？"又谣其得婦之盛曰："龍宮嬌女嫁塵世，四海寶珠都輦至。"由是中朝貴人，如元載、王縉、魚朝恩輩，皆願交昹。魏博節度田承

嗣，亦約爲兄弟。多藉奐通關節者，饋遺亦日富。初奐意頗瞶瞶，
自奉既厚，輒妄謂他人當亦爾。每遇親知道愁苦，漫不省作何狀。
及擅權利，下不能欺。貴游子弟道出蜀川者，奐必盛供帳，玉筯舉
饌，金爐注香，別皆有贈。或多干請，悉與周旋，無吝諾。故譽奐
者，日形章奏。時國初定，帑藏皆虛，有諷奐輸粟千舳貢於朝者，遂
授奐朝散大夫上柱國，賜紫金魚袋。奐表謝，益獻錢百餘萬緡，乃
加奐中書令同三品，兼權蜀道鹽鐵使，知諸榷務東西川租庸大使。
先是蜀有碑刻曰：“蜀水清，田氏耕；蜀水濁，田氏熟。”及奐時，蜀水
果濁，而田氏日貴顯氣，蒸蒸如釜。上既權諸榷務，搜羨餘，日私萬
計。宗族賓客充溢三舍，要皆爲奐主會計，不能虛糜廩粟。人亦因
得主一事，私毫末，奴隸皆可致富，故亦不願糜之。惟掌書記平倩
泉，奐箋奏皆出其手，因以上賓待，稱平先生。先生嘗語所知，言奐
雖不讀書，而遇文士頗有禮，願見者皆以好語慰遣，謂“若輩利我財
耳，既不當其意，復不假以顏色，是取怨也”。人乃愈莫測其涯涘。
投詩文爲贄者，日數千，奐悉投巨篋中，署以爲“醋海”云。平倩泉
者，名泉，以母夢濯錦色泉而誕也。美姿容，好讀書，工詩古文辭，
下筆妙天下。四方士以才子稱者，輒曰：“是必平倩泉矣。”奐每言
“我視石崇、王愷如奴子耳”，泉則曰：“我豈不能以屈宋作衙官耶？”
然泉數奇，連不得志於有司，以是鬱鬱。又貧。故惟文章自娛。奐
迂之，嘗邀與飲。泉既失意，亦樂借一杯，曰：“我豈癖於書哉？使
心計稍粗，其肯當壚唱‘渭城’乎？”人以此既惜泉之多才不偶，而益
慕奐之富貴也。時奐年已壯，珠從夫貴，亦封蜀國夫人。夫人固知
書，工詩，作簪花小楷尤妙。居禾中才女，名噪戚里。既歸奐，乃不
復作韻語。奐多內寵，而夫人待妾媵尤和，第夫人自有林下風，雖
富貴不屑道。而奐每矜之，嘗以一冊示夫人，計開珊瑚、翡翠、瑪

瑙、水晶、象牙等器三千餘件,龍腦香五十餘兩,麝臍百二十兩,沉檀各數十擔,空青九枚,明珠五十餘斛,大理石屛五十座,床、几各百,雜嵌寶床百七十,珠燈千,珍鑲箏琶樂器二百餘件,辰砂五百斤,紫礦千餘鎰,白礦三千餘鎰,赤金腰帶及杯盤等刻花者千七百件,素者千三百有奇,羊脂玉屛風及玉帶、玉山、玉琴、玉人、玉斗罘、玉樹、玉瓶二千五百餘件,祖母綠佛像九,通天犀帶三,黑貂元狐、銀鼠、金雀等裘合二三百件,綺羅、綾錦、纖金、朱緞合千餘束,火浣布百餘尺,黃金錠九十餘萬兩,白金錠三千八百餘萬兩,碎金銀八十櫃,參蓍共九百餘斤,理中丸亦四百斤,廚中黃雀酢百二十甕,他物俱稱是。奧每季必造一冊,權出入,課盈虛。此新造者,而夫人殊不爲意,曰:「以君爲俗誠不誣。妾奩中亦有籍,君欲觀乎?」奧曰:「諾。」夫人逆知奧所好,惟此金玉錦繡也,因不與較,特取一云錦回文邊,金絲細闌白地光明絹手卷與奧。開卷則載古銅龍耳等鼎,獅象寶鴨等爐,大小各數件,蛇紋古琴十餘張,古硯二十餘方,鍾、王、懷素、褚、虞等墨蹟,及小李將軍、吳道子等淸秘諸名畫,各數十軸,楷錄經史子集書八千六百三十五卷。奧閱未半,即笑不止,曰:「夫人誤矣!夫人合偶平倩泉,不合與田奧字同貝者偶也。」夫人曰:「平倩泉如何?」曰:「平先生酷嗜此,我以爲不可衣食,嘗目爲駭。不謂堂堂蜀國夫人乃亦爾,我故戲言耳。」夫人微慍,繼亦笑,即掩卷,呼侍婢取內閨第十一房鑰,至則偕奧入。婢請所向,夫人曰:「既入寶山,何地非寶?」信手開一香楠廚,內有牙牌,檢視之,所載若龍綃衣也,紫絲帳也,却塵褥也,辟寒犀、游仙枕、照病鏡也,占雨石、鳳首木、龍角釵也,靈光豆、上淸珠、香玉辟邪七寶硯鱸也。杯有自暖,鼎號常燃,以及醒醉之草,瑞華之炭,迎涼之扇,暖玉之鞍,凡諸珍異,光煥一室。其物各具種種靈異,或能顛倒炎涼。廚側懸璃屏風一，上刻仙山樓閣，古美女二十四。有磬旁綴，非玉非金。擊之，自成仙音，屏上美人遂下屏歌舞也。臾至是舌撟不能下，夫人乃笑曰："田舍人，我豈妄哉？今竟何如？"臾攝衣謝，乃不輕自眩耀。而臾富貴名益藉藉，人口聞於天下。臾有園，內外各一。外曰"延禧"，花水秀擢，山水清雅，亭臺軒觀，位置亦妥帖。陳設雖富，猶不失之俚。以泉嘗安硯於中，時爲臾潤色。臾又特以是娛賓客，故不措意。其內園曰"匯芳"者，則窮極華美，爲臾晏游所。有水仙觀，凡五楹，楹三層，以沉檀爲梁棟，金寶爲戶牖。四周有池，砌以文石。池中青蓮花皆異品，冬夏不凋，香聞數里。或飾綾錦爲鳧雁，每亂真。觀中，織珠爲簾，刻玉爲几，下鋪錦茵，上冪繡帳，四壁雕香木爲花槁，梯級二十四，以五色漆描花鳥人物。登最上層，可盡內外園勝。觀築青石爲基，繚以紅闌，闌外跨九曲石橋二，蜿蜒如虹。兩岸植梅、梨、桃、柳之屬，枝葉披拂，下繫木蘭小舟四。其南有廳事五，與觀相對，時令女優演《長生殿》諸劇也。周翼以十二院，處姬人。雖參差錯列，而有曲廊通往來。其於水仙觀，若星之拱斗。觀後群房三十六，處侍婢，上有閣道東西通，一邐迤可達外園，一近蜀國正寝。園尚有溫泉二，其一天成；其一乃坎埋硫磺爲之，臾嘗與群姬浴其中。蜀故有野蠶繭，亦可爲衣。臾令人織成小方幅，供後房厠紙，歲亦費金巨萬，其奢侈類如此。然臾性特異，雖好狗馬聲伎，而鑒別往往出意外。嘗得一馬，雖駿，要非絕塵物，而臾愛惜過常駒。又以三千金購一姬，樊姓，小字瑩，貌亦常人，特善修飾，睇光眇視，多媚辭蕩態，復解歌舞，能爲靡靡音。實則後房之色，如是者不數也，而臾獨寵之甚。當田承嗣與薛嵩搆難，欲倚臾爲援也，曾饋臾名馬二，曰"神智驄"，曰"如意駒"，皆超卓，志在千里，而臾殊未之奇；美女二，曰"春燕"，曰"秋鴻"，吹氣勝蘭，光豔如朝霞映雪，雖夫人亦以爲不及，且通書史，故夫人絕愛憐之。賜春燕紅玉古杯一、晉永和翡翠盤一，秋鴻則漢五鳳年黃玉水注一、罽賓國銅龍笛一，而臾待之殊落落。不三年，二姬繼殂，其馬亦以駕鹽車過九折阪墜死，人以是服臾謂"有先見"。獨夫人尤之曰："君爲節度，軍府事重，茲過雖細，然脫顛倒人物盡如此，即不爲國計，獨不爲身家地乎？"臾唯唯。蓋臾爲人雖稍慢，然能別輕重，言有切於利害者，不敢非也。德宗建中三年冬十二月，李希烈叛，王武俊、田悅等應之。悅，故臾之宗也。時有下舍客進曰："公且赤族矣，猶洋洋如平時乎？"臾驚，屏人問故。客曰："公第以門蔭得官，雖嘗納粟獻錢，要無大功於朝。今藩鎮多事，而宗人悅又稱魏王，公即不登叛黨，朝廷必且疑，疑則殆矣。又公所交元載輩，皆已敗，少聲援。倘不乘時自結於天子，公猶能以富貴自雄乎？"臾心動，入商於夫人。夫人曰："固也，妾亦慮之矣。"曰："將奈何？"曰："是非妾所知也。第客既能爲是言，必有奇計。然非多予之金，恣其所使，亦不能成事。又平先生雖以文士自居，其人實有經濟才。君藩畿庶政，頗井井者，平所佐也。然則君第如客教，並屈平先生副之，蔑不濟乎？"臾意決，乃先見平，告之故。出遂揖客而言曰："客來前。客能爲是言，誠奇人，必能濟我事。然意客必非赤手可爲也。吾已具金八十篋，珠寶二囊，任客所用，吾當更請平先生副行。"客聞，意若甚詫，即大言曰："孰謂而公碌碌哉？遇大利害，須臾決策，微特慷慨乃爾，其部署又若素定。雖然，其言殊不似公。"臾不得已，以夫人告。客乃頓首言曰："夫人知我，敢不爲女留侯效命。"趣束裝，遂偕平先生疾挾多金馳去。去後數月無耗。明年，朱泚據長安，德宗奔奉天，客益杳然。繼西平王李晟復京師，諸逆或反正，或授首，朝廷方録人過失。初以天下亂，臾又承客指，閉關自阻，故蜀文報缺如。至是始有所聞，日惴惴。貞元二年冬，朝命忽下，詔曰："咨爾田臾，遠居蜀道，時貢厥誠。值國家多難，爾獨不憚馳驅，四年中，三詣闕廷，除表獻金穀數百萬外，復佐西平王軍夙夜殫瘁，屢成大勳。如斯忠勤，殆無以過，使藩鎮盡如卿，朕復何憂？今特進爾爵爲宏農郡王，加太尉，賜鐵券，食封萬六千户，班次於西平王。妻米氏，誥封宏農郡君。長子芳，尚瑞昌公主，世襲公爵。次子蔭，尚安昌公主，兼神策行營節度。長女瑜，册爲皇太子正妃，以明年來國，用示朕賞功酬庸之至意。河山不改，盟誓永新，爾尚敬承朕命毋忽。"臾受詔，極錯愕，而又不可問詔。使去，臾方令人作謝表，忽報平先生偕客至。臾喜，倒屣迎之，各道故，始悟皆二人所爲。初，客挾多金賈湘湖間，不半年，獲利甚巨。平先生則疾走京師，爲臾書，謁盧相杞，獻金珠。時朝廷果有疑臾者，藉是得無恐。客復求一貌似田臾者，偕平先生教之禮容，及臾家世。興元二年，自賈所假田旗幟印信，輸粟六十萬斛，貢行在，並挾僞臾覲王。上喜，温諭慰遣，乃悉饋朝士之居要地者，退益爲賈。貞元二年秋，僞臾又入朝，表獻錢二百萬緡，征衣二十萬件，平先生復爲疏，陳時政得失，又爲書致考功郎陸贄，贄深善之。三年春，客覘知逆勢已蹙，則盡所有助上勞軍，平又爲僞臾表請赴李晟營自效。贄贊之，乃特詔臾參李晟軍。不數月，復長安。復佐討李懷光，亦平之，實皆平與客能左右臾也。僞臾者，本無賴，事既成，多所要挾，覬非分，嘗醉後妄言。客恐，平乃上表請歸藩，得旨疾行。至半途，乃扼殺僞臾。其事故得終秘，旋有宏農王之詔也。臾至是始大喜過望，乃晏二人。酒半，且謝且拜曰："微二君，家已破矣，何王之有？今請與二君爲兄弟,富貴共之。"客大笑,掖臾起,灑酒言曰:"公休矣! 如公言亦大佳,顧念千百萬金在手,脫欲富貴,盍自取? 今事定請功,吾二人固應受上賞,然非君夫人贊成,信而不疑,則亦無能爲。且吾二人處公門下久,公於僕更未嘗有少恩。平日貴游何在? 及事急,獨一書記與一下舍客出奇、冒險爲君立大功者,亦以世人多肉眼,欲令知貧賤中固有奇士。又謬承賢夫人知,故不敢不效力耳! 猶幸不辱命。自今伊始,如僕等者,願明公少加意,則幸矣,無以富貴爲也。"臾聞,大愧悔,乃不有意氣,而客與平先生皆酣飲盡醉。臾既肅客寢,即以客言入告夫人。夫人曰:"信顧有客如是,固非君所識也。且客將行矣,當盡心於平先生,先生有母必不偕。"及旦,臾迓客,客果逝。平先生方徘徊間,臾即前揖曰:"客與先生皆人傑,臾始識矣! 客今雖去,幸先生留,僕即不敢以糞土汙君。顧君尚有母夫人在,欲安之?"平憬然,起握臾手曰:"公言何忽,曲中如是,乃居賓館如故。"臾敬禮亦益,至年餘其母卒,臾爲營葬極厚。平乃挈一子托臾,遂入青城山不知所終。自是臾安富尊榮者,又十年,適五十初度,上賜予甚渥,並詔公卿欲爲王壽者,皆許詣蜀川。臾子女既與天子爲姻家,尚有四子,其一亦爲郡馬,一娶郭令公幼孫,一爲西平王婿,三女皆配顯僚。是日,麟袍隊燦,象笏床盈,麾下將校,皆錦衣執戟,門建旗旄,堂羅鐘鼓,威儀之盛無以復加,車馬之聲百里不絕。及酒闌,臾方秉燭,檢閱諸屏軸,五采焜耀間,忽聞歌起,曰:"山川滿目淚沾衣,富貴榮華曾幾時。不見至今汾水上,惟有年年秋雁飛。"此《水調歌》,李嶠作。明皇幸蜀時,歎爲真才子,時適優人,肄業及之。臾聞大不愜,乃頗憶青城山道士言,間語夫人。夫人笑曰:"君於此事終無分,第領現在之富貴可耳。"後月餘,前道士忽至,容貌如舊。笑曰:"祝壽來遲,幸勿罪。別來忽忽，近知君頗念我，大不易。"臾即叩問長生術。道士曰："晚矣。"乃出丹丸五十顆贈臾曰："自此歲服一丸，丸盡，君亦百歲矣。人苦不自足，使人盡如君，神仙亦不足慕也。平先生與客皆無恙，囑寄聲。"言訖，即不見。臾自得丸，既富貴，又壽考，以功名終。子孫至孟蜀時，猶貴其所居。因藏富久，梁棟爲金銀氣所蒸，皆作紺碧色云。

唐史臣曰："富貴之於人甚矣哉！臾承門蔭，席米資，功業都假人手。初以金穀易節旄，身潤脂膏，如賈三倍，斯已奇矣！忽膺茅土，班儕郭李，下人主一等，是雖客之力，獨非臾之福哉？而尤異其得賢夫人爲内助也。世不乏王侯將相，要非安坐可致。茲既盡富極貴矣，而又兼秦皇、漢武之所難，佚樂百年，則如臾者，神仙且慕之矣。臾復何慕哉？平先生輩，雖才，然非挾多金，亦難成事。因慨世之賢豪者流，縱飽詩書，飫仁義，而一無憑藉，終將徒手呼貧，貧益信勢位富厚之不可忽也。有如此，雖然臾嘗言富貴自有，知所成就，皆其本然，不能有二。矧凡富貴利達，時至乃來耳。士當伏處時，不貧且賤，無以勵志，於以見二人之爲臾謀者不過藉以見長，而其不自取者，非僅敝屣視之也，蓋直安於義命矣！客言貧賤中有奇士，洵然哉！洵然哉！"

雨蒼氏曰："是余十五年前舊稿也。自遭寇亂，篋藏楮墨，業皆蕩爲冷風，飄爲濛雨，此如死灰復然矣。原稿尚有浙友洪君子安駢體序文，及同人題評，茲皆佚去，良可惜焉。至傳所由成，已得毛丈序悉，特不意區區篇牘而若存若亡，忽離忽合，茲竟得登梨棗，異於覆醬燒薪。是雖緣有前定，或亦由金銀氣旺，藉致筆墨靈長耶？馬齒日增，豹霧未散，附志數言，彌深慨想云。"

（《對山書屋墨餘錄》卷一，同治九年吳氏湖州醉六堂刻本）

【按】毛祥麟，字瑞文，號對山，上海人。太學生，博學工詩文，不屑科舉業。山水學文徵明，造詣精深，又精醫。咸豐時（1851至1861）避兵所至藉醫以自給。兵後家居，著有《對山醫話》、《對山詩話》、《對山畫話》及《墨餘錄》。卒年八十餘。

"南邑雨蒼朱君"，即朱作霖，字雨蒼，一字雨窗，貢生，居周浦。著有《怡雲仙館詩集》、《刻眉別集》。朱作霖有《自題〈田叟傳〉》詩（見黃協塤輯《海曲詩鈔三集》卷五），云：

> 莫愁色界夜郎天，熒戟光陰璧月年。擲地金錢家萬貫，盈門珠履客三千。
>
> 斯人便是西方佛，佳偶還如姑射仙。我妄言之人妄聽，封侯奚必面如田！

> 墨池風起皺晴瀾，異境天開蔚大觀。瑣語略如唐說部，史才誇視漢文壇。
>
> 已知身世爲儒誤，漫寫繁華作夢看。呵凍自評還自讀，梅窗橫影月團團。

> 點墨能驅萬斛塵，負才爾許未為貧。儉夫那識金銀氣，文苑方多富貴人。
>
> 悲極俄然成大笑，課忙聊以絆閒身。縱無仙骨凌霞舉，豪過當年杜子春。

> 世事快心安有是，才人失路恰如斯。齊廷尚喜髡能飲，漢殿誰憐朔獨饑？
>
> 奴輩功名真鼠嚇，兒曹福壽費狐疑。騷懷似水難陶寫，賴此生花筆一枝。

春冰室野乘（節錄）

李孟符

卷　下

國初富室

國初富室以南季北亢爲領袖。季氏居泰興季家市，其族人三百餘家皆有複道，門户相通。每夕行摛者，至六十餘人。蓄女樂兩部，服飾至直巨萬。滄葦侍御振宜，以藏書著國初者，即其族也。亢氏籍山西，相傳李自成西奔時，所攜輜重，皆棄之山西，盡爲亢氏所得，遂以起家，富甲天下。康熙中《長生殿》曲本初出，亢氏家伶即能演之。器用衣飾，費鍰至四十餘萬，他舉稱是，今無人能舉其姓者矣。保富之術不修，國之所以不競也。

（山西古籍出版社 1995）

【按】 李孟符，名嶽瑞，字孟符。咸陽人。有《郢雲詞》。

棲霞閣野乘（節錄）

孫靜庵

卷　上

山東巡撫國泰之笑史

乾隆末，國泰爲山東巡撫，年才逾弱冠，風姿姣好，酷嗜演劇。在東日，與藩司於某，在署中演《長生殿》，國扮玉環，於扮明皇。每演至《定情》、《窺浴》諸齣，於以爲上官也，不敢過爲□褻，關目科諢，草草而已。演既畢，國正色責於曰："君何迂闊乃爾？此處非山東巡撫官廳，奈何執堂屬儀節，以誤正事？做此官行此禮之謂何？君何明於彼而暗於此耶？”於唯唯。自此遂極妍盡態，唐突西旋矣。國乃大塊曰："論理原當如是。"後國被錢南園所參，高宗即令錢隨和坤往勘。使節抵濟南，署中劇尚未闋，國聞報，倉皇易妝往見，面上脂粉痕猶隱隱也。

（山西古籍出版社 1997）

　　【按】　孫靜庵，即孫寰鏡，字靜庵，一作靜安，別號民史氏、靜極思動庵、寰鏡廬主人，室名棲霞閣。清末民初人。先入興中會，後入同盟會，積極參與辛亥革命。曾任上海《警鐘日報》主筆，後與陳去病共同創立《二十世紀大舞臺》。辛亥革命失敗後，他選擇退隱，創辦《鶯花雜志》。著有戲曲《安樂窩》、《鬼磷寒》、筆記《棲霞閣野乘》和小說《新水滸》等。生平、著述參見唐海宏《孫寰鏡生平及著述略考》，《玉溪師範學院學報》2015 年第 6 期。

四、評點編

《長生殿》稗畦草堂本評語

[清]吳　人　徐　麟

第一齣　傳概

【南呂引子‧滿江紅】（末上）今古情場，問誰個真心到底？但果有精誠不散，終成連理。萬里何愁南共北，兩心那論生和死。笑人間兒女悵緣慳，無情耳。

眉批：“情場恨事，有情而無緣者，不可勝數。惟合生死論之，則情緣自相牽引，故以青陵塚樹爲徵也。”

【中呂慢詞‧沁園春】曲

眉批：“家門引子，須縷悉情事，又須一氣貫穿。今人不講此法久矣，《廣陵散》於斯復見。”

天寶明皇，玉環妃子，宿緣正當。

眉批：“提明‘宿緣’二字，爲證仙串合，首尾皆動。”

徐曰：“【沁園春】五處對句，合調法。”

鴻都客引會廣寒宮，織女星盟證長生殿。

眉批：“‘長生殿’，結句正名，是元人家法。”

【按】此部分評點文字皆出自《長生殿》康熙間稗畦草堂刻本。其中“眉批”即吳舒鳧所撰的批語，“徐曰”即徐麟所撰的批語。

第二齣　定情

升平早奏，韶華好，行樂何妨。願此生終老溫柔，白云不羨仙鄉。

眉批："明皇，英主也，非漢成昏庸之比。只因行樂一念，便自願老溫柔，釀成天寶之禍，末路猶不若漢成。'升平'數語，足爲宴安之戒。"

恩波自喜從天降，浴罷妝成趨彩仗。

眉批："白內補賜浴華清，'恩波'字即從新浴生出。此是楊妃承恩第一事，必從此寫起。"

【大石過曲·念奴嬌序】(生)寰區萬里，遍徵求窈窕，誰堪領袖嬪牆？

徐曰："舊譜'里'字截板，至'誰'字始下板。今增'窈'字一板，次曲亦然。"

思想，擅寵瑤宫，褒封玉册，三千粉黛總甘讓。

眉批："只此一封，已見教猱升木。"

受寵承恩，一霎裏身判人間天上。

眉批："驚喜逼肖。"

【前腔】〔換頭〕(宮女)歡賞，借問從此宮中，阿誰第一？似趙家飛燕在昭陽，寵愛處，應是一身承當。休讓，金屋妝成，玉樓歌徹，千秋萬歲捧霞觴。(合)惟願取恩情美滿，地久天長。

【前腔】〔換頭〕(內侍)瞻仰，日繞龍鱗，云移雉尾，天顏有喜對新妝。頻進酒，合殿春風飄香。

眉批："此二曲'捧霞觴''頻進酒'句，方合筵上語。宮娥口中微含妒意，更得神理。"

堪賞，圓月搖金，餘霞散綺，五云多處易昏黃。

眉批："引起'月上'。"

【中吕過曲·古輪臺】(生)下金堂，籠燈就月細端相，庭花不及嬌模樣。輕偎低傍,這鬢影衣光,掩映出丰姿千狀。(低笑,向旦介)此夕歡娛,風清月朗,笑他夢雨暗高唐。

眉批:"月華寫艷,'夢雨'翻新,俱是絕妙好辭。"

還凝望,重重金殿宿鴛鴦。

眉批:"引起睡情。"

【前腔】〔換頭〕輝煌,簇擁銀燭影千行。回看處珠箔斜開,銀河微亮。複道、回廊,到處有香塵飄揚。夜色如何?月高仙掌。今宵占斷好風光,紅遮翠障,錦云中一對鸞凰。"瓊花"、"玉樹"、"春江夜月",聲聲齊唱,月影過宮牆。褰羅幌,好扶殘醉入蘭房。

眉批:"三曲皆以'月'字映帶。"

【餘文】(生)花搖燭,月映窗,把良夜歡情細講。

眉批:"美人韻致,惟在定情之際,杜牧所謂'豆蔻梢頭二月初'也。荼男兒或急色,或沉醉,草草成歡,最爲可惜。'細講'二字,妙有無數溫存在內。若少鹵莽,便是党家風味矣。"

(合)莫問他別院離宮玉漏長。

眉批:"楊未承寵,亦別院人也。得意時,更不管失意之苦。負恃爭憐,於此可見。不但文筆拓開,饒有遠神也。"

(合)明日爭傳"得寶歌"。

眉批:"《得寶子》,是明皇本事曲名。"

【越調近詞‧綿搭絮】(生)這金釵、鈿盒,百寶翠花攢。

徐曰:"首句本止七字,'百寶'二字乃襯也。今人以此二字作實字,而於'盒'字下畫一截板,且於'盒'字悍然用韻,誤矣。"

【前腔】〔換頭〕謝金釵、鈿盒賜予奉君歡。……

眉批:"釵、盒乃本傳始終作合處,故於進宮更衣後特寫二曲,以致珍重之意。非止文情盡致,場上並有關目。"

第三齣　賄權

【正宮引子·破陣子】(淨扮安禄山箭衣、氈帽上)失意空悲頭角，傷心更陷羅置。異志十分難屈伏，悍氣千尋怎蔽遮？

徐曰："首二句對起，中二句兩仄，對調法如是。"

權時寧耐些。

眉批："一起盡奸雄失路之苦。"

後隨母改嫁安延偓，遂冒姓安氏。

眉批："自述靈異，即序出隨母冒姓之醜，與《史記》入李斯廁鼠、馬卿犬子同一筆法。"

【正宮過曲·錦纏道】莽龍蛇、本待將河翻海決，反做了失水甕中鱉，恨樊籠霎時困了豪傑。

眉批："將禄山跋扈之本略爲逗露。"

早知道失軍機要遭斧鉞，倒不如喪沙場免受縲紲，驀地裏脚雙跌。

眉批："均一死也，受戮之與戰亡相去萬里。如東門牽犬，華亭唳鶴，皆共此一悔。"

全憑仗金投暮夜，把一身離阱穴。算有意天生吾也，不爭待半路枉摧折。

全憑內閣調元手，(淨)救取邊關失利人。

眉批："賄宥禄山本李林甫事，劇中恐多枝節，移置國忠；亦因其召亂而文致之，所謂'君子惡居下流'。勿疑與正史相反也。"

(笑介)就將他免死，也是爲朝廷愛惜人才。

眉批："從來權奸變亂黑白，皆有曲説自文。今以'愛惜人才'附會古人使過之意，真足蔽聰。"

單槍匹馬身倖免,只指望鑒録微功折罪愆。

徐曰:"'倖免''幸'字,與下曲'有權''有'字俱用仄聲,合調。"

【前腔】〔換頭〕(副淨起介)論失律喪師關巨典,我雖總朝綱敢擅專?況刑書已定難更變,恐無力可回天。

徐曰:"換頭二句,與首調不同,點板亦異。今人概作首調句法,非也。"

(副淨笑介)便道我言從計聽微有權,這就裏機關不易言。

眉批:"胸中已極俞許,言下故作推托,寫機變人情事酷肖。"

(副淨)也罷。待我明日進朝,相機而行便了。乘其便,便好開羅撤網,保汝生全。

眉批:"不説明救援之法,最得神理。大凡深心人事,機決不先露也。"

(副淨想介)我想安禄山乃邊方末弁,從未著有勞績,今日犯了死罪,我若特地救他,必動聖上之疑。

眉批:"奸相行事,必授意他人發之;又必令主上自裁之,以免疑而固寵。此段曲盡小人肺肝。"

第四齣 春睡

【越調引子・祝英臺近】(旦引老旦扮永新、貼旦扮念奴上)夢回初,春透了,人倦懶梳裹。欲傍妝臺,羞被粉脂涴。

眉批:"一承恩便作如許嬌慵,的是怙寵人情態。"

(老旦、貼旦)趁他遲日房櫳,好風簾幕,且消受熏香閑坐。

眉批:"永、念見其倦妝之狀,即以遲日好風、熏香閑坐迎合之。小人先意承旨如是。

生有玉環在於左臂,上隱'太真'二字。因名玉環,小字太真。"

眉批："原名字之由，與祿山同一寫法，是作者微文。"

【越調過曲‧祝英臺】把鬢輕撩，鬟細整，臨鏡眼頻睃。

眉批："唐周昉輩多寫楊妃圖，後人傳有《春妝》、《春睡》二粉本。此四曲形容盡致，可謂'曲中有畫'。"

（旦）貼了翠鈿，（貼）再點上這胭脂。（旦）注了紅脂，（老）請娘娘畫眉。（旦畫眉介）著意再描雙蛾。

徐曰："'貼了翠鈿'等句，讀去似拗，而唱來正協。若用尋常'仄仄平平'，便不諧矣。"

（貼）呀，娘娘花兒也忘戴了。（代旦插花介）好添上櫻桃花朵。

眉批："戴花另作一層寫，非但情事宛然，文波亦增委折。"

（旦回身臨鏡介）（老、貼）還對鏡，千般婀娜。

眉批："臨鏡試妝，妝成復臨鏡，想見百媚千嬌，顧影自許。"

（旦作倦態，欠伸介）（老、貼扶介）娘娘，恁懨懨，何妨重就衾窩。

眉批："因欠伸而勸睡，亦是迎合之意。"

（老）萬歲爺此時不進宮來，敢是到梅娘娘那邊去麼？

眉批："閒談中寫出關目，曲家解此者，惟玉茗與稗畦耳。"

【前腔】〔換頭〕欣可，後宮新得嬌娃，一日幾摩挲！

眉批："老夫得女妻，真有此狀。轉覺'劇於十五女'詩善於比似。"

（瞧科）愛他，紅玉一團，壓著鴛衾側臥。

眉批："官家能解惜玉憐香之事，是善讀《飛燕外傳》者。"

（老、貼背介）這溫存怎不占了風流高座！

（旦低介）夜來承寵，雨露恩濃，不覺花枝力弱。

眉批："褻語，更韻。"

（生）妃子，看你神思困倦，且同到前殿去，消遣片時。

眉批："出前殿，以便國忠入見。"

啟萬歲爺："國舅楊丞相，遵旨試驗安祿山，在宮門外回奏。"

眉批："國忠奉旨試驗祿山，入宮回奏，自不覺唐突矣。"

（生）朕昨見張守珪奏稱：祿山通曉六番言語，精熟諸般武藝，可當邊將之任。

眉批："祿山犯律，守珪得自行戮；乃請付廷尉，以致留此孽種，毒流函夏。是守珪實階之禍，故不妨以保奏之惡坐之。"

（生）今日對妃子，賞名花。高力士，可宣翰林李白，到沉香亭上，立草新詞供奉。

眉批："《清平調》只於白中帶過，亦是避熟處；且於後《驚變》折中補寫調文，更覺生色。"

第五齣　禊游

咱家高力士是也，官拜驃騎將軍。職掌六宮之中，權壓百僚之上。迎機導窾，摸揣聖情；曲意小心，荷承天寵。今乃三月三日，萬歲爺與貴妃娘娘游幸曲江，命咱召楊丞相並秦、韓、虢三國夫人，一同隨駕。不免前去傳旨與他。

眉批："高力士始終侍從明皇，劇中關目所係，必須一敘家門。安祿山復職承寵，亦須冠帶表見，於游春時穿插安頓，絕無痕跡。"

【前腔】（淨冠帶引從上）一從請托權門，天家雨露重新。

眉批："因納賂而復職，緊相承映。"

綠臣今喜作親臣，壯懷會當伸。

徐曰："'壯懷''懷'字平聲，與前曲'人'字作平俱合調法。"

俺安祿山，自蒙聖恩復官之後，十分寵眷。所喜俺生的一個大肚皮，直垂過膝。一日聖上見了，笑問此中何有？俺就對説，惟有一片赤心。天顏大喜，自此愈加親信，許俺不日封王。豈不是非常之遇！左右回避。（從應下）（淨）今乃三月三日，皇上與貴妃游幸曲江。三國夫人隨駕。傾城士女，無不往觀。俺不免換了便服，單騎前往，游玩一番。

眉批："此折高力士、安禄山、王孫公子、三國夫人、楊國忠、村姑、醜女雜遝上下，幾如滿地散錢，而以春游貫之，線索自相牽綴。尤妙在描注三國夫人，一意轉折，先從高安白中引出三國王孫公子，首曲亦然，次曲三國登場，三曲禄山窺探，四曲國忠嗔阻，五曲村姬草中尋簪覆，總爲三國形容佚麗。六曲三國再見，結尾又歸重虢國，起下傍訝、幸恩諸折。雖滿紙春光撩亂，而渲花染柳，分晰不爽，直覺筆有化工。"

【仙吕入雙調·夜行船序】春色撩人，愛花風如扇，柳烟成陣。行過處，辨不出紫陌紅塵。（見介）請了。（副淨、外）今日修禊之辰，我每同往曲江游玩。（末、小生）便是，那邊簇擁著一隊車兒，敢是三國夫人來了。我每快些前去。（行介）紛紜，繡幕雕軒，珠繞翠圍，爭妍奪俊。氤氳，蘭麝逐風來，衣彩珮光遥認。

眉批："行文之妙，更在用側筆襯寫，如以游人盛麗，映出明皇、貴妃之縱佚；以遺鈿、墜舃映出三國夫人之奢淫。並禄山之無狀，國忠之蕩險，皆於虛處傳神。觀者當思其經營慘澹，莫徒賞絕妙好辭也。"

徐曰："【夜行船序】四曲内兩平短韻，俱極自然合法。"

（合）朱輪、碾破芳堤，遺珥墜簪，落花相襯。榮分，戚里從宸游，幾隊宮妝前進。

眉批："語語誇榮，兒女子口吻逼肖。"

且趲上前去，飽看一回。望前塵，饞眼迷奚，不免揮策頻頻。

眉批："陡作唐突語，是作者微文諷刺，並於閒中露包藏窺竊之意。"

（副淨笑介）那去的是安祿山。怎麼見了下官，就疾忙躲避了。（作沉吟介）三位夫人的車兒在那裏？（從）就在前面。（副淨）呀，安祿山那廝怎敢這般無禮！

眉批："國忠初見祿山，猶疑其畏己回避也，故爾笑問；及知從三國夫人車前來，不覺怒發。一聲一笑，聲色畢現，妙處在含蓄。"

【錦衣香】（淨扮村婦，丑扮醜女，老旦扮賣花娘子，小生扮舍人，行上）（合）妝扮新，添淹潤；身段村，喬丰韻，更堪憐芳草沾裾，野花堆鬢。

眉批："每曲中皆有各當行本色語。"

（老旦）我先去了。向朱門繡閣，賣花聲叫的殷勤。（叫賣花下）

眉批："賣花先下，不特排場變換，且便於改裝韓國。"

（行介）（合）蜂蝶閑相趁，柳迎花引，望龍樓倒瀉，曲江將近。

眉批："一路風光，應接不暇；舉頭一望，已近行宮，翻有觀止之恐，恰合此時神理。"

（丑引小內侍、控馬上）"敕傳玉勒桃花馬，騎坐金泥蛺蝶裙。"（見介）皇上口敕：韓、秦二國夫人，賜宴別殿。虢國夫人，即令乘馬入宮，陪楊娘娘飲宴。

眉批："起用力士傳旨，收用力士口敕。前後照應，亦見章法縝密，斷而不亂。"

【尾聲】內家官，催何緊。姐姐妹妹，偏背了春風獨近。（老旦、雜）不枉你淡掃蛾眉朝至尊。

眉批："張承吉詩本含風刺，用作熱中嘲訕語，更覺入神。然

'偏背'一語,實虢國矜張、自招侮也。"

第六齣 傍訝

【中呂過曲·縷縷金】(丑上)歡游罷,駕歸來。西宮因個甚,惱君懷? 敢爲春筵畔,風流尷尬,怎一場樂事陡成乖? 教人好疑怪,教人好疑怪。前日萬歲爺同楊娘娘游幸曲江,歡天喜地。不想昨日娘娘忽然先自回宮,萬歲爺今日才回,聖情十分不悦。未知何故? 遠遠望見永新姐來了,咱試問他。

眉批:"貴妃寵倖未幾,即以虢國承恩一事摹寫悲離,覽者疑其情愛易移矣。不知未經離別,則歡好雖濃,習而不覺。惟意中人去,觸處傷心,必得之而後快,始見鍾情之至。所謂佳人難再得,生別死離其致一也。力士與永新傍觀閒論,不直貴妃,亦自映出明皇有情耳。"

【剔銀燈】常則向君前喝采,妝梳淡,天然無賽。那日在望春宮,教萬歲召他侍宴。三杯之後,便暗中築座連環寨,哄結上同心羅帶。(丑拍手笑介)阿呀,咱也疑心有此。却爲何煩惱哩?(老)後來娘娘恐怕奪了恩寵,因此上嫌猜。恩情頓乖,熱打對鴛鴦散開。

眉批:"始也引進同類,繼也嫉忌相戕。女子、小人,同一機搆。"

娘娘在那裏只是哭哩。

眉批:"婦人當抑鬱時,弱者動人以哭,强者嚇人以死,無他技也。宮闈中死不足云,惟有哭耳。"

【前腔】嬌癡性,天生忒利害。前時逼得個梅娘娘,直遷置樓東無奈。如今這虢國夫人,是自家的妹子,須知道連枝同氣情非外,怎這點兒也難分愛。

眉批："力士引梅妃比數親疏,是傍觀平心語。後文虢國亦引梅妃,情切語冷,反藉此作快心,親疏顛倒矣。"

(丑)吾儕、如何布擺,且和你從旁看來。

眉批："無可奈何。當局者亦袖手,況旁觀乎?"

第七齣　幸恩

【商調引子·繞池游】(貼上)瑤池陪從,何意承新寵?怪青鸞把人和哄,尋思萬種。這其間無端噉動,奈謡諑蛾眉未容。

眉批："快心事、虧心事,過後皆不勝尤悔,不勝怨艾。人情每每如是。"

聖意雖濃,人言可畏。

眉批："此所謂'人言',只是貴妃妒色耳。然即此語,亦可見羞惡之心,人皆有之。"

【商調過曲·字字錦】曲

徐曰："此調見時曲【群芳綻錦鮮】,歌者每苦難唱。其用字平仄,句法重疊,略欠調停,便不諧協。此於調法可稱盡善。"

匆匆,不容宛轉,把人央入帳中。

眉批："'匆匆'二字,最得神情。大凡狂心酒興,多以急遽成之,稍緩便顧忌闌珊矣。宋人詩'新歡入手愁忙裏,往事經心憶夢中',正足與此相發。"

前日裴家妹子獨承恩幸。我約柳家妹子,同去打覷一番。不料他氣的病了,因此獨自前去。眉批："相約而來,必至之情。秦國最少,又宜其急色而病。只此安頓數語,盡化入神。"

(貼作羞介)姊姊,説那裏話!我進離宮,也不過杯酒相陪奉,湛露君恩内外同。

眉批："支吾語，雅雋得體。"

【滿園春】（貼）春江上，景融融。催侍宴，望春宫。那玉環妹妹呵，新來倚貴添尊重。（老旦）不知皇上與他怎生恩愛？（貼）春宵裏，春宵裏，比目兒和同。誰知得雨云蹤？眉批："只寫曲江風景，略帶不平之意。及問恩愛，則推掉不知，正是乖人出脱自己處。"

（老旦）難道一些不覺？（貼）只見玉環妹妹的性兒，越發驕縱了些。細窺他個中，漫參他意中，使慣嬌憨。慣使嬌憨，尋瘢索綻，一謎兒自逞心胸。

眉批："再問，則就'倚貴'上暢發不平之語。所謂'言者，心之聲'也，不自覺由中而露。"

（貼）誰與他爭，只是他如此性兒，恐怕君心不測！

眉批："雖是虢國妒語，亦見事幾先兆。"

（老旦起，背介）細聽裴家妹子之言，必有緣故。細窺他個中，漫參他意中，使恁驕嗔。恁使驕嗔，藏頭露尾，敢别有一段心胸！

眉批："同一語而略更數字，口吻各别，一憨一嗔，更宛肖兩人情事。"

（合）倒不如冷淡梅花仍開紫禁中！

眉批："合語在虢國是冷笑，在韓國是熱痛。若單作虢國語，反不雋永矣。"

第八齣　獻髮

【仙吕過曲・望吾鄉】（丑引旦乘車上）無定君心，恩光那處尋？蛾眉忽地遭擯窘，思量就裏知他怎？棄擲何偏甚！長門隔，永巷深，回首處，愁難禁。

眉批："妒寵之時，惟恐入長門永巷；及宮車讁遣，並欲求長門永巷而不可得。此種傷心直是不堪回首。"

（丑）丞相且到朝門謝罪，相機而行。

眉批："謝罪之舉必不可少，國忠未必想到。力士言之，可見倖珰權相平日交結之密；又可見小人失志，一時昏瞀之情。"

【中呂引子·行香子】（旦引梅香上）乍出宮門，未定驚魂，漬愁妝滿面啼痕。

眉批："甫遭嚴譴，猶含望幸之心，更多不測之慮。此驚魂所以未定也。"

（淚介）天那，禁中明月，永無照影之期；苑外飛花，已絕上枝之望。撫躬自悼，掩袂徒嗟。好生傷感人也！

眉批："'春明門外即天涯'，亦是此意。從來廢嬪棄婦，遷客逐臣，同一涕淚。"

【中呂過曲·榴花泣】【石榴花】羅衣拂拭，猶是御香熏。

眉批："'羅衣拂拭'，勝於每飯不忘矣。大凡倖倖之人，當失意依戀時，與忠愛者無別，惟公私不同耳。"

徐曰："首句七字，正調也。'猶是'二字作襯，下曲亦然。"

我含嬌帶嗔，往常間他百樣相依順，不提防為著橫枝，陡然把連理輕分。

眉批："釁由虢國，不可不言，又不好明言。'橫枝'一喻，怨情如訴。"

【前腔】憑高灑淚，遙望九重閨，咫尺裏隔紅云。歎昨宵還是鳳幃人，冀回心重與溫存。

眉批："追寫未出癡心，直是痛切。"

天乎太忍，未白頭先使君恩盡。

眉批："怨極呼天，非謂天使之也。紅顏未落，情愛先移，必有所以致之者。一'使'字中含無限悔恨之意，此非獨男女之歡爲然也。孤忠悱悱，讒口囂囂，皆是有以致之。故孔聖論諫，以諷爲上。"

（旦歎介）料非他丹鳳銜書，多又恐烏鴉傳信。

眉批："倉皇顛沛之際，遇人而懼。蓋慮禍之心，甚於徼幸也。'丹鳳'二句，即前魂不定意。"

【喜漁燈犯】【喜漁燈】曲

眉批："先將珠淚一翻，引出剪髮；欲剪未剪之間，又作兩層頓跌，文心極其駘蕩。"

【漁家傲】可惜你伴我芳年，剪去心兒未忍。只爲欲表我衷腸。（作剪髮介）剪去心兒自憫。

徐曰："此調舊注多訛，今悉正之。【漁家傲】四句乃李勉格，與《拜月》不同。"

（拜介）我那聖上呵，奴身、止鬖鬖髮數根，這便是我的殘絲斷魂。

眉批："苦語，急語，能逼人淚；亦膚受之愬，易於感動也。"

【榴花燈犯】【剔銀燈】聽說是貴妃妹忤君。【石榴花】聽說是返家門。

徐曰："此調舊名【瓦漁燈】，蓋誤信舊譜，以一從分散一曲，爲【瓦盆兒】也，不知即【石榴花】耳。時曲及諸家證注俱未確，今考定之。"

【漁家傲】我只道萬歲千秋歡無盡，【尾犯序】我只道任伊行笑鞏，【石榴花】我只道縱差池，誰和你評論！

眉批："層層翻剝，半嘲半訕，總是怨毒語。"

（貼）貴妃，你莫怪我説，【剔銀燈】自來寵多生嫌釁，可知道秋葉君恩？恁爲人，怎趨承至尊？

眉批："因韓國一阻，又作正語相規；規仍是訕，更見怨毒。"

（老旦合）【雁過聲】妹妹每情切來相問，爲什麽耳畔噥噥，總似不聞！

徐曰："末二句，或云【犯石榴花】，不如作【雁過聲】更妙。"

【尾聲】（旦）秋風團扇原吾分，多謝連枝特過存。總有萬語千言，只在心上忖。

眉批："貴妃因虢國而見擯，心事本不可言；又遭虢國譏訕不已，無言可答。羞與怒，怨與悔，百端交集，結語足以括之。"

第九齣　復召

【南吕引子·虞美人】（生上）無端惹起閑煩惱，有話將誰告？此情已自費支持，怪殺鸚哥不住向人提。

眉批："言無可告，情不能支，力士早有以窺之矣。"

寡人昨因楊妃嬌妒，心中不忿，一時失計，將他遣出。誰想佳人難得，自他去後，觸目總是生憎，對景無非惹恨。

眉批："此種愛戀，要是前因。慧男子到此愈益癡迷，非關殢色。"

【南吕過曲·十樣錦】【繡帶兒】春風静，宫簾半啟，難消日影遲遲。聽好鳥猶作歡聲，睹新花似鬥容輝。追悔，【宜春令】悔殺咱一划兒粗疏，不解他十分的好殢。枉負了憐香惜玉，那些情致。

眉批："風定日遲，鳥聲花影，純寫寂寥光景，與貴妃在宫繁豔之狀不同，而又以愁境引起歡情，轉到追悔之意，無限婉折。"

（生）嗄，什麽後宫！叫内侍。

眉批："意中人去,事事俱非,何況提起後宮,宜乎觸怒,寫有心事人如畫。"

(生)哝,説甚沉香亭,好打!(淨叩頭介)非幹奴婢之事,是太子諸王,説萬歲爺心緒不快,特請消遣。(生)哝,我心緒有何不快!叫內侍。

眉批："稍點慧人心事被人道著,便欲遁詞轉變,況官家思示人以不測者乎? 觀此二監措言莽慧,合之力士善於婉轉,故知逢迎君側,大非易事也。"

(丑肩搭髮上)

眉批："肩上搭髮,見於本傳。此時力士窺破上意,正欲其見而問之,故不爲函藏,亦不嫌唐突也。"

我從旁參透個中機,要打合鸞凰在一處飛。

眉批："'從旁參透'二語,如見小人得意之狀。"

(行介)看一帶瑤階依然芳草齊,不見蹴裙裾,珠履追隨。

眉批："睹物懷人,即無情草色,亦關情如此。"

(生)寡人在此思念妃子,不知妃子又怎生思念寡人哩! 早間問高力士,他説妃子出去,淚眼不幹,教朕寸心如割。這半日間,無從再知消息。高力士這廝,也竟不到朕跟前,好生可惡!

眉批："禁中內侍私出相府取髮,最難措詞上達。今明皇補敍,覆旨時問答,正苦不知妃子消息,又怪力士不在左右。而力士適以髮進,自然迎刃而解,不暇更詰致髮之由。凡事總不可無機會也。"

(丑)是楊娘娘的頭髮。

眉批："沖口答出'楊娘娘',此力士迎機之妙也。若先將寄髮縷敍明皇,便不聳聽矣。"

(生執髮看,哭介)哎喲,我那妃子呵!

眉批："前此或嗟或惱或悲,皆屬無妃子消息也。故一見髮而輒笑,再睹髮而忽哭,寫盡一時沉亂。"

【啄木兒】記前宵枕邊聞香氣,到今朝剪却和愁寄。覷青絲,腸斷魂迷。想寡人與妃子,恩情中斷,就似這頭髮也。一霎裏落金刀,長辭云髻。

眉批："楊妃獻髮,欲以身感也。明皇又比擬到自己身上,情愈悲切。"

【鮑老催】請休慘淒,奴婢想楊娘娘既蒙恩幸,萬歲爺何惜宮中片席之地,乃使淪落外邊!春風肯教天上回,名花便從苑外移。

眉批："力士之言,看似反汗甚易,亦自娓娓可聽,足以煬蔽。"

(生點頭介)(丑)況今早單車送出,才是黎明,此時天色已暮,開了安慶坊,從太華宅而入,外人誰得知之。

眉批："佞人欺朦君父,類以人不知為辭,作掩耳盜鈴之事,真可歎也。"

(叩頭介)乞鑒原,賜迎歸,無淹滯。穩情取一笑愁城自解圍。

眉批："一笑解圍,與參透個中相應。力士成竹在胸,直弄明皇於股掌之上。"

【雙聲子】香車曳,香車曳,穿過了宮槐翠。紗籠對,紗籠對,掩映著宮花麗。

眉批："貴妃寵冠六宮,豈意忽遭擯斥;及其出居私第,又豈意即奉賜環。一日之間,一宮之中,一人之身,而菀枯頓易。凡世間一切升沉,禍生於不察,譽出於不虞,俱是如此。"

【玉漏遲序】念臣妾如山罪累,荷皇恩如天容庇。今自艾,願承魚貫,敢妒蛾眉?

眉批："吉人居安則思危,履險則如夷。若遇急難而悔艾者,及處宴安,未有不更恣也。"

【尾聲】從今識破愁滋味,這恩情更添十倍。妃子,我且把這一日相思訴與伊!

眉批:"男歡不厭輪,女歡不厭席。王侯愛棄不常,能識相思味者,鮮矣!況天子乎?明皇能於離合之際領會悲歡,宜後爲雙星所取也。"

(宮娥上)西宮宴備,請萬歲爺、娘娘上宴。

眉批:"點明西宮,前瞭望春舊妒,後啟翠閣新爭。"

第十齣　疑讖

徐曰:"凡傳奇中南北合調,則於每曲上標'南''北'字以別之。若全用北曲,則不必另標。今諸家於全套北曲,首調標一'北'字,非體也。"

(外扮郭子儀將巾、佩劍上)壯懷磊落有誰知,一劍防身且自隨。整頓乾坤濟時了,那回方表是男兒。自家姓郭名子儀,本貫華州鄭縣人氏。學成韜略,腹滿經綸。要思量做一個頂天立地的男兒,幹一樁定國安邦的事業。今以武舉出身,到京謁選。正值楊國忠竊弄威權,安祿山濫膺寵眷。把一個朝綱,看看弄得不成模樣了。

眉批:"外戚嬌奢,番兒竊寵,從郭帥眼中寫出,此史家補筆法也。更入李遐週一詩,見山野之士,預識禍機,而處朝堂者泄泄不察,閑中襯出關係,下曲'堂間處燕'二句,正是此意。"

【商調集賢賓】論男兒壯懷須自吐,肯空向杞天呼?

眉批:"起語籠蓋一切,便是衮冕氣象。"

徐曰:"首句及第七句皆七字律,用'仄平仄平平去上'。末二字,或用上去便非,此皆甚叶。"

想古來多少乘除，顯得個勳名垂宇宙，不爭便姓字老樵漁！

眉批："生不當風云之際，老却無限豪傑。'乘除'數句，千古同感。"

且到長安市上，買醉一回。（行科）

眉批："子儀非嗜酒者，慨世溷濁，藉杯以澆塊壘，須如此寫得悲憤。"

【逍遙樂】向天街徐步，暫遣牢騷，聊寬逆旅。俺則見來往紛如，鬧昏昏似醉漢難扶，那裏有獨醒行吟楚大夫！俺郭子儀呵，待覓個同心伴侶，悵釣魚人去，射虎人遙，屠狗人無。

徐曰："'暫遣''逆旅''伴侶''射虎'，俱去上聲；'楚大'，上去聲，俱妙。"

【上京馬】遙望見綠楊斜靠畫樓隅，滴溜溜一片青簾風外舞，怎得個燕市酒人來共沽！

徐曰："第三句'酒人'，'酒'字妙在仄聲，為協調。若用平聲，豈不索然？"

（外作上樓科）是好一座酒樓也。敞軒窗，日朗風疏。見四周遭粉壁上，都畫著醉仙圖。

眉批："壁畫醉仙，舉目即見。李遐周題詩系細字，故後起視始睹之，正是遙相映處。聽街市恁喧呼，偏冷落高陽酒徒。"

眉批："街市喧呼，即於曲中引起下喧鬧二段。"

【醋葫蘆】怪私家恁僭竊，競豪奢，誇土木。一班兒公卿甘作折腰趨，爭向權門如市附。

徐曰："'僭竊'，去上聲；'土木'，上去聲，俱妙。'折'字，叶音者，義取屈折，不可讀作'舌'音；若作'舌'，則是斷折義，不通矣。且此字不可作平聲。"

（起科）心中一時忿懣，不覺酒湧上來，且向四壁閑看一回。（作看科）這壁廂細字數行，有人題的詩句。我試覷波。

眉批："以當局無人建言，反映起旁觀有人題壁。"

（作看念科）"燕市人皆去，函關馬不歸。若逢山下鬼，環上系羅衣。"呀，這詩是好奇怪也！

眉批："兩層熱鬧中插李遇周冷淡一詩，文情更覺生動。"

【么篇】我這裏停睛一直看，從頭兒逐句讀。

徐曰："首二句俱變作五字，亦元人體也。"

多則是就裏難言藏讖語，猜詩謎杜家何處？早難道醉來牆上，信筆亂鴉塗！

眉批："郭帥看詩惟作疑訝之語，並不以意見妄爲猜擬，智深勇沉，正合英雄本色。"

（丑笑指科）客官，你不見他那個大肚皮麼？這人姓安名禄山。萬歲爺十分寵愛他，把御座的金雞步障，都賜與他坐過，今日又封他做東平郡王。方才謝恩出朝，賜歸東華門外新第，打從這裏經過。

眉批："禄山受爵，從白內補明。繞場一見，使觀者不覺其突。"

（外驚怒科）呀，這、這就是安禄山麼？有何功勞，遽封王爵？唉，我看這廝面有反相，亂天下者，必此人也？

眉批："張曲江語，不妨移用。先機思患，天下有識者所見略同也。"

【金菊香】見了這野心雜種牧羊的奴，料蜂目豺聲定是狡徒。怎把個野狼引來屋裏居？怕不將題壁詩符？更和那私門貴戚，一例逞妖狐。

眉批："挽合詩意，映帶楊氏，又側重禄山，語極錘煉。本曲復以'禽獸'字相貫串，與首曲中段相同。"

徐曰："第三句是換頭，'野狼'二字，平仄不拘；'引來'二字必用仄平；'屋內居'三字，用上去平，協調之甚。"

【浪來裏】見著那一椿椿傷心的時事迸，湊著那一句句感時的詩讖伏，怕天心人意兩難摸，好教俺費沉吟，趷踏地將眉對蹙。看滿地斜陽欲暮，到蕭條客館，兀自意躊躕。

眉批："萬感並生，眼昏耳熱，不覺已到客館。而獨立跼蹐，惟見斜陽在地，此景最是不堪。"

徐曰："此調即【醋葫蘆】，一調二名耳。蓋以此調用於中間，則名【醋葫蘆】；以之作煞，則名【浪來裏】也。坊刻作【浪裏來】，誤。"

【高過隨調煞】曲

徐曰："此調用於【浪來裏】之後，即用【浪來裏】本調攤破各句而爲之，所謂'高過'也。"

徐曰："此套本無下場詩，作者效臨川集唐，故皆有詩也。"

第十一齣　聞樂

【南呂引子·步蟾宮】(老旦扮嫦娥，引仙女上)清光獨把良宵占，經萬古纖塵不染。散瑤空，風露灑銀蟾，一派仙音微颭。

眉批："逗起《霓裳》仙樂，便非泛辭。"

他妃子楊玉環，前身原是蓬萊玉妃，曾經到此。不免召他夢魂，重聽此曲。使其醒來記憶，譜入管弦。

眉批："人間天上，一切有爲法皆非無因。玉環惟再到月宮，重聽仙樂，故能記憶。若無宿根，而強欲求仙，秦皇、漢武徒自悔耳。"

【南呂過曲·梁州序犯】曲

眉批："此曲自月府下至人間，後【錦漁燈】曲自宮中上至月府，情景各異,摹寫宛然。"

一任佩搖風影,衣動霞光,小步紅云墊。待將天上樂,授宮檐,密召芳魂入彩蟾。來此已是唐宮之内。【賀新郎】你看魚鑰閉,龍帷掩,那楊妃呵,似海棠睡足增嬌豔。

眉批:"'小步'句與'海棠'句,皆雋。"

【漁燈兒】曲

眉批:"卧榻前忽聞叫唤,又無宮娥進報,自起開簾,寫出睡夢迷離光景。"

恰才的追凉後,雨困云淹。暢好是酣眠處,粉膩黄黏。

眉批:"'粉膩黄黏',用道書'蝶交則粉退,蜂交則黄退'。"

【前腔】俺不是隸長門,帚奉曾嫌。

徐曰:"此套自《西廂·聽琴》以北赓南,作者紛紛,頗多落調。惟此音節悉叶。"

〔貼〕恰才奉姮娥口敕親傳點,請娘娘到桂宮中花下消炎。

眉批:"追凉銷炎,處處照合時景,後即以仲夏寒凉,轉入月宮,草蛇灰線,絕無形跡。"

【錦上花】清游勝,滿意忺。(想介)這些景物都似曾見過來!環玉砌,繞碧簷,依稀風景漫猜嫌。那壁桂花開的恁早!(貼)此乃月中丹桂,四時常茂,花葉俱香。

眉批:"先用丹桂點染一層,然後轉出《霓裳》法曲,文情不迫,而月宮景致亦當爾爾。"

【錦中拍】曲

眉批:"此非《霓裳》本曲也,乃首尾敛意,暗諷楊妃,使之迴光返照,爲後證仙之地;而且留本曲於《重圓》折敷衍,以免復出。"

一枕游仙,曲終聞鹽,付知音重翻檢。

眉批：“繁音促節，所押險韻，無不穩協。”

【錦後拍】縹緲中，簇仙姿，宛曾覘。

眉批：“又顧重來意。”

聽徹清音意厭厭，數琳琅琬琰；數琳琅琬琰，一字字偷將鳳鞋輕點，按宮商掐記指兒尖。暈羞臉，枉自許舞嬌歌豔，比著這鈞天雅奏多是歉。

眉批：“爽然若失，自愧不如，正寫楊妃嬌妒之念。魂夢不忘，與仙緣尚遠也。此意深奧，匪夷所思。”

【尾聲】你攀蟾有路應相念，〔旦〕好記取新聲無欠，〔貼〕只誤了你把枕上君王半夜兒閃。

眉批：“夢魂之出，悠悠衍衍，及其醒也，一蹴而至。此寫楊妃回宮數語，與夢中歸路措詞同妙。”

（貼）楊妃已回唐宮，我索向月主娘娘覆旨則個。

眉批：“若再著寒簧送歸，自天而下，不但夢境不然，亦前後拖遝，了無文致矣。”

第十二齣　制譜

【仙呂過曲·醉羅歌】【醉扶歸】（老旦上）西宮才奉傳呼罷，安排水榭要清佳。慢卷晶簾散朝霞，玉鉤却映初陽掛。

徐曰：“‘慢卷晶簾’四字，用‘仄仄平平’最協，今人多倒用矣。”

念奴妹子在那裏伏侍曉妝，奴家先到此間，不免將文房四寶，擺設起來。

眉批：“避却念奴，場上便覺新眼。”

【排歌尾】竹風引，荷露灑，對波紋簾影弄參差。

眉批：“‘參差’叶‘麻’韻，見晚唐人詩。”

鬥畫長眉翠淡濃，遠山移入鏡當中。曉窗日射胭脂頰，一朵紅酥旋欲融。

眉批："詩句照映永新白內曉妝，亦非泛用。"

【正宮過曲·刷子帶芙蓉】曲

徐曰："舊譜疑此調首句不似【刷子序】，而謂其犯別調。不知【刷子序】亦有五字起者。古曲【金殿鎖鴛鴦】一曲足證也。又'拍𠹛（音 qi）怎下'四字，俗以為犯【玉芙蓉】，而【金殿鎖鴛鴦】格原有此四字句法。觀下三曲，俱止帶【玉芙蓉】一句可見。"

【玉芙蓉】聽宮鶯數聲，恰好應紅牙。

眉批："聖人法萬物，仙樂何獨不然？鶯聲一觸，最靈妙。"

（生）念奴，你娘娘在何處閑歡耍，怎堆香幾，有筆硯交加？（貼）娘娘在此制譜，方才更衣去了。

眉批："退朝至荷亭，先見筆硯，引出念奴之對。一路層第不爽，曲亦漸近自然。"

（作坐翻看介）消詳，從頭覰咱。

眉批："先安頓貴妃更衣，然後明皇看譜，寫玩索讚歎之意，方得盡致，並後文貴妃同勘一番，更加精采。"

（生）只為靈武太守員缺，地方緊要，與廷臣議了半日，難得其人。朕特擢郭子儀，補授此缺，因此退朝遲了。

眉批："點明子儀關目，且補寫明皇知人善任，猶得收之桑榆，是大有關係處。"

（旦）妾候陛下不至，獨坐荷亭，愛風來一弄明紗，閑學譜新聲奏雅。【玉芙蓉】怕輸他舞"驚鴻"，曲終滿座有光華。

眉批："明皇愛譽晚妝，即插退朝一問隔斷，仍從妃子口中說出製譜，並寫明妒梅妃本意，曲折入妙。"

【朱奴折芙蓉】【朱奴兒】倚長袖，香肩並亞；翻新譜，玉纖同把。（生）妃子，似你絕調佳人世真寡，要覓破綻並無毫髮。再問妃子，此譜何名？（旦）妾於昨夜夢入月宮，見一群仙女奏樂，盡著霓裳羽衣。意欲取此四字，以名此曲。（生）好個"霓裳羽衣"！非虛假，果合伴天香桂花。

眉批："明皇先問樂名，妃子更不推辭，即以霓裳羽衣爲對。蓋此樂傳自月府，無可定名，而妃子又攘爲心得，不肯直說，自合如此問答，若笨伯爲之，必向明皇請名，彼此推遜，而後及此，增無限蛇足矣。"

【尾聲】晚風吹，新月掛，（旦）正一縷涼生鳳榻。（生）妃子，你看這池上鴛鴦，早雙眠並蒂花。

眉批："收合荷亭風景，結語雙關，尤極雋雅。"

第十三齣　權哄

【雙調引子・秋蕊香】（副淨引祇從上）狼子野心難料，看跋扈漸肆咆哮，挾勢辜恩更堪惱，索假忠言入告。

眉批："權幸告君，亦未嘗無忠言。但意在蠱惑，先致黑白混淆，反以釀禍者多矣。"

（淨作勢介）老楊，你看我：脫下御衣親賜著，進來龍馬每教騎。常承密旨趨朝數，獨奏邊機出殿遲。我做郡王的，便呵殿這麼一聲，也不妨，比似你右相還早哩！

眉批："積薪之歎，賢者不免。祿山如此奚落國忠，自爾權心欲絕。"

（副淨冷笑介）好，好個"不妨"！安祿山，我且問你，這般大模大樣是幾時起的？（淨）下官從來如此。（副淨）安祿山，你也還該自去想一想！（淨）想什麼？（副淨）你只想當日來見我的時節，可是這個模樣麼？（淨）彼一時，此一時，說他怎的。

眉批：“安、楊對答，頗自勁敵。”

【前腔】世間榮落偶相遭？休誇著勢壓群僚。

眉批：“居權要者可發深省，莫待聞長樂鐘聲也。”

（扯淨介）我與你同去面當朝！

眉批：“轉落面君，文勢極便捷。”

【前腔】念微臣謬荷主恩高，遂使嫌生權要，愚蒙觸忤知難保。（泣介）陛下呵，怕孤立終落他圈套。微臣呵，寸心赤，只有吾皇鑒昭。容出鎮，犬馬效微勞。

眉批：“禄山不揭國忠之短，只以嫌生權要，一味作搖尾乞憐語，明皇不覺入其彀中，而出鎮之請允矣。”

（內）聖旨道來：楊國忠、安禄山互相訐奏，將相不和，難以同朝共理。特命安禄山為范陽節度使，克期赴鎮。謝恩。

眉批：“既知將相不和矣，不思有以和之，而復使中外相搆，塲灶蔽明也。”

咳，但願禄山此去，做出事來，方信我忠言最早！聖上，聖上，到此際可也悔今朝！

眉批：“充怕人嘲笑之心，至欲動搖君父宗社。是可忍，孰不可忍也！”

第十四齣　偷曲

（老旦）自從娘娘制就“霓裳”新譜，我二人親蒙教授。今駕幸華清宮，即日要奏此曲。命我二人，在朝元閣上，傳譜與李龜年，連夜教演梨園子弟。

眉批:"李謩於涼夜月明潛行偷曲情景最妙,先以奏曲甚急,連夜教演安頓在前方不突如。"

(合)涼蟾正當高閣升,簾卷薰風映水晶。高清,恰稱廣寒宮仙樂聲聲。

眉批:"又以月華關合仙夢,描摹盡致。"

【道宮近詞‧魚兒賺】曲

徐曰:"此調見'何處鷓鴣聲'一曲,乃道宮之賺。比【不是路】多首二句,調法宜然,勿以其多而刪去。"

列位呵,君王命,霓裳催演不教停。

眉批:"此賺須細腔唱之方得,不可用尋常捷板。"

【仙呂過曲‧解三酲犯】(小生巾服扮李暮上)【解三酲】逞風魔少年逸興,借曲中妙理陶情。

眉批:"夜深偷傍宮墻,不顧身臨不測。非風魔逸興,不能有此。"

【道宮調近詞‧應時明近】曲

徐曰:"此調,沈譜與坊刻將時曲【釣魚舟】二曲誤並爲一題,作【鵝鴨滿渡船】,謬甚。今查古譜訂正。下曲'凝眸'句,亦當真唱。"

光輝看不定,光輝看不定。想潛通御氣,處處仙樓,闌幹畔有玉人閑憑。聞那朝元閣,在禁苑西首,我且繞著紅牆,迤邐行去。

眉批:"光輝看不定是乍到驚疑光景,又未識朝元何在,先從處處仙樓一路摹寫。"

【前腔】花陰下,御路平,緊傍紅牆款款行。

眉批:"聞姑蘇葉氏家樂演此,紅牆外加垂柳,掩映湖石一塊,李坐吹笛,一面用筆寫記,點染極工。"

眉批:"又將下【畫眉兒】三曲譜入細十番中,見是新樂,更佳。"

【雙赤子】悄悄冥冥，牆陰竊聽。

徐曰：“按沈譜以此曲及下【畫眉兒】三曲作【赤馬兒】四曲，今正之。又按，‘數聲恍然心領’本止單句，乃【畫眉兒】之首句，非二調尾句也，今姑從俗。再查《南柯夢》以此四句題作【蠻兒犯】，不知何本。臧晉叔改本《南柯夢》，改【畫眉兒】三曲作【拗芝麻】，尤謬。”

這數聲恍然心領，那數聲恍然心領。

眉批：“‘恍然心領’二句恰好，段段應接閣中墙外，宛然絲竹一堂。”

【畫眉兒】驪珠散迸，入拍初驚。云翻袂影，飄然回雪舞風輕。飄然回雪舞風輕，約略烟蛾態不勝。

眉批：“《霓裳》本舞樂也，三曲俱寫人舞態，最妙。”

（內細十番如前，老旦、貼內唱，小生笛合介）

徐曰：“自【解三酲】至【雙赤子】，腔漸緊矣。然此三曲用十番間之，須稍緩其腔，遲遲唱之，始得盡致。”

【前腔】珠輝翠映，鳳翥鸞停。玉山蓬頂，上元揮袂引雙成。上元揮袂引雙成，萼綠回肩招許瓊。

眉批：“又與仙樂照會，非特形容盡妍。”

【鵝鴨滿渡船】曲

徐曰：“此調方是【鵝鴨滿渡船】，與沈譜所收《八義》駙馬和公主一曲大同小異，又名【拗芝麻】。何譜內以【拗芝麻】屬此曲，而加【鵝鴨滿渡船】之名於【應時明】乎？”

你看河斜月落，斗轉參橫，不免回去罷。（袖笛轉行介）

眉批：“曲終人散之景，惟寂寞人能領略。彼歡娛者，在銷金帳中懵懵一世。”

【尾聲】却回身，尋歸徑。只聽得玉河流水韻幽清，猶似霓裳裊裊聲。

眉批："以流水清音挽合《霓裳》餘韻，與'江上峰青'同一縹緲。"

第十五齣　進果

眉批："此折備寫貢使之勞，驛騷之苦，並傷殘人命，蹂躪田禾，以見一騎紅塵，足爲千古炯戒。"

【撼動山】(副淨扮使臣持荔枝籃、鞭馬急上)海南荔子味尤甘，楊娘娘偏喜啖。采時連葉包，緘封貯小竹籃。獻來曉夜不停驂，一路裏怕耽，望一站也麼奔一站！

眉批："急奔前程，情景如畫。"

【十棒鼓】(外扮老田夫上)田家耕種多辛苦，愁旱又愁雨。一年靠這幾莖苗，收來半要償官賦，可憐能得幾粒到肚！每日盼成熟，求天拜神助。

眉批："有秋如此，況無秋乎？屬農者何可不讀此曲。"

老漢是金城縣東鄉一個莊家。一家八口，單靠著這幾畝薄田過活。早間聽說進鮮荔枝的使臣，一路上稍著徑道行走，不知踏壞了人家多少禾苗！因此，老漢特到田中看守。(望介)那邊兩個算命的來了。(小生扮算命瞎子手持竹板，淨扮女瞎子彈弦子，同行上)

眉批："意在一路上踏壞多田多人，場上借一田父一瞽者作旁州例耳。於此折極寫疾苦，則可見天寶時事，萌亂已在宮廷，而舞盤非勸淫之辭矣。"

(淨)老的，我走了幾程，今日腳疼，委實走不動。不是算命，倒在這裏掙命了。(小生)媽媽，那邊有人說話，待我問他。(叫介)借問前面客官：這裏是什麼地方了？(外)這是金城東鄉，與渭城西鄉交界。(小生斜揖介)多謝客官指引。

眉批:"一老二瞎,各言所事,排場甚新,後即爲抬尸之用,更覺文筆潔淨。"

(外跌脚,向鬼門哭介)天啊,你看一片田禾,都被那厮踏爛,眼見的没用了。

眉批:"呼天而哭,下著'你看'二字,正與《雅》詩'蒼天蒼天,視彼驕人'同怨。"

(外)哎,那跑馬的呵,乃是進貢鮮荔枝與楊娘娘的。

眉批:"一'哎'字,内含無限不平之氣。"

【小引】(丑扮驛卒上)驛官逃,驛官逃,馬死單單剩馬藤。驛子有一人,錢糧没半分。挨受打和罵,將身去招架,將身去招架!

眉批:"五糵色皆係新見,而各段敍述不覺累墜。貢使三上,亦不厭煩。在運筆離合之妙也。"

只是使臣到來,如何應付? 且自由他!

眉批:"凡事到無可奈何處,惟有'且自由他'。不然,都如驛官逃去,將不成世界矣。"

(丑指介)這棚内不是一匹馬麽?

眉批:"驛子冷語抵對,已拼受打。乃將爭先換馬、使臣口角作一頓折,然後打及驛子,文情便不偪促。"

(丑勸介)請甘休,免氣吼,不如把這匹瘦馬同騎一路走!

眉批:"兩使相爭,正難釋手,而驛卒猶以諢語分解,宜招老拳。"

(丑)且慢紐,請聽剖,我只得脱下衣裳與你權當酒!

眉批:"一馬應差,一衣當酒,總是極形疲敝之狀。若謂近京郵傳,當不其然,奚啻癡人説夢?"

第十六齣　舞盤

【仙呂引子·奉時春】（生引二內侍、丑隨上）山靜風微晝漏長，映殿角火雲千丈。紫氣東來，瑤池西望，翩翩青鳥庭前降。

眉批："少陵詩語用入壽曲，更雅切。"

【唐多令】日影耀椒房，花枝弄綺窗，門懸小悅赭羅黃。

眉批："點初度景物，便合小悅。'小'字妙，是謙辭。"

【高平過曲·八仙會蓬海】曲

徐曰："此套皆新合曲名，音律和協，撰譜者所宜採入。"

【八聲甘州】風薰日朗，看一葉階蕡，搖動炎光。華筵初啟，南山遙映霞觴。

眉批："措詞安雅，確是六月朔日，文心極細。"

（見介）啟萬歲爺、娘娘：國舅楊丞相，同韓、虢、秦三國夫人，獻上壽禮賀箋，在外朝賀。

眉批："意在寫發荔枝，卻以咸畹賀禮引起，是文章陪襯之法。"

【杯底慶長生】【傾杯序】〔換頭〕盈筐、佳果香，幸黃封遠敕來川廣。愛他濃染紅綃，薄裹晶丸，入手清芬，沁齒甘涼。【長生導引】（合）便火棗交梨應讓，只合來萬歲臺前，千秋筵上，伴瑤池阿母進瓊漿。

眉批："仍合壽意，不泛作荔枝贊語，故佳。"

（末引外、淨、副淨、丑各錦衣、花帽，應"領旨"上）紅牙待拍箏排柱，催著紅羅上舞筵，換戴柘枝新帽子，隨班行到御階前。

眉批："意在舞盤，亦先以梨園引起。"

【八仙會蓬海】曲

眉批："論歌舞，極盡情致，《霓裳》實錄在其中。《邯鄲》《浣紗》

曾未夢見。"

〔換頭〕只是悠揚，聲情俊爽。要停住彩云，飛繞虹梁。至羽衣三疊，名曰飾奏。一聲一字，都將舞態含藏。其間有慢聲，有纏聲，有袞聲，應清圓，驪珠一串；有入破，有攤破，有出破，合裊娜齤皒千狀；還有花犯，有道和，有傍拍，有間拍，有催拍，有偷拍，多音響；皆與慢舞相生，緩歌交暢。

眉批："亡友毛玉斯嘗論：'曲中不著韻處，不宜襯白。'余謂：'北曲帶云，必在韻下。若古南曲無韻，斷句多有挑白。即襯白，亦無礙也。'此曲驪珠一串，不必滋議。"

【羽衣第二疊】曲

眉批："此曲只形容貴妃舞態，盡致極妍，非月中《霓裳》仙樂也。至《重圓》折，天女所奏方是本曲。此文家善於步虛處。"

【應時明近】曲

徐曰："【應時明近】至【拗芝麻】四調，皆照《偷曲》折內辨誤查正。"

【雙赤子】翩翩葉上。

眉批："'翩翩葉上'，並狀翠盤，與尋常舞態不同。"

【花藥欄】恰合著羯鼓低昂。按新腔，度新腔，【怕春歸】裊金裙，齊作留仙想。（生住鼓，丑攜去介）【古輪臺】舞住斂霞裳，（朝上拜介）重低額，山呼萬歲拜君王。

眉批："映合羯鼓，恰好明皇駐節，貴妃罷舞，辭意雙妙。"

【千秋舞霓裳】【千秋歲】把金觴，含笑微微向，請一點點檀口輕嘗。（付旦介）休得留殘，休得留殘，酬謝你舞怯腰肢勞攘。（旦接杯謝介）萬歲！【舞霓裳】親頒玉醞恩波廣，惟慚庸劣怎承當！（生看旦介）俺仔細看他模樣，只這持杯處，有萬種風流殢人腸。

眉批："持杯謝舞，無一泛辭；疊句叮嚀，口吻惟肖。結用柳詞入妙，尤不減柳岸曉風。"

（生）朕有鴛鴦萬金錦十匹，麗水紫磨金步搖一事，聊作纏頭。（出香囊介）還有自佩瑞龍腦八寶錦香囊一枚，解來助卿舞佩。

眉批："香囊是關目；又以金錦步搖引起，與前二處同法。"

【尾聲】曲

眉批："結歸壽筵。"

眉批："煞句歸重香囊，爲後殉葬張本。"

第十七齣　合圍

（外、末、副淨、小生扮四番將上）（外）三尺鑌刀耀雪光，（末）腰間明月角弓張。

眉批："詩句內皆有身段，亦是元人家法。"

【越調紫花撥四】曲

徐曰："此套本之《邯鄲》，首曲題作【絳都春】，次曲題作【混江龍】。臨川音律頗多逾越於本調，不甚相協。今人改唱作此調，並更曲名。是折效之，未有律調確據也。"

統貔貅雄鎮邊關，雙眸覷破番和漢，掌兒中握定江山，先把這四周圍爪牙迭辦。

眉批："'雙眸'二語，輕薄中原，總以撤漢將之故，窺破朝廷無人，番勇可恃。與【煞尾】相應，那得不思曲江先見。"

因此奏請一概俱用番將。

眉批："祿山此請，明爲番漢相制，欲圖恣意，而當時只一韋見素言之。國忠疾忌祿山，竟不諫阻。蓋惟恐其反形不速，以冀實己異志一奏，小人用心傾險如此。《權哄》折已明言之，此處正可默會。"

【胡撥四犯】紫韁輕挽,(合)雙手把紫韁輕挽,騙上馬,將盔纓低按。

眉批:"騙上馬,謂上鞍慄疾而馬不知也。無曲用騙馬,俱如此解。"

(眾四面立,淨指科)這一員身材剽悍,那一員結束牢拴,這一員莽兀喇拳毛高鼻,那一員惡支沙雕目胡顏,這一員會急迸格邦的弓開月滿,那一員會滴溜撲碌的錘落星寒,這一員會咭吒克擦的槍風閃爍,那一員會悉力颷剌的劍雨澎灘,端的是人如猛虎離山澗,顯英雄天可汗!(眾行科)(合)振軍威,撲通通鼓鳴,驚魂破膽;排陣勢,韻悠悠角聲,人疾馬閑。抵多少雷轟電轉,可正是海沸也那河翻。折末的銅作壁,鐵作壘,有什麼攻不破、攻不破也雄關!

眉批:"矜張諸將,正是自表英雄。故直居'可汗'之名,而眾即以攻破雄關相應也。"

(淨同番姬立高處,眾排圍射獵下)(淨)擺圍場這間、這間,四下裏來擠趲、擠趲。

眉批:"打圍情景,次第畢見。而'四下裏來擠趲'句,尤爲入神。"

(合)斟起這酪漿兒,滿滿的浮金盞,滿滿的浮盞。更把那連毛帶血肉生餐,笑擁著番姬雙頰丹,把琵琶忒楞楞彈也麼彈,唱新聲"菩薩蠻"。

眉批:"前後摹諸態,羅列行間,幾如道子寫生,吹起欲活。"

天降摧殘,地起波瀾,把漁陽凝盼,一飛羽箭,爭赴兵壇,專等你個抱赤心的將軍、將軍來調揀。

眉批:"三軍奉將,已如指臂從心,安得不成大事!奸雄之馭下且然,主臣可不一德乎?"

第十八齣　夜怨

【正宮引子·破齊陣】【破陣子頭】(旦上)寵極難拚輕舍，歡濃分外生憐。

眉批："個中人有此慧解。可見不生憐，只是歡未濃耳。"

〔清平樂〕卷簾不語，誰識愁千縷。生怕韶光無定主，暗裏亂催春去。心中剛自疑猜，那堪蹤跡全乖。鳳輦却歸何處？淒涼日暮空階。

眉批："同一境也，意中人不見，便成空階矣。故知境從心生。"

唉，江采蘋，江采蘋，非是我容你不得，只怕我容了你，你就容不得我也！

眉批："千古讒搆，皆起於此念。"

【仙呂入雙調·風云會四朝元】【四朝元頭】燒殘香串，深宮欲暮天。眉批：起語便含一日情思。

徐曰："此調以【四朝元】全調帶【一江風】、【駐云飛】、【會河陽】，故名【風云會四朝元】，見蔣愛蓮傳奇。沈譜不知，而以【五馬江兒水】、【桂枝香】、【柳搖金】、【一江風】、【駐云飛】、【朝元令】六調合成新譜，強解之云【風云會】取【一江風】、【駐云飛】，尚餘四調，故曰【四朝元】，甚屬穿鑿。今細查古譜注明：'(作看介)呸，原來是鸚哥弄巧言，把愁人故相騙。'"

眉批："前《復召》折，明皇亦怪鸚哥提起，皆為雪衣娘略一點綴。"

【前腔】君情何淺，不知人望懸！

眉批："一時覬望之情，曲折寫出，妙與夜景切合。"

我想聖上呵，從來未獨眠，鴛衾厭孤展，怎得今宵枕畔，清清冷冷,竟無人薦!

眉批:"想入幽微,情詞雙絕。"

記歡情始定,記歡情始定,願似釵股成雙,盒扇團圓。

眉批:"此處提明釵、盒,後攜至翠閣,方不突如。"

不道君心,霎時更變,總是奴當譴。

眉批:"既以定情有信要君,復以譴棄無名自釋。驕恣之人,未有不工於機械也。"

【前腔】他向樓東寫怨,把珍珠暗裏傳。

眉批:"又掩飾己意,諉過君王,純是機變語。"

(老旦)萬歲爺既不忘情於他,娘娘何不迎合上意,力勸召回。萬歲爺必然歡喜,料他也不敢忘恩。(旦)唉,此語休提。

眉批:"永新所言甚是,在貴妃則不入耳矣。勸人者強作解事,多是類此。"

(旦)我到那裏,看他如何逞媚妍,如何賣機變,取次把君情鼓動,顛顛倒倒,暗中迷戀。

眉批:"亦是遮飾語。然此種意態,以己度人,卻是自爲寫照。"

【尾聲】他歡娛只怕催銀箭,我這裏寂寥深院,只索背著燈兒和衣將空被卷。

眉批:"千羞百怨,都在背燈內可想。"

第十九齣　絮閣

眉批:"有客嘗論此劇虢國、梅妃兩番爭寵,皆未當場扮出,關目近於不顯。欲於排場加楊虢相爭,然後放歸。絮閣折中破壁而出時,梅妃繞場走下。近演家有扮梅妃嘿坐幔帳內者。予謂虢國事傍訝一折,高、永明言,觀場者已洞悉。梅妃家門,此折力士又代爲敘明，正無煩贅疣耳。"

（丑上）自閉昭陽春復秋，羅衣濕盡淚還流。一種蛾眉明月夜，南宮歌舞北宮愁。咱家高力士，向年奉使閩粵，選得江妃進御，萬歲爺十分寵倖。爲他性愛梅花，賜號梅妃，宮中都稱爲梅娘娘。自從楊娘娘入侍之後，寵愛日奪，萬歲爺竟將他遷置上陽宮東樓。昨夜忽然托疾，宿於翠華西閣，遣小黃門密召到來。戒飭宮人，不得傳與楊娘娘知道。命咱在閣前看守，不許閒人擅進。此時天色黎明，恐要送梅娘娘回去，只索在此伺候咱。（虛下）（旦行上）

【北黃鐘·醉花陰】一夜無眠亂愁攪，未拔白潛蹤來到。

眉批："起句直接上折和衣卷被情景，方見捱不到曉，急遽獨行，不及待宮女隨從，安頓絕妙。"

往常見紅日影弄花梢，軟咍咍春睡難消，猶自壓繡衾倒。

徐曰："首句末'亂愁攪'三字，用去、平、上聲，協調之甚。"

"'紅日影，弄花梢'，乃三字兩句，非六字一句也。"

按【醉花陰】一調有六句者，亦有多兩句而作八句者。若作六句，則次曲【喜遷鶯】必五字、七字二句起，全章十句。若用八句，則次曲【喜遷鶯】用四字、六字二句起，全章只八句。蓋【醉花陰】尾上減二句，即移於【喜遷鶯】之首；【喜遷鶯】起處減二句，即截於【醉花陰】之尾。此元人轉插變化之妙也。

（丑）守玉户不容人到。（旦怒科）高力士，你待不容我進去麼？

眉批："力士所言'不容人到'，非指貴妃也。即藉此語發怒，亦是機變人使狡獪處。"

【北喜遷鶯】曲

徐曰："此用五字句起，通章八句格也。'弄鬼''越惱''掛眼''運倒''自把'，俱去、上聲。'寵勢'，上、去聲，協調之甚。"

（旦）焦也波焦，急的咱滿心越惱。我曉得你今日呵，別有個人兒掛眼稍，倚著他寵勢高，明欺我失恩人時衰運倒。

眉批："語氣漸漸逼緊，使力士不得騰挪，真是狡獪。"

【南畫眉序】何事語聲高，驀忽將人夢驚覺。

眉批："一時匆迫之狀，色色絕倒。"

（旦直入，見生科）妾聞陛下聖體違和，特來問安。（生）寡人偶然不快，未及進宮。何勞妃子清晨到此。

眉批："貴妃望春一跌，已悔妒心，而西閣之事，反復唐突。明皇或疑其忿甚，慼燃不暇顧忌；抑知妃之狡獪，早狎習明皇而操縱之，度必無奈我何也。"

（旦）妾想陛下向來鍾愛無過梅精，何不宣召他來，以慰聖情牽掛？

眉批："直以宣召梅精相詰，使明皇更無躲避處，總是狡獪。"

【南滴溜子】偶只為微疴，暫思靜悄。

眉批："明皇無詞抵搪，惟有推病。"

蕙性，慢多度料，把人無端奚落。（作欠伸科）我神虛懶應酬，相逢話言少。請暫返香車，圖個睡飽。

徐曰："此調合'鏡中我今日重逢景當上元'一曲，是正體。①《琵琶記·因緣》下添一'事'字，誤也。"

（丑作急態，一面背對內侍低科）呀，不好了，見了這翠鈿、鳳舄，楊娘娘必不幹休。你每快送梅娘娘，悄從閣後破壁而出，回到樓東去罷。

---

① 《雍熙樂府》卷一：【南畫眉序】"燈詞"【雙鬥雞】："我今日欣逢景當上元，點花燈在頭上，是人笑喧鬧。我燈妝得極妙，不須用蠟燭共紙撚。似移下一天毬萬點。"

眉批："力士乖人，亦料定明皇愛梅有心，制楊無術，故爲破壁送歸之計，以息兩爭。"

【北刮地風】只這御榻森嚴宮禁遥，早難道有神女飛度中宵。則問這兩般信物何人掉？（作將舃、鈿擲地，丑暗拾科）（旦）昨夜誰侍陛下寢來？可怎生般鳳友鸞交，到日三竿猶不臨朝？

徐曰："此調比譜多'日三竿'三句，乃用鄭德輝《倩女離魂》格也。"

外人不知呵，都只說殢君王是我這庸姿劣貌。那知道戀歡娛，別有個雨窟云巢！請陛下早出視朝，妾在此候駕回宮者。

眉批："忽作莊語規切，更令明皇言塞。從來女子、小人挾制尊大，皆有此伎倆。"

（旦）雖則是蝶夢餘，鴛浪中，春情顛倒，困迷離精神難打熬，怎負他鳳墀前鵠立群僚！

眉批："若非出之妒口，何異雞鳴同夢之誠？語同人異，只爭公私耳。"

【南滴滴金】告娘娘省可閑煩惱。奴婢看萬歲爺與娘娘呵，百縱千隨真是少。今日這翠鈿、鳳舃，莫說是梅亭舊日恩情好，就是六宮中新窈窕，娘娘呵，也只合佯裝不曉，直恁破工夫多計較！不是奴婢擅敢多口，如今滿朝臣宰，誰沒有個大妻小妾，何況九重，容不得這宵！

眉批："貴妃以法言制明皇，力士即效之以對貴妃，不復更作巽語，而貴妃亦爲氣沮。出爾反爾，大是快人。"

【北四門子】（旦）呀，這非是衾裯不許他人抱，道的咱量似斗筲！只怪他明來夜去裝圈套，故將人瞞的牢。（丑）萬歲爺瞞著娘娘，也不過怕娘娘著惱，非有他意。（旦）把似怕我焦，則休將彼邀。

却怎的劣云頭只思別岫飄。

眉批："'道的咱量似斗筲'七字,用《瀟湘雨》'那官人是我的丈夫'句法。'劣云''只思'四字,用'仄平仄平'協調。而'別'字平聲、'岫'字去聲,尤協。"

(作掩淚坐科)

眉批："說至此亦自傷心,惟有涕淚。"

【南鮑老催】爲何淚拋,無言獨坐神暗消?

徐曰:"'爲'字去聲,正與伯喈'意深愛篤''意'字同,他人多不解此。"

(生上)媚處嬌何限,情深妒亦真。且將個中意,慰取眼前人。

眉批："明皇能解妒情,能耐妒語,真是個中人。"

【北水仙子】曲

眉批："明皇愈溫存,貴妃愈嬌妒,假使天威稍震,又作魚貫想矣,然貴妃逆知上意不能反目,故下文即以繳盒動之情事,周密文章更有針線。"

(旦泣科)妾自知無狀,謬竊寵恩。若不早自引退,誠恐謠諑日加,禍生不測。有累君德鮮終,益增罪戾。今幸天眷猶存,望賜斥放。陛下善視他人,勿以妾爲念也。

眉批："亦自楚楚可憐,不由人情動。"

(旦)省、省、省、省可自承舊賜,福難消。

眉批："末句六字,用元劇《單鞭奪槊》句法。"

【南雙聲子】曲

眉批："明皇此時亦畏亦愧,語意在不深不淺間,傳神之筆。"

(旦)陛下誠不棄妾,妾復何言。(袖釵、盒,福生科)

眉批:一語回心,急作收科,仍是狡獪。

【北尾煞】領取釵、盒再收好,度芙蓉帳暖今宵,重把那定情時心事表。

眉批:"交收釵、盒一番,結出固寵本意。"

眉批:"'盒'字入聲作平,'再收好'用'去平上',協甚。'定情心事表',用'去平平去上',正與《倩女離魂》'伴人清瘦影'同。必如此,方協黃鐘尾煞。"

柳色參差映翠樓,司馬札　　君王玉輦正淹留。錢起
豈知妃後多嬌妒,段成式　　惱亂東風卒未休。羅隱

眉批:"周匝。"

第二十齣　偵報

眉批:"此折寫祿山反形漸露,子儀先事而籌,以爲收京張本。且於前四折生旦戲中,以此間之,便於靧色搬演。"

前在長安,見安祿山面有反相,知其包藏禍心。不想聖上命彼出鎮范陽,分明縱虎歸山。卻又許易番將,一發添其牙爪。

眉批:"出鎮易將之失,夫人知之,而煬蔽者不覺,千古餘恨。"

(外)分付掩門。(衆掩門科下)(外)探子,你探的安祿山軍情怎地,兵勢如何? 近前來,細細說與我聽者。

眉批:"探子不遽說邊情,待郭掩門令其近前細說,足見軍機之密上下同心。"

〔小生〕爺爺聽啟,小哨一到了范陽鎮上呵,

【喬木魚】見槍刀似雪,密匝匝鐵騎連營列。

徐曰:"首句四字,【喬木魚】【幺篇】體也。"

【慶宣和】他自請那番將更來,把那漢將撤,四下裏牙爪排設。

眉批:"可知祿山肆志,全在此舉。太阿倒持,所以速亂也。"

每日價躍馬彎弓鬥馳獵,把兵威耀也、耀也!

徐曰:"'耀也'二字疊用,調法如是。用'去上'聲,音更協。"

誘諸番密相勾結,更私招四方亡命者,巢窟內盡藏凶孽。

眉批:"'私招四方亡命者',用'平平去平平去上',音、調俱協。"

【風入松】曲

眉批:"閹豎欺朦,自古為烈。而不聰之聰,覆轍相尋,後鑒當何如也。"

【撥不斷】曲

眉批:"寫祿山猶有顧忌,以甚國忠激禍之罪。"

【離亭宴歇拍煞】曲

眉批:"插入獻馬一計,虛摹反狀,波瀾壯闊。"

(小生)他遣何千年齎表,奏稱獻馬三千匹,每馬一匹,有甲士二人,又有二人御馬,一人芻牧,共三五一萬五千人,護送入京。一路裏兵強馬劣,鬧洶洶怎提防! 亂紛紛難鎮壓,急攘攘誰攔截。生兵入帝畿,野馬臨城闕,怕不把長安來鬧者。

眉批:"千兵萬馬驀如風雨之來,此種文情直足奪元人高座。"

徐曰:"此調即【離亭宴煞】也。但第九句起復重用第三至第八六句,是以謂之'歇拍'。故題當作'離亭宴歇拍煞'。其'帶'字乃後人妄增耳。"

小哨呵,準備閃紅旗再報捷。

眉批:"收歸探子本事,詞采壯烈。"

第二十一齣　窺浴

眉批:"以前準備諸事皆系力士、永念,此折用兩宮人插科排場便變換生動。"

昨日鑾輿臨幸,同楊娘娘在華清駐蹕。傳旨要來共浴湯池,只索打掃鋪陳收拾。

眉批:"華清賜浴一事,不寫則爲掛漏,寫則大難著筆。作者於冊立時點明,此復用旁筆映襯。而寫明皇同浴,永、念竊窺,以避漢成故事,真窮妍盡態之文。"

【雁兒舞】曲

徐曰:"用曲名入曲,古法所難。此與《琵琶》同妙。"

(丑)姐姐,你説什麼"雁兒"舞!如今萬歲爺,有了楊娘娘的"霓裳"舞,連梅娘娘的"驚鴻"舞,也都不愛了。

眉批:"梅妃妒寵原爲楊妃點染作波,此便順手了之,隨起隨了,是文章妙法。"

【羽調近詞·四季花】曲

眉批:"景色如畫。"

〔生〕妃子,只見你款解云衣,早現出珠輝玉麗,不由我對你、愛你、扶你、覷你、憐你!

眉批:"五個'你'字,次第溫存,已盡風流景況。"

【鳳釵花絡索】【金鳳釵】花朝擁,月夜偎,嘗盡溫柔滋味。【勝如花】〔貼合〕鎮相連似影追形,分不開如刀劃水。

眉批:"刻至生動。兩人恩愛,躍躍紙上。"

【大勝樂】(貼)一痕酥透雙蓓蕾,(老旦)半點春藏小麝臍。

眉批:"描摹冶麗,如有玉環呼之欲出。覺《雜事秘辛》猶形似,非神似也。"

永新姐,你看萬歲爺呵,【解三醒】凝睛睇,【八聲甘州】恁孜孜含笑,渾似呆癡。

眉批:"凝睛私處,曲盡形容。翻見慣渾間,又增新意。"

【皂羅袍】(老旦)恨不把春泉翻竭,(貼)恨不把玉山洗頹,(老旦)不住的香肩嗚喅,(貼)不住的纖腰抱圍,【黃鶯兒】(老旦)俺娘娘無言匿笑含情對。

眉批:"全寫雙浴情景,故妙。不然,幾忘却二人身在溫泉矣。"

【二犯掉角兒】【掉角兒】出溫泉新涼透體,睹玉容愈增光麗。最堪憐殘妝亂頭,翠痕乾,晚云生膩。

眉批:"新浴體態,宛然如生。'翠痕'句,即形容亂頭餘潤沾濡,曲盡其妙。"

【尾聲】(合)意中人,人中意,則那些無情花鳥也情癡,一般的解結雙頭、學並棲。

眉批:"《製譜》折'鴛鴦並蒂'串說,此結'雙頭並棲'對說,各極其妙,不嫌相襲。"

第二十二齣　密誓

【越調引子·浪淘沙】(貼扮織女,引二仙女上)云護玉梭兒,巧織機絲。天宮原不著相思,報導今宵逢七夕,忽憶年時。

眉批:"未免有情,誰能遣此? 天人一也。無情者,亦安得生天?"

【鵲橋仙】纖云弄巧,飛星傳信,銀漢秋光暗度。金風玉露一相逢,便勝却人間無數。柔腸似水,佳期如夢,遥指鵲橋前路。兩情若是久長時,又豈在朝朝暮暮。

眉批:"改古詞數字,便極工穩。臨川而後,罕見其匹。"

吾乃織女是也。蒙上帝玉敕,與牛郎結爲天上夫婦。年年七夕,渡河相見。今乃下界天寶十載,七月七夕。

眉批:"點明下界年月,爲證仙關目。"

【下山虎尾】陡覺的銀漢秋生別樣姿。

眉批："常時銀漢陡覺異姿，境由情生也。可以靜悟悲歡之理。"

（合）天上留佳會，年年在斯，却笑他人世情緣頃刻時。

眉批："悲憫世情，便有度人之想。此猶泛説，後則直指唐宮，却好兩層合語。"

（内作笑聲，生聽介）順著風兒還細聽，歡笑隔花陰樹影。内侍，是那裏這般笑語？

眉批："明皇聞歡笑，本穢事也，倡用於此處，映出楊妃驕橫，甚有微詞，且引起下文乞巧殿中撤燈獨步，增無限文情。"

【前腔】〔換頭〕（旦引老旦、貼同二宮女各捧香盒、紈扇、瓶花、化生金盆上）

眉批："化生盆，乃金盆中坐一粉孩兒也。"

（生潛上窺介）覷娉婷，只見他拜倒在瑶階，暗祝聲聲。

眉批："拜倒時潛上，最妙。若在未拜及拜起時覷面，措詞便費周折。"

【集賢賓】曲

眉批："極爲牛、女寫愁，直欲逼出楊妃墮淚。"

（做淚介）

眉批："極爲牛、女寫愁，直欲逼出楊妃墮淚。"

【黄鶯兒】曲

眉批："'願作鴛鴦不羨仙'，是此曲注脚。"

【鶯篜一金羅】曲

眉批："'得成比目何辭死'，又是此曲注脚。"

（牽生衣泣介）論恩情，【金鳳釵】若得一個久長時，死也應；若得一個到頭時,死也瞑。【皂羅袍】抵多少平陽歌舞,恩移愛更;長門孤寂,魂銷淚零:斷腸枉泣紅顏命!

　　眉批:"楊妃猝然傷感,雖為要盟之故,然樂極哀生,已動埋玉之機。下折即驚破霓裳矣。"

　　【簇御林】休心慮,免淚零,怕移時,有變更。(執旦手介)做酥兒拌蜜膠粘定,總不離須臾頃。(合)話綿藤,花迷月暗,分不得影和形。

　　眉批:"忽轉到夜色上,狀出形影不離,情與景會,神妙難言。"

　　(旦)既蒙陛下如此情濃,趁此雙星之下,乞賜盟約,以堅終始。

　　眉批:"下半部全從此盟演出,宜其鄭重。"

　　【琥珀貓兒墜】曲

　　眉批:"情生文,文生情。神矣! 化矣!"

　　【尾聲】長生殿裏盟私訂。(旦)問今夜有誰折證?(生指介)是這銀漢橋邊,雙雙牛、女星。

　　眉批:"結挽雙星,前後掩映。"

　　【越調過曲·山桃紅】曲

　　眉批:"近演家有扮牛星為牧人者,大謬。"

　　(小生)天孫,你看唐天子與楊玉環,好不恩愛也!

　　眉批:"牛女證盟,伏後保奏補恨之根,不獨點染風流也。"

　　(貼)只是他兩人劫難將至,免不得生離死別。若果後來不背今盟,決當為之縮合。

　　眉批:"此處正須明言,使觀者得醒後半關目。"

第二十三齣　　陷關

　　咱家安祿山,自出鎮以來,結連塞上諸蕃,招納天下亡命,精兵百萬,大事可舉。

眉批:"與《偵報》折照應。"

叵耐楊國忠那廝,屢次説我反形大著,請皇上急加誅戮。

眉批:"國忠急思激變,而又不圖禦變,以致國破家亡。地獄之設,正爲此輩,餐刀不足蔽辜也。合觀《冥追》折,方見因果。"

(淨領衆殺上)(丑迎殺大戰介)

眉批:"此折曲雖小,場上演時須當大戰數合。蓋陷關乃是大事,不可小做也。"

第二十四齣　驚變

眉批:"從前宴賞,無非華筵麗景;此折花園小宴。後曲所敍,皆一派蕭疏秋色。密誓已動憂端,驚變兆於衰颯矣。"

【北中吕粉蝶兒】曲

徐曰:"此調弦索肪於'小扇輕羅',時人喜唱之,作者亦多效之。但【石榴花】、【鬬鵪鶉】、【上小樓】諸曲皆多襯字重句,【撲燈蛾】又用別體,不識曲者遂杜撰調名,傳訛襲舛,今悉正之。"

【南泣顔回】曲

眉批:"寵極歡極,何有幽懷未散,總是蕭索之情。沖口而出,云爲動静,莫非先機,自亦不免。"

【北石榴花】曲

徐曰:"此調時人訛作【上小樓犯】,非。"

不勞你玉纖纖高捧禮儀煩,只待借小飲對眉山。

眉批:"'眉山'接'高捧'來,非湊語,乃從舉案齊眉化出。"

俺與你淺斟低唱互更番,三杯兩盞,遣興消閒。妃子,今日雖是小宴,倒也清雅。回避了御廚中,回避了御廚中烹龍炰鳳堆盤案,咿咿啞啞樂聲催趲。只幾味脆生生,只幾味脆生生蔬和果清肴饌,雅稱你仙肌玉骨美人餐。

徐曰:"'回避了御　中'兩句、'只幾味脆生生'句,皆添句幫唱也。'咿咿啞啞'八字,用【神奴兒】句法。末句七字,亦添二字。"

(生)妃子可爲朕歌之,朕當親倚玉笛以和。

眉批:"清歌倚笛與前壽筵羯鼓,徵實遺事,俱極勝情。"

【南泣顏回】曲

眉批:"醉草《清平》在此處補寫,映帶風流,真盡文人之致。"

花繁,秾豔想容顏。云想衣裳光璨,新妝誰似,可憐飛燕嬌懶。名花國色,笑微微常得君王看。向春風解釋春愁,沉香亭同倚闌幹。

徐曰:"此曲須細唱,必不可用快板。'繁'字用韻得體,他人皆作七字一句矣。"

【北斗鵪鶉】曲

徐曰:"此調,時人訛作【黃龍袞犯】,非。不知即【鬥鵪鶉】,但多添字添句幫唱耳。"

(又作照杯介)妃子,再幹一杯。(旦)妾不能飲了。(生)宮娥每,跪勸。(老旦、貼)領旨。(跪旦介)娘娘,請上這一杯。(旦勉飲介)(老旦、貼作連勸介)(生)我這裏無語持觴仔細看,早只見花一朵上腮間。

眉批:"醉之以酒,以觀其態,明皇真是風流欲絕。"

(生)一會價軟咍咍柳軃花欹,困騰騰鶯嬌燕懶。妃子醉了,宮娥每,扶娘娘上輦進宮去者。(老旦、貼)領旨。(作扶旦起介)(旦作醉態呼介)萬歲!(老旦、貼扶旦行)(旦作醉態介)

眉批:"一語一呼聲情宛轉,自此至撲燈蛾曲,寫一幅醉楊妃圖也。演者須注意，摹似醉態入神，若草草了之，便索然矣。”

眉批：“‘燕懶’字見章質夫《楊花》詞，非杜撰也。”

【南撲燈蛾】曲

徐曰：“此【撲燈蛾】又一體，乃趙光普格也。”

（副淨）軍情緊急，不免徑入。

眉批：“急迫之狀如畫。”

【北上小樓】曲

徐曰：“此調，時人訛作【上小樓犯】，非。乃【上小樓】麼篇也，但多添字幫唱耳。‘膽戰心搖’三句，皆四字，《王粲登樓》格同。”

呀，你道失機的哥舒翰……稱兵的安祿山，赤緊的離了漁陽，陷了東京，破了潼關。唬得人膽戰心搖，唬得人膽戰心搖，腸慌腹熱，魂飛魄散，早驚破月明花粲。

眉批：“恰好韻腳，恰好妙詞，在元人中亦不多得。‘月明花粲’仍顧游園，又文思之整暇也。”

（副淨）當日臣曾再三啟奏，祿山必反，陛下不聽，今日果應臣言。

眉批：“際此離亂，尚以反脣爲快，獨不自念乎？乃至軍嘩，噬臍何及！”

（生）高力士，快些整備軍馬。傳旨令右龍武將軍陳元禮，統領羽林軍士三千扈駕前行。

眉批：“點明陳元禮，起下折關目。”

【南撲燈蛾】曲

徐曰：“此調，時人訛作【北疊字犯】，非。亦是【撲燈蛾】，乃【風流合】三十格也。再按：場上從無南北曲一人並唱者。今以排場所限，破格爲之，非正體也。‘磣磕磕’句，不疊唱。”

【南尾聲】在深宮兀自嬌慵慣，怎樣支吾蜀道難！（哭介）我那妃子啊，愁殺你玉軟花柔，要將途路趲。

眉批："不惜傾城國，佳人難再得，延年歌殆虛語耳，不意明皇實之。"

第二十五齣　埋玉

【中呂過曲·粉孩兒】曲

徐曰："此調首句乃六字，非九字也。'成都''都'字不可用韻。《拜月》'只因國難識大臣'，'因'字犯韻，偶誤。'山'字亦不可用韻爲是。"

匆匆的棄宮闈珠淚灑，歎清清冷冷半張鑾駕，望成都直在天一涯。漸行來漸遠京華，五六搭剩水殘山，兩三間空舍崩瓦。（內又喊介）楊國忠專權誤國，今又交通吐蕃，我等誓不與此賊俱生。要殺楊國忠的，快隨我等前去。

眉批："嘩軍直殺國忠，最妙。若待元禮報轉奏請，則與逼殺貴妃犯重矣。且因此警動明皇，使後逼貴妃時，不得不從，皆是慘澹經營處。"

（生作驚介）呀，有這等事。（旦作背掩淚介）（生沉吟介）這也罷了，傳旨起駕。

眉批："驚惶隱忍之狀，各在科介中，演者皆須摹擬盡情。"

（生作大驚介）哎呀，這話如何說起！

眉批："明皇答語甚難，細思方見其妙。"

（旦慌牽生衣介）（生）將軍，

【耍孩兒】事出非常堪驚詫。已痛兄遭戮，奈臣妾又受波查。是前生事已定，薄命應折罰。望吾皇急切拋奴罷，只一句傷心話⋯⋯

　　眉批："貴妃品雖請死,心實戀生。'只一句傷心話',是傳神妙語。"

　　【會河陽】無語沉吟,意如亂麻。〔旦牽生衣哭介〕痛生生怎地舍官家!

　　眉批："不捨官家,方是貴妃真是語。"

　　【縷縷金】魂飛颺,淚交加。(生)堂堂天了貴,不及莫愁家。

　　眉批："用義山詩,以諷語作苦語,更覺淒然欲絕。"

　　(旦跪介)臣妾受皇上深恩,殺身難報。今事勢危急,望賜自盡,以定軍心。陛下得安穩至蜀,妾雖死猶生也。算將來無計解軍嘩,殘生願甘罷,殘生願甘罷!

　　眉批："傷心至此,無可奈何,只索'甘罷'矣。"

　　(生)妃子說那裏話! 你若捐生,朕雖有九重之尊,四海之富,要他則甚! 寧可國破家亡,決不肯拋舍你也!

　　眉批："以下層層頓跌,皆逼人涕淚。"

　　【攤破地錦花】曲

　　眉批："詞意悱惻,足爲情場生色。"

　　(旦朝上拜介)萬歲! (作哭倒介)

　　眉批："醉中呼後,此又一呼,那得不哭倒。"

　　(丑)這裏有座佛堂在此。

　　眉批："又從佛堂作一頓。"

　　(旦)高力士,我還有一言。(作除釵、出盒介)這金釵一對,鈿盒一枚,是聖上定情所賜。你可將來與我殉葬,萬萬不可遺忘。

　　眉批："收拾釵、盒因緣,並爲後證仙信物。"

　　(旦)唉,陳元禮,陳元禮,你兵威不向逆寇加,逼奴自殺。

眉批："亦是平心語,非過罪元禮也。"

(旦看介)唉,罷、罷,這一株梨樹,是我楊玉環結果之處了。

眉批："梨樹又作一頓。"

(旦作哭縊介)我那聖上啊,我一命兒便死在黃泉下,一靈兒只傍著黃旗下。

眉批："一靈不放,便是仙根;古來仙佛,皆有情人也。讀此折而不墮淚者,其人必不情。"

(生看釵盒哭介)這釵和盒,是禍根芽。長生殿,恁歡洽;馬嵬驛,恁收煞!

眉批："夜筵終有散時,萬事一場憀慄。須識破情根,即是福根早作。好收煞耳。"

【尾聲】溫香豔玉須臾化,今世今生怎見他!(末上跪介)請陛下起駕。(生頓足恨介)咳,我便不去西川也值什麼!

眉批："人不得道,多有事後之悔。如明皇當六軍逼迫時,不能自主,只得憑貴妃自盡。及至佳人沒後,又視西川之去甚輕。總是慾動情牽,都無是處。然惟有此情根,亦是生天種子也。"

第二十六齣　獻飯

(淚介)咳,空做一朝天子,竟成千古忍人。

眉批："忍人一恨,真足千古。較'如何四紀爲天子'更覺傷心。"

【黃鐘過曲·降黃龍】曲

眉批："曲樸而穩,直接元人衣鉢。"

【前腔】〔換頭〕尋常、進御大官

徐曰："'進御大官''大'字,及後曲'國'字、'達'字俱仄聲,合調。"

(略吃,便放介)抵多少溽沱河畔、失路蕭王!

眉批:"憤激語,有聲有色。正引起野老之問,不爲唐突。"

【前腔】〔換頭〕曲

眉批:"指出安、楊搆亂處,關目生動。"

【前腔】〔換頭〕斟量,明目達聰,原是爲君的理當察訪。

眉批:"寫開元致治景象,明明自認不明,却又諉罪臣下。從來怙惡不悛,如出一轍。"

(生淚介)空教我噬臍無及,恨塞饑腸。

眉批:"管顧麥飯,甚細。"

【太平令】鳥道羊腸,春彩馱來驛路長。連山鈴鐸頻搖響,看日近帝都旁。

眉批:"將春彩點染,纖愁斂怨之感,隱隱言外。"

【前腔】變出非常,遠避兵戈涉異方。勞伊倉卒隨行仗,今日啊,別有個好商量。

眉批:"危機之際,先以婉辭申以真氣,自足動人感激。"

高力士,可將使臣進來春彩,分給將士,以爲盤費。没軍資,分彩幣,聊充餉。

眉批:"辭命已足感人,又加之一賞賚,軍心益固結矣。"

【前腔】無能滅虎狼,無能滅虎狼,空愧熊羆將。生死願從行,軍聲齊恃天威壯。

眉批:"一語之下,衆志齊奮。所謂'上好仁,則下好義',感應捷於影響。"

(衆)呀,萬歲爺,莫不因貴妃娘娘之死,有些疑惑麽?(生)非也,……

眉批："此詰正不可少。在明皇聞之，轉覺咄咄逼人，故直以'非也'答之。"

【尾聲】他長安父老多懸望，你每回去啊，煩説與翠華無恙。（衆）萬歲爺休出此言，臣等情願隨駕，誓無二心。（合）只待淨掃妖氛，一同返帝鄉。

眉批："原係詔諭也，用在此作支飾語，雅雋得體。結句更振起全局，已有中興氣象。"

第二十七齣　冥追

【商調過曲・山坡五更】【山坡羊】（魂旦白練系頸上，服色照前《埋玉》折）惡嚄嚄一場嘍囉，亂匆匆一生結果。蕩悠悠一縷斷魂，痛察察一條白練香喉鎖。

眉批："四個一字逼出一點癡情，白練羈魂，詞尤吃緊。"

【五更轉】風光盡，信誓捐，形骸涴。

眉批："'形骸涴'，'涴'字妙有禪理。死前誰能悟得？"

【北雙調新水令】曲

眉批："一靈不放，望夫尚能化石，情死豈不證仙？"

剛打個磨陀，翠旗塵又早被樹烟鎖。

徐曰："'樹烟鎖'三字，去、平、上聲，妙極。必如是，乃協調。"

（生歎介）唉，我已厭一身多，傷心更説甚今宵臥。

眉批："疲馬征途，急於望宿，而傷心人別有意緒，已厭身多，遂覺行住都無是處。"

這不是羽蓋飄揚，鸞旌蕩漾，翠輦嵯峨！

眉批："'翠輦'二字，去、上聲，妙協務頭。"

好苦啊，暗濛濛烟障林阿，杳沉沉霧塞山河，閃搖搖不住徘徊，悄冥冥怎樣騰挪？

眉批："颯然，有鬼氣。"

【南江兒水】(貼扮虢國夫人魂上)豔冶風前謝，繁華夢裏過。風流誰識當初我？玉碎香殘荒郊臥，云拋雨斷重泉墮。

眉批："姊妹、兄弟鬼魂點綴一二，用彰業報，並引出貴妃悔罪真誠，以入仙果。或謂虢國、梅妃俱曾妒寵，此處並演；梅魂善報，可示勸懲。不知梅妃原未登場，未宜鬼魂突見。只於《窺浴》折中一筆了卻，何等潔淨。"

【北雁兒落帶得勝令】想當日天邊奪笑歌，今日裏地下同零落。痛殺俺冤由一命招，更不想慘累全家禍。呀，空落得提起著淚滂沱，何處把恨消磨！怪不得四下愁雲裏，都是俺千聲怨聲啊。(望科)那邊又是一個鬼魂，滿身鮮血，飛奔前來。好怕人也！悲麼，泣孤魂獨自無回和。驚麼，只落得伴冥途野鬼多。

眉批："未見魂靈受苦，猶抱一腔怨恨。及後見國忠形狀，惟有俯首懺悔矣。常人於風月之下無所不為，一值陰雨雷霆，悚然生畏，亦是此意。"

(牛頭、夜叉)向小小酆都城一座，教你去劍樹與刀山尋快活。

眉批："虢國止入枉死城，國忠遂入酆都獄，罪有差等。"

【北收江南】呀，早則是五更短夢，瞥眼醒南柯。把榮華拋卻，只留得罪殃多。

眉批："最綺旎人才能作極醒豁語，總是凰根。"

(轉行科)待重轉驛坡，心又早怯懦。聽了這歸林暮雀，猶錯認亂軍啊。

眉批："忽轉茫茫路境，回顧埋玉驚魂。筆墨之間，出神入化。"

【北沽美酒帶太平令】(旦行上)度寒烟蔓草坡，行一步一延俄。

眉批:"魂行乘空,若有所緣,如見珊珊來遲之態。"

(泣科)只這冷土荒堆樹半棵,便是娉婷裊娜,落來的好巢窩。

眉批:"玉鈎斜畔,埋没多少佳人。惟有青塚、馬嵬,千古猶生憑吊。"

不免叫唤一聲,(叫科)楊玉環,你的魂靈在此。我啊,悄臨風叫他、唤他。(泣科)可知道伊原是我,呀,直恁地推眠妝卧!

眉批:"形神離隔,有此一段纏綿。是點是癡,無非妙理。已爲合尸伏案。"

(副淨)貴妃聽吾道來:你本是蓬萊仙子,因微過謫落凡塵。今雖是浮生限滿,舊仙山隔斷紅云。

眉批:"前因必如是提醒。"

【南尾聲】重來絕命庭中過,看樹底淚痕猶浣。怎能夠飛去蓬山尋舊果!

眉批:"仙子謫降,土地業已明言,貴妃豈能忘却? 結句不但起後文情悔,並爲下半部提綱。"

第二十八齣　罵賊

眉批:"此折大有關係。雷海青琵琶,遂可與高漸離擊筑並傳。嘗歎世間真忠義不易多有,惟優孟衣冠,妝演古人,凜然生氣如在。若此折使人可興、可觀,可以廉頑直懦,世有議是劇爲勸淫者,正未識旁見側出之意耳。"

如今却一個個貪生怕死,背義忘恩,爭去投降不迭。

眉批:"奸人只一怕死,便無所不至。"

俺不免乘此,到那廝跟前,痛罵一場,出了這口憤氣。便粉骨碎身,也説不得了。且抱著琵琶,去走一遭也啊!

眉批："正人只一不怕死,便做出掀天揭地事業。"

【仙吕村裏迓鼓】雖則俺樂工卑濫,砝砝愚暗,也不曾讀書獻策,登科及第,向鹓班高站。

眉批："科第中人,如何自解?"

誰想那一班兒没掂三,歹心腸,賊狗男。

徐曰："末疊用三字二截句,范子安《竹葉舟》格。"

【上馬嬌】曲

眉批："假道學能不汗下!"

咱,只問你蒙面可羞慚?

徐曰:"'咱'字斷句自然,此元人入妙處。"

【勝葫蘆】眼見的去做忠臣没個敢。雷海青啊,若不把一肩擔,可不枉了戴髮含牙人是俺。但得綱常無缺,鬚眉無愧,便九死也心甘。(下)

眉批："此一'俺'字、前一'咱'字,皆看得此身所係綱常甚重,便是作聖賢心腸。"

【中吕引子·繞紅樓】曲

徐曰："此引本非犯調,舊譜分注【菊花新】【齊天樂】【縱山月】,調既不合,名亦無謂。"

(淨引二軍士上)搶佔山河號大燕,袍染赭,冠戴沖天。凝碧清秋,梨園小部,歌舞列瓊筵。

眉批："開口出搶佔二字,不脱賊種語氣,次句便誇袞冕,又如沐猴而冠。此等模描,深得《史記》文法。"

【中吕過曲·尾犯序】龍戲碧池邊,正五色云開,秋氣澄鮮。

眉批："點明時、景,是徵實處。"

紫殿逍遙,暫停吾玉鞭。開宴,走緋衣,鸞刀細割;揎錦袖,犀盤滿獻。

眉批："仍是打圍情狀，真堪絕倒。"

【前腔（換頭）】當筵，衆樂奏鈞天。舊日霓裳，重按歌遍。半入云中，半吹落風前。稀見，除却了清虛洞府，只有那沉香亭院。今日個仙音法曲，不數大唐年。

眉批："舊時歌舞，回首可憐，音節凄婉極矣。何物諸臣，並不生宮槐葉落之感也。"

（四偽官）臣想天寶皇帝，不知費了多少心力，教成此曲。今日却留與主上受用，真乃齊天之福也。

眉批："此等喪心諛語，更足引激海青憤氣。遞下更妙。"

（大哭介）我那天寶皇帝呵，金鑾上百官拜舞，何日再朝天？

眉批："哭聲突來，如見人鬼交訌，天地改色。"

（外罵介）唉，安禄山，你本是失機邊將，罪應斬首。幸蒙聖恩不殺，拜將封王。你不思報效朝廷，反敢稱兵作亂，穢汙神京，逼遷聖駕。這罪惡貫盈，指日天兵到來誅戮，還説什麼太平筵宴！

眉批："嘗讀唐徐夤詩'張均兄弟今何在，却是楊妃死報君'，今見此曲，覺太平宴上諸人，不但生慚雷老，即他日九重泉路，並何面目見楊妃乎！後文以爲國捐軀爲楊表白，正爲此輩抑揚耳。"

（將琵琶擲淨介）我擲琵琶，將賊臣碎首報開元。

眉批："等不得天兵，即以琵琶奮擊。瀕危正氣嶽嶽，愧殺鼠輩偷生。"

（軍奪琵琶介）（淨）快把這廝拿去砍了。

眉批："滿朝舊臣，甘心降順，而一樂人，獨矢捐軀，烈性足千古矣。然文伯之喪，敬姜謂諸臣謂出涕，而内人行哭失聲。知其曠禮，則天寶之智可知也。覽者必於此等處著眼，方不去作者苦心。"

（四僞官起介）殺得好，殺得好。一個樂工，思量做起忠臣來。難道我每吃太平宴的，倒差了不成！

　　眉批："仍結到太平宴，極其周匝，語更蘊藉入妙。"

【尾聲】大家都是花花面，一個忠臣值甚錢。

　　眉批："他人笑罵，不若自寫照之親切。"

第二十九齣　聞鈴

（丑內叫介）軍士每趲行，前面伺候。

　　眉批："軍士自不宜同在場，看其安頓之法。"

（生）裊裊旗旌，背殘日，風搖影。匹馬崎嶇怎暫停，怎暫停！只見陰雲黯淡天昏暝，哀猿斷腸，子規叫血，好教人怕聽。兀的不慘殺人也麼哥，兀的不苦殺人也麼哥！蕭條怎生，峨眉山下少人經，冷雨斜風撲面迎。

　　眉批："馬首斜陽，忽爾陰雲催暝，冷雨迎人。客程情景如畫。"

（生）你聽那壁廂，不住的聲響，聒的人好不耐煩。高力士，看是什麼東西。（丑）是樹林中雨聲，和著簷前鈴鋒，隨風而響。（生）呀，這鈴聲好不做美也！

　　眉批："本是夜雨聞鈴，寫在中途薄暮，更覺斷腸。"

【前腔】曲

　　徐曰："此曲與前曲稍有不同。"

一點一滴又一聲，一點一滴又一聲，和愁人血淚交相迸。

　　眉批："鈴聲不斷，卻於疊句寫出。"

一慟空山寂，鈴聲相應，閣道岧嶤，似我回腸恨怎平！

　　眉批："纏綿哀怨，一往情深；又應轉鈴聲，點染閣道，淒然欲絕。"

【尾聲】迢迢前路愁難罄，招魂去國兩關情。（合）望不盡雨後尖山萬點青。

眉批："結出雨後景色，文生於情。"

第三十齣　情悔

眉批："此折爲《神訴》張本。"

【過曲・三仙橋】曲

眉批："三曲，首惜芳顏，次哭釵盒，末悔前愆。由癡入悟，章法井然。"

古驛無人夜靜，趁微云，移月暝，潛潛趯趯，暫時偷現影。驀地間心耿耿，猛想起我舊豐標，教我一想一淚零。

眉批："美人無不愛鏡，正自惜紅顏也。及至青草黃泥，那得不想？那得不淚下？"

想、想當日那態娉婷，想、想當日那妝豔靚，端得是賽丹青描成、畫成。那曉得不留停，早則饑寒肉冷。（悲介）苦變做了鬼胡由，誰認得是楊玉環的行徑！（淚介）（袖出釵盒介）這金釵、鈿盒，乃皇上定情之物，已從墓中取得。不免向月下把玩一回。

眉批："針線不漏。"

【前腔】看了這金釵兒雙頭比並，更鈿盒同心相映。只指望兩情堅如金似鈿，又怎知翻做斷綆。

眉批："曲曲折折，愈轉愈情切。從此直至仙山徵信，總不暫忘釵盒。"

且住，（悲介）只想我在生所爲，那一樁不是罪案。

眉批："人到悔時，便覺從前一無是處。故聖人教人以悔，則自兇趨吉。釋家懺悔，原與《易》道無異也。"

只有一點那癡情,愛河沉未醒。

眉批:"事事可悔,只有此情不放;才不放情,便生緣。"

(悲介)說起傷情,說起傷情,只落得千秋恨成。

眉批:"所謂'一失足成千古恨,再回首是百年人'也。急當猛省。"

(副淨)貴妃不必悲傷,我今給發路引一紙。千里之內,任你魂游便了。

眉批:"因貴妃云泉路茫茫,故以路引導之。"

還怕相逢,還怕相逢,兩心痛增。

眉批:"說到相逢,並怕明皇增痛,直是情至。"

第三十一齣　剿寇

現今上皇巡幸西川,今上即位靈武。

眉批:"敘次時事簡而能括,是大手筆。"

軍令分明,爭看取奮鷹揚堂堂元帥。

眉批:"軍令分明,是制勝第一事。"

不斷征云靉靆,鬼哭神號,到處裏染腥風,殺人如芥。

眉批:"以殺人為能,便是草寇語。"

(末領衆先下)(外領軍上,與丑對戰一合介)(丑)來將何名?(外)吾乃大唐朔方節度使郭。天兵到此,還不下馬受縛,更待何時?(丑)不必多講,放馬過來。(戰介,丑敗介,走下)(末領卒上,截外戰介)(外)來的賊將,快早投降。(末)郭子儀,你可贏得我麼?(外)休得饒舌。(戰介,丑復上混戰介)(丑、末大敗逃下)

眉批:"哥舒一戰而陷關,子儀數戰而後收京,可見失之易,得之難。席守成王者,何可不早朝晏罷耶!"

第三十二齣　哭像

只念妃子爲國捐軀，無可表白，特敕成都府建廟一座。

眉批："楊妃傾國，而又爲之建廟，事屬無名。今以爲國捐軀、無可表白爲言，便覺此舉原不可少。"

【正宮端正好】是寡人昧了他誓盟深，負了他恩情廣，生拆開比翼鸞凰。

眉批："人無不畏鬼神者，信誓有違，暗室中往往自警。起語便提誓盟，是明皇極疚心處。"

【滾繡球】曲

徐曰："此調第五句以下，復疊用第一至第四四句，故名【滾繡球】。首二句，後五六句。元人下字，或參差不一，其實皆只三字句也。"

【叨叨令】曲

徐曰："此用《西廂》句法，實止七字句耳。疊字俱平聲方叶，他人解此者鮮矣。"

【脫布衫】羞殺咱掩面悲傷，救不得月貌花龐。是寡人全無主張，不合啊將他輕放。

眉批："忙裏不想著，閒裏悟著；當時不省著，過後悔著。此等境最是難堪。"

【小梁州】曲

眉批："【脫布衫】【小梁州】三曲，一意轉折。非是明皇自悔不死，正爲愁淚之狀。與死爲鄰，而未爲情死，死更可惜。故以人間天上、此恨難償結之。從來不能死忠死義者，到命絕時皆有此念。"

（丑同二宮女、二內監捧香爐、花幡，引雜抬楊妃像，鼓樂行上）

眉批:"楊妃凡三變,馬嵬以前,人也;冥追以後,鬼也;尸解以後,仙也。而神仙人鬼之中以刻象雜之,又作一變。假假真真,使觀者神迷目亂。"

【上小樓】別離一向,忽看嬌樣。待與你敘我冤情,說我驚魂,話我愁腸……

眉批:"馬嵬不能救免,冤情也;幸蜀不能自主,驚魂也;沒後不能再見,愁腸也。三語妙有次第。"

(近前叫科)妃子,妃子,怎不見你回笑靨,答應響,移身前傍。(細看像,大哭科)呀,原來是刻香檀做成的神像!

眉批:"忽癡,忽悟,呆語翻成妙諦!"

徐曰:"【上小樓】以下入〔中呂〕。"

【滿庭芳】曲

徐曰:"'望'字仄聲,協調;'輝'字用陰字,更協;'兩'字上聲起音,'監'字去聲,取務頭,各臻其妙。"

那裏有鴛幬、繡幕、芙蓉帳,空則見顫巍巍神幔高張,泥塑的宮娥兩兩,帛裝的阿監雙雙。

眉批:"點綴廟中景色,不可少。"

【快活三】俺只見宮娥每簇擁將,把團扇護新妝。

眉批:"忽從團扇簇擁中看出神來。"

猶錯認定情初,夜入蘭房。(悲科)可怎生冷清清獨坐在這彩畫生綃帳!記當日長生殿裏御爐傍,對牛女把深盟講。

眉批:"又觸起長生殿中誓盟,與起句相回互,並與後文牛女作緣相照會。"

又誰知信誓荒唐,存歿參商!空憶前盟不暫忘。今日呵,我在這廂,你在那廂,把著這斷頭香在手添悽愴。

徐曰："此調只幾個短韻,難叶。妙在叶得恰好,尤妙在'存'字屬陽是務頭。"

【四邊靜】把杯來擎掌,怎能夠檀口還從我手內嘗。

眉批："暗與舞盤折把杯照映。"

按不住悽惶,叫一聲妃子也親陳上。

徐曰："第四句,古體只四字。此五字,《西廂》格也。"

【耍孩兒】曲

眉批："軍行倉卒,錦褥裏埋,是明皇最傷心處,故下曲便想到山陵改葬,又追溯白練黃泉,牽衣請死,纏綿不已也。"

對著這云幃像,空落得儀容如在,越痛你魂魄飛揚。

眉批："仍歸到像上寫發。"

徐曰："此【耍孩兒】本調也,與後煞前半不同。以下藉般涉調。"

【五煞】碧盈盈酒再陳,黑漫漫恨未央,天昏地暗人癡望。

眉批："人在天地中,茫茫前路,惟有癡望耳。此語妙絕! 明皇雖遂改葬之願,總是昏暗中一癡。"

(生哭科)寡人呵,與你同穴葬,做一株塚邊連理,化一對墓頂鴛鴦。

眉批："猶是長生殿誓願。"

徐曰："此【般涉調煞】也,因用於【耍孩兒】之後,且後五句與【耍孩兒】同,人遂以為【耍孩兒】。"

【四煞】奠靈筵禮已終,訴衷情話正長。你嬌波不動,可見我愁模樣?

眉批："又作對像語,方非泛設。並以'嬌波不動',反映起下文流淚,妙絕。"

（丑接杯，獻科）（生哭科）向此際捶胸想，好一似刀裁了肺腑，火烙了肝腸。

眉批："禮完衆哭拜，排場極有次第。"

（生看像，驚科）呀，高力士，你看娘娘的臉上，兀的不流出淚來了。

眉批："木人下淚最妙。若無此一番情感，則一塊頑香叫呼不應，了無意致矣。"

這傷心真無兩，休説是泥人墮淚，便教那鐵漢也腸荒！

眉批："像是香木雕成者，'泥人''鐵漢'皆傍藉形容語，非以'泥人'指楊，'鐵漢'自指也。"

【二煞】只見老常侍雙膝跪，舊宮娥伏地傷。叫不出娘娘千歲，一個個含悲向。〔哭科〕妃子呵，只爲你當日在昭陽殿裏施恩遍，今日個錦水祠中遺愛長。悲風蕩，腸斷殺數聲杜宇，半壁斜陽。不能勾魂逐飛灰蝶化奴，驀地裏增悲愴。甚時見鸞驂碧漢，鶴返遼陽。

眉批："暗擊證仙。"

【煞尾】曲

眉批："是出廟徘徊情景。"

寡人今夜啊，把哭不盡的衷情，和你夢兒裏再細講。

眉批："結語又起一意，文心溢在紙外。"

徐曰："末句'再'字去聲，'講'字上聲，協調。"

第三十三齣　神訴

眉批："此折前爲密誓照應，後爲奏復仙班張本。"

行路中間，只見一道怨氣，直沖霄漢。

眉批："長生殿香烟，馬嵬坡怨氣，皆能上塞虛空。天人相感甚捷，君子所以謹屋漏也。"

【越調鬭鵪鶉】曲

　　眉批："用土地唱，人但知其排場變幻，不知實用元人法也。"

則俺在廟裏安身，忽聽得空中喚取。則他那天上宣差，有俺甚地頭事務。

　　眉批："無事被喚，便起疑慮多端。人世事亦如是。"

〔副〕他不住的唱叫揚疾，唬的我慌忙急遽。

　　眉批："是一幅土地公公行樂圖。"

只索把急張拘諸的袍袖來拂，乞留屈碌的腰帶來束。整頓了這破丟不答的平頂頭巾，扶定了那滴羞撲速的齊眉拐拄。

　　徐曰："'唱叫揚疾'四字二句，與中呂七字一句不同。'拂'字用韻方協〔越調〕【鬭鵪鶉】體。'急''拘諸'等字，是元人雙聲呼襯體。"

【紫花兒序】曲

　　眉批："首曲就本行籌寫，此曲從呼喚猜疑先於空中著想，不遽見天孫，亦是元人作法，此文章善於步虛處。"

（背科）哦，是了波，敢只爲云中駕過，道俺這裏接待全疏，（哭科）待將咱這卑職來勾除。

　　徐曰："【紫花兒序】起處五句，皆只四字。'勾除'二字爲句，協調法。"

則看俺廟宇荒涼鬼判無，常只是塵蒙了神案，土塞在台基，草長在香爐。

　　眉批："又畫出一所古廟。"

【天淨沙】這的是豔晶晶霓裳曲裏嬌姝，裊亭亭翠盤掌上輕軀。（貼）是那一個？（副淨）是唐天子的貴妃楊玉環，磣磕磕黃土坡前怨屈,因此上痛咽咽幽魂不去,靄騰騰黑風在空際吹噓。

眉批:"六字四句皆遙對。'怨屈'去上聲,俱合調法。"

"冤氣所之,隨風而上,最難形似。此真畫風手也。"

【調笑令】曲

徐曰:"首句五字二韻,'如花命懸三尺組'用'平平去平平上上',俱協調律。"

一霎時如花命懸三尺組,生擦擦爲國捐軀。

眉批:"爲國捐軀,乃明皇飾説,而幽冥亦作是論,何也? 使當日依回不決,則六軍犯蹕,竟成傾國,與褒妲無異,而有此一舉而軍心頓服,中興可期。唐人昧本事詩,獨少陵'不聞夏殷衰,中自誅褒妲'最爲得體,楊妃一死,雖謂之再造也可。觀織女答語,即歸重明皇,作者之情可見,非以强詞曲爲回護也。"

【小桃紅】當日個鬧鑊鐸,激變羽林徒,把驛庭四面來圍住。若不是慷慨佳人將難輕赴,怎能夠保無虞,扈君王直向西川路,使普天下人心悦服。

徐曰:"'慷慨佳人難輕赴',用'仄仄平平去平去',調律極協。"

【禿厮兒】曲

眉批:"土地更不爲明皇解嘲,只代貴妃寫怨,省多少拙筆。"

痛只痛情緣兩斷不再續,常則是悲此日,憶當初,欷歔。

徐曰:"'欷歔'二字是韻句,調法穩協,不讓元人。"

【幺篇】曲

徐曰:"【幺篇】六字三韻,古稱難協。'恨吐''意苦'俱去上聲,尤稱合調。"

因此上怨呼,恨吐,意苦。雖不能貫白虹上達天都,早則是結紫宇衝開地府。不提防透青霄橫當仙路。

眉批:"收合怨氣,首尾相應,文情生動。"

【絡絲娘】曲

眉批:"代訴至此,非尋常意想所及。土地亦因有嶽帝之命,所以樂爲快暢言之。夙世仙音,信非偶也。"

只恐到仙宮,但孤處,願永證前盟夫婦。

徐曰:"'但孤處'三字,用'去平上'聲,調法協而務頭得矣。"

【尾聲】代將情事分明訴,幸娘娘與他做主。早則看馬嵬坡少一個苦游魂,穩情取蓬萊山添一員舊仙侶。

徐曰:"'做主',去上聲;'舊仙侶',去平上聲,俱協調。而'舊仙侶'三字本調之煞,尤不可易。"

【三段字】悔深頓令真元露,情堅煉出金丹固,只合登仙,把人天恨補。

眉批:"登仙已足補恨;後文同生忉利,又是爲明皇重補。"

第三十四齣　刺逆

(丑扮李豬兒太監帽、氈笠、箭衣上)小小身材短短衣,高簷能走壁能飛。懷中匕首無人見,一皺眉頭起殺機。

眉批:"此種詩在場上句句有腔態,東籬、君美俱得此秘。"

一日禄山醉後,忽然現出豬首龍身,自道是個豬龍,必有天子之分。因此把俺名字,就順口喚做豬兒。

眉批:"此處點出'豬龍',爲後《雨夢》折見豬龍伏案。然却是序豬兒取名原由,奇想妙筆。或謂此折當扮豬龍上場醒目,不知是劇,故全用側寫映襯也。"

想他如今果然做了皇帝,却寵愛著段夫人,要立他兒子慶恩爲太子。眼見這頂平天冠,不要說俺李豬兒没福戴他,就是他長子大將軍慶緒，也輪不到頭上了。因此大將軍心懷忿恨，與俺商量，要俺今夜入宮行刺。

眉批："即從養子轉到慶恩欲立，慶緒謀弒，一氣旋折，絕妙古文。"

【雙調二犯江兒水】曲

眉批："此調本南曲，詞隱辨之甚明。自《寶劍》'梅花清瘦'曲添入重句，遂以北調唱之。但北曲止有【清江引】，別名【江兒水】，與此無涉。子猶云：'古人因調列名，欲更名"梅花清瘦"，附入北曲，因恐駭俗，故仍其舊。'"

（末）大哥每，你看那御河橋樹枝，為何這般亂動？

眉批："故作驚疑逼人，四軍四下轉語，無不入妙。"

苑牆恁高，那怕他苑牆恁高，翻身一跳，（作跳過介）已被俺翻身一跳。

眉批："疊句，恰好是兩重意。"

喜得宮中都是熟路，且自慢慢而去。

眉批："宮中是祿山熟路，豬兒亦是養子，故宜云然。然閱者於此可靜思因果，莫等閒看過。"

（淨作醒，歎介）唉，孤家原不曾醉。只為打破長安之後，便想席捲中原。不料名路諸將，連被郭子儀殺得大敗，心中好生著急。又因愛戀段夫人，酒色過度，不但弄得孤家身子疲軟，連雙目都不見了。因此今夜假裝酒醉，令他回宮，孤家自在便殿安寢，暫且將息一宵。

眉批："佯醉一段，極寫祿山丑態，實則為豬兒便於行刺也。"

（老旦、副淨進，忘閉門，復坐地盹介）

眉批："既不回宮，又失閉殿門，愈防謹，反愈疏漏，總是天奪其鑒。"

【前腔】曲

眉批："昔嘗與客論作曲：'須令人無從下圈點處，方是本色當行。'如此二曲，真古樸極矣。"

（作剔燈介）咱剔醒蘭膏，（揭帳介）揭起鮫綃，（出刀介）管教他潑殘生登時了。

眉批："已拔刀欲下手矣，又一頓折，故作逼人。且妙在剔燈、揭帳，便於宮娥起看。若作暗中摸索，多費幾許筆墨矣。"

（雜扮將官上）凶音來紫殿，令旨出青宮。大將軍有令：主上被唐朝郭子儀遣人刺死，即著軍士抬往段夫人宮中收殮，候大將軍即位發喪。

眉批："豬兒回話，慶緒即遣人處分喪事，不及更待報知，且以郭帥為辭。弒逆亂賊急性昧心，一齊寫出。"

第三十五齣　收京

眉批："此折專為點明迎請上皇回鑾一語，然唐室中興之象，郭令勳名之盛，皆見於此。妙在寫得氣象春容，曲白亦復古雅流麗。"

（外）諸將不知，本鎮當年初到西京，偶見酒樓壁上，有術士李遐周題詩一首。

眉批："於此處宣講一番，方知酒樓看詩不是閒文。"

（外歎介）唉，西京雖復，只是天子暫居靈武，上皇遠狩成都；千官尚竄草萊，百姓未歸田裏。必先肅清宮禁，灑掃園陵。務使鐘簴不移，廟貌如故。上皇西返，大駕東回。才完得我郭子儀身上的事也。

眉批："中興諸事，子儀已有成竹在胸，歷歷言之。後文諸將所議，即贊助此數語，不能更出一奇也。"

【商調過曲・高陽臺】曲

眉批："掃除陵廟是第一事，安流民次之，集故臣又次之，然後恭迎聖駕，是社稷臣作用。若小臣容悅，先圖逢迎，使其君目擊寢園蕪穢，流離載路，成何事耶！"

【前腔（換頭）】曲

眉批："諸曲俱切廓清後語，故妙。"

【前腔（換頭）】曲

眉批："於寅恭即寓謙抑之意，是令公身份。"

（外）你將這令箭一枝，帶領龍虎軍士五千，備齊法駕，齎我表文，前往靈武，奉迎今上皇帝告廟。並候聖旨，遣官前往城都，迎請上皇回鑾。

眉批："請今上以告廟，為辭甚得體。至迎上皇，非郭所擅□，故必請旨遣官。從古善處功名者，無一言一事可少苟也。"

第三十六齣　看襪

【商調過曲・吳小四】曲

眉批："頭緒雖繁，總以馬嵬貫串，使觀者不覺。"

那時老身躲入驛內佛堂，只見梨樹之下有錦襪一只，是楊娘娘遺下的。老身收藏到今，誰想是件至寶。

眉批："拾襪、看襪，隨筆帶出，絕不費力，卻是慘淡經營，真敘事神品。"

【中呂過曲・駐馬聽】翠輦西臨，古驛千秋遺恨深。歎紅顏斷送，一似青塚荒涼，紫玉銷沉。小生李暮，向因兵戈阻路，不能出京。

眉批:"李蓍、郭從謹隨意照應,作點綴;又入女貞觀主,爲後來念學道作合。"

(外上)老漢郭從謹,喜得兵戈寧息,要往華山進香。經過這馬嵬坡下,走的乏了。有座酒店在此,且吃三杯前去。

眉批:"俱作看襯,未免雷同。用一過路飲酒之人,更覺生動。"

【前腔】寶護深深,什襲收藏直至今。要使他香痕不減,粉澤常留,塵涴無侵。果然堪愛又堪欽,行人欲見爭投飲。客官,只要不惜囊金,願與君把玩端詳審。

眉批:"愛者以其美,欽者以其貴也。寫至此,真令人動色。"

【駐云飛】你看薄襯香綿,似一朵仙云輕又軟。昔在黃金殿,小步無人見。憐今日酒壚邊,等閒攜展。只見線跡針痕,都砌就傷心怨。可惜了絕代佳人絕代冤,空留得千古芳蹤千古傳。

眉批:"數語即是'堪愛堪欽'注腳。"

(外作惱介)唉,官人,看他則甚!我想天寶皇帝,只爲寵愛了貴妃娘娘,朝歡暮樂,弄壞朝綱。致使干戈四起,生民塗炭。

眉批:"情愛場中不可無此一番正論,此又是借他人酒杯,澆自己塊壘。"

【前腔】你看瑣翠鉤紅,葉子花兒猶自工。不見雙趺瑩,一只留孤鳳。空流落,恨何窮。馬嵬殘夢,傾國傾城,幻影成何用。莫對殘絲憶舊蹤,須信繁華逐曉風。

眉批:"李曲情癡,郭曲悲憤。此曲觀空,名照本色,色色入妙。"

(外)這樣遺臭之物,要他何用。

眉批:"此非惡掃也,正是作者微旨。若天寶廷臣有此直言,便可久安長治。"

（小生）惟留坡畔彎環月，李益。

眉批：“‘彎環月’比襪，本徐䒱詩‘巧裁明月半彎斜’。”

第三十七齣　尸解

眉批：“此折曲寫情種愁魂，能於無中生有。太白仙才，長吉鬼才，殆欲兼之。”

【正宮過曲‧雁魚錦】曲

徐曰：“此調，沈譜舊未注明。及查諸家考注，互有不同，且多牽强未確者，今悉查正。”

【雁過聲全】悄魂靈御風似夢游，路沉沉不辨昏和晝。經野樹片時權棲宿，猛聽冷烟中鳥啾啾，唬得咱早難自停留。青磷荒草浮，倩他照著我向前冥冥走。是何處？殿角幾重云影覆。

眉批：“遙望殿閣幾重，不知何處西宮。是宴息之地，一到自然認得。游魂不能自主，渾與夢境一般。”

（旦作進介）你看宮花都是斷腸枝，簾幕無人窣地垂。行到畫屏回合處，分明釵盒奉恩時。（淚介）

眉批：“驀到西宮，驀想釵盒。所謂‘風景不殊，舉目有河山之異’，那得不下淚也！”

【二犯漁家傲】【雁過聲換頭】躊躕，往日風流。【普天樂】（作坐床介）記盒釵初賜，種下這恩深厚。癡情共守，（起介）又誰知慘禍分離驟！唉，你看沉香亭、華萼樓都這般荒涼冷落也。

眉批：“心思所到，隨處忽現舊景。皆是幻化，非真境也。”

（作登樓介）並沒有人登畫樓，並沒有花開並頭，【雁過聲】並沒有奏新謳——端的有、荒涼滿目生愁！淒然，不由人淚流！

眉批：“‘淒然淚流’四字，即《周孝子》中‘思前想後’四字句法也,與前'青磷荒草浮'五字句微異。故點板仍當於'然'字用一正一截。"

(哭介)我那皇上呵,怎能夠霎時一見也!方才門神說,上皇猶在蜀中。不免閃出宮門,到渭橋之上,一望西川則個。

眉批:"物是人無,那得不思想見;因不得見,轉出遙望一層。曲寫幽情,不特用古入化。"

【二犯傾杯序】【雁過聲換頭】凝眸,一片清秋,(登橋介)【漁家傲】望不見寒云遠樹峨眉秀。

徐曰:"第三段舊作【二犯漁家燈】,此蓋認'寒云'一句爲【漁家燈】,不知【漁家傲】與【剔銀燈】二調合成者。此句實即【漁家傲】也,與燈名何涉。"

(作看介)呀,你看佛堂虛掩,梨樹欹斜。怎麼被風一吹,仍在馬嵬驛內了!

眉批:"順風游去多時,一吹即到舊處,正與夢境相似。"

【喜漁燈犯】【喜漁燈】驛垣夜冷,一燈微漏。佛堂外,陰風四起。看月暗空廄,【朱奴兒】猛傷心淚垂。

眉批:"人境耶?鬼語耶?景切情至,妙至此乎?"

【玉芙蓉】對著這一株靠簷梨樹幽,(坐地泣介)【漁家傲】這是我斷香零玉沉埋處。好結果一場厮耨,空落得薄命名留。

眉批:"說到身後名,真堪哭殺。"

【錦纏道犯】【錦纏道】謾回首,夢中緣,花飛水流,只一點故情留。似春蠶到死,尚把絲抽。劍門關離宮自愁,馬嵬坡夜臺空守,想一樣恨悠悠。〔雁過聲〕幾時得金釵鈿盒完前好,七夕盟香續斷頭!

眉批:"將前數曲意總敘作結,又以一點情留、盟香續斷引起下文,證仙巧法雙絕。"

（見介）貴妃,有天孫娘娘齎捧玉旨到來,須索準備迎接。吾神先去也。

眉批:"正迷悶時,忽得喜信,無異窮措大聞得第也。"

（貼宣敕介）玉旨已到,跪聽宣讀。玉帝敕曰:咨爾玉環楊氏,原系太真玉妃,偶因微過,暫謫人間。不合迷戀塵緣,致遭劫難。今據天孫奏爾籲天悔過,夙業已消,真情可憫。准授太陰煉形之術,復籍仙班,仍居蓬萊仙院。欽哉謝恩。

眉批:"天孫並取情真,玉旨總歸重悔過。上悔則雖屬癡情,已歸正見,所以可仙也。"

（貼）太真請起。前天寶十載七夕,我正渡河之際,見你與唐天子在長生殿上,密誓情深。昨又聞馬嵬土地訴你悔過真誠,因而奏聞上帝,有此玉音。

眉批:"照應以前《私誓》、《神訴》諸折。"

（作向古門扶雜,照旦妝飾,扮旦尸錦褥包裹上）（副淨解去錦褥,扶尸立介）（旦見作驚介）看原身宛然,看原身宛然,緊緊合雙眸,無言閉檀口。（副淨將水沃尸介）把金漿點透,把金漿點透,神光面浮,（尸作開眼介）（旦）秋波忽溜。

眉批:"人晝則魂附於形,夜則魂自能變物,所以成夢。死則形敗而魂有靈,是鬼也。魂復於形則重生,形化於魂為尸解。理本平常,而從來無演及此者,遂覺排場新幻,使人警動。"

【前腔】果霎時再活,果霎時再活,向前移走,覷形模與我無妍醜。（作遲疑介）且住,這個楊玉環已活,我這楊玉環却歸何處去?（尸作忽走向旦,旦作呆狀,與尸對立介）（副淨拍手高叫介）玉妃休迷,他就是你,你就是他。

眉批："妄起我見，便生無限猜疑。煩惱一經土地點破，真如嚼蠟無味矣。是一時二，實有至理可參。"

（尸逐旦繞場急奔一轉，旦撲尸身作跌倒，尸隱下）

眉批："以上科介，俱細細傳神，演者切莫潦草。"

似亡家客游，似亡家客游，歸來故丘，室廬依舊。

眉批："前土地二喻尚是形似，此喻更自親切。"

（副淨看介）呀，奇哉，奇哉！那錦褥化作一片彩云，竟自騰空飛去了。

眉批："錦褥不見，惟有香囊。得此一解，方不滲漏。"

（想介）哦，也罷，我胸前有錦香囊一個，乃翠盤試舞之時，皇上所賜。不免解來留下便了。

眉批："如此寫香囊，方才有情。而釵盒在仙山却寄，亦有根蒂。"

（作解香囊看介）解香囊在手，解香囊在手，（悲介）他日君王見收，索強似人難重覯。

眉批："思致深刻。"

【單調風云會】【一江風】指瀛洲，云氣空蒙覆，金碧開群岫。【駐云飛】嗏，仙家歲月悠，與情同久。情到真時，萬劫還難朽。牢把金釵鈿盒收，直到蓬山頂上頭。

眉批："一切含靈，以有情故，生生不已。妄即爲無明，悟即爲正覺，皆能萬劫不朽，非虛語也。"

第三十八齣　彈詞

（末白須、舊衣帽，抱琵琶上）一從鼙鼓起漁陽，宮禁俄看蔓草荒。留得白頭遺老在，譜將殘恨説興亡。

眉批："白頭宮女，閒說遺事，不如伶工猶能弦而歌之，感人益深也。"

（歎科）哎，想起當日天上清歌，今日沿門鼓板，好不頹氣人也。

眉批："上之伍胥吹簫，下之邯鄲才人嫁爲廝養卒婦，同一流落之感。"

【南呂一枝花】不隄防餘年值亂離，逼拶得歧路遭窮敗。受奔波風塵顏面黑，歎衰殘霜雪鬢須白。今日個流落天涯，只留得琵琶在。

眉批："美人之鏡，俠客之劍，伶工之琵琶，於失意時留得，尚可抵一知己。"

揣羞臉上長街，又過短街。

徐曰："'上長'兩句，用七字【風光好】格。"

【梁州第七】想當日奏清歌趨承金殿，度新聲供應瑤階。說不盡九重天上恩如海：幸溫泉驪山雪霽，泛仙舟興慶蓮開，玩嬋娟華清宮殿，賞芳菲花萼樓臺。

眉批："按四時寫景，是元人法。"

正擔承雨露深澤，驀遭逢天地奇災：劍門關塵蒙了鳳輦鸞輿，馬嵬坡血污了天姿國色。江南路哭殺了瘦骨窮骸。可哀落魄，只得把霓裳御譜沿門賣，有誰人喝聲采！空對著六代園陵草樹埋，滿目興衰。

眉批："辭氣悲壯之極！當時朝臣，能作此語者有幾？塵蒙血污，即以老伶哭殺參對，思深哉！"

（淨）大姐，咱和你"及時行樂休空過"。（丑）客官，"好聽琵琶一曲新"。

眉批："以詩句引問，亦是古法。"

【轉調貨郎兒】曲

眉批："所彈遺事多半繁華,乃先以悲傷感歎淒涼幽怨愁煩等字,填滿數行,聳人聽聞,並引出李謩請語。"

唱不盡興亡夢幻,彈不盡悲傷感歎,大古裏淒涼滿眼對江山。我只待撥繁弦傳幽怨,翻別調寫愁煩,慢慢的把天寶當年遺事彈。

眉批："此調凡九轉,每轉各用一韻,此定格也。此曲與《瀟湘雨》【貨郎兒】同,乃本調也。以下則各變而轉矣。所轉之調不同,故章句亦異。"

【二轉】曲

眉批："'怎生'一語內含無限風刺。李彈特照《長恨歌》敘次耳。"

想當初慶皇唐太平天下,訪麗色把蛾眉選刷。有佳人生長在弘農楊氏家,深閨內端的玉無瑕。那君王一見了歡無那,把鈿盒金釵親納,評跋做昭陽第一花。

徐曰："此比首調第五句下增'那君王'二句,是轉調。末句仍收本調。"

【三轉】那娘娘生得來仙姿佚貌,說不盡幽閒窈窕。真個是花輸雙頰柳輸腰,比昭君增妍麗,較西子倍風標,似觀音飛來海嶠,恍嫦娥偷離碧霄。

眉批："形容難狀,以比擬了之,即胡天胡帝之意,韻致則盡妍矣。"

更春情韻饒,春酣態嬌,春眠夢悄。總有好丹青,那百樣娉婷難畫描。

徐曰："【三轉】比首調第五句下增四字。五句是轉調,末句收歸本調。"

【四轉】曲

徐曰："【四轉】比首調五句下增八九句，是轉調，末句收歸本調。"

那君王看承得似明珠没兩，鎮日裏高擎在掌。賽過那漢宮飛燕倚新妝，可正是玉樓中巢翡翠，金殿上鎖著鴛鴦，宵偎晝傍。直弄得個伶俐的官家顛不剌、懵不剌，撇不下心兒上。弛了朝綱，占了情場，百支支寫不了風流帳。

眉批："寫歡情處，美刺互見。可想見狐媚善惑，直是吐雅含風。詞律之妙，猶其餘技。

雙，赤緊的倚了御床，博得個月夜花朝同受享。"

眉批："'雙'字一字句妙，協調法。"

【五轉】曲

徐曰："【五轉】於首曲本調外，另增六句轉調，末復重用本調，後三句收。"

當日呵，那娘娘在荷庭把宮商細按，譜新聲將霓裳調翻。晝長時親自教雙環。舒素手，拍香檀，一字字都吐自朱唇皓齒間。恰便似一串驪珠聲和韻閑，恰便似鶯與燕弄關關，恰便似鳴泉花底流溪澗，恰便似明月下泠泠清梵，恰便似緱嶺上鶴唳高寒，恰便似步虛仙珮夜珊珊。

眉批："全曲形容歌聲，寫舞只一筆，已足得文章詳略之妙。"

【六轉】曲

徐曰："【六轉】純用疊字，作呼視調法也。比首曲第五句下增十四句，是轉調，末句收歸本調。"

恰正好嘔嘔啞啞霓裳歌舞，不提防撲撲突突漁陽戰鼓。劃地裏出出律律紛紛攘攘奏邊書，急得個上上下下都無措。早則是喧喧嗾嗾、驚驚遽遽、倉倉卒卒、挨挨拶拶出延秋西路，鑾輿後攜著個嬌嬌滴滴貴妃同去。

眉批："緩歌慢舞，忽變慘摑，即令大小李畫之，亦無此神似。"

【七轉】破不剌馬嵬驛舍，冷清清佛堂倒斜。一代紅顏為君絕，千秋遺恨滴羅巾血。半棵樹是薄命碑碣，一抔土是斷腸墓穴。再無人過荒涼野，莽天涯誰吊梨花謝！

眉批："馬嵬驛、佛堂、梨樹，因楊妃而傳千古，令人憑吊。誰復題貞娘墓上詩，使重色者意沮乎？'莽天涯誰吊梨花謝'，正自含情不淺。"

可憐那抱幽怨的孤魂，只伴著嗚咽咽的望帝悲聲啼夜月。

徐曰："【七轉】'羅巾血'以下、'只伴著'以上六句皆轉調，末句收歸本調。"

【八轉】曲

徐曰："【八轉】比首調，第三句下自'把繁華'至'染腥臊也麼哥'十二句是轉調，末句收歸本調。"

野鹿兒亂跑，苑柳、宮花一半兒凋。

眉批："'野鹿'非湊語，暗用銜花上苑事。"

歎蕭條也麼哥，梁腥臊也麼哥！染腥臊，玉砌空堆馬糞高。

眉批："想氤氳撲鼻，能不惡嘔二日。"

【九轉】這琵琶曾供奉開元皇帝，重提起心傷淚滴。

眉批："張籍詩有'開元皇帝掌中憐'句，亦暗指天寶時事，不嫌追稱也。"

徐曰："【九轉】於首調第三句下自'親向那沉香亭'至'俺為誰'十一句，是轉調，末句收歸本調。"

(小生)莫不是賀老？(末)俺不是賀家的懷智。

眉批："因結語用李春郎句法,又先用許多姓名,挑作陪客,章法更佳。語云:'青出於藍。'益信! 益信!"

(小生)這等想必是雷海青?(末)我雖是弄琵琶,却不姓雷。他啊,罵逆賊,久已身死名垂。

眉批:"諸伶又一點名,遙與偷曲折登場相應。而雷老獨標其罵賊事,是史家筆法。"

(小生)請問老丈,那"霓裳"全譜可還記得波?(末)也還記得,官人為何問他?

眉批:"李蕃好音,至於偷傍宮牆,中宵竊聽,終遇龜年傳授全譜。凡事有志竟成,學道者其鑒諸。"

【煞尾】曲

眉批:"青州趙秋谷嘗評此篇實勝國所無也。清遠時鑿,海浮偶粗,餘子鹿鹿,不是比數。二甫之間豈虛譽哉? 今讀之真足道比王白。附載茲語,歎其知言。"

俺一似驚烏繞樹向空枝外,誰承望做舊燕尋巢入畫棟來。今日個知音喜遇知音在,這相逢,異哉! 恁相投,快哉! 李官人啊,待我慢慢的傳與你這一曲霓裳播千載。

徐曰:"此煞即同隔尾。以為煞者,所謂隔尾隨煞也。"

第三十九齣　私祭

眉批:"此折收拾永、念,別有間冷之趣。"

此間觀主,昨自西京,購請道藏回來。今日天氣晴和,著我二人檢曬經函。且索細細翻閱則個。

眉批:"本欲哭奠楊妃,乃由檢經引起,並與看襪照會,覺處處有針線。"

【雙調過曲·孝南枝】曲

　　眉批："因翻經而動塵,日色映之,蕩如空花幽景,非閒人不會。"

　　(老旦)想當日在宮中,聽娘娘教白鸚哥念誦心經。若是早能學道,倒也免了馬嵬之難。

　　眉批："賓白接遞處,層層轉入正意,却無一點痕跡,筆墨俱化。"

　　【前腔】想著你恩難罄,恨怎忘,風流陡然沒下場。

　　眉批："此與《牡丹亭》祭杜麗娘同用一調,又以供牡丹與供殘梅故相犯,而絕無一字一意雷同。二曲皆須加贈板細唱,場上演法亦迥異。"

　　且喜一所道院在此,不免進去避雨片時。

　　眉批："避雨入道院,情景最合。"

　　(作看牌,念介)皇唐貴妃楊娘娘靈位。(哭介)哎喲,楊娘娘,不想這裏顛倒有人供養!

　　眉批："一見驚、喜、痛交集。陡然一哭,驚出兩故宮人來,妙絕。若再作從容敍會,文勢便散懈矣。"

　　【前腔】〔換頭〕一朝把身喪,千秋抱恨長。(老旦、貼一面上)那個啼哭?(作看,驚介)這人好似李師父的模樣,怎生到此?(末)恨殺六軍跋扈,生逼得君後分離,奇變驚天壤。可憐小人李龜年,(老旦、貼)原來果是李師父,(末)不能夠逢令節,奠一觴,沒揣的過仙宮,拜靈爽。

　　眉批："樂人、宮人同受國恩,宜其想到自身,愈增悲慟。"

　　(老旦、貼悲介)唉,《霓裳》一曲倒得流傳,不想制譜之人已歸地下,連我每演曲的也都流落他鄉。好傷感人也。(各悲介)

　　眉批："樂人、宮人同受國恩,宜其想到自身,愈增悲慟。"

【五供養】(合)驀地相逢處各沾裳,【月上海棠】白首紅顏,對話興亡。

眉批:"合語淒然,道人可以生悟,勞人可以增悲。"

【前腔】追思上皇,澤遍梨園,若個能償!(泣介)那雷老啊,他忠魂昭白日,羞殺我遺老泣斜陽。

眉批:"暗中點晴景,妙。"

(老旦、貼)師父,可曉得秦、虢二夫人都被亂兵殺死了?(末)便是朱門麗人都可傷,長安曲水誰游賞。(合)驀地相逢處,各沾裳。白首紅顏,對話興亡。

眉批:"繁華境內,諸人一齊收拾,並又轉合時節,文心細密。"

第四十齣　仙憶

眉批:"或疑見月與此折稍閒冗,不知證仙回鑾,皆是大事,此二折各見正面,又一引改葬,一引奏樂,必不可少也。"

【高平過曲·九回腸】【解三酲】沒奈何一時分散,那其間多少相關。

眉批:"人不到沒奈何時,不肯心死。只一句道盡仙凡苦境。"

【三學士】不成比目先遭難,拆鴛鴦說甚仙班。

眉批:"《私誓》折為二語作注腳。此又翻新文心,真如剝蕉不盡。"

【清商七犯】曲

徐曰:"此調仿《黃孝子》'兒生塞'曲,中添【二郎神】兩句,末換【黃鶯兒】三句,音律和協。"

(旦)【降黃龍】痛我曆劫遭磨,宮冷商殘,……

眉批:"舞破中原,不可無此頓跌。'宮冷商殘',喻君王臣妾也。用屯田語句恰合。"

（旦接介）仙子，譜雖取到，只是還須謄寫才好。

眉批："又一頓，是文章波折，並應前潸潸之淚原非虛墮。"

第四十一齣　見月

眉批："從肅宗迎待說起，直接《收京》。折內賓白措詞，亦有體要。太白《西巡南京歌》取喻新豐，正同此法。"

（生）前已傳旨，令該地方官建造妃子新墳，你可星夜前往，催督工程，候朕到時改葬。

眉批："又與《哭像》折內遙應。"

（生）西川出狩乍東歸，駐蹕離宮對夕暉。記得去年嘗麥飯，一回追想一沾衣。

眉批："照應麥飯，有情景。"

【攤破金字令】

徐曰："此調見《破窰記》'紅妝艷質'。子猶云：此【金字令】正調也。沈譜以前九句爲【淘金令】，後五句未詳。不知【淘金令】乃此調【犯江兒水】耳；又載林招得'一心告天'曲正與此同，而別題作【金犯令】，尤謬。或云有'攤破'二字，恐是犯調，此亦不然。如【攤破月兒高】、【攤破地錦花】皆正調也。'攤破'，或作'擲破'，亦訛。"

【夜雨打梧桐】

眉批："已命力士營葬，徘徊月下，自應先從荒墳入想；又因殉葬，轉到釵盒，更有情致。"

驀地回思當日，與你偶爾離開，一時半刻也難捱，何況是今朝永隔幽冥界。

眉批："'偶爾離開'，暗照虢國。"

（泣介）我那妃子啊，當初與你釵、盒定情，豈料遂爲殉葬之物。歡娛不再，只這盒釵，怎不向人間守，翻教地下埋。

眉批："【夜雨打梧桐】，亦正調也。子猶云：古人因事立名，或適聞夜雨打梧桐而作，因以名調，非必犯調。鞠通《新譜》注犯【梧葉兒】【水紅花】【五馬江兒水】【桂枝香】四調，惟一'梧'字相合，餘與題何與耶？且'奴家命薄天知否'，原止七字句，歷查舊譜皆然。沈譜添作'天還知否'，謂犯【桂枝香】，益謬。"

【攤破金字令】〔換頭〕

眉批："又曰：'此【金字令】換頭，沈譜題作【金水令】，以前五句注犯【五馬江兒水】，亦非。'"

休説他嬌鬟妍笑，風流不復偕，就是頳顏微怒，淚眼慵抬……

眉批："'頳顏''淚眼'，暗照梅妃一事。"

記得當年七夕，與妃子同祝女牛，共成密誓。豈知今宵月下，單留朕一人在此也！

眉批："又因地中連理，想到七夕誓盟，接遞無痕，並引起後文聳合。"

【夜雨打梧桐】

徐曰："前曲'冷'字、'好'字，此曲'倚'字、'兩'字，俱上聲，協律，妙甚。"

誰想那夜雙星同照，此夕孤月重來。時移境易人事改。

眉批："星月伴寫，思入幽微，結顧釵盒更密。"

第四十二齣　驛備

【越調過曲·梨花兒】（副淨扮驛丞上）我做驛丞沒傝儸，缺供應付常吃打。今朝駕到不是耍，㗛，若有差遲便拿去殺。

眉批："譚諧不寂寞,亦復古雅。"

恐土工窺見玉體,要另選女工四百。

眉批："貴妃未殮而葬,此時啟工,非用女工不可,却生出無數波瀾。"

(副淨作細看介)咦,怎麼這個女工掩著了嘴答應,一定有些蹊蹺。驛子與我看來。

眉批："因欲以獻襪人充數,故先用假女作一插科。若將王嬤嬤竟寫入女工內,便不醒豁,而文情亦不生動矣。"

(淨)笑你老爹好長手,(雜)剛剛摸著一個鬢剔帚。

眉批："俚譚在古曲中亦間有之。"

(老旦一面上)欲將錦襪獻天子,權把鏵鍬充女工。老身王嬤嬤,自從拾得楊娘娘錦襪,過客爭求一看,賺了許多錢鈔。目今聞說老萬歲爺回來,一則收藏禁物,恐有禍端,二則將此錦襪獻上,或有重賞,也未可知。

眉批："以宮禁褻物取利,讒嫉者必將鼓禍。王婆計及此,自不得不上獻矣。妙想!妙筆!"

【亭前柳】鍬钁手中拿,挖掘要如法。莫教侵玉體,仔細撥黃沙。(合)大家、演習須熟滑,此奉欽遵,切休得有爭差。

眉批："因是無棺之塚,所以發掘必須演習,非止為婦女不諳鍬鋤也。故此曲以莫侵玉體為言,而後曲即為田家慣習為對,詞意周到。"

第四十三齣　改葬

【商調過曲·山坡羊】曲

眉批："此景貴妃臨絕時言之,冥追魂游時屢言之,真所謂夜臺之人更苦也。明皇一見傷心，那得不想到此。”

【水紅花】向高岡一謎下鍬鋤，認當初，白楊一樹。怕香銷翠冷伴蚍蜉，粉肌枯，玉容難睹。（衆驚介）掘下三尺，只有一個空穴，並不見娘娘玉體！早難道爲云爲雨，飛去影都無，但只有芳香四散襲人裾也羅。

眉批：“先聞香，後見囊，層次不爽。”

【山坡羊】慘凄凄一匡空墓，杳冥冥玉人何去？便做虛飄飄錦褥兒化塵，怎那硬撑撑釵盒也無尋處。空剩取香囊猶在土，尋思不解緣何故，恨不得喚起山神責問渠。

眉批：“真不可解，自應責問山神，却是帝王口吻。情詞雙絶。”

（丑）奴婢想來，自古神仙多有尸解之事。或者娘娘尸解仙去，也未可知。即如橋山陵寢，止葬黃帝衣冠。

眉批：“懸想登仙，援證古帝。佞人之言，真覺娓娓可聽。”

【水紅花】當時花貌與香軀，化虛無，一抔空墓；今朝玉匣與珠襦，費工夫，重泉深錮。更立新碑一統，細把淚痕書。從今流恨滿山隅也羅。

眉批：“賤日悼亡，貴來營葬。元微之俸錢百萬之詩，癡情正復類此。”

【山坡羊】俊彎彎一鉤重睹，暗濛濛餘香猶度。裊亭亭記當年翠盤，瘦尖尖穩逐紅駕舞。還憶取、深宵殘醉餘，夢酣春透勾人覷。今日裏空伴香囊留恨俱。

眉批：“映帶香囊，有情致。”

（見介）臣朔方節度使郭子儀，欽奉上命，帶領鹵簿，恭迎太上皇聖駕。

眉批：“子儀迎接回鑾，亦是排場隨手收拾處。”

【水紅花】五云芝蓋簇鑾輿,返皇都,旌旗溢路。黄童白叟共相扶,盡歡呼,天顔重睹。從此新豐行樂,少帝奉興居。千秋萬載鞏皇圖也羅。

眉批:"貼切上皇,方與復辟有異。若漫然落筆,必照顧不到矣。"

腸斷將軍改葬歸,徐夤。

眉批:"明皇密遣高力士改葬貴妃。力士官驃騎將軍,故詩句云然。"

第四十四齣　慫合

眉批:"乞巧前盟雙星作合,若無此折便漏却牛郎矣。寫牛郎慫恿,亦情理所必至者。"

【南吕過曲·香遍滿】佳人絶世,千秋第一冤禍奇。把無限綢繆輕拋棄,可憐非得已。死生無見期。空留萬種悲,枉罰下多情誓。

眉批:"千古薄情事,得千古有情人原諒,別開生面。"

(合)【懶畫眉】相逢一笑深深拜,隔歲離情各自知。

眉批:"妙在各自知,不待言而喻矣。"

【二犯梧桐樹】曲

徐曰:"此調,沈譜題作【梧桐樹犯】,而以前四句並注爲【梧桐樹】,非也。【梧桐】本調,見《破窰記》'人無害虎心'一曲。沈譜收《殺狗》'醃臢小賊奴'一曲爲【梧桐樹】,亦誤。予新譜中辨之。"

(小生)天孫,【浣溪沙】

眉批:"即就天孫語中引出情事,便不唐突。"

(小生)天孫既然記得,須念彼、墮萬古傷心地,他願世世生生,忍教中路分離。

徐曰:"'須念彼'以下,沈譜句法多訛。此依古體校定。"

【秋夜月】做玉妃、不過群仙隊,寡鵠孤鸞白云內,何如並翼鴛鴦美。念盟言在彼,與圓成仗你。

眉批:"牛郎意本為明皇也,却只就織女語中偏惜玉妃孤寡,而意自見,且以'圓成'歆動之。詞令之妙,真似盲左。"

【東甌令】他情輕斷,誓先隳,那玉環呵,一個鍾情枉自癡。從來薄幸男兒輩,多負了佳人意。伯勞東去燕西飛,怎使做雙棲!

眉批:"男女各以類為揚抑,言外微諷牛郎。牛以鸞鵠、鴛鴦為比,而女以伯勞、飛燕應之,語亦滑稽可喜。"

【金蓮子】國事危,君王有令也反抗逼,怎救的、佳人命摧。想今日也不知怎生般悔恨與傷悲。

徐曰:"此陳大聲體也。"

【尾聲】沒來由將他人情事閑評議,把這度良宵虛廢。唉,李三郎、楊玉環,可知俺破一夜工夫都為著你!

眉批:"非悔未愜歡情,亦非欲楊、李知感。有心人玉成人事,往往故作反語,莫與癡人錯解。"

第四十五齣　雨夢

【越調引子·霜天曉角】(生上)愁深夢杳,白髮添多少。

眉批:"引起'夢'字。"

【越調過曲·小桃紅】曲

眉批:"切切淒淒,讀之蕭蕭頭白,與白仁甫北詞參看,雖有采掇,殆未易優劣也。"

那堪是鳳幃空,串烟銷,人獨坐,厮湊著孤燈照也,恨同聽没個嬌嬈。(淚介)猛想著舊歡娛，止不住淚痕交。

　　眉批："不恨獨聽，而恨不同聽，因想起舊歡，自然落淚。"

　　(小生內唱、生作聽介)呀，何處歌聲，淒淒入耳，得非梨園舊人乎？不免到簾前，憑闌一聽。

　　眉批："夜雨聞歌，愈覺淒涼滿耳。"

　　【下山虎】萬山蜀道，古棧岧嶢。急雨催林杪，鐸鈴亂敲。似怨如愁，碎聒不了，回應空山魂暗消。一聲兒忽慢裊，一聲兒忽緊搖。無限傷心事，被他逗挑，寫入清商傳恨遙。

　　眉批："【清平調】楊妃騘歌，【雨淋鈴】野狐補唱，同一側寫之法，又能使齎粟兒不致遺漏。"

　　【五韻美】聽淋鈴，傷懷抱。淒涼萬種新舊繞，把愁人禁虐得十分惱。天荒地老，這種恨誰人知道。你聽窗外雨聲越發大了。疏還密，低復高，才合眼，又幾陣窗前把人夢攬。

　　眉批："又引'夢'字，三層文情酣暢。"

　　【五般宜】曲

　　眉批："才情竭處，忽生幻想，真有水盡山窮、坐看云起之妙。"

　　【蠻牌令】曲

　　眉批："陳將軍忠烈治國，少陵已有定評，然爲明皇極寫鍾情，不得不痛恨元禮。而在蜀之時，欲殺不敢，回鑾之後欲殺又不能，故於夢寐中見之。觀者勿疑爲髦荒快意，顛倒是非也。"

　　【黑麻令】曲

　　徐曰："此調見《教子記》。坊本刻連上曲，作【醉歸遲】，非也。【醉歸遲】即【五韻美】之別名耳。"

　　(哭介)哎喲，我那妃子啊，叫不出花嬌、月嬌，料多應形消、影消。

眉批:"不放下妃子,迷離中仍是楚楚。"

(内鳴鑼,生驚介)呀,好奇怪,一霎時連驛亭也都不見,倒來到曲江池上了。好一片大水也。不堤防斷砌、頽垣,翻做了驚濤、沸濤。

眉批:"夢境中大水數見不鮮矣,却以曲江視出,將歡娛舊地變成荒涼。又洪水中幻出豬龍爲祿山結案,豈是尋常思議所及。或疑是豬龍當於刺逆折見之,令人醒目,此處翻似贅疣。不知劇中純用側寫文章,靈妙法門,無一呆筆板墨也。"

高力士,朕方才夢見兩個内侍,説楊娘娘在馬嵬驛中來請朕去。多應芳魂未散。朕想昔時漢武帝思念李夫人,有李少君爲之召魂相見,今日豈無其人! 你待天明,可即傳旨,遍覓方士來與楊娘娘召魂。(丑)領旨。

眉批:"即從夢境引起召魂,更妙。"

【尾聲】紛紛淚點如珠掉,梧桐上雨聲廝鬧。只隔著一個窗兒直滴到曉。

眉批:"一篇中唐詩、宋詞、元曲奔赴腕下,都爲我用。技至此神矣。"

第四十六齣　覓魂

【混江龍】曲

眉批:"臨川冥判,純是駕虛羅列,未有此折語語摭實,如游絲百丈,獨裊晴空,然工力亦相當。"

徐曰:"【混江龍】,舊稱可以增損,字句不拘。然必當從第六句下增入。'户牖'下,增句也。"

(淨)這全托賴著大唐朝君王福分,敢誇俺小鴻都道力精度。

眉批："有此一頓，如中流砥柱，文勢方不散漫，並後拈香祝國、祝民二義亦有來歷。"

(淨)趁天風，隨仙樂，雙引著鸞旌高步斗。

徐曰："'趁天風'以下，蓋增而又增。妙在仍協本調音律，非如臨川但騁才情野戰。"

(淨)你與我把招魂衣攝，遺照圖懸，龍墀淨掃，鳳幃高騫。等到那二更以後，三鼓之前，眠猧不吠，宿鳥無喧，葉寧樹杪，蟲息階沿，露明星黯，月漏風穿，潛潛隱隱，冉冉翩翩，看步珊珊是耶非一個佳人現，才折證人間幽恨，地下殘緣。

眉批："天下事多不可料。才一誇詡，亦非道心。鴻都客自謂夜半必致佳人，而孰知竟不現也。"

徐曰："'步珊珊'以下結正調。"

【油葫蘆】曲

徐曰："此調第二句三字、末句六字是正格。'李夫人'二句，或三字、或六字不拘。"

俺子見御筆青詞寫鳳箋，漫從頭仔細展。單子為死離生別那嬋娟，牢守定真情一點無更變。待想他芳魂兩下重相見，俺索召李夫人來帳中。煞強如西王母臨殿前，穩情取漢劉郎遂却心頭願，向今宵同款款話因緣。

眉批："此曲亦純作活現語反擊。"

【天下樂】曲

徐曰："'鞭'字用韻協調。'壇上躬身等'二句，用《陳摶高臥》格。"

管教他閃陰風一靈兒勾向前，俺這裏靜悄悄壇上躬身等，他那裏急煎煎宮中望眼穿，呀，怎多半日云頭不見轉？

　　眉批："一句轉出疑情,覺前語恍然若失,故下曲並訝符術不靈。"

　　【那吒令】曲

　　徐曰："前六句皆二字一句,四字一句,此以四字作兩字疊用。'前'字下皆以'然'字爲叶,極合調。"

　　(末扮道士元神從壇後轉行上)

　　眉批："出神與夢不同,換扮脚色極是。亦便於演者,使分唱避勞也。"

　　【寄生草】曲

　　眉批："亡國妃後,類爲一册,陰騭自爾不爽。道士止於此册内檢尋,其品目楊妃可想矣。作者之旨如許章明,而猶有謂其闌於諷勸者,吾不解也。"

　　好奇怪,看古今來椒房金屋盡標題,怎没有楊太真名字其中現。

　　徐曰："二曲中結句'其中現''喬飛燕',務頭也。俱屬陽,協調。'姓'字去聲,'不住'上、去聲,俱協。"

　　(末)小道奉大唐太上皇之命,尋訪玉環楊氏之魂。適從地府求之不得,特來天上找尋。

　　眉批："天上找尋僅於白内見之,得詳略之妙,且對面相值,天孫恰好問信,最簡捷。"

　　(末)呀,早難道逐梁清又受天曹譴,要尋那霓裳善舞的俊楊妃,到做了留仙不住的喬飛燕。

　　眉批："又一品題。仍是昭陽禍水,意更顯然。"

　　【後庭花滾】没來由向金鑾出大言,運元神排空如電轉。一口氣許了他上下裏尋花貌,莽擔承向虛無中覓麗娟。(貼)誰教你弄

嘴來？（末）非是俺没幹纏、自尋驅遣，單則爲老君王鍾情生死堅，
舊盟不棄捐。

徐曰："'没幹纏'七字，兩句如一句，句法極好。"

（末）娘娘，休屈了人也。想當日亂紛紛乘輿值播遷，翻滾滾羽
林生鬧喧，惡狠狠兵驕將又專，焰騰騰威行虐肆煽，鬧炒炒不由天
子宣，昏慘慘結成妃後冤。撲剌剌生分開交頸鴛，格支支輕拤扯並
蒂蓮，致使得嬌怯怯游魂逐杜鵑。空落得哭哀哀悲啼咽楚猿，恨茫
茫高和太華連，淚漫漫平將滄海填。

眉批："土地爲妃子訴冤，通幽爲上皇辨屈，兩兩遙對。"

徐曰："此調亦可增減，但必增於第六句下。句皆五字叶，而平
仄不更，末以一句單收之。自'鍾情生死堅'以下，皆屬增句。"

（末）那上皇啊，精誠積歲年，說不盡相思累萬千。鎮日家把嬌
容心坎鐫，每日裏將芳名口上編。聽殘鈴劍閣懸，感衰梧秋雨傳。
暗傷心肺腑煎，漫銷魂形影憐。對香囊呵惹恨綿，抱錦襪呵空淚
漣，弄玉笛呵懷舊怨，撥琵琶呵憶斷弦。坐淒涼，思亂纏，睡迷離，
夢倒顛。一心兒癡不變，十分家病怎痊！痛嬌花不再鮮，盼芳魂重
至前。

眉批："止就本事一氣敷衍，轉折不窮。才情雄放，較數花襯貼
有難易之分。"

（末）小道啊，生憐他意中人緣未全，打動俺閑中客情慢牽。因
此上不辭他往返蹎，甘將這辛苦肩。猛可把泉臺踏的穿，早又將穹
蒼磨的圓。誰知他做長風吹斷鳶，似晴曦散曉烟。莽桃源尋不出
花一片，冷巫山找不著云半邊。好教俺向空中難將袖手展，佇云頭
惟有睜目延。百忙裏幻不出春風圖畫面，捏不就名花傾國妍。若
不得紅顏重出現，怎教俺黃冠獨自還！

眉批:"好出大言者,每有進退維谷之狀,不意道人亦復如是。"

娘娘呵,則問他那精靈何處也天?

徐曰:"末一句收,極協調法。"

【青哥兒】曲

徐曰:"查本調止五句,增者必於第三句下,用四字句增入。末以七字一句、三字一句收之。此'落在誰邊'下皆增句,末以'情深'二句收,深協調法。"

(末)哎,娘娘他那裏情深無底更綿綿,諒著這蓬山路何爲遠。

眉批:"此對忽出意表,通體俱振動。"

(貼)既如此,你自前去。咱"又聞人世無窮恨,待綰機絲補斷緣"。

眉批:"引起《補恨》折。"

【煞尾】穩踏著白云輕,巧趁取罡風便,把碗大滄溟跨展。回望齊州何處顯,淡濛濛九點飛烟。說話之間,早來到海東邊,萬仞峰巔。

徐曰:"'海東邊,萬仞峰巔',本上三、下四句法,'邊'字乃句中暗韻。"

是必破工夫找著那玉天仙。

眉批:"結語仍作大言,前後相應。"

第四十七齣　補恨

今適在天門外,遇見人間道士楊通幽。說上皇思念貴妃一意不衰,令他遍覓幽魂。此情實爲可憫。已指引通幽到蓬山去了,又令侍兒召取太真到此,說與他知。再細探其衷曲,敢待來也。(仙女引旦上)

眉批："通幽雖御天風，不如天上人往來之速，故玉妃已先到璿宮也。"

【錦堂春】聞説璿宮有命，云中忙駕香車。强驅愁緒來天上，怕眉黛恨難遮。

【正宮過曲‧普天樂】歎生前，冤和業。

眉批："無始以來，無明種子，一語道破。"

【傾杯序】〔换頭〕（旦淚介）傷嗟，豈是他頓薄劣！想那日遭磨劫，兵刃縱横，社稷阽危，蒙難君王怎護臣妾？妾甘就死，死而無怨，與君何涉！

眉批："無怨較能悔更難，所以仙也。"

（還旦釵盒介）只是你如今已證仙班，情緣宜斷。若一念牽纏呵，怕無端又令從此墮塵劫。

眉批："爲此一念，不得生天，須如此洗發。"

【小桃紅】位縱在神仙列，夢不離唐宮闕。千回萬轉情難滅。

眉批："情至此，雖羅刹坐旁，亦當擁護，况天孫本情仙乎？"

（起介）娘娘在上，倘得情絲再續，情願謫下仙班。雙飛若注駕鴛鰈，三生舊好緣重結。（跪介）又何惜人間再受罰折！

眉批："坐厭軟紅塵十丈，輒想生天，而上清又思淪謫。世運人心，循環不已。孔子序卦，頗露此機。《南華》蒼蒼正色，視下亦然，亦可引喻生悟。"

【催拍】那壁厢人間痛絶，這壁厢仙家念熱：兩下癡情忒奢，癡情忒奢。我把彼此精誠，上請天闕。補恨填愁，萬古無缺。（旦背淚介）還只怕孽障周遮緣尚蹇，會猶賖。

眉批："正氣千古不滅，即强死者猶能爲厲，總是精誠不散耳。不曾有此精誠，徒以癡情妄思補恨，無益也。作者惟恐世人不解寓言,故急以楊妃孽障正詞接之。綺語泥犁,吾知免矣。"

【尾聲】團圓等待中秋節,管教你情償意愜。(旦)只我這萬種傷心,見他時怎地説!

眉批:"含情無盡。"

第四十八齣　寄情

【南呂過曲·懶畫眉】曲

徐曰:"首句用仄仄平平起,合調。第四句不用韻,更穩。"

(末扮道士元神上)海外曾聞有仙山,山在虛無縹緲間。

眉批:"此折敷衍長恨歌一段,如風行水上,自然成文,絕無筆墨之跡。"

【宜春令】曲

眉批:"通幽代白上情,玉妃對客敍情只宜如此淡淡描寫,若作深語反失體矣。"

(末)貧道領命。只求娘娘再將一物,寄去爲信。(旦)也罷。當年承寵之時,上皇賜有金釵、鈿盒,如今就分釵一股,劈盒一扇,煩仙師代奏上皇。只要兩意能堅,自可前盟不負。

眉批:"劇中釵盒定情、長生殿盟誓是兩大關節。釵盒自殉葬一結,又攜歸仙院分劈寄情,月宮復合,盟誓則是證仙張本,尤爲吃緊。以此二者傳信,已足收束全劇,下二折特申衍其義耳。"

【前腔】曲

眉批:"用本事詩恰好,又能協律,古人所難。"

(旦)且住,還有一言。今年八月十五日夜,月中大會,奏演"霓裳",恰好此夕,正是上皇飛升之候。我在那裏專等一會,敢煩仙師屆期,指引上皇到彼。失此機會,便永無再見之期了。

眉批:"丁寧急切,極有唇吻。"

第四十九齣　得信

【仙吕引子·醉落魄】曲

　　眉批:"較碧云暮合,美人未來,十倍淒涼。"

【仙吕過曲·二犯桂枝香】曲

　　眉批:"切初秋景物,起便與中秋之約關會,又妙是病皆語,不礙生文。今是幾時一問,中間緊接招魂不得,橫生怨悔。那悠悠二字,從展轉反側評理得來,亦非浸下,真絕世妙文也。"

　　【不是路】(丑持釵盒上)鶴轉瀛洲,信物攜將遠寄投。忙回奏,(見生叩介)仙壇傳語慰離憂。(生)高力士,你來了麼?問音由,佳人果有佳音否?莫爲我淹煎把浪語謅。(丑)萬歲爺聽啟,那仙師呵,追尋久,遍黃泉、碧落俱無有。(生驚哭介)呀,這等説來,妃子永無再見之期了。兀的不痛殺寡人也!

　　眉批:"一波一折,文情蕩漾。"

　　(丑)説來由,含情只謝君恩厚,下望塵寰兩淚流。

　　眉批:"隱括語意甚難,細思方見其妙。"

【長拍】曲

　　眉批:"釵耶?盒耶?仙乎?人乎?合成一片,並寫離愁,奇絕!"

　　單形只影,兩載寡侶,一般兒做成離愁。

　　徐曰:"'兩載寡侶',四上聲字,妙合。"

　　〔生〕妃子既許重逢,我病體一些也没有了。

　　眉批:"病身陡愈,才見痛想妃子真切,原無它病。此種寫法豈淺人所知。"

第五十齣　重圓

【雙調引子·謁金門】(淨扮道士上)情一片,幻出人天姻眷。但使有情終不變,定能償夙願。

眉批:"作者本意與《傳概》【滿江紅】相發明,普天下有情人皆當稽首作禮。"

【仙呂入雙調·忒忒令】碧澄澄云開遠天,光皎皎月明瑤殿。(淨見介)上皇,貧道稽首。(生)仙師少禮。今夜呵,只因你傳信約蟾宮相見,急得我盼黃昏眼兒穿。

眉批:"盼黃昏而眼穿,則半月來可知矣。"

這青霄際,全托賴引步展。

徐曰:"'步展'去上聲,協調。"

(淨)上皇,不必憂心。待貧道將手中拂子,擲作仙橋,引到月宮便了。

眉批:"通幽不送至月宮,方有情景。"

【嘉慶子】看彩虹一道隨步顯,直與銀河霄漢連,香霧濛濛不辨。

眉批:"幻化之橋,行過即滅。'隨步顯'三字,寫得神妙。"

【沉醉東風】助秋光玉輪正圓,奏霓裳約開清宴。吾乃月主嫦娥是也。月中向有"霓裳"天樂一部,昔爲唐皇貴妃楊太真於夢中聞得,遂譜出人間。

眉批:"句句照映、收拾,不冗不漏。"

其音反勝天上。

眉批:"天樂安能勝之?要是新聲靡靡,更悅心耳。聽古欲睡,即天上人不免風會日流耳。"

【尹令】離却玉山仙院，行到彩蟾月殿，盼著紫宸人面。三生願償，今夕相逢勝昔年。

眉批：“天上而兼有人間之樂，真足勝也。”

【品令】曲

眉批：“前曲已近桂叢，此曲接寫步虛入月。狀難狀之情景，如在目前。其殆游神碧落者耶？”

清輝正顯，人來翻不見。

徐曰：“【忒忒令】‘穿’字用韻學《琵琶》，【品令】‘顯’字用韻學《拜月》，極合。”

（看介）“廣寒清虛之府”，呀，這不是月府麼？早約定此地佳期，怎不見蓬萊別院仙！

眉批：“到月宮而不問嫦娥，急覓蓬萊之約，直映出半月來凝望之情。”

【豆葉黃】乍相逢執手，痛咽難言。想當日玉折香摧，都只爲時衰力軟，累伊冤慘，盡咱罪愆。到今日滿心慚愧，到今日滿心慚愧，訴不出相思萬萬千千。

眉批：“明皇萬語千言，只‘慚愧’二字足以了之。”

【妞姐帶五馬】【好姐姐】是妾孽深命蹇，遭磨障，累君幾不免。梨花玉殞，斷魂隨杜鵑。

眉批：“杜鵑，蜀帝也。明皇幸蜀，故以爲比，絕非泛用。”

【玉交枝】才到仙山尋見，與卿卿把衷腸代傳。（出釵盒介）釵分一股盒一扇，又提起乞巧盟言。（旦出釵、盒介）妾的釵盒也帶在此。（合）同心鈿盒今再聯，雙飛重對釵頭燕。漫回思不勝黯然，再相看不禁淚漣。

眉批：“釵盒自定情後凡八見：翠閣交收，固寵也；馬嵬殉葬，志恨也；墓門夜玩，寫怨也；仙山攜帶，守情也；璿宮呈示，求緣也；道士寄將，徵言也；至此重圓結案。大抵此劇以釵盒為經，而借織女之機梭以織成之。嗚呼，巧矣！"

【江兒水】只怕無情種，何愁有斷緣。

眉批："喚醒千古薄倖人，安得特建情場，齊令懺悔？"

覺會合尋常猶淺，偏您相逢，在這團圓宮殿。

眉批："此劇月宮重圓，與《牡丹亭》朝門重合，俱是千古奇特事。合於曲內，表而出之。"

（貼）"玉帝敕諭唐皇李隆基、貴妃楊玉環；咨爾二人，本系元始孔升真人、蓬萊仙子。偶因小譴，暫住人間。今謫限已滿，准天孫所奏，鑒爾情深，命居忉利天宮，永為夫婦。如敕奉行。"

眉批："積業未除，所重在悔。既能知悔，則忘情者自得逍遙，有情者亦諧夙願。觀劇內二番玉敕，可得'人定勝天'之理。"

【三月海棠】忉利天，看紅塵碧海須臾變。永成雙作對，總没牽纏。游衍，抹月批風隨過遣，癡云膩雨無留戀。收拾釵和盒舊情緣，生生世世消前願。

眉批："織女證盟，須有此一番垂戒。並釵盒誓言俱為掃却，方是神仙境界。"

【川撥棹】清虛殿，集群真，列綺筵。桂花中一對神仙，桂花中一對神仙，占風流千秋萬年。（合）會良宵，人並圓；照良宵，月也圓。

眉批："人月雙圓，映合中秋，又恰好是合唱語。"

【前腔】〔換頭〕（貼向旦介）羨你死抱癡情猶太堅，（向生介）笑你生守前盟幾變遷。

眉批："天孫於馬嵬一事終未釋然，故語有差等。"

【前腔】〔換頭〕(生、旦)敬謝嫦娥,把衷曲憐;敬謝天孫,把長恨填。厤愁城苦海無邊,厤愁城苦海無邊,猛回頭癡情笑捐。

眉批:"前此惟恐情不深,至此並情亦捐,真回頭是岸矣。"

【尾聲】

眉批:"此【尾聲】是結本劇,後【尾聲】是結作者之意。"

【高平調·羽衣第三疊】

眉批:"貼切月宮按舞,不夾雜塵埃一語,却又合太真新譜。字字斟酌盡善,復藻耀而高翔。"

【滾繡球】把鈞天換腔,巧翻成餘弄兒盤旋未央。【紅繡鞋】銀蟾亮,玉漏長,千秋一曲舞霓裳。

眉批:"仍收到月宮舞曲,首尾相應。"

徐曰:"【滾繡球】即'鬧花深處'一曲也。沈譜誤作【越恁好】又一體,非。"

又曰:"【紅繡鞋】末句七字,用《同庚會》體。"

【黃鐘過曲·永團圓】曲

眉批:"無情者,欲其有情;有情者,欲其忘情。情之根性者,理也,不可無;情之縱理者,欲也,不可有。此曲明示生天之路。癡迷者庶知勇猛懺悔矣乎!"

神仙本是多情種,蓬山遠,有情通。情根厤劫無生死,看到底終相共。塵緣倥傯,忉利有天情更永。不比凡間夢,悲歡和哄,恩與愛總成空。跳出癡迷洞,割斷相思鞚;金枷脫,玉鎖松。笑騎雙飛鳳,瀟灑到天宮。

眉批:"《中庸》一篇,末章與首章回環相應。此折【謁金門】及此二曲,皆發首折【滿江紅】之意,作法正同。再變之《鄭》《衛》,固無傷於名教也。"

誰令醉舞拂賓筵，張説　上界群仙待謫仙。方干

一曲霓裳聽不盡，吳融　香風引到大羅天。韋絢

眉批："此詩結本折意。"

看修水殿號長生，王建　天路悠悠接上清。曹唐

從此玉皇須破例，司空圖　神仙有分不關情。李商隱

眉批："此詩結通本意，又翻倒'情'字，喚醒癡人，婆心娓娓。"

五、評論編

《長生殿》序

［清］汪　熷

　　曾聞秋士最易興悲，況說傾城由來多怨。青天恨滿，已無尋樂之區；碧海淚深，孰是寄愁之所？所以鄭生馬上，詩紀《津陽》；自傅筵中，歌傳《長恨》。踵爲填詞，良有以也。逮余泛覽天寶之事，流連秘殿之盟，見夫元人雜劇多演太真，明代傳奇亦登阿犖。而或緣情之作，聊資子野清歌；累德之辭，間雜溫公穢語。春華秋實，未可相兼；樂旨潘辭，尤難互濟。今讀稗畦先生《長生殿》院本，事與曩符，意隨義異。聲傳水際，淵魚聽而聳鱗；響遏雲端，皋禽聞而振羽。曲調之工，疇能方駕。至所載釵合定情之後，羽霓奏曲之時，夢雨臺邊，朝朝薦枕；避風殿上，夜夜留裙。氏妁參媒，笑匏瓜之無匹；可離獨活，羨連理之交榮。今古情緣，非茲誰屬？或謂虛後宮而故劍是求，得遺世而傾國不惜。豈有他生未卜，旋歎芝焚；此世難期，忍看玉碎？得無小過，取笑雙星？不知塵坌入而時異處堂，宗社危而勢難完璧。徐溫之刃，已漸及於楊庭；鸑拳之兵，行將凌於楚子。此而隱忍，不幾覆后稷之宗；若更依回，將且致夫差之踣。權衡常變，夫豈渝盟；審察機宜，乃爲善後。推斯意也，知其黃土之封，榮於金屋；白楊之覆，等於碧城。然吾於此竊有慨焉：設使包胥告急，依墻之計不行；燭武如秦，圍城之師未解。則是珠襦玉匣，安能對香佩以傷心；碧水青山，何止聽淋鈴而出涕。就令乘輿無恙，南內深居，而天孫無補恨之方，方士乏返魂之術，亦祇吊盛姬於泉下，何由效叔寶於臺邊？千古悲涼，何堪勝道！即如班姬失寵，感團扇之微風；陳后辭恩，望長門之明月。許婕好不平之曲，淚澀朱弦；衛莊姜太息之言，心憂黃裡。他若明妃氈帳，侯嫒錦囊，或遼落於江南，或飄零於塞北。啜其泣矣，傷如之何？茲乃補媧皇之石，賴有蜀牋；填精衛之波，倖存江筆。繁弦哀玉，適足寫其綢繆；短拍長歌，亦正形其怨咽。嗟乎，《鄭》《衛》豈導淫之作，楚《騷》非變雅之音。是以歸荑贈芍，每託諭於美人；扈茝滋蘭，原寄情於君父。而孔公正樂，不盡刪除；屈子《抽思》，並存比興。猶之子虛烏有，未嘗實有其人；迴雪淩波，要亦絕無是事。於是循環寶帙，似屬寓言；倡歎雕章，無非雅則。馬、鄭、王、白之外，饒有淵源；施、高、湯、沈之間，相推甲乙。使逢季劄，定觀止而無譏；若遇周郎，亦低徊而罔顧。故知群推作者，洵爲唐帝功臣；事竟碻然，恐是玉妃說客。同里門人汪熷拜識。

（《長生殿》，康熙間稗畦草堂刻本）

《長生殿》序

［清］吳　人

南北曲之工者，莫如《西廂》、《琵琶》矣。世既目《西廂》爲淫書，而《堯山堂雜紀》又謂《琵琶》寓刺王四、不花，重誣蔡氏。此皆忮刻之論。夫則誠感劉後村詩"死後是非誰管得，滿村爭唱蔡中郎"而作，牛、趙名氏自宋人填詞已然，豈高臆造哉！余友洪子昉思工詩，以其餘波填南北曲詞，樂人爭唱之。近客長安，採摭天寶遺事，編《長生殿》戲本，芟其穢嫚，增益仙緣，亦本白居易、陳鴻《長恨歌》《傳》，非臆爲之也。元劇如《漢宮秋》、《梧桐雨》，多寫天子鍾情，而南曲絕少。每以閨秀、秀才剿說不已，間及宮闈，類如韓夫人、小宋事。數百年來，歌筵舞席間，戴冕被袞，風流歇絕。伶玄序《飛燕外傳》云："淫於色，非慧男子不至也。"漢以後，竹葉、羊車，帝非才子；《後庭》、《玉樹》，美人不專。兩擅者，其惟明皇、貴妃乎！傾國而復平，尤非晉、陳可比。稗畦取而演之，爲詞場一新耳目。其詞之工，與《西廂》、《琵琶》相掩映矣。昔則誠居櫟社沈氏樓，清夜按歌，几上蠟炬二枝，光忽交合，因名樓曰"瑞光"。明太祖嘗稱《琵琶記》如珍玉百味，富貴家不可闕。然則誠以"不尋宮數調"自解，韻每混通，遺誤來學。昉思句精字研，罔不諧叶。愛文者，喜其詞；知音者，賞其律，以是傳聞益遠。畜家樂者，攢筆競寫，轉相教習；優伶能是，升價什伯。他友游西川，數見演此，北邊、南越可知已。是劇雖傳情艷，而其間本之溫厚，不忘勸懲。或未深窺厥旨，疑其誨淫，忌口騰說。余故於暇日評論之，並爲之序。同里弟吳人舒鳧題。

（《長生殿》，光緒十六年（1890）上海文瑞樓刻本）

《長生殿》序

［清］徐　麟

　　元人多詠馬嵬事，自丹丘先生《開元遺事》外，其餘編入院本者，毋慮十數家。而白仁甫《梧桐雨》劇最著。迄明，則有《驚鴻》、《彩毫》二記。《驚鴻》不知何人所作，詞不雅馴，僅足供優孟衣冠耳。《彩毫》乃屠赤水筆，其詞塗金饋碧，求一真語、雋語、快語、本色語，終卷不可得也。稗畦洪先生以詩鳴長安，交游燕集，每白眼踞坐，指古摘今，無不心折。又好爲金、元人曲子，嘗作《舞霓裳》傳奇，盡刪太真穢事，予愛其深得風人之旨。歲戊辰，先生重取而更定之，或用虛筆，或用反筆，或用側筆、閑筆，錯落出之，以寫兩人生死深情，各極其致，易名曰《長生殿》。一時朱門綺席，酒社歌樓，非此曲不奏，纏頭爲之增價。若夫措詞協律，精嚴變化，有未易窺測者。自古作者大難，賞音亦復不易。試雜此記於元人之間，真可並駕仁甫，俯視赤水。彼《驚鴻》者流，又烏足云！長洲同學弟徐麟靈昭題。

（《長生殿》，光緒十六年（1890）上海文瑞樓刻本）

《長生殿》序

［清］尤　侗

自唐樂史作楊貴妃傳，陳鴻更爲《長恨傳》，香山衍而歌之，從此詩人公然播諸樂府，以視武媚娘《桑條韋》，殆有甚焉。金、元雜劇，有白仁甫《梧桐雨》、庚吉甫《霓裳怨》、岳百川《夢斷楊貴妃》三種，考其弦索，亦寥寥矣。錢唐洪子昉思，素以填詞擅場，流寓青門，嘗取開元天寶遺事譜成院本，名《長生殿》，一時梨園子弟，傳相搬演。關目既巧，裝飾復新，觀者堵墻，莫不俯仰稱善。亡何，以違例宴客，爲臺司所糾，天子薄其罪，僅褫弟子員以去。洪子既歸，放浪西湖之上，吳越好事聞而慕之，重合伶倫，釀錢請觀焉。洪子狂態復發，解衣箕踞，縱飲如故。噫嘻！昔康對山罷官沜東，自彈琵琶，令青衣歌小令侑酒。彼曲子相公薄太史不爲，況措大前程，寧足惜乎？若以本事言之，古來宮闈恩愛，無有過於玉奴者。華清賜浴，廣寒教舞，一騎荔枝香，固爲風流佳話。至七月七夕感牛女事，私誓“生生世世，願爲夫婦”，則君王臣妾，得未曾有者。既而興慶樓前，秋風飛雁；馬嵬坡下，夜雨淋鈴。宛轉蛾眉，傷心千古。洎夫方士招魂，九華驚夢；金釵鈿盒，重話三生。比翼連枝，天長地久。

其與漢家天子是耶？非耶？迥不侔矣。計其離合姻緣，備極人生哀樂之至。今得洪子一筆揮寫，妙絶淋漓。假使妃子有靈，生既遇太白於前，死復近昉思於後，兩人知己，可不恨矣！安知不酌葡萄，斂繡巾，笑領歌意，爲《清平調》之續乎？乃洪子持此傳奇，要余題跋。余八十老翁，久不作狡獪伎倆，兼之阿堵昏花，坐難卜夜，雖使妖姬踏筵，亦未見其羅袖動香香不已也。聊酬數語，以代周郎一顧而已。西堂老人尤侗書於亦園之揖青亭。

（《長生殿》，清末民初暖紅室《彙刻傳劇》本）

夜讀昉思諸樂府題贈

［清］吳　綺

江城橘柚欲寒天，邸夜挑燈拂寶弦。信是讀騷能協律，豈知奉敕有屯田。

詞堪灑血寧惟難，事到傷心定可傳。我是青衫舊司馬，爲君焚硯百花前。

菊部於今少輩行，高音麗節譜宮商。一時側目看才子，幾處低鬟拜粉郎。

筆架珊瑚原有數，箏調玳瑁信非常。漢皇正想淩云客，何事猶虛七寶床？

（《林蕙堂全集‧亭臯詩鈔》，乾隆三十九年、
四十一年衷白堂刻本）

【按】吳綺（1619—1694）字園次，一字豐南，號綺園，又號聽翁。江都（今江蘇揚州）人。順治十一年（1645）貢生、薦授弘文院中書舍人，升兵部主事、武選司員外郎。又任湖州知府，以多風力、

尚風節、饒風雅，時人稱之爲"三風太守"。後失官，再未出仕。吳
綺工詞能詩。著有《林蕙堂集》二十六卷。另著有傳奇三種：《忠湣
記》、《嘯秋風》和《繡平原》，今皆無存。生平參見汪超宏《吳綺年
譜》，浙江大學出版社2011年版。

《長生殿》院本序

［清］毛奇齡

才人不得志於時，所至詘抑，往往借鼓子調笑，爲放遣之音。
原其初，本不過自攄其性情，並未嘗怨尤於人。而人之嫉之者，目
爲不平，或反因其詞而加詘抑焉。然而其詞則往往借之以传。洪
君昉思好爲詞，以四門弟子遨游京師，初爲《西蜀吟》，既而爲《大晟
樂府》，又既而爲金元間人曲子，自散套雜劇，以至院本，每用之作
長安往來歌詠酬贈之具。嘗以不得事父母，作《天涯淚》劇，以寓其
思親之旨。余方哀其思志，而爲之序之。暨予出國門，相傳應莊
親（王世）子之請，取唐人《長恨歌》事作《長生殿》院本，一時勾欄
多演之。越一年，有言日下新聞者，謂長安邸第每以演《長生殿》
曲，爲見者所惡。會國卹止樂，其在京朝官，大紅小紅已浹日，而
纖練未除。言官謂遏密讀曲，大不敬，賴聖明寬之，第褫其四門
之員，而不予以罪。然而京朝諸官，則從此有罷去者。或曰牛生
《周秦行》，其自取也；或曰滄浪無過，惡子美，意不在子美也。今
其事又六七年矣。康熙乙亥，余醫痺杭州，遇昉思於錢湖之濱。
道無恙外，即出其院本，固請予序。曰："予敢序哉？雖然，聖明
固宥之矣。"予少時選越人詩，而越人惡之，訟予於官。捕者執器
就予家，捆予所爲詩，爨毀之。姜黃門贈予序曰："膏以明自煎，

所煎者固在膏也。然而象有齒以焚其身,未聞並其齒而盡焚之也。"昉思之齒未焚矣。唐人好小説,爭爲烏有,而史官無學,率摭而入之正史。獨是詞不然,誣罔穢褻概屏之而勿之及,與世之所爲淫詞艷曲者大不相類。惟是世好新聞,因其詞以及其事,亦遂因其事而並求其詞。則其詞雖倖存,而或妍或否,任人好惡,予又安得而豫爲定之?

(《西河文集》"序二十四",西河合集本

(康熙刻、乾隆印、嘉慶印))

【按】 暖紅室《彙刻傳劇》本《长生殿》卷首所收此序与原文有数字之异。

《長生殿》序

[清]朱彝尊

元人雜劇中,輒喜演太真故事,如白仁甫之《幸月宮》、《梧桐雨》,庾吉甫之《華清宮》、《霓裳怨》,關漢卿之《哭香囊》,李直夫之《念奴教樂》,岳百川之《夢斷貴妃》是也。或謂古人有作,當引避之,譬諸登黄鶴樓,豈可和崔顥詩乎! 此大不然。善書者必草《蘭亭》,善畫者多仿《清明上河圖》。就其同,而不同乃見也。錢塘洪子昉思不得志於時,寄情詞曲,所作《長生殿》傳奇,三易稿而後付梨園演習,匪直曲律之精而已。其用意,一洗太真之穢,俾觀覽者只信其爲神山仙子焉。方之元人,蓋不啻勝三十籌也。秀水弟朱彝尊題。

(《長生殿》,清末民初暖紅室《彙刻傳劇》本)

《長生殿》序

［清］朱　襄

余於燕會之間，時聽唱《長生殿》樂府，蓋余友洪子昉思之所譜也。往至武林過昉思，索其稿，僅得下半。後五年，爲康熙庚辰歲。夏六月，復至武林，乃索其上半讀之，而後驚詫其行文之妙。竊惟黃帝命伶倫作爲律，而樂興焉。下逮春秋時，郊廟、燕饗、朝會，莫不用樂。其所歌者，類皆《三百篇》之詩。漢興，至孝武帝始立樂府，采詩夜誦，有越、代、秦、楚之謳。以李延年爲協律都尉，舉司馬相如等數十人造爲詩篇，論律呂，以合八音之調。六代、三唐，亦多以樂府題爲詩。唐之末世，遂變爲詞。至金，則以詞編入小説家言。至元，而盛。至明，而益揚其流。凡燕會間，賓入大門而奏，卒爵而樂闋，奠酬而工升歌。歌者在上，匏竹在下，依然猶有先王之遺風焉。外此而弗用者，第郊廟而已。然論其文之工者，《西廂》、《琵琶》、《牡丹亭》而外，指不多屈。昉思是編，凡三易稿乃成。故其文字有意以立句，句有意以連章，章有意以成篇；篇而章，章而句，句而字，累累乎端如貫珠。故其音悠揚婉轉，而出於歌者之喉，聽者但知其妙，而不知其所以妙。夫不知其所以妙者，何也？以其不知行文之妙也。余因反之復之，諷詠徘徊，見其後者、前者，反者、正者，曲者、直者，緩者、急者，伏者、見者，呼者、應者，莫不合於先民之矩矱。昉思懷才不得志於時，胸中鬱結不可告語，偶托於樂府，遂極其筆墨之致，以自見其文。雖爲昉思之文，而其事實天寶之遺事，非若《西廂》、《琵琶》、《牡丹亭》者，皆子虛無是之流亞也。窺其自命之意，似不在實甫、則誠、臨川之列，當與相如詞賦上追律呂聲氣之元，而獨樂府云乎哉！是歲嘉平月，弟無錫朱襄序。

（《長生殿》，清末民初暖紅室《彙刻傳劇》本）

《長生殿》序

［清］王廷謨

余嘗自負能論文，外而仰觀於天，見天之時時能變也，而善爲文者，亦筆筆能變；內而俯察於心，見心之念念能轉也，而善爲文者，亦筆筆能轉。余是以知文章之妙，固出之於天，發之於心，不必仿步前人，錮其所法，障我性靈。而自爲之，則字字幻化，句句幻化，節節幻化，篇篇幻化。不可拘執，不可捉摸，縱橫肆出，衝亙八隅。如驚雷，如掣電；如暴風，如疾雨；如烈日，如寒冰；如秋空之皎月，如幽谷之香蘭；如桃李之鋪於萬頃，如松柏之不凋於歲寒；如天馬之馭空，如仙子之獨步；如處女，如脫兔；如忠臣孝子之愁思，如鰥夫寡婦之歎息；如幽人之于于，如烈士之矯矯。奇怪百出，難以形狀，略舉數則，不能盡之。然每際名下士，與之抵掌掀髯，傾翻今古，論列是非，指摘可否。始而瞪目，既而豎眉，則叱我恨我，讓我罵我，掉臂疾去，都欲殺我。何哉？我則終日以思，終夜以泣。某某固名下士也，而何以出此言耶？必吾言之過也。遂反覆檢聖人之言以讀之，終日夜仰觀於天而問之，俯吾之靈明，而心繼心以辨之，則翻然益信吾言之無過，而知名下士不識天與心也。嗚呼，哀哉！終日游於天之下，而不識天；終日馳於心之內，而不識心。而執筆爲文，號於天下，曰吾雄也、遷也、韓也、柳也、歐也、蘇也，能不自反而問諸天、問諸心耶？嗚呼，哀哉！彼名下士，固同受教於冬烘先生者也。同受教於冬烘先生，則同是一冬烘之天，冬烘之心，

冬烘之手，冬烘之筆。同爲冬烘之文，因而集天下之冬烘，同發冬
烘之論，而共謀以殺。夫達冬烘之言者，則安能與之敵也？或者進
余而問曰：“子論文，而言天與心，麾斥名下士，殆何所據耶？然今
日名下士之文，亦非可輕矣。吾嘗讀其文，有反有正，有呼有應，有
回有互，有承有轉，有收束，有開拓，有段絡，有辭華，子亦未可輕言
也。”嗚呼，哀哉！此余之所以謂此爲冬烘也。舉世以此爲文，所以
余謂世無文也。我不識何時何人作此反正等法，流至於今，而群
起，而奔趨於内，爲其所縛，忘其所自，死守其法，而不出耶。天下
至尊，而可師者，莫若聖人。聖人曰：“吾法諸天，吾求之心。”以聖
人而猶法天求心，而吾人獨何從乎？文章非細事也，所以明聖人之
道也，明吾人之性也，明吾人之情也。而不法於天，求於心，得乎？
蓋名下士只知其爲文之法，而不知其法之所從出，故謂之冬烘也。
能知天與心乃法之所從出，則自能生等等至百千萬億不可說之法。
而豈若冬烘，不過一反正、呼應數法，而即已也哉！余之論文，而必
歸諸天與心者，蓋謂天與心不知其所從來，不知其所從去，亦不知
其爲誰也。而能作斯天、斯心，亦不知斯天、斯心獨鍾於誰也。而
能得其精天時而動也，不知其動自何因，則時寒時暑，時暖時涼，時
風時雨，時晦時明，時發萬物於春夏，時枯萬物於秋冬。若憎若愛，
若棄若珍，難量難測，恍惚杳冥。日日能變，日日能新，心因觸而動
也。可歌可泣，可悲可欣，可恨可怒，可憎可矜，可笑可哭，可信可
憑，可以發千古之秘密，可以抉吾人之性情。能一往而不回，能百
折而不屈，靈忽莫定，出入無窮。視不可見，聽不可聞，杳然而出於
天地之先。即太始，亦若出乎其後者也。同夫天亘萬古而不窮者
也，蓋以其真故也。惟世間之最真者，莫如天與心。惟天與心爲最
真，故其動而觸也，爲人所不能測。惟善能文者，剖天抉心，自行所

法，故其説亦爲人所不能測。是故文之真也，能樸能茂，能肆能收，能微能顯，能精能粗，能雅能俗，能死能生，能奇能平，能直能曲，能衝能突，能紆能回，能續能斷，能儉能華，能忽能常，能靈能頑，能戲能莊，能散能整；能有情，能無情；能有心，能無心；能幻化百千萬億形狀。聲音悲喜慨歎，憎愛恨怒；離文夭矯光怪，堅深孤潔。寒儉豐腴，清勁吞吐，驚駭苦痛，大哭大笑，而莫可端倪。然亦並不知有若是之能，而行乎不得不行，止乎不得不止，亦若夫天與心之不測。而或者乃指其文曰某處爲反，某處爲正，某處爲呼爲應、爲承爲轉、爲收拾、爲開拓等等之法，學文者當以爲宗，不亦癡乎？不悟法之原，而自爲法，而拘於法，而失其原，此冬烘所以見悲於識者也，此余所以爲據者也。故曰余嘗自負能論文。壬午夏，洪子昉思自杭州來，持所作《長生殿》擲余前曰："聞子能論文，能識我文乎？"余以爲是名下士也，置案頭三日，不翻閲。偶朝起，俟水洗面，呆立案左，隨手掀《定情》篇讀之，不覺神爲所攝。噫嘻，異哉！昉思爲誰也，而能是文耶？是文也，而竟出自昉思耶？急追次篇讀之，不自禁，又追其次之次讀之，至晝午，遂盡上卷。又急追下卷讀之，不自知其拍案呼曰：昉思其耐庵後身耶？實甫、臨川後身耶？殆玉環後身耶？抑明皇後身耶？何其聲音悲笑，畢肖其人耶？抑得乎天？得乎心？而幻化百千萬億不可測之境情，假此游戲人間耶？固超乎冬烘先生之法，而自爲法者耶？雖然，何其多情也。多情而出於性，殆將有悟於道耶？然歡娱之詞少，悲哀之詞多。昉思其深情而將至忘情，以悟情之即性、即道耶？噫嘻，異哉！此所謂心合乎天，而發於真者耶？世有昉思之文，則吾儕之真能論文者，可無寂寞之憂，然不免冬烘先生之謀之殺也。昔卓吾云："即爲世人辱我罵我，打我殺我，終亦不忍吾文藏之深山，投之水火。"蓋其意欲公諸天

下,而不忍文之真種子斷絕於世,使後人無所依歸也。余於昉思之
文亦然。金陵王廷謨議將拜序。

(《長生殿》,清末民初暖紅室《彙刻傳劇》本)

《長生殿》序

［清］胡　榮

　　洪君昉思客長安,衍明皇、妃子事曰《長生殿》,紀實亦□始也。
一時紙貴都下,山左趙內翰尤爲賞鑒。此自有精神命脈,絕不向詞
句間討生活。故心之所發,動人最切。余向作《幻花緣》數齣,好事
者持付梨園。乃今而知紅氍毹上,不免使巧匠露齒。夫絲不如竹,
竹不如肉,固也。然音節不細,頓乏天然之妙,令歌者舌撟不下,則
亦安在肉之果勝哉!昉思此劇,不惟爲案頭書,足供文人把玩。近
時讌會家糾集伶工,必詢《長生殿》有無。設俳優非此,俱爲下里巴
詞,一如開元名人,潛聽諸妓歌聲,引手畫壁,競爲角勝者然。是此
劇之動人,豈徒優孟衣冠作傀儡故事已邪?我輩閒情著述,要當令
及身享有榮名,方不負一生心血。昔王摩詰製《鬱輪袍》曲,見知於
時,卒致通顯。在昉思,初何有他冀,而風流文采,殆過摩詰。後有
識者,幸毋以才人本色,第作周郎顧誤觀,斯爲知我昉思者矣!容
安弟□□拜草。

(《長生殿》,清末民初暖紅室《彙刻傳劇》本)

　【按】此篇序文末署"容安弟□□拜草","容安"爲作者的
字,"□□"爲其姓名或名。"容安弟□□",應即洪昇同時人胡榮,
字志仁,又字容安,錢塘人。撰有《容安詩草》十卷。胡榮與洪昇同
爲錢塘人,彼此間又有較密切的交往。《容安詩草》卷四"七言古

詩"有《容安九子詩》組詩,末一首題爲"容安",詠歎自身;第二首題
"稗畦洪子昉思":

> 洪子才名貫古今,手揮風雨十指淋。嘯傲一生雙白眼,投
> 機傾蓋幾同心。

> 驅車饒有治安策,作賦淩雲世所欽。慢教山谷誇甥者,繼
> 有英英偉抱深。

同卷"七言古詩"有《庚辰中秋同人過烟霞石屋抵滿覺山看桂
聯句》,其中有洪昇詩兩句。"庚辰"爲康熙三十九年(1700),據此
可補章培恒先生《洪昇年譜》中康熙三十九年事。

《容安詩草》卷五"五言律"有《容安早春讌集,時外翰陳石雄、
太史毛大可、秘閣王仲昭、徵君吳慶伯諸先生,中翰王聖集業師、郎
官解逸庵外舅、仝人趙傳舟、洪昉思、王孝先、徐雲奕、王履方、吳尺
鳧、李越千、弟逸蘅、兔廷、用九、大小兩兒,及友人翁廷玉、歌姬張
友蘭共二十人,得"梅"字》詩,卷五"六言"有《春日偕同人洪稗畦、
王魯齋、吳尺鳧、家仲雲、浦先從雲林飛來峰歸至塢石山房,訪恬庵
上人,分六言,得"香"字》詩。但《容安詩草》按詩體分類排列,無法
確定以上兩詩的具體寫作時間。又,《容安詩草》中多篇詩後和天
頭有洪昇的評語,詳見劉輝箋校《洪昇集》卷四"集外集",浙江古籍
出版社2012年版,下冊,第513—514頁。

《長生殿》序

[清]蘇　輪

唐宗禍患,實始屏藩;李氏顛危,率由宮寢。念牝雞之司旦,則
九廟皆傾;恨封豕之當塗,則三靈皆晦。緬惟上皇穢德,幾於燕啄

龍漦;原夫天寶頹綱,類彼易牛雛雉。傷心養子,竟卸黃裙;太息
窮途,長埋紫褥。此先朝阿監,難禁永夜悲來;而舊日梨園,時復
數行泣下。粵自神堯應運而後,帶礪無虞;天策建議之初,閨闥
整肅。好鷹愛馬,重思太穆遺言;流水游龍,曾睹昭陽快論。蓋
襄陽公主之女,合奠坤維;且長孫無忌之門,應嫺內則。迨院回
心,人來感業,武媚娘之宣淫中篝,遠逾鬥腕何妃;韋庶之瀆亂宸
居,更甚貽詩昭珮。災生棄婦之年,釁起裹兒之手,千古慨然,從
來舊矣! 既而受制中珰,移權節度,已忘祖父之艱難,頓使鐘簴
之寥落。霓裳曲裏,骨肉飄零;羯鼓聲中,山河破碎。攬半鈎之
錦襪,渾如白玉連環;捧地下之香囊,直似藍絲條脱。招魂滄海,
返也無時;沉醉三郎,悔將何及! 所以連昌故址,匪但哀感尚書;
長恨新歌,不獨愁縈司馬也。老友洪昉思先生,狂若李生,達於
賀監。鐵撥銀箏之座,猥憐傾國佳人;柔絲脆竹之場,每説開元
遺事。因寄情於樂部,遂傳習於教坊。宮中娘子,綽約如生;塞
上吳兒,蹣跚斯在。還看繡袿以牽車,又見黃衫而舞馬。五家巷
陌,云霞之羅綺常新;十宅軒除,姊妹之衣香不散。望仙樓風景依
稀,朝元閣恩波仿佛。乃復寫精心於初睡,傳密意於橫吹。深摹翦
髮之情,曲繪掃眉之態。可謂芙蓉帳底,親試鴛鴦;玳瑁筵前,微聞
蘭澤者矣。若夫漁陽突騎,潼關稠疊之霜戈;龍武頓軍,蜀道崎嶇
之麥飯。竹林大去,奔馬何之? 佛室逥歸,含魚不得。莫不停杯慷
慨,心摧一騎紅塵;度曲淒涼,淚滴三條樺燭。至於殷勤鈿盒,再到
人間;奄冉領巾,仍來天上。展畫圖於別館,想形影於前生。則又
鬚眉畢肖,漢武帝之輾轉燈前;顏色宛然,殷淑儀之徘徊幕下也。
嗚呼! 笙簫兩部,頓教老興淋漓;風月一簾,不過才人游戲。而俯
仰道衣遇主之初,追維長門伏地之始。范陽餘孽,殲滅無存;楊氏

諸姨,風流何在? 才終一闋,能消上客之雄心;試閱全編,可作大唐之實錄。僕慣聽引喉,未嫻搞箸。生憎肥婢,誰憑小史以新翻;夢入瑤臺,不解中丞之絕調。何來協律,唱徹曼聲? 留得庭蘭,偏增百感。明珠顆顆,須傾七寶頗梨;紅豆累累,欲下萬年鸚鵡。坐春風而按拍,快逢君於大令之園;瞻云漢而相思,恍置我以長生之殿。同里蘇輪拜題。

(《長生殿》,清末民初暖紅室《彙刻傳劇》本)

【按】蘇輪,字子傳,號月槎。杭州人。諸生。著有《月槎詩鈔》。

《長生殿》題辭

〔清〕吳向榮

由來尤物易傷人,舊譜《霓裳》一曲新。坐客不須悲落職,當時天子尚蒙塵。

(《長生殿》,清末民初暖紅室《彙刻傳劇》)

《長生殿》題辭

〔清〕陳玉璂

渺渺燕云入望微,金臺逾比舊時非。君才小露《長生殿》,便爾驚人放逐歸。

風流詞客掛彈章,七字驚魂復斷腸。不道長生私誓後,翻教情薄李三郎。

(《長生殿》,清末民初暖紅室《彙刻傳劇》本)

【按】陳玉璂(約 1681 年前後在世)字賡明,號椒峰,又號夫椒山人,江蘇武進人。生卒年均不詳。少有大志,凡天文、地志、兵刑、禮樂、河渠、賦役等等,皆研究明悉。康熙六年(1667)進士,授內閣中書。十八年,試"博學鴻儒"科,罷歸。爲詩文下筆千言,旬日間動至盈尺,時稱俊才。著有《學文堂集》四十三卷等。沙張白《定峰樂府》(道光十八年重刻本)卷首《諸公論樂府書》中有陳玉璂撰一則,題"陳中翰椒峰(名玉璂,武進人)"。

《長生殿》題辭

[清]梅　庚

老按紅牙尚放顛,驚弦已脱罷相憐。開元天子無愁曲,不掛彈文事不傳。

會飲徵歌過亦輕,飛章元借舜欽名。誰知白下司農第,又打《長生》院本成。

(《長生殿》,清末民初暖紅室《彙刻傳劇》本)

【按】梅庚(生卒年不詳),字耦長,一字子長,號雪坪,一號聽山居士,又號聽山翁,江南宣城人。康熙二十年(1681)舉人,晚年官泰順知縣,尋以老乞歸。工詩。善八分書。有《天逸閣集》。

《長生殿》題辭

[清]杜首言

開元盛事過云烟,一部清商見儼然。繡口錦心新譜出,彈詞借手李龜年。

回護當年用意深,風流天子感知音。傳奇大雅存忠厚,觀者須思作者心。

(《長生殿》,清末民初暖紅室《彙刻傳劇》本)

《長生殿》題辭

［清］羅　坤

拍手旗亭樂不支,才人慢世許誰知。應將一曲山香舞,堪比洪生絶妙詞。

詞筆婁東迥絶塵,排場我愛《秣陵春》。六朝感慨風流後,跌宕中原有幾人。

搔首天涯喚奈何,紅牙象板手摩娑[挲]。多才何處消懷抱,且譜當年《長恨歌》。

(《長生殿》,清末民初暖紅室《彙刻傳劇》本)

《長生殿》題辭

［清］周在浚

錢塘才子譜新腔,紙貴長安遞寫忙。不數沉香亭畔調,何妨名姓入彈章。

漁陽鼙鼓自天來,火照潼關四善開。舞罷《霓裳》新月冷,何人更爲馬嵬哀。

驚才艷思寫烏絲,畫出開元全盛時。棧閣淋鈴歎秋雨,此時情多少人知。

(《長生殿》,清末民初暖紅室《彙刻傳劇》本)

【按】周在浚(生卒年不詳),字雪客,號梨莊,一號遺谷。祥符人。周亮公長子。流寓江寧。官太原府經歷。著有《雲烟過眼錄》、《晉稗》、《梨莊集》、《秋水軒集》。

《長生殿》題辭

［清］孫鳳儀

風流遺事《長生殿》,名擅詞壇重一時。譜出幾多腸斷處,淋鈴細雨滴梧枝。

吳山頂上逢高士,廣席當頭坐一人。短髮蕭疏公瑾在,看他裙屐鬭妝新。(余於吳山演《長生殿》是日恰遇先生。)

萍蹤忽合果稱奇,艷曲明妝賽夜輝。雖是天涯淪落客,江州未許濕羅衣。

至尊偏是占風流,午夜香盟七夕秋。已信曲中訛字少,周郎故故動星眸。

載酒江湖乘白舫,徵歌花鳥拍紅牙。何如一曲《長生殿》,消盡離魂在碧紗。

(《長生殿》,清末民初暖紅室《彙刻傳劇》本)

【按】此詩原題《和贈洪昉思原韻》,凡十首,載於孫鳳儀《牟山詩鈔》。其四作"風流遺事翻新曲,名擅詞壇重一時。譜出幾多斷腸處,淋鈴細雨滴梧枝。"其五作"吳山頂上逢高士,……"其七作"至尊偏是占風流,舞衣香盟七夕秋。已信曲中訛字少,周郎故故

動星眸。"其八作"載酒江湖乘白舫,徵歌花柳拍紅牙。何如一曲
《長生殿》,消盡離魂醉碧紗。"

《長生殿》題辭

[清]王　檠

　　共歌致曲蹈臨川,功德奚關亦艷傳。幾見彈文加俗骨,譴繇風
月即神仙。(結用放翁自述。)

　　或用抄存置案頭,要翻長恨作無愁。箇中理法尤兼到,卓是詞
家第一流。

(《長生殿》,清末民初暖紅室《彙刻傳劇》本)

《長生殿》題辭

[清]佚　名

　　錦瑟瓊簫玉樹箏,開元舊事譜新聲。傷心宛轉蛾眉死,一代紅
顏一擲輕。

　　陽阿激楚調彌高,稗老摛詞興最豪。不道憐才皆欲殺,於時還
笑《鬱輪袍》。

　　《霓裳》曲自禁中傳,轉眼春風事播遷。獨抱琵琶流落去,空教
腸斷李龜年。

　　僕本江郎賦恨人,歌來長恨更酸辛。樓臺海上虛無裏,何處仙
山覓太真。

(《長生殿》,清末民初暖紅室《彙刻傳劇》本)

《長生殿》題辭

[清]王紹曾

拍罷紅牙滿院春，當筵花草一時新。燈前仿佛三郎在，暮雨淋鈴哭太真。

玉環幽怨寫新詞，想見明皇不自持。夜半星前含淚語，長生殿內有誰知。

（《長生殿》，清末民初暖紅室《彙刻傳劇》本）

《長生殿》題辭

[清]周　鼎

徵君才調過伶玄，爲有清愁托感甄。外傳書成通德去，可知長恨亦年年。

（《長生殿》，清末民初暖紅室《彙刻傳劇》本）

《長生殿》題辭

[清]黃鶴田

西陵才子譜新聲，人在長安舊有名。艷思驚才誇絕代，長生殿裏證深情。

（《長生殿》，清末民初暖紅室《彙刻傳劇》本）

《長生殿》題辭

[清]楊嗣震

曾是江湖氈毳身，歸來暫喜卧湖濱。狂名厭殺天涯滿，小字呼來北里真。

窈窕吳娘歌此曲，風流老輩數斯人。旗亭市上紅樓裏，群指先生折角巾。

文章豪俠動公卿，水調何妨曲轉清。是處青衫增悒悵，可憐紅豆誤功名。

話來天寶千年恨，翻出《霓裳》一部聲。我欲燈前親按拍，舞裙歌扇未分明。

（《長生殿》，清末民初暖紅室《彙刻傳劇》本）

《長生殿》題辭

[清]王位坤

花落春城雨似絲，五侯池館笛悲時。青綾枉負平生志，紅豆憑傳到處詞。

岸幘獨驚焦遂酒，方袍閒賭謝公棋。於今縱有清平句，不擬濡毫上玉墀。

（《長生殿》，清末民初暖紅室《彙刻傳劇》本）

《長生殿》題辭

[清]許觀光

海内爭傳絕妙辭，紅牙檀板按歌時。當年法曲來天上，此日新腔遍教師。

删却煩言偷換譜，裝成麗句助彈絲。玲瓏有調吾能唱，誰似風流獨爾司。

（《長生殿》，清末民初暖紅室《彙刻傳劇》本）

《長生殿》題辭

[清]吳來佺

漁陽烽火照長安，院宇荒涼不忍看。蜀道離魂悲白練，蓬山密誓托青鸞。

霓裳小院歌聲歇，石馬昭陵汗血幹。莫向馬嵬尋宿草，香囊鈿盒事漫漫。

（《長生殿》，清末民初暖紅室《彙刻傳劇》本）

《長生殿》跋

[清]王　暐

洪子昉思少工五七言詩，而以餘波綺麗，溢爲填詞，爲雜劇院本，一時樂人爭唱之。其客長安日，取《長恨歌》、《傳》編爲《長生殿》傳奇，非但藻思妍辭遠接實甫，近追義仍，而賓白科目，具入元人閫奧。至其摭採天寶事，總以白、陳《歌》、《傳》爲准，亦未嘗臆爲留棄也。自此劇風行天下，莫不知昉思爲詞客，而若忘其爲詩人也者。嗟乎！洪子游名場四十餘年，其詩宗法三唐，矯然出流俗之外，而幾爲此曲所蔽。鄭廣文畫師之感，何以異此？仁和王晫題。

（《長生殿》，清末民初暖紅室《彙刻傳劇》本）

【按】王晫，初名棐，字丹麓，號木庵，自號松溪子，浙江錢塘人。生於明末，約生活於清順治、康熙時。順治四年（1647）秀才。旋棄舉業，市隱讀書，廣交賓客。工於詩文。著有《今世說》八卷、《遂生集》十二卷、《霞舉堂集》三十五卷、《牆東草堂詞》、《峽流詞》及雜著多種。王晫《峽流詞》卷上有《燭影搖紅》"十四夜看燈即事同洪昉思賦"。

《長生殿》跋

［清］胡　梁

　　夫以旋娟燕殿，飛燕漢宮，金屋紀其纏綿，璧臺宣其繾綣。雖說鍾情，寧云盡美。今者一曲《淋鈴》，惜佳人之不再；半庭殘月，思往事之難忘。得方士以傳情，藉才人而寫怨。雙棲忉利，永聯釵盒之盟；並處仙宮，終守死生之約。空憐白傅，歌《長恨》以何爲；足笑青蓮，賦《清平》而無當。同里末學胡梁拜題。

（《長生殿》，清末民初暖紅室《彙刻傳劇》本）

《長生殿》跋

［清］吳牧之

　　名冠昭陽，爭說趙家飛燕；恩承天寶，艷傳楊氏阿環。事本同符,情終異致。沉香亭畔,供奉之麗製猶新;凝碧池頭,賀老之琵琶未歇。而乃玉碎馬嵬,頓減六宮粉黛;愁牽秦棧,徒悲一曲《淋鈴》。寶鏡初分,彩虹長斷。欲紅絲之再續,未冷前盟;求仙路以非遙,還聞私語。每維遺事,實愴中懷。賴茲繡口才人,爲填別怨;代彼白頭宮女,聊訴含冤。鸚鵡何來,探瑤編而領香斯在;馬牀詎舞,聆綺語而羅襪如看。爰紀短篇,附陳高製。表弟吳牧之跋。

（《長生殿》,清末民初暖紅室《彙刻傳劇》本）

《長生殿》跋

〔清〕吳作梅

　　湯臨川游羅念庵之門,好爲詞曲,念庵每以相規,臨川曰:"師言性,弟子言情。"至今藝林傳之。梅從稗畦先生游,頗悉先生爲人。大抵不合時宜,質直無機械。發而爲文,則又空靈變化,不可端倪。《長生殿》一劇,梅竊附桓譚論《太玄》之例,決其必傳無疑也。昔陳子昂才名未高,於宣陽里中擊碎胡琴,文章遂達宮禁。先生詩文妙天下,負才不遇,布衣終老。此劇之作,其亦碎琴之微意歟?世之人爭演之,徒以法曲相賞,且將因填詞而掩其詩文之鳴,孰知先生有齟齬於時宜者,姑托此以佯狂玩世,而自晦於玉簫檀板之間耶?使遇臨川,定應莫逆而笑。第不知念庵見之,以爲何如也。門人吳作梅拜書後。

（《長生殿》,清末民初暖紅室《彙刻傳劇》本）

爲洪昉思題《長生殿》院本八首

[清]顧　彩

七夕長生殿裏人，芙蓉爲貌月爲神。本來海外仙山住，暫謫人間號太真。

犬豕何曾近綺羅，洗兒喧籠屬傳訛。摠緣楊李專權甚，惹得漁陽鐵騎多。

深宮被譴雖因妒，去國從王卻盡忠。一自馬嵬埋玉後，貞魂長繞未央宮。

上皇若是無仙骨，天寶年終駕已崩。那得回鑾西蜀後，眼中猶及見升平。

浙西才子歌紅豆，寫出消魂與斷腸。妃子明皇俱不死，離宮秋樹獨蒼蒼。

念奴柔媚永新嬌，也向瓊筵試舞腰。誰似李暮能擪笛，新聲偷去夜迢迢。

龜年賀老善彈詞，天寶遺民聽者悲。爭使才人不惆悵，銅仙淚下已多時。

悲君放逐始成名，千古長安無此聲。更盡旗亭一杯酒，青蓮猶欠夜郎行。

（《往深齋詩集》卷八，康熙四十六年孔毓圻辟疆園刻本）

哭洪昉思三首

[清]景星杓

昉思洪君，高才不遇，且以謫仙之狂，幾蹈夜郎之放。歸益潦

倒,醉而沉水,時以捉月比之。憶嘗訪余於東城,誦詩啜茗,意甚歡
洽。自是蹤跡復遠。没後,適遇朱賡唐,言洪君稱道余詩不置。星
杓風塵淪落,有同病騎于、君抱孫陽之感,哭之以詩。以其沉於水
也,故語兼楚聲也。

　　宋室忠宣後,於今有一人。地靈鍾此傑,天寶寫殘春。(昉思
撰《長生殿》傳奇)

　　美色恒招妒,奇才竟誤身。堪將流俗恨,灑淚訴波臣。

　　見訪柴荆日,吟詩爲我留。豈煩長説項,翻悔失依劉。
　　知己千秋感,哭君雙涕流。何時把椒醑,一酹大江頭。

　　津口公毋渡,衝風捲夕波。騎鯨寧自意?披髮奈公何。
　　作賦投湘水,登歌賽汨羅。魂乎急歸只,浮浪蝮蛇多。

　　　　　　　　　　　　(《拗堂詩集》卷五,乾隆蘭陔堂刻本)

在園雜志(節録)

〔清〕劉廷璣

卷　三

一二二　文章幻變,體裁由人

　　前人云,鄭若庸《玉玦》、張伯起《紅拂》以類書爲傳奇,屠長卿
《曇花》終折無一曲,梁伯龍《浣紗》、梅禹金《玉合》道白終本無一散
語,皆非是。如此論曲,似覺太苛,安見類書不可填詞乎?興會所
至,托以見意,何拘定式!若必泥焉,則彩筆無生花之夢矣。況文
章幻變,體裁由人,《公》、《穀》短奥,《史》、《漢》冗長,各出己意,何

難自我作古。所謂"不可無一，不可有二"也。《水滸》多用典故，未
嘗不與《荊》《劉》《殺》《拜》四種白描者並傳。又云：汪伯玉南曲失
之靡，徐文長北曲失之鄙，唯湯義仍庶幾近之，而失之疏。然三君
已臻至妙，猶如此訾議，誠太刻矣。近今李笠翁漁《十種》填詞，洪
昉思升《長生殿》亦大手筆，各有妙處。但李之賓白似多，洪之曲文
似冗，又不知後人作何評論也。

（中華書局 2005）

【按】劉廷璣（1653—1715）字玉衡，一字在園。先世居河南
開封，後遷遼陽，隸漢軍鑲紅旗。曾任内閣中書、浙江括州（今浙江
麗水）知府、浙江觀察副使。晚年調任河工，參與治理黃河、淮河。
著有《葛莊分類詩鈔》十四卷、《在園雜志》四卷。

題《長生殿》樂府卷尾

〔清〕王　莘

　　紅塵荔子劍門邊，凝碧秋來飲馬泉。多少鈿蟬天寶事，更傳一
曲李龜年。

（《二十四泉草堂集》卷八，康熙五十六年文登于氏刻本）

隱括《蘭亭序》

〔清〕洪　昇

　　〔雙調〕〔新水令〕永和癸丑暮春期，向蘭亭水邊修禊。羣賢欣
畢至，少長喜咸集。勝事追陪，這一答會稽地。
　　〔駐馬聽〕淺瀨清溪，曲水流觴相映碧。崇山峻壁，茂林修竹翠

成堆。雖無絲竹管弦催，一觴一詠多佳致。聚良朋，列坐席，幽情暢敘歡今日。

〔鴈兒飛〕碧沉沉，天開氣朗清；暖溶溶，日淡風和惠。騁胸懷，仰觀宇宙空；極視聽，俯察羣生細。

〔得勝令〕呀！這其間樂事少人知，又只恐良會易收拾。想人生有時節，披懷抱，清言一室中；有時節，放形骸，獨把千秋寄。難也麼齊。論取捨，途多異，還悲紛紛靜躁歧。

〔沽美酒〕當其遂所遇，欣然心自怡。忘老至，暫時快於己。投至得興倦，情隨事勢移。猛回頭念起，不覺的感慨繫之矣。

〔太平令〕俛仰間皆為陳跡，不由人興懷不已。況修短百年無幾，隨物化總歸遷逝。古今來生兮死兮，這根由大矣。呀！怎不教痛生悲欷。

〔收江南〕呀！須知道死生殊路不同歸，彭殤異數豈能一。細尋思，等觀齊量總虛脾。試由今視昔，怕後來人，亦將有感在斯集。

稗畦丈，近代詞家第一流。他日邂逅白門，相得歡甚，時方刻《長生殿》傳奇。為余校勘《天籟集》，又命門人金子書扇貽余。則其所為《蘭亭詞》，殊多佳趣也。期余重游湖上，事羈弗果。數載以來，音問不一。蒹葭白露，大都不在烟火中矣。刻《天籟》工畢，因撿出雕版，以公同好，兼志聚散之感雲。雪蘿隱人楊友敬題。

黃絹幼婦詞，得吾又翰兄書，遂成合璧，流傳宇宙。幸皆寶嗇之。研弟沈孔祚。

稗畦填詞四十餘種，自謂一生精力在《長生殿》。竹垞檢討序而傳之，謂元人雜劇如白仁甫《幸月宮》、《梧桐雨》等作，後人自當引避。譬登黃鶴樓，豈可複和崔顥詩？然善書者必草《蘭亭》，善畫者多仿《清明上河圖》。就其同，而不同乃見矣。雪蘿與稗畦雅相

善，嘗共商訂《天籟集》。其服膺仁甫甚，至嘔慫恩版行。迨今工
竣，而稗畦竟沒於水，不及見。雪蘿深慨於中，並乞環溪錄其所爲
《蘭亭詞》刊附卷終。其諸掛劍之意歟？余又考元人周挺齋類編曲
名"雙調"內【德勝令】【鴈兒落】，天台陶氏所記正同。今"德"作
"得"，"落"作"飛"，爲向來傳寫之誤，無疑矣。庚寅夏五徐材仲堪
題於東山墅之竹深處。

（吳重熹編《石蓮盦彙刻九金人集·二妙集》附，

光緒海豐吳重熹石蓮盦刻本）

【按】楊友敬，字希洛，號晴麓。康熙（1662—1722）間貢生，
乾隆元年（1736）舉孝廉方正。曾任太和縣教諭。重視搜集整理散
失古籍。元曲四大家之一白樸的《天籟集》，經過明末戰亂，清初已
不復見。他從白樸後裔白駒處尋出，不辭千里親往學者朱彝尊處
請"正其誤"，又將搜集到的三十六首散曲編成"撫遺"一併刊行，世
稱"楊本"。著有《困學日程》。

偶憶洪昉思己巳被斥事即題其集後

［清］李孚青

奉敕填詞歲月多，飄零何處睹黃河。六朝樂府平生熟，不記元
嘉□（按原書剜去一字）曲歌。

長生殿比醉蓬萊，桂子飄香是禍胎。即日杭城得歸去，保安十
載轉堪哀。（用錢塘羅長史事，昉思亦錢塘人。）

捶楚功名已放休，依然捫虱見王侯。網羅才脫蛟龍得，豈憶西
湖是濁流。（昉思與客飲湖上，中夜大醉，墮水死。）

（《道旁散人集》卷五《負瓢集》"起甲午五月之乙未五月"，

光緒三十年集虛草堂刻本）

【按】李孚青生於康熙三年(1664),《道旁散人集》收康熙四十三年(1704)至五十四年(1715)間所作詩,此詩作於康熙五十三年(甲午1714)。

不下帶編(節錄)

〔清〕金　埴

卷　一

雜綴兼詩話

孫太常莪山勸寄趙宮坊秋谷執信(信读伸)。詩云:"可憐一曲長生殿,斷送宮坊到白頭。"《長生殿》者,埴友錢塘洪君昉思昇所譜樂府也。康熙戊辰二十七年,昉思挾以游都。首賞之者,東海徐尚書乾學也。則命勾欄上部精習之,朝彥羣公,醵金演觀。會國服未闋,嫉者藉以搆難去,翰部名流有罷官者,宮坊與去焉。宮坊年十七,聯飛入翰苑,蚤播時名,而坐去是廢閑以老。著《談龍錄》,稱詩,海内推爲宗匠。

(《不下帶編·巾箱説》,中華書局2016)

戲題《長生殿》故事四首

〔清〕魏嘉琬

高頭樂府千人麗,盡掃纖蛾淡處神。那曉胭脂還弄色,偏須宜稱虢夫人。

花萼新調羯鼓詞,涼州澷索滾繁絲。樓前口敕諸王散,正是海棠甜睡時。

三生鈿合封前夢,判世人攜玉局眠。天上遺君何以報,人間只有荔枝鮮。

十四載前天寶事,黎園金粟是飛烟。處處琵琶能下淚,舊人何必李龜年。

(《咀蔗居詩集》卷三,乾隆十二年刻本)

【按】魏嘉琬(1671—1706)字篁中,江都人。康熙三十五年(1696)舉人。《淮海英靈集》甲集卷一收其詩十一首,小傳云:"魏嘉琬,字篁中。先世由曲陽遷宛平,元時始爲瓜州鎮人。生於康熙辛亥。秀慧獨出,讀書過目成誦。丙子舉鄉試第十九人,再會試未第。其文波流瀠洄,頃刻百變,荤甲新意,雕畫奇采。書法精整,極似王雅宜。何義門序其詩,以爲馳騁韓門,兼采六代之艷。以丁外艱,哀毀嘔血致疾,卒時年三十三。有《咀蔗居詩集》八卷。"

東城雜記(節錄)

〔清〕厲　鶚

卷　下

洪稗畦

洪昉思昇,號稗畦,居東里之慶春門。少負才名,尤工院本、南北曲。以國子生游都門,暇取唐人《長恨歌》事作《長生殿》傳奇,一時勾欄競抄習之。會國忌止樂,貴人邸第有演此者,爲言官所劾,諸人罷職,昉思逐歸。朱檢討錫鬯酬洪昇詩云:"金臺酒坐劈紅箋,云散星離又十年。海内詩家洪玉父,禁中樂府柳屯田。梧桐夜雨詞淒絕,苡薏明珠謗偶然。白髮相逢豈容易,津頭且纜下河船。"元人白仁甫有《梧桐雨》雜劇,亦寫《雨淋鈴》一曲,用事可謂工切。昉思後溺於烏鎮,王司寇阮亭挽詩云:"送爾前溪去,棲遲歲月多。菟裘終未卜,魚腹恨如何。采隱懷苕雪,招魂吊汨羅。新詞傳樂部,猶聽雪兒歌。"中年欲卜居武康山中,不果。所著《稗畦詩集》,清整有大歷間風格。嘗有"林月前後入,溪花冬夏開"之句,世但豔稱其曲子耳。

（商務印書館 1936）

題《長恨歌》劇本四首

[清]葉觀國

譜得清歌付教坊,開元遺事劇淒涼。簇新風月文章舊,底用填詞費繡腸。

水天閒話襍悲歡,外傳流傳等稗官。好與香山借顏色,盡徵軼事作波瀾。

洪家院本簇絲桐,座客當筵擊節同。試遣龜年相品定,《長生》《長恨》曲誰工?

歌喉珠串遏春雲,綠酒紅燈客盡釄。待洗平生箏笛耳,人間絲管漫紛紛。

（《綠筠書屋詩鈔》卷十六,乾隆五十七年刻本）

【按】葉觀國（1720—1792）字家光,一字毅庵。高祖起寰,明季由福清海頭徙居閩縣。乾隆六年（1741）拔貢生,舉乾隆十二年（1747）鄉試,乾隆十六年（1751）成進士,選庶吉士、授編修。乾隆十八年（1753）癸酉科典河南鄉試,乾隆二十一年（1756）丙子科典湖北鄉試使,旋至真定府,即奉命督學雲南,乾隆二十五年

（1760）庚辰科典湖南鄉試，乾隆二十七年（1762）壬午科充順天鄉試分校，是年十月又奉命督學廣西。任滿，丁外艱歸里，服闋入都補官教習、庶吉士，充日講起居注官。乾隆三十六年（1771）辛卯科典雲南鄉試，乾隆三十七年（1772）壬辰科充會試分校。四十年假歸，主講泉州清源書院者四年。四十四年（1779）冬，入都供職。四十五年，擢翰林院侍讀學士，遷詹事府少詹事、辛丑科武會試總裁，癸卯科典四川鄉試，即於闈中奉命督學安徽。五十三年（1788）秋，扈蹕木蘭。觀國所至，操守清嚴，鑒別精審，上以品學兼優，命入直尚書房，以勤慎疊叨賞賚，並蒙召入重華宮賜宴和詩。年七十以足疾乞歸。著有《綠筠書屋詩鈔》十八卷。

《長生殿》題詞

[清]蔣士銓

邊烽如電照漁陽，翠輦蹣跚蜀道荒。宰相固然當伏劍，將軍何事不勤王。

人間辱井恩難殉，海上仙山夢未忘。一種寒烟縈蔓草，路祠今日太荒涼。

擘盒分釵事渺茫，風流如此太郎當。苔封玉椀無遺蛻，塵埋珠囊有剩香。

野店春寒藏錦襪，故宮秋晚散霓裳。如何一夜霖鈴雨，不似驪山水殿涼。

（《忠雅堂詩集》，稿本）

懷洪稗畦昇

［清］李　芝

傳奇隨處演，簫鼓自生春。意外來奇辱，想來汙太真。

學詩於阮亭、愚山，尤工樂府，五音不差唇吻。旗亭畫壁時，雙鬟歌焉。

（《淺山園詩集·岱雲》，嘉慶元年序刻本）

【按】李芝（1739—?）字謹墀，號竹友，浙江錢塘人。布衣。《岱雲》一集中有懷里中諸前輩詩，各附小傳。

閱《長生殿》傳奇偶成二絕

［清］秦　瀛

凝碧池頭涕暗零，管弦聲奏不堪聽。梨園大有奇男子，嗚咽琵琶泣海青。

白頭宮女淚潸然，閒說元宗亦可憐。更有江南舊人在，落花時節李龜年。

（《小峴山人詩集》卷二，嘉慶二十二年刻、道光年間補刻本）

【按】秦瀛（1743—1821）字淩滄，一字小峴，晚號遂庵。江蘇無錫人。乾隆四十一年（1776）舉人，授內閣中書。嘉慶間官至刑部右侍郎。為官勇於任事。少有文名，詩文力追古風，而能有所自得。辭官後修縣志，網羅地方文獻。有《小峴山人詩文集》、《淮海公年譜》等。

讀阮芸臺先生《兩浙輶軒錄》
得絕句六十首（選一）

[清]曹開泰

石徑嶙峋遠水波，超超元箸盻思多。可憐一曲《長生殿》，終古
冤魂吊汨羅。（洪昉思昇）

（《宜弦堂詩鈔》卷七，台灣大學圖書館藏道光刻本）

【按】曹開泰（1749—1820）字佩卿，號珩圃，又號玉屏山樵，
坦溪（今浙江金華金東區曹宅鎮）人。少從邑人方淇遊，授舉子業。
乾隆三十二年（1767），學院李科試入縣學第三名；乾隆四十一年
（1776），學院王歲試一等第一名補廩；嘉慶三年（1798）科貢，就職
訓導。曹開泰曾先後在西清寺、一畝花房和龍川竹圃開館講學，又
創立北麓詩社。晚年主講東明書院。著有《宜弦堂詩鈔》十二卷。
有關曹開泰的生平和《宜弦堂詩鈔》的研究，參見張信子《〈宜弦堂
詩鈔〉整理與研究》，浙江師範大學碩士學位論文，2013 年。

消夏偶檢填詞數十種，漫題斷句，
仿元遺山論詩體（四十首選十五）（節錄）

[清]楊芳燦

其十二

天上人間抱恨長，玉環紅淚點霓裳。傳情別有生花管，古驛千
秋艷骨香。

（《真率齋初稿》卷五，嘉慶刻本）

論曲絶句三十二首（三十二選三十）（節録）

［清］凌廷堪

其三十

《下里》紛紛競品題，《陽阿》《激楚》付泥犂。元人妙處誰傳得？只有曉人洪稗畦。

（《校禮堂詩集》卷三，道光六年張其錦刻本）

答友人論洪昉思傳奇

［清］紀大奎

昨承示洪昉思《長生殿》傳奇，詞甚工，音甚協。竊謂詞因理出，音由心生。此曲大意見《傳概》【滿江紅】一闋。其前段既以明皇爲鍾情之極軌矣，後段則以忠臣孝子及孔子不删《鄭》《衛》比儗，而末又歸之曰"情而已"，則不知所謂。情者，屬之忠臣孝子乎？即干本意及前段大矛盾矣。屬之天寶乎？則是以《鄭》《衛》爲情之至，以孔子不删《鄭》《衛》爲取其情之至，抑何悖也！古之言情者，莫如《大學》、《中庸》、《孟子》之書，喜怒哀樂之發皆中節，有所忿懥、恐懼、好樂、憂患之不得其正，人之其所親愛、賤惡、畏敬、哀矜、敖惰而辟，惻隱、羞惡、辭讓、是非之火然泉達。噫嘻，至矣！手足腹心，君臣之情至也。呼天號泣，父子之情至也。憂喜誠信，兄弟之情至也。崩城變俗，夫婦之情至也。去金發矢，朋友之情至也。昉思之所謂"情"，何情乎？《大學》之所謂"辟"、所謂"不得其正"、《孟子》之所謂"陷溺"、所謂"爲不善非才

之罪"者,其是之謂乎?夫昉思所爲傳奇耳,烏足論?然其詞采
足以使人流覽而不置,其聲調足以使人歌詠而纏綿,其佈置、引
伸足以使人感懷而神往。蓋情之説工,而禮義之閒廢矣。此不
可以不懼也。兄以爲然否?

(《雙桂堂稿續編》卷五,嘉慶十三年刻紀慎齋先生全集本)

【按】紀大奎(1756—1825),字向辰,號慎齋,江西臨川龍溪
人。乾隆三十九年(1774)選拔入都,四十二年(1777)選拔貢,四十
四年(1779)登順天鄉試舉人,任《四庫全書》館謄録。五十一年,出
任山東商河縣知縣,後調丘縣、昌樂、棲霞、福山、博平等縣,皆能廉
政愛民,輕徭薄賦,深受各地民衆愛戴。後因父喪,辭官歸里,在家
潛心著述。嘉慶十一年(1806)復出,奉命赴四川什邡縣任知縣。
在任十餘年,"歲皆大熟",縣邑大治。政績聞於朝,提升爲重慶府
合州(今四川合川)知州。所到之處,頗有政聲,民嘆服。道光二年
(1822),告病歸家。五年(1825)九月病卒,年八十。紀大奎博學多
才,對程朱理學造詣很深,善古文詞,精於《易》,於數學、地理、音
樂、考據、占卜、地方志等也作了長期的研究,取得了很好的成績。
他一生著述頗多,今傳有《紀慎齋全集》。

"喜怒哀樂之發皆中節",出自《中庸》,原文作"喜怒哀樂之
未發,謂之中;發而皆中節,謂之和。""有所忿懥、恐懼、好樂、憂
患之不得其正",出自《大學》,原文作"所謂修身在正其心者,身
有所忿懥,則不得其正;有所恐懼,則不得其正;有所好樂,則不
得其正;有所憂患,則不得其正。""人之其所親愛、賤惡、畏敬、哀
矜、敖惰而辟",出自《大學》,原文作"所謂齊其家在修其身者:人
之其所親愛而辟焉,之其所賤惡而辟焉,之其所畏敬而辟焉,之
其所哀矜而辟焉,之其所敖惰而辟焉。""惻隱、羞惡、辭讓、是非

之火然泉達",出自《孟子·公孫丑上》,原文作"由是觀之,無惻隱之心,非人也;無羞惡之心,非人也;無辭讓之心,非人也;無是非之心,非人也。惻隱之心,仁之端也;羞惡之心,義之端也;辭讓之心,禮之端也;是非之心,智之端也。人之有是四端也,猶其有四體也。有是四端而自謂不能者,自賊者也;謂其君不能者,賊其君者也。凡有四端於我者,知皆擴而充之矣,若火之始然,泉之始達。"

題《長生殿》傳奇

[清]潘素心

君臣倉卒誤傾城,羅襪空留死後名。難占泰陵抔土地,悔當七夕誓來生。

（《不栉吟》,清蔡殿齊編《國朝閨閣詩鈔》第六冊卷二,道光嫏嬛別館刻本）

題洪稗畦填詞圖

[清]胡敬等

胡　敬

一闋詞成百囀喉,畫中人太擅風流。但教聲律嫻紅袖,那管功名誤白頭。

秋雨梧桐談往恨,曉風楊柳譜新愁。年來我亦思陶寫,安得期君共讌游。

孫同元

詞格姜張久擅名，先生落筆更天成。曉風殘月尋常景，略按宮商便有情。

閉戶閒裁絕妙詞，搓酥滴粉幾番思。畫師大有摹神筆，想象含豪點拍時。

姚憲伊

小鬟低按玉參差，自寫中郎絕妙詞。腸斷嬋娟花月裏，風流諸老爲題詩。

家世曾傳盾樣琴（先生爲忠宣公後人），才名豈僅托清吟。而今井水能歌處，身後《霓裳》付賞音。

百年零落斷紈存，我輩牢愁共一尊。帝子不來芳草暮，汨羅誰返屈原魂。

（清汪遠孫輯《清尊集》卷三，道光十九年錢塘汪氏振綺堂刻本）

【按】胡敬詩又見其《崇雅堂詩鈔》卷七（有道光二十六年刻本），末句作"安得期君共拍浮"。胡敬（1769—1845）字以莊，號書農，仁和（今杭州）人。嘉慶十年（1805）進士，官翰林院編修。著有《崇雅堂文鈔》二卷、《崇雅堂詩鈔》十卷、《崇雅堂駢體文鈔》四卷、《崇雅堂應制存稿》一卷、《崇雅堂刪餘詩》一卷等。

孫同元，字雨人，仁和人，乾隆三十六年（1771）生。

姚伊憲，字古芬，仁和人，乾隆五十四年（1789）生。

另，清汪遠孫有《望湘人·題洪昉思〈填詞圖〉》詞，見《清詞綜補》卷二十九。

浪跡續談（節録）

［清］梁章鉅

卷　六

《長生殿》

《長生殿》戲，最爲雅奏，諳崑曲者，無不喜之。而余頗不以爲然，即如《絮閣》、《搜鞋》等齣，陳陳相因，未免如聽古樂而思卧；而《醉酒》一齣，尤近惡道，不能人云亦云也。惟此戲之起，傳聞各殊。虞山王東漵《柳南隨筆》云：“康熙丁卯、戊辰間，京師梨園子弟，以内聚班爲第一。時錢唐洪太學昉思昇著《長生殿》傳奇初成，授内聚班演之。大内覽之稱善，賞諸優人白金二十兩，且向諸親藩稱之。於是諸王府及閣部大臣凡有宴集，必演此劇，而纏頭之賞，其數悉如内賜，先後所獲，殆不貲。内聚班優人因語洪曰：‘賴君新制，吾獲賞賜多矣。請張宴爲君壽，而即演是劇以侑觴。凡君所交游，當邀之俱來。’乃擇日治具，大會於生公園，名流之在都下者，悉爲羅致，而獨不及吾邑趙星瞻徵介。時趙適館給諫王某所，乃言於王，促之入奏，謂是日系國忌，設宴張樂，爲大不敬，請按律治罪。奏入，得旨下刑部獄，凡士夫及諸生除名者，幾五十人。益都趙秋谷贊善執信、海昌查夏重太學嗣璉，其最著者也。後查以改名登第，而趙竟廢置終身矣。”近日錢唐梁應來《兩般秋雨庵隨筆》云：“黃六鴻者，康熙中由知縣行取給事中，入京，以土物及詩稿遍送諸名士。至趙秋谷贊善，趙答以柬云：‘土物拜登，大集璧謝。’黃遂銜之刻骨。乃未幾而有國喪演劇一事，黃遂據實彈劾。朝廷取《長生殿》院本閱之，以爲有心諷刺，大怒，遂罷趙職，而洪昇編管山西。

京師有詩詠其事,今人但傳'可憐一曲《長生殿》,斷送功名到白頭'二句,不知此詩原有三首也。其一云:'國服雖除未滿喪,如何便入戲文場。自家原有些兒錯,莫把彈章怨老黃。'其二云:'秋谷才華迥絕儔,少年科第盡風流。可憐一齣《長生殿》,斷送功名到白頭。'其三云:'周王廟祝本輕浮,也向《長生殿》裏游。抖擻香金求脫網,聚和班裏制行頭。'周王廟祝者,徐勝力編修嘉炎。是日亦在座,對簿時,賂聚和班伶人,詭稱未遇,得免。徐豐頤修髯,有周道士之稱也。是獄成,而《長生殿》之曲流傳禁中,佈滿天下,故朱竹坨檢討贈洪稗畦詩,有'海內詩篇洪玉父,禁中樂府柳屯田。《梧桐夜雨》聲淒絕,薏苡明珠謗偶然'之句(《梧桐夜雨》,元人雜劇,亦明皇幸蜀事),樊榭老人歎為字字典雅者也。"惟兩書所記,各有不同,百餘年中事,焉得一博雅君子一質之。

(《浪跡叢談續談三談》,中華書局 1981)

闈中攜有詩集,計八種,漸涼無事,
率爾題之八首(節錄)

[清]凌泰封

一曲《長生》院本工,誰知一網盡英雄。紅牙子弟風流散,白首詩人坎壈終。

少日盤空如俊鶻,老來負氣更《談龍》。不緣故勘新城誤,要返開元大曆風。

(《東園詩鈔》卷九,光緒十六年重刻本)

【按】凌泰封(1783—1856)字瑞臻,號東園,安徽定遠人。嘉慶二十二年(1817)一甲二名進士,授編修,曆官湖州知府。有

《東圖詩鈔》。

曲話(節錄)

〔清〕梁廷枬

卷 三

　　錢唐洪昉思昇撰《長生殿》，爲千百年來曲中巨擘。以絕好題目，作絕大文章，學人、才人，一齊俯首。自有此曲，毋論《驚鴻》、《彩毫》空慚形穢，即白仁甫《秋夜梧桐雨》亦不能穩占元人詞壇一席矣。如《定情》、《絮閣》、《窺浴》、《密誓》數折，俱能細針密線，觸緒生情。然以細意熨貼爲之，猶可勉強學步。讀至《彈詞》第六、七、八、九轉，鐵撥銅琶，悲涼慷慨，字字傾珠落玉而出，雖鐵石人不能爲之斷腸，爲之下淚！筆墨之妙，其感人一至於此，真觀止矣！

　　《梧桐雨》與《長生殿》亦互有工拙處。《長生殿》按《長恨歌傳》爲之，刪去幾許穢跡；《梧桐雨》竟公然出自祿山之口。《長生殿·驚變》折，於深宮歡燕之時，突作國忠直入，草草數語，便爾啟行；事雖急遽，斷不至是。《梧桐雨》則中間用一李林甫得報、轉奏，始而議戰，戰既不能，而後定計幸蜀，層次井然不紊。

　　《梧桐雨》第一折【醉中天】云：“我把你半弾的肩兒憑，他把個百媚臉兒擎。正是金闕西厢扣玉扃，悄悄回廊靜。靠著這招彩鳳、舞青鸞，金井梧桐樹影，雖無人竊聽，也索悄聲兒海誓山盟。”第二折【普天樂】云：“更那堪瀅水西飛雁，一聲聲送上雕鞍。傷心故園，西風渭水，落日長安。”第三折【殿前歡】云：“他是朵嬌滴滴海棠花，怎做得鬧荒荒亡國禍根芽！再不將曲彎彎遠山眉兒畫，亂松松雲鬢堆鴉。怎下的硶磕磕馬蹄兒臉上踏，則將細裊裊咽喉掐，早把條長攙攙素白練安排下。他那裏一身受死，我痛煞煞獨力難加。"數曲力重千鈞，亦非《長生殿》可及。

《長生殿》至今，百餘年來，歌場舞榭，流播如新。每當酒闌燈灺之時，觀者如至玉帝所聽奏鈞天法曲，在《玉樹》、《金蟬》之外，不獨趙秋谷之"斷送功名到白頭"也。然俗伶搬演，率多改節，聲韻因以參差，雖有周郎，亦當掩耳而過。近日古吳馮雲章起鳳撰爲《吟香堂曲譜》，以縹緲之音，度娟麗之語，迎頭拍字，按板隨腔，尤稱善本。且其宮調、字音，多加考訂，毫無遺漏，謂之《長生殿》第一功臣，可也。石太史韞玉爲之序云："謂非嬴女吹簫，馮夷擊鼓，不能使笑者解頤，泣者俯首，"如是信然。

（道光十年刻藤花亭十種本）

書《長生殿》劇後

[清]李星沅

戈馬匆匆起范陽，猛聞鈴語喚郎當。憑肩有誓同牛女，掩面無端作帝王。

自倚翠華甘謝錯，可憐黃土竟埋香。金釵鈿合須臾改，莫再含情問上皇。

羅襪淒涼墮劫灰，洗兒錢枉售疑猜。誰傳宮禁點籌事，幾見賓王草檄來。

一死功能扶社稷，他生籍已注蓬萊。聽歌暗灑青蓮淚，曾醉沉香舊酒杯。

（《李文恭公詩集》卷四，同治五年李概等刻本）

論曲絕句二十二首(選一)

〔清〕何兆瀛

一歌開寶便歸田,贏得才名樂府傳。解識盛衰如轉軸,琵琶凄絕李龜年。

(《心盒詩存》卷五,同治十二年刻本)

【按】何兆瀛(1809—1890)字通甫,號青耜,又號澉叟,江蘇江寧人。禮部尚書何汝霖子。道光二十六年舉人。初官西臺,同治六年外任,官嘉湖道十二年,移廣東鹽運使。官至浙江按察使。罷官後僑寓杭州,流連文酒。詩風婉約清新。撰有《心盒詩存》十二卷、續四卷、《泥雪錄》一卷、《憶語》一卷、《老學後盒自訂詩二集》四卷。

讀元人雜劇(節錄)

〔清〕俞　樾

絕代才華洪昉思,《長生》一曲擅當時。誰知天淡雲閒句,偷取元人粉蝶兒。(洪昉思《長生殿‧小宴》劇中"天淡雲閒"一曲,膾炙人口。今讀元人馬仁甫《秋葉梧桐雨》雜劇有【粉蝶兒】曲,與此正同,但字句有小異耳。乃知其襲元人之舊也。)

(《春在堂詩編》"甲辰編",光緒二十五年刻春在堂全書本)

【按】"馬仁甫"應作"白仁甫",即白樸。

費懷太史以檀版一具見示，鐫有二詩，並有兩小印，一"洪"字，一"昉思"兩字，蓋稗畦故物也。爲賦二絕句。

[清] 俞　樾

紅牙檀版是誰遺？小印鐫名洪昉思。想見沉香三易稿，當年囀徵吐宮時。（《長生殿》初名《沉香亭》，又名《舞霓裳》，三易稿而定今名。）

老我乾坤一腐儒，不堪擊缶唱烏烏。何當更訪西湖寺，尚有東嘉舊几無？（西湖靜慈寺舊有高則誠拍曲舊几，見周櫟園《書彩》。）

（《春在堂詩編》"乙巳編"，光緒二十五年刻春在堂全書本）

【按】"靜慈寺"應作"淨慈寺"。"《書彩》"應作"《書影》"，又名《因樹屋書影》。周櫟園即周亮工。

詞餘叢話（節錄）

[清] 楊恩壽

卷　二

尤西堂樂府流傳禁中，世祖親加評點，稱爲真才子者再。吳園次奉敕譜《忠愍記》，由中書遷武選司員外郎，即以椒山原官官之。二公固極儒生榮遇已。康熙時，《桃花扇》、《長生殿》先後脫稿，時有"南洪北孔"之稱。其詞氣味深厚，渾含包孕處蘊藉風流，絕無纖褻輕佻之病。鼎運方新，元音迭奏，此初唐詩也。《藏園九種》，爲乾隆時一大著作，專以性靈爲宗。具史官才學識之長，兼畫家皺瘦透之妙，洋洋灑灑，筆無停機。乍讀之，幾疑發洩無餘，似少餘味；究竟無語不煉，無意不新，無調不諧，無韻不響。虎步龍驤，仍復周規折矩，非臯西、笠翁所敢望其肩背。其詩之盛唐乎？

……

各本傳奇，每一長齣例用十曲，短齣例用八曲。優人刪繁就簡，只用五六曲。去留弗當，孤負作者苦心。《牡丹亭》初出，被人刪削。湯若士題刪本詩云："醉漢瓊筵風味殊，通仙鐵笛海雲孤。總饒割就時人景，却愧王維舊雪圖。"俗人慕雅，强作解人，固應醜詆也。自《桃花扇》、《長生殿》出，長折不過八支。不令再刪，庶存真面。

卷　三

洪昉思譜《長生殿》甫成，名動輦下。國忌日演試新曲，御史黃某糾之，先生革去監生，枷號一月，文人之厄，聞者傷之。然因此曲本得邀睿覽，傳唱禁中，亦失馬之福也。趙秋谷宮允在座觀劇，以致落職，贈先生詩云："垂堂高坐本難安，身外鴻毛擲一官。獨抱焦桐倚流水，哀音還爲董庭蘭。"直以門下客視先生，文人相輕，亦可不必。查初白老人原名嗣璉，同列彈章，革去拔貢，改名應試，始入詞館，贈先生有"荆、高市上重相見，搖手休呼舊姓名"之句，則和平之音也。

朱竹垞先生贈洪昉思詩云："海内詩篇洪玉父，禁中樂府柳屯田。《梧桐夜雨》聲凄絶，薏苡明珠謗偶然。"注："《梧桐夜雨》，元人雜劇，亦詠明皇幸蜀事。"遍查《元人百種》，并無是劇，僅於《北九宮譜》存其名耳。

（光緒長沙楊氏坦圍刻本）

澄齋日記（節録）

[清]惲毓鼎

4

光緒廿九年癸卯

癸卯年正月初一日晴。

······

十三日晴。答拜繆恒莽、丁筱村，均未值。歸寓發各省例信。接茅西農別駕（濬清）太原書（有伴函）。申刻橘農借庖在寓作消寒，賓主十人（李木齋府丞，余綬屏太守，陳梅生、周少樸兩侍御，張季端殿撰，段春岩、陳蘇生、孫問清三編修，橘農及余）。連日閱《桃花扇》傳奇遣日。感慨纏綿，驚才絶豔，讀至《題畫》一折，令人輒喚奈何；至《沉江》一折，則淚涔涔承睫矣。文能移情，信然。古今傳奇當推《琵琶記》、《牡丹亭》、《桃花扇》、《長生殿》爲最。此論其詞筆耳，若感傷時局，寄興蒼涼，事真景真情真，當推《桃花扇》爲第一，而《長生殿》次之。《牡丹亭》描寫才子佳人，遂開後世惡套。近人黃韻珊撰傳奇七種，惟《帝女花》、《桃溪雪》二種差可觀，其餘皆平平。《居官鑒》尤腐，所有關白布置悉平直乏味，益見傳奇小道殊未易操觚。李笠翁《十種》失之淺俗，蔣心餘《九種曲》則遠勝笠翁。然持較前四種，覺瞠乎後矣。（四種之佳在能入曲，所以尤難。）

（浙江古籍出版社 2004）

寄鶴齋選集(節録)

［清］洪　繻

文選三

借《長生殿》小簡（甲午）

春風拂座，春色入簾；焚香閑坐，時覺無聊。向友朋借得《鈞天樂》、《桃花扇》二傳奇，燈下披賞，如入山陰道、如游武陵源、如聆李謩鐵笛、如聽康崑崙瑟琶。二本皆所愛者，又如趙侍御重睹古今人物畫。寫生之妙，無如《桃花扇》；寄懷之妙，無如《鈞天樂》。作《桃花扇》者，以閱歷遺老口話舊事，而以縱橫跌宕之筆，出之五花十色，幾於目不給賞；而其淩古鑠今處，曰趣、曰韻。作《鈞天樂》者，以潦倒才人、心多幽憤，而以奇辟淋漓之筆，寫之八荒六合，幾於無境不有；而其空前絶後處，曰神、曰韻。書卷之富、才思之豪，以《鈞天樂》爲最。然二本俱騷人博士之吐囑，非里巷小聰明之所著；視元、明人諸傳奇，“奴輩”呼之矣。

因思前人傳奇膾炙人口者，尚有《西廂》，遂向書坊借出觀之。其機局如一邱、一壑，固不可與《鈞天樂》、《桃花扇》比；要其開闔、曲折變化之妙，則於元人、明人諸傳奇中爲第一。最解悟《西廂》者，無如聖歎，却不免被他碎壞。作《西廂》者信慧心妙手，却覺讀書不多；故科白時露俚氣。要其曲唱之清脆爽利，善運本色語、聰明語、雋永語、旖旎語，則亦可一、不可二者。傳情之工，當以此爲至。

然弟見君處《長生殿》，傳情不亞《西廂》；而運用史事、參錯稗説，剪裁佈置之妙，實在《鈞天》、《桃花》伯仲間。其博麗，在《西廂》

上。於玉環登場一唱三歎，千回百折，實不愧"天長地久有時盡，此恨綿綿無絶期"也。其爭勝梨園，曰情、曰韻。弟將欲把之與諸本絜長較短，敢乞刻下付來一觀；盼望之切，比之聽《霓裳曲》、看"妃子襪"尤爲心急也。萬勿稍靳！書到，當浮一大白。

還《長生殿》柬（甲午）

昨午借得《長生殿》，床頭細玩，其貫穿史傳及《長恨傳》、《太真外傳》以及唐人諸稗説，如絲在機、如錦在剪，采色畢呈，條理都具：洶顛倒天吳、紫鳳手段。但微傷繁重，不及《西廂》之雋特。《西廂》是描寫一人一事，易於著手；《長生殿》是描寫一代數百十事，難於佈置。《長生殿》之不及《西廂》，勢爲之。《西廂》曲調之輕脆、曲語之雋永，句句沁人心脾，如敲雪竹、如彈水絲，非《長生殿》所及；則非盡勢爲之也。《西廂》天籟多而人工少，《長生殿》則人工多而天籟少。然《長生殿》之欲奪席《西廂》者，以其縱橫古今、吐嚼風雅，用意周到；非若《琵琶》、《繡襦》、《牡丹亭》之儕，李笠翁《十傳奇》之陋也。總之，《西廂》一唱三歎是好聽，《長生殿》五花十色是好看；《西廂》時露俚氣而彌覺其真，《長生殿》純見雅氣而略嫌其笨。《西廂》之秀，譬如一枝蘭；《長生殿》則似一叢芍藥，連枝帶葉。其過《西廂》在此，其不及《西廂》亦在此。

余謂傾耳而詞曲都快、入目而排場俱佳——可聽可看者，惟有《鈞天樂》；其一，則《桃花扇》。其器局雖大而骨節皆靈，譬如趙皇后旋舞盤上，雖貴重而舉止甚輕，詼諧笑傲、愁憤悲歡，無一不具：而有女兒腸、有英雄氣、有風雲狀、有雪月情；合而演之，"淡妝濃抹總相宜"也。若《西廂》，則宜於淡妝；《長生殿》，則宜於濃抹。《西廂》如隆、萬人制藝，專運機神；一切典故，都用不著。《長生殿》則似乾、嘉以來文字，專以博洽貫穿見長。又《西廂》如後來柏蘊皋

文，專工小品；鍊一枝性靈筆尖，遂至可傳。《長生殿》則似近世周
犢山、陳厚甫一派文字，純以綺縟制勝。但《西廂》、《長生殿》爲傳奇
家上乘，非若柏、陳諸人爲制藝中乘；是不同耳。若其爲優孟文章，
則制藝與傳奇無不同者。《西廂》中筆札不佳，所撰律句尤鄙，與詞
曲如出兩手；若論曲調，實不減柳耆卿"楊柳曉風"、秦少游"眉黛遠
山"也。吾閩黃莘田詩，專以清脆抒懷，香艷遂造；勝境亦可相比。
《長生殿》則似吳谷人詩，種種雅富，手筆大於莘田，只坐抒懷少耳。

春興撩人，因翻《霓譜》藉以遣情，遂爲評其短長如此。未審知
音以爲然否？《長生殿》二本略已展畢，隨即奉還。弟非識歌者，慎
勿笑爲曲子相公也！

還《長生殿》傳奇，又借他本（甲午）

《長生殿》二本，昨曉即將奉還；忽近午染得一疾，乍寒乍熱。
想近日連賞艷曲如《鈞天樂》者，不免犯造物所忌；《西廂》又太發洩
裙裾之私，不免爲情鬼所妒。因此墮落冰蠶火鼠道中，作此水火交
鬥之狀。然好奇者入水不濡、入火不熱，故今早起來，不免又向此
中再覓生活。

昔金聖歎集才子書六，曰《莊》、曰《騷》、曰《史記》、曰《杜律》、
曰《水滸》、曰《西廂》。予謂《杜律》爲詩之一體，自當別論。若《水
滸》，實流俗小說：謂之"才子"，怎不頳顏！《西廂》近於"才子"矣，
究只詞曲一端可稱耳。若論手筆，實小家數傳奇中可稱"才子"、可
與《莊》、《騷》、《史記》抗者，唯有《鈞天樂》而已。《鈞天樂》中無境
不有、無奇不備，大之彌天地、細之入無間，忽如游龍戲海、忽如晴
絲裊空；無論其書可謂"才子"，即其科白、其句套、其詞曲、其結構
亦無一不"才子"。惜不令聖歎見之，使以讀《三國演義》及讀《西
廂》法讀此書耳。但金聖歎若欲讀此，又當去其小禪語及一切囉囌

不了之習斯可耳。不然，又被他說壞矣。

《西廂》，聖歎謂之"六才子"；忽又有於《琵琶記》亦謂之"七才子"者，殊不可解！《琵琶記》，前人竟有張之謂勝《西廂》者，殊屬瞽說。余於《琵琶記》，總評之曰"俗"；不如毛聲山見之，得毋攘臂而爭否？

弟所見傳奇著名者無慮數十種，總不在眼；唯有《鈞天樂》為第一愜心。再則《桃花扇》，次則《西廂》與《長生殿》；其餘如《吊琵琶》、《讀離騷》、《清平調》諸種同為《鈞天樂》之人所撰，雖詞調尚在他人上，亦平平視之。作《鈞天樂》之人為尤西堂，其人誠才子，誠必傳也。作《桃花扇》者其人為孔東塘，未必為才子，文字亦鮮傳；未能及作《長生殿》之洪稗畦。若傳奇，則誠才子，誠可傳也。

尊處未知尚有他種傳奇否？再付弟別之，可博一粲！

付《鈞天樂》與陳墨君書（甲午）

前日道過芳村，與君清話，欲一睹傳奇為快。弟因向友人借得《鈞天樂》一部，茲即付上，以紓渴懷。

第是中佳處，未許淺人問津。君具有慧眼，宜仔細尋其脈絡、玩其結構、賞其雅唱、識其寓言。詼諧，則曼倩復生；謾罵，則東坡未死；操筆，如史公之敘滑稽；填韻，如柳七之譜曲子。忽而哭、忽而笑，忽而歡情、忽而涕淚；忽而才子，忽而佳人；忽而鬼怪，忽而神仙；忽而人間，忽而天上；忽而往古，忽而來今。鬱則極鬱，伸則極伸；痛則極痛，快則極快。盡宇宙間人物情狀，無不供其描繪；盡時俗中人物情狀，無不供其鑱鐫。登場唏噓，令人欲絕。場上一唱，場下有笑者、怒者、羞者、恨者，有喜而雀躍者，有惡而龜縮者；秦殿照妖鏡、溫嶠然水犀，不足喻其妙也。然而變化萬端，終歸一線；豪極豪，而細又極細。有其筆、無其書，無此風雅；有其書、無其筆，無此神韻。談笑風雲，馨咳珠玉;殆以才子之絕調,而偶爲伶官之游戲乎!種種妙處,言之不盡;要須與一部屈子《騷》、馬遷《史》、一副嗣宗淚、禰衡口,合作一場鼓吹耳。然又須蓄一甕清濁酒、刮一雙青白眼、開一個不合時宜肚,乃得澆潑積年壘塊、發洩皮裏春秋;不爾,重負作者!

論《鈞天樂》,與陳墨君書

《西廂》清脆如一枝洞簫,向緱嶺吹歌引鶴;然是巧人極筆,非才學人絕唱。此則如黃帝張樂廣莫之野,衆聲齊作,萬籟不鳴;不復知有人間世矣。胸有千古,故目無一切。

弟所見傳奇佳者三十餘種,唯推此爲第一與《桃花扇》,次則《長生殿》。逾冠時,曾有讀《鈞天樂》絕句百二十首,會當寄與參看。

(《臺灣文獻史料叢刊》第八輯、第三〇四種,台灣大通書局 1987)

【按】洪繻(1866—1928),本名攀桂,學名一枝,字月樵。台灣淪陷後,取《漢書·終軍傳》"棄繻生"之說,改名繻,字棄生。彰化鹿港人,原籍福建南安,其先大父至忠公流寓臺灣鹿港,遂家焉。少習舉業,光緒十七年(1891)以案首入泮。十九年(1893)鄉試不中。光緒二十一年(1895)割臺之役,與丘逢甲、許肇清等同倡抗戰,任中路籌餉局委員。後絕意仕進,潛心於詩古文辭。由於身居棄地,洪繻採取"不妥協、不合作"的應世態度,以遺民終其身。他堅不剪辮,拒著洋服,拒說日語,不許二子受日本教育,詩文皆以干支紀年,以示不忘故國。內容多系三臺掌故,自清末政治措施,以迄割臺前後戰守之跡,日人橫暴之狀,民生疾苦之深,一一垂諸篇章,兼具經世作用與史料價值。洪繻著作包含詩歌、駢文、古文、試帖時文四類文體,皆冠以"寄鶴齋"之名,有《詩集》、《八州詩草》、《試帖詩集》、《詞集》、《詩話》、《駢文稿》、《古文集》、《函札》、《制義文集》、《八州游記》、《瀛海偕亡記》、《中西戰紀》、《中東戰紀》、《時

事三字經》,約百餘卷,一百八十餘萬字。遺稿經哲嗣洪炎秋輯爲
《洪棄生先生遺書》(胥端甫編輯,臺北成文出版社,1970 年)。臺
灣省文獻委員會又依據原钞本,重加整編標點,排印爲《洪棄生先
生全集》(林文龍點校,臺灣省文獻委員會 1993)。

《庚子國變彈詞》自序(節錄)

[清]李寶嘉

　　讀《長生殿》傳奇矣,至李龜年説開天遺事,激昂慷慨,酣暢淋
漓。又讀《桃花扇》傳奇矣,至柳敬亭、蘇崑生説揚州兵變,悽楚入
骨,悲憤填胸。由其大書深刻,筆舌互用,故能遥吟俯唱,聲淚相
隨。夫唐與明迄今數百年,區區故簡陳編,後人猶根觸無窮,低徊
不置。何况神州萬里,忽告陸沉,咸陽三月,同歸灰燼,愁形慘狀,
薈萃一編,有不傷志士之心,而[王](亡)國民之氣者,無是理
也。……時壬寅十月既望,著者自序於酒醒香銷之室。

(《庚子國變彈詞》,光緒二十八年上海世界

繁華報館刊印線裝巾箱本)

囊園春燈話(節錄)

[清]張起南

卷　下

　　詞爲余所癖好,幼時即酷嗜之。而近日文人,諳此者實鮮。初
時試製數條,知不可行,乃求之於曲。然各種著名傳奇,如《琵琶記》、
《牡丹亭》、《桃花扇》、《長生殿》,皆動輒四五十折,傷於繁博,讀者已

寡,記之者尤稀。即如《長生殿》一種,余昔年所朝夕把玩,背誦不遺
一字者也,迄今追憶,已十不得一,足見強記之難。惟《西廂記》,事
簡而詞精,舍冬烘先生外,幾於無人不讀,取作謎材,最爲相宜。

(商務印書館 1917)

【按】 張起南(1878—1924)字味鱸,號橐園、橐園主人。福
建永定縣人。工詩、詞、駢、散文,畢生嗜好謎學,自稱"謎癖",制謎
萬則以上,被譽爲現代"謎聖"、"謎語大師"。1924 年,病逝於湖南
衡陽。著有《橐園春燈話》、《春燈續話》、《橐園春燈錄》。

十朝詩乘(節錄)

〔清〕郭則澐

卷 四

秋谷以纂演《長生殿》傳奇,爲黃給事(六鴻)論劾罷官。都人嘲
以俳體云:"國服雖除未滿喪,如何便入戲文場。自家原有些兒錯,
莫把彈章怨老黃。""秋谷才華迴絕儔,少年科第盡風流。可憐一曲
《長生殿》,斷送功名到白頭。"先是,給事以詩集貽臺館,秋谷甫展卷,
立還其使,故銜之次骨。撼是事,騰章入告,連及同座。秋谷至考功
獨任之,同座者得薄譴而已。洪昉思以詩詞游公卿間,坐是遭放逐。
秋谷《懷舊詩序》云:"《長生殿》傳奇,余寔助成之。而言者獨劾余,蓋
挾隙相傾,意固不在余子也。"其《懷昉思》詩云:"每笑蘇子美,終身惟
一蹶。永拋夢華塵,長嘯滄浪月。千秋覓同調,舍我更何人。高騫
云中鶴,俯視爨下薪。當時共造迷,鬼神富假手。委曲以相成,君無
道斬負。群兒旁快意,一網盡無餘。借問即陸者,誰能免渝胥。"其
羅織情事,略可見矣。罷官後,益放情詩酒。余於六橋都護齋頭,見

所藏秋谷手書詞册，皆旅游贈妓之作，詫傺無毉，托於絲竹，非其志也。淩東園太守《吊秋谷》詩云：“一曲《長生》院本工，誰知一網盡英雄。紅牙子弟風流散，白首詩人坎廪終。少日盤空如俊鶻，老來負氣更《談龍》。不緣故勘新城誤，要返開元大曆風。”是又祖秋谷者。其《飴山堂集》，多激楚之音，與漁洋之和聲鳴盛者，故當殊軌。

卷一一

秋帆建節之初，頗蓄聲伎，故太夫人以“端己儉德”誡之。大樑撫署西園爲當日歌舞地，其自排《長生殿》劇本，不時纘演，嚴冬友且習聞而厭。穆英甫中丞（和蘭）繼任，性儉約，從不舉讌。管緘若客其幕，偶涉西園，綺疏隕落，畫檻傾敧，惟爛漫戎葵，爭雄蒿艾而已。爲詩書壁云：“幕府依然早晚衙，中丞清節似山家。錦堂閑殺笙歌地，開遍戎葵一院花。”後英甫坐劉之協在扶溝脫逸事落職，戍烏魯木齊。緘若寄詩云：“一夫脫死須臾事，八座投荒萬里閑。嫁禍肓鄰言何太險，收威天怒已徐還。重看魏尚持星節，不使班超老玉關。遍十三州思去後，豈徒舊客慘離顔。”揣其獲咎，當有構陷之者。緘若挽英甫句云：“寬柔群謗懦，廉節世疑慳。”可見其人矣。

（福建人民出版社 2000）

《紅樓夢》評論（節錄）

王國維

第三章　《紅樓夢》之美學上之價值

如上章之説，吾國人之精神，世間的也，樂天的也，故代表其精神之戲曲、小説，無往而不著此樂天之色彩：始於悲者終於歡，始於離者終於合,始於困者終於亨,非是而欲饜閱者之心,難矣。若《牡丹亭》之返魂,《長生殿》之重圓,其最著之一例也。《西廂記》之以《驚夢》終也,未成之作也。此書若成,吾烏知其不爲《續西廂》之淺陋也。有《水滸傳》矣,曷爲而又有《蕩寇志》? 有《桃花扇》矣,曷爲而又有《南桃花扇》? 有《紅樓夢》矣,彼《紅樓復夢》、《補紅樓夢》、《續紅樓夢》者,曷爲而作也? 又曷爲而有反對紅樓夢之《兒女英雄傳》? 故吾國之文學中,其具厭世解脱之精神者,僅有《桃花扇》與《紅樓夢》耳。而《桃花扇》之解脱,非真解脱也。滄桑之變,目擊之而身曆之,不能自悟,而悟於張道士之一言,且以歷數千里,冒不測之險,投縲絏之中,所索之女子,才得一面,而以道士之言,一朝而舍之,——自非三尺童子,其誰信之哉? 故《桃花扇》之解脱,他律的也;而《紅樓夢》之解脱,自律的也。且《桃花扇》之作者,但借侯李之事,以寫故國之戚,而非以描寫人生爲事。故《桃花扇》,政治的也,國民的也,歷史的也;《紅樓夢》,哲學的也,宇宙的也,文學的也。此《紅樓夢》之所以大背於吾國之精神,而其價值亦即存乎此。彼《南桃花扇》、《紅樓復夢》等,正代表吾國人樂天之精神者也。

(《教育世界》第 78 期,1904)

小説叢話(節録)

浴血生

　　錢塘洪昉思著《長生殿》傳奇,自序云:"余覽白樂天《長恨歌》及元人《秋雨梧桐》劇,輒作數日惡。"而曲白中演用白氏語處極多,《雨夢》一折並於《秋雨》劇有所采撦,何也?

(《新小説》第 2 年第 10 號,1905 年)

《新小說叢》祝詞

林文驄

　　吾家紫虯文學，與其友數君，合組《新小說叢》一書，予尚未寓目及之也，而知其必有以饜飫海內之人望者矣，因泚筆爲之祝曰：某聞來離登得，纂齊、魯之方言；象寄譯鞮，備職方之外紀。自茲以降，虞初周說，黃車綜其舊聞；漢武遺事，肜管甄其別錄。莫不侔色揣稱，抽秘逞妍。小山叢桂之談，夙推《淮南鴻烈》；中郎蘦臼之喻，實爲枕中秘寶。固已家握靈蛇，人吐白鳳，未有識通古今，學貫中西，網羅徧於五大洲，撰述極乎九萬里，語其托興，是寄奴益智之粽；諷以微詞，作仲任《潛夫》之論，如諸君所組《新小說叢》之善者也。自昔說部之流傳，半屬文人之好事，則有《拾遺》作記，《外傳》成書，元微之《會真》含情，陸魯望《小名》摘豔，紅綃金合，田郎之跋扈依然；紫玉燕，李益之妒情斯在。南部烟花之錄，午夜香溫；北里狹斜之游，丁年夢熟。《桃花扇》裏，豈有意於興亡；《長生殿》中，拾墜歡於佳麗。甚或柯古徵異，干寶搜神，支諾皋炫其怪聞，王清本恣其誕說。靈均逐客，東皇無續命之絲；長春幻人，《西游》豈金丹之術？留仙麗藻，多說鬼與說狐；曉嵐辯才，姑妄言而妄聽。下至《列國》《三國》之演義，哲理無存；《隋唐》《殘唐》之贅編，穢鄙特甚。大雅之士，蹙焉憫之。凡斯下里之謳，等之自檜而已。或謂郢書善附，燕說無徵，禍棗災梨，汗牛充棟，大都蟻安槐國，虱誦阿房，縱享帚以自珍，只胡盧之依樣。蓋無進化開明之識，則夏蟲固不足語冰；非有專科通譯之才，則井蛙亦難測海。矧在今日，萬國駢羅，列強虎視，而猶蹈常襲謬，蕩志誨淫，將何以照法炬於昏衢，轟暴雷於聱俗乎？夫摶摶大地，蒼蒼彼天，擾擾吾生，漫漫長夜，黃肜碧眼，隱取締於瓜分；黑水白山，等浮蹤於萍散。《霓裳》曲罷，舊内春銷；《玉樹》歌終，吟邊句冷。皇輿敗績，痛南渡之君臣；行役劬勞，憫東周之禾黍。蒼鵝出地，釁本兆於翟泉；白馬清流，禍且成乎鉤黨。遂使國士流涕，心傷豫讓之橋；酒人悲歌，目斷慶卿之里。此何時哉？嘻其酷矣！而況元瑜書記，仲宣流離，嶺陟愁思，灘過惶恐。併命有獨搖之樹，索笑無稱意之花，窮愁著書，不可説也。然而自公退食，謀國是者何人；皆醉獨醒，實鍾情於我輩。諸君自傷身世，甘作舌人，以瑰奇屼特之資，肩起發砭頑之職，廣譯善本，啟迪羣蒙，亮符鄘頌。然某以爲小説之作，體兼雅俗，義統正變，意存規戒，筆有褒貶，所以變國俗，開民智，莫善於此，非可苟焉已也。竊不自揣，輒有所貢，幸垂察焉。自閣龍探險，恣艦隊之東來；盧騷著書，倡《民約》于西鄰。自是潛吹虺毒，伏厲豺牙，甚踩躪於晉庭，受歲幣於宋室。夫傳檄而擒頡利，奮刀以斬郅支，在彼古人，實操勝算。今則大開海禁，漸失藩籬，苟有人焉，鬥我心兵，敵彼毛瑟，孫武之智，九天而九地，孟獲之服，七縱而七擒。足使生亮却步，説嶽慚顏；拿波倫遂戢其野心，惠靈吞亦失其戰略，斯曰禦侮，其善一也。往者甲午之役，喪敗實多，既利益之均沾，又締盟而協約。夫貞德女傑，尚發憤以救亡；羅蘭夫人，亦慷而致命。今既民權漸苗，女學將興，豈無娘子之軍，足佐壯夫之績。況杯葛主義，實行於拒約；炸藥暗殺，激厲於輿情。將使黃衫豪客，不獨成首之勳；紅拂麗姬，並堪作同仇之侣。則又未嘗不可潛消禍水，共上强臺，斯曰振武，其善一也。若夫測象元模，探奇大塊，剛柔輕重，既殊其習，陰陽燥濕，復異其宜。於是露紛而謁祆神，焦頂而親梵唄，摩西十誡，呼阿拉以稱尊；基督一神，抱救世之宏願。類皆膺華效卑之美譽，則宗教自居；聞嬰匪毒之諑聲，則慘顏不憚。然而獨雄衆雌之俗，不徒三女爲奸；蹶頤羯首之蠻，大抵肝人若脯。茵陳趫捷，唯畋獵以遂生；蹢躅游居，去牛羊而弗樂。此外如冰天雪海，死谷炎荒，固難與桑港良島、巴黎名都，較短量長，相提並論。然則跨麥哲倫之艦，不足罄其形容；乘張博望之槎，更莫窺其萬一。斯曰采風，其善一也。至如理想高尚，藝術朋興，奈端探賾於天文，哈敦研精於地質，斯賓塞闡理於人羣，達爾文縱心於物競，極之觚驗精醫，方維工算，磺強合化，蝶蝶效形。以至兩冷相和，或成涫熱；二清忽雜，乃呈濁泥，罔不思入混茫，妙參造化。是以錐刀必競，富踰犁轄之琛；藥彈橫飛，雄長屠耆之族。蓋其鉤深索鑰，通幽詣微。羅萬有於寸心，鏡二儀於尺素。奚止女媧煉石，志幻於補天；魯陽揮戈，談空於返日。斯曰浚智，其善一也。至於身毒吉貝，墨加胡椒，薯蕷種於英倫，葡萄產於希臘，與夫彘斯瑪之猝狒，澳大利之袋鼠，使犬馴鹿，交說於窮邊；海豹白熊，棲息於寒帶。是雖名物之紛如，亦必研求之有自。而徐松龕《瀛寰志略》，疏漏居多；魏默深《海國見聞》，搜羅未悉。今欲窮形象物，妙手寫生，倘備指揮，亦供點綴。衣披氌氌，輕描綠毯之妝；杯號留犁，沈醉白蘭之酒。是則燈前遇俠，月下傳嬌；流目送波，添毫欲活。又況獅子虎勢極猛厲，鶂首鶯能作歌謠，固騰於《爾雅》之篆蟲魚，稽含之狀草木。斯曰博物，其善一也。抑又聞之，鍾儀君子，惟操土音；桓氏參軍，乃工蠻語。然未駃舌難知，鉤脣鮮效。加以佉盧左行之字，撒遜連犿之書，以版克爲公司，以毘勒爲盾劑，葛必達爲丁口之賦，狼跋氏是典庫之名，喝特爾斯，實廛丁之釋義，薩白錫帝，問佽助以誰知。又況優底公尼，印度標其樹布；拓都麼匿，歐西言其多寡。則雖讀空四部，富有五庫，亦恐路入迷陽，燈昏漆室。自非熟習希伯來文字，何以翻猶太教經？深諳拉體諾名詞，未必通羅馬掌故。斯曰績學，其善一也。近者邇叟記述，爲西學之先河；又陵博聞，登文壇而奪席。望扶桑之靈窟，薈萃英華；得琴蘭之嗣音，藻繪絢爛。斯已沾溉藝林，別開境界。而諸君翩翩絕世，盤盤大才，吹噓芳馨，綜采繁縟，日月合璧，昭云漢以爲章，笙磬同音，融律呂以湊矩。士得知己，庶無憾焉。所可悼者，歐美騰踔，風潮激蕩，楚歌非取樂之方，胡笳是銷魂之曲。嗟乎！河山半壁，豈仙人劫外之棋；金粉六朝，裂王者宅中之地。健兒之軀號七尺，寧帖伏若粥雌；金石之壽不百年，忍摩挲此銅狄。固知揮毫寫恨，對酒當歌，金鐵皆鳴，聲淚俱下，伊鬱善感，非得已已。若徒摹擬閨情，掇拾里諺，既落窠臼，殊少別裁，摸厥下忱，絕非所望。嗚呼！虯髯客扶餘一去，誰能興海外之龍；丁令威華表重來，我將化遼左之鶴。光緒丁未十月之望，新會林文聰撰。

（《新小説叢》第一期，1908 年 1 月）

論中國之傳奇（節錄）

［日］宮崎來城著、濱江報癖譯

　　宮崎來城者，東島文壇之健將也，著有《西施》、《楊貴妃》、《虞美人》及《多情之豪傑》諸書，興往情來，淋漓秾豔，頗受一般社會之歡迎。是篇曾揭載《太陽雜志》第十一卷第十四號，於吾國傳奇之優劣，月旦甚詳。爰呕譯之，以餉社會。

　　康、乾時代，文藝大昌，博學名儒，彬彬輩出。墨床筆架，揚美滿之潮流；愈闡愈精，軼淩前代。至於小説，則描寫世態之變幻，摘露人情之隱微，語妙一時，名高百世。如曹雪芹之《紅樓夢》、李笠翁之《十二樓》、眠鶴道人之《花月痕》、燕北閒人之《兒女英雄傳》，以及《野叟曝言》、《品花寶鑒》。諸如此類，均大受社會之歡迎。然此等說部，盡屬章回，余嘗於田岡嶺云之《天鼓雜志》中一一介紹之，茲不復贅。故此篇僅評判傳奇一部分而已。諸君讀此，庶略窺清國文學界之梗概歟？

……

《桃花扇》傳奇，實"玉茗堂四夢"以降之名作也。其次則爲《長生殿》傳奇。《長生殿》亦康熙中之作，出自浙水洪昇先生之手筆。昇字昉思，號稗畦，錢塘人也。夙游王漁洋之門，豪於詩，其名滿京洛。嘗訪施愚山，縱談詩法。愚山曰："聞諸子師之言詩，華嚴樓閣，彈指即現；又若五層十二樓之縹緲，如在天際。余則有一譬焉：大凡人之建一宮室也，瓴甓木石，必一一俱就平地築起。"昇判曰："此禪宗頓漸之義也。"論者然之。是誠非尋常之詩人所能道及者。其爲人襟懷磊落，到處交游蒸集，每白眼踞坐，指古摘今，令人心折。於從事傳奇之外，又好作元人之曲子，琳琅珠玉，美不勝收。但迄今所存者，則僅此《長生殿》一部而已。

《長生殿》傳奇，敘唐楊貴妃之歷史。其脚色之支配，嶄新奇特，棋布星羅。起於《傳概》，止於《重圓》，長短凡五十節。於明皇、貴妃之外，出將軍郭子儀、出大將哥舒翰、出詩人李太白、出常侍高力士、出國舅楊國忠、出韓國夫人、出虢國夫人、出安禄山、出陳元禮、出李豬兒、出仙官、出道士、出宮女、出父老、出公子、出番將、出魔鬼、出梨園子弟，生旦淨丑，位置咸適其宜。雄壯乎？閒雅乎？怪異乎？悽愴乎？變幻靡窮，錯綜前後。而行文填詞之間，或用虛筆，或用反筆，或用側筆，或用閑筆。於忠奸之事蹟，男女之愛情，隨手寫來，惟妙惟肖，絶無窘縮之處。至其詞華之美麗，才氣之縱橫,雖較《桃花扇》稍遜,然亦不甚遠矣。

唐、宋、元、明之間,凡詩賦專家,詠馬嵬故事者甚夥。彼陳鴻之《歌傳》,白樂天之《長恨歌》,及丹丘之《開元遺事》,均爲彪炳一時之作。而其餘之編入院本者,亦無慮十五六種。惟元人白仁甫所著之《秋雨梧桐》一書,頗膾炙於人口。然雖措詞馴雅,亦不過足供優孟之衣冠耳。洎夫明時,始有《彩毫》、《驚鴻》二記。《驚鴻記》者,不知係何氏所撰,詞藻殊佳,特筆意流於淫穢,讀之令人作三日惡。二者相較,當以《彩毫記》爲優。《彩毫記》者,爲屠赤水先生所搆,塗金繪碧,精彩絶倫,燦爛奪人之目。惜過加修飾,故全書氣韻剝落良多。就其文字之間,求一真語、一雋語、一快語,亦戛戛難哉。昇慨夫諸種之不完全也,乃參照羣編,酌奪損益,削除貴妃一切之污點,更益之以仙緣。本樂天《長恨歌》,及陳鴻《歌傳》,先譜一部《舞霓裳》傳奇,然意猶未洽,越歲重加删訂,始更名爲《長生殿》云。

康熙之末,昇爰集都門之俳優,就原本扮演,招朝野之名士,置酒高會。時翰林院編修趙秋谷,亦率其徒臨之。豔舞酣歌,極一時之盛。作者聲譽,愈覺喧騰。時丁國忌,例禁管弦。會有與秋谷挾私怨者,乘機馳訴有司,徧及同會之士。秋谷素崇義俠,恐諸友罹罪,獨自任之。前在座之人,皆獲薄譴。秋谷遂罷職。昇之上舍生亦斥革,又條攖家難,潦倒坎坷,年五十餘,死於水。惜哉!詎後世道學者流,嘲罵交加,謂好作綺語狂言,應得如是之結果。然昇雖已云亡,而其傳奇,則字句嫵妍,宮商和協,固千載不朽者也。溯出現以來,愛文者喜其詞,知音者賞其律,傳播益遠。苟蓄有家樂者,靡不握管競繕,以資教練優伶。倘排演失真,頓使舞臺減色。凡朱門綺席,酒肆歌樓,非奏此傳奇,則無術以增聲價。嘻!既具有此等之光榮,誠足與《桃花扇》並駕齊驅,後先輝映,同博當時之喝采也。

元代傳奇中，如《漢宮秋》，如《梧桐雨》，描寫天子之鍾情，悱惻纏綿，活躍紙上。惟南曲罕覯。每就一二才子佳人，絮絮縷說，時或偶步宮闈，如韓夫人及小宋之故事，範圍亦殊狹小。數百年來，歌筵舞席之間，戴冕披袞之聲容，不可復覯。迨《長生殿》出版，而絕調於以重聞。若玄宗之瀟灑風流，貴妃之傾城傾國，悲歡並至，巨細靡遺。一度登場，使顧曲周郎一新耳目。觀此則尚任之《桃花扇》、《小忽雷》，雖稱巨帙鴻篇，亦不克專美於前矣。

譯者曰：余譯是篇竟，不覺喜上眉。余曷爲喜？喜中國文化之早開也。六書八畫，史冊昭然；俗語文言，體裁備矣。而虞初九百，稗乘三千，又大展小說舞臺之幕。迄於近代，斯業愈昌，莫不慘澹經營，斤斤焉以促其進化。播來美種，振此宗風；隱寓勸懲，改良社會。由理想而直趨實際，震東島而壓倒西歐。說部名家，亦足據以自豪者也。天下之喜，孰出於是？若云亭、昉思之流，恨不買銀絲以繡之，鑄銅像以祀之，留片影於神州，以爲小說界前途之大紀念。

（《月月小說》第二年第二期，1908 年 4 月）

【按】宮崎來城（1871—1933），名繁吉。日本學者，早稻田大學教授。著有《來城詩鈔》等。1904 年，他曾完成《支那戲曲小說文鈔釋》，引用了《紅樓夢》《水滸傳》《西廂記》《桃花扇》等著作的內容，並加譯注，是當時早稻田專門學校（後來的早稻田大學）的講義記錄。此篇文章原於 1905 年以"清朝的傳奇及雜劇"爲題，連載於日本的《太陽》雜志。濱江報癖，即陶佑曾（1886—1927），字蘭蓀，號蕲林，別署陶報癖、報癖、報、濱江報癖、陶安化、崇冷廬主等，湖南安化人。出身官宦家庭，曾任長沙體育研究會會長、日新學校教員，書齋室名爲白鶴山莊。日本留學生。常在《月月小說》、《小說林》、

《著作林》《游戲世界》等刊物上發表小説和評論。主要著作有：小説《新舞臺鴻雪記》《小足捐》《員警的故事》等，另撰有《中國文學之概觀》《論小説之勢力及其影響》《余之新劇觀》等論文。

題《長生殿》傳奇後

［清］王霖

鈿盒金釵早定情，全憑牛女證三生。不教今世長相守，辜負憑肩七夕盟。

寵愛誰知伏禍機，却逢山鬼事全非。傷心一樹梨花淚，竟把羅衣換羽衣。

花想容顔柳想眉，月明南内更逢誰。霓裳舊譜歸天上，一曲淋鈴祇自悲。

謾窮碧落與黄泉，海上仙山總浪傳。只有琵琶能解恨，白頭遺事説匷年。

（《弇山詩鈔》卷四，道光五年刻本）

【按】王霖，字雨楓（朱克敬《瞑庵二識》卷一作“雨豐”），號弇山，浙江山陰人。康熙四十四年（1705）舉人，官南宫知縣。著有《西山游草》《弇山詩鈔》。

《長生殿》題詞

［清］石卓槐

瑶臺玉宇淨無痕，月殿清歌感至尊。演得《霓裳》新入破，楊家姊妹並承恩。

夜半天高碧海情,月明秋樹照空庭。何人共立長生殿,看取牽牛織女星。(明皇與楊貴妃共立長生殿,誓願生生世世爲其夫婦。)

鮫綃緼褓洗兒春,詔賜金錢笑語真。不信漁陽鼙鼓起,當年就是赤心人。(明皇呼禄山爲"赤心兒"。)

馬嵬驛下暮云橫,棧道淒涼宿草生。寒食東風啼杜宇,亂山孤塚夕陽明。(馬嵬兵變,貴妃自縊,尸葬驛旁,至今尚存。)

(《留劍山莊初稿》卷二十二,乾隆四十年刻本)

再跋《長生殿》後

[清]石卓槐

梨花驛路委凋殘,千古傷心血淚斑。鈿盒金釵誰記取,獨留羅襪在人間。

西風吹夢總迢遙,南內何人慰寂寥。欲譜《淋鈴》新樂府,長生殿外雨瀟瀟。

海外瓊樓事渺茫,洪都傳語最淒涼。傷心不及閒鸚鵡,猶得人間問上皇。

海青罵賊至今傳,賀老琵琶最可憐。更有落花寒食路,江南腸斷李龜年。

(《留劍山莊初稿》卷二十二,乾隆四十年刻本)

題《長生殿》曲後

[清]竇毓麟

永晝身閒獨閉門,惟將吟詠度朝昏。無端翻閱《長生殿》,惹得青衫漬淚痕。

(《蘭軒未訂稿》附《紫墅詩稿》,道光十一年刻本)

【按】竇毓麟,字紫墅,竇徵榴弟。著有《紫墅詩稿》。

題《長生殿》傳奇

［清］朱景素

綠楊若再過三春,定與江梅作比鄰。寄語玉妃休悵怨,六軍翻是爾功臣。

(《絮雪吟》,清蔡殿齊編《國朝閨閣詩鈔》第十冊卷四,
道光娜嬛別館刻本)

【按】卷首小傳云:"朱女史景素,字菊如,江蘇上元人。南河縣丞桂榮女,廣東巡撫莊恪公桂楨姪女,江西巡檢單洪誥繼室。著有《絮雪吟》。"朱桂楨生於乾隆三十三年(1768),卒於道光十九年(1839)。

題《長生殿》傳奇十首

［清］朱春生

華清夜宴漏迢迢,准敕千官罷早朝。卅載開元全盛業,禁他幾度可憐宵。

一夢游仙法曲成,霓裳合隊羽衣輕。太真原是瑤臺侶,記得鈞天廣樂聲。

禁門夜啟聽車音,識得離情情轉深。鈿盒未分釵未擘,香雲一縧繫君心。

　　珍果傳來驛騎馳，冰霜顆顆疊凝脂。名花傾國原雙絕，鼎足稱奇是荔枝。

　　聞道天孫下嫁晨，偶忘耕織帝生嗔。雙星尚被情緣誤，難怪長生殿裏人。

　　環上羅衣兆在先，蛾眉宛轉亦堪憐。怨聲若果同褒妲，錦韈何人出看錢。

　　閫外原無定亂才，枉教艷質葬蒿萊。驕兵究竟何曾戰，直待成都春彩來。

　　梨園弟子總飄零，玉笛拋殘羯鼓停。一段哀情誰遣得，新聲重譜雨淋鈴。

　　西內深沉曉月涼，問安誰復進封章。蓬萊莫道虛無甚，傳語猶能慰上皇。

　　任歸碧落與黃泉，比翼連枝誓願堅。只是人間休再到，此生此恨已綿綿。

（《鐵簫庵詩鈔》卷二，清刻本）

　　【按】朱春生（？—1824），號鐵門，江蘇吳江人，祖籍徽州。因故居有鐵門，遂以爲號。與郭麐、袁徽同學，結竹溪詩社，爲竹溪七子之一。生平見《鐵簫庵文集》卷首郭麐撰《朱鐵門墓志銘》。

有感馬嵬坡事復題四絕句

〔清〕朱春生

　　生劫君王殺貴嬪，將軍勇力果無倫。如何李郭中興將，容得彭原搏戲人。

　　莫訝胡雛負主恩，六軍臣節更難盡。纘衣不記當時賜，代結情緣是至尊。

仗鉞桓桓氣勢强,君前用武太蒼黃。他年露刃移宮事,畢竟堅冰由履霜。

論事原須徹始終,深文致罪總非公。禄山寵任開元末,知否楊妃未入宮。

(《鐵簫庵詩鈔》卷二,清刻本)

閲《長生殿》填詞

〔清〕楊士瑶

妃子蓬萊舊,真人號孔昇。神仙□有劫,天地亦多情。
按拍霓裳舞,催花羯鼓聲。只今猶七夕,何處覓長生。

解道談天寶,千秋一昉思。君能終得婦,妾幸未招兒。
舊譜分花蕚,佳名接荔枝。仙山真雨在,含笑□當時。

(《問山樓詩稿》卷二,同治活字印本)

【按】楊士瑶,字英甫,又字白苑,清大余洲人。服彩子。讀書有異能,一目數行。性豪邁,薄時俗,不與人同。與本邑朱嗣韓、嚴桓瑞、東鄉吳士杭齊名,號爲四子。酷愛南華莊子,曰:"彼固不拘於法,而神明於法者也。"乾隆五十三年(1788)舉鄉試。歷官清江、樂平教諭。於樂平主講翥山書院十餘年。邑令命纂修縣志,登載謹嚴。尚書汪公居家,與坐談古今,娓娓達旦。樂平苦水災,奸民借機勒賑,將爲亂。士瑶爲之解。著有《問山樓文集》二十四卷、《臨江草》。

題各種傳奇（選一）

[清]周世滋

《長生殿》

雲雨驪山舊夢迷，招魂只合設羅衣。盡情不哭峨嵋道，空時荒涼土木啼。

（《淡永山窗詩集》卷十，同治間刊本）

【按】周世滋，字潤卿，號柳源。衢縣西安人。同治歲貢生。官永康訓導。著有《淡永山窗詩集》、《柳源文集》、《孝義周氏宗譜》二卷、《萬石齋印譜》。

《長生殿》傳奇題詩

[清]葛其龍

明皇實錄才人筆，譜入笙歌倍生色。莫作尋常豔曲看，興衰往事猶堪憶。

憶得開元御極初，詔焚珠玉戒歡娛。大明宮罷勤農日，花萼樓成友愛餘。

尊師重傅多深意，姚宋張韓同燮理。黼座能崇節儉情，寰區漸致承平治。

一朝傾國入宮中，賜盒定情思遇隆。兄妹咸承私雨露，權門賄賂競交通。

千嬌百媚矜裝束，春睡海棠猶未足。香車寶馬集如雲，祓禊同游曲江曲。

曲江宴罷動猜疑，獻髮恩深復召時。美人已貴蒼生賤，進果紅塵一騎馳。

驪山避暑開佳晏，金尊醉倒長生殿。梨園新曲奏《霓裳》，舞上翠盤有飛燕。

寵極還教妒忌生，挑燈獨坐睡難成。翠華西閣尋梅處，惹得鴛鴦夢亦驚。

宛轉嬌啼工掩蔽，金釵鈿盒堅盟誓。鵲橋私語拜雙星，願共生生與世世。

世世生生不久長，忽聞鼙鼓起漁陽。劇憐妃子魂猶醉，爭奈胡兒氣太狂。

此時追悔嗟何及，此去劍門更凄惻。胥宇難攜美女行，割恩空對虞兮泣。

馬嵬坡下殉香魂，一樹梨花盡淚痕。水碧山青雲慘澹，鳥啼花落月黃昏。

汾陽一起烟塵掃，社稷唐家欣再造。興慶宮中滿夕陽，新豐壁上留殘稿。

上皇西蜀得回鑾，夜雨聞鈴慘不歡。驛路玉顏何處覓，酒家錦襪忍重看。

迎來遺像腸應斷，南內西宮誰與伴。白髮嬪娥映雪明，青絲子弟如烟散。

雨夢難拋未了因，帳中思見李夫人。蓬萊宮闕原多幻，海上樓臺豈是真。

底事君王終不悟，生前未把紅顏護。恨天缺陷總難填，銀漢微茫許誰渡。

紅牆摵笛韻凄然，滿目山川亦可憐。弦索不聞賀懷智，彈詞猶剩李龜年。

始知成敗由勤怠,千秋金鑒分明在。當時若不惑奸邪,何至播遷國幾殆。

元白歌詞世罕儔,稗畦才調更風流。《長生殿》曲人爭唱,莫怨功名誤白頭。

(《瀛寰瑣紀》第二十四期,同治十三年八月刊行)

【按】葛其龍,字隱耕,上海人。諸生。有《寄庵詩鈔》。

閱《長生殿》

[清]潘永芳

兩人心事只憑香,相誓生生結鳳凰。天上雙星須鑒察,莫將斯願付滄浪。

蛾眉相照寸心明,緣重殊多生死情。月夕花晨同密誓,勿如萍聚願常盈。

玉環體態實嬌妍,惹得君王魂夢牽。唐帝若教情不重,焉能月裏又團圓。

伉儷相逢不意中,傳聞此處是蟾宮。雲間把袂情由重,話到凡塵往事空。

(《藏春園初集》卷上,光緒二十二年芝城周氏木活字印本)

閱《長生殿》傳奇偶成

調寄〔虞美人〕和嚴湘濤本意詞原韻

舊種花主

明皇重色逢花愛,粉黛都成隊。采蘋嫋娜好身材,一旦若何忍

棄令人哀。殿中密誓同生死，嫩月樓頭起。別宮恩澤渺茫兮，沐浴
池濱春戀獨楊妃。

（《消閒錄》第 91 期，1903）

【按】原署"湘州河陽舊種花主倚聲"。

日本百科大詞典解題（節錄）

［日］幸田露伴著、陳德文譯

《長生殿》傳奇

書名。一部五十折，康熙十八年，清洪稗畦著。描寫唐玄宗與
楊貴妃之情愛。正如《西廂》和《琵琶》兩相對應，此傳奇和《桃花
扇》亦兩相對峙。《桃花扇》帶風霜之氣，此敘花月之情，而豐艷縟
麗乃此傳之長。作楊妃明皇之事，元有白仁甫《梧桐雨》，明有屠赤
水《彩毫記》。其中，《梧桐雨》雖僅四折，但最爲世所稱。《長生殿》
以白樂天《長恨歌》和陳鴻《長恨歌傳》及《開元天寶遺事》等爲本，
別不添加作者之腳色，幾近於詳敘細述。至貴妃死後，漸如憑虛著
筆。較之《梧桐雨》之簡樸古色，雖詞品意匠未必優勝，而世認之以
佳作，蓋又不爲過矣。

（［日］幸田露伴著、陳德文譯《書齋閒話》，中華書局 2008 年版）

【按】青木正兒在《中國近世戲曲史》中稱洪昇的《長生殿》
和孔尚任的《桃花扇》"並稱清代戲曲雙璧，爲藝苑定論"①，這也代
表了近現代中日戲曲研究者的一致看法。戲曲作品的跨文化、跨

---

① ［日］青木正兒:《中國近世戲曲史》，王古魯譯著，蔡毅校訂，中華書局 2010 年版，第
283 頁。

語際傳播、接受是戲曲傳播接受史研究的一項重要内容。而自江户時代中國的戲曲劇本輸入日本，戲曲作爲兼具文學性、音樂性和舞台性的綜合藝術是中日文化交流的重要領域，戲曲研究也是近現代中日學術研究現代轉型和成果積累的重要體現。《長生殿》在日本的接受和研究，是中日文化交流、學術影響的一個具體而典型的案例，具有多重的價值意義。日本學者對於《長生殿》的接受、研究前後之間有影響和傳承，藉此可以窺見日本近現代戲曲研究進展的一些線索；中日的評論、研究之間也存在借鑒和互滲，共同推動了《長生殿》的現代研究。

江户時代——《長生殿》東傳日本

洪昇的《長生殿》演繹唐玄宗和楊貴妃的愛情故事，其中又穿插著有關安史之亂的情節，也是糅合愛情與政治、"離合之情"與"興亡之感"的劇作。除歷史本事外，前代作品對此劇的創作産生影響最大的自然是唐白居易的《長恨歌》。而白居易是對日本中古時期的文學産生影響最大的中國作家，在他尚在世時，他的幾乎全部詩文即已傳入日本，並迅速流傳開來和受到歡迎，人們爭相追捧、崇拜、研習和模仿。白居易的詩歌産生的影響滲透了日本平安時代以和歌、物語和能樂爲主的幾乎所有文藝領域。其中最著名的和影響最大的詩篇便是《長恨歌》，曾由後陽成天皇選取欽定入"五妃曲"，即白居易的五首著名的描寫女性的詩篇組成的系列作品。受其影響的著名作品有《源氏物語》等小説和能樂《楊貴妃》。後來，在日本還産生了楊貴妃並未在馬嵬坡死去，而是東渡逃亡日本成仙甚至參與政變的傳説，日人還爲此建造了有關楊貴妃的塑像、寺廟、墳墓等"遺跡"。井上靖、渡邊龍策等日本作家並撰寫小説講述這一傳説。可見，主要以《長恨歌》爲主的唐、楊故事在日本廣爲流傳、深入人心。近現代日本的中國戲曲研究中,首先得到重視的主要是元雜劇,而元雜劇中也有表現同樣題材的著名作品——白樸的《梧桐雨》。相較於《西廂記》和《牡丹亭》,《長生殿》問世既晚近,流傳時間也較短,但問世之初便大受肯定和歡迎,盛演於舞台,並曾傳入内廷。國喪演劇致禍的事件也並未對《長生殿》的流傳、接受造成負面影響,此劇在有清一代的舞台上一直上演不衰。這都使得此劇備受關注,使其地位、影響超越了一般的明清戲曲作品,所以也較早傳入日本。據關西大學東西學術研究所《江戸时代における唐船持渡书の研究》所收《商舶載來書目》,有文獻記載、時間確切的《長生殿》最早東傳日本是在享保七年(清康熙六十一年,1722),即其問世三十餘年後,共一部二本,具體版本情況不詳。

據黄仕忠《日藏中國戲曲文獻綜録》所載日本各公私圖書館等藏書機構收藏的《長生殿》的情況,可知江戸、明治時期有多種《長生殿》的版本流入日本。《長生殿》的最早刻本爲康熙間稗畦草堂原刻本,書名頁分三欄,自右至左分別作“錢唐洪昉思編”“長生殿”和“稗畦草堂藏板”,卷首有洪昇撰《自序》《例言》和汪熷撰《序》。正文首頁“長生殿傳奇上卷”下分三行署“錢唐洪昉思填詞”“同里吴人舒鳬論文”和“長洲徐麟靈昭樂句”。正文分上下兩欄,上欄載録眉批,下欄爲劇作正文。黄仕忠《日藏中國戲曲文獻綜録》所列日藏《長生殿》的諸版本中没有此本,其中所列的前三種版本分別著録爲“康熙十八年己未序稗畦草堂刊本”“康熙間稗畦草堂刊本”和“稗畦草堂刊本”,但其實皆非稗畦草堂原刻本,而是其翻刻本。因爲這三種版本的書名頁的最左一欄皆作“本衙藏板”,而非“稗畦草堂藏板”。“本衙藏板”一般爲家刻本,也有官刻本和坊刻本。周紹良《談"本衙藏板"》、鄭炳純《古書封面的演變與"本衙藏板"問題》和沈津《說"本衙藏板"》等對這一問題做了詳細的探討、研究。《長生殿》的"本衙藏板"的版本應該是坊刻本。它們卷首的幾篇文字及其順序也與原刻本都不相同,又皆多出一幅"太真遺像"。黃仕忠《日藏中國戲曲文獻綜錄》所著錄的其他多種清刻本《長生殿》皆爲後來的坊刻本、重刻本,文獻價值不及"本衙藏板"本,更不及原刻本。

明治時代——評論與講授

《長生殿》刻本的輸入,是其在日本被接受的基礎。該劇篇幅宏大,文辭典雅,傳入日本後,也應主要在通曉漢文的部分文人學者中接受、流傳。明治時期,在維新的大背景下,隨著西學東漸和漢學轉型,戲曲、小説等以往僅供消遣娛樂的俗文學作品逐漸得到重視。一些思想先進的文人學者展開了對這些作品的評論、介紹,而且開始在大學課堂上進行講授,講授的具體內容主要見諸課堂講義和據以編輯、出版的最早的"文學史"著述。其中領風氣之先,並產生重要影響的是明治漢詩壇的重要人物——森槐南(1863—1911)。這在他的文學創作和學術研究中均有體現。

森槐南喜愛中國戲曲作品,並曾自作短劇,十七歲時即撰有《補春天》傳奇,寫清代文人陳文述因感於夢,而爲馮小青、楊雲友、周菊香三位著名女性修葺墳墓,並建蘭因館祭祀故事。該劇有明治十三年(1880)東京三色套印本,卷首有沈文熒和黃遵憲的《序評》,兩人都指出森槐南有意模仿《長生殿》,文辭風格也相接近。沈文熒謂:"此曲於孔、洪爲近,'幽雋清麗'四字,兼而有之。"黃遵憲謂:"以秀倩之筆,寫幽艷之思,模擬《桃花扇》、《長生殿》,遂能具體而微。"對於第二齣《夢哭》中小青鬼魂所唱的〔宜春樂〕曲,沈文熒的眉批指出:"遒逸,是從洪昉思《聞鈴》劇來。"《長生殿》第二十九齣《聞鈴》寫馬嵬之變後,明皇繼續西行,避雨劍閣時聽聞簷前鈴鐸隨風鳴響而傷情,內心更覺孤淒,唱〔五陵花〕曲,該齣主要抒情。而小青鬼魂聽到陳文述聲喚她的名字,又看到陳撰寫的《小青曲》,唱〔宜春樂〕曲,並感歎"情天已補,恨天猶未了也"。兩者構思確有相仿佛處。

1891 年 3 月,森槐南在東京的文學會做演講,這是第一個有關中國戲曲的公開演講。森槐南在演講中提及《長生殿》,謂其"善寫慷慨悲壯之態,深得士大夫稱賞"①。

明治三十二年(1899)六月,森槐南受聘東京帝國大學漢學科講師,主要講授詞曲。明治四十五年(1912)十月,他在東京帝國大學授課的講義殘稿《詞曲概論》經整理在《詩苑》陸續刊出。《詞曲概論》凡十一章,其中"曲"的部分其實是關於中國元明清戲曲發展的簡史,末一章"清朝之傳奇"將《長生殿》置於中國古代戲曲演變歷程中進行論述,給予了高度肯定,並借用梁廷枏的評價,稱之爲"曲中巨擘"。森槐南主要評論了《長生殿》的取材、主旨、曲辭風格和觀演情況,並簡要介紹了"演《長生殿》之禍"的事件。其中的多數觀點和描述來自於梁廷枏的《曲話》,如:

　　……其曲文,字字傾珠落玉而出,極綢繆纏綿、冷艷淒楚之致。其《彈詞》一齣,如【貨郎兒九轉】曲,李龜年彈琵琶,以談天寶舊事,痛楊妃之枉死,悲涼慷慨,雖鐵石人,亦不能不爲之斷腸。自有詞曲以來,實爲無上之傑作。故與《桃花扇》俱

① 全婉澄:《日本明治大正年間的中國戲曲研究》,鳳凰出版社 2016 年版,第 32 頁。

入內廷，一時朱樓綺席，酒社歌場，非此曲不奏，纏頭爲之增價。觀者恍惚，如至玉帝之所，於《玉樹》、《金蟬》之外，聽《鈞天》法曲……（《詞曲概論》）①

……讀至《彈詞》第六、七、八、九轉，鐵撥銅琶，悲涼慷慨，字字傾珠落玉而出，雖鐵石人不能爲之斷腸，爲之下淚！……《長生殿》至今百餘年來，歌場舞榭，流播如新。每當酒闌燈灺之時，觀者如至玉帝所聽奏《鈞天》法曲，在《玉樹》、《金蟬》之外，不獨趙秋谷之"斷送功名到白頭"也。（《曲話》）②

森槐南的父親森春濤是明治初期日本著名的漢詩人，也曾作詩詠歎《長生殿》。明治十四年（1881）一月，小永井八郎評點的《新評戲曲十種》（乙）出版，森春濤爲之題詩八首，其中論及《長生殿》。

處於近現代學術轉型時代的森槐南，先以漢詩文創作蜚聲文壇，後又登上大學講壇講授中國古典文學，他重視戲曲、小說等俗文學的觀念和以多樣形式對這類作品進行的評介、研究引領了日本的中國戲曲研究，他堪稱現代學術意義上中國戲曲研究的真正開創者。森槐南之後，更多的日本學人參與到中國戲曲研究的活動中來，產生了更多的成果。其中值得注意的一個方面是受到西方民族文學史、世界文學史研究觀念和著述形式的輸入和影響，有日本學者開始撰寫中國文學史，這包括文體專史和通代的文學史。地位處於上升態勢的戲曲、小說進入文學史演變的歷程中，並佔據

---

① 黃仕忠：《森槐南與他的中國戲曲研究》，《戲曲與俗文學研究》第一輯，社會科學文獻出版社 2016 年版，第 71 頁。
② 梁廷枏：《曲話》卷三，中國戲曲研究院編《中國古典戲曲論著集成》第八册，中國戲劇出版社 1960 年版，第 269—270 頁。

了較大的分量,《長生殿》也成爲其中多被論及的一部重要戲曲作品。

1899 年 5 月,笹川臨風在《中央公論》上刊出《〈長恨歌〉及其戲曲》,敘述取材於《長恨歌》的戲曲作品,其中對《長生殿》論述較多。竹村則行認爲這是日本最早的關於《長生殿》的論文,後收入臨風的論文集《雨絲風片》(1900 年 9 月出版)。

久保天隨(1875—1934)作爲日本從事中國戲曲研究的代表人物之一,也是因受到森槐南的影響而走上戲曲研究之路的。久保的主要研究實績主要體現在中國文學史的撰述和《西廂記》研究上。明治三十六年(1903),久保天隨撰成《中國文學史》,其中"第四期近世文學"第三編"清代文學"的第七部分論述了《長生殿》。他的後來多個版本的《中國文學史》中也都論及了《長生殿》。

明治三十八年(1905)十一月,宮崎繁吉(来城,1871—1933)在《太陽》第十一卷十四、十六號上連載發表了《清朝的傳奇及雜劇》一文。1908 年 3 月,該文被翻譯、刊載於中國的《月月小說》雜志第十四號,改題《論中國的傳奇》,譯者"濱江報癖"稱讚其"於吾國傳奇之優劣,月旦甚詳"①。文章評價《長生殿》,首先肯定了它的人物角色的豐富和藝術筆法的變幻,對後者的闡述皆用了徐麟序中的詞句,又認爲該劇詞華美麗,才氣縱橫,"雖較《桃花扇》稍遜,然亦不甚遠矣"②;其次介紹故事源流、創作取材和流傳情況,部分文字借用吳人序中的詞句;最後高度讚揚了《長生殿》表現帝妃情

---

① ［日］宮崎來城著、濱江報癖譯:《論中國之傳奇》,《月月小說》第十四號,1908 年 3 月,第 11 頁。
② 同上書,第 17 頁。

事,使之躍然紙上,認爲該劇在這一點上勝過了《桃花扇》。但兩劇題材不同,不可因此而強分軒輊。而統觀全篇,可以看出宮崎繁吉明顯認爲《桃花扇》比《長生殿》在文學史上具有更高的地位和更大的價值。

明治四十一年(1908)十一月,另一著名的中國戲曲研究學者、曾任京都帝國大學文科大學講師的幸田露伴爲《日本百科大辭典》陸續撰寫有關中國戲曲小説的"解題"條目,其中有《長生殿》。在爲《長生殿》所撰的解題中,幸田露伴通過將該劇與其他敍寫李、楊故事的劇作進行比較,評價了該劇的藝術特色。他對於公認的《長生殿》的"佳作"的評價和地位是持一定保留意見的。相對於該劇的"豐艷縟麗",幸田露伴更推崇同題材的元雜劇的本色。

大正年代——譯注本的出現

日本的中國戲曲研究在大正年間逐漸形成了自己的特點,其表現之一是翻譯了中國的很多戲曲作品,有些作品還有多種譯本①。《長生殿》有鹽谷温的譯注本,將長達五十齣的原劇完整譯爲日文實屬不易,能夠使更多日本讀者了解和認識《長生殿》的全貌,促進了該劇的接受和研究。

鹽谷温(1878—1962)曾在東京帝國大學開課,講讀和演習多種小説、戲曲作品及研究著作。他特別重視讀曲和翻譯,曾先後翻譯了《琵琶記》、《燕子箋》、《桃花扇》等劇作。鹽谷温譯注的《長生殿》被收入國民文庫刊行會出版的《國譯漢文大成》第十七卷,與阮大鍼的《燕子箋》合並出版,前三册爲日語譯文,第四册

———————————

① 參見仝婉澄《論〈長生殿〉的三個日譯本》,《戲劇藝術》2020 年第 3 期。

爲劇作原文，大正十二年（1923）七月印行。卷首依次爲《〈長生殿傳奇〉解題》《自序》《長恨歌》。鹽谷溫的《解題》包括以下幾個部分："作者之略傳""本傳奇之梗概"和"概評"。日語譯文每頁並附有注釋。

　　昭和時代——青木正兒《中國近世戲曲史》

　　昭和年間，日本學者研究《長生殿》的代表人物和代表作是青木正兒（1887—1964）的《中國近世戲曲史》。青木正兒的這部著作接續王國維的《宋元戲曲史》，首次較爲全面和詳細地描述了元代以後中國戲曲發展的歷史，出版後收穫了眾多好評，對後世影響較爲深遠。這部著作也首次對《長生殿》進行了較爲全面、深入的評價，並形成了自己的特點。

　　青木正兒沒有採用常見的政治社會史的標準對戲曲的發展進行分期，而是注重突出各個時期占據優勢地位的主要戲曲形式和演劇類型，將明清戲曲的歷史分爲"南戲復興期""崑曲昌盛期"和"花部勃興期"三個相續的階段。而《長生殿》屬於第二個階段的最後一個時期即"崑曲餘勢時代"的作品，而且應該是青木所謂的"比諸極盛時代之作家毫無遜色者"之一①。這首先確立了該劇在明清戲曲發展脈絡中的一個大致的位置。具體到康熙年間，《長生殿》和《桃花扇》均在問世之初即備受矚目，清代即已出現"南洪北孔"的並稱美譽，後來同被公認爲中國古代戲曲的經典作品。《長生殿》先於《桃花扇》十年問世，但無論中國和日本，青木正兒之前的評論者很多在論述兩劇時都先《桃花扇》，而次《長生殿》。其中

---

① ［日］青木正兒著、王古魯譯著、蔡毅校訂：《中國近世戲曲史》，中華書局2010年版，第278頁。

有時帶有一種價值和地位的評判，但不免會使讀者產生誤解，顛倒兩劇成書的先後。青木正兒在評論“康熙期諸家”的戲曲作品時，則先《長生殿》，而後《桃花扇》，主要排列依據應是兩者問世的先後。儘管他提到《長生殿》“極膾炙人口，論者多以之爲清曲第一”①，但不能代表他自己的看法。如梁廷枏在《曲話》中評價《長生殿》“爲千百年來曲中巨擘”，青木正兒則在其《清代文學評論史》中認爲梁廷枏“高估”了此劇②。

　　青木正兒引用豐富的材料，依循全書評述具體作家作品的一般體例，介紹和評論了《長生殿》多方面的情況。首先，介紹洪昇的生平和戲曲創作情況。其次，較詳細地介紹了全劇的情節梗概。再次，評價該劇的藝術特色和得失，持論平實、通達。青木正兒在提出自己的觀點後，間或引用前人和時人的相關評論，又藉肯定或否定這些評論來加強自己論述的合理性。展開具體的闡述時，他以廣泛的閱覽、敏銳的眼光、深入的考察，做出自己的評斷，多能言前人所不曾言，而予人啟發。他指出《長生殿》的下卷多虛構、想象，一空依傍，洪昇又強求上下卷之間篇幅均衡，不可避免地造成了下卷關目冗雜、散漫。《長生殿》針線照應細密、排場佈置妥當、曲辭典麗、音律諧和，但缺少“生動之雅致與潑剌之才氣”③，在這方面不及《牡丹亭》和《桃花扇》。他在其他論著中也持相似的觀點。如他在《中國文學概說》中認爲《長生殿》與《桃花扇》“可稱雙

---

① ［日］青木正兒著、王古魯譯著、蔡毅校訂：《中國近世戲曲史》，中華書局 2010 年版，第 278 頁。
② ［日］青木正兒著、陳淑女譯：《清代文學評論史》，台灣開明書店 1969 年版，第 226 頁。
③ ［日］青木正兒著、王古魯譯著、蔡毅校訂：《中國近世戲曲史》，中華書局 2010 年版，第 281 頁。

璧",《長生殿》韻律最正,爲專門家所推稱;但其文學的價值,不及《桃花扇》"。①在《中國近世戲曲史》的相關章節的最後,青木正兒介紹了《長生殿》的創作過程和國喪演劇致禍的情況。青木正兒將戲曲視爲綜合藝術,既重視案頭文本及其文學性的研究,又關注戲曲的音樂性和舞台性。他在游學北京其間,經常觀賞戲曲演出,便是"欲以之書案空想之論據"②。所以他特別提到了由王季烈《螾廬曲談》的啟發,注意到劇作在排場佈置、宮調選擇、角色分配等方面的匠心獨運都是爲了更適於舞台演出,使他體會到了洪昇的"用意之周到",並興發"驚歎"③。

不過,青木正兒的《中國近世戲曲史》的譯本中有關《長生殿》的論述文字中也存在個別錯誤,如前後三處皆將徐靈昭(即徐麟)誤作"徐靈胎"。這一錯誤在該書 1936 年商務印書館出版的王古魯譯本、1954 年中華書局出版的"增補修訂本"、1958 年作家出版社重印本和中華書局 2010 年版中皆未得到注意和改正。此書的中華書局 2010 年版中其他章節也存在多處低級的文字錯誤。如第十一章第一節在"洪昇之《長生殿》"後爲"孔尚任之《桃花扇》《小忽雷》",在介紹孔尚任的生平時,將孔尚任的號"岸堂"誤作"肯堂"。

《長生殿》作爲中國經典名劇在日本的流傳、接受和研究是近現代中日文化融通、學術交流和相互影響的一個比較典型的例證。我們通過考察近現代日本學術界對這部名劇的接受、研究狀況,不

---

① [日]青木正兒著、隋樹森譯:《中國文學概說》,開明書店 1938 年版,第 134 頁。
② [日]青木正兒著、王古魯譯著、蔡毅校訂:《中國近世戲曲史》,中華書局 2010 年版,第 1 頁。
③ 同上書,第 281 頁。

僅可以梳理出不同時期日本的中國戲曲研究的大致脈絡，而且可以窺見中日戲曲研究互相影響的途徑和效應。《長生殿》在近現代日本的接受和研究，歷江戶、明治、大正、昭和幾個階段，由簡要評論、梗概介紹到全本譯注、學術研究，無論在內容方面，還是在形式方面，都從傳統走向現代，從單一走向多元，從淺層走向深層，從模糊走向清晰，使日本學人和普通讀者逐漸對該劇有了更全面、深入、客觀的認識和理解。日本學者對於《長生殿》的接受、研究前後之間有影響和傳承，中日的相關評論、研究之間也存在借鑒和互滲。如森槐南的研究中對梁廷枏《曲話》的借用，還有日本學者撰寫的中國文學史、戲曲史被譯介到中國促進了我國學者文學史觀念的現代轉換和文學史著述寫作潮流的興起。具體到《長生殿》這部具體作品來說，這些方面多是潛在和隱性的。而到了青木正兒在《中國近世戲曲史》中論述《長生殿》時引用梁廷枏，特別是王季烈的觀點，則是直接和明顯的。

壽樓春·題洪昉思《長生殿》樂府

吳　梅

　　招清虛纖阿，問開元影事，悽艷如何。記得長生秋夕，絳河微波。題玉燕，悲銅駝，算自來歡場愁多。便錦襪留痕，香囊懺夢，愁過馬嵬坡。　　梧桐雨，秋霄炧，指棠梨一樹，誰吊青娥？可惜優曇身世，不如鸚哥。南內夜，無人過，掩鏡眉依稀雙蛾。只天上人間，霓裳羽衣長恨歌。

（《香艷雜誌》第 2 期，1914 年）

翠岩館筆記（節錄）

程郢秋

《長生殿》傳奇

文人有幸，有不幸。《桃花扇》、《長生殿》，同一傳奇也。且《桃花扇》譜明亡已事，感慨蒼涼，亦麥秀操、黍離歌之類，遠不如《長生殿》之傳楊玉環不觸忌諱。顧《桃花扇》出，而勾闌傳鈔殆遍，並流入禁中。酒闌燈灺，多演此劇。云亭山人亦以此負盛名。而洪稗畦之《長生殿》徒以忌日演唱，致起大獄，稗畦亦被逐歸，後卒溺水死。趙執信詩云："早知才地宜江海，不道清歌誤卻人。"又某挽洪詩云："可憐一齣《長生殿》，斷送功名到白頭。"嗚呼！豈非命哉？

（《中華小説界》第 3 卷第 1 期，1915 年）

《長生殿》傳奇考

錢静芳

《長生殿》一書，系前清洪昉（思）所作，其事本陳鴻《長恨歌傳》。陳傳甚長，因節錄之：明皇在位歲久，倦於宵旰，委政右丞相，深居游宴，以聲色自娛。先是元獻皇后、武淑妃有寵，相次即世；宮女雖良家子千數，無可悦目者，上心忽忽不樂。每歲十月，駕幸華清宮，賜内外命婦湯沐，春風靈液，澹蕩其間。上心悦然，若有所遇，顧左右前後粉色如土，詔高力士潛收外宮。得弘農楊玄琰女於壽邸，既笄矣，鬢髮膩理，纖穠中度，舉止閑冶。別疏湯泉賜澡，既出水，體弱力微，若不勝羅綺，光彩照人。上甚悦。進見之日，奏

《霓裳羽衣》以導之；定情之夕，授金釵鈿合以固之。册爲貴妃，半后服。由是行同輦，止同室，宴專席，寢專房，六宮無復進幸者。叔父、昆弟，皆列清貴，爵爲通侯；姊妹封國夫人，富埒王室，車服邸第與大長公主侔，而恩澤勢力，則又過之。出入禁門，京師側目，故當時謠云："生女勿悲酸，生兒勿喜歡。"又曰："男不封侯女作妃，君看女却爲門楣。"其爲人心羨慕如此。天寶末，兄國忠盜丞相位，愚弄國柄。及安禄山引兵向闕，以討楊氏爲辭，潼關不守，翠華南幸。出咸陽道，次馬嵬亭，六軍裴回，持戟不進。從官郎吏伏上馬前，請誅錯以謝七國（漢七國反，以誅晁錯爲辭，袁盎請景帝誅錯以謝七國。故鴻引之。），乃殺國忠。左右之意未快，上問之，當時敢言者（即陳元禮）請以貴姊塞天下怒。上知不免，不忍見其死，反袂掩面，使牽而出。蒼黃展轉，竟就絶於尺組之下。既而明皇狩成都，肅宗禪位靈武。明年，大凶歸元（謂安禄山見殺）。大駕還都，尊明皇爲太上皇，就養南宮，遷於西内。時移事去，樂盡悲來。每至春之日，冬之夜，池蓮夏開，宮槐秋落，梨園子弟玉琯發音，聞《霓裳羽衣》一聲，則天顏不怡，左右歔欷。三載一意，其念不衰；求之魂夢，杳不可得。適有道士自蜀來，知上皇心念楊妃，自言有李少君術（漢武帝李夫人死，李少君能於帳中致其魂，令武帝見之。）明皇大喜，命致其神。方士方竭其術以索之，不至；又能游神馭氣，出天界，没地府，以求之，不見；又旁求四虛上下，東極大海，跨蓬壺，見最高仙山上多樓閣，西廂下有洞户東嚮，闔其門，署曰"玉妃太真院"。方士抽簪扣扉，雙鬟出應。方士造次未及言，而雙鬟復入。俄有碧衣侍女詰所從來，方士因稱唐天子使者，且致其命。碧衣云："玉妃方寢，請少待之。"於是雲海沉沉，洞天日晚，瓊户復闔，悄然無聲。方士屏息斂足，拱手門下。久之，碧衣延入，見一人冠金蓮，披紫綃，佩紅玉，曳鳳舄，左右侍者七八人。揖方士，問皇帝安否；次問天寶十四年已還事，言訖憫然，指碧衣女取金釵鈿合，各折其半，授使者曰："爲謝太上皇，謹獻是物，尋舊好也。"方士受辭與信。將行，復前跪致辭，請當時一事不爲他人聞者驗於太上皇，不然恐鈿合金釵負新垣平之詐也（漢武帝時，新垣平上言得寶鼎汾河上。帝喜，爲改元寶鼎。後知其僞，乃誅之。）。玉妃茫然退立，若有所思，徐而言曰："昔天寶十年，侍輦避暑驪山宮。秋七月，牽牛織女相見之夕，秦人風俗，夜張錦繡，陳飲食，樹花燔香，號爲乞巧，宮中尤尚之。時夜始半，休侍衛於東西廂，獨侍上。上憑肩而立，因仰天感牛女事，密相誓，心願世世爲夫婦。言畢，執手各嗚咽。此獨君王知之耳。"因自悲由此一念，又不復居此，復墮下界，且結後緣。因言太上皇亦不久人間，幸惟自安，無自苦耳。使者還奏，上皇嗟悼久之。其年夏四月，南宮晏駕。元和元年冬，太原白樂天自校書郎尉盩厔，鴻家於是邑，暇日相攜游仙游寺，話及此事，相與感歎。樂天因爲《長恨歌》，歌成，使鴻傳焉。

　　明皇游月宮事，紀者甚衆。余所見者凡四家，爲《龍城録》、《唐逸史》、《明皇雜録》、《開元傳記》，所載各有異同。因合四家之説，略敘於下：開元六年八月望夜，明皇與申天師洪都客作術卧游（此據《龍城録》。《唐逸史》以與游月宮者爲羅公遠，《明皇雜録》又以爲葉法靜）。至月宮，有素娥十餘人，歌舞桂樹下（此據《龍城録》。《唐逸史》作仙女百餘人）。明皇密記其聲調，作《霓裳羽衣曲》（《龍城》、《逸史》所載同）。及醒，以手按其腹。高力士曰："豈聖體小不安耶？"上曰："吾昨夜夢游月宮，諸仙子娛以上清之樂，其曲悽楚動人。吾回，以玉笛按得，慮忽遺忘，故尋之耳。"（此據《開元傳記》）後西川奏其夕有天樂過（此據《明皇雜録》）。

楊國忠初名釗，貴妃之從祖兄，實張易之之遺腹子也。武后寵二張時，封二張妻爲崇讓夫人，不得復近其夫，號之禁臠。每屆休沐，使内監隨往，令登樓去梯而守之。易之母恐遂無嗣，乃藏侍婢蠻珠於樓上廚中，遂有身。既易之爲五王所殺，蠻珠嫁楊元琰族兄爲妾，遂生國忠。少時不學無行，從軍於蜀，爲新都尉。考滿，家貧不得歸。富民仙于仲通常資給之。初，貴妃父元琰仕於蜀，釗常往來其家。元琰卒，釗遂與其仲女（即虢國夫人）通。及諸楊既貴，劍南節度使兼瓊欲結以自固，使仙于仲通至長安。仲通辭，引楊釗自代。瓊辟釗爲推官，大齎蜀貨至長安，遺貴妃諸姊妹。適仲女新寡，釗遂館於其室。於是諸楊日夜譽瓊，且言釗善樗蒲。引之見上，由是得幸，改名國忠。見《資治通鑒》。

梅妃姓江氏，年九歲，能誦“二南”。語父曰：“我雖女子，期以此爲志。”父奇之，名曰“采蘋”。開元中，選侍内庭，大見寵倖。妃淡妝雅服，姿態明秀，筆不可描。後楊太真擅寵，遷妃上陽宮。上念之，適夷使貢珍珠，上以一斛賜之。妃不受，以詩謝曰：“桂葉雙眉久不描，殘妝和淚濕紅綃。長門盡日無梳洗，何必珍珠慰寂寥。”上命樂府度以新聲，名《一斛珠》。見《梅妃傳》。此《絮閣》一齣所從出也。

李謩事見元稹《連昌宮詞》自注：明皇嘗於上陽宮夜新翻一曲。明夕潛游燈下，聞酒樓有吹笛者奏前夕新曲，大駭，密捕笛者詰之。云：“其夕天津橋玩月，聞宮中奏曲，遂於橋柱上插譜記之。臣即長安少年善笛者李謩也。”明皇異而遣之。

念奴亦見《連昌宮詞》注，係天寶時名娼，善歌。每歲樓下酺宴，萬衆喧溢。衆奏樂罷，玄宗遣高力士大呼樓上曰：“欲遣念奴唱，二十五郎吹管和，能聽之否？”衆皆悄然奉詔。永新事見劉義慶

《世說》："一日賜脯，高力士奏請內人許永新出樓歌一曲。永新乃撩鬢舉袂，直奏曼聲，聞者歎絕。"

（《小說叢考》卷上，商務印書館 1916）

顧曲麈談（節錄）

吳　梅

第一章　原曲

第三節　論南曲作法

……康熙時《南詞定律》一書，考訂最精，且係殿板，購求尚易，填曲者當以此為樣本（今人填曲，率取舊本傳奇，如《西廂記》、《牡丹亭》、《桃花扇》數部作樣本，或取《長生殿》與《倚晴七種》者亦有之。余謂《牡丹亭》襯字太多，《桃花扇》平仄欠合，皆未便效法。必不得已，但學《長生殿》，尚無紕繆耳。）……

（四）曲牌之套數宜酌也

南曲套數，至無一定，然自梁伯龍《江東白苧》詞後，其聯絡貫串處，又似有一定不可更改之處。大抵小齣可以不拘（所謂小齣者，為丑、淨過脈戲，俗謂之饒戲，或用〔駐雲飛〕數支，每支換韻者，如《長生殿·看襪》之類；或用〔水底魚〕數支，有換韻有不換韻，如《長生殿·陷關》之類是也），大齣則全套曲牌，各有定次，前後聯串，不能倒置。……

第四節　論北曲作法

……試遍檢明清傳奇，南曲佳者至多，北詞佳者絕少，皆坐此病。（《長生殿》中北曲，間有佳者，顧亦不多。若如《桃花扇》之《寄扇》〔哀江南〕，直是秦、柳小詞，非北詞正格也。）……

（三）要聯套數

（16）越調　長套今取元宋方壺《送別》詞：

……

短套取孔東塘《桃花扇·修札》詞：

……

又有〔看花回〕一套，昉於施君美《幽閨記》，湯若士《邯鄲記·西諜》折中亦用之，其詞聱牙佶屈，至不能分正贈，此亦越調中之別格也，缺此不錄，則失卻光明大寶珠矣。今取《長生殿·合圍》折詞，以爲程式，蓋正贈易於分晰也。

……

此套純仿若士《邯鄲》，故通篇句字，與舊譜不合者正多。惟時俗相沿，此套反居正格之列。學者須照此填詞，始能諧合絲竹耳。

……

第四章　談曲

……

康熙中曲家，有"南洪北孔"之說，孔爲云亭山人，洪即錢塘洪昉思（昇）也。昉思學詩於漁洋，深得精華，漁洋亦亟稱之。少年即精於音律，有《孝節坊》、《鬧高唐》諸傳奇，而傳之不甚顯。即如《長生》一劇，非在國忌裝演，得罪多人，恐亦不能流傳遠且廣者如是也。余謂《長生殿》取天寶間遺事，收拾殆盡，故上本每多佳製，下半則多由昉思自運。如《冥追》、《尸解》、《情悔》、《神訴》諸折，乃至鑿空不實，不如《桃花扇》之句句可作信史者多焉。惟其詞句采藻，直入元人之堂奧。所作北詞，不在關、馬、鄭、白之下，且宮調諧和，譜法修整，確居云亭之上耳。昉思有女名之則，亦工詞曲，有手校《長生殿》一書，取曲中音義，逐一注明，其議論通達，不讓吳吳山三婦之評《牡丹亭》也。……

（商務印書館 1916 年初版）

【按】在二十世紀中國戲曲研究學科從創建、發展到繁榮的歷程中，許多投身於此的學者辛勤耕耘，前後相續，薪火相傳，使中國戲曲研究領域結出了累累碩果。根據生活年代、學術經歷和治學特點等因素，苗懷明將二十世紀的戲曲研究前輩學人分爲兩代①。第一代學人中的許多人經歷了從傳統文人到現代學者的轉變，部分人完成了這一轉變；第二代學人則基本都屬於較爲純粹的現代學者。從整體的成長經歷、治學方法和著述形式來看，兩代學人各自內部的共性大於同一代中具體個人間的差異，而代際之間的差異則大於兩代學人間的連續性和共同點。這與文化思潮的變遷、教育體制和學術制度的變革存在密切關係。兩相結合，我們可以從中勾勒出二十世紀戲曲研究發展、轉變的脈絡。但具體到學者個人，其中也有不盡符合上述歸納和概括的特殊情況，使二十世紀戲曲研究的發展呈現出多樣而複雜的面貌。

在第一代學人中，王國維和吳梅的成就最大、對後來的戲曲研究的影響也最大。他們各自開創和代表了兩種不同的戲曲研究的範式，各具特點，而又各有利弊。王國維以研經治史的功夫研究戲曲，注重文獻資料的搜集和考證，從目錄的編制、文本的校勘到史實的梳理、論述，涉及廣泛而深入，在許多方面具有開創之功。由於其所得結論建立在堅實的文獻資料的基礎之上，又經嚴謹的考辨，故多信實可從。但由於時代環境和個人興趣等原因，王國維不

---

① 苗懷明：“前言”，《從傳統文人到現代學者——戲曲研究十四家》，中華書局 2013 年版，第 10—15 頁。

重視戲曲舞臺演出，對明清戲曲沒有進行深入研究便給予全面、否定的評價，更未涉及花部戲曲。所以，他對中國戲曲史的發展的梳理、論述截止於元代，留下了很大的遺憾。不過，他的著述仍對後世的戲曲研究產生了深遠的影響。吳梅則興趣廣泛，在制曲、譜曲、度曲和唱曲諸方面具有全面的才能。在戲曲研究方面，他能夠發揮自身所長，在戲曲研究的各個方面特別是曲律、曲韻等方面有很大的成績，做出了很大的貢獻。他在戲曲研究領域最大的成就是教授、培養了不少優秀的弟子，後來多成爲二十世紀後半葉中國戲曲研究的中堅。吳梅雖也重視戲曲文獻資料的搜集、整理，卻不大重視考證，輕言輕信，使他的戲曲研究和著述中存在一些紕漏和錯誤。對此，後來多有揭示和批評之者，如葉德均的《跋〈霜厓曲跋〉》。他在該文的最後稱吳梅"不僅態度失宜，治學方法苟簡；即所謂'不屑屑於考據'，也還不至於有這樣多的錯誤，有時簡直絲毫不加考察舊隨便下斷語"。①鄭騫也在《吳梅的羽調四季花》一文中說："在他生前身後有些人批評他，不滿於他的曲學考據。無可諱言，他的短處是考據多疏，有時不免臆測武斷"。②除了葉德均在《跋〈霜厓曲跋〉》中指出的吳梅的有關跋文中的紕漏和錯誤之外，吳梅的其他戲曲研究著述中也存在同樣的問題。

葉德均在《跋〈霜厓曲跋〉》中又說："吳氏決非一個現代的戲曲史家，而是致力於作曲、訂譜的傳統文人。"③這主要是針對吳梅的戲曲研究的著述形式而言的。著述形式與其進行研究的方法、思路有關，同時也涉及學術制度、學術規範。吳梅沒有接受過嚴格、

① 葉德均：《跋〈霜厓曲跋〉》，《戲曲論叢》，日新出版社 1947 年版，第 89 頁。
② 鄭騫：《吳梅的羽調四季花》，《景午叢編》上集，臺灣中華書局 1971 年版，第 283 頁。
③ 葉德均：《跋〈霜厓曲跋〉》，《戲曲論叢》，日新出版社 1947 年版，第 82 頁。

系統的現代學術訓練,從事戲曲研究主要出於個人興趣,"向名師請益,與同好切磋,再加上個人的不懈努力與認真研討,吳梅在曲學上不斷進步,經多年用功和積累,終能自成一家"①。他從事戲曲研究的成果在著述形式上便存在較爲明顯的自古近代到現代的過渡色彩,也不盡符合現代學術規範。如吳梅的《霜崖曲話》有部分文字系直接抄録《顧曲雜言》、《曲律》等古代曲學著述。吳梅和王國維開創和代表了兩種不同的戲曲研究的範式,所取得的成就和所産生的影響可以相提並論,而吳梅在戲曲研究方面也受到了王國維的較大影響。在爲青木正兒的《中國近世戲曲史》所作的序言中,吳梅稱此書"自先秦以迄明季,考訂粗備,大抵採王氏靜安之説爲多,間有徵引鄙議者,詳博淵雅,青木君可云善讀書者矣。"②可見吳梅對於王國維的著作是比較熟悉的。《霜崖曲話》卷八中論述元雜劇淵源、時地、存亡的七則文字、卷十一中論述樂曲源流、砌末、大曲、院本的四則文字均抄自王國維的《宋元戲曲史》,吳梅未作説明和標示。③

吳梅《曲學通論》的第一章"曲原"中有如下一段文字:

> 曲之爲道,托體既卑,爲時又近。宋元史志,與《四庫》集部,均不著録。後世儒碩,皆鄙棄不復齒及。而治此藝者,大都不學之徒,即有一二文士,喜其可以改易風俗,亦不過餘力及此,未聞有觀其會通、窺其奧突者,此亦文學家一憾事也。④

① 苗懷明:《吳梅評傳》第一章,南京大學出版社 2012 年版,第 41 頁。
② 吳梅:《吳序》,青木正兒《中國近世戲曲史》,王古魯譯、蔡毅校訂,中華書局 2010 年版,第 4 頁。
③ 參見吳新雷《吳梅遺稿〈霜厓曲話〉的發現及探究》,《南京大學學報》1990 年第 4 期。
④ 吳梅:《曲學通論》第一章"曲原",郭英德編《吳梅詞曲論著四種》,商務印書館 2010 年版,第 158 頁。

這些文字係直接抄自王國維爲《宋元戲曲考》所作的"序",而未作任何説明:

> 元人之曲,爲時既近,托體稍卑,故兩朝史志與《四庫》集部,均不著於録;後世儒碩,皆鄙棄不復道。而爲此學者,大率不學之徒;即有一二學子,以餘力及此,亦未有能觀其會通,窺其奧突者。遂使一代文獻,鬱湮沉晦且數百年,愚甚惑焉。①

吴梅的《中國戲曲概論》,"其中的諸雜院本和諸宮調部分受王國維影響較大,大部分文字係從其《宋元戲曲史》一書抄録而來。"②如卷上"二　諸雜院本"開頭引用王國維的《宋元戲曲考》第六章的有關論述,其後標明"王國維《宋元戲曲史》六章",後又評價"静安此説,足破數百年之疑"。③而其實其下從"更就子目分析之"至"則又似與打砌無涉"的文字也是直接抄録自《宋元戲曲史》第六章的"六　金院本名目",吴梅卻也未做任何説明和標示。

《霜崖曲話》共十六卷,除前六卷曾刊載於《通俗教育叢刊》外,全書在完成後一直罕爲人知,直到吴新雷先生1989年10月在南京大學圖書館發現二十世紀三十年代金陵大學根據原稿移録的副本,後來又在臺北中央圖書館内發現原本。該書爲王衛民先生整理、收入《吴梅全集》後,才廣爲人知,得到利用。如其題目所示,《霜崖曲話》的體例和内容類似傳統的曲話或讀曲札記,直接抄録前人和王國維的有關戲曲著述文字時不加標示,而且長久不爲人知,或也無可厚非。但《曲學通論》和《中國戲曲概論》是吴梅戲曲

---

① 王國維:《宋元戲曲考》"序",《王國維文學論著三種》,商務印書館2010年版,第46頁。

② 苗懷明:《吴梅評傳》第三章,南京大學出版社2012年版,第271頁。

③ 吴梅:《中國戲曲概論》卷上,郭英德編《吴梅詞曲論著四種》,商務印書館2010年版,第233頁。

研究的代表性著述，内容系統、完整，對後世有很大的影響，却罕見有人將它們與《宋元戲曲史》進行細緻的對讀，從而發現它們對後者文字的不加標示的直接抄録。儘管據此可見吴梅對王國維的戲曲研究成果的認可和重視，但這一現象本身還是值得我們進一步的思考。

《霜崖曲話》在一定程度上代表了吴梅早期曲學著述的特點，"採用了傳統的曲話體，這種體裁的特點是長短不拘，内容不限，自由靈活，缺點在不夠系統完整"。[①] 戲曲在古代文化等級和文體系統中的地位很低，曲學的地位也不能和詩詞之學相比，更遑論經史之學。專門的曲學著述的數量既不多，篇幅也不大。治曲的文人學者對於戲曲有持嚴肅態度者，但編撰有關著述時則多直接抄録、化用他人文字，而不加任何標示。古代經史著述中多數尚且不能夠做到"凡引必注"，曲學著述便更是如此。"凡引多不注"也是《霜崖曲話》的另一個容易被忽視的特點。《顧曲麈談》作於 1913 年，也屬吴梅的早期曲學著述，所以對於上引的其中像煞有其事地敍述《桃花扇》在清宫中頻繁上演、並引發康熙皇帝感歎的内容，吴梅也沒有説明出處。

而《曲學通論》原名《詞餘講義》，是吴梅在北京大學任教時講授詞曲課程的講義，1919 年由北京大學出版部出版，1935 年商務印書館再版時改名爲《曲學通論》。《中國戲曲概論》成書於他執教東南大學期間，1925 年完稿，1926 年 10 月大東書局初版發行。兩書最初都是作爲適用於大學這一現代高等教育機構的課程教學需要的講義而編撰、印發和使用的。這種新的需要和目的使它們的

---

① 苗懷明：《吴梅評傳》第一章，南京大學出版社 2012 年版，第 83 頁。

體例、形式和內容結構都與傳統的筆記、札記類的著述有了較大的相同,"由此可以看到現代教育體制和學術制度對一位學人的改造和影響。此前的吳梅雖然曲學造詣很深,但總的來說還是一位傳統文人,無論是治學方法還是表述方式都不夠嚴謹和規範,具有一定的隨意性"①。但這種"改造"和轉變肯定不會是一蹴而就的,也不會是十分順利的。《曲學通論》和《中國戲曲概論》便是吳梅不自願地被"改造"和經歷轉變而未完成、也是不可能徹底完成在著述方面的典型例證。他在兩書中大段抄錄他人的戲曲研究著述文字,而不加以標注,則是體現了"改造"和轉變未完成的一個具體方面。

　　吳梅在北京大學授課期間曾編寫了一部《中國文學史》講義,後由陳平原於 2004 年春在法蘭西學院漢學研究所圖書館發現,署名"吳梅輯",北京大學出版社 2005 年予以影印出版。龔敏在對比了吳梅的這部講義和黃人的《中國文學史》有關唐人小說、明人小說、"臨川四夢"等部分的文字和論述之後,指出這部講義"很有可能便是參考借鑒了黃人的《中國文學史》增刪編輯而成,並非由吳梅個人撰寫完成"。②《中國戲曲概論》卷中"三　明人傳奇"中的"'四夢'總論"一段中"故就表面言之"以下的文字也與黃人的《中國文學史·分論·近世文學史》中關於"明之新文學·'臨川四夢'"的文字中的"就表面觀之,……"幾乎完全相同。對此,王永健、苗懷明已經都從吳梅和黃人的密切關係的角度進行了合理的解釋。③

---

①　苗懷明:《吳梅評傳》第二章,南京大學出版社 2012 年版,第 129 頁。

②　龔敏:《關於所謂"法蘭西學院漢學研究所藏吳梅〈中國文學史〉"——與陳平原教授商榷》,《中國雅俗文學研究》第 2、3 合輯,上海三聯書店 2008 年版。

③　參見王永健《"蘇州奇人"黃摩西評傳》第三章,蘇州大學出版社 2000 年版,第 203 頁;苗懷明《吳梅評傳》第二章,南京大學出版社 2012 年版,第 132—133 頁。

螾廬曲談（節錄）

王季烈

卷一　論度曲

第五章　論賓白讀法

······

　　凡上場詩詞，或四六對偶句，其讀法總宜在平聲字延長，仄聲字上決不可斷。如七言絕句，仄仄平平仄仄平起者，則第一句之第四字、第二句第三句之第二及第六字、第四句之第四字，均宜延長其音。平平仄仄仄平平起者，則第一句之第二及第六字，第二句第三句之第四字，第四句之第二及第六字，均宜延長其音。若五言絕句，則讀之宜稍快。古詩亦宜稍快，一句一段，中間少頓逗。至於念詩詞偶語以外之白，則其頓逗處，總以顧全文理爲主。余在滬上聆曲，有人唱《驚變》，其唱法亦頗考究，乃念白至“當年召翰林李白，草《清平詞》三章”，於“清”字上頓逗，不禁失笑。蓋此君於“清平詞”三字，未知其作何解也。故念白以通其文義，爲第一要務。

　　凡唱曲，宜知曲情。忠奸異其口吻，悲歡別其情狀，方能將曲中之意，形之於聲音之內。若賓白，尤宜摹寫情狀，使之神理逼肖。故如唱《長生殿》之生，則必以明皇自居，使有雍容華貴之象；唱《邯鄲夢》之生，則必以呂純陽自居，而作瀟灑出塵之想。設身處地，忘其爲我，則曲與白之神理俱出。不特使聽者擊節歎賞，在唱者自己，雖有滿腹牢愁，千層塵網，至此亦都捐棄。較之博之遣興、酒之澆愁，皆勝百倍。度曲至此，始臻樂境也。

卷二　論作曲

第一章　論作曲之要旨

……

作曲之道如此其難，然則初學者從何入手乎？曰惟有多讀古曲而已。特是古人名作，往往長於此而短於彼，上文所言諸端未必事事盡善。……惟余謂古今傳奇，詞采、結構、排場並勝，而又宮調合律，賓白工整，衆美悉具，一無可議者，莫過於《長生殿》。故學作曲者，宜先讀《長生殿》，次讀《元人百種》、《玉茗四夢》、《琵琶》、《幽閨》、《浣紗》、《明珠》、《玉玦》、《紅梨》、《燕子箋》、《春燈謎》、《桃花扇》、《石渠五種》、《笠翁十種》、《藏園九種》，學其所長，去其所短，則於作曲之道思過半矣。

……

第四章　論劇情與排場

歷來作傳奇者，大都以一生一旦爲全部之主，其生或係冠生，或係巾生；旦則大都用五旦（即閨門旦），如《浣紗之》之范蠡、西施，《紫釵記》之李益、霍小玉，《牡丹亭》之柳夢梅、杜麗娘，《紅梨》之趙汝舟、謝素秋，《桃花扇》之侯方域、李香君，《長生殿》之唐明皇、楊貴妃皆是也。此生、旦爲全部傳奇之主腦，必須於第二折及第三折出場（傳奇之第一折皆是開宗，由副末説明大意。故其第二折實第一折，第三折實第二折），不特使觀者易於醒目，抑提綱挈領，行文之法固宜如此也。

……

一部傳奇中所派之角色，必須各門俱備，而又不宜重復者，一以均演者之勞逸，一以新觀者之耳目。蓋自明迄國朝中葉，崑曲盛行時代，演劇皆演整本傳奇，間有摘演數折者，乃家樂日常清游，若宴會無不演整本，取其情節貫串，雖門外漢亦能知其原委。非如今日劇場演十數折，而東掇西拾，無頭無尾，使觀者不知事之起源與究竟也。故作傳奇者，即須將分配角色之道，豫爲佈置妥帖，一如今日所謂排戲者之任。若第一折生唱，第二折旦唱，則第三折必須用闊口，或同場熱鬧之劇。若慢曲長套二三折之後，必須間以過場短劇，或丑、淨所演之諸劇。歷來傳奇於此事最爲考究者，厥惟《長生殿》。茲將《長生殿》中排場佳妙之處，首先述之，以供學者之取則焉。

　　《長生殿》全部傳奇共五十折，除第一折《傳概》爲上場照例文章外，共計四十九折，不特曲牌通體不重復，而前一折之宮調與後一折之宮調，前一折之主要角色與後一折之主要角色決不重複。茲於劇目之下，將宮調、角色、劇情，一一注明，便知其排場、結構之巧妙矣。

第一折	傳概	南中呂慢詞	副末	開場劇
第二折	定情	前半南大石	生、旦及各門	同場歡劇
		後半南越調	生、旦	訴情細曲
第三折	賄權	南正宮仙呂	白淨及副淨	普通曲
第四折	春睡	南越調	旦、老旦、貼、生	訴情細曲
第五折	禊游	仙呂入雙調	各門角色	熱鬧過場劇
第六折	傍訝	南中呂	丑	文靜短劇
第七折	倖恩	南商調	貼、老旦	訴情細曲
第八折	獻髮	前半南仙呂	副淨、丑	過場劇
		後半南中呂	旦	幽怨細曲
第九折	復召	南南呂	生	訴情細曲

第十折	疑讖	北商調	老生	雄壯北曲
第十一折	聞樂	前半南南呂	老旦、貼	過場劇
		後半南小石	貼及眾旦	同場歡劇
第十二折	製譜	南正宮	旦、生	訴情細曲
第十三折	權哄	仙呂入雙調	白淨、副淨	過場劇
第十四折	偷曲	南仙呂	各門角色	行動兼歡劇
第十五折	進果	南正宮	末、外、淨、丑	匆遽過場劇
第十六折	舞盤	南仙呂	生、旦及眾旦	歡樂細曲
第十七折	合圍	北越調	白淨及雜	雄壯北曲
第十八折	夜怨	南雙調	旦	幽怨細曲
第十九折	絮閣	黃鍾合套	旦、生	纏綿北曲
第二十折	偵報	北雙調	小生	健捷北曲
第廿一折	窺浴	南羽調	老旦、貼	歡樂細曲
第廿二折	密誓	南商調	生、旦	訴情細曲
第廿三折	陷關	南越調	白淨及外、雜	武劇
第廿四折	驚變	中呂合套	生、旦	先歡後悲劇
第廿五折	埋玉	南中呂	生、旦及眾	行動兼悲劇
第廿六折	獻飯	南黃鍾	外、生、眾	訴情兼普通曲
第廿七折	冥追	仙呂雙角合套	旦及雜	悲傷北曲
第廿八折	罵賊	前半北商角	外	激昂北曲
		後半南中呂	白淨及雜	
第廿九折	聞鈴	南大石	生	悲傷細曲
第三十折	情悔	南南呂越調	旦、副淨	幽怨細曲
第卅一折	剿寇	南中呂	老生及眾	武劇
第卅二折	哭像	北正宮	生	悲傷北曲

第卅三折	神訴	北越調	副淨、正旦	調笑北曲
第卅四折	刺逆	仙呂入雙調	丑	行動短劇
第卅五折	收京	南仙呂商調	老生及衆	武劇
第卅六折	看襪	南中呂	老旦及雜	過場短劇
第卅七折	尸解	南正宮	旦	幽怨細曲
第卅八折	彈詞	北南呂	老生	感歎北曲
第卅九折	私祭	南雙調	老旦、貼	文靜短劇
第四十折	仙憶	南仙呂	旦	訴情細曲
第卌一折	見月	南雙調	生	幽怨細曲
第卌二折	驛備	南越調	副淨及雜	過場諧劇
第卌三折	改葬	南商調	生及衆	悲哀劇
第卌四折	慫合	南南呂	小生、貼	訴情細曲
第卌五折	雨夢	南越調	生及雜	悲哀劇
第卌六折	覓魂	北仙呂	淨、末	清麗北曲
第卌七折	補恨	南正宮	小生、貼	訴情細曲
第卌八折	寄情	南南呂	末、貼、旦	文靜細曲
第卌九折	得信	南仙呂	生、淨、丑	幽怨細曲
第五十折	重圓	仙呂入雙調	生、旦及各門	同場歡劇

以上《長生殿》全本五十折，其選擇宮調，分配角色、佈置劇情，務使離合悲歡錯綜參伍，搬演者無勞逸不均之慮，觀聽者覺層出不窮之妙。自來傳奇排場之勝，無過於此。其中之《定情》、《密誓》、《埋玉》等折，皆於一折之中，移宮換韻，此因排場變動，劇情改換，故改易宮調以適應之，非《琵琶・吃糠》折之無故換調可比。蓋《定情》折前半大石一套，爲册妃宴飲歡劇，後半越調二曲，爲深宮密語

情形。《密誓》折越調諸曲，爲牛女天上相會之事；商調諸曲，爲宮中拜禱設盟之事。《埋玉》折中呂全套，爲六軍逼妃情事，至末一曲〔朝元令〕，乃係護駕起行，與前事不相蒙。凡此等處，正以一折中移宮換韻，前半淨唱，後半末唱。雖與北曲全折限一人唱之通例不合，然此種長套之曲，一人之力決不能唱畢，出神另易角色，究是通幽一人。故雖變通古人成法，而仍不背於古，非深明曲理者不能有此創舉也。

......

卷四　餘論

第二章　傳奇家姓名事跡考略

......

《長生殿》，國朝洪昇撰。昇字昉思，號稗畦，錢塘人。著有《四嬋娟》雜劇，及《迴文錦》諸傳奇。是本初名《沉香亭》，後去李白、入李泌輔肅宗中興事，更名《舞霓裳》；後乃合用唐人小説玉妃歸蓬萊、明皇游月宮諸事，專寫釵盒情緣，名之曰《長生殿》。蓋經十餘年，三易稿而始成。其審音協律之事，則姑蘇徐靈胎（按應作"徐靈昭"）爲之指點，故能恪守韻調，無一句一字之逾越，爲近代曲家第一。在京師填詞初畢，選名優譜之，大集賓客。是日國忌，爲臺垣所論，與會者凡數人，皆落職。趙秋谷時官贊善，亦罷去。秋谷年二十三，典試山西，回時騾車中惟攜《元人百種》一種，日夕諷詠。至都值《長生殿》初成，因爲點定數折。時人有"可憐一曲《長生殿》，斷送功名到白頭"之句，即爲秋谷詠也。

（《集成曲譜》附《螾廬曲談》，商務印書館 1925）

戲曲史（節錄）

許之衡

明清諸曲家略史及其作品

　　元代崇尚北曲，以雜劇爲多；明代崇尚南曲，以傳奇爲盛。元雖有南曲傳奇，然流傳者僅《琵琶》、《幽閨》。其他但於零篇斷簡中，窺見一二；欲見全本，殆極難矣。即以散套論，元曲家皆喜作北曲，南曲不過十之一二耳。至明代則散套中南北曲參半，而戲劇則南曲盛於北曲焉。大抵明人雜劇，仍重北曲，如寧獻王、周憲王諸作暨《盛明雜劇》，均用北曲爲多。至如傳奇，則群尚南曲。即在明初已然，不待魏良輔創崑腔而始盛矣。

　　論傳奇之一種文學，當以明代暨清初爲極盛。逮至清中葉，乾隆時設升平署，命詞臣專司編撰劇本。其體或如雜劇，而七八折不等；或仍是傳奇，而百餘齣、二百餘齣不等。多未經刊行，人所鮮知。嘗流覽其大半，文詞遠不逮明代清初之作，而體制繁重，所用脚式極多，非乾隆全盛時，未易排演。所演故事，大抵神怪一類爲最多。蓋宮闈演劇，以不觸忌諱、務極熱鬧者爲尚。因此群趨於神怪之一途，而砌末繁多，漸趨於配景、幻術方面；又文義力求淺近，急就成章，故頗乏文學上之價値。以視明代清初之作，相去遠矣。此篇所述至乾隆爲止，乾隆以後，雖亦間有名著，然大多數皆不足觀，不惟曲律瞢無所知，即文詞亦大遠元人矩矱。其稍佳者，亦律賦試帖之氣味耳，皆於曲門外漢也，故以乾隆止焉。

　　洪昇　昇，字昉思，號稗畦，錢塘人。著有《四嬋娟》雜劇，及《迴文錦》諸傳奇。以《長生殿》得盛（名）。是本初名《沉香亭》，後去李白，入李泌輔肅宗中興事，更名《舞霓裳》；後乃合用唐人小説玉妃歸蓬萊、明皇游月宮諸事，專寫釵盒情緣，名之曰《長生殿》。蓋經十餘年，三易稿而始成。其審音協律畢事，又經姑蘇徐靈昭爲之指點，故能恪守韻調，無一句一字之踰越，爲近代曲家第一。在京師填詞初畢，選名優譜之，大集賓客。是日國忌，爲臺垣所論，與會者凡數人，皆落職。趙秋谷時官贊善，亦罷去。時人有"可憐一曲《長生殿》，斷送功名到白頭"之句，即爲秋谷詠也。

　　孔尚任　尚任，字季重，號東塘，又號岸堂主人。曲阜人。所著《桃花扇傳奇》最有名。其自序云："族兄方訓，崇禎末爲南部曹，得聞宏光遺事甚悉，證以諸家稗記，無弗同者。香君面血濺扇，楊龍友以畫筆點成桃花，亦系龍友言於方訓者。"遂本此以撰傳奇，於"朝政得失，文人聚散，皆確考時地，全無假借。"按此劇語多徵實，即小小科諢，亦有所本。如香君渾名"香扇墜"，見《板橋雜記》；藍田叔寄居媚香樓，見《南部雜事記》；王鐸書《燕子箋》，見阮亭詩注。以傳奇爲信史，洵奇觀也。相傳當時進入內府，康熙帝最喜此劇，演至"設朝""選優"諸折，帝歎曰："宏光雖欲不亡，其可得乎?!"往往爲之罷酒云。

　　以上所列，皆經余所曾見者。其未經見者，如明盧柟之《想當然》、鄭應尼之《白練裙》、清薛既揚高晉音之著作等類，既爲寓目，遂闕如也。至於升平署之本不舉者，以其作者無主名，而其作品，頗乏文學之價值，又非外間所易經見故也。若嘉道以後，雖有舒鐵雲、黃韻珊之流，稍足稱道，然既灌以往，吾不欲觀，則斷代於乾隆，亦足觀止矣。茲編雖但舉厓略，然曲海源流、劇場名著，略具於是，覽者可以考見一斑焉。

　　　　　　　　　　（《戲曲史》《作曲法摘要》《曲選》全一冊本）

　　【按】許之衡（1877—1935）字守白，廣東番禺人。1903 年歲貢生。曾畢業於日本明治大學。歷任北京大學國文系教授兼研究所國學門導師，北京師範大學講師。一生對中國古典詞曲聲律頗有研究，亦擅刻印。著有《中國音樂小史》、《曲律易知》、《守白詞》、《飲流齋説瓷》等。許之衡在戲曲領域興趣廣泛，具有較爲全面的才能，在創作方面撰有《霓裳豔》、《玉虎墜》、《錦瑟記》等劇本，在研究方面有《曲律易知》、《戲曲源流》等著作。他的這兩部著作，特別是《戲曲源流》較爲鮮明和突出地體現了戲曲研究著述的形式、體例和是否嚴守現代學術規範在教育體制和學術制度轉換、改革的大背景下的過渡色彩。許之衡和吳梅之間是亦師亦友的關係。吳梅任教北大、居留北京期間，志趣相同的兩人經常一起談論、研討戲曲。許之衡曾在爲王芷章的《腔調考原》所作的序中説："憶民元初，余與吳君瞿安，日研究南北曲，其注意在曲律。"①吳梅在爲許之衡的《曲律易知》所作的"序"中也有如下記述："守白寓宣武城南，距余居不半里。而近年來晨夕過從，共研此技。又與劉君鳳叔訂交，三人相對，燭必見跋，所語無非曲律也，用力之勤若此。"②曲律之外，兩人也談論具體的曲家曲作："往在都中，與守白論圓海諸記，論議頗多"③。另據唐圭璋先生回憶，"先生在北京大學時，許之衡也從先生研究曲學。許先生每將平日讀曲疑問一一記錄下來，然後到先生寓所，請先生一一解答。如此日久，許先生就寫成曲學講稿"④。其中所説的"曲學講稿"，應即許之衡的《戲曲源流》。

---

①　許之衡：《序》，王芷章《腔調考原》卷首，雙肇樓圖書部 1934 年刊行。
②　吳梅：《序》，許之衡《曲律易知》，飲流齋 1922 年刊行。
③　吳梅：《雙金榜》跋。
④　唐圭璋：《回憶吳瞿安先生》，《雨花》1957 年 5 月號。

吳梅離開北京大學後，還推薦許之衡接任他的工作，進行詞曲的講授。許之衡 1923 年 10 月開始授課，直到 1934 年被解聘。

《戲曲源流》，本係許之衡在北大講授"戲曲史"課程所編著和使用的講義，原名《戲曲史》。1925 年由北京大學出版組線裝刊印，封面未題書名，也無出版資訊等。後來中法大學服爾德學院（1925—1931）和華北大學曾先後刊印這部講義作爲內部教材。中法大學在刊印時，將其改名爲《戲曲源流》。該書與《曲律易知》合爲一冊，被列入《中國戲曲藝術大系·史論卷》，中國戲劇出版社 2015 年影印出版；又被收入程華平、黃靜楓主編的《民國中國戲曲史著彙編》的第一冊，廣陵書社 2017 年影印出版。該書因係自印講義，校勘、排印不精，其中存在一些文字錯誤。該書迄今沒有標點整理本出版。

國家圖書館藏有許之衡《戲曲史》、《作曲法摘要》和《曲選》全一冊本，爲北大自印講義。《戲曲史》又有單行一冊本，封面手題"戲曲史"，右下署"振倫"，原爲鄭振鐸藏書，版式、內容與三種全一冊本同。全一冊本中的《戲曲史》凡 68 葉，每葉兩面。半葉十二行，行三十三字，黑口單魚尾，中縫題"戲曲史"，多數中縫下部署"許之衡編"。無序文，無目錄。內容章節依次爲："隋唐時期之戲曲及其曲詞結構法"、"宋之戲曲及其曲詞結構法"、"金之戲曲及宋金以來脚色之名稱"、"元之戲曲及諸曲家略史"、"明清諸曲家略史及其作品"。每葉的 b 面左側邊欄外印有"收稿"的具體日期、頁數和"印出"的具體日期和頁數，最後綴以印刷工的姓氏。如一至四頁每頁 b 面左側邊欄外印有"十月八日收稿十二頁　十四日印出四頁（范）"。而《戲曲源流》，即中法大學服爾德學院作爲內部教材刊印的版本，在"隋唐時期之戲曲及其曲詞結構法"前新增了一章"戲曲之起原"。王國維的《宋元戲曲史》的論述截止於元代，"有頭無尾"；吳梅的《中國戲曲概論》的論述自兩宋開始，"無頭有尾"。所以，許之衡的《戲曲源流》是較早的一部較爲全面、完整和系統地梳理、論述中國古代戲曲起源、形成和發展的戲曲通史類著作。但由於相同因素的影響和制約，《戲曲源流》在著述形式和學術規範方面也存在與吳梅的《曲學通論》、《中國戲曲概論》類似的問題。其中較大量地、不加標注地直接抄錄他人特別是王國維的戲曲研究著述（主要是《宋元戲曲史》），而且在抄錄時原因不明地將原書本來正確的地方改成了錯誤的。如王國維在《宋元戲曲考》"四 宋之樂曲"中論及"賺詞"時全文引錄了載於南宋陳元靚《事林廣記》戊集卷二的《圓社市語》，並特別標明了他利用的版本爲"日本翻元泰定本"。許之衡在《戲曲源流》"宋之戲曲及其曲詞結構法"中也全文抄錄了《圓社市語》，卻在全文抄錄前後兩次將《事林廣記》誤作高承的《事物紀原》。此外，書中還存在其他引文出處錯誤的地方。如第十一葉 b 面第四行，"帝［録］（築）迷樓，其内造十六院，……"，實出自隋杜寶《大業雜記》，而非《大業拾遺記》；同葉，"隋煬帝大業二年，……，殆三萬人"，實出自《隋書·音樂志》，而非《隋書·柳彧傳》。

《戲曲源流》"元之戲曲及諸曲家略史"中元劇作家簡介的體例與吳梅的《元劇研究 ABC》一書的第三、四章"元劇作者考略"的體例非常相似，而均先介紹其字號、籍貫、生平履歷，然後引錄《太和正音譜》的評價，最後說明所撰劇作的數量和現存數量。但"ABC叢書"的出版者所撰介紹《元劇研究 ABC》寫作經過的《"劇曲"與"元劇研究"》刊載於 1928 年的《世界》第 1 卷第 1 期，《元劇研究 ABC》則由世界書局出版於 1929 年，晚於《戲曲源流》的撰寫和印刷。所以，目前尚無法詳細、確切地考察兩者間的關係。

作曲法摘要（節錄）

許之衡

第九章　論傳奇之結構

　　傳奇以有明一代作者至多，清康熙時亦極盛。至乾隆後，則演劇情形大變，作者極少。縱偶有之，亦皆門外漢，紕繆百出者矣。蓋作傳奇，即編劇也。編劇一事，比作一切文字爲難。而編整本之劇，限以四五十場合大套戲劇，則尤難。傳奇者，即限以四五十場之大整本劇也。蓋明代演劇情形，與今不同，大抵必演全本，整日夜而始畢。故其體例，以三十齣至四十齣爲度。然一齣有不止一場者，合計之至少總在五十場上下。編演如是大套之長劇，欲一一悉滿人意，豈不甚難？況明代顧曲者，大半皆雅人文士，非如今劇場，可任意亂編，以哄動一時者比。故作傳奇者，非備有詞章家、小說家、戲劇家、音律家之四長不可。所謂詞章家者，曲之文詞，另開一派，具有美術文之價值，非研究有素者，不易舉筆立辦，此則關於詞章者也。全部紀載之事，須有線索貫串，描出劇中人言談態度，其體又頗似小說（向來亦有稱爲傳奇小說者）。故非兼小說家之長不辦也。至於角式應如何安置、每場應如何排演，如何則均勞逸，如何則合劇情。此則須熟於戲劇排演之法矣。崑曲音律繁賾，一字之間，辨析甚嚴；曲牌宮調，不能陵亂。非若皮黃秦腔，但以七字句或十字句，只能押韻即可歌唱之簡單也。故又須兼音律家之長。夫詞章家、小說家，文人或優爲之。而戲劇家、音律家，則往往爲文人所難。而長於戲劇之排演者爲尤難。故雖明清傳奇最盛時，能令人十分滿意之作，實亦殊不多覯。或長於詞華，則拙於排演；或長於排演，

則拙於詞華,或則又乖於音律。要之詞華、音律,能兼二美者,已屬
不易。若備具四長者,則更戛戛乎其難。降格以求,亦惟有節短取
長而已。明清人之作,流傳於市肆者,不盡是佳作。此等書極難
購,佳者又不盡流傳。無已,則余取市肆最流行之數種,略論其結
構,以見一斑。並附余批評之意見,亦可以知此道之概略矣。

《長生殿》 清初錢塘洪昉思升作

此爲清代流行曲籍中文律並美,最佳之作。文字之美,有目共
睹,無待贅言。其曲律之妙,通部句法、四聲、排場,毫無舛誤,且不
復用一曲牌(同折者不論),所用無不妥帖。可謂體大思精之作。
詞華、音律二者,殆無甚可議矣。

惟排演一層,似尚有可議者。葉懷庭《納書楹曲譜》評之云:
"《長生殿》采《長恨歌》成篇,於開元天寶逸事,撽採略遍。故前半
篇每多佳制,後半篇則多出稗畦自運,遂難出色。"何以難出色之
處,葉未明言。余則謂其排至五十齣,太過貪多,於傳奇普遍排演
之法,未盡合宜。倘刪去《冥追》、《情悔》、《神訴》、《尸解》、《仙憶》、
《慫合》等齣,將鋪演鬼神而又鑿空者一一刪去,及各出可歸併者歸
併之,俾不過四十出之譜,如是則尤精善矣。

通部生旦唱曲稍多,亦太過勞。如《春睡》、《制譜》、《見月》等
齣,事不甚重要,亦可歸並於他齣,不必獨立一折,以免唱曲太多。
如春睡等事,一二支曲可了之。則事不漏,亦不過勞矣。《窺浴》題
矣(按此處疑有誤)猥褻,且唱詞四十餘句之多,時間太長,令演者
難演,必須刪節、歸併。

《覓魂》折,"混江龍""後庭花""青哥兒"三曲,字句雖不拘多
少,然"混江龍"曲近一千字,"後庭花"曲四百餘字,"青哥兒"曲近
二百字,皆過於太長。如《彈詞》一折"梁州第七"曲,僅一百餘字,

今劇場皆嫌其長，删去不唱，何況近千字。此必須删節者也。

通部丑戲極少，科諢極少，亦是一小疵。

要之《長生殿》疵點，不外"貪多"二字。生旦出場過密，亦貪用詞華之故。然其意以此劇乃歷史大好故事，非如是則不稱題，故寧蹈貪多之誚。究之此劇文律並美，在清代流行曲籍中，實首屈一指，小疵不掩大醇也。

《藏園九種曲》　清臨川蔣心餘士銓作

《燕子箋》　明懷寧阮圓海大鋮作

《桃花扇》　清初曲阜孔東塘尚任作

……

《牡丹亭》　明臨川湯若士顯祖作

……

以上通行曲籍，僅舉五種。不過以此五種最流行，先閱之，可知傳奇之結構，非限於此五種也。緣傳奇書籍，市肆極少，有亦奇昂。故取最流行易購者言之耳。然此五種，以文詞論，均居上乘，曲律亦有多種精善者。但能知《牡丹亭》之不合律，勿仿效之，則入手之處，自不至大誤矣。

（《戲曲史》《作曲法摘要》《曲選》全一册本，國家圖書館藏）

中國戲曲概論（節錄）

吳　梅

卷　下

一　清總論

……今自開國以迄道光，總述詞家，亦可屈指焉。大抵順、康之間，以駿公、西堂、又陵、紅友爲能，而最著者厥惟笠翁。翁所撰述，雖涉俳諧，而排場生動，實爲一朝之冠。繼之者獨有云亭、昉思而已。南洪北孔，名震一時。而律以詞範，則稗畦能集大成，非東塘所及也。……

三　清人传奇

曲阜孔尚任、錢塘洪昇，先後以傳奇進御，世稱南洪北孔是也。顧《桃花扇》、《長生殿》二書，僅論文字，似孔勝於洪，不知排場佈置、宮調分配，昉思遠駕東塘之上。（《桃花扇》耐唱之曲，實不多見，即《訪翠》、《寄扇》、《題畫》三折，世皆目爲佳曲，而《訪翠》僅〔錦纏道〕一支可聽，《寄扇》則全襲《狐思》，《題畫》則全襲《寫真》，通本無新聲，此其短也。《長生殿》則集古今耐唱耐做之曲於一傳中，不獨生旦諸曲，齣齣可聽，即淨、丑過脈各小曲，亦絲絲入扣，恰如分際。《舞盤》折〔八仙會蓬海〕一套、《重圓》折〔羽衣第二疊〕一支，皆自集新腔，不默守《九宮》舊格。而《偵報》之〔夜行船〕、《彈詞》之〔貨郎兒〕、《覓魂》之〔混江龍〕，試問云亭有此魄力否？）余嘗謂《桃花扇》有佳詞而無佳調，深惜云亭不諳度聲，二百年來詞場不桃者，獨有稗畦而已。二家既出，於是詞人各以徵實爲尚，不復爲鑿空之談。所謂"陋巷言懷，人人青紫；閨閫寄怨，字字桑濮"者，此風幾乎革盡。曲家中興，斷推洪、孔焉。……

《長生殿》

此記始名《沉香亭》，蓋感李白之遇而作，因實以開、天時事。繼以排場近熟，遂去李白，入李泌輔蕭宗中興，更名《舞霓裳》。又念情之所鍾，帝王罕有，馬嵬之變，勢非得已，而唐人有玉妃歸蓬萊仙院、明皇游月宮之説，因合用之，更名《長生殿》。蓋歷十餘年，三易稿而始成，宜其獨有千秋也。曲成，趙秋谷爲之製譜，吳舒鳧爲之論文，徐靈胎(按應作"靈昭")爲之訂律，盡善盡美，傳奇家可謂集大成者矣。初登梨園，尚未盛行，後以國忌裝演，得罪多人，於是進入內廷，作法部之雅奏，而一時流轉四方，無處不演此記焉。葉懷庭云："此記上本雜採開、天舊事，每多佳構。下半多出稗畦自運，遂難出色。"實則下卷托神仙以便綰合，略覺幻誕而已。至其文字之工，可云到底不懈。余服其北詞諸折，幾合關、馬、鄭、白爲一手。限於篇幅，不能採錄。他如《鬧高唐》、《孝節坊》、《天涯淚》、《四嬋娟》等，更無從搜羅矣。

……

（上海大東書局 1926 年 10 月初版）

金絡索·題《長生殿》

謝元範

新聲譜太真，妙曲傳遐近。遙想當年，十載寒窗困，刪修易稿頻。用功勤，到頭來一曲《霓裳》動帝聞。果然是"佳詞不讓《桃花扇》，幽韻全分玉茗文。"　　魂銷盡，濃情絕豔各平分。活描摹一對癡人，白便宜一個昏君。還虧他填補那綿綿恨。

（《光華期刊》第 5 期，1929 年 6 月 20 日）

明清戲曲史（節錄）

盧　前

……

第二章　傳奇之結構

……清之曲家，《長生殿》爲第一，吳（梅村）尤（西堂）二家，亦極當行。東塘《桃花扇》雖詞華秀贍，而句讀錯誤，無齣蔑有。……

<h3 style="text-align:center">第六章 "南洪北孔"</h3>

……大抵順康之間，以駿公、西堂、又陵、紅友爲能，而最著者厥惟笠翁。翁所撰述，雖涉俳諧，而排場生動，實爲一朝之冠，繼之者獨有云亭、昉思而已。南洪北孔，名震一時。而律以詞范，則稗畦能集大成，非東塘所及也。……

洪昇，字昉思，號稗畦，錢塘人。著有《四嬋娟》雜劇，及《迴文錦》、《迴龍院》、《錦繡圖》、《鬧高唐》、《節孝坊》諸傳奇，以《長生殿》得盛名。是本初名《沉香亭》，後去李白，入李泌輔蕭宗中興事，更名《舞霓裳》。後乃合參唐人小説"玉妃歸蓬萊"、"明皇游月宮"諸事，專寫釵盒情緣，名之曰《長生殿》。蓋經十餘年，三易稿而始成。其審音協律等事，又經姑蘇徐靈昭爲之指點，故能恪守韻調。無一句一字之逾越，爲近代曲家第一。在京師填詞初畢，選名優譜之，大集賓客。是日國忌，爲臺垣所論，與會者凡數人，皆落職。趙秋谷時官贊善，亦罷去。時人有"可憐一曲《長生殿》，斷送功名到白頭"句，蓋爲秋谷詠也。《長生殿·聞鈴》折云："（生）呀，這鈴聲好不做美也。〔武陵花〕淅淅零零，一片凄然心暗驚。遥聽隔山隔樹，占合風雨，高響低鳴。一點一滴又一聲，一點一滴又一聲，和愁人血淚交相迸。對這傷情處，轉自憶荒塋。白楊蕭瑟雨縱橫，此際孤魂凄冷。鬼火光寒，草間濕亂螢。只悔倉皇負了卿，負了卿！我獨在人間，委實的不願生。語娉婷，相將早晚伴幽冥。一慟空山寂，鈴聲相應，閣道崚嶒，似我回腸恨怎平！〔尾聲〕迢迢前路愁難罄，招魂去國兩關情。望不盡雨後尖山萬點青。"……

（商務印書館 1930）

【按】盧前像乃師吳梅一樣,既從事戲曲研究,也進行戲曲、散曲的創作,撰有傳奇、雜劇多種。吳梅非常器重、賞識自己的這位愛徒,臨終時寫信向盧前托付後世,囑其整理、刊印自己的著述。苗懷明將盧前列爲第二代學人,認爲吳梅和盧前"兩人身上雖然存在著頗多相似之處,但由於各自成長的社會文化背景不同,所接受的教育不同,知識結構不同,因而在觀念、創作、研究等方面自然也會表現出一定的差異。"①但細讀盧前的戲曲著述,特別是《明清戲曲史》和《中國戲劇概論》,我們可以發現兩人的治學特點和著述形式存在更多的相似之處。盧前作爲戲曲研究的新一代學人,接受過現代高等教育和系統的學術訓練,但骨子裏仍係傳統文人。僅從活動時間上著眼,將其劃歸第二代學人是不大合適的。

《明清戲曲史》和《中國戲劇概論》是盧前的戲曲研究著述的代表作,均爲戲曲史。這兩部書和許之衡的《戲曲源流》一樣,也是根據授課講義修改而成的,均爲盧前任教於成都大學、河南大學時爲講授戲曲史課程而編寫。《明清戲曲史》1933 年 12 月由南京中山書院初版,1935 年作爲"國學小叢書"的一種由商務印書館再版。整理本有中華書局 2006 年出版的《盧前曲學四種》。《中國戲劇概論》完成於 1933 年秋,當時盧前任教於河南大學;1934 年 3月,世界書局初版。整理本有商務印書館 2014 年出版、苗懷明整理的《盧前曲學論著三種》,但其中存在不少錯別字。盧前比較看重《中國戲劇概論》,在該書的自序中稱"這還是記載全部中國

---

① 苗懷明:《吳梅評傳》第三章,南京大學出版社 2012 年版,第 207 頁。

戲劇的第一部"。①該書的每一章後都列有"本章參考書目"。但盧前在撰寫時對這些所謂的"參考書目"不僅僅是參考,而是常常不加標注地直接抄録。其中被抄録最多的便是許之衡的《戲曲源流》。《中國戲劇概論》第一章"戲曲之起源"後的"本章參考書目"中列有"許之衡　《戲曲史》(戲曲之起源章)"。但據前述《戲曲史》的版本源流情況,盧前所利用的不是最初的北京大學自印講義本,也不是中法大學服爾德學院作爲内部教材刊印的版本,而可能是華北大學作爲内部教材刊印的版本。華北大學刊印的版本目前未見,它與中法大學刊印的版本的差異可能只有書名的不同。爲行文方便,以下仍稱《戲曲源流》。《明清戲曲史》中雖然没有列出"參考書目",但也存在常常不加標注地直接抄録的現象。

　　盧前的《中國戲劇概論》中大段不加標注地直接抄録許之衡的《戲曲源流》主要是自第二章"戲曲之萌芽"至第五章"元代的雜劇"。就抄録的内容而言,又主要可以分爲兩種情況。第二章"戲曲之萌芽"至第四章"金代的院本"對《戲曲源流》的抄録主要是其中所引的文獻史料和對這些文獻史料的闡釋;第五章"元代的雜劇"對《戲曲源流》的抄録主要是元雜劇作家作品的簡介。

　　以下按章節前後順序,選擇《中國戲劇概論》第二章"戲曲之萌芽"中部分直接抄録自《戲曲源流》的文字,與《戲曲源流》進行比勘,列表示之(其中"＿＿＿"代表客觀的文獻史料,"～～～"代表主觀的闡述和觀點):

---

① 盧前:《中國戲劇概論》"序",《盧前曲學論著三種》,商務印書館 2014 年版,第143 頁。

《中國戲劇概論》章節目	《中國戲劇概論》	《戲曲源流》
1	第二章《戲曲之萌芽》"優伶及侏儒"	優伶的名稱,夏代以後才發生。據《路史》上說:"帝履癸廣優揉戲奇偉,作《東歌》而操《北里》。"《列女傳》:"夏桀既棄禮義,求倡優、侏儒狎徒,爲奇偉之戲。"不過漢人所記,未必可信。《左傳·襄公二十八年》:"慶氏以其甲環公宮,陳氏、鮑氏之圉人爲優,慶之馬善驚,士皆釋甲束馬而飲酒,且觀優,至於魚里。"《正義》云:"優者,戲名也。"史游《急就篇》云:"倡優俳笑。"《樂記》:"今夫新樂進俯退俯,奸聲以濫,溺而不止,倡優、侏儒,猶雜子女。"大概從樂工一變而爲優伶,是由莊重的歌舞,變到奇異的歌舞。裏面有滑稽調笑,與樂工是不相同的。比較可信的記載,在春秋之世,晉之優施、楚之優孟,都很著名。《國語》上說:"驪姬使優施飲里克酒,中飲,優施起舞,乃歌曰:'暇豫之吾,吾不如烏;烏人皆集於苑,己獨集於枯。'"《穀梁傳》:"頰谷之會,齊人使優施舞於魯君之幕下。"《史記·滑稽列傳》:"優孟者,故楚樂人也。爲孫叔教衣冠,抵掌談語,像孫叔教,楚王及左右不能別也。"這是後代裝飾古人的濫觴。秦之優旃,據《史記》說:"優旃者,秦倡侏儒也。善爲笑言,然合於大道。"	樂工之變遷,名爲優伶者,當在夏代以降。《路史》云:"帝履癸桀,廣優猱,戲奇偉,作《東歌》而操《北里》。"《列女傳》云:"夏桀既棄禮義求倡優侏儒狎徒,爲奇偉之戲。"此爲優伶之最古者。《左傳·襄公二十八年》:"慶氏以其甲環公宮,陳氏鮑氏之圉人爲優。慶氏之馬善驚,士皆釋甲束馬而飲酒,且觀優,至於魚里。"《正義》云:"優者戲名也。"史游《急就篇》云:"倡優俳笑。"《樂記》云:"今夫新樂,進俯退俯,奸聲以濫,溺而不止,倡優侏儒,猱雜子女。"由是觀之,樂工之變爲優伶,乃由莊重之歌舞,變爲奇異之歌舞,兼雜以滑稽調笑。乃名之爲優伶,以示與樂工有別。而其源則出於樂工也。《史記·滑稽列傳》:"優孟者,故楚樂人也。爲孫叔教衣冠,抵掌談語,歲餘像孫叔教。楚王及左右,不能別也。"此爲裝飾古人之最古者。……《國語》云:"驪姬使優施飲里克酒,中飲,優施起舞,乃歌曰:'暇豫之吾,吾不如烏;烏人皆集於苑,己獨集於枯。'"又《史記》:"優旃者,秦倡侏儒也。善爲笑言,然合於大道。"(《戲曲之起原》)

《中國戲劇概論》章節目	《中國戲劇概論》	《戲曲源流》
2 第二章《戲曲之萌芽》"漢代的歌舞與角抵"	《漢書·禮樂志》:"漢高祖既定天下,作風起之詩,令沛中僮兒百二十人唱而歌之。"從高祖以後,到孝惠帝時,以沛宫作爲原廟,令歌習吹以相和,常以百二十人爲員。及漢武帝,立"樂府",用李延年爲協律都尉,作《十九章》之歌,使童男女七十人歌之。聚幼童來習歌,這就與後來的"科班"性質一樣。這"樂府"的組織,對於曲樂很有關係。當時樂種種類就很多,如"横吹"、"相和"、"清商"三曲,多採故事,歌舞相兼。横吹曲中如《劉生洛陽公子行》,相和曲如《王昭君》、《楚妃歎》、《王子喬》、《秋胡行》,清商曲如《子夜》、《莫愁》、《巴渝》、《長史變》、《督護歌》、《楊叛兒》之類,皆有故事。尤以《羅敷采桑》、《昭君出塞》,爲後來所常用的劇材。在《禮樂志》上又有"朝賀置酒,陳前殿房中,有常從倡三十人,常從象人四人"這幾句話,與《鹽鐵論》裏"戲倡舞像",大概是一回事。據孟康注:"象人,若今戲魚蝦、獅子者也。"章昭注:"著假面者也。"這一般戴假面具扮鳥獸之形的,用張衡《西京賦》上話可以證明,賦曰:"總會仙倡,戲豹舞羆,白虎鼓瑟,蒼龍吹籋。"這就是假面之戲。"女媧坐而長歌,聲清暢而委蛇;洪厓立而指揮,被毛羽之襳褷。度曲未終,雲起雪飛。"又是歌舞的人,扮古人的形象	《漢書·禮樂志》云:"漢高祖既定天下,作風起之詩,令沛中僮兒百二十人唱而歌之。"至孝惠時,以沛宫作爲原廟,皆令歌習吹以相和,常以百二十人爲員。漢武帝始立樂府,以李延年爲協律都尉,作《十九章》之歌,使童男女七十人歌之。觀此則聚幼童數十人習歌,略如今之"科班"者,實始於是時。其後樂府一種,爲漢代最重要之歌曲。樂府種類甚多,如"横吹曲"、"相和歌"、"清商曲"等。其中多採故事以入曲,歌舞相兼,尤與後世戲曲爲近。考鄭樵《通志》,横吹曲名,則有《劉生洛陽公子行》;相和曲名,則有《王昭君》、《楚妃歎》、《王子喬》、《秋胡行》;清商曲名,則有《子夜》、《莫愁》、《巴渝》、《長史變》、《督護歌》、《楊叛兒》之類,無一不含有故事。尤以羅敷之采桑、昭君之出塞,屢見歌謳,至今不絕。然則樂府諸曲,含有故事而歌舞相兼者,即開今日戲劇之先河,可無疑矣。 《漢書·禮樂志》云:"朝賀置酒陳前殿房中,有常從倡三十人,常從象人四人。"孟康注云:"象人,若今戲魚蝦、獅子者也。"章昭注云:"著假面者也。"是戴假面具及扮鳥獸形者,漢已有之。張衡《西京賦》云:"總會仙倡,戲豹舞羆,白虎鼓瑟,蒼龍吹籋。"則假面

《中國戲劇概論》章節目	《中國戲劇概論》	《戲曲源流》
2	第二章《戲曲之萌芽》"漢代的歌舞與角抵"	了。李尤《平樂觀賦》有曰："有仙駕雀,其形蜵蚏,騎驢馳射,狐兔驚走,侏儒巨人,戲謔爲偶。"明明寫的俳優作"神怪戲"。平樂觀是漢代大娛樂場,張衡、李尤並賦其事,可算得漢代戲劇的史料。	之戲也。"女娥坐而長歌,聲清暢而委蛇;洪厓立而指揮,被毛羽之襳褵。度曲未終,雲起雪飛。"又云："東海黃公,赤刀粵祝。冀壓白虎,卒不能救。"則搬演故事而兼神怪戲矣。漢李尤《平樂觀賦》云："有仙駕雀,其形蜵蚏;騎驢馳射,狐兔驚走,侏儒巨人,戲謔爲偶。"亦指神怪戲而言。平樂觀爲漢代大娛樂場。張衡、李尤並賦其事,觀此可知漢時戲劇之盛。(《戲曲之起原》)
3	第二章《戲曲之萌芽》"漢代的歌舞與角抵"	至於角抵戲,是始於武帝元封三年。《史記·大宛傳》："安息以黎軒善眩人獻於漢;是時上方巡狩海上,乃悉從外國客,大觳抵,出奇戲諸怪物,及加其眩者之工;而觳抵奇戲歲增變甚盛,益興,自此始。"應劭說："角者,角技也。抵者,相抵觸也。"文穎曰："名此樂爲角抵者,兩兩相當,角力、角技藝相御,故名角抵,蓋雜技樂也。"角抵所包含甚廣,即後世所謂百戲,《西京賦》說："烏獲扛鼎,都盧尋橦,沖狹燕濯,胸突銛鋒,跳丸劍之揮霍,走索上而相逢。"就是寫角技、角力的情況。又說："巨獸之爲蔓延,舍利之化仙車,吞刀吐火,雲霧杳冥。"所謂加眩者之工而增變者也。眩人約略等於現在所謂幻術。在漢元帝的時候,曾罷角抵戲,然宮禁雖不用,而民間早已流傳這一藝術了。	至由外國輸入者,有角觝戲,始於漢武帝時。《史記·大宛傳》："安息以黎軒善眩人獻於漢;是時上方巡狩海上,乃悉從外國客,大觳抵,出奇戲諸怪物,及加其眩者之工;而觳抵奇戲歲增變甚盛,益興自此始。"應劭注云："角者角技也,抵者相抵觸也。"角技所包甚廣,種種雜戲皆屬之,即後世所謂百戲也。張衡《西京賦》有云："烏獲扛鼎,都盧尋橦,沖狹燕濯,胸突銛鋒,跳丸劍之揮霍,走索上而相逢。"即角技角力之戲也。又云："巨獸之爲蔓延,舍利之仍仙車,吞刀吐火,雲霧杳冥。"即善眩人之戲也。眩人猶雲幻術家。是角觝者,兼武技、幻術諸戲而悉備矣。漢元帝時,曾罷角觝戲。然宮禁雖不用,而散於民間者猶存。(《戲曲之起原》)

续表

《中國戲劇概論》章節目		《中國戲劇概論》	《戲曲源流》
4	第二章《戲曲之萌芽》"漢代的歌舞與角抵"	又後來的傀儡戲、樂府雜劇以爲起於漢祖平城之圍。杜佑《通典》説："窟礧子作偶人以戲,善歌舞,本喪家樂也。漢末始用之於嘉會。"此説是本於應劭的《風俗通》。漢時大概已有這一種傀儡戲的了。不過漢代傀儡戲是如何的辦法,現在已無從考證。現在説起傀儡戲來,是從六朝開始。因爲六朝的傀儡戲才開始扮演故事的。	傀儡之戲,《樂府雜録》以爲起於漢祖平城之圍。杜佑《通典》云："窟礧子作偶人以戲,善歌舞,本喪家樂也。漢末始用之於嘉會。"其説本於應劭《風俗通》。是漢時已有此戲矣。漢時此戲結構如何,雖不可考,然六朝之際,此戲已演故事。(《戲曲之起原》)

此外,《中國戲劇概論》第二章"戲曲之萌芽"中的"魏晉曲樂及角抵餘風"、"北齊歌舞戲與隋代劇場"、"唐代的歌舞戲及曲樂",第三章"宋戲之繁盛"中的"宋代雜戲的紛起"、"宋代歌舞戲之成熟"、"宋樂曲中南北曲之先聲"、"官本雜劇段數的名目",第四章"金代的院本"中的"《董西廂》諸宮調"、"脚色名稱的增加"等都有或多或少的文字直接抄録自許之衡的《戲曲源流》,而都沒有標注出處。

以下按章節前後順序,選擇《中國戲劇概論》第五章中部分直接抄録自《戲曲源流》的文字,與《戲曲源流》進行比勘,列表示之:

《中國戲劇概論》章節目	《中國戲劇概論》	《戲曲源流》
1	第五章《元代的雜劇》"四大家之劇作"	關漢卿，號已齋叟，大都人，官太醫院尹。明楊維楨《元宫詞》云："開國遺音樂府傳，白翎飛上十三弦。大金優諫關卿在，《伊尹扶湯》進劇編。"於此可見關漢卿曾事金朝，而又在元開國初期。不過《伊尹扶湯》這本劇，據《錄鬼簿》説，是鄭德輝所作。《太和正音譜》評關漢卿的曲"如瓊筵醉客"，又云："觀其詞語，乃可上可下之才。"大概因他是雜劇創始的人，所以排在前列。	關漢卿。漢卿，號已齋叟，大都人，官太醫院尹。明楊維楨《元宫詞》云："開國遺音樂府傳，白翎飛上十三弦。大金優諫關卿在，《伊尹扶湯》進劇編。"關卿當即關漢卿。想曾事金朝，而又在元開國初期。惟《伊尹扶湯》劇，《錄鬼簿》則稱鄭德輝作。楊詩或傳聞異詞耶？寧獻王《太和正音譜》評其曲云："如瓊筵醉客"，又云："觀其詞語，乃可上可下之才。"蓋所以取者，初為雜劇之始。（《元之戲曲及諸曲家略史》）
2	第五章《元代的雜劇》"四大家之劇作"	白樸，字蘭谷，又字太素，號仁甫，真定人。父華字文舉，金樞密院判，在《金史》中有傳。元、白世為通家，白樸從小是養育在元遺山家。他的《天籟集》，在王博文的序上就説元、白通家故事，遺山曾有詩贈樸，有"元白通家舊，諸郎獨汝賢"的話。後來他官禮儀院太卿，贈嘉議大夫。《正音譜》評他的曲"如鵬搏九霄"，又云："風骨磊塊，詞源滂沛。"他所作共十六種。以《梧桐雨》為最著名，其次是《牆頭馬上》（此二種同見《元曲選》）。	白仁甫。仁甫名樸，字蘭谷，又字太素，真定人。父華，字文舉，金樞密院判，《金史》有傳。元、白世為通家，白樸幼育於元遺山家，盛得文譽。著有《天籟集》，王博文為之序，備述元白通家故事。元遺山有詩贈之，有"元白通家舊，諸郎獨汝賢"之句。官禮儀院太卿，贈嘉議大夫。《正音譜》評其曲"如鵬搏九霄"，又云："風骨磊塊，詞源滂沛。"推許備至矣。所作共十六種。今存二種，見《元曲選》：《唐明皇秋夜梧桐雨》、《鴛鴦簡牆頭馬上》。（《元之戲曲及諸曲家略史》）

續表

《中國戲劇概論》章節目	《中國戲劇概論》	《戲曲源流》
3　第五章《元代的雜劇》"四大家之劇作"	馬致遠，號東籬，大都人。江浙行省務官。元代有兩個馬致遠：一爲秦淮人，馬文璧之父。父子善畫，錢牧齋《列朝詩集》有張以寧題爲致遠清溪曉渡圖，那不是這曲家的馬致遠。《正音譜》評他的曲"如朝陽鳴鳳"，又云："其詞清雅典麗，可與靈光相頡頏，有振鬣長鳴，萬馬皆瘖之意。"	馬致遠。致遠，號東籬，大都人。江浙行省務官。元人有兩馬致遠：一爲馬文璧之父，秦淮人。父子善畫，錢牧齋《列朝詩集》有張以寧題爲致遠清溪曉渡圖，非大都人之馬致遠也。《正音譜》評其曲"如朝陽鳴鳳"，又云："其詞清雅典麗，可與靈光景福相頡頏，有振鬣長鳴，萬馬皆瘖之意。"（《元之戲曲及諸曲家略史》）

　　而且，在對於關漢卿的簡介中所説的"有人説：'漢卿諸作，大都雄豪爽朗，不屑爲靡麗之詞，放筆直幹，惟意所之。'"中的"有人"即許之衡。①

　　對於"帝［録］（築）迷樓，其内造十六院，……"的出處，《中國戲劇概論》也誤作《大業拾遺記》。《中國戲劇概論》第三章《宋戲之繁盛》"官本雜劇段數的名目"中引祝允明《猥談》，有"加《趙真女蔡中郎》等亦不甚多"的文字。其中的"加"當作"如"。而《戲曲源流》引《猥談》，"如"也誤作"加"。《趙真女蔡中郎》，《戲曲源流》原作"《趙真女蔡二郎》"。盧前之所以將"蔡二郎"改爲"蔡中郎"，是因爲《戲曲源流》在"加《趙真女蔡二郎》等，亦不甚多"之後有一許之衡的自

---

① 　盧前：《中國戲劇概論》第五章，《盧前曲學論著三種》，商務印書館 2014 年版，第228 頁。

注："（"二郎"疑是"中郎"之誤）"①。《中國戲劇概論》第三章《宋戲之繁盛》"宋代歌舞戲之成熟"在論述"傳踏"時引錄了鄭僅的《調笑轉踏》，然後說："前有勾隊詞，後面以一詩一曲相間，後以放隊詞作結，放隊詞就是一首七絕。像晁補之所作，並無放隊詞。"但其實並沒有引錄晁補之的《調笑轉踏》。前後不照應的原因是《戲曲源流》引錄了鄭、晁兩人之作，盧前照錄了鄭的作品，沒有引錄晁的作品，但因為疏忽大意，仍保留了"像晁補之所作，並無放隊詞"一句。這些都是《中國戲劇概論》抄錄《戲曲源流》的確鑿無疑的證據。

第五章中的"元雜劇家之總檢討"一節所論列的王實甫、楊顯之、石子章、高文秀、鄭廷玉、李文蔚、李直夫、吳昌齡、武漢臣、王仲文、李壽卿、尚仲賢、石君寶、紀君祥、戴善甫、李好古、孟漢卿、孫仲章、岳伯川、康進之、孔文卿、張壽卿、宮天挺、楊梓、范康、金仁傑、曾瑞、喬吉、秦簡夫、蕭德祥、朱凱、王曄的生平、作品簡介，也都抄自《戲曲源流》。

盧前的《明清戲曲史》中有些簡介作家的生平履歷和作品的文字也是直接抄自《戲曲源流》，而且同樣不加任何標注。如第三章"雜劇之餘緒"中的朱權、康海、王九思、李開先、王驥德、徐復祚、王衡、孟稱舜、徐士俊，第四章"沈璟與湯顯祖"中的王世貞、陸采、鄭若庸、梁辰魚、梅鼎祚、屠隆、汪廷訥、張鳳翼、沈自晉、馮夢龍、范文若、袁于令、阮大鋮、吳炳、李玉，第六章"南洪北孔"中的岳端、顧彩、萬樹、龍燮、查慎行、盧見曾等。盧前在抄錄時對《戲曲源流》原文中的一些特殊字眼的有意刪改更能說明問題。如介紹鄭若庸，最後說："又《繡襦記》，或云薛近袞作。據《曲品》仍定為若庸所作。

---

① 許之衡：《戲曲源流》，《戲曲源流・曲律易知》，中國戲劇出版社 2015 年版，第 78 頁。

譜鄭元和事，亦其家乘也。"《戲曲源流》中原作："又《繡襦記》，或云薛近衮作。余據明鬱藍生《曲品》，仍定爲若庸作。所譜鄭元和事，亦彼之家乘也。"盧前有意刪去"余"字，使讀者以爲其中所作的考辨是他自己的觀點。介紹沈自晉，謂："又作有《耆英會》、《翠屏山》、《望湖亭》、《一種情》四種傳奇。此四劇《曲品》誤作沈璟撰。閱《南詞新譜》，知非璟作，實自晉作也。"《戲曲源流》中原作："又作有《耆英會》、《翠屏山》、《望湖亭》、《一種情》四種傳奇。此四劇《曲品》誤作沈璟撰。嗣閱《南詞新譜》，乃知非璟作，實自晉作也。"盧前有意刪去"嗣"字。

盧前《明清戲曲史》的第六章題爲"南洪北孔"，但所論不限於南洪北孔，而是涉及整個清代戲曲。其中涉及《桃花扇》的文字不多，全錄於下：

> 孔尚任，字季重，號東塘，又號岸堂主人，曲阜人。所著《桃花扇》傳奇，最有名。其自序云：族方訓，崇禎末爲南部曹，得聞弘光遺事甚悉。證以諸家稗記，無弗同者。香君面血濺扇，楊龍友以畫筆點成桃花，亦係龍友言於方訓者。遂本此以撰傳奇，於朝政得失，文人聚散，皆確考時地，全無假借。故此劇話多徵實，即小小科諢，亦有所本。如香君譚名香扇墜，見《板橋雜記》。藍田叔寄居媚香樓，見《南都雜事記》。王鐸書《燕子箋》，見《阮亭詩注》。以傳奇爲信史，洵奇觀也。相傳當時進入內府，康熙帝最喜此劇。演至《設朝》《選優》諸折，帝歎曰："弘光雖欲不亡，其可得乎！"往往爲之罷酒云。[1]

他在最後引錄了《訪翠》一齣中的【鑷山月】【錦纏道】【朱奴剔

---

① 盧前：《明清戲曲史》，《盧前曲學四種》，中華書局 2006 年版，第 79 頁。

銀燈】【雁過聲】和【小桃紅】五支曲文,而未作任何評價。

上引盧前論述《桃花扇》的一段文字,全部抄自許之衡的《戲曲源流》的"明清諸曲家略史及其作品"。《戲曲源流》的原文如下:

孔尚任　尚任,字季重,號東塘,又號岸堂主人。曲阜人。所著《桃花扇傳奇》最有名。其自序云:"族兄方訓,崇禎末爲南部曹,得聞宏光遺事甚悉,證以諸家稗記,無弗同者。香君面血濺扇,楊龍友以畫筆點成桃花,亦係龍友言於方訓者。"遂本此以撰傳奇,於朝政得失,文人聚散,皆確考時地,全無假借。按此劇語多徵實,即小小科諢,亦有所本。如香君渾名"香扇墜",見《板橋雜記》;藍田叔寄居媚香樓,見《南部雜事記》;王鐸書《燕子箋》,見阮亭詩注。以傳奇爲信史,洵奇觀也。相傳當時進入內府,康熙帝最喜此劇,演至《設朝》《選優》諸折,帝歎曰:"宏光雖欲不亡,其可得乎!"往往爲之罷酒云。①

兩相對照,清楚明白。兩人所說的孔尚任的"自序",實即《桃花扇·本末》。許之衡的引文多處與原文不符,存在錯誤。原文作:"族兄方訓公,崇禎末爲南部曹;予舅翁秦光儀先生,其姻婭也。避亂依之,羈留三載,得弘光遺事甚悉,旋里數數爲予言之。證以諸家稗記,無弗同者,蓋實錄也。獨香姬面血濺扇,楊龍友以畫筆點之,此則龍友小史言於方訓公者。"盧前也並未檢核原文,以至以訛傳訛。

盧前在《明清戲曲史》的第二章"傳奇之結構"中認爲:"清之曲家,《長生殿》爲第一,吳(梅村)尤(西堂)二家,亦極當行。東塘《桃花扇》雖詞華秀[贍](贍),而句讀錯誤,無齣蔑有。"②他此處對《桃

---

①　許之衡:《戲曲史》,講義本,國家圖書館藏,頁65a。
②　盧前:《明清戲曲史》,《盧前曲學四種》,中華書局2006年版,第36頁。

花扇》的評價,是抄自許之衡的《曲律易知》,也並非他自己的觀點。許之衡《曲律易知》卷下之"餘論"中相關的原文是:"《桃花扇》到底風行,雖詞華秀贍,惟句讀錯誤,無折不有。"①

如果説吳梅的《中國文學史》講義和《中國戲曲概論》與黃人的《中國文學史》有部分文字相同還可以從"吳梅在北京大學的任課情況"和"吳梅與黃人的關係"兩個方面來解釋的話,那麽盧前在自己"撰""著"的學術著述中較大量地直接抄錄許之衡的著述中的文字,而又不加説明和標示,則只能説是有意無意、較爲嚴重地違背了現代學術研究規範。

據趙景深的《盧前齋偷書記》,在盧前任教暨南大學時,趙景深曾向他借書,在趙景深於盧前宿舍中的書架上所見的書籍中,有許之衡的《戲曲史》。不過趙景深對之評價不高,認爲"其中《録鬼簿》或元曲作家及其作品好像占了很多的篇幅。其他各章,好像也沒什麽特殊的見解"②,"《戲曲史》似不很重要,雖然許先生是頗爲有名的"③。這可能是因爲趙景深先前已經看過了盧前的《明清戲曲史》和《中國戲劇概論》,而盧前的這兩種著作於許之衡的《戲曲史》參考和引用較多,趙景深沒有詳察,以至於被"蒙蔽"了。

詠《長生殿》傳奇

蘭

獵獵西風汾水波,漢家皇帝興如何。憑君莫唱《長生殿》,滿眼

---

① 　許之衡:《曲律易知》卷下,"飲流齋著叢書"本,1922 年刻。
② 　趙景深:《盧前齋偷書記》,趙景深《瑣憶集》,北新書局 1936 年 1 月初版,第 143 頁。
③ 　同上書,第 147 頁。

驪山緑草多。

脈脈温湯泥泥波，盈盈捧出美如何。溝頭寶玦分攜淚，比似君恩若個多。

南海新聲唱荔支，晶盤袅袅顫瓊枝。如何烏囀歌來處，更睹飛花滾雪姿。

輦者椒房騎戚侯，内家小隊曲江游。如何漏泄春光去，牽動漁陽萬里愁。

金殿詞臣帶醉呼，瓊欄芍藥睡新蘇。洞房昨夜春如海，夢見乖龍出水無。

白石蓮花七寶湯，珍珠細細浴鴛鴦。漫云冰雪無人見，雙燕喃喃在畫梁。

冰殿澄澄夜半過，生生世世事如何。兩心倘爾參差者，玉露金風鑒在河。

一紙温綸下彩雲，嘵鸎催轉近宵分。妾身棄置誠何道，只恐相思累著君。

蓦地朝中沸炭冰，小人自古號無明。殿廷雅意安元輔，穩放長鯨碧海騰。

十告奸謀九不知，阿家翁主故聾癡。霓蠻一擊潼關陷，始是聲聲入破時。

一霎神州沸血腥，翠華西指蜀山青。憐渠袅袅梨花朵，尚在昭陽夢未醒。

繞帳清光促湛盧，有江山便美人無。曇雲一瞥淪何處，臨決猶聞"萬歲"呼。

平日君門遠九重，今朝倉猝見真龍。他時哀痛君臣定，莫忘溥沱飯一鍾。

水沸哀音出偽廷,銅琶擲地碎春霆。當時不負君王者,一個伶工雷海青。

蜀山裊裊際天青,蜀水泠泠侵渺冥。萬點鈴聲千點雨,一聲聲更殷冬丁。

曾照嗚嗚密誓聲,曾於並枕浸盈盈。如何今夕銀河畔,一只冰鸞皎月明。

一別瓊枝更幾霜,今朝重與肖沉香。就中提起滄桑事,木偶無言也淚汪。

南內歸來掛玉弓,江山無恙美人空。如何怪雨盲風影,又入荒唐斷夢中。

玉佩丁冬海水青,五雲西畔覿娉婷。鈿釵密誓都無恙,報與君王細細聽。

入地升天遍四荒,黃泉碧落兩茫茫。那知萬里蓬山上,青鳥熒熒睇玉房。

（《婦女共鳴》第 25 期、第 26 期,1930 年 4 月 1 日、4 月 15 日）

臨江仙·趙敢夫索題《長生殿》圖倚此以應

單黼卿

誓海盟山逢七夕,君王妃子情多。良宵感觸惹愁魔。長生宮殿裏,嗚咽看秋河。　偎依不知風露冷,爭禁耳鬢厮磨。盟言聲細譁如何,夜深誰聽取。月姊與星娥。

（《虞社》第 179 期,1931 年 9 月）

曲論（節録）

劉咸炘

……

義不家常，故文不能本色，此後世之曲所以不佳也。所謂家常者，事無取於宏大，義無取於高深。蓋主情不主智，《詩》教所以異於《禮》《書》《春秋》；主諷勸而不主考微，小説所以殊於史傳。悲歡離合之情，人所同具，不必好學深思之士也。孔季重《桃花扇》字字徵實，然必以侯、李之情爲線索，又所注意者乃在柳、蘇、史、左諸人之情，非爲南明作史，寓褒貶、考治亂也。……

吳瞿安論劇事，謂實則當全實，虛則當全虛（《顧曲塵譚》）。其説甚是，然亦有當辨者。曲出詩、樂、小説，本屬課虛，以情爲主，必以沉著痛快爲宗，不嫌少失其實，不能入考據家純用以鏡取形之法。《桃花扇》之妙，固不在於全實也。元劇事多缺略矛盾，乃由重曲輕白，以白本非所重也。或曰：虛構毋乃與家常之旨相背？曰：虛者不可徵信，常者人所共知，二者不相妨。《琵琶》極虛矣，雖誣伯喈，不顧也，然其事豈有不家常者哉？第虛構必根於情義，即造作神異，亦必有關勸懲，或偶以濟情事之窮可耳。若《長生殿》之後半，則畫蛇添足，無益而反有害矣。

劇曲之要，莫先於佈局；佈局寧精而短，不宜冗長。何元朗曰："《西廂》首尾五卷，曲二十一套，終始不出一情字，亦何怪其意之重復，語之蕪類耶？乃知元人雜劇止四折，未爲無見。"（《四友齋叢説》）此説是也，而猶未盡。凡敘事文，不貴排比，而貴變化；不貴縷陳終始，而貴揀擇精要。此史家、小説與曲之所同。曲主於揚塵詠歟，尤必擇可寫而寫之，又必善刪省，多追敘、補敘之法；最忌頭緒太多，密塞不能盡課虛之長。吳瞿安已詳言之。董恒昁（榕）《芝龕記》喧賓奪主，楊蓬海（恩壽）已譏之矣。而尤為通病者，則必使團圓。自元人已十之七八，尾必作慶賀語。《琵琶》末折旌表，與全旨大背，或云朱教諭所補也。馬東籬《漢宮秋》以聞雁終，白仁甫《梧桐雨》以聞雨終，所以成其佳妙。《長生殿·彈詞》一齣，全摹元人《貨郎旦》末折，最為精警。正宜作終篇追吊，否亦當依白氏至《聞鈴》而止。乃復叨叨為楊氏造作虛美，遂使局勢散漫，詞亦成強弩之末。《長恨歌》之遜於《連昌宮詞》，即以順敘直鋪，詳其不必詳。洪氏正蹈其覆轍，且更增衍於其外，乃反謂"讀《長恨歌》、《梧桐雨》，作數日惡"。雖曰文人相輕，無乃太不自量乎？後來傳奇家貪作多齣，蔓衍無謂，未必非昉思啟之。或曰：若子之言，惟簡是尚，豈將盡廢傳奇，但取四折之雜劇乎？《琵琶記》、《桃花扇》，亦各數十齣，又何以稱焉？曰：吾非概以繁為非，要視其結構耳。《琵琶記》每兩齣相比，仿顏延之《秋胡行》，一言游者，一言居者，意相激射，雖有冗詞，而無冗齣。《桃花扇》則網羅舊聞，齣齣著實，豈若《長生殿》後半《聞樂》《冥追》《情悔》《神訴》《尸解》《仙憶》《慫合》《補恨》諸齣，大都長物哉？或曰：若惟實是尚，又何貴於課虛乎？曰：吾非概以實為尚，亦惟其要耳。所謂課虛者，必先於情事有去取，可寫乃寫，斯無閑文，是之謂實。而精采聚會，亦始能盡課虛之能耳。

……

（《文學述林》，黃曙輝編校《劉咸炘學術論集·文學講義編》，
廣西師範大學出版社 2007）

冬夜讀《長生殿》至《埋玉》有感

黛若女士

豔色驚人出帳中，紅顏薄命古今同。君王縱使輕顏色，也溯當年伴聖躬。

（《師亮隨刊》第 117 期，1932 年）

《長生殿》傳奇斠律

吳　梅

《長生殿》一書，爲錢唐洪昉思（昇）作。撢採天寶遺事，殆無遺漏。而盡刪太真穢史，尤得詩人忠厚之旨。始取李白事，輔以開、天時政，曰《沉香亭》；繼取李泌事，輔肅宗中興，曰《舞霓裳》；最後据《長恨歌》、《傳》，專寫玄宗、楊妃，始定今名。蓋歷十二年之久，始得卒業也。書成，錢唐吳吳山爲之論文，長洲徐靈昭爲之校律，益都趙秋谷又爲之商訂全譜。一時梨園演無虛日。會國恤奏樂，爲言官奏劾。過密讀曲，爲大不敬。京朝官多有罷去者。而是書亦達乙覽，作內庭供奉之雅奏矣。余少讀此記，輒復按拍。第喜詞藻之工、歌譜之諧，未察其持律之嚴也。近歲檢訂南北詞諸譜，粗有成書。意有閡滯，取此記證之，輒迎刃而解。始服昉思守法之細，非云亭山人所可及矣。因逐齣稽核，成此一編。研討南北詞者，据以操翰，庶無僭越。勞勞終歲，詹詹小言，覽者幸恕吾拙也。二十三年甲戌上巳吳梅書於大石橋寓廬。

傳　概

【南呂·滿江紅】今古情場，問誰箇真心到底？但果有精誠不散，終成連理。萬里何愁南共北，兩心那論生和死。笑人間兒女悵緣慳，無情耳。感金石，回天地。昭白日，垂青史。看臣忠子孝，總由情至。先聖不曾刪《鄭》《衛》，吾儕取義翻宮徵。借太真外傳譜新詞，情而已。（問答照常）（按原文無“問答照常”。）

南戲開端，必有家門。所謂“家門”者，副末家門也。或書“提綱”，或書“標目”，或書“先聲”，皆所不拘。通體必用兩詞，首述作戲之意，次述戲中情節。所用詞牌，有“西江月”者，有“蝶戀花”者，亦可不拘。惟第二詞大抵用“沁園春”。間有用他詞，如“漢宮春”“滿庭芳”者，不多見也。此“滿江紅”，蓋據沈詞隱舊譜，故標“南呂宮”。此詞不歌，副末但朗誦，每句下用一截板而已。“問答照常”者，副末誦此詞後，回身向內問云：“今日冠裳雅集，借問後房子弟：演那朝故事？那本傳奇？”內答云：“今日演的是□□傳奇。”副末又云：“原來是這本傳奇。待小子略道家門，便知明白”。以下即再誦下文“沁園春”詞。凡傳奇開演，副末家門所白語，無不如是者，故云“照常”。

此詞述作戲之意。通首點明“情”字，即湯若士所謂“師言性，弟子言情”之意也。

【中呂宮·沁園春】天寶明皇，玉環妃子，宿緣正當。自華清賜浴，初承恩澤，長生乞巧，永訂盟香。妙舞新成，清歌未了，鼙鼓喧闐起范陽。馬嵬驛，六軍不發，斷送紅妝。西川巡幸堪傷，奈地下人間兩渺茫。幸游魂悔罪，已登仙籍，迴鑾改葬，只剩香囊。證合天孫，情傳羽客，鈿盒金釵重寄將。月宮會，霓裳遺事，流播詞場。

此首即縷述情節，隱括全部也。凡《家門》一齣，雖居首列，但作者非全部脫稿，切勿動筆。恐戲中情事，容有更動。故作時在最後也。作此詞萬不可用詞藻，以簡明爲主。徐靈昭云："【沁園春】五處對句，合調法"。蓋謂"天寶""玉環"二句，"華清賜浴"四句，"妙舞""清歌"二句，"游魂悔罪"四句，"證合""情傳"二句也。此五處在詞格宜對，故合調法。是指詞格，非指聲調。此詞亦朗誦不歌也。"明皇"之"皇"，"改葬"之"葬"，微嫌混韻。副末誦此詞後，內云"還求隱括數語"，遂誦下題目正名四句：

　　　唐明皇歡好霓裳讌，楊貴妃魂斷漁陽變。
　　　鴻都客引會廣寒宮，織女星盟證長生殿。

此爲題目正名。元劇或二句、或四句不等。用二句者，首句爲題目，次句爲正名；用四句者，前二句爲題目，後二句爲正名。此書名"長生殿"，故末句點名。吳吳山云："'長生殿'，結句正名，是元人家法。"蓋言合體裁也。此下副末亦有白語。或云："來者某某。"或云："道猶未了，某某早已登場。列位請看。"皆可。家門爲提綱挈領之文，副末爲戲外之人，與宋人大曲中參軍相似。如《桃花扇・先聲》，以老贊禮爲副末，實未知家門正格。又第二詞【滿庭芳】後，內云："妙妙！只是曲調鏗鏘，一時不能領會。"此又未知家門二詞，皆不歌而誦，有何"曲調鏗鏘"之可言？而題目正名末句云："張道士歸結興亡案"，書名竟未點出。若作"張道士歸結桃花扇"，將上文"侯公子"句改易作對，豈不善乎？以較昉思，瞠乎後矣。

定　情

【大石引・東風第一枝】端冕中天，垂衣南面，山河一統皇唐。層霄雨露迴春，深宮草木齊芳。《升平》早奏，韶華好，行樂何妨。

願此生終老溫柔，白雲不羨仙鄉。

此爲衝場長引。凡傳奇第一齣，皆用長詞作引。《琵琶》、《荆釵》，無不如是。南曲引子多用詞牌。雖有工尺字譜，實則皆用散板，無主腔可言。世謂詞尚可歌者，此誤會也。凡唱引子，不用笛和。引吭高奏，動多乖戾。故度曲家有"一引二白三曲"之説，以引爲最難也。"端冕"二句對，"層霄"二句對，爲此調正格。末二句用漢成帝語尤合。

【玉樓春】恩波自喜從天降，浴罷妝成趨彩仗。六宮未見一時愁，齊立金階偷眼望。

此旦上之引。此調宜用去韻。"降""仗""望"三韻皆去，合調。（傳奇用韻，皆本范氏《中州全韻》。）舊戲生旦團圓，例在末齣。此獨用在首齣。蓋玄宗、楊妃事實，與尋常生旦不同。故末齣題作"重圓"，以上天仙偶，避首齣重復。且用霓裳新調爲曲終奏雅之地，真煞費苦心。

【大石正曲·念奴嬌序】寰區萬里，遍徵求窈窕，誰堪領袖嬪嬙？佳麗今朝，天付與，端的絶世無雙。思想，擅寵瑤宮，襃封玉册，三千粉黛總甘讓。（合）惟願取，恩情美滿，地久天長。

此套全學《琵琶·賞秋》，爲同場大曲中之最高者。南詞中如【尾犯序】、【高陽臺序】、【祝英臺序】等名，似與詞同，其實句法絶異。例用四支，不可簡省。顧近世僅歌二曲，是伶工之懶。今且不可革矣。曲中"萬里""窈窕""領袖""付與""擅寵""粉黛""願取""地久"，皆去上妙處。徐云："舊譜'里'字截板，至'誰'字始下板。今增'窈'字一板。"余意此支本慢唱，用贈板作八拍，則"窈"字上適當贈板處，不必再加正板。近時歌此曲，無此一板，亦不覺緊快也。"總甘讓"二字，用仄平仄合。《琵琶》云："人生幾見此佳景。""景"

字上聲，不及此"讓"字之美。

【前腔】（換頭）蒙獎。沉吟半晌，怕庸姿下體，不堪陪從椒房。受寵承恩，一霎裏身判人間天上。須仿，馮嬺當熊，班姬辭輦，永持彤管侍君傍。（合前）

此爲換頭格。"換頭"者，如詞中過片處，往往用二字叶韻句，曲中亦如是。但詞兩疊居多，曲則有三換頭處。如下文第三、第四兩曲是也。"庸姿下體"二句，實即上曲"徵求窈窕"二句格。"受寵承恩"，亦與上曲"佳麗三千"同，皆學《琵琶・賞秋》齣句法。按諸詞律，恰與湘月同。"侍君傍"三字，用仄平平叶，與三、四兩曲，例用平韻。"合前"者，蓋合唱處用前曲語，即仍用前曲"惟願取"云云也，省稱"合前"，明曲通用語。詞中"半晌""下體""受寵""管侍"諸字，皆上去妙處。南曲雖無"務頭"之名，實則此等處即務頭也。

【前腔】（第三換頭）歡賞，借問從此宮中，阿誰第一？似趙家飛燕在昭陽。寵愛處，應是一身承當。休讓，金屋裝成，玉樓歌徹，千秋萬歲捧霞觴。（合前）

此支自"從此宮中"至"一身承當"，又與上二曲句法大異。蓋第三換頭式也。昉思此齣，全學《賞秋》。《賞秋》【念奴嬌序】第三曲云："光瑩，我欲吹斷瓊簫，乘鸞歸去，不知風露冷瑤京。環佩濕，似月下歸來飛瓊。"其第四曲云："愁聽，吹笛關山，敲砧門巷，月中都是斷腸聲。人去遠，幾見明月虧盈。"此調三、四兩句句法，定例如是。明人作者，無不依從。昉思故字字遵守。乍讀之，幾與【念奴嬌】句法無涉矣。《賞秋》之"歸來飛瓊""明月虧盈"，皆平平平平，"月"字作平。今云"一身承當"，與下曲之"春風飄香"，尤爲合調。"寵愛""萬歲"，又上去妙處。

【前腔】（第四換頭）瞻仰，日繞龍鱗，雲移雉尾，天顏有喜對新

妝。頻進酒,合殿春風飄香。堪賞,圓月搖金。餘霞散綺,五雲多
處易昏黃。(合前)

此與第三換頭同。凡四換頭曲,類皆如是。"喜對""進酒",上
去妙處。

【中呂正曲‧古論臺】下金堂,籠燈就月細端相,庭花不及嬌模
樣。輕偎低傍,這鬢影衣光,掩映丰姿千狀。此夕歡娛,風清月朗,
笑他夢雨暗高唐。追游宴賞,幸從今得侍君王。瑤階小立,春生天
語,香縈仙仗,玉露冷沾裳。還凝望,重重金殿宿鴛鴦。

前一引、四曲,皆大石調,此忽改用中呂曲,何也?蓋笛色同
也。大石用小工,中呂亦小工。凡同一工調曲,可以彼此互用。北
曲有借宮,即是此意。如【般涉‧耍孩兒】,往往與〔正宮〕曲聯套
者,無非因笛色同工耳。昉思此套,全學《賞秋》。而《賞秋》【念奴
嬌】四曲後,亦聯接【古輪臺】二支,後人皆因之也。《幽閨‧踏傘》
齣【古輪臺】後,接【撲燈蛾】二支,殊覺簡便。此曲有十七句,亦南
詞中長調。若意義不充,敷衍成章,便非佳曲。比套前四曲,皆冠
冕堂皇,至此處攜手玩月,始略用豔詞。不獨層次井然,而"籠燈就
月"、"鬢影衣光",便覺分外精采。又此調平仄諧適,並無難下筆
處。惟曲中腰板至多。如"下金堂"之"下"字、"細端相"之"細"字、
"嬌模樣"之"嬌"字、"此夕"之"此"字、"暗高唐"之"暗"字、"冷沾
裳"之"冷"字、"宿鴛鴦"之"宿"字,皆腰板處也。作者皆用陰聲字
實之,異常發調。惟"此夕歡娛"句,"此"字上腰板,適與上文"丰姿
千狀"下截板,聯貫而下。今歌者皆加"妃子"二字,使氣勢流走,極
是極是。鄙意不如"此夕"上,加用二三襯字,更爲生色。不識海內
聲家,以余言爲何如也?"鬢影""夢雨""宴賞""露冷",是去上
妙處。

【前腔】(換頭)輝煌,簇擁銀鐲影千行。迴看處珠箔斜開,銀河微亮。複道迴廊,到處有香塵飄颺。夜色如何？月高仙掌。今宵占斷好風光,紅遮翠障,錦雲中一對鸞鳳。《瓊花》《玉樹》,《春江夜月》,聲聲齊唱,月影過宮牆。褰羅幌,好扶殘醉入蘭房。

此又同場合唱曲,故用旁觀人口吻。而"瓊花""春江"二語,暗以陳宮相諷,尤令人不覺。通首仍依《賞秋》。惟腰板上諸字,不如上曲之工。又"銀鐲影千行"之"影"字,作襯欠安。《賞秋》云:"月有圓缺與陰晴。"此"與"字是虛。今用"影"字,微嫌質實。

【尾聲】花搖燭,月映窗,把良夜歡情細講。莫問他別院離宮玉漏長。

尾聲必三句十二板。首句有破作三字二句者,點板仍作一句也。自沈自晉作《南九宮新譜》,各宮調尾聲,各立專名。如〔黃鍾宮〕尾名【喜無窮煞】、〔正宮〕尾名【不絕令煞】,實不必從。此爲〔中呂宮〕尾,亦依《賞秋》尾作也。末句亦可用贈板,視全齣情節爲衡。若慢板細唱,則尾聲末句可加贈板矣。此尾歌者皆加贈,獨《吟香堂譜》未加。○按即用尾聲,則全齣已了。今下文再用【綿搭絮】二支者,蓋由釵盒關目,未曾點明。故別用他曲二支,爲此齣之饒戲。所謂"饒戲"者,一齣中情節須鄭重出之,而又不便別作一套,因此於尾聲弔場後,再作一二曲,點醒眉目,故謂之"饒",言尚有餘意也。(今俗伶竟名曰"賜盒",則蛇足矣。)與北劇之楔子略同。

【越調正曲·綿搭絮】這金釵鈿盒百寶翠花攢。我緊護壞中,珍重奇擎有萬般。與你助雲盤,斜插雙鸞;早晚深藏錦袖,密裹香紈。願似他並翅交飛,牢扣同心結合歡。

此曲即爲饒戲,不可再用前韻,故用"歡丸"韻別之。〔越調〕實是悲曲,敕妃大典,論理不當用此調。此昉思偶不經意也。此牌首句,本祇七字,明人作家多破作二語,且於"鈿盒"上用韻用板。如《牡丹亭》云:"雨香雲片,才到夢兒邊。"《紫釵記》云:"繡闈清峭,梅額映輕貂。"皆未知正格原七字,無怪爲徐靈昭所譏也。"緊護""有萬""錦袖",皆上去妙處。

【前腔】謝金釵鈿盒賜予奉君歡。只恐寒姿,消不得天家雨露團。恰偷觀,鳳翥龍蟠,愛殺這雙頭旖旎,兩扇團圞。惟願取情似堅金,釵不單分盒永完。

此調本無換頭格,而《南詞定律》以【一種情】"香塵輕端,半露弓鞋"一曲爲此牌換頭。因將此首曲二句,作"金釵鈿盒""鳳翥龍蟠。"又將原文"鳳翥龍蟠"一語,改作"心暗添歡",皆可哂也。詞極簡淨。"雨露""兩扇",上去,亦發調。

賄　權

【正宮引·破陣子】失意空悲頭角,傷心更陷羅罝。異志十分難屈伏,悍氣千尋怎蔽遮?權時審耐些。

此與詩餘同,首二句對,三四句亦對,調法如此。但自《琵琶·梳妝》齣將第三句用仄仄平平平平仄,如"目斷天涯雲山遠",後人皆從之。此"難屈伏"一語,亦以"屈"字作平也。末句應平平仄仄平。袁籜菴《西樓記》云"閒話古豪俠",實誤。當效昉思。

【正曲·錦纏道】莽龍蛇,本待將河翻海決,反做了失水甕中鱉,恨樊籠雲時困了豪傑。早知道失軍機要遭斧鉞,倒不如喪沙場免受縲絏,驀地裏脚雙跌。全憑仗金投暮夜,把一身離阱穴。算有意天生吾也,不爭待半路枉摧折。

此曲有二體,一爲仄韻,一爲平韻。用仄韻者從《幽閨記》,用平韻者從《荊釵記》。此即從《荊釵》體也。"河翻海決""要遭斧鍼",末二字皆須仄平。能用去平爲上,上平次之。"失軍機""喪沙場",二語須對。"失水喪甕中鱉"與"驀地脚雙趺",二句前後呼應,板式腔格全同,用陽平韻較美聽。末句本七字,如《荆釵》云"抵多少衣錦去還鄉"、《紅拂》云"任區區俗眼笑英雄",皆可證。縱有襯字,作十字句者,勿加贈板爲是。○此曲用車斜韻。車斜韻者,就佳麻二韻中,取"車""斜""嗟""邪""奢""遮"等字,別立一部也。隸字甚少,則以入聲中"屑""薛""葉""帖"諸韻,分配平上去,俾廣其用。元劇中至多,南曲實不必從。昉思酷摹元人,故亦如是。○此記淨角有二,祿山爲白淨,楊通幽爲紅淨。傳奇中須有紅淨大套曲,角目始全。故昉思於《覓魂》齣,用全力作【混江龍】增句;而於此處白淨出場,先作一耐唱南曲,使淨色不冷落。此配搭極細處。是以下文與副淨問答,即改用他韻。讀者體會此意,則可知排場之冷熱與勞逸矣。此調仄韻體句法,自"全憑仗金投暮夜"下三句,與平韻體不同。如《幽閨》云:"花朝月夕,丫鬟侍妾隨,好景須歡會。(此三句不同)死時端不負佳致。(此末句同)"若作仄韻體,應從。

【仙吕引・鵲橋仙】榮誇帝里,恩連戚畹,兄妹都承天眷。中書獨坐攬朝權,看炙手威風赫煊。

此亦與詩餘同,惟"畹"字須協韻。

【正曲・解三酲】恃勇銳衝鋒出戰,指征途所向無前。不隄防番兵夜來圍合轉,臨白刃,膁空拳。單槍匹馬身幸免,只指望鑒録微功折罪愆。當刑憲。望高擡貴手,曲賜矜憐。

此曲聲調至美,生、旦、淨、末皆可用。首二句對,"單鎗""鑒録"二句亦應對。此不對者,因淨曲略寬也。"臨白刃"句,是六字折腰法。昔人作此,往往有上二下四,令人無從下板者,須謹慎爲是。"身幸免"三字,徐靈昭以爲合調,洵然。惟明代作家用平平仄仄平平仄者至多，亦可不拘。

【前腔】（換頭）論失律喪師關鉅典，我雖總朝綱敢擅專？況刑書已定難更變，恐無力可回天。便道我言從計聽微有權，這就裏機關不易言。乘其便，便好開羅撤網。保汝生全。

此換頭格全仿《琵琶》。詞云"比似我做負義虧心臺館客"，"客"字不韻，實非所宜。今云"關鉅典"，用韻便合。因第一曲首句本韻也。"微有權"三字，徐氏亦以爲合調。余謂"權"韻須仄，用平韻則似【八聲甘州】。如《荆釵》云"牆頭嫩柳籬畔花"、《永團圓》云"炭廖相守空自勞"、《曇花記》云"今朝喜無軒冕迎"，皆【甘州】第五句，應作平仄平。【解三酲】中，不必如是也。

春　睡

【越調引·祝英臺】夢回初，春透了，人倦懶梳裹。欲傍妝台，羞被粉脂浣。趁他遲日房櫳，好風簾幕，且消受薰香閒坐。

此與詩餘同。"懶梳裹""粉脂浣"，須仄平仄，詞家皆知之。昉思此齣，全效《琵琶·規奴》。

【正曲·祝英臺序】把鬢輕撩，鬟細整，臨鏡眼頻睃。貼了翠鈿，注了紅脂，著意再描雙蛾。延俄，慢支持楊柳腰身，好添上櫻桃花朵。看了這粉容嫩，只怕風兒彈破。

凡用詞牌作引，即以本詞作正曲者，必爲本牌序。如首齣【念奴嬌序】，雖用他引，亦書"序"字。蓋詞不可歌南腔，故以"序"別之。且實非本牌句法也。此曲諸刻皆脫"序"字，余故補之。〔越調〕聲格，皆高低閃賺，宜用於悲調。此曲"貼了翠鈿""再描雙蛾"，一爲仄仄仄平，一爲仄平平平，皆美聽之至。徐靈昭所謂"讀去似拗，唱來正協"者，是也。"櫻桃花朵"，用上聲韻，亦諧。三、四兩曲,用去韻,不如此處和美。蓋上聲之音低,此句應低度,故也。"延俄"二字爲短句,凡"某序""某序"皆有之。

【前腔】(換頭)飄墮,麝蘭香,金繡影,更了杏衫羅。你看小顫步搖,輕蕩湘裙,低蹴半彎凌波,停妥。裊臨風百種嬌嬈,還對鏡千般婀娜。恁懨懨,何妨重展衾窩。

"換頭"二字叶韻句,殆成通例。自"麝蘭香"至"半彎凌波",與第一曲同。"停妥"用仄韻,"衾窩"用平韻,亦依《琵琶》"難守""休配鸞儔"格也。"步搖""半彎",仍守首支平仄,妙。

【前腔】(第三換頭)欣可,後宮新得嬌娃,一日幾摩挲。試把綃帳慢開,龍腦微聞,一片美人香和。瞧科,愛他弄玉一團,壓著鴛衾側臥。這溫存,怎不占了風流高座。

此自"換頭"二字句後,變更三字兩句,作六字一語也。蓋"第三換頭",無不與前曲換頭異;至第四曲,則全與此支同矣。"慢開""美人",仍守第一、第二支平仄,妙。

【前腔】(第四換頭)誰箇? 驀然揭起鴛幃,星眼倦還授。早則淺淡粉容,消褪唇朱,掠削鬢兒欹斜。憐他,侍兒扶起腰肢,嬌怯怯難存難坐。恁矇騰,且索消詳停和。

此與第三曲同。"粉容""鬢兒",仍守前三曲平仄,妙。○凡用四曲同牌,可省尾聲,此南詞通例。蓋沿散曲《四時樂》意也。

禊　游

【雙調引·賀聖朝】崇班內殿稱尊,天顏親奉朝昏。金貂玉帶蟒袍新,出入荷殊恩。

此"引"不難作,獨末句須仄平仄平平而已。記中丑色,以高力士承之。高爲宮禁侍從,故通本絕少詼諧語。余嘗謂淨、丑曲爲難,蓋即指科諢處也。

【前腔】一從請托權門,天家雨露重新。縶臣今喜作親臣,壯懷會當伸。

此與前"引"無異。"壯懷"句,極自然。

【正曲·夜行船序】春色撩人,愛花風如扇,柳烟成陣。行過處,辨不出紫陌紅塵。紛紜,繡幕雕軒,珠繞翠圍,爭妍奪俊。氤氳,蘭麝逐風來,衣綵珮光遥認。

此齣摹寫戚里驕奢,可云妙肖。而獨選此套曲者,取其便於同場奏演也。劇中凡慶賀游覽,皆用合唱,而以嗩吶和曲,此亦嗩吶曲。取唐人曲江詩意并入詞中,極錦簇花團之致。至律度之細,尤不可及。如"紛紜""氤氳"二語,往往不能安妥。而"珠繞翠圍句",又爲平仄仄平句,更難渾成。四字句以平仄仄平爲最難。詞中遇此,輒覺棘手,況在南曲。昉思信手拈來,都成妙語。此真才大處。

【前腔】(換頭)安頓,羅綺如雲,鬥妖嬈,各逞黛蛾蟬鬢。蒙天寵,特勅共探江春。朱輪,碾破芳堤,遺珥墜簪,落花相襯。榮分,戚里從宸游,幾隊宮妝前進。

此"換頭"僅多首句二字,餘俱與前曲同。"遺珥墜簪",與上曲"珠繞翠圍",同作平上去平,尤合。昉思此套,實摹《荆釵·送親》。惟以【惜奴嬌】二支,易作【夜行船序】而已。此下則全同矣。

【黑蠊序】(換頭)回瞬,絶代丰神,猛令咱一見,半晌銷魂。恨車中馬上,杳難親近。評論,羣花歸一人,方知天子尊。望前塵,饒眼迷奚,不免揮策頻頻。

此調,各傳奇中皆用"換頭",首支幾不用。惟《占花魁》"綠柳夭桃"一支,爲此調上疊,用贈板細唱。此外皆作急曲矣。"羣花"二語,傳誦一時,固爲妙文。余獨謂昉思此傳將太真穢史,删除淨盡；而於曲江禊游時，就禄山口中，略露窺竊神器之意，此又作者細心處。〇換頭處，據《琵琶記》，亦有不同。詞云："看待，父母心，婚姻事，須要早諧。"與此曲前四句不同。《南詞定律》列入又一體，因知非通用式也。

【前腔】(換頭)堪恨，藐視皇親，傍香車行處，無禮厮混。陡衝衝怒起，心下難忍。忙奔，把金鞭辟路塵，將雕鞍逐畫輪。語行人，慎莫來前，怕惹丞相生嗔。

此與前曲同。惟"無禮厮混"用仄韻，"心下難忍"作平仄平仄，較上支微異耳。末語用杜詩，由國忠説出，更堪絶倒。

【錦衣香】妝扮新，添淹潤；身段村，喬丰韻。更堪憐芳草沾裾，野花堆鬢。和風徐起蕩晴雲，鈿車一過，草木皆春。向朱門繡閣，賣花聲叫的殷勤。蜂蝶鬧相趁，柳迎花引，望龍樓倒，曲江將近。

此曲夾敘多人，語語分析，已不可及；而以老旦先下，使便於改扮，尤見精細。"向朱門"二語，据《荊釵》原文云"妾亦非孟光，奉椿庭適事名公"，較此曲不甚大合。惟《殺狗記》則云"回心轉意，那時請你歸來依然兄弟和順"，正與此支合符。是昉思据《殺狗記》作此詞矣。

【漿水令】撲衣香花香亂熏，雜鶯聲笑聲細聞。看楊花雪落覆白蘋，雙雙青鳥，銜墮紅巾。春光好，過二分，遲遲麗日催車進。環曲岸，(環曲岸，)紅酣綠勻。臨曲水，臨曲水，柳細蒲新。

"衣香""鶯聲"，不必環調，但作七字句可矣。"雙雙青鳥"二語，据《荊釵》云"妝甚喜媒，作甚親送"，平仄頗拗折；而此處又快曲，非細膩唱法處，故不必曲從。況《幽閨記》云"今朝可喜，且息蹄輪"，是亦非無本也。"環曲岸""臨曲水"，疊句成爲例。而"紅酣綠勻"，尤與《荊釵》"只爲窘中"合。末句"柳細蒲新"作四字，更塙當。

（《浣紗·泛湖》折云"臺城上夜烏啼"，當是脱一字。）

【尾聲】內家官，催何緊。偏背了春風獨近。不枉你淡掃蛾眉朝至尊。

南曲【尾聲】往往平直無味，与北詞【煞尾】神采生動者異，蓋拘于板式故也。首句腰板上若多用襯字，便趕不上。末句共三板，儘可舒卷自如。顧往往無俊語於是借昔人詩句作結。如《紅拂·靖渡》云"江上相逢無紙筆"，改一"江"字，頗雋永；《紫釵·七夕》云"你可也臥看牽牛織女星"，亦爲妙文。此用張承吉詩，作韓、秦二國歆羨語，更爲神采之筆。首句無襯，則腰板從容矣。

傍 訝

【中呂正曲·縷縷金】歡游罷，駕歸來。西宮因箇甚，惱君懷？敢爲春筵畔，風流尷尬。怎一場樂事陡成乖？教人好疑怪，教人好疑怪。

此爲過脈小曲。不論角色，皆可用之。究其體裁，宜於淨、丑。此齣爲力士、永新二人旁觀猜疑之文，一則點明玄宗之荒淫，二則避去一切穢褻語。至《倖恩》一齣，方顯出楊妃嬌妬。乃至《嚴譴》，而居中作樞紐者，爲此齣也。"尷尬"即難言之隱，吳人方言，含有作奸及作梗意。此支例用乾板朗誦，不必有腔。末句必疊。

【前腔】宮幃事，費安排。雲翻和雨覆，驀地鬧陽臺。兩下參商後，裝幺作態。只爲並頭蓮傍有一支開。你聰明人自參解，聰明人自參解。

此與前曲同。"自參解"用仄平仄，與上曲"好疑怪"皆合律。"裝幺作態"，元劇至多，又作"妝妖作怪"，又作"妝模作樣"，又作"做張智"。蓋薄怒作色意也。

【剔銀燈】常則向君前喝采，妝梳淡天然無賽。便暗中築座連環寨，哄結上同心羅帶。因此上嫌猜，恩情頓乖，熱打對鴛鴦散開。

此爲快板曲，從無慢唱者。即如《幽閨·走雨》，雖緊接【漁家傲下】，但亦無贈。此齣爲過脈小劇，故以快曲一二支應場足矣。前四句仄韻，後三句平韻。"嫌猜"二字句須斷。末句七字。如《幽閨》云"母子命存亡，兀自尚未知"，硬襯三字，便不和諧矣。

【前腔】嬌癡性天生忒利害。直遷置樓束無奈。須知道連枝同氣情非外，怎這點兒也難分愛。吾儕，如何布擺，且和你從旁看來。

與前曲同。末三語俱應平韻。上曲"恩情頓乖""鴛鴦散開"，用平平仄平甚合。此"如何布擺"，用上聲韻，微欠調和。

倖　恩

【高調引·繞池游】瑤池陪從，何意承新寵。怪青鸞把人和哄。尋思萬種，這其間無端歆動，奈謠諑蛾眉未容。

此引，舊譜作【繞地游】，誤。"尋思""無端"二句須對。末句"蛾眉未容"，必平平仄平。

【正曲·字字錦】恩從天上濃，緣向生前種。金籠花下開，巧賺娟娟鳳。燭花紅，只見弄盞傳杯。傳杯處，驀自裏話兒唧噥。匆匆，不容宛轉，把人央入帳中。思量帳中，帳中歡如夢。綢繆處兩心同。綢繆處兩心暗同。奈朝來背地，有人在那裏，人在那裏，妝模作樣，言言語語，譏譏諷諷。咱這裏羞羞澀澀，驚驚恐恐，直恁被他搏弄。

此調疊句、疊字，各有定格，未可輕易更動。〔高調〕曲中，爲至美聽之調，亦爲最難作之曲。徐靈昭云："此調見時曲【群芳綻錦鮮】，歌者每苦難唱。其用字平仄，句法重疊，略欠調停，便不諧

協。"此言極是。余嘗取【羣芳】一曲,與此支相較,實無一處不合。今録【羣芳】一曲,以資研討。(全套見《雍熙樂府》卷十六)

羣芳綻錦鮮,香逐東風軟。鶯簧轉巧聲,啼起傷春怨。覩名園,只見(《雍熙》無此二字)杏障桃屏。桃屏(《雍熙》無此二字)上映著柳眉翠鈿。天天,桃花隱約(《雍熙》"隱"作"窨"),可不(《雍熙》無此二字)強似(《雍熙》作恰似)去年。緣何去年,去年人不見。空蹙破兩眉尖。(此句,《雍熙》無)空蹙破兩眉翠尖。奈(《雍熙》作"奈奈")山遥(《雍熙》作"長")水遠(《雍熙》無此字),他在那里,他在那里,和誰兩個,瀟瀟灑灑(此句,《雍熙》無),歡歡喜喜。咱這裏(《雍熙》此下有"便"字),思思想想(《雍熙》作"尋尋覓覓"),欲待要(《雍熙》無"要"字)見他一面。(據《九宫大成譜》)

以此曲校眆思作,可云字字摹仿。惟《雍熙樂府》,疊字、疊句略少。《大成譜》所据何本,雖不可知,顧自沈寧庵《南九宫譜》已如此繁雜,伯明《新譜》仍之。寧庵之與郭蒼岩,行輩雖略後,必非無所据也。自寧庵訂此曲後,作者皆遵守之。余意《大成譜》亦据沈譜,故與《雍熙》微異耳。此調首四句尚易,而"桃屏"一疊、"去年"三疊,至不易作。"空蹙破"疊句,下句須增一字。其他重疊字,皆不用韻,一氣奔赴,至末句止,如詞中【西平樂】然,可云難矣。余嘗謂韻多易,韻少難,詞與曲同一理也。"去年人不見"句,實是仄平平仄仄。《雍熙樂府》所録他曲春游云"少年人眷戀",可以爲證。《大成譜》所録諸曲如月令承應云"醉侯偏耐久"、散曲云"別懷禁不慣",《南詞定律》引《雙福壽》云"舊盟人薄倖",皆是仄平平仄仄。眆思以"人不見"之"不"字,當作入聲代平,遂有"歡如夢"之語。此過於求工也。"譏諷""驚恐",多協兩韻,令人便讀,亦佳。但非正格。

【本調賺】吹透春風,戚畹花開別樣濃。邀殊寵,一枝已傍日邊紅。我進離宮,也不過杯酒相陪奉,湛露君恩內外同。休調哄,九重春色偏知重,有誰能共?有何難共?

此調,原刊作【不是路】,實誤。【不是路】爲〔仙呂宮〕賺曲,此套爲〔商調〕。當書【二郎賺】,但不如直作【本調賺】之爲得也。何謂賺曲?蓋前後諸曲不屬一宮調,管色不同,殊難聯串,於是以賺曲聯之。如《金雀記・喬醋》齣,首曲【太師引】用小工調,後【江頭金桂】二曲,用正工調,前後不相聯貫,因用賺曲間之。又如《西廂記・佳期》齣,首曲【傍妝臺】用小工調,後曲【十二紅】用凡調,前後亦不貫,因亦用賺曲。蓋純爲聯絡前後宮調不同曲之用也。此套前曲【字字錦】用六字調,後曲【滿園春】亦六調,原可不用賺曲,惟全套集做【羣芳綻錦鮮】成格,則亦未便減省。此當破格觀之矣。凡賺曲皆散板,句法大抵似此。至末二句始用板,此亦定例。

【滿園春】春江上景融融。催侍宴望春宮。新來倚貴添尊重。春宵裏,春宵裏,比目兒和同。誰知得雨雲蹤?細窺他箇中,漫參他意中,使慣嬌憨。慣使嬌憨,尋瘢索綻,一謎兒自逞心胸。

此亦有疊語,但較【字字錦】,則簡省多多矣。首六字二句,可對。"新來"句亦不叶,【羣芳】套作"長空敗葉飄飄舞"可證。"比目兒和同"句,首曲爲四字句,次曲爲上四下三句。"細窺他"云云,必用環調。

【前腔】(換頭)他情性多嬌縱,恃天生百樣玲瓏,姊妹行且休傍作誦。昭陽內,昭陽內,一人獨占三千寵,問阿誰能與競雌雄?細窺他箇中,漫參他意中,使恁嬌嗔。恁使嬌嗔,藏頭露尾,敢別有一段心胸。

換頭有二句改易,"恃天生"句作上三下四。"姊妹"句作仄仄仄平平仄仄，與上曲"新來倚貴"句異。"一人獨占"句，又與上曲"比目兒和同"異。此概遵沈譜。【羣芳】套【滿園春】前曲云"金風動，金風動，鐵馬兒聲喧，紗窗外透銀蟾"，後曲云"銷金帳，銷金帳，共誰人歡宴，獨自箇獸爐邊"，是前後曲並無歧異也。惟今之作者，皆據此曲矣。

【尾聲】忽聞嚴譴心驚恐，整香車同探吉凶。倒不如冷淡梅花仍開紫禁中。

此【商調·尾】正格。"吉凶""凶"字，可協仄韻。如《白兔》云"果然是神歡人喜"，《五福記》云"向花下祝親眉壽"，可證。鄙意用仄韻爲是。

(《"國立"中央大學文藝叢刊》第 1 卷第 2 期，1934 年）

中國戲劇概論（節錄）

盧　前

第十章　清代的傳奇

……

"南洪北孔"

在康熙的末葉，"南洪北孔"是傳奇界的兩顆明星。不但照耀以往，而且至今還依然閃爍著的。

……

此下且敘南洪。洪昇，字昉思，號稗村（按應作"稗畦"），錢塘人。他的雜劇，前章曾略爲提及。他本學詩於王漁洋，後來又從施愚山游。他的妻是相國黃機的孫女，深於音律。時人贈昇詩有云："丈夫工顧曲，霓裳按圖新。大婦和冰弦，小婦調朱唇。"其閨中之樂可知。後來爲在國忌日出演他的傳奇《長生殿》,一班名士一時削籍,自此都不仕進。所謂"可憐一曲《長生殿》,斷送功名到白頭。"康熙四十三年那一年,出游過吳興潯溪,舟中飲酒,失足墜水而死,年紀還不到六十呢! 所作的傳奇除《長生殿》外,有《迴文錦》、《迴龍院》、《錦繡圖》、《鬧高唐》、《節孝坊》、《舞霓裳》、《沉香亭》。當然,《長生殿》最有名。

　　《長生殿》是五十齣的傳奇,依據白居易《長恨歌》及陳鴻的《長恨歌傳》而作。此劇所寫的楊玉環就是一個癡情的女子罷了,並不像《太真外傳》中所寫的那樣的穢褻。情節的大概是如此的:弘農楊玉環,幼年父母都死了,養在叔父家。天生豐美,被選入宮爲宮女,得玄宗之寵,立爲貴妃。定情之夕,玄宗賜以金盒。自此以後,玉環便獨擅其寵。兄楊國忠因她的力量,擢做右相。姊三人封做秦國、韓國、虢國三夫人。三月三日這一天,貴妃與玄宗游曲江,招三夫人相陪。還宮,召虢國夫人,賜以飲宴,深得玄宗歡心。不料楊妃吃醋,因此玄宗大怒,將她貶出宮外。玉環於是剪斷青絲,托高力士獻與玄宗。玄宗本非真恨,就又把她招進宮來。這時節度使張守珪有個部將安禄山,違犯軍法,送京問罪,因國忠之助,赦罪任職,又因貴妃之故,至封他東平郡王,賜新第。這時國忠與三夫人,新邸輝煌,炫耀一時。武舉郭子儀待命上京,一天在酒家,聽說楊氏新第之盛,想外戚寵盛,頗爲感慨。安禄山又剛從樓下過,見其驕勢,知後日必有叛逆之事。因拜天德軍使之命,匆匆上任。玉環再入宮後,極力固己之寵,聽從玄宗。聞玄宗讚美梅妃,自己便努力歌舞,自作《霓裳羽衣曲》。六月初一,楊妃生辰,玄宗在驪山長生殿設宴,妃命樂部奏新曲,又親作盤旋之舞。玄宗大樂,益加寵愛。後來安禄山與國忠不和,玄宗命禄山出作范陽節度使。禄山自此心懷異志，養兵待動。靈武太守郭子儀早已看出來，時加留心，練兵以備不測。玄宗和貴妃時在華清宮，七月七夕，牛女兩星相會之夜，玄宗和她在長生殿指星立誓，願生生世世同爲夫婦。在溫柔夢好之中，祿山造反，兵入潼關的噩耗傳來，玄宗無法，受國忠之勸，帶著玉環往成都避難。行至馬嵬坡，誰知兵變了。結果玄宗爲安撫人心計，賜玉環死。匆匆入蜀，途中聞簷前鈴聲，爲之腸斷。祿山挾兵既入長安登帝位，文武百官爭來降順。在凝碧池頭大張慶筵時，命樂工奏樂，雷海青獨不受命，以琵琶擊祿山，終於被祿山殺了。梨園有個領袖李龜年，亂時走出長安，流落江南，資斧斷絕，便靠彈著琵琶賣唱自給。在青溪鷲峰寺大會中，自編一曲（即《九轉貨郎兒》），把楊妃盛時的事，一直敘到玄宗入蜀爲止，聞者皆爲感動。後來肅宗在靈武即位，任郭子儀爲朔方節度使，掃蕩安、史，收復二都，才迎還聖駕。玄宗回鑾，途中命高力士往馬嵬坡建貴妃墳，不見尸體，但有一個香囊而已。雨夜聽張野狐唱《雨霖鈴》曲，百感叢生。夢中見楊妃差內侍來接，因召臨邛道士設法壇以尋玉環的芳魂。天上冥間，茫茫不見。畢竟在海外蓬萊仙山，找得了貴妃，貴妃給道士金釵、鈿盒，又一扇送與上皇。其後中秋，道士駕仙橋，導上皇入月宮，與玉環重聚。終以玉帝之旨，在忉利天宮永爲夫婦。

昉思此作，不獨有絕妙的文詞，而且有絕妙的聲樂。我們只看這《貨郎兒九轉》的一段罷：

……

這一段把玉環的當日，唐室的今朝，都赤現（按原文疑有誤）了出來。一種淒惋之情，在我們讀過以後，真不能自已的要滴下淚來。在現在的崑班裏面，還常常的演著，此劇所可惜的，是把一個悲劇的氣味，讓這樣的收場破壞了。

　　昉思除了《長生殿》以外，還有所作的幾種：《迴文錦》是敘竇滔妻蘇蕙織《錦字迴文詩》給滔，挽回夫心的故事。《迴龍院》敘山陽韓原睿及妻，以智勇避難平賊事。《鬧高唐》敘《水滸傳》柴進在高唐州失陷的事。這些劇作都遠不如《長生殿》之著名。

　　……

（上海世界書局 1934）

讀《長生殿》

桃城布衣

　　西子無鹽詠史章，古來蛾眉繫興亡。一從七夕鴛盟永，卻使三郎朝政荒。

　　烽火漁陽驚叛信，江山風物黯愁腸。馬嵬贏得埋香土，剩有《霓裳》寄恨長。

（《西大學生》創刊號，1934 年 1 月）

曲學通論（節錄）

吳　梅

第十二章

　　顧《桃花》、《長生》二書，僅以文字觀之，似孔勝於洪，不知排場佈置，宮調分配，則昉思遠出東塘之上。余嘗謂《桃花扇》有佳詞而無佳調，深惜云亭不諳度聲，三百年來，詞場不祧，獨有稗畦而已。

（上海商務印書館 1935）

《長生殿》

胡蘋秋

黃鳥發幽吹，曲池生暖波。殘春勝花木，卓午淡雲羅。

錦襪埋香久，《霓裳》顧誤多。長生偏殿在，私語竟如何？

(《秦風週報》第 2 卷第 16 期，1936 年 6 月 8 日)

中國近世戲曲史（節錄）

〔日〕青木正兒原著、王古魯譯著、蔡毅校訂

第十一章　崑曲餘勢時代之戲曲
（自康熙中葉至乾隆末葉）

第一節　康熙期諸家

一、洪昇之《長生殿》

昇字昉思，號稗畦，浙江錢塘人也。名族之子，爲國子監生。初游京師，學業於王士禎（漁洋），後又從施閏章（愚山）得詩法，兼工戲曲焉。其妻爲相國黃機孫女，通音樂，故時人贈以詩曰“丈夫工顧曲，《霓裳》按圖新。大婦和冰弦，小婦調朱唇”，其風趣可想。後因演其所著《長生殿》傳奇（此事詳後），得罪除學籍，此康熙二十八年（1689）事也。又遭家難，一生不遇。康熙四十三年（1704），出游，道經吳興潯溪，飲客舟中，醉後失足墮水溺死，享年五十餘歲（《兩浙輶軒錄》卷七、《文獻徵存錄》卷十）。其所作戲曲可知者十一種：

　　《回文錦》、《迴龍院》、《錦繡圖》、《鬧高唐》、《節孝坊》、《舞霓裳》、《沉香亭》、《長生殿》(以上傳奇,見《曲錄》卷五)、《四嬋娟》(雜劇,《曲錄》卷三)、《天涯淚》、《青衫濕》(不詳其爲雜劇抑爲傳奇。見《兩般秋雨庵隨筆》卷三)。

　　《長生殿》外,今殆佚而不存(《長生殿》,暖紅室重刻本今最通行,但有脱字,亦不載徐、吴二氏之序,非善本也。)《長生殿》爲唐玄宗與楊貴妃事,極膾炙人口,論者多以之爲清曲第一。

　　《長生殿》梗概　　楊玉環,字太真,弘農人,父元琰官於蜀。父母早亡,養叔父家中,被選爲宫女,以容姿秀麗,爲玄宗所愛,一朝册爲貴妃(按此時玄宗六十一歲,楊妃二十七歲)。册立之夕,帝賜之金釵鈿盒以爲定情物(第二《定情》)。自楊妃專君寵,雲嬌雨怯,嘗日午貪睡,忽帝駕至,揭帳窺之,愛玩之如掌上玉(第四《春睡》)。因楊妃得寵,其兄楊國忠爲右相,其三姊分别封爲秦國、韓國、虢國夫人,一門榮耀。三月三日,帝與楊妃同輦游幸曲江,命秦、韓、虢三國夫人陪從。游賞畢,玄宗特召虢國夫人至宫中,將命陪楊妃賜宴。楊妃嫉妒,獨自先歸宫中,頓觸帝之逆鱗,被遣出宫外,歸其兄國忠邸中。楊妃悔之,剪髮托高力士獻帝以表真情。帝亦以遣出楊妃後,念之,悶悶不樂,於是赦歸宫中。其先,節度使張守珪部將安禄山征奚、契丹,犯軍法獲罪,以依附楊國忠得赦,且以其武藝超群,故起用之,拜爲東平郡王。賜新第時,楊國忠及三國夫人亦各賜第,慶賀新第落成。適武舉郭子儀來京候朝廷任命,入一酒樓買醉,見街上雜沓,問之酒保,悉楊氏一門新第落成,慨歎外戚之寵盛;又望見安禄山赴新第,知其貌有反相,歎曰:“亂天下者必此人也!”下樓返旅館,朝報下,授爲天德軍使。此郭子儀他日爲朝廷報效之端緒也(第十《疑讖》,今云《酒樓》)。暫且不表。月中嫦娥欲傳《霓裳羽衣曲》至人間,乃招楊妃夢魂,於桂樹下使素衣紅裳仙女數人奏此曲,命楊妃聽之(第十一《聞樂》)。翌日,楊妃欲將夢中所聞樂曲製譜,在荷亭中苦思,一拍尚未調勻,忽聞鶯啼,觸機遂製成焉。適帝駕到,見之感歎云:"梅妃驚鴻之舞,亦何足道哉!"(第十二《製譜》)尋授《霓裳》新曲於梨園,使李龜年、賀懷智等每夜演習。江南少年李謩知之,攜笛至宮墻外,偷其曲(第十四《偷曲》)。旋六月朔日楊妃生辰至,帝設宴於驪山長生殿為貴妃稱慶。適涪州及海南進貢鮮荔枝,貴妃得此嗜食果品,舉杯更酌,遂命樂部奏《霓裳》曲,貴妃親立舞盤上舞之(第十六《舞盤》)。一方安祿山恃君寵,漸至與楊國忠爭勢力,玄宗憂將相不和,遣祿山外出為節度使。祿山已懷反意,養兵以待時機。嘗大行較獵以卜士氣,滿載獵獲禽獸,大張酒宴(第十七《合圍》)。初梅妃最獲寵,自楊妃入宮以來,帝久已棄之不顧,然帝嘗念舊情幸之。楊妃得訊,妒甚,至西園大鬧,帝勉強設法令梅妃避去(第十八《夜怨》、第十九《絮閣》)。既而郭子儀擢為靈武太守,放探子以偵祿山情狀,知其將叛,操演軍士以備之(第二十《偵報》)。此種情形,玄宗不知焉,與楊妃在華清宮溫泉共浴,又於七月七日祭牽牛、織女二星作生死不變之密誓,過度濃艷之日(第二十一《窺浴》、第二十二《密誓》)。忽祿山叛軍上攻,破潼關,欲一舉衝長安。時帝與楊妃小宴御園,正興高采烈之際,驚變,聽楊國忠之勸,發輦與楊妃共詣蜀中成都行幸(第二十四《驚變》)。比至馬嵬驛,軍士以禍起於楊國忠,憤而殺之,不行,要求賜死楊妃。楊妃亦知末日已至,乃以白練自縊而死,權埋地中(第二十五《埋玉》)。玄宗去長安後,祿山入篡帝位,滿朝文武爭降之。乃於凝碧池頭擺宴,傳集梨園,命之奏樂。樂工雷海青,氣節士也。罵祿山,以琵琶擲之,不中,遂為軍士所殺(第二十八《罵賊》)。一方玄宗過蜀棧道時遇雨,暫登劍閣避雨,聞簷前鈴鐸隨風作響而斷腸焉(第二十九《聞鈴》)。至成都後,繪楊妃像,親送入廟以供養之,懷念舊事,痛哭像前(第三十二《哭像》)。而楊妃靈魂,自馬嵬驛彷徨而出,追隨鳳輦之後,以烟霧遮前,途徑不見,不得已,居其地佛堂中,因之一道怨氣衝天。天孫織女神召土地神問之,憐楊妃,奏玉帝,欲許其歸蓬萊入仙班(第三十三《神訴》)。織女因以玉液金漿授楊妃魂,令之滴尸上,尸忽生動,既而魂與尸合,上天而去。兹有舊梨園班首李龜年者,亂後流落江南,路用皆盡,無法,以琵琶糊口,聞青溪鷲峰寺大會中游人甚多,乃赴寺賣藝。其事即爲楊妃盛時以迄玄宗蒙塵幸蜀之榮枯陳跡,其曲即爲〔九轉貨郎兒〕也。聽衆有李暮,即前述偷《霓裳羽衣》之曲者,感動最深,相與共語當年情事(第三十八《彈詞》)。其先,肅宗即位靈武,任郭子儀爲朔方節度使,子儀善戰,一舉破史思明,平安禄山之亂,克復長安,請二帝還御。於是上皇——玄宗——鳳輦自蜀還。中途駐蹕鳳儀宮,遣高力士至馬嵬,造楊妃墳墓,月下獨坐懷念楊妃,徒起傷悲(第四十一《見月》)。後親過馬嵬,將改葬之,已尸解,無形骸,唯留香囊而已。上皇還京後,居南内,一夜,雨中寂寥,正聽張野狐唱御製〔雨淋鈴〕曲間,朦朧睡去,夢見楊妃自馬嵬驛遣内侍迎上皇,醒後,欲仿漢武帝召李夫人魂故事,以覓楊幽魂(第四十五《雨夢》)。乃命臨邛道士通幽覓魂。通幽設法臺,以術搜諸處,漠然不得消息,遂至織女神處問之,知其在海外仙山蓬萊,御風至其地(第四十六《覓魂》)。其後織女神即召楊妃,叩其心頭,感其思念玄宗之深,乃云:"當使汝等在忉利天永久同棲,以補人間離別之恨。"遣歸蓬萊(第四十七《補恨》)。通幽至蓬萊遇楊妃,楊妃乃劈金釵一股,分鈿盒一扇,云"兩情須如此二物之堅",又約八月十五夜導上

皇至月宮。通幽歸復命。至期通幽向月宮搭仙橋,使上皇獨行至
天上。楊妃已在月宮,乃與衆仙女迎之,喜得重圓,各出金釵鈿盒
半片合之。織女神忽傳來玉帝法旨,命兩人居忉利天宮,永爲夫婦。
擺酒宴,宴畢,仙樂送兩人向忉利天宮而去(第五十《重圓》)(上注
標目以《集成曲譜》所選者爲標准。其重要關目殆盡於此矣)。

今其《定情》、《酒樓》、《絮閣》、《驚變》、《哭像》、《彈詞》、《聞鈴》
諸齣,最盛行歌場中(《綴白裘》[十集卷三]有《醉妃》,即分《驚變》
之前半,別爲一齣者)。葉堂評此劇曰:"《長生殿》詞極綺麗,宮譜
亦諧,但性靈遠遜臨川。"又曰:"《長生殿》……於開、寶逸事,擷採
略遍,故前半篇每多佳製,後半篇則多出稗畦自運,遂難出色。"
(《納書楹曲譜》卷四目録)實有同感焉。下半至楊妃死後仙界事,
關目冗雜,可刪者不少。蓋戲文自《琵琶記》以來,有分爲上下二卷
之例。此劇以《埋玉》——埋楊妃尸——一齣,爲上卷卷尾,下卷則
以仙界事爲主,以結構上須與下卷均衡,强捻無用之關目,遂至現
出此種冗漫也。不僅此劇,凡幾多傳奇卷下之關目終於冗漫弛緩
者,多爲此也。梁廷枏激賞之曰:"《長生殿》爲千百年來曲中巨擘,
以絕好題目,作絕大文章,學人才人,一齊俯首。自有此曲,毋論
《驚鴻》(按:明吳世美作)、《綵毫》(按:明屠隆作),空慚形穢,即白
仁甫《秋夜梧桐雨》亦不能穩占元人詞壇一席矣。"(《曲話》卷三)雖
過獎之評,不能盲從,然以之爲比《綵毫記》勝數等,無待言矣。以
之比白仁甫之作,足奪其席者,此但醉心於其文辭之綺麗,未辨其
生氣有無之論也。至如論《梧桐雨》中楊妃穢跡竟公然出自安禄山
之口(按:《梧桐雨》楔子之禄山白中,有"只是我與貴妃有些私事"
之語),而以《長生殿》刪去此等事爲勝,可謂迂腐甚矣。余以爲《長
生殿》關目佈置、針線照應之嚴格,插演過場之趣味豐富,其結構上

殆無所間然,其曲辭之典麗整潔,亦稀類比,然所乏者生動之趣致與潑瀾之才氣耳。葉堂評之爲"性靈遠遜臨川者",確當不易之論也。其不及湯顯祖也無論矣,即於才氣一端,亦當遜孔尚任之《桃花扇》一席。至若協律之妙,爲湯氏、孔氏等所遠不及者。當時徐靈胎曰:"若夫措詞協律之精嚴變化,有未易窺測者。"(《長生殿》序)近時王季烈氏曰:"其審音協律,則姑蘇徐靈胎爲之指點,故能恪守韻調,無一字一句逾越,爲近代曲家第一。"(《螾廬曲談》卷四。協律與徐靈胎商酌事,作者自言於《長生殿》之例言中。)又激賞之曰:"《長生殿》……不特曲牌通體不重復,而前一折宮調與後一折宮調,前一折主要角色與後一折之主要角色,決不重復。……其選擇宮調,分配角色,佈置劇情,務令離合悲歡,錯綜參伍,搬演無慮勞逸不均,觀聽者覺層出不窮之妙。自來傳奇排場之勝,無過於此。"(同上卷二)確論也。余聞其言,復細閱此劇,作者用意之周到,真足令人驚歎者。王氏尚就全劇一一詳究其排場,啟發我人處甚多,實爲研究《長生殿》者必讀之説,茲從略。

　　《長生殿》雖云應莊親王世子至請而作者(毛奇齡《長生殿》序〔見《劇説》四〕),然自云最先感李白之得遇玄宗,譜其事作《沉香亭》,後去李白事,入李泌輔肅宗中興之事,名之爲《舞霓裳》,更刪楊妃穢事、增其歸蓬萊、玄宗游月宮等事,專寫兩人生死之深情,遂作《長生殿》,十餘年中三易稿始成之云(見《長生殿》作者《例言》)。而《長生殿》之完成,據徐靈胎序中之言,爲康熙二十七年(戊辰〔1688〕),作者之自序紀年則爲康熙己未(十八年〔1679〕)。蓋自序恐即沿用《舞霓裳》之序者,《舞霓裳》改定爲《長生殿》,當在九年後——即康熙二十七年。然《長生殿》對於作者及其友人等曾引起一大禍事。其事有名,且散見於各書中,記載最備者當推《柳南隨

筆》(卷六)。謂康熙丁卯、戊辰(二十六、二十七二年)間,京師梨園
以内聚班爲第一。《長生殿》初成,授内聚班演之。聖祖覽之稱
善,賜優人銀二十兩,且向諸親王稱賞之,於是諸親王及閣部大
臣凡有晏集,必演此劇,纏頭之賞,其數悉如御賜。内聚班之優
伶因之德洪昇,嘗爲作者開宴壽之,即演此劇以佐興。都下名
流,悉受招待,獨不及常熟之趙星瞻。時趙館給諫王某處,怨之,
乃言於王曰"此日係太后忌辰,設宴演戲大不敬",促之入奏。因
此下刑部之獄,凡列席之士大夫及諸生之被除名者,幾五十人,趙
執信、查嗣璉其最著者。後查改名慎行登第,而趙竟終身廢置云。
作者洪昇之太學生資格被除,遂失榮進之途焉。據《蓮坡詩話》云,
此實爲康熙二十八(1689)秋之事也。據查慎行年譜,其獲罪爲二
十九年(1690)云。而趙執信自述此事曰:"觀者如雲,而言者獨勁
予。予至考功,一身任之,褫還田里,坐客皆得免。"(《文獻徵存録》
卷十)或云新任給事中黃六鴻者,嘗以其詩稿與土産送諸名士,趙
執信受土物而却還詩稿,故黃六鴻怨趙而彈劾之也(《兩般秋雨庵
隨筆》卷四)。時人作詩曰:"秋谷(按:趙執信之號也)才華迥絕儔,
少年科第盡風流。可憐一曲《長生殿》,斷送功名到白頭。"(同上)
演此劇之劇場,據趙執信云:"演於查樓。"《藤陰雜記》云:"乾隆間
查家樓、月明樓,皆國初之舊跡也。"《夢華瑣簿》云:"余道光壬辰北
來卸裝……所見惟查樓尚存,即今前門外肉市之廣和樓也。"廣和
樓今尚存。

其他諸作,今雖不獲見,然據《傳奇彙考》,《四嬋娟》雜劇四折,
各演一事。第一折爲《詠雪》,即述晉謝安之姪謝道韞詠雪"柳絮因
風起"云云之故事。第二折《簪花》,即爲晉衛夫人傳筆陣圖於王右
軍之事。第三折爲《鬥茗》,即趙宋李清照烹茶檢書,夫妻美滿之

事。第四折《畫竹》,即元趙子昂與其夫人管仲姬舟游,畫竹對玩之韻事云。《回文錦》取前秦竇滔妻蘇蕙織錦字回文詩寄夫之故事潤色之者。《鬧高唐》排演《水滸傳》內柴進失陷於高唐州一段;《迴龍院》則爲韓原睿棄妻盡忠,其妻守節,其子尋親故事,姓名事跡無所考云。又《天涯淚》,據毛奇齡之《長生殿序》(引《劇說》卷四),作者嘗以不得侍奉父母,故作此劇以寓其思親之旨云。

(中華書局 2010)

《長生殿》本事發微

梁品如

　　昔吳摯甫評志林,有云:"其神遠,使人莫測其發端所由。要其感喟貫輸處,有以主其詞者。所引諸人,皆雲霧耳,鱗爪時時一露,身首固未見也。"又賀松坡述吳摯甫論文之言曰:"古之文章,未有無所爲而漫言道理者。"知此,則可與論《長生殿》傳奇。

　　洪昉思撰傳奇,何以必取唐玄宗、楊貴妃事? 此殆有感於清初帝妃之身世,與玄宗、貴妃如出一轍。而在專制嚴威之下,又不能明目張膽,直書其事,故借題發揮,令人於弦外求其餘音。其亦詩人比興之旨歟? 不然,則紀玄宗、貴妃之事者,在唐已有白樂天之《長恨歌》、陳鴻之《長恨傳》,在元已有白仁甫之《梧桐雨》,在明已有吳叔華之《驚鴻記》矣。昉思通人,倘羌無寄托,詎非疊林架屋耶?

　　昉思自序有云:"……因斷章取義,借天寶遺事,綴成此書。……"又云:"……垂戒來世,意即寓焉。……"曰"斷章取義",曰"借天寶遺事",曰"意即寓焉",詞意之間,已略示讀者其目的非專在詠唐代事矣。

此曲原名《舞霓裳》,後乃易名爲《長生殿》。(説見徐麟序)"長生殿"者,玄宗、貴妃定情之地也。縮合兩朝帝妃事,後者實較原名爲顯豁。曲名之更,良有以夫。

《兩般秋雨庵隨筆》:"朝廷取《長生殿》院本閲之,以爲有心諷刺,大怒!《柳南隨筆》:"演是劇以侑觴,凡君所交游,當延之俱來。……名流之在都下者,悉爲羅致,而獨不及吾邑趙星瞻。時趙館給諫王某所,乃言於王,促之入奏。謂是日係皇太后忌辰,設燕張樂,爲大不敬,請按律治罪。上覽其奏,命下刑部獄。凡士大夫及諸生除名者幾五十人。……"所謂"有心諷刺",是非疑其藉唐代之帝妃,以影射清代之帝妃耶? 皇太后忌辰,設宴張樂,固屬不敬。然罪至下刑部獄,且株連四十餘人,得無刑浮於罪歟? 此中消息,有心人不難推測而知已。

京師詠《長生殿》一案詩有三。其一有云:"自家原有些兒錯,莫把彈章怨老黄。"又朱竹垞贈洪詩有"梧桐夜雨聲凄絶,薏苡明珠謗偶然"之句,樊榭以爲字字典雅。則知洪之被罪,固有應得;而黄六鴻之彈劾,特其導線耳。(以上用《浪跡叢談》引《兩般秋雨庵》説。)

李慈銘《越縵堂詩話》:"……《長生殿》傳奇,與《桃花扇》足以並立。其風旨有關治亂,足與史事相裨益,非小技也。《長生殿》寄托尤深,未易一二言之。吳梅村《讀史有感》八首,其二云:'重璧臺前八駿蹄,歌殘《黄竹》日輪西。君王總有長生技,忍向瑤池不並棲?'其三云:'昭陽甲帳影嬋娟,慚愧恩深未敢前。催道漢皇天上好,從容恐殺李延年。'其八云:'銅雀空施六尺床,玉魚銀海自茫茫。不如先拂西陵枕,扶下君王到便房。'皆與《長生殿》傳奇同意。

至梅村《古意》六首，其一云：‘爭傳婺女嫁天孫，才過銀河拭淚痕。但得大家千萬歲，此生那得恨長門？’其二云：‘荳蔻梢頭二月紅，十三初入萬年宮。可憐同望西陵哭，不在分香賣履中。’其四云：‘玉顏憔悴幾經秋，薄命無言只淚流。手把定情金合子，九原相見尚低頭。’其五云：‘銀海居然妒女津，南山仍錮慎夫人。君王自有它生約，此去惟應禮玉真。’又仿唐人本事詩，其一云：‘聘就蛾眉未入宮，待年長罷主恩空。旌旗月落松楸冷，身在昭陵宿衛中。’所指皆別是一事。蓋孝陵末年，有被選入宮、未得幸而遭國恤者。味其詩意，似當年棟鄂貴妃（即追諡爲孝端敬皇后者。梅村《清涼山讚佛詩》所謂‘可憐千里草’。蓋本董姓，改爲棟鄂氏，猶佟佳本佟，章佳本張也。）寵冠昭陽，故天眷雖深，而魚貫未逮。《長生殿》有《絮閣》一齣，亦其微意也。”

是梅村詩與《長生殿》所指確爲一事矣。特梅村詩故露破綻，尚易使人領悟；而《長生殿》則處處關照故事，其本事自不免使人難曉耳。昉思《自序》又云：“……第曲終難以奏雅，稍借月宮足成之。要之廣寒聽曲之時，即游仙上升之日。……”詞意惝怳，與梅村《讚佛詩》同一用意。而第三十七齣《尸解》，則又與《影梅庵憶語》述小宛死狀之迷離，同一機軸。茲再錄各家筆記所載關於世祖爲僧與小宛入宮事。參互見之，則《長生殿》之旨，已可思過半矣。

“吳梅村《清涼山讚佛詩》，蓋指董妃逝世，清世祖感傷甚，遁五臺爲僧，語甚明顯。論者向無異詞。……”《讚佛詩》云云，皆言帝出家，未言御崩也。

又“陳迦陵《讀史雜感》第二首，亦專指此事。曰‘董承嬌女’，明言董姓也。曰：‘玉匣珠襦連歲事，茂陵應長並頭花。’蓋董妃卒後半月，而世祖遂哭喪告天下也。……冒辟疆《亡姜董小宛哀詞序》云：'小宛自壬午歸副室，與余形影交儷者九年，今辛卯獻歲二日長逝。'張公亮明弼《董小宛傳》云：'年僅二十七，以勞瘁卒。其致疾之由，與久病之狀，並隱微難悉。'蓋當時被掠於北兵，輾轉入宮，大被寵眷，用滿洲姓，稱董鄂氏。辟疆即以其被掠之日，爲其亡日也。非甚不得已，何致其致疾之由與久病之狀隱微難悉哉？辟疆《影梅庵憶語》追述小宛言動，凡一飲食之細，一器物之微，皆極意縷述，獨至小宛病時作何狀，永訣時作何語，絕不一及；死後若何營葬，亦不詳書。僅於《哀詞》中有云：'今幽房告成，素旐將引，謹卜閏二月之望日，安香魂於南阡'數語而已。未足信據也。《憶語》中'余每歲元旦必以一歲事卜一簽於關聖帝君前'至'到底不諧，則今日驗矣'一節。按小宛若病殁，則當言悼亡，不當云到底不諧今日驗之語也。最終一則，自'三月之杪'至'詎知真夢與詩讖，咸來告語哉'止，當是事實，諱以爲夢耳。《憶語》止於此，以後蓋不見諸文字也。梅村《題董白小像》詩第八首云：'……欲弔薛濤憐夢斷，墓門深更阻侯門。'若小宛真病殁，則侯門作何解耶？豈有人家姬人之墓，謂其深阻侯門者乎？又《題董君畫扇》詩，列題像詩後，即接以《古意》六首，亦暗指小宛，詞意甚明。編詩時具有深意矣。第二首云：'可憐同望西陵哭，不在分香賣履中。'第四首云：'手把定情金合子，九原相見尚低頭。'蓋謂姬自傷改節，愧對辟疆也。第六首云：'珍珠十斛買琵琶，金谷堂深護絳紗。掌上珊瑚憐不得，卻教移作上陽花。'龔芝麓題《影梅庵憶語》賀新郎詞下半闋云：'……碧海青天何恨事，難倩附書黃犬……搔首涼宵風露下，羨烟霄破鏡猶堪展。雙鳳帶，再生剪。'所云'碧海青天''附書黃犬''破鏡堪展'，皆生別語，非慰悼亡語也。董妃之爲董小宛，自故老相傳，已如此矣。"（羅惇融：《賓退隨筆》）（編者按：此段引《賓退隨筆》，多刪節、

改易原文）

　　按《題董白小像》第一首中"千里草"，及"樂府名姓"、"擊雲璈"，皆用董姓典實；至《讚佛詩》中又用"千里草"、"雙成"等字，則知兩詩實指一事矣。

　　"'吳梅村《清凉山讚佛詩》五首，爲前清詩中一疑案。'第一首第四韻云：'王母攜雙成，綠蓋雲中來。'言董姓也。以下'漢王坐法宮'云云，至'對酒毋傷懷'，言皇帝定情，種種寵愛，以及樂極生悲，念及身後事也。第二首第三韻云：'可憐千里草，萎落無顏色'，言董姓者竟死也。以下'孔雀蒲桃錦'云云，至'輕我人王力'，言種種布施，以及大作道場，皇帝亦久久素食也。末韻'戒言秣我馬，遨游凌八極'，先逗起皇帝將遠游也。第三首首韻云：'八極何茫茫，曰往清凉山'，言將往清凉山求之，以應第一首首六句云：'西北有高山，云是文殊台。台上明月池，千葉金蓮開。花花相映發，葉葉同根栽。'言生有自來，本從五台山來，故亦往五台山去也。自'此山蓄靈異'至'中坐一天人，吐氣如旃檀。寄語漢皇帝，何苦留人間'諸句，言來去明白，與山中見此天人，寄語勸皇帝出家，脫屣萬乘也。'房星竟未動，天降白玉棺。惜哉善材洞，未能誇迎鑾'四句，言非光明正大捨身出家，乃托言升遐也。第四首自'嘗聞穆天子'云云，至'殘碑泣風雨'，言古天子之遠游求仙，及佳人難再得，遂棄天下臣民者，以譬實係出家，而托言升遐之事。不然，如安南國王陳日燇傳位世子，出家修行，庵居安子山紫霄峰，自號竹林大士者，正可比例也。至'天地有此山'以下，則明言皇帝在五台山修行矣。故有'怡神在玉几'及'羊車稀復幸，牛山竊所鄙。縱灑蒼梧淚，莫賣西陵履'各云云也。於是相傳爲章皇帝、董妃之事。然滿洲、蒙古無董姓，於是有以董貴妃行狀與《影梅庵憶語》相連刊印者。有謂《紅樓夢》説部……賈寶玉因林黛玉死而去出家，即隱寓此事者。《紅樓夢》中諸閨秀……各起別號，獨林黛玉以瀟湘妃子稱。冒辟疆《寒碧孤吟》爲小宛而作，多言生離。而序'太白之才，明皇能憐之，貴妃可侍，巨璫可奴。'末又言'旦夕醉倚沉香，詔賦名花傾國。當此捧硯脱靴時，猶然憶寒碧樓否耶?《憶語》則既有與姬訣捨之議，又有獨不見姬與數人強去之夢，恐其言皆非無因矣。"(陳衍《石遺室詩話》卷十一)

觀於左列各家之説，則曲中明皇之"見月"、貴妃之"尸解"，其殆爲世祖遁五台山、小宛入清宮之象徵乎?

微獨此也，《影梅庵憶語》曾述小宛之性嗜梅花;而曲中《絮閣》一齣，丑白有云:"……選傳江妃進御，萬歲爺十分寵幸，爲他性愛梅花，宮中都稱爲梅娘娘。"其後"梅妃""梅娘娘""梅精""梅亭"等字樣凡數見，曲白中亦頻頻渲染"梅"字，故爲點睛。其述梅妃身世性情，何其與小宛吻合若斯耶?《越縵堂詩話》所載:"《長生殿》中有《絮閣》一齣，亦其微意也"云云，有見夫。(按唐代無"萬歲爺"之稱，清宮中卻多用此稱謂。)

清初三大名著:一則影射北朝事，《長生殿》是也;一則敘述南朝事，《桃花扇》是也;一則側重影射北朝，而有時假托南朝事，以掩人耳目者，《紅樓夢》是也。《紅樓夢》一書，曾有人建議清廷燬銷其版。幸以言情之作，本事不顯，未遭焚毀。《長生殿》一書，則清帝固以爲有心諷刺，而罪及洪、趙，且株連多人矣。《桃花扇》雖未影射北朝，而各齣之下，均係甲子，蓋亦不奉清廷正朔之微意也。

當時滿清入主中原，明代遺民直視同蠻夷猾夏，較之歷代鼎革，意義大有不同。故一時野史、筆記，多紀兩朝興亡之事，而於小宛入宮、世祖爲僧事，感慨尤深。蓋種族觀念，深入人心，即後之服官朝廷者，尤未能恝然置之。梅村之詩、昉思之曲、雪芹之説部，特其尤著者耳。胡適之先生謂《紅樓夢》爲雪芹之自述，吾意不然。該書中所寫穢事，不下十數處，雪芹非癲，豈有自揚其醜之理耶？

　　　　　　　　二十九年元月重訂於渝郊三聖宫。

　　按梁君此文，以《長生殿》傳奇影射董小宛及清世祖事，引李慈銘、羅惇融、陳衍諸家之説以實之，似不無卓見。惟夷考史實，世祖出家雖尚成疑讞，而董鄂之非小宛，則已由故宮檔案所發現董妃册文爲之斷定，蓋乃内大臣鄂碩之女，不能附會爲漢人也。前此孟森先生亦曾依據年代，加以詳考，其所作《董小宛考》，載《心史叢刊三集》，大要言："清世祖出家之説，世頗有傳者。其時董鄂貴妃之故後承恩，具在國史，時人因董鄂之譯音，定用此二字，遂頗用董氏故事影射之。陳迦陵所謂董承嬌女也，吳梅村《清涼山讚佛詩》之所謂千里草也，雙成也，皆指董鄂事，何必另於疑似之間，彈指他人而代之？又何必於凡姓董之人中，牽及冒氏侍姬之董小宛？事之可怪，無逾於此！"又云："董小宛之歿也，在順治八年辛卯之正月初二日，得年二十有八，蓋生於明天啟四年，是爲清太祖天命十年。越十四年，爲明崇禎十一年，即清太祖崇德二年，世祖始生，而爲小宛之十五歲。順治八年小宛死，爲二十八歲，而清世祖則猶十四歲之同年，蓋小宛之年長以倍，謂有入宮邀寵之理乎？當是時江南軍事久平，亦無由再有亂離掠奪之事。小宛死葬影梅庵，墳墓具在。越數年，陳其年偕巢民往弔有詩。迄今讀清初諸家詩文集，於小宛之死，見而挽之者有吳園次，聞而唁之者有龔芝麓，爲耳目所及焉。"孟先生以年代而推考，頗足打破以前之疑案，胡適先生在《紅樓夢考證》中之所信者以此。余以爲就事實而論，尚不如最後所舉陳、吳諸家弔墓之詩。蓋三十左右之少婦，未必不能爲未滿二十之青年所戀。而"墓門巡視"（見周積賢《悼亡賦序》）"墓草芊芊"（見王西樵和吳梅村及董少君詩），倘非影梅庵中明有小宛葬地，則陳、吳、周、王諸家，又何必作此"囈語"乎？且《影梅庵憶語》中，對小宛死事，亦言之甚詳，如云："永訣時惟慮以伊死，增余病，又慮余病無伊以相待也。姬之生死爲余纏綿如此，痛哉！痛哉！"又云："姬臨終時，自頂至踵，不用一金珠紈綺，獨留跳脱不去乎，以余勒書故。長生私語乃太真死後，憑洪都客述寄明皇者，當日何以率書，竟令長恨在譜也！"情真而痛，毫無被掠痕跡，且當順治八年，江南已略定，亦不容再有隨意掠人之事也。羅惇曧所謂永訣時何語絕未一及者，似未爲的論矣。惟余以爲董小宛雖無被掠入宮之事，而董鄂妃逝世，世祖因傷感，曾擬出家，並曾一度削髮，已見湯若望回憶録及《續指月録》及《玉林語録》等書，當時社會必傳説□盛。而文人既得此新奇材料，當然不能不被諸管弦，發之詩歌，影爲説部。此吳梅村之詩、洪昉思之曲、曹雪芹之書之所由作也。故董非小宛，而曲有影射，二事當分別觀之，不必牽強附會爲一耳。梁君此文，雖結論尚可商討，而排比舊説，足發傳奇本事之微，殊可取也。故爲刊載以供研究者之參考云。一山附記。

（《經世季刊》第 1 卷第 1 期，1940 年 6 月）

【按】本文初稿撰於 1931 年 4 月，初刊於《津逮》1931 年第 1 期，1931 年 6 月發行；又刊載於《工業年刊》1931 年第 1 期，1931 年 7 月發行；后"重訂"於 1940 年元月，刊載於《經世季刊》第一卷第一期，1940 年 6 月發行。篇尾所附署名"一山"即蕭一山的"附記"文字，對文章的内容和觀點做了平允、精當的評價。這段附記文字又被收入蕭一山《非宇館文存》（經世學社 1936 年版）卷五，題作《〈長生殿〉傳奇本事發微〉附言》。

讀洪昉思之《長生殿》傳奇

劉雁聲

明皇與玉環之一樁公案，乃千古絕情，而勞千古文人爲之以文字寫照。復又見離世變化之故事，幾乎滿載說部。有爲李三郎聲述其情可憫者，有爲太真作誅心之論者，其說不一。要之三郎既郎（按原文疑有誤）寵於楊氏，復有胡兒入宮之舉，爲之穢亂空幃，玉環作祟，馬嵬一役，雖珠沉玉碎，亦無能贖其命裏磨蠍也。且夫帳中賜盒，窗前窺浴，梅妃甘貶東樓，虢國新承雨露，唐世綺麗風光，足資壓倒一切矣。玉環之色媚人，玉環之心惑主，唐世傾覆，有由來耳。肅宗復位，漸近晚唐，千古文人爲之傷心淚落者，殆爲此也。樂天一歌，歌成長恨；霓裳一奏，奏出陽關，艷事出於筆下，所謂"漢皇重色思傾國，御宇多年求不得。"再所謂"楊家有女初長成，一朝選在君王側。"是駱賓王檄中語可以借用於此處，乃即"狐媚偏能惑主"之謂也。

《長恨歌》所傳，字句既美，意態復艷。"回眸一笑百媚生，六宮粉黛無顏色"，此十四字斷定玉環之罪狀，復將明皇之罪案定出，可謂筆底有千軍。"春寒賜浴華清池"一段描寫，穠艷穠香，讀之心折。

樂天此作，當爲千古絕品。而陳鴻之《長恨歌傳》一文，亦頗明練鮮麗。傳中所謂"明皇在位歲久，倦於旰食宵衣，政無大小，始委於右丞相。深居游宴，以聲色自娛。先是元獻皇后、武淑妃皆有寵，相次即世。宮中雖良家子千數，無可悅目者。上心忽忽不樂。時每歲十月駕幸華清宮，內外命婦，熠熠景從，浴日餘波，賜以湯沐,青風靈液,澹蕩其間。上心油然,若有顧遇。左右前後,粉色如土。"是可知玉環未入宮前,明皇之苦悶如何也。洎乎太真定情,乃"冶其容,敏其詞,婉戀萬態,以中上意,上益嬖焉。"於是"與上行同室,宴專席,寢專房,雖有三夫人,九嬪,二十七世婦,八十一御妻,暨後宮才人樂府伎女,使天子無顧盼意;自是六宮無復進幸者。"此蓋《長恨歌》中之"六宮粉黛無顏色"一語也。論其人品,則"非徒殊艷尤態致是,蓋才智明慧,善巧便佞先意希旨,有不可形容者。"玉環之罪案至是大定,宜乎有"請以貴妃塞天下之怒"之請也。

玉環事蹟,譜之最著者,以清洪昉思之《長生殿》傳奇爲最上。其名蓋取諸《長恨歌》之末,"七月七日長生殿"一句。當時有《霓裳》一曲,不僅李謩既善而偷學之。千載而後,此《長生殿》一曲,蓋包括無遺也。晚窗每暇,捧之而讀,覺其所敘,具有香花紛乘之妙,知其意乃在曲文之外也。

洪昉思,名昇,字稗村,清錢塘人。康熙上舍生,工樂府,名滿京洛。所譜《長生殿》傳奇,都五十折。自《定情》起,至《重圓》止,大部均遵《長恨歌》所敘事跡。其中《定情》、《春睡》、《制譜》、《偷曲》、《絮閣》、《窺浴》、《密誓》、《驚變》、《埋玉》、《聞鈴》、《哭像》、《彈詞》等尤膾炙人口,比之樂天一歌,無少屈也。

《定情》一折中,綺麗風光,無限春思,描寫玉環初承恩寵,羞澀萬端。其《念奴嬌序》一段,乃明皇暗贊玉環,玉環復答以詞。明皇所歌不錄,玉環所歌如次:

蒙獎。沉吟半晌,怕庸姿下體,不堪陪從椒房。受寵承恩,一霎裏身判人間天上。須仿,馮嬺當熊,班姬辭輦,永持彤管侍君傍。惟願取,恩情美滿,地久天長。

賜盒之頃,玉環答以詞云:"謝金釵鈿盒賜予奉君歡。只恐寒

姿,消不得天家雨露團。恰偷觀,鳳翥龍蟠,愛殺這雙頭旖旎,兩扇
團圞。惟願取情似堅金,釵不單分盒永完。"《定情》既畢,再讀《春
睡》一折,有明皇暗窺之描寫,如:"欣可,後宮新得嬌娃,一日幾摩
挲。試把消帳慢開,龍腦微聞,一片美人香和。瞧科愛他紅玉一
團,壓著鴛衾側臥。……"是將玉環睡態描摹淨盡矣。

以後若《絮閣》、《埋玉》、《聞鈴》、《哭像》、《看襪》、《彈詞》等均
有可歌可泣之警句艷詞,今不見多行矣。總之洪昉思此作乃將玉
環譜入笙歌,宜乎不朽。至於有謂《長生殿》非洪原作,乃昉思托名
者,是又待另篇之考據,非本篇之宜談者也。

(《新民報半月刊》第 3 卷第 8 期,1941 年 4 月 15 日)

《長生殿》作者洪昉思被謫事

止　步

讀本刊第三卷第八期劉雁聲先生大作《讀洪昉思之〈長生殿〉
傳奇》,因而想起洪昉思因著《長生殿》傳奇肇禍事。乃若干年前與
友人閒談所耳獲者,所憶未必及半數,茲錄之如後:錢塘文人昇字
昉思,太學生也。詩詞歌賦,靡不精絕,時人羨之。經幾寒暑,著成
《長生殿》一書。甫脫稿,即以授聚和班演之。清聖祖覽而大悅,賜
優人纏頭金甚豐。於是貴冑王公大臣皆效之,每有讌會,或稱觴祝
慶者,咸爭演此劇,一時風靡,莫可遏止。其賞賚之多,嘗倍蓰宮
中。由是聚和班優伶富饒甲於儕輩,飲水思源,擬有以酬洪公。數
度獻金敬,未納,乃倩人向洪關說,開筵祝壽。設座於孫公園,並演
《長生殿》全齣助興。都門顯官達士,以及名流,悉被羅致,獨漏及
黃六鴻給諫。時坐客中有益都趙秋谷者,素與洪公契,從過甚密。

黃給諫與秋谷有夙嫌,屢思中傷之,而未得其釁也。先是,黃由知縣行取入京,以土物、詩稿遍贈同好。秋谷素不直其爲人,答以束曰"土物拜納,大稿璧謝",黃以爲辱莫大焉,以是銜之刺骨。秋谷獲罪,洪公亦受及池殃矣。聚和班讌洪之日,皇太后喪服尚未滿,黃奏劾以爲該大臣等大不敬,須按律治罪,聖祖大怒,交刑部嚴訊。洪放歸故里,旋墮若雲間而死。趙對簿自承,經部訊革職。同席之士大夫及諸生除名者五十人許。獨趙秋谷與海寧查夏重罹咎最重,查後更名爲慎行以自勵,繼登科,仍入仕途。趙時年僅二十八,竟廢置其終身,良可憫也,亦可爲狂士行爲不羈者一借鏡焉。同時尚有翰林院編修徐嘉炎者,修髯,有周道士之稱,亦與讌對飲歌,厚賂聚和伶人,詭稱未與,遂得免。嗣後,都人有詩以記其事。詩云:其一,"國服雖除未滿喪,何如便入戲文場。自家原有三分錯,莫把彈章怨老黃。"其二,"秋谷才華迥絶儔,少年科第盡風流。可憐一曲《長生殿》,斷送功名到白頭。"其三,"周王祝廟本輕浮,也向長生殿裏游。抖擻香金救脱網,聚和班裏制行頭。"詩詞或有誤,洪名賴此傳奇以顯,而其被謫事,多不詳,文人多厄信諸!

(《新民報半月刊》第 3 卷第 13 期,1941 年 7 月 1 日)

演《長生殿》之禍

葉德均

秋谷才華迥絶儔,少年科第盡風流。可憐一曲《長生殿》,斷送功名到白頭。

孔尚任《桃花扇》和洪昇《長生殿》不僅是康熙曲壇的雙璧,也是清代戲曲史上兩部偉著。在歌場上,這兩部傳奇是各有不同的命運:《桃花扇》在當時雖然是盛傳一時,但後來卻很少搬演;而《長生殿》到現在還是演唱不衰,可是在當時因國喪期内演出,惹起一次很大的風波,以至作者被放逐,而他的友人趙執信也因參與飲讌被廢置終身。

（上）史料匯輯

記載演《長生殿》之禍的,清人和近人的雜著有二十二種之多,非但詳略不同,而且人各一說,其來源又多數是得自傳聞或輾轉鈔錄的。其中最早的是金埴《巾箱説》(《古學匯刊二集》本),不分卷):"先是康熙戊辰(二十七年),朝彦名流聞《長生殿》出,各釀金過防思邸搬演,觴而觀之。會國服未除才一日,其不與者嫉而搆難,有翰部名流坐是罷官者。後其本遂經御覽,被宸褒焉。"金氏是康熙時人,和洪昇有交游,以當時人記當時事,頗多顧忌,故意隱約其詞。其次是厲鶚《東城雜記》卷下(雍正六年自序):"洪防思昇,號稗畦,居東里制慶春門。少負才名,尤工院本南北曲。以國子生游都門,暇取唐人《長恨歌》事,作《長生殿》傳奇,一時鈎欄競鈔習之。會國忌止樂,貴人邸有第演此者,爲言官所劾,諸人罷職,防思逐歸。山左趙宮贊執信亦在讁中,趙嘗有絕句云:'牢落周郎發興新,管弦閒對自由身。早知才地宜江海,不道清歌誤卻人!'蓋自悲也。朱檢討彝尊酬洪昇詩云:'金臺酒坐擘紅箋,雲散星離又十年。海内詩家洪玉父,禁中樂府柳屯田。《梧桐夜雨》詞淒絶,薏苡明珠謗偶然。白髮相逢豈容易,津頭且纜下河船。'元人白仁甫有《梧桐雨》雜劇,亦寫《雨淋鈴》一曲,用事可謂工切。防思後溺於烏鎮。王司寇士禛挽詩云:'送爾前溪去,棲遲歲月多。菟裘終未卜,魚腹恨如何! 采隱懷苕雪,招魂吊汨羅。新詞傳樂部,猶聽雪兒歌。'中

年欲卜居武康山中不果。所著《稗畦詩集》,清整有大曆間風格,嘗
有'林月前後入,谿花冬夏開'之句,世但艷稱其曲子耳。"(《叢書集
成》本)所說頗簡略。趙執信詩見《飴山詩集》卷八《鼓枻集》下,題
《聽歌口占》,作於游吳越時。朱詩見《曝書亭集》卷二十,作於康熙
四十年辛巳。再次是查爲仁《蓮坡詩話》卷下(乾隆六年自序):"洪
昉思以詩名長安,交游燕集,每白眼踞坐,指古摘今,無不心折。作
《長生殿》傳奇,盡删太真穢事,深得風人之旨。一時朱門綺席,酒
社歌樓,非此曲不奏,纏頭爲之增價。乃好事者借事生風,旁加指
斥,以致秋谷、初白諸君子皆掛吏議,此康熙己巳(二十八年)秋事
也。秋谷贈初白詩有'與君南北馬牛風,一笑同逃世網中'之句。
初白答以:'欲逃世網無多語,莫遣詩名萬口傳。'又云:'竿木逢場
一笑成,酒徒作計太憨生。荆高市上重相見,搖手休呼舊姓名!'後
庚寅九日郭在宮在花密居招同人社集,演《長生殿》,初白老人不及
赴,以二絕句答之云:'曾從崔九堂前見,法曲依稀焰段傳。不獨聽
歌人散盡,教坊可有李龜年?''上客紅筵興自酣,風光重説後三三。
老夫別有燒香曲,憑向聲聞斷處參。'感慨繫之矣。竹垞贈洪句云:
'《梧桐夜雨》詞淒絶,薏苡明珠謗偶然。'亦實録也。"(《龍威秘書》
本)按查初白答詩見《敬業堂詩集》卷十一《送趙秋谷官坊罷官歸益
都》四首之二;後二首見卷三十八《槐簃集》,康熙四十九年庚寅作。
但趙作二句不見《飴山詩集》,僅《敬業堂詩集》卷十一注中曾引及。
記載這事較詳的文獻,當推王應奎《柳南隨筆》卷六(乾隆五年顧
序):"康熙丁卯、戊辰(二十六、七年)間,京師梨園子弟以內聚班爲
第一。時錢塘洪太學昉思著《長生殿傳奇》初成,授內聚班演之。
聖祖覽之稱善,賜優人白金二十兩,且向諸親王稱之。於是諸親王
及閣部大臣,凡有宴會,必演此劇,而纏頭之賞,其數悉如御賜,先

後所獲殆不貲。內聚班優人因告於洪曰：'賴君新制，吾輩獲賞賜多矣。請開筵爲君壽，而即演是劇以侑觴，凡君所交游當延之俱來。'乃擇日治具，大會於生公園，名流之士在都下者悉爲羅致，而不及吾邑趙□□□□。時趙館給諫王某所，乃言於王，促之入奏，謂是日係皇太后忌辰，設樂張宴爲大不敬，請按律治罪。上覽其奏，命下刑部獄，凡士大夫及諸生除名者幾五十人，益都趙贊善伸符執信，海寧查太學夏重嗣璉其最著者也。後查以改名慎行登第，而趙竟廢置終其身。"（《叢書集成》本）文中趙某名字原闕，疑爲挖去，據梁章鉅《浪跡續談》轉引，原文是"星瞻徵介"。這條雖記載較詳，而錯誤也頗多，所據不過是傳聞之詞，又沒有深考。和《柳南隨筆》相同的是董潮《東皋雜鈔》（乾隆十八年自序）卷三所記："錢塘洪太學昉思昇，著《長生殿》傳奇，康熙戊辰（二十七年）中既達御覽，都下艷稱之。一時名士，張酒治具，大會生公園，名優內聚班演是劇。主之者爲眞定梁相國淸標，具束者爲益都趙贊善執信。虞山趙星瞻徵介，館給諫王某所，不得與會，因怒；乃促給諫入奏，謂是日係太后忌辰，爲大不敬。上先發刑部挐人，賴相國挽回，後發吏部。凡士大夫除名者幾五十餘人，海昌查太史慎行亦在內，後改今名，先生詩所謂'荊高市上重相見，搖手休呼舊姓名'是也。趙竟以是廢置終身。晚年有詩云：'可憐一夜《長生殿》，斷送功名到白頭。'聞當時有陳某者，已出都，行至良鄉，聞有是會，星夜兼程回京，比到席已散，值送客出，僅從衆中一揖而已。明日亦以與會削籍。"（《叢書集成》本）更後是阮葵生《茶餘客話》卷九（乾隆五十八年序）："趙秋谷，以丁卯（二十六年）國喪，赴洪昉思寓觀劇，被黃給事疏劾落職。時徐勝力編修亦與讌，對簿時賂聚和班優人，詭稱未與，得免。都人有口號云：'國服雖除未滿喪，如何便入戲文場？自家原有三分錯,莫把彈章怨老黃。''秋谷才華迥絕儔,少年科第盡風流。可憐一齣《長生殿》,斷送功名到白頭。''周王廟祝本輕浮,也向長生殿裏游。抖擻香金求脫網,聚和班裏制行頭。'徐豐頤修髯,有周王廟道士之稱。後官學士。聞黃給事家豪富,欲附名流,初入京,以土物並詩稿遍贈諸名士;至秋谷,答以束云'土物拜登,大稿璧謝。'黃銜之刺骨,故有是劾。"(王刊本)再次是戴璐《藤陰雜記》卷二:"趙秋谷執信去官,查他山慎行被議,人皆知於國忌日同觀洪昉思昇新填《長生殿》。昉思巔蹶終身;他山改名應舉;秋谷一蹶不振,贈他山云:'與君南北馬牛風,一笑同逃世網中。'竹垞贈洪句'《梧桐夜雨》詞淒絕,薏苡明珠謗偶然'是也。近於史科見黃六鴻原奏,尚有侍讀學士朱典、侍講李澄中、臺灣知府翁世庸同宴洪寓;而無查名,不知何以牽及? 又傳黃以知縣行取入都,以詩稿、土宜送趙,答刺:'土宜拜登,大稿璧謝。'因之挾嫌訐奏。黃有《福惠全書》,坊間盛行,初仕者奉爲金針。李字渭清,己未(康熙十八年)鴻博,與毛、朱倡和,世無知其被論,何也?"(光緒三年重刊本)又次是焦循《劇說》卷四(嘉慶十年題記):"稗畦居士洪昉思昇,仁和人,工詞曲,撰《長生殿》雜劇,薈萃唐人諸說部中事,及李、杜、元、白、溫、李數家詩句,又刺取古今劇部中繁麗色段以潤色之,遂爲近代曲家第一。在京師填詞初畢,選名優譜之,大集賓客;是日國忌爲臺垣所論,與會凡數人皆落職。趙秋谷時官贊善,亦罷去。秋谷年二十三,典試山西,回時騾車中惟攜《元人百種曲》一部,日夕吟諷。至都門值《長生殿》初成,因爲點定數折。昉思跌宕孤逸,無俗情,年五十餘墮水死。"(《增補曲苑》本)更後是梁紹壬《兩般秋雨庵隨筆》卷四(道光十七年自序):"黃六鴻者,康熙中由知縣行取給事中入京,以土物並詩稿遍送名士。至宮贊趙秋谷執信,答以束云:'土物拜登，大稿璧謝。'黃遂銜之刺骨。乃未幾而有國喪演劇一事，黃遂據實彈劾。仁廟取《長生殿》院本閱之，以爲有心諷刺，大怒，遂罷趙職；而洪昇編管山西。京師有詩詠之，今人但傳'可憐一曲《長生殿》'二句，而不知此詩有三首也。其云：'國服雖除未滿喪，如何便入戲文場？自家原有些兒錯，莫把彈章怨老黃。''秋谷才華迥絕儔，少年科第盡風流。可憐一曲《長生殿》，斷送功名到白頭。''周王廟祝本輕浮，也向長生殿裏游。抖擻香金求脫網，聚和班裏制行頭。'周王廟祝者，徐勝力編修嘉炎，是日亦在座，對簿時，賂聚和班伶人，詭稱未與，得免。徐豐頤修髯，有周道士之稱也。是獄成而《長生殿》之曲流傳禁中，佈滿天下。故朱竹垞檢討贈洪稗畦詩，有'海內詩篇洪玉父，禁中樂府柳屯田。《梧桐夜雨》聲淒絕，薏苡明珠謗偶然'（《梧桐夜雨》，元人雜劇，亦詠明皇幸蜀事）之句，樊榭老人歎爲字字典雅者也。"（通行排印本）這條乃轉録《茶餘客話》和《東城雜記》的。梁氏去康熙時已有百餘年，所記有得自傳聞者，故多不根之說。又次是楊恩壽《詞餘叢話》卷三（光緒三年裴序）："洪昉思譜《長生殿》甫成，名動輦下。國忌日演試新曲，御史黃某糾之，先生革去監生，枷號一月，文人之厄，聞者傷之。然因此曲本得邀睿覽，傳唱禁中，亦失馬之福也。趙秋谷官允在座觀劇，以致落職，贈先生詩云：'垂堂高坐本難安，身外鴻毛擲一官。獨抱焦桐俯流水，哀音還爲董庭蘭。'直以門下客視先生。文人相輕，亦可不必。查初白老人原名嗣璉，同列彈章，革去拔貢生，改名應試，始入詞館；贈先生有'荆高市上重相見，搖手休呼舊姓名'之句，則和平之音也。"（《增補曲苑》本）按趙詩見《飴山詩集》卷五《還山集》（下），題《寄洪昉思》，作於趙氏削官後。查詩見前，是贈趙執信的，《詞餘叢話》謂贈洪昇，誤。至洪氏被枷之說更爲無稽。

此外李調元《雨村曲話》卷下（乾隆間作）說："宮詹趙執信以聽演去官，不復起，有'可憐一夜《長生殿》，斷送功名到白頭'之句，可想其工。"梁廷枏《藤花曲話》（嘉慶間作）卷三也只略說："《長生殿》至今百餘年來，歌場舞榭，流播如新。每當酒闌燈灺之時觀者如至玉帝所聽鈞天法曲，在玉樹、金蟬之外，不獨趙秋谷之'斷送功名到白頭'也。"又梁章巨《浪跡續談》（道光間作）卷六除引《柳南隨筆》及《兩般秋雨庵隨筆》外，別無記述。陳康祺《郎潛紀聞》（光緒間作）卷十，也是轉錄《柳南隨筆》。震鈞《天咫偶聞》卷七亦本《隨筆》及《文獻徵存錄》。楊鍾羲《雪橋詩話》卷三，則略本毛西河《〈長生殿〉院本序》。

至近人的筆記如徐珂《清稗類鈔》，也不出王應奎、梁紹壬所述之外，其中且有妄加改動之處，如撮錄王書改內聚班爲聚和班，易"其數悉如御賜"爲"較之御賞且數倍"等。任訥《曲海揚波》卷三引《靈芬館詩話》也無重要史料，只所記吳蓮洋、曹棟亭贈洪昇詩數句，爲他處所未見。蔣瑞藻《小說考證》卷五引況周儀《眉廬叢話》，又是節引錢林《文獻徵存錄》。又同人《小說枝譚》卷下所引龐樹柏《龍禪室摭談》，則錄自《東城雜記》；失名《□記》，又是雜錄《飴山詩集》。王季烈《螾廬曲談》卷四則轉引焦循《劇說》——這些都沒有注意的必要。

（下）考訂

據上面二十多則雜記所載，每一點都有不同的說法：如演劇的年代有康熙二十六年丁卯（《茶餘客話》），二十七年戊辰（《巾箱說》、《東皋雜鈔》），二十六七年之間（《柳南隨筆》），二十八年己巳（《蓮坡詩話》）四說；日期有泛說國忌（《東城雜記》、《藤陰雜記》、

《劇說》、《兩般秋雨庵隨筆》、《詞餘叢話》），皇太后忌辰（《柳南隨筆》、《東皋雜鈔》），國服未除（《巾箱說》及當時人的絕詩）諸說；洪昇的結果有逐歸（《東城雜記》），編管山西（《兩般秋雨庵隨筆》），革斥枷號三說；《長生殿》和内庭的關係，也有先傳入後得禍（《柳南隨筆》、《東皋雜鈔》）及因得禍遂傳入内庭（《巾箱說》、《兩般秋雨庵隨筆》、《詞餘叢話》）相反二說；演劇的地點有貴人邸（《東城雜記》）、洪寓（《巾箱說》、《茶餘客話》、《藤陰雜記》）、生公園三說，而他書又別有查樓一說；演劇的伶人有内聚班（《柳南隨筆》、《東皋雜鈔》），聚和班（《茶餘客話》、《兩般秋雨庵隨筆》及絕句）二說。此外還有其他瑣碎的小問題。

這許多問題，看來是異常綜錯複雜，其來源又是得自傳聞和想像的居多。根據這類記錄來考訂是頗不易的，梁章巨在道光時已感到難於處理了，他在《浪跡續談》卷六說："兩書所記，各有不同，百餘年中事焉得博雅君子一質之？"實則梁氏所根據的只是《柳南隨筆》、《兩般秋雨庵隨筆》兩部筆記，又沒有深考，所以毫無結果。但我們如參考他書，其中重要問題還是可以解決的，雖然幾項瑣碎的事因文獻無徵無從解答了。

演劇致禍的年代雖有幾說，但大都是得自傳聞，所以各不相同。這是要從趙執信的生平來考查。據《清史列傳》卷七十一《趙執信傳》說："趙執信字仲符，山東益都人。……少穎慧，工吟詠。康熙十八年進士，改翰林院庶吉士，散館授編修。是時方徵鴻博之士，績學雄文者麕集輦下，執信往來其間，傾倒座人；尤爲朱彝尊、陳維崧、毛奇齡所引重，訂忘年交。性喜諧謔，士以詩文贄者，合則投分；不合則略視數行，揮手謝去：以是得狂名。二十三年充山西鄉試正考官，尋擢右春坊右贊善。二十八年以國恤中在友人寓譙飲觀劇爲給事中黃儀所劾，遂削籍，時年未三十也。”據此說爲二十八年事，和《蓮坡詩話》說相同。其說是否可信，尚有待其他文獻的證明。按查慎行《敬業堂詩集》卷十一《竿木集》，前有小引云：“飲酒得罪，古亦有之。好事生風，旁加指斥，其擊而去之者意雖不在蘇子美，而子美亦不免焉。禪家有云：竿木隨身，逢場作戲。聊用自解云爾，非以解客嘲也。”查慎行和趙執信是同被吏議的人，所說飲酒得罪就是指這次觀劇的事。《竿木集》開首便是《送趙秋谷宮坊歸益都》四首（原注：時秋谷與余同被吏議）：

竿木逢場一笑成，酒徒作計太憨生。荆高市上重相見，搖手休呼舊姓名。

劉魯封章指摘生，滄浪大可濯塵纓。肯言預會皆名士，誰似君家老叔平！

君別蓬山作謫星，我從霧谷擬潛形。風波人海知多少，聚散何關兩葉萍。

南北分離悵各天，輸他先我著歸鞭。欲逃世網無多語，莫遣詩名萬口傳。（原注：秋谷贈余詩有“與君南北馬牛風，一笑同逃世網中”之句）

這一卷原注：“起己巳十月，盡庚午二月。”按己巳是康熙二十八年，詩列在卷首，當作於十月。查慎行在十月間既有送趙執信還益都的詩，趙氏回籍也當在這時，而觀劇被劾則更早於十月以前了。

再就趙執信的生平和詩文看來，觀劇削職的事也當在康熙二十八年。《飴山文集》卷二《馮舍人遺詩序》說：“余今年七十矣。”後題“雍正辛亥夏六月益都同學弟趙執信序”。辛亥是雍正九年，執信年七十，從此上推六十九年爲康熙元年壬寅，是他的生年。《清史列傳》及李元度《國朝先正事略》卷三十八、錢林《文獻徵存録》卷十都說康熙十八年進士，《飴山文集》卷七《趙浮山先生暨元配於宜人合葬墓志》也說："余與浮山先生既同姓，復同舉康熙己未南宮"，那是他才十八歲，所以前引絶詩中說："少年科第盡風流"。又《飴山文集》卷十《亡室孫孺人行略》末說："孺人生於康熙元年四月二十四日"，和執信同年；兩夫婦年齡又和皇帝紀元相同，不能不說是湊巧的事。文中又說："孺人生十七歸餘，十八從宦京師，……二十八從余放歸。"趙夫人孫氏十八歲時，執信也是十八歲，正中康熙十八年進士，准此推類，"二十八從余放歸"，正是康熙二十八年，執信亦二十八歲，故《文獻徵存録》謂："年尚未壯"，《清史列傳》說："時年未三十也"。《飴山詩集》卷三《還山集》（上）《出都》一首云：

事往渾如夢，憂來豈有端？罷官憐酒失，去國覺天寒。

北闕烟中遠，西山馬首寬。十年一揮手，今日別長安！

他在康熙十八年中進士後，移家入都，到二十八年雖是十一個年頭，卻整整十年。出京的日期，據查慎行詩是十月，而這裏卻說"去國覺天寒"，好像不是初冬的情況；但北方天寒較早，所以詩中如此說，若在江南，恰是温和的"小陽春"。

趙執信的一生有兩件最煊赫的事：一是觀劇削籍；一是撰《聲調譜》、《談龍録》倡格調說詩論，攻擊主神韻說的王士禎。這兩件事都是表現他才華四溢，不可一世的氣概——便是所謂才子氣。這在文藝上或有所成就，但處世卻要因此吃盡苦頭。目空一切的才子氣什麼都不放在心目中，養成高傲狂妄的習慣，處處以白眼看人，小則爲人所忌，大則足以殺身。趙氏被劾削籍，巓蹶終生，便是吃了這才子氣的苦。據前引《茶餘客話》、《兩般秋雨庵隨筆》謂黃儀劾趙是報復"大稿璧謝"的仇，《清史列傳》也說："士以詩文贄者，合則投分；不合則略視數行，揮手謝去。"又李元度《國朝先正事略》卷三十八說："先生名執信，字仲符，號秋谷，山東益都人。……年十四爲諸生；康熙十八年成進士，選庶吉士，授編修；二十三年典試山西，遷右贊善。……先生名日高，忌者亦日衆。朝士某以詩集遍貽臺館，先生甫展卷，立還其使，其人銜次骨。錢塘洪昇昉思以詩詞游公卿間，所演《長生殿》傳奇初成，置酒高會，名流畢集；時尚在國恤，銜先生者因騰章入告，遍及同會。先生至考功，獨任之，在座者得薄譴，而先生罷職。……"這裏所說"朝士某"，就是指黃儀。具有睥睨一切的才子性格的趙氏，璧還原稿，在當時必是事實。但王刊本《茶餘客話》卷九云："乾隆己未，秋谷游淮上，與邱天峰編修敘先後同年，以此事問之，曰：非也，時方與同館爲馬吊之戲，適家人持黃刺至，秋谷戲云：'土物拜登，大稿璧謝'。家人不悟，遂書束以覆。秋谷被劾後始知家人之誤也。"（通行本無此段）雖別有解說，但璧稿確是事實。又據洪亮吉《北江詩話》卷五所記，被璧回詩稿，除黃儀外還有宋犖。《詩話》云："康熙中葉，大僚中稱詩者，王、宋齊名。宋開府江南，遂有漁洋、綿津合刻。相傳趙秋谷宮贊罷官南游，過吳門，宋倒屣迎之，以合刻見貽。趙歸寓後，書一束復宋云：'謹登《漁洋詩鈔》，《綿津》詩謹璧。'宋銜之次骨。"此說證以《文獻徵存錄》所云："高才被放，益縱情於酒，往往酣嬉淋漓，嫚罵四座，藉以發其抑鬱不平之慨。"當可置信。趙氏於罷官後狂態仍然如故，則少年時的恃才傲物更可想見了。再從趙氏自己的文章中，也可略見他不能諧俗的一斑。《飴山文集》卷十《亡室孫孺人行略》說：

> 又性通亮能料事，余爲飲席所邀，孺人尼之曰："君才多忌，宜慎小節。"余不從，果被斥。

又同卷《先府君行狀》云：

> 後以王父母年老稀復北上，而不孝遂以踰閑被論，聞者扼
> 腕，府君曰："進銳推速，宜也。"趣之歸，不以介意。不孝年踰
> 四十，稍知涉世。知己或欲相薦引，府君固止之。

趙氏自述容有誇張之處，但父子夫婦終日相處，必能洞見其性
情，則他的任情放誕雖家人也無可如何了。"年踰四十，稍知涉世"
的話，是他最好的供狀；而四十以前不知涉世更顯然可見；璧還黃
六鴻、宋牧仲的詩稿，只是不知涉世的一端而已。

劾執信的黃儀，據《清史列傳》卷七十及龐鴻文等光緒《常昭合
志》卷三十人物（九）所記：黃字六鴻，常熟人。精輿地，曾和顧祖禹
等同修《大清一統志》（兩書均未記載其仕曆）。其人並非倖父，但
只是學人，而非文人，詞章或有所短，以致受趙氏的揶揄，遂借觀劇
一事加以報復。《柳南隨筆》、《東皋雜鈔》以黃儀爲王某，似爲得之
傳聞之誤。又兩書中所説趙星瞻因不得與會慫恿黃氏入奏，事或
可能，但兩書中都以趙氏爲主而不涉及璧稿的事，不知何故？據
《飴山詩集》卷十八《懷舊詩小傳》說："而言者獨劾予"，是黃儀有憾
於趙執信，目標所在只是他一人，顯然可見。所以這事當仍以黃儀
爲主，即使趙星瞻慫恿之說果是事實，他在其中也只是配角而已。
《常昭合志》卷三十人物（九）記趙氏曆略云："趙微介字星瞻，士春
從孫。早負才名，康熙癸未（四十二年）以五經舉進士，選庶吉士，
丁内艱歸，卒。"康熙二十八年趙雖居京師，尚未得第。

又王應奎、董潮都說凡士大夫及諸生除名者幾五十餘人，而
《劇説》謂："與會凡數人皆落職"。關於這事，《東華録》中無記載。
似以後說爲可信。執信《懷舊詩小傳》明説："觀者如雲，而言者獨
劾予。予至考功，一身任之，褫還田里，坐客皆得免。昉思亦被逐

歸。"是除名者没有王、董所説那樣多。但《藤陰雜記》説在吏部中曾見黄氏原奏,尚有朱典、李澄中、翁世庸三人,同時被論。而趙氏《懷舊詩》也有"群兒旁快意,一網盡無餘"句,則黄氏所論除執信外還有當作陪襯的其他人士。但結果也並没有真是一網打盡,至少李澄中是漏網的一個。《飴山詩集》卷十八《懷舊集》《懷舊詩》第六首小傳云:"諸城李澄中漁村,少爲名諸生。……與余同被論,獨得解。歷遷至侍講,仍有擠之者,左調歸,年六十餘矣,未幾卒。"

《茶餘客話》等書所載,還有徐嘉炎。他雖曾與宴,因賂伶人詭稱未與得免。證以《清史列傳》卷七十《徐嘉炎傳》,亦屬可信:

> 徐嘉炎字勝力,浙江秀水人。康熙十八年由國學生舉鴻博,授翰林院檢討。……二十五年充日講起居注官。二十九年夏充貴州鄉試正考官,洊升内閣學士兼禮部侍郎銜。

二十九年既任學政,二十八年被參而未罷官當是事實。

至查慎行被除名及洪昇放歸,已見上引諸書,不贅述。但《兩般秋雨庵隨筆》所謂"洪昇編管山西",《詞餘叢話》"枷號一月"二説,都是影響傅會之談,不足置信。洪昇僅革去國學生籍,罷歸鄉里而已。毛奇齡《長生殿院本序》説:"賴聖明寬之,第褫其四門之員,而不與罪。"趙執信《懷舊詩小傳》謂:"昉思亦被逐歸。"《東城雜記》謂:"昉思逐歸。"——這都是當時人的説法,自然要比後人所説爲可信。

演劇得禍之由,有泛説國忌、皇太后忌辰、國喪未除三説。第一説茫無所指,姑不論;第二説則完全無稽;末一説爲最可信。考王先謙《九朝東華錄》卷四十,康熙二十六年十二月記云:"己巳子時,太皇太后崩於慈寧宮。"此太皇太后即孝莊文皇后,己巳是二十五日。果於皇太后忌辰演劇,則應爲十二月中事,不能發生於十月以前。據《茶餘客話》引當時人所作的絶句,第三首明説"國服雖除未滿喪",則此事發生是在國喪期内。查蔣良騏《東華録》卷十五康熙廿八年記事云:"七月初九日册立皇貴妃佟氏爲皇后,明日皇后崩。"又王先謙《九朝東華録》卷四十四記康熙二十八年秋七月事云:"癸卯册立皇貴妃佟氏爲皇后,頒詔天下。"又云:"甲辰申刻皇后崩,上輟朝五日。"至九月又"册謚大行皇后曰孝懿皇后。"皇后崩於七月初十日,距十月趙執信罷官歸里約百日左右,則所謂國喪,即指孝懿皇后佟氏的逝世,是毫無可疑的。查崐岡等《大清會典》卷三十七禮部記康熙二十八年七月初十日孝懿仁皇后大事謂:"均與孝昭仁皇后大事同。"同卷記十七年二月二十六日孝昭仁皇后大事,又謂:"均如孝誠仁皇后大事儀。"同卷記康熙十三年五月初三日孝誠仁皇后大事謂:"王以下各官不嫁娶,不作樂,凡二十七日。民間凡七日止。"但《皇朝通志》卷四十七《禮略》凶禮記列聖列后大事云:"群臣二十七日除服,咸百日薙髮,奏疏文移二十七日内皆用藍印。京朝官二十七月不作樂,期年不嫁娶。在京軍民人等二十七日素服,百日不作樂,一月不嫁娶。"《會典》、《通志》同爲官書,其記官員不作樂之期有"二十七日"與"二十七月"之不同。二十七日喪服中朝官作樂爲絶對禁止之事,百日左右或二十七月以前雖亦屬禁例,殆爲具文,無人檢舉,或可無問題。而洪、趙諸人正因有黄儀的告發,遂坐此論大不敬。

演劇的日期,金埴的《巾箱説》謂:"會國服未除才一日,其不與者嫉而搆禍。"此處文字疑有誤,其意似謂演劇時距除二十七日的國服尚有一日。其説果實,則此事是發生在二十八年八月上旬。但《茶餘客話》所引絶句,卻又説"國服雖除未滿喪",則又在二十七日以後了。毛奇齡《西河合集》卷二十四《長生殿院本序》云:"越一年，有言日下新聞者謂：長安邸第，每以演《長生殿》曲，爲見者所惡。會國恤止樂，其在京朝官大紅小紅已浹日，而纖練未除，言官謂過密讀曲，大不敬。賴聖明寬之，第褫其四門之員，而不予以罪，而京朝諸官，則從此有罷去者。"此說謂已除喪服後之旬日，其時約在八月中旬左右，與絶句"國服雖除未滿喪"說合，而與《巾箱說》相差十日。

據《柳南隨筆》、《東皋雜鈔》說《長生殿》先達内庭，優伶得厚賞，乃演劇壽洪，遂致禍。《巾箱說》及《兩般秋雨庵隨筆》等又說因獄成此劇遂流傳於内庭，而後者且謂："朝廷取《長生殿》院本閱之，以爲有心諷刺，大怒，遂罷趙職。"按諷刺之說非起於梁氏的記載，毛西河在康熙三十四年乙亥所作的序文中已說："或曰牛生《周秦行》其自取也；或曰滄浪無過，惡子美意不在子美也。"據《小說枝譚》（下）引李慈銘《旬學齋日記》謂《絮閣》一齣乃微諷"孝陵末年有被選入宮未得幸而遭國卹者，似當日棟鄂貴妃。"前人著述中偶有類當時事實，常被人視爲以此喻彼。《絮閣》出敍梅妃未得幸事也，因與棟鄂妃相類，遂指爲諷刺。設果有諷刺，則萬無在内庭演出之理。這全是揣測之詞，毛說也是得自傳聞的。考演劇致禍之由是因黃儀借題發揮，報趙執信璧稿之仇，和洪昇完全無關。諷刺說既屬無稽，因諷刺遂傳入内庭之說，也可不攻自破了。又毛奇齡《序文》說：

> 洪君昉思好爲詞，以四門弟子遨游京師，初爲《西蜀吟》；既而爲大晟樂府；又既而爲金元間人曲子，自散套、雜劇以至院本，每用之作長安往來歌詠酬贈之具。嘗以不得事父母作《天涯淚》劇，以寓其思親之旨；予方哀其志，而爲之序之。暨予出國門，相傳應莊親王世子之請，取唐人《長恨歌》事，作《長生殿》院本，一時勾欄多演之。

據此說則劇本之作,乃應他人之請者。但據洪氏《例言》,原名《沉香亭》,後更名《舞霓裳》,最後又改名《長生殿》,十餘年中三易稿始成。原書前徐靈胎(按應作"徐靈昭")、吳舒鳧兩序都説《長生殿》成於康熙二十七年戊辰,而自序則署己未(十八年),當作於未改名《長生殿》以前。據洪氏《例言》,則又爲本舊作修改而成,當以作者所説爲可靠。如據毛説遂斷定先爲内廷所賞,則未免近於揣測。因爲即使爲莊親王世子而作,也只能説先演於莊邸,不能因親王官邸聯想到内廷。《長生殿》演於内庭之事是確然無疑,除筆記及朱彝尊詩"禁中樂府柳屯田"句外,《巾箱説》中金埴的絶句也説:"兩家樂府盛康熙,進御均叨天子知。縱使元人多院本,勾欄爭唱孔洪詞。"至進入内庭與致禍先後問題,因文獻無徵,不能單憑懸測下斷。

演劇的地點除貴人邸一説外,又有洪昇寓所及生公園二説,至《清史列傳》卷七十一《洪昇傳》更有"演於查樓"一説。查《列傳》同卷《趙執信傳》謂"在友人寓醵飲觀劇",和《洪昇傳》自相矛盾,一書中前後不同如此,則諸書所記不同也不足爲怪了。《列傳》云:

> 洪昇字昉思,浙江錢塘人,國子生。游京師時始受業於王士禎,後得詩法於施閏章。其詩引繩切墨,不順時趨,與士禎意見亦多不合。朝貴輕之,鮮與往還。見趙執信驚異,遂相友善。所作高超閒淡,不落凡境。兼工樂府,宮商不差唇吻,旗亭畫壁,往往歌之。以所作《長生殿》傳奇,國恤中演於查樓,趙執信罷官,昇亦斥革。年五十餘,備極坎壈,道經吳興潯溪,墮水死。著有《稗村集》。

按《清史列傳》所載乃本錢林《文獻徵存錄》卷十《洪昇傳》,後半引趙執信之説,而《徵存錄》又是節引《飴山詩集》卷十八《懷舊詩》第八首小傳，比勘如次（方括弧内示《小傳》原有爲《徵存録》所刪者；圓括弧爲《徵存録》所增者。）：

　　[錢塘洪昇]昉思，故名族，遘患難，攜家居長安中。殊有學識，其詩引繩切墨，不順時趨；雖及阮翁之門，而意見多不合。朝貴亦（《徵》作“多”）輕之，鮮與還往。[才力本弱，篇福窘狹，斤斤自喜而已。]見予詩，（乃）大驚（服），[遂]求爲友（人）。久之，[以填詞顯，頗依倚前人，其音律諧適，利於歌喉。最後]爲《長生殿》傳奇，[甚有名，余實助成之。]非時[唱]演（於查樓），觀者如雲；而言者獨劾余，余至考功，一身任之，褫還田里，坐客皆得免。昉思亦被逐歸，[前難旋釋，反得安。]余游吳越間兩見之，情好如故。後聞其飲郭外客舟中，醉後失足墜水，溺而死（矣）。

　　兩文雖有詳略不同，大體卻無關緊要；但《徵存録》“非時演於查樓”，趙氏原文卻作“非時唱演”。如謂錢林所見之本有“查樓”二字爲乾隆刊本《飴山詩集》所遺，或説錢氏據傳聞所增，兩説雖然相反，但爲臆斷則一。就今本《飴山詩集》無查樓明文的客觀事實説來，不能視爲趙氏的自述，則《徵存録》所有，來源殊爲可疑。據《藤陰雜記》所説“近於吏科見黄六鴻原奏，尚有侍讀學士朱典……同宴洪寓”，似戴氏所見奏摺有宴於洪寓的明文，果爾，當以洪邸一説較爲可信。

　　演劇的伶人，或説内聚班，或説聚和班。據當時人所作絶詩第三首“聚和班裏製行頭”句，以後説爲可信。但聚和和内聚是一是二，今無可考。而《清代燕都梨園史料》所收記俳優諸書，都是乾隆以後人所著，無康熙時的記載。又絶句三首明爲他人的口吻，措詞頗輕佻。《東皋雜鈔》謂趙執信晚年自作，非但語氣不類，事實上也決無自嘲之理，全是耳食之説，足證雜記所載多得自傳聞，其中殊少信史也。

趙執信《懷舊詩小傳》謂游吳越間曾兩晤洪昇，查《飴山詩集》卷五《還山集下》有《寄洪昉思》一首（見前），同卷又有《晤洪昉思聊答贈七律》一首：

> 頗憶旗亭畫壁時，相逢各訝鬢邊絲。早知才薄猶爲患，正使秋深總不悲。

> 吳越管弦君自領，江湖來往我無期。祇應分付亭中鶴，莫爲風高放故遲。

又卷八《鼓枻集》下有《答洪昉思、吳舒鳧》一首，注云："擬同向湖頭遍游諸勝。"詩云：

> 雲泥蹤跡半生塵，湖海襟情一夢新。天下應無他勝地，眼中能得幾高人？

> 鄞侯井畔蓴成徑，伍相潮頭月滿輪。祇合香山並玉局，能將文采照千春。

兩詩均爲趙氏游江南時作。《飴山詩集》雖是編年，但年代則不可考，又未得康熙本《因園集》一校，今不能確定作於何年。卷十四《金鵝館集》別有《上元觀演〈長生殿〉劇》十絶句，也作於南游時。又卷十八《懷舊詩》云：

> 每笑蘇子美，終身惟一擲。永抛繁華夢，長嘯滄浪月。

> 千秋覓同調，捨我更何人！高騫雲中鶴，俯視爨下薪。

> 當時共造迷，鬼神實假手。委曲以相成，君無道慚負。

> 君兒旁快意，一網盡無餘。借問即陸者，誰能免淪胥！

> 弔我水仙操，置我愚公谷。得失物雞蟲，死生身翻覆。

> 歌場倏已散，此是無色天。翩然成獨往，直上三神山。

詩作於洪昇死後，據《巾箱説》謂："迨甲申春初，昉思別予游雲間、白門，甫兩月訃至。"甲申爲康熙四十三年，時洪氏年五十餘。所著《稗畦詩集》，世不多見（聞高陽李氏有藏本）。洪氏死後四十年，至乾隆九年，趙執信也下世了。

（葉德均《戲曲論叢》，日新出版社 1947 年 6 月初版）

六、影響編

紫玉記·縷述

［清］蔡應龍

　　余今新補《紫玉記》，本合《紫簫》、《紫釵》而完繕之，大旨綜《紫簫》之説，盡力斡全，一洗十郎之污，用意與昉思先生《長生殿》大略相同。

　　　　　　　　　　　　（《紫玉記》傳奇，乾隆二十四年清夢山房刻本）

　　【按】《紫玉記》傳奇完成於雍正十三年（1735），今存乾隆二十四年（1759）清夢山房刻本，題"潛莊删訂增補紫玉記"，署"清溪玉麈山人筆"。收入《古本戲曲叢刊五集》。蔡應龍，字潛莊，號吟顛，别署玉麈山人，清溪人。生卒年、生平事蹟均不詳。所撰傳奇兩種：《琵琶重光記》、《紫玉記》，皆删改前人之作而成，今存於世。

長生殿補闕

［清］唐　英

長生殿補闕　　古大紅袍曲摘演
蝸寄居士填詞

　　第一齣　賜珠（旦妝、老、貼宫扮、雜二内侍上）

　　（旦）【引子·奉時春】冷落宫鶯也亂啼，添儜憽撲簾花氣。卜盡金錢，占殘蛛蟢，癡心空熱成虚擬。（白）

　　【浣溪沙】看慣東風上苑春，承恩癡擬苧蘿人，羊車插柳又誰門。弦管西宮空白晝,上陽樓殿伴黃昏,眠遲朝起怯柔魂。(白)本宮江采蘋,閩越莆田人也。幼耽文翰,性愛梅花,選入宮闈幾載;身沾君寵,久充侍御,一人壓倒後宮。聖上賜號"梅妃",宮府內外皆以"梅娘娘"稱之。這也不在話下。近日不知爲著何事,我原在西宮,將我移在上陽東樓。因思身無罪戾,何至有此遷移? 大似罷斥的光景。是我暗中探聽,原來朝臣楊國忠有一妹子,名喚玉環,已經卜定與壽王爲妃。聖上貪其姿色,悄悄納入宮中,定情寵幸。因將我從西宮遷出,與他居住;又吩咐宮監人等隱瞞,不教使我知道。我也佯爲不曉,且看將來作何下落。咳,聖上,聖上,你做了箇一朝天子,除了三宮六院,應該有三千粉黛、八百艷嬌,却也不爲過分。但恐到那蛾眉不肯讓人、狐媚偏能惑主的時候,只怕你調停不來,天下國家大有關係也。這也且自由他。我自移在這上陽東樓,無迎送侍駕之勞,每日倒得箇安閒自在。昨晚對月看花,直至夜深方睡;今日倦睡懨懨,此時方才起身。侍兒。(老貼應介)有。(旦)此刻有什麼時候了?(老貼)啟娘娘:紅日已上紗窗,磚移花影,已是辰牌時候了。(旦)侍兒,看鏡臺、妝奩過來。(老貼送介。白)鏡臺、妝奩有了,請娘娘梳妝。(旦理妝介)(唱)

【摘古大紅袍】紅日上紗窗,花影重重疊。緩吹來幾陣香風,(老貼幫梳頭、換衣。旦唱)紫羅襴襯涼清細。(旦立,自穿衣、整衫裙。老、貼白)娘娘梳妝已畢,請到園中游玩一番。(旦行,貼執紈扇搧介)(旦唱)碧闌外,羅扇兒小緩緩輕揮。(老、貼白)娘娘,過了這雕闌,就是薔薇架了。你看那滿架的花開的好不鮮艷哩!(旦唱)過雕欄幾曲,過雕欄幾曲,滿院香一架薔薇。(老貼白)娘娘,你看這些黃鶯、粉蝶鳴哨、飛舞,好一派春景也!(旦唱)黃鶯兒,粉蝶兒,戀著花芳,只是雙雙對對。(老旦白)娘娘,這黃鶯、紫燕鬥巧爭嬌,恰似那説話的一般,果是好聽也。(旦唱)俺只見燕燕鶯鶯嬌對著語。(貼白)娘娘,這花兒的嬌媚顔色,好似娘娘一般。(旦唱)人比著花,將花枝來比著我。笑花枝唉,花開一歲歲相似,人面一年年不如。歎光陰似白駒過隙,不樂不歡,可便青春能有幾。俺只見寂寂花陰日初移,影下交輝。(老、貼白)這是什麽響?(旦唱)咭叮噹,搖玉珮。(貼扶旦白)娘娘,花徑苔滑,仔細行走。(旦唱)金蓮小步窄行遲。(老旦折花枝奉旦白)這一枝碧桃花甚是可愛,娘娘可插戴起來。(旦接,拈介唱)笑拈花枝,我自弄香歸去。(場上設山石、坐位)(老、貼)娘娘游玩了這半日,只怕有些乏倦了。且在這太湖石畔畧坐一坐,待奴婢取茶來(旦坐,貼送茶介)(丑扮小黄門捧包盒上,詩旦①)梅喜孤芳開澹境,柳工媚色掩皇都。娘娘在上,奴婢叩頭。(旦白)你是小黄門,來此怎麽?(丑白)奴婢特奉御旨,賜娘娘明珠一斛。請娘娘謝恩領受。(旦起立,搔鬢凝思介)侍兒,取筆、硯、花箋過來。(老貼送介,白)筆、硯、花箋有了。(旦隨寫隨唱)

　　【村裏迓鼓】這明珠九重頒賜,(淚介)禁不住淚隨,淚隨珠碎。(丑白)娘娘,這珠是萬歲爺御緘黄封,特命奴婢送來。著面交娘娘,不使外人知曉。此乃格外黄恩,娘娘也須祕密,不要輕視了。(旦唱)哦。誰想到失恩人舊夢,分擾萬幾憐繫。(丑白)娘娘在此,可還思想萬歲爺麽?(旦唱)盼玉輦,無聲息。一日裏,十二時,悔不及恃恩招谣諑罪戾。(丑白)娘娘温良慈善,何來谣諑?有什麽罪戾?(旦唱)既無有罪戾呵,怎觸犯聖慈?(旦白)小黄門,我的心事光景,是你親身眼見的。(丑白)這珠,娘娘還是受也不受?奴婢

---

① "詩旦",疑應作"詩白"。

如何回覆萬歲爺?(旦唱)你將俺這嚥黃連況味,委婉報君知。(做寫完、付丑介,白)小黃門,你將原珠與這奏箋拿去,就可回覆聖旨了。(丑白)娘娘,這奏箋與明珠既著奴婢拿去覆旨,但不知箋上是何言詞。求娘娘宣示一徧,奴婢方敢拿去。(旦白)你既要宣示,待我念與你聽者。(念介)柳葉雙眉久不描,殘妝和淚污紅綃。長門自是無梳洗,何必珍珠慰寂寥?(丑白)原來是一首詩,奴婢拿去覆旨便了。(旦白)小黃門,皇上見了此奏,若博得箇天顏回霽呵,(旦唱)這一臂回天手全仗你。(丑捧珠箋白)奴婢覆旨去也。(旦白)去罷。(丑詩)情追舊寵迴心院,春逗恩光一斛珠。(下)(老、貼跪白)日將近午,請娘娘回宮用膳。(旦立起白)就此回去罷。(老、貼詩)紅日紗窗睡起遲,愁多事少費支持。(旦詩)夜來枕上承恩寵,夢見君王覺後疑。(下)

第二齣 召閣(生明皇,雜二小監上)

(生)【引子·疏影前】風調雨順,儼唐虞盛時,泰階平穩。後樂先憂,阿嬌金屋,暢我溫柔豐韻。(菩薩蠻)朱樓畫閣勾情況,錦圍翠繞臙脂障。得意寸心知,上林花幾枝。鶯聲和燕語,響效東家女。媚眼兩嬌花,春爭雨露加。寡人天寶皇帝,今已在位數年。喜得天下太平,臣良民順;意欲樂此承平,少親聲色。奈六宮嬪御多係脂粉佳人,並無箇超羣出衆的尤物。前高力士奉使閩越,采選得梅妃江采蘋入侍,有才有貌,性格溫柔。寡人甚爲合意,居之西宮,朝夕奉御。不想近日又選得楊氏玉環,風流倜儻,才貌更覺可人,今已冊封爲貴妃。古人云:"傾國與傾城,佳人難再得。"寡人得此二美,足慰萬幾之勞。但寵恩雖出一心,而新舊難分二體。這也是人情世事之常。爲此將梅妃移居上陽宮東樓,楊妃安置西宮,以便不時承應。這也不在話下。只是梅妃才貌、性情爲宮中第一,歷年來寡人又曾寵倖不同，一旦置之幽僻寂寞之地，朕心甚覺不安。且又追憶其流風餘韻，甚有思念之意。今早外國進貢明珠，朕差小黃門齎得明珠一斛密賜與他，看他收了明珠有何回覆。（丑小黃門上白）不愛明珠重，應悲寵幸輕。（丑見生跪介）（生白）你回来了麼？（丑白）奴婢回来了。（生白）你送珠去，見了娘娘，可曾收下了麼？（丑白）〔臨江仙〕奴婢一到上陽宮裏，見娘娘悶坐東樓，不施鉛粉不梳頭。黃封珠未啟，顆顆眼中流。不把皇恩拜謝，明珠暗處難投。托腮凝望意悠柔。一斛珠璧上，（跪遞箋介）箋奏寫緣由。（遞，生接箋奏，念詩介）柳葉雙眉久不描，殘妝和淚污紅綃。長門自是無梳洗，何必珍珠慰寂寥。（生念詩完，作悲慘介）呀！（唱）

【黃鐘宮正曲·絳都春序】愁緘怨隱，悶懷托新詩，想詩成淚扠。咳，寡人這節事，恰似有始無終，形跡涉疑誰肯信。正是：解情反被多情窘。有了。內侍，取文房四寶、金花箋過來。（內侍應，送介）破愁城還須筆陣，（寫介）寫幾句，舊恩真愛。就是芳心似鐵，也應回嗔消憤。（副扮高力士上，白）紫禁樓頭傳畫漏，芙蓉闕下立千宮。（見生跪介）今當晚朝時分，百官俱已齊集，請萬歲爺臨朝聽政。（生白）著尚衣監伺候冠帶，寡人出殿聽政者。高力士過来，有話分付你。（副應，跪介）（生拿箋封，悄話副介）今晚退朝，寡人不進內宮，你可在翠華西閣預備了。只說朕偶有小恙，要在閣中靜養安歇。黃昏時候，密差小黃門將朕的行裝、衣帽與這黃封金箋送到東樓，與梅娘娘拆看；再預備內庭戲馬，悄悄宣梅娘娘来西閣，朕有緊要話說。此事切不可使楊娘娘知道。你今夜就在閣門外看守照應。（副）領旨。（生白）春到長門回雨露，花逢晴日出闌干。（下）（副白）萬歲爺，萬歲爺，你貴爲天子，爲什麼作此藏頭露尾的行徑？咳。只因楊娘娘入宮以来，寵壓後宮，情性嬌縱，不肯相容

的意思。但只怕這節事楊娘娘日後曉得了，斷不肯干休。我且傳旨與小黃門，著他宣召梅娘娘去者。（唱）

【（南曲）侍香金童】宮禁鎖嫦娥，人遠天涯近，十二樓中望思。幾處聲歌花柳新，盼君王輦路無痕。曉妝成鏡照眉顰，默地春風誰解慍。千般幽隱，萬條疑忖，狠束皇度暗裏陽春。

（旦、老、貼上）（旦唱）

【疎影後】看移窗日影近，黃昏似無愁，又如有恨。柔腸無那，百折千迴，縈纏方寸。（旦白）〔夢江南〕簾幕外，夕照挂殘霞。宮婢不知心裏事，晚香開報茉莉花。插戴阿誰家。魚鑰靜，宮柳漸棲鴉。露重衣輕衫袖冷，蓮心蛾黛掩窗紗。流水惜年華。（旦白）侍兒，什麼時候了？（老、貼）啟娘娘：紗窗紅日已下，申末西初時分了。（旦白）垂簾放帳，秉燭薰香，我要安寢了。（老、貼送茶介，白）娘娘，尚覺早些，請用過了這杯茶，再慢慢安寢。（丑小黃門捧黃封，肩搭紅行裝、衣帽上，白）香勾浪蝶隨風舞，春送啼鵑隔院聲。（見介）娘娘，奴婢叩頭。（旦見介，白）小黃門，你又來怎麼？（丑白）奴婢奉萬歲旨意而來。（遞黃箋封與旦介）（旦立身取介，白）此黃封內爲著何事？（丑白）娘娘一面拆看黃封，還有口傳的諭旨，待奴婢細細啟知。（旦坐，介白）有什麼旨意，你先講來。（丑白）萬歲爺近日又冊封了一位貴妃楊娘娘，也似當日寵幸娘娘是一般的。惟恐娘娘心中不快，一時不好對娘娘說得，所以有暫時移宮之事。今又甚是思念娘娘，爲此今早差奴婢送明珠與娘娘，娘娘又不受。萬歲因見娘娘那首詩呵，（唱）

【（南曲）傳言玉女】天懷鬱悶，如愁似恨。咄咄書空，方言又隱。對珍饈懶餐下腸，白晝到黃昏。重嘅輕吁目凝瞬，看那些朱朱粉粉等輕塵，望東樓花芳禽韻。奴婢們見那搥床搗枕聖情殷，真箇是賦鷓鴣翡翠鴛鴦穩。爲此把明珠通信，調寄詞真。娘娘，似這等天眼垂青，端爲你賢良柔順。（白）娘娘，請看黃封內自有旨意。（旦白）哦，原來如此。待我拆開來看。（拆封念介）〔一斛珠〕人愛梅花花不如，定情得寶唱當初。光彩煥，色香殊，情深癡極漫疑疏。粉黛六宮魚目賞，清標春占月明孤。還合浦，夢羅浮，思卿今夕一斛珠。（旦白）呀！原來是御製《一斛珠》詞一首。小黃門，萬歲爺還有什麼旨意？（丑白）萬歲爺密差奴婢賚送黃封，預備了這行裝、衣帽，又伺候了內庭戲馬。著請娘娘今晚到翠華西閣，還有要緊說話哩。（旦沉吟介，白）小黃門，你且暫時迴避。（丑應，暫下）（旦白）咳，萬歲爺，萬歲爺，（唱）

【水仙子】你是九五尊天聰敏，却緣何這般行徑？情懷僻露尾藏頭，並無思忖。（內起更介）（老、貼白）娘娘，早則起更了。既是萬歲爺宣召，娘娘可換上行裝、衣帽，快些去罷。（旦遲延，歎介）咳，這才是笑啼俱不敢，方信做人難也。（老旦）這是萬歲爺的好意，娘娘爲何說此話？（旦白）侍兒，你們那裏曉得。（唱）宮花苑草，顒顒望恩，怎教我獨安頓？侍兒，著小黃門帶戲馬過來。（丑牽馬上，白）奴婢伺候馬在此。（旦更行裝、衣帽，上馬介，唱）事無可奈，恰似私行夜奔。（老提燈，丑控馬行。旦白）侍兒，到了西閣，你先回去，明日早來接我。（老）曉得。（旦）咳，今日此行呵，（唱）愁相逢，舊思新眷難認。（丑催馬介）小黃門漫催款段，深夜輕敲閣門。（下）

（生明皇、二雜小監上，白）欲尋倚翠偎紅趣，漫作偷寒送煖猜。寡人晚朝回來，說疾不進後宮，在此閣中靜養。早已差小黃門往東樓宣召梅妃。（內作一更介）此時一更天氣，爲何還不見到來？（副高力士上，白）小犬隔花非吠影，夜深宮禁有人來。（見生跪，悄語白）啟奏萬歲爺：梅娘娘宣召到了。（生喜介，白）在那裏？（副白）現在閣門外。（生白）快快宣進來。（副應，虛下）（丑提燈，同副引旦上，白）娘娘，萬歲爺在閣中立等，請行一步。（旦入閣，見生跪，請安介。白）臣妾江采蘋請陛下萬安。（生作踧踏忸怩狀，起攙扶旦起介，笑白）妃子這樣的打扮真令寡人銷魂死也。內侍，將娘娘的行裝、衣帽接去。（旦除衣帽，雜接去介）（生白）看秀墩，朕與妃子促膝談心。（雜送椅，旦不坐，立介）臣妾負罪無狀之人，那有坐處。（生笑介，白）喲喲喲。如此看來，妃子竟在那裏惱著寡人哩。今日實對你說了罷：近日因封選了楊妃入侍，所以暫時冷淡了你。今日特地宣你前來陪罪，這也是我做皇帝的體制大禮原有這些風流惹怨之事，你也不要認真喫惱。（旦跪介）（生扶起，白）妃子有話坐了講。（旦生介）（生白）眾內侍俱各迴避，妃子有話講來。（旦白）陛下貴爲天子，三千粉黛，八御九嬪，原係體制應該。臣妾微藐，何敢望。但前者移至東樓，天顏暌隔。自揣必有罪戾，以致擯棄，不然何以形跡如此？寧不令臣妾憂危恐懼，戰慄鬱陶。念這宮禁中呵，（唱）

【刮地風】雨露比君恩降處新，失恩輩敢相競。自有那細腰高髻天懷順。（生白）後宮雖則侍御人多，當初那一箇比得上妃子，乃是朕意中之人。（旦唱）如何妄擬意中人。今日裏呵，重燃到灰燼，枯木回春。謝恩榮，感恩榮，翠閣光覬。（生合唱）千差萬錯難罄陳，寡人今日之裏呵，同你遮錦被溫存。（內二鼓介）（生白）高力士，什麼時候了？（副白）已交二鼓了。（生白）將閣門掩上，你今夜好生照管，不得違誤。（副白）領旨。（生白）春拖楊柳風前頓，枝映梅花月底圓。（攜旦手下）（副白）萬歲爺，萬歲爺，（唱）

【（南）尾聲】你風流翠閣排兵陣，却教我這力士無聊守寒門，怕

只怕那闖帳探營的仇敵狠。（下）

（乾隆、嘉慶間唐氏古柏堂《鐙月閑情十七種》本）

女彈詞

［清］唐　英

題　辭

　　執耳騷壇，妙七襄在手，相題肖物。拈取陳鴻天寶事，不數偷聲宮壁。水碧山青，鳥啼花落，宮女頭如雪。譜來宛合，幟新壓倒詞傑。　眼底白傅遺蹤，琵琶亭畔，正黃蘆花發。刻羽移商聲汎處，流水夕陽明滅。一種風情，千秋霞契，並童顏鶴髮。晚涼歌罷，蓮衣還舞香月。調寄“念奴嬌”。乾隆十九年歲次甲戌中元前二日漁山董榕題於潯陽郡署紫烟樓下。

　　女彈詞　蝸寄居士改本

　　（旦扮半老婦人持琵琶上）漁陽鼙鼓走官家，絕代紅顏委土沙。欲問當年天寶事，指尖興廢聽琵琶。老身乃天寶宮人是也，承恩内苑，值侍深宮。只因貴妃楊娘娘製就《霓裳羽衣》一曲，萬歲爺命伶工李龜年等按譜教演，故此我們一班姊妹們俱已習成，每日在朝元閣歌舞承值，好不繁華熱鬧。誰想安禄山造反，破了長安，帝妃西幸，萬姓奔逃。俺們六宮中姊妹們也都七零八落，各自逃生。老身年邁春殘，本家又無親人倚靠，只有一個胞叔，年已八旬，孤獨無子，不能過活。因同了他已捱到這江南地方，逃災避難，苟延殘喘。身衣口食專靠著這面琵琶，把那舊日習演的《霓裳》一曲賣唱餬口。只是一件，我乃女流，怎做得這沿門賣唱的營生。但迫於饑寒，無可奈何。況我又年將五十，鬢髮已蒼，也顧不得忍恥包羞，且救這一時的身口。這也不在話下。今乃四月十八日，碧霞元君的誕辰，那天仙宮中甚是熱鬧，不免到那裏賣唱一回，有何不可。哎，想當日天上聲歌，今日沿門趕趁，好不頹氣人也！

【一枝花】（唱）休笑俺秋娘柳絮身，老丰韻度曲長途賣。爲兵戈官家避虎豺，調清平雲散想花開。到今日老大堪哀，只留得琵琶在。揣羞臉上長街又過短街。豈是那莽男兒吳市吹簫，倒做了抱琵琶老昭君也那出塞。

【梁州第七】想當日侍宮中趨承深殿，近君王供應瑤階。説不盡九重天上恩如海：幸溫泉驪山日暖，泛仙舟興慶蓮開，靚嬋娟華清宮殿，賞芳菲花萼樓臺。正擔承雨露深澤，驀遭逢天地奇災：劍門關塵蒙了鳳輦鸞輿，馬嵬坡血濺了天姿國色。江南路苦殺了瘦骨窮骸。可哀落魄，只得把《霓裳》御譜沿門賣，有誰人喝聲采！空對著六代園陵草樹埋，滿目興衰。（虛下）

（小生蒼三、儒扮上）“花動游人眼，春傷故國心。《霓裳》人去後，無復有知音。”小生李蔁是也，向在西京流滯，亂後方回。自從宮墻之外，偷按《霓裳》數疊，未能得其全譜。昨聞有一老嫗，抱著琵琶賣唱。人人都説手法不同，像個梨園譜派。今日天仙宮中大會，想他必在那裏，不免前去尋訪一番。迤邐行來，你看游人好不盛也。（外、生、副、丑扮瞽目夫婦，持三弦上）“閒步尋芳惜好春”，（生）“一年勝會一年新”。（副）“昏天黑地須行樂”，（丑）“只聽琵琶不看人”。（小生）衆兄請了。這位女先生説什麽“只聽琵琶不看人”？（外）老兄不知，這裏新到一個老婆子，彈得一手好琵琶，又會唱時新的故事。今日在天仙宮趕會，因此大家同去一聽。（小生）小生正要去尋他，同行何如？（衆）如此極好。（行介）（小生）“天上仙音歇”，（衆）“人間勝會誇”。（小生）“醉心懷月窟”，（衆）“洗耳聽琵琶"。來此已是，大家進去。（衆）嘎，老婆婆，不爲禮了。（旦）衆位敢是聽唱的。請坐了，待老身唱來。（衆）請教。

【轉調貨郎兒】（旦）不唱那秦爭漢戰，不唱那花愁月怨，則將這琵琶寫恨付鵾弦。我只待照宮商高低按，歌下里莫譏談，慢慢的天寶當年遺事彈。

（外）《天寶遺事》，極好的題目。（丑）可是那馮天保《繡鞋記》麼？（外）不是，是本朝的事。你說的是說唱門詞。（小生）那天寶年間的遺事，一時那裏說得盡。請先把楊娘娘當時怎生進宮，試唱一遍。（旦彈唱介）

【二轉】想當初慶皇唐太平天下，訪麗色把蛾眉選刷。有佳人生長在弘農楊氏家，深閨内端的玉無瑕。那君王一見歡無那，把鈿盒金釵親納，評跋做昭陽第一花。

（丑）不知那楊娘娘，怎生樣標緻。難道不與我們是一般的？（外）你連眼睛都沒有，還要比楊娘娘。（副）我老婆若是有眼睛，也算得十分人才。

【三轉】（旦）那娘娘生得來花容月貌，說不盡幽閒窈窕。真個是花輪雙頰柳輪腰，比昭君增妍麗，較西子倍風標，似觀音飛來海嶠，恍嫦娥偷離碧霄。更春情韻饒，春酣態嬌，春眠夢悄。總有好丹青，那百樣娉婷難畫描。

（副）你這老婆婆說得楊娘娘標緻，恁般活現，倒像親眼見的。敢則是謊也。（丑）老老，我們只要唱得好聽，管他謊不謊。那時皇帝怎生樣看待他，也要唱出來我們聽聽。

【四轉】（旦）那君王看承得似明珠没兩，鎮日裏高擎在掌。賽過了漢宮飛燕在昭陽，可正是玉樓中巢翡翠，金殿上鎖著鴛鴦，宵偎晝傍。直弄得個那官家丢不得捨不得那半刻心兒上。廢了朝綱，佔了情場，美甘甘寫不了風流賬。行一對，坐一雙。赤緊的倚了御床，博得個月夜花朝同受享。

（副）這等受用，我們也有。（外）你是個窮民百姓，況且夫婦都是瞽目，怎說有這等受用？（副）不瞞列位說，我們雖是昏天黑地夫妻，倒也會尋受用哩。（外）有什麼受用？（副）夫唱婦隨街市上，囊中不斷分文。歸來醉飽卧黃昏，秋波何用轉，一樣洞房春。（外）你講的是你窮人的受用，怎比得富貴王家？（小生）當日宮中有《霓裳羽衣》一曲，聞說出自御製，又說是貴妃娘娘所作。老婆婆可知其詳？請試說一遍。

【五轉】（旦）當日呵，那娘娘在荷亭把宮商細按，譜新聲將《霓裳》調翻。晝長時親自教雙鬟。舒素手拍香檀，他一字字都吐自朱唇皓齒間。恰便似一串驪珠，聲和韻閒，恰便似鶯與燕弄關關，恰便似鳴泉花底流溪澗，恰便似明月下冷冷清梵，恰便似縰嶺上鶴唳高寒，恰便似步虛仙珮夜珊珊。傳集了黎園部、教坊班，向翠盤中高簇擁著個美貌如花楊玉環。

（小生）一派仙音，宛然在耳，好形容也。（外）噯，可惜當日天子只因寵愛貴妃，朝歌暮樂，致使漁陽兵起。說起來令人痛心，豈不可歎！（生）老丈，休只管埋怨貴妃娘娘。當日只爲誤任邊將，委政權奸，以致四海動搖，廟謨顛倒。若使姚、宋猶存，那得有此。（小生）這也說得是。（若）若說起漁陽兵起一事，真是地覆天翻，傷心慘目。列位不嫌絮煩，待老身再慢慢的唱來。（衆願聞）

【六轉】（旦）恰正好嘔嘔啞啞《霓裳》歌舞，不隄防撲撲鼕鼕漁陽戰鼓。劃地裏出出律律紛紛擾擾奏邊書。又只見密密匝匝的兵，重重疊疊的卒，鬧鬧炒炒、轟轟剨剨四下喧呼，生逼拶恩恩愛愛疼疼熱熱帝王夫婦。霎時間畫就了這一幅慘慘凄凄絕代佳人絕命圖。

（小生淚介）噯，天生麗質，遭此慘毒。真可憐也！（副）這一位先生倒像在那裏掉眼淚。這是說唱，怎麼就認起真來！（丑）這倒怪不得這先生掉眼淚。我前日在吳老爺家說唱那段剪髮的門詞，引得那些奶奶們都在那裏哭。我雖看不見，聽見那些奶奶們一個個都鼻管裏吼吼吼，喉嚨裏咻咻咻，險些放出聲來。但是楊娘娘既死，却葬於何處？

【七轉】（旦）破不剌馬嵬驛舍，冷清清在佛堂倒斜。一代紅顏爲君絕，千秋遺恨滴羅巾血。半棵樹是薄命碑碣，一抔土是斷腸墓穴。再無人過荒涼野，噯，莽天涯誰吊梨花謝。可憐那抱悲怨的孤魂，只伴著嗚咽咽望帝鵑聲啼夜月。

（生）長安兵火之後，不知光景如何？（旦）咳，列位呀，好端端一座錦繡長安，自被祿山破陷，那光景十分不堪了。

【八轉】（旦）自鑾輿西巡蜀道，長安內兵戈肆擾。千官無復紫宸朝，把繁華頓消。六宮中朱户掛蟎蛸，御榻旁白日狐狸嘯。叫鴟鴞也麼哥，長蓬蒿也麼哥。野鹿兒亂跑，苑柳宮中一半兒凋。有誰人去掃，去掃！玳瑁空梁燕泥兒抛，只留得缺月黃昏照。歎蕭條也麼哥，染腥臊也麼哥！染腥臊，玉砌空堆馬糞高。

（副）吓，唱了半日，越唱越没興頭了。我們也餓得慌了，也没有心腸再聽這樣晦氣的曲子了。老婆，我們還要到街坊上趕趁分文，不要誤了生意。咱們去罷。（丑）也說得是。（副）正是："耳邊雖熱鬧，腹內作饑聲。"（作桌上放錢數文，同丑下）（外、生）果然唱得好。我們也要別過了。（各放錢桌上介）茶資在此，請收下。（旦）多謝了。（外、生）"無端唱出興亡恨，引得旁人淚欲流。"（同下）（小生）老婆婆，我聽你這琵琶非同凡手。得自何人傳授？乞道其詳。

【九轉】(旦)這琵琶曾供奉開元皇帝,重提起心傷淚滴。(小生白)如此說來,定是宮中供奉的内家了。(旦唱)可正是上林花柳内家兒,曾向那沉香亭花裏去承值,霓裳隊裏去追隨。(小生)莫不是賀老親戚麼?(旦唱)俺也不是賀家的親戚。(小生)敢是黃旛綽什麼姊妹麼?(旦唱)那黃旛綽並非兄和弟。(小生)必是雷海青的女弟子了?(旦唱)我雖有老師尊却不姓雷。他呵,罵逆賊久已身死名垂。(小生)想必受馬仙期的指教。(旦唱)噯,又何嘗傳聲受業馬仙期,則他們一班兒都休噯提起。(小生)因何來到這裏?(旦唱)俺只爲家亡國破兵戈沸,因此孤身流落在江南地。(小生)畢竟是何人所傳,有這般絕妙的手法?(旦唱)您官人絮叨叨問傳俺却是誰,可記得老伶工名喚龜年身姓李。

(小生)呀,原來是李教師的門人。失敬了。(旦)官人怎麼知道我們的師傅?(小生)小生姓李,名謩,性好音律,向客西京。李教師在朝元閣教習《霓裳》之時,小生曾在宮墻外偷聽數段。只是未得全譜,各處訪求,無有知者。今日幸遇老婆婆,不識肯賜教否?(旦)既遇知音,何惜末技。但我乃女流,恐不能朝夕陪侍。(小生)不妨。舍下雖是蓬門蓽舍,儘自寬容。況有八旬老母在家,奉陪甚爲穩便。只求明白指教,使小生得聆《霓裳》全譜。當終身以師事之,即後日百年大事,都在弟子身上。(旦)不敢,不敢。

【煞尾】(旦)俺一似精鳥繞樹向空枝外,誰承望舊燕新巢入畫棟來。今日個天涯幸有知音在,這相逢,異哉!(小生)這相投,快哉!(旦)李官人,待我慢慢的傳與伊一曲《霓裳》播千載。(生、旦同下)

(乾隆、嘉慶間唐氏古柏堂《鐙月閑情十七種》本)

歧路燈（節錄）

［清］李海觀

第七九回
淡如菊仗官取羞　張類村昵私調謔

　　却説及至次日，盛希僑、王隆吉是昨日訂明的陪賓，自是早到。夏鼎原不曾去，是不用説的。錢萬里、淡如菊亦至。周家小舅爺繼至。這程、蘇二公及孔纘經，自向碧草軒來。王象藎看座奉茶，極其殷勤，心中有許多説不盡的話，爭乃限於厮役，只得把舌頭寄在眼珠上，以目寫心。程公有舊日與王象藎説的話，此中自有默照，不用再申。

　　王象藎只説：“張大爺與張少爺俱來到，在小南院哩。”程嵩淑道：“你去請去。”王象藎怎肯怠慢。少焉張類村到，程嵩淑笑拱道：“適從桃葉渡頭至？”張類村也笑道：“恰自杏花村裏來。”程嵩淑道：“老類哥年紀大了，萬不可時時的‘沾衣欲濕杏花雨’。”張類村又回道：“一之為甚，怎敢‘重重疊疊上瑶臺’。”這滿屋笑了一個大哄堂。

　　蘇霖臣道：“老類哥，你怎的這個會聯句。偏偏請你做屏文，你就謙虚起來，只説是八股學問。”張類村道：“我一向原没學問，只因兩個房下動了曲直之味，我調劑鹽梅，燮理陰陽，平白添了許多大學問。若主司出下《或乞醯焉》題目，我雖老了，定然要中榜首。”程公呵呵大笑道：“此題要緊是截下，若犯了‘乞鄰’兩個字，就使不得了。”正笑間張正心已到門前，行了晚輩之禮。諸公只得把老友的詼諧擱起。

少頃，譚紹聞來請看戲，那衆人起身前往。到後門，紹聞請從內邊過去，近些。蘇霖臣道："怕不便宜。"紹聞道："家中原有請的內客，已令他們都把門閉了，過去無妨。"原來所請的堂眷，有另帖再請的，有拿賀禮物件自來的，一個也不少。並東鄰芹姐歸寧，也請來看戲。

衆客到了樓院，各門俱閉。張類村站住道："該請出尊堂，見個壽禮。"紹聞恭身道："不敢當老伯們爲禮，況且內邊也著實不便宜，請看戲罷。"程嵩淑道："前邊戲已開了，家中必忙，不如看戲爲妙。"衆人到了屏後，德喜掀了堂簾，俱出來到客廳。戲已唱了半齣，大家通揖散坐，擎茶看戲上扮演。

原來盛公子點的，俱是散齣，不過是文則蟒玉璀璨，武則胄鎧鮮明；妝女的呈嬌獻媚，令人消魂；耍醜的掉舌鼓唇，令人捧腹。日色傍午，煞住鑼鼓。衆客各尋退步，到賬房院解手散話。

遲了一個時辰，厮役們列了桌面，排定座椅，擺上看碟。戲上動了細吹。紹聞敦請尊客到位奉杯，那個肯受，只得行了簡便之禮。遵命讓座，彼此各謙遜了半响，少不得怕晚了戲上關目，團團作了一個告罪的揖，只聽得説："亂坐，亂坐，有僭了。"上設三席，中間一席正放，張類村道："斜著些好坐。"紹聞上前婉聲説道："怕遮住後邊小女娃們看戲。老伯齒德俱尊，何妨端臨。"張類村道："慚愧，慚悔。"於是坐了首座。程嵩淑次座。東邊打橫是周無咎，西邊打橫是王隆吉。東邊一席，首座是蘇霖臣，次座是孔纘經，打橫是張正心、夏鼎。西邊一席，首座是淡如菊，次座是錢萬里，打橫是盛希僑，紹聞占了主位。其餘衆客，俱在兩列席坐定。

德喜兒一班厮役，早換去冷酒，注上暖醇。紹聞站起，恭身同讓。這戲上早已參罷席，跳了"指日"，各尊客打了紅封。全不用那穿客場哩拿著戲本沿席求點,早是盛公子排定的《長生殿》關目上來。……

(欒星校注《歧路燈》,中州書畫社 1980)

紅樓夢(節錄)

〔清〕曹雪芹

第十八回
皇恩重元妃省父母　天倫樂寶玉呈才藻

那寶玉一心只記掛著裏邊,又不見賈政吩咐,少不得跟到書房。賈政忽想起他來,方喝道:"你還不去? 難道還逛不足! 也不想逛了這半日,老太太必懸掛著。快進去,疼你也白疼了。"寶玉聽説,方退了出來。至院外,就有跟賈政的幾個小廝上來攔腰抱住,都説:"今兒虧我們,老爺才喜歡,老太太打發人出來問了幾遍,都虧我們回説喜歡;不然,若老太太叫你進去,就不得展才了。人人都説,你才那些詩比世人的都強。今兒得了這樣的彩頭,該賞我們了。"寶玉笑道:"每人一吊錢。"衆人道:"誰沒見那一吊錢! 把這荷包賞了罷。"説著,一個上來解荷包,那一個就解扇囊,不容分説,將寶玉所佩之物盡行解去。又道:"好生送上去罷。"一個抱了起來,幾個圍繞,送至賈母二門前。那時賈母已命人看了幾次。衆奶娘丫鬟跟上來,見過賈母,知道不曾難爲著他,心中自是喜歡。

少時襲人倒了茶來,見身邊佩物一件無存,因笑道:"帶的東西又是那起没臉的東西們解了去了。"林黛玉聽説,走來瞧瞧,果然一件無存,因向寶玉道:"我給你的那個荷包也給他們了? 你明兒再想我的東西,可不能夠了!"説畢,賭氣回房,將前日寶玉所煩他作的那個香袋兒,做了一半,賭氣拿過來就鉸。寶玉見他生氣,便知不妥,忙趕過來,早剪破了。寶玉已見過這香囊,雖尚未完,卻十分精巧,費了許多工夫,今見無故剪了,卻也可氣。因忙把衣領解了,從裏面紅襖襟上將黛玉所給的那荷包解了下來,遞與黛玉瞧道:"你瞧瞧,這是什麼!我那一回把你的東西給人了?"林黛玉見他如此珍重,帶在裏面,可知是怕人拿去之意,因此又自悔莽撞,未見皂白就剪了香袋,因此又愧又氣,低頭一言不發。寶玉道:"你也不用剪,我知道你是懶待給我東西。我連這荷包奉還,何如?"說著,擲向他懷中便走。黛玉見如此,越發氣起來,聲咽氣堵,又汪汪的滾下淚來,拿起荷包來又剪。寶玉見他如此,忙回身搶住,笑道:"好妹妹,饒了他罷!"黛玉將剪子一摔,拭淚說道:"你不用同我好一陣歹一陣的,要惱,就撂開手。這當了什麼!"說著,賭氣上床,面向裏倒下拭淚。禁不住寶玉上來"妹妹"長"妹妹"短賠不是。

前面賈母一片聲找寶玉。衆奶娘丫鬟們忙回說:"在林姑娘房裏呢。"賈母聽說道:"好,好,好!讓他們姊妹們一處頑頑罷。才他老子拘了他這半天,讓他開心一會子罷。只別叫他們拌嘴,不許扭了他。"衆人答應著。黛玉被寶玉纏不過,只得起來道:"你的意思不叫我安生,我就離了你。"說著往外就走。寶玉笑道:"你到那裏,我跟到那裏。"一面仍拿起荷包來帶上。黛玉伸手搶道:"你說不要了,這會子又帶上,我也替你怪臊的!"說著,嗤的一聲笑。寶玉道:"好妹妹,明日另替我作個香袋兒罷。"黛玉道:"那也只瞧我的高興罷了。"一面說,一面二人出房,到王夫人上房中去了,可巧寶釵亦在那裏。

此時王夫人那邊熱鬧非常。原來賈薔已從姑蘇采買了十二個女孩子,並聘了教習,以及行頭等事來了。那時薛姨媽另遷於東北上一所幽靜房舍居住，將梨香院早已騰挪出來，另行修理了，就令教習在此教演女戲。又另派家中舊有曾演學過歌唱的衆女人們，如今皆已皤然老嫗了，著他們帶領管理。就令賈薔總理其日用出入銀錢等事，以及諸凡大小所需之物料賬目。又有林之孝家的來回："採訪聘買的十個小尼姑、小道姑都有了，連新作的二十分道袍也有了。外有一個帶髮修行的，本是蘇州人氏，祖上也是讀書仕宦之家。因生了這位姑娘自小多病，買了許多替身兒皆不中用，到底這位姑娘親自入了空門，方才好了，所以帶髮修行，今年才十八歲，法名妙玉。如今父母俱已亡故，身邊只有兩個老嬤嬤，一個小丫頭伏侍。文墨也極通，經文也不用學了，模樣兒又極好。因聽見長安都中有觀音遺跡並貝葉遺文，去歲隨了師父上來，現在西門外牟尼院住著。他師父極精演先天神數，於去冬圓寂了。妙玉本欲扶靈回鄉的，他師父臨寂遺言，說他'衣食起居不宜回鄉，在此靜居，後來自有你的結果'。所以他竟未回鄉。"王夫人不等回完，便說："既這樣，我們何不接了他來。"林之孝家的回道："請他，他說：'侯門公府，必以貴勢壓人，我再不去的。'"王夫人道："他既是官宦小姐，自然驕傲些，就下個帖子請他何妨。"林之孝家的答應了出去，命書啟相公寫請帖去請妙玉。次日遣人備車轎去接等後話，暫且擱過，此時不能表白。

當下又人回，工程上等著糊東西的紗綾，請鳳姐去開樓揀紗綾；又有人來回，請鳳姐開庫，收金銀器皿。連王夫人並上房丫鬟等衆，皆一時不得閑的。寶釵便說："咱們別在這裏礙手礙腳，找探丫頭去。"說著，同寶玉黛玉往迎春等房中來閑頑，無話。

王夫人等日日忙亂，直到十月將盡，幸皆全備：各處監管都交清賬目；各處古董文玩，皆已陳設齊備；採辦鳥雀的，自仙鶴、孔雀以及鹿、兔、雞、鵝等類，悉已買全，交於園中各處像景飼養；賈薔那邊也演出二十齣雜戲來；小尼姑、道姑也都學會了念幾卷經咒。賈政方略心意寬暢，又請賈母等進園，色色斟酌，點綴妥當，再無一些遺漏不當之處了。於是賈政方擇日題本。本上之日，奉朱批准奏：次年正月十五日上元之日，恩准貴妃省親。賈府領了此恩旨，益發晝夜不閑，年也不曾好生過的。

展眼元宵在邇，自正月初八日，就有太監出來先看方向：何處更衣，何處燕坐，何處受禮，何處開宴，何處退息。又有巡察地方總理關防太監等，帶了許多小太監出來，各處關防，擋圍幕，指示賈宅人員何處退，何處跪，何處進膳，何處啟事，種種儀注不一。外面又有工部官員並五城兵備道打掃街道，攆逐閑人。賈赦等督率匠人紮花燈烟火之類，至十四日，俱已停妥。這一夜，上下通不曾睡。

至十五日五鼓，自賈母等有爵者，俱各按品服大妝。園內各處，帳舞龍蟠，簾飛彩鳳，金銀煥彩，珠寶爭輝，鼎焚百合之香，瓶插長春之蕊，靜悄無人咳嗽。賈赦等在西街門外，賈母等在榮府大門外。街頭巷口，俱系圍幕擋嚴。正等的不耐煩，忽一太監坐大馬而來，賈母忙接入，問其消息。太監道："早多著呢！未初刻用過晚膳，未正二刻還到寶靈宮拜佛，酉初刻進太明宮領宴看燈方請旨，只怕戌初才起身呢。"鳳姐聽了道："既是這麼著，老太太、太太且請回房，等是時候再來也不遲。"於是賈母等暫且自便，園中悉賴鳳姐照理。又命執事人帶領太監們去吃酒飯。

一時傳人一擔一擔的挑進蠟燭來，各處點燈。方點完時，忽聽外邊馬跑之聲。一時，有十來個太監都喘籲籲跑來拍手兒。這些太監會意，都知道是"來了，來了"，各按方向站住。賈赦領合族子侄在西街門外，賈母領合族女眷在大門外迎接。半日靜悄悄的。

忽見一對紅衣太監騎馬緩緩的走來，至西街門下了馬，將馬趕出圍幕之外，便垂手面西站住。半日又是一對，亦是如此。少時便來了十來對，方聞得隱隱細樂之聲。一對對龍旌鳳翣，雉羽夔頭，又有銷金提爐焚著御香；然後一把曲柄七鳳金黃傘過來，便是冠袍帶履。又有值事太監捧著香珠、繡帕、漱盂、拂塵等類。一隊隊過完，後面方是八個太監抬著一頂金頂金黃繡鳳版輿，緩緩行來。賈母等連忙路旁跪下。早飛跑過幾個太監來，扶起賈母、邢夫人、王夫人來。那版輿抬進大門，入儀門往東去，到一所院落門前，有執拂太監跪請下輿更衣。於是抬輿入門，太監等散去，只有昭容、彩嬪等引領元春下輿。只見院內各色花燈爛灼，皆系紗綾紮成，精緻非常。上面有一匾燈，寫著"體仁沐德"四字。元春入室，更衣畢復出，上輿進園。只見園中香烟繚繞，花彩繽紛，處處燈光相映，時時細樂聲喧，說不盡這太平景象，富貴風流。

且說賈妃在轎內看此園內外如此豪華，因默默歎息奢華過度。忽又見執拂太監跪請登舟。賈妃乃下輿。只見清流一帶，勢若游龍，兩邊石欄上，皆系水晶玻璃各色風燈，點的如銀光雪浪；上面柳杏諸樹雖無花葉，然皆用通草綢綾紙絹依勢作成，粘於枝上的，每一株懸燈數盞；更兼池中荷荇鳧鷺之屬，亦皆系螺蚌羽毛之類作就的。諸燈上下爭輝，真系玻璃世界，珠寶乾坤。船上亦系各種精緻盆景諸燈，珠簾繡幕，桂楫蘭橈，自不必說。已而入一石港，港上一面匾燈，明現著"蓼汀花漵"四字。按此四字，並"有鳳來儀"等處，皆係上回賈政偶然一試寶玉之課藝才情耳，何今日認真用此匾聯？況賈政世代詩書，來往諸客屏侍坐陪者，悉皆才技之流，豈無一名手題撰，竟用小兒一戲之辭苟且搪塞？真似暴發新榮之家，濫使銀錢，一味抹油塗朱，畢則大書"前門綠柳垂金鎖，後户青山列錦屏"

之類，則以爲大雅可觀，豈《石頭記》中通部所表之寧榮賈府所爲哉！據此論之，竟大相矛盾了。將原委說明，大家方知。當日這賈妃未入宮時，自幼亦系賈母教養。後來添了寶玉，賈妃乃長姊，寶玉爲弱弟，賈妃之心上念母年將邁，始得此弟，是以憐愛寶玉，與諸弟待之不同。且同隨賈母，刻未離。那寶玉未入學堂之先，三四歲時，已得賈妃手引口傳，教授了幾本書、數千字在腹內了。其名分雖系姊弟，其情狀有如母子。自入宮後，時時帶信出來與父母說："千萬好生扶養，不嚴不能成器，過嚴恐生不虞，且致父母之憂。"眷念切愛之心，刻未能忘。前日賈政聞塾師背後贊寶玉偏才盡有，賈政未信，適巧遇園已落成，令其題撰，聊一試其情思之清濁。其所擬之匾聯雖非妙句，在幼童爲之，抑或可取。即另使名公大筆爲之，固不費難，然想來倒不如這本家風味有趣。更使賈妃見之，知系其愛弟所爲，抑或不負其素日切望之意。因有這段原委，故此竟用了寶玉所題之聯額。那日雖未曾題完，後來亦曾補擬。

　　閑文少敘，且說賈妃看了四字，笑道："'花漵'二字便妥，何必'蓼汀'？"侍坐太監聽了，忙下小舟登岸，飛傳與賈政。賈政聽了，即忙移換。一時，舟臨內岸，復棄舟上輿，便見琳宮綽約，桂殿巍峨。石牌坊上明顯"天仙寶鏡"四字，賈妃忙命換"省親別墅"四字。於是進入行宮。但見庭燎燒空，香屑布地，火樹銀花，金窗玉檻。說不盡本蝦須，毯鋪魚獺，鼎飄麝腦之香，屏列雉尾之扇。真是：

　　　　金門玉戶神仙府，桂殿蘭宮妃子家。

　　賈妃乃問："此殿何無匾額？"隨侍太監跪啟曰："此係正殿，外臣未敢擅擬。"賈妃點頭不語。禮儀太監跪請升座受禮，兩陛樂起。禮儀太監二人引賈赦、賈政等於月臺下排班，殿上昭容傳諭曰："免。"太監引賈赦等退出。又有太監引榮國太君及女眷等自東階升月臺上排班,昭容再諭曰:"免。"於是引退。

　　茶已三獻,賈妃降座,樂止。退入側殿更衣,方備省親車駕出園。至賈母正室,欲行家禮,賈母等俱跪止不迭。賈妃滿眼垂淚,方彼此上前廝見,一手攙賈母,一手攙王夫人,三個人滿心裏皆有許多話,只是俱說不出,只管嗚咽對淚。邢夫人、李紈、王熙鳳、迎、探、惜三姊妹等,俱在旁圍繞,垂淚無言。半日,賈妃方忍悲強笑,安慰賈母、王夫人道:"當日既送我到那不得見人的去處,好容易今日回家娘兒們一會,不說說笑笑,反倒哭起來。一會子我去了,又不知多早晚才來!"說到這句,不覺又哽咽起來。邢夫人忙上來解勸。賈母等讓賈妃歸座,又逐次一一見過,又不免哭泣一番。然後東西兩府掌家執事人丁等在廳外行禮,及兩府掌家執事媳婦領丫鬟等行禮畢。賈妃因問:"薛姨媽、寶釵、黛玉因何不見?"王夫人啟曰:"外眷無職,未敢擅入。"賈妃聽了,忙命快請。一時薛姨媽等進來,欲行國禮,亦命免過,上前各敘闊別寒溫。又有賈妃原帶進宮去的丫鬟抱琴等上來叩見,賈母等連忙扶起,命人別室款待。執事太監及彩嬪、昭容各侍從人等,寧國府及賈赦那宅兩處自有人款待,只留三四個小太監答應。母女姊妹深敘些離別情景,及家務私情。

　　又有賈政至簾外問安,賈妃垂簾行參拜等事。又隔簾含淚謂其父曰:"田舍之家,雖虀鹽布帛,終能聚天倫之樂;今雖富貴已極,骨肉各方,然終無意趣!"賈政亦含淚啟道:"臣,草莽寒門,鳩群鴉屬之中,豈意得徵鳳鸞之瑞。今貴人上錫天恩,下昭祖德,此皆山川日月之精奇、祖宗之遠德鍾於一人,幸及政夫婦。且今上啟天地生物之大德,垂古今未有之曠恩,雖肝腦塗地,臣子豈能得報於萬一!惟朝乾夕惕,忠於厥職外,願我君萬壽千秋,乃天下蒼生之同幸也。貴妃切勿以政夫婦殘年爲念，濺慎金懷，更祈自加珍愛。惟業業兢兢，謹慎恭肅以侍上，庶不負上體貼眷愛如此之隆恩也。"賈妃亦囑"只以國事爲重，暇時保養，切勿記念"等語。賈政又啟："園中所有亭臺軒館，皆系寶玉所題；如果有一二稍可寓目者，請別賜名爲幸。"元妃聽了寶玉能題，便含笑説："果進益了。"賈政退出。賈妃見寶、林二人亦發比別姊妹不同，真是姣花軟玉一般。因問："寶玉爲何不進見？"賈母乃啟："無諭，外男不敢擅入。"元妃命快引進來。小太監出去引寶玉進來，先行國禮畢，元妃命他進前，攜手攔攬於懷内，又撫其頭頸，笑道："比先竟長了好些……"一語未終，淚如雨下。

尤氏、鳳姐等上來啟道："筵宴齊備，請貴妃游幸。"元妃等起身，命寶玉導引，遂同諸人步至園門前。早見燈光火樹之中，諸般羅列非常。進園來先從"有鳳來儀"、"紅香綠玉"、"杏簾在望"、"蘅芷清芬"等處，登樓步閣，涉水緣山，百般眺覽徘徊。一處處鋪陳不一，一椿椿點綴新奇。賈妃極加獎贊，又勸："以後不可太奢，此皆過分之極。"已而至正殿，諭免禮歸座，大開筵宴。賈母等在下相陪，尤氏、李紈、鳳姐等親捧羹把盞。

元妃乃命傳筆硯伺候，親掇湘管，擇其幾處最喜者賜名。按其書云：

"顧恩思義"匾額

天地啟宏慈，赤子蒼頭同感戴；
古今垂曠典，九州萬國被恩榮。

此一匾一聯書於正殿。

"大觀園"園之名。

"有鳳來儀"賜名曰"瀟湘館"。

"紅香綠玉"改作"怡紅快綠"。即名曰"怡紅院"。

"蘅芷清芳"賜名曰"蘅蕪苑"。

"杏簾在望"賜名曰"浣葛山莊"。

正樓曰"大觀樓",東面飛樓曰"綴錦閣",西面斜樓曰"含芳閣";更有"蓼風軒"、"藕香榭"、"紫菱洲"、"葉渚"等名;又有四字的匾額十數個,諸如"梨花春雨"、"桐剪秋風"、"荻蘆夜雪"等名,此時悉難全記。又命舊有匾聯者俱不必摘去。於是先題一絕云:

> 銜山抱水建來精,多少工夫築始成。
>
> 天上人間諸景備,芳園應錫大觀名。

寫畢,向諸姐妹笑道:"我素乏捷才,且不長於吟詠,妹輩素所深知。今夜聊以塞責,不負斯景而已。異日少暇,必補撰《大觀園記》並《省親頌》等文,以記今日之事。妹輩亦各題一匾一詩,隨才之長短,亦暫吟成,不可因我微才所縛。且喜寶玉竟知題詠,是我意外之想。此中'瀟湘館'、'蘅蕪院'二處,我所極愛,次之'怡紅院'、'浣葛山莊',此四大處,必得別有章句題詠方妙。前所題之聯雖佳,如今再各賦五言律一首,使我當面試過,方不負我自幼教授之苦心。"寶玉只得答應了,下來自去構思。

迎、探、惜三人之中,要算探春又出於姊妹之上,然自忖亦難與薛林爭衡,只得勉強隨衆塞責而已。李紈也勉強湊成一律。賈妃先挨次看姊妹們的,寫道是:

"曠性怡情"匾額　迎春

> 園成景備特精奇,奉命羞題額曠怡。
>
> 誰信世間有此景,游來寧不暢神思?

"萬象爭輝"匾額　探春

> 名園築出勢巍巍,奉命何慚學淺微。
>
> 精妙一時言不出,果然萬物有光輝。

"文采風流"匾額　李紈

秀水明山抱復回，風流文采勝蓬萊。

綠裁歌扇迷芳草，紅襯湘裙舞落梅。

珠玉自應傳盛世，神仙何幸下瑶臺。

名園一自邀游賞，未許凡人到此來。

"凝暉鐘瑞"匾額　薛寶釵

芳園築向帝城西，華日祥雲籠罩奇。

高柳喜遷鶯出谷，修篁時待鳳來儀。

文風已著宸游夕，孝化應隆遍省時。

睿藻仙才盈彩筆，自慚何敢再爲辭？

"世外仙園"匾額　林黛玉

名園築何處，仙境別紅塵。

借得山川秀，添來景物新。

香融金谷酒，花媚玉堂人。

何幸邀恩寵，宫車過往頻？

賈妃看畢，稱賞一番，又笑道："終是薛林二妹之作與衆不同，非愚姊妹可同列者。"原來林黛玉安心今夜大展奇才，將衆人壓倒，不想賈妃只命一匾一詠，倒不好違諭多作，只胡亂作一首五律應景罷了。

彼時寶玉尚未作完，只剛做了"瀟湘館"與"蘅蕪苑"二首，正作"怡紅院"一首，起草内有"綠玉春猶卷"一句。寶釵轉眼瞥見，便趁衆人不理論，急忙回身悄推他道："他因不喜'紅香綠玉'四字，改了'怡紅快綠'；你這會子偏用'綠玉'二字，豈不是有意和他爭馳了？況且蕉葉之説也頗多，再想一個改了罷。"寶玉見寶釵如此説，便拭汗説道："我這會子總想不起什麽典故出處來。"寶釵笑道："你只把

'綠玉'的'玉'字改作'蠟'字就是了。"寶玉道:"'綠蠟'可有出處?"寶釵見問,悄悄的咂嘴點頭笑道:"虧你今夜不過如此,將來金殿對策,你大約連'趙錢孫李'都忘了呢!唐錢珝詠芭蕉詩頭一句'冷燭無烟綠蠟幹',你都忘了不成?"寶玉聽了,不覺洞開心臆,笑道:"該死,該死!現成眼前之物偏倒想不起來了,真可謂'一字師'了。從此後我只叫你師父,再不叫姐姐了。"寶釵亦悄悄的笑道:"還不快作上去,只管姐姐妹妹的。誰是你姐姐?那上頭穿黃袍的才是你姐姐,你又認我這姐姐來了。"一面說笑,因說笑又怕他耽延工夫,遂抽身走開了。寶玉只得續成,共有了三首。

此時林黛玉未得展其抱負,自是不快。因見寶玉獨作四律,大費神思,何不代他作兩首,也省他些精神不到之處。想著,便也走至寶玉案旁,悄問:"可都有了?"寶玉道:"才有了三首,只少'杏簾在望'一首。"黛玉道:"既如此,你只抄錄前三首罷。趕你寫完那三首,我也替你作出這首了。"說畢,低頭一想,早已吟成一律,便寫在紙條上,搓成個團子,擲在他跟前。寶玉打開一看,只覺此首比自己所作的三首高過十倍,真是喜出望外,遂忙恭楷呈上。賈妃看道:

有鳳來儀　臣寶玉謹題

秀玉初成實,堪宜待鳳凰。

竿竿青欲滴,個個綠生涼。

迸砌防階水,穿簾礙鼎香。

莫搖清碎影,好夢晝初長。

蘅芷清芬

蘅蕪滿淨苑,蘿薜助芬芳。

軟襯三春草,柔拖一縷香。

輕烟迷曲徑，冷翠滴回廊。

誰謂池塘曲，謝家幽夢長。

怡紅快綠

深庭長日靜，兩兩出嬋娟。

綠蠟春猶卷，紅妝夜未眠。

憑欄垂絳袖，倚石護青烟。

對立東風裏，主人應解憐。

杏簾在望

杏簾招客飲，在望有山莊。

菱荇鵝兒水，桑榆燕子梁。

一畦春韭熟，十里稻花香。

盛世無饑餒，何須耕織忙。

　　賈妃看畢，喜之不盡，説："果然進益了！"又指"杏簾"一首爲前三首之冠。遂將"浣葛山莊"改爲"稻香村"。又命探春另以彩箋謄録出方才一共十數首詩，出令太監傳與外廂。賈政等看了，都稱頌不已。賈政又進《歸省頌》。元妃又命以瓊酥金膾等物，賜與寶玉並賈蘭。此時賈蘭極幼，未達諸事，只不過隨母依叔行禮，故無別傳。賈環從年内染病未痊，自有閑處調養，故亦無傳。

　　那時賈薔帶領十二個女戲，在樓下正等的不耐煩，只見一太監飛來説："作完了詩，快拿戲目來！"賈薔急將錦册呈上，並十二個花名單子。少時，太監出來，只點了四齣戲：

第一齣《豪宴》；

第二齣《乞巧》；

第三齣《仙緣》；

第四齣《離魂》。

賈薔忙張羅扮演起來。一個個歌欺裂石之音，舞有天魔之態。雖是妝演的形容，却作盡悲歡情狀。剛演完了，一太監執一金盤糕點之屬進來，問："誰是齡官？"賈薔便知是賜齡官之物，喜的忙接了，命齡官叩頭。太監又道："貴妃有諭，説：'齡官極好，再作兩齣戲，不拘那兩齣就是了。'"賈薔忙答應了，因命齡官做《游園》、《驚夢》二齣。齡官自爲此二齣原非本角之戲，執意不作，定要作《相約》、《相駡》二齣。賈薔扭他不過，只得依他作了。賈妃甚喜，命"不可難爲了這女孩子，好生教習"，額外賞了兩匹宮緞、兩個荷包並金銀錁子、食物之類。然後撤筵，將未到之處復又游頑。忽見山環佛寺，忙另盥手進去焚香拜佛，又題一匾云："苦海慈航"。又額外加恩與一班幽尼女道。

少時，太監跪啟："賜物俱齊，請驗等例。"乃呈上略節。賈妃從頭看了，俱甚妥協，即命照此遵行。太監聽了，下來一一發放。原來賈母的是金、玉如意各一柄，沉香拐拄一根，伽楠念珠一串，"富貴長春"宮緞四匹，"福壽綿長"宮綢四匹，紫金"筆錠如意"錁十錠，"吉慶有魚"銀錁十錠。邢夫人、王夫人二分，只減了如意、拐、珠四樣。賈敬、賈赦、賈政等，每分禦制新書二部，寶墨二匣，金、銀爵各二支，表禮按前。寶釵、黛玉諸姊妹等，每人新書一部，寶硯一方，新樣格式金銀錁二對。寶玉亦同此。賈蘭則是金銀項圈二個，金銀錁二對。尤氏、李紈、鳳姐等，皆金銀錁四錠，表禮四端。外表禮二十四端，清錢一百串，是賜與賈母、王夫人及諸姊妹房中奶娘衆丫鬟的。賈珍、賈璉、賈環、賈蓉等，皆是表禮一分，金錁一雙。其餘彩緞百端，金銀千兩，禦酒華筵，是賜東西兩府凡園中管理工程、陳設、答應及司戲、掌燈諸人的。外有清錢五百串，是統役、優伶、百戲、雜行人丁的。

衆人謝恩已畢，執事太監啟道：“時已丑正三刻，請駕回鑾。”賈妃聽了，不由的滿眼又滾下淚來。却又勉强堆笑，拉住賈母、王夫人的手，緊緊的不忍釋放，再四叮嚀：“不須記掛，好生自養。如今天恩浩蕩，一月許進内省視一次，見面是盡有的，何必傷慘。倘明歲天恩仍許歸省，萬不可如此奢華靡費了。”賈母等已哭的哽噎難言。賈妃雖不忍别，怎奈皇家規範，違錯不得，只得忍心上輿去了。這裏諸人好容易將賈母、王夫人安慰解勸，攙扶出園去了。

（《脂硯齋重評石頭記（庚辰本）》，人民文學出版社 2010）

【按】庚辰本，“第一齣《豪宴》”有脂硯齋雙行夾批，云：“《一捧雪》中伏賈家之敗。”“第二齣《乞巧》”有脂硯齋雙行夾批，云：“《長生殿》中伏元妃之死。”“第三齣《仙緣》”有脂硯齋雙行夾批，云：“《邯鄲記》中伏甄寶玉送玉。”“第四齣《離魂》”有脂硯齋雙行夾批，云：“《牡丹亭》中伏黛玉死。所點之戲劇伏四事，乃通部書之大過節、大關鍵。”孫蓉蓉在《讖緯與文學研究》（中華書局 2018）第九章“讖緯與明清小説的敘事藝術”中稱之爲“戲讖”。

劇説（節録）

〔清〕焦　循

卷　四

又有《玉劍緣》者，亦有《彈詞》一齣。夫洪昉思襲元人《貨郎旦》之“九轉貨郎兒”，其末云“名喚春郎身姓李”，洪云“名喚亜年身姓李”，至《玉劍緣》又云“名喚珠娘身姓李”。生吞活剥，可稱笑柄。近者有爲《富貴神仙》者，竟至襲《玉劍緣》。

（《劇説》，國家圖書館藏稿本）

三續金瓶梅（節錄）

[清]訥音居士

第二十七回
藍世賢探親巡狩　二優童得鈔沾恩

却説西門出了昭宣府，將走至門首，只見衙役迎來回話説："巡按大人差人與老爹請安，説又勞差人迎接，面見再敍。"官人聞知，忙到裏面換了衣冠，囑咐預備，復又上馬，帶了玳安、王經、十數個牢子飛奔十里亭。不多時到了那裏，見賈守備、秋提刑、張二官、李知縣、張團練、吳巡檢早來了。還有官軍、衙役、大家會在一處。

不一時，只聽大炮驚天，鳴鑼擊鼓，一把大紅傘先行，後是旗、鑼傘扇，"肅靜"、"回避"牌，令旗、令箭、引馬、對子馬。藍大人坐著四人大轎，後跟一對標槍，有三四十人圍隨。又聽十三棒鑼鳴，來到面前，守府、提刑、千戶、團練、巡檢都跪在道旁，唱銜遞手本。獨西門慶站在一邊，看著轎臨近，强一跪，遞上手本。藍大人忙叫住轎，官人迎上虛要行禮，只見藍大人滿臉賠笑説："姐丈少禮。"拉著手説："至親幾年，今日方會。"官人説："請大人上轎，到捨下再敍。"藍世賢道："恭敬不如從命，有罪了。"上了轎竟奔清河縣來。

進了城，只見軍民百姓擁擠不動。穿街過巷，來到西門慶的大門，放了三個鐵銃子，直至儀門下轎。官人下了馬迎接，戲臺上笙吹細樂。讓至聚景堂，敍了親情，禮畢坐下。春鴻、文珮獻了茶，與藍大人磕了頭，一旁侍立。內司回稟："大人在那裏住，好卸馱子。"藍世賢道："我就依實了。叫從人把鋪蓋、衣箱留在這裏，只留兩個人，餘者都往公館裏去罷。"內司答應，傳話去了。世賢道："姐丈帶著我先與姐姐請了安,回來再敘。"官人說:"不勞老弟大駕。他大概就來。"

正說著,只見藍如玉扶著秋桂帶著芙蓉兒來到大卷棚,見了兄弟不由得悲喜交加。世賢跑上來叩了安,托地一揖。藍姐說:"幾年未見,發達的白胖了。三叔身上安? 弟婦可好? 自娶了來還無見呢! 我知道他是十七歲娶的,今年二十一了,比你大一歲。"世賢說:"姐姐記性不錯。"說著入了座,丫環也磕了頭。藍姐又問:"二叔可康健?"世賢說:"愈發鶴髮童顏了。"說:"你怎麼就得了巡按?"世賢說:"也想不到。自從那年中了進士,在翰林行走,全仗著二伯父的鼎力,把我補了學士。未滿三年,得了御史。因了幾件事,合了聖意,特旨叫兄弟巡查四省。不是有山東,還不能見姐姐呢!"官人說:"如今難以官稱,既是至親不敢客套。老弟裏邊坐,還有房下也都見見。我家與你家一樣,不可拘泥了。"藍姐說:"別處他是大人來我這裏他可大不成了。在家時都叫他舍人,稱佑人比大人文雅多了。"說著笑了一回。

藍舍人跟著藍姐來到上房,月娘迎接,見禮坐下。小玉獻了茶。月娘說:"大人一路鞍馬勞頓,我們還未去請安,倒先來看我。"叫丫環快到各房請他們姐妹來見見新親。丫環去不多時,眾姊妹都穿新衣新裙,打扮的花枝招展,帶著一群丫環來到上房,都見了禮。月娘說:"這一個穿月白的是我們二娘,這一個穿紅的是我們四娘,這一個穿藕色的是我們五娘,這一個穿綠的是我們六娘。"藍世賢都叫"姐姐",又拖地一揖,舍人坐了客位,眾姊妹按次坐下。春娘說:"請問大人貴庚多少?"舍人道:"虛度二十歲。"又問:"府上幾位娘子?"答道:"除房下還有兩個。"說著丫環上了茶。茶罷,舍人說:"我到姐姐屋內看看。"眾人站起,藍姐陪著來到房中。

　　姐弟坐下，秋桂遞了茶。世賢說："姐夫好所宅子。這屋裏也是一樣。"藍姐說："你才到了兩處。他二娘、六娘住的都是樓，比我這裏還好呢！你住的是花園，大廳後面還有七處。雖不甚好，收拾的都是內造款式。"說著叫丫環擺酒。一上八仙桌來，上了南鮮果品，斟上金華酒，姐弟閒談。

　　藍姐說："天氣熱，把大衣脫了罷，別往我拘著。"舍人答應，脫了紅袍，解了玉帶，身著月白襯衫、真紫敞衣，說："錯了，姐姐，這裏那裏也不能脫衣衫。整日家衙役三班，把兄弟管了個筆管條直。"藍姐說："你這一路也是好事兒，到那裏不送下程？千禮兒也收了不少。"舍人說："這叫作肥豬拱門。這一趟差，少說著也得他幾千兩銀子。不用要，他自己送來，無什麼別的，給姐姐帶了三十顆珠子，一百片葉子金，二十四大緞，四十匹庫綢，留著做件衣裳，打只首飾罷。我都帶了來了。姐夫難送他什麼，我已說明了。叫秋桂到大廳上，叫我的人把物事都拿了來。"丫環答應，去不多時，一包一卷的都拿進來放在桌上。藍姐說："倒生受你。我這裏送你什麼？"舍人說："姐姐還要回禮麼？"說著笑了。藍姐說："你多少吃一杯，算我的禮罷。等你回來再給你接風，還給二叔叩安呢！"舍人未及回言，藍姐又問："你有了小的無有？"舍人答道："只有兩個女兒：一個三歲；一個才懷抱兒。"

　　正說著，玳安拿進五個手本來跪著說："闔城官員給大人請下馬安。"世賢說："知道了。叫他們歇著罷。"玳安答應，退出去了。隨後西門慶進來。舍人忙讓坐。官人說："請老弟前邊坐，擺上飯了。"二人出了廂房，來至聚景堂。官人讓上座，舍人執意不肯，二人對坐了。臺上開了大戲，唱的是《六國封相》。上了十二大碗公的筵席，盡是海參、燕窩、魚翅、鴿子蛋、整鴨、整雞、鮮魚、火肉等等。還有看桌二張,四紅四白,燒豬、蒸豬、燒鵝、釀鴨,又上了蒸炸小吃,斟上金華酒,開懷暢飲。

小旦下了臺:"請大人點戲。"舍人説:"隨便唱罷。"讓至再三才點一齣正本《長生殿》的胃子,叫内司賞銀十兩。

戲子磕了頭,回後臺去了。春鴻、文珮席上巡酒,臺上開了胃子。舍人説:"至親之間,何必如此費心。太盛設了。"官人説:"老弟初次到此,別叫從人笑話。下次就是家常飯,不敢違命。"……

(道光元年刊本)

紅樓夢補(節録)

[清]歸鋤子

第三十六回
慈姨媽三更夢愛女　呆公子一諾恕私情

話説寶玉在蓼溆欄杆邊遇見柳五兒,記起舊事,問道:"頭裏芳官説你要到咱們屋子裏來,我已經應許他的了。後來因太太把芳官這些人攆了,接著我就害了病,鬧出許多不遂心的事來,把你也耽擱了。如今叫你進來,不知你可願意不願意?"五兒低了頭,半晌道:"有什麽不願意呢? 就可惜芳官倒出去了。"寶玉道:"底下我還要叫芳官進來。"五兒道:"還叫他進來唱戲嗎?"寶玉道:"不是唱戲。他堅心出了家,不必定要在水月庵裏,叫他進園子來跟著妙師父住在櫳翠庵,不比在外頭清靜嗎?"五兒道:"我跟著媽去瞧過他,見他身上穿的爛布衫子。我媽問他道:'你師兄師弟們已常進裏頭來的,你爲什麽不進去走走? 死熬著在這裏。'他道:'你們瞧我在這裏受苦,我倒樂呢。目下的地獄翻轉來便是日後的天堂。已經撞出來的人，還到裏頭去混什麼？如今想起先前的受用，倒很沒味兒。'我聽他對我媽說這番話，怕叫他也未必進來呢。"正說著，雪雁來請寶玉，寶玉便同雪雁來到嘉蔭堂。席已坐定，王府戲班又開了場。

寶玉上前，先與薛姨媽敬了酒，然後自賈母、邢、王二夫人、尤氏、李紈、鳳姐各處以次而及，隨便入座。少停席散，湘云拉了香菱同去，黛玉仍留薛姨媽至瀟湘館。說起明日宴客之事，黛玉道："照樣今兒的戲班、酒席代媽媽作東，不用媽媽費一點心，已吩咐他們去辦了。"薛姨媽感謝不荊說著，紫鵑來回："管公館的嫂子有話回姑娘。"黛玉叫他上來。呈出太虛宮圖紙，回明清虛觀道人說的，照這樣起造才合式。黛玉看了點點頭，那媳婦退出。黛玉與薛姨媽敘話至二更後，各自就寢。

次日黛玉起身梳洗畢，雪雁說："姨太太今兒不知爲什麼一早就起來了。"黛玉忙過去請安，見薛姨媽眼圈兒紅紅的，便問："媽媽不再睡一會兒，就起來了。"薛姨媽道："昨兒晚上做了一夢，甚是奇怪。明明見你寶姊姊站在炕前，他說趕不上給我拜壽，他也就好回來了。林妹妹仍舊住了瀟湘館，晴雯、紫鵑住了怡紅院，沒有人占他的屋子，將來還住他的蘅蕪苑，打夥兒同在園子裏來去近便些。還叫鶯兒等著他，不用去跟四姑娘。正要問他話，他道怕天明快了，還要去見他太太呢。說著就回身走了。我醒來聽聽你屋裏的自鳴鐘，已交子正的光景，再也睡不著，等天明就起來了。"黛玉道："那是媽媽的心記。"

一語未了，只聽外邊老婆子們說道："太太來了。"王夫人便到薛姨媽屋裏坐下。黛玉問道："太太有什麼事早過來了？我正要去請安呢。"王夫人笑道："有一件奇事來問姨媽。"說著，便對薛姨媽道："昨兒晚上夢見寶丫頭,説要回來了。還説到園子裏見了媽媽才到我那邊去的,妹妹可真夢見他没有?"薛姨媽詫異道："剛才和姑娘講起,果然姊姊也有夢,這事奇極了。"於是便把對黛玉説的話,一一告訴了王夫人。王夫人道："中間的話字字相同,就没提起鶯兒的事,還叫我在老太太跟前説一聲,他怕天明趕緊要走了。我起來心上疑惑,所以來問妹妹,果然兩夢相同,莫非寶丫頭真個要還陽?算他死過半年多了,肉身已壞,那有這件事呢?"

　　姊妹二人同黛玉談論了一會,王夫人因早起未到賈母處請安,不敢久坐,黛玉也隨至賈母房中。講起這話,賈母將信將疑,半晌道："姨太太得了這個夢,倒叫他心上越發不定了。今兒早些請他去瞧戲散散心罷。"當下黛玉起身,往王夫人處請了安,回進園中,一路思想。此事未必不由姨媽日有所思之故,就這鶯兒要跟四姑娘的話,姨媽並未知道,何以夢中有此一節,又與太太夢的一樣,委實叫人不得明白。大約寶姊姊這樣人必有根基,死後一靈不散,來去自由,偶然御風而行,晚上到此看看媽媽,盡他一點孝心也是應該的。你又何必説要回來的話哄騙他老人家呢?再者既然到了我屋子裏,多年好姊妹,何不也來會會,在夢裏頭説幾句話,莫非怪了我了。寶姊姊你若果然怪了我,恐蓬萊閬苑容不下你這一個不公道的神仙。

　　正在思想,只見鶯兒慌慌張張的趕來,黛玉問他："那裏去?"鶯兒道："太太説我們姑娘要還陽了,我想棺柩停在鐵檻寺,姑娘還陽轉來,在棺木裏喊叫没人聽見,怎麼樣走出來呢?我要去瞧瞧,聽見有什麼響動就好叫人開棺。我到璉二奶奶那裏套車子去。"黛玉道："你也成了一個傻丫頭了,你姑娘果然還陽,須得的的確確定准了一個日子時辰,才好商量這件事。如今太太不過在夢裏頭得了

一句没影響的話，倒惹你發起呆來。你去便怎麼樣呢？到底你要
鐵檻寺去，太太知道没有呢？"鶯兒道："我没有告訴太太，那裏承望
姑娘就能活轉來！我去走了一趟看看光景，也就死了我這條心
了。"説著，掉下淚來。黛玉見他可憐，便道："這也難爲你一片熱
心，不走這一趟想是過不去的。"回頭便叫跟的老婆子道："你同鶯
姑娘到璉二奶奶那裏去，説我的話，叫外頭套一輛車子，再派一個
有年紀的穩當家人，到鐵檻寺，你也同了去。"又對鶯兒道："早些回
來，別去發呆胡鬧。"説著，自回瀟湘館，吩咐道："姑娘們的早飯擺
在嘉蔭堂。"

　　一時湘云等衆姊妹都到黛玉處，隨了薛姨媽至嘉蔭堂用過早
飯，賈母、王夫人也到了。一面點戲開台，黛玉趁寶玉走開，便和湘
云們講起薛姨媽與王夫人夢見寶釵一事，衆人稱奇。湘云便問：
"二哥哥知道了没有？"黛玉道："已經瘋了一個鶯兒，到鐵檻寺瞧他
姑娘去了，再對這一個講了，不知越發要傻出什麼故事來呢。"因此
衆議紛紛道："《搜神記》如朔方女子趙春，《幽明録》如琅琊王生，都
是還魂的。"有的説："漢末有人發前漢宮人塚，宮女猶活，談昔年宮
中事了了。這都是渺茫的話。"也有説："寧信其有。兩夢相同，必
非無因。"惟有惜春默無一語。湘云道："你們瞧四妹妹只裝聽不
見，偏是他有些講究，不言語一聲兒，聽咱們在這裏胡説亂道。"惜
春道："將來自然明白。"湘云道："好一個將來明白！咱們想你説句
話，原是不到將來先要明白，若定要將來明白，等到三十年五十年，
寶姊姊還陽不還陽自然知道了。但恐將來等得太遲，寶姊姊就便
還陽，咱們這班人又要還陰了呢。"衆人聽了湘云的話，連惜春都笑
起來。

　　不説嘉蔭堂敍話，講到鶯兒與老婆子同坐了一輛車，叫趕車的

買了些銀錠紙錢帶在車上，老家人將馬幾鞭子趕出了城，徑往鐵檻寺。下了車，鶯兒是前次隨送靈柩來的，知道停柩之處，一徑進去，走近棺旁。只見棺蓋上積厚的灰塵，連叫幾聲"姑娘"，周圍撫摩個遍，棺內寂然，全無一點還陽的影響，便抽抽噎噎哭個不祝老婆子在旁邊化了紙錢，便勸住鶯兒的哭，催著回去。鶯兒還不肯起身，又延挨了一會，老家人也來催促。鶯兒只得叫老家人囑托寺內的和尚，叫他們隨時留心，到這裏來看看，倘聽見棺內有什麼響動，立刻進城通信。老家人自去依言囑咐了色空。鶯兒同老婆子上了車，老家人跟著回來，嘉蔭堂猶未散席，便在瀟湘館等候。

那邊薛姨媽因不見鶯兒上來伺候，便問黛玉，黛玉恐被寶玉聽見，支吾過去。心上記掛鶯兒，想起惜春前叫鶯兒且慢去跟他，與薛姨媽所述夢中寶釵之言相合，今日又聽惜春言語隱約，寶釵還陽之說似有幾分可信。原來黛玉心中以爲寶釵還陽有三椿可喜：第一，慰了姨媽痛女之心，第二，夫婦三人可共承歡堂上，第三，寶釵病故由於寶玉出家，我慶團圓不使人留缺陷。兩番鏡月重圓，先悲後喜，豈不是人間難得之事。只恐未必是真，轉令罔念牽腸，癡心難釋，又恐鬧得寶玉知道，也像鶯兒一樣，認真要去開棺胡鬧起來，這還了得。於是黛玉倒添了一種心事，勉強陪著衆人坐在那裏，還有什麼心緒瞧戲？急欲等鶯兒回來細問鐵檻寺之事。不多時散了席，薛姨媽定要回去，黛玉叫老婆子們掌燈，薛姨媽帶了香菱也不回瀟湘館，從嘉蔭堂出來，徑走便門回家去了。這裏黛玉回到自己屋裏，悄悄問了鶯兒，不禁憮然。到底心裏總牽掛這件事，隨時探問鐵檻寺有無消息。

光陰如駛，瞬交三伏炎天。迎春回了孫家，寶琴時來時去，湘云還留住在園。李紋、李綺亦在稻香村並未回家。諸姊妹各自在屋裏看書下棋，或隨便做些針黹，消遣長日。一日午後，夕照初斜，涼風微至，寶玉閑步到紫菱洲，聽裏邊有人唱曲，側耳細聽，唱的是"花繁，秾豔想容顏。云想衣裳光燦，新妝誰似，可憐飛燕嬌懶。"這聲音很熟，却不是慶齡、遐齡，也不像藕官、蕊官，滿肚猜摸，踱了進去，想不到唱的竟是晴雯。寶玉笑道："怪不得時常不見你們在屋裏，原來悄默聲兒在這裏樂呢。爲什麼不早告訴我一聲兒？"慶齡道："史大姑娘也有了兩套。"寶玉便要湘云唱一支，湘云道："林姊姊同紫鵑姑娘都會唱呢，叫你林妹妹先來唱一支，我就唱給你聽。"寶玉道："你們玩這個，比慪人的彈琴下棋有趣多著呢。"

寶玉因芳官出了家，心上未免悵悵，難得慶齡貌似芳官，心裏頭有了芳官，經別人眼裏瞧出來，覺像的分外逼真，便叫慶齡拍《小宴驚變》，不到兩三天也會了。又叫藕官、蕊官同慶齡、遐齡到怡紅院教身段腳步，命慶齡改妝旦脚，還逼著晴雯與自己同串。晴雯不肯，寶玉再三央告他。蕊官便把班裏的彩衣翠翹帶來給晴雯紮扮出常黛玉和姊妹們常到怡紅院來瞧熱鬧，誰高興也拍一兩支。湘云也想串戲，到底爲身份拘祝寶玉玩出了神，連熱都忘了。覺此中頗有佳趣，並起社一事竟不提及。

那一天湘云邀了岫烟，到怡紅院一轉，不見黛玉，便往瀟湘館找他。路上遇著探春，三個人同到黛玉處，問小丫頭們："奶奶呢？"雪雁在裏頭聽見，忙迎出來道："姑娘在後面佛堂裏。"湘云問道："供的可是觀音菩薩？"雪雁笑答道："正是。"湘云道："林姊姊又在那裏稽首慈云禮世尊了，咱們瞧瞧他去。"一路說笑進來，湘云叫道："林姊姊爲什麼不瞧他們去？晴雯姑娘的戲竟串熟了，看他妝扮起來，當真有些像楊娘娘呢。"探春搖頭道："不像楊太真，還該富泰一點。你不記得那一年瞧戲，二哥哥說了寶姊姊一句話，寶姊姊惱了。倏忽間已是好幾年的事了。"湘云道:"正是。我瞧他戲目上寫的《驚變》《埋玉》,叫他們改做埋環才是。"黛玉道:"你怕犯了一個玉字嗎?這又何必呢!"一面探春又道:"今兒瞧見你掛的大士像,記起一件事來了。林姊姊,把你這幅小照拿出來,咱們還要瞧瞧。"説著,同到前頭屋子裏坐下,黛玉便問雪雁:"你可記得我這幅'行樂圖'在第幾號箱子裏?要翻騰他出來呢。"雪雁道:"前兒同觀音佛像取出來的,在這裏呢。"説著,便拿出來。湘云接過展開,大家端詳了一會,又看到惜春題的詩句。正在議論,來了寶玉,便問:"你們在這裏瞧什麼?"湘云就把這幅照交與寶玉,看了笑道:"也把我畫在上頭,林妹妹算是龍女,該配一尊善才。"

……

第四十七回
延羽士禮懺爲超生　登高閣賞梅重結社

話説黛玉等邀了探春,來到櫳翠庵見了惜春,都説:"四妹妹挪到這裏,爲什麼不言語一聲兒?"惜春道:"我住蓼風軒,便是我的櫳翠庵;櫳翠庵猶然蓼風軒。我還是我,叫你們知道怎麼呢?難道也要像送妙師父這樣送我進院嗎?"一面讓坐,見送上茶來的是入畫,與衆人都磕了頭。湘云道:"前兒他的娘進來求珍大嫂子,珍大嫂子説不來碰你這個釘子,還是林姊姊看得准,説你一定留他的。"惜春冷笑一聲道:"不是説我這位嫂子,他眼睛裏瞧得什麼皂白出來!我先前説的,一個人總要看他最初這一步,'最初'這兩字,原不可看死了。人能繩愆改過,回頭轉來,便是最初。我頭裏不留入畫,也不專爲入畫起見。他這樣苦苦哀求,總不理他,豈不知,我的心早已決絶。今忽然又要進來,自然有幾分拿把,料得定他這個身子可以跟我住牢在櫳翠庵的了。先前應該攆他,如今便該留他。"惜春這一番話,聽得衆人都默默無語。

當下又敍了一會閒話,大家起身。惜春留岫烟在庵下棋,送了衆人。黛玉等出了庵門,順路賞玩梅花,見天上彤雲漸布,迅飛的從西北上推過東南,微露淡淡陽光。寶釵道:"這天氣有些意思,雲大妹妹的東道怕要輸。"湘雲道:"打夥兒賞雪玩兒,我願意輸這東道。"

一路講話,不多時行到荇葉渚前,離蘅蕪苑不遠,寶釵拉了衆人到他屋子裏去坐坐。才進屋門,不料寶玉一個人靜坐在內。寶釵笑道:"這也難得的事,二爺又做起靜攝的功夫來了。"原來寶玉於歡樂場中,忽又動起一段感舊的心事,想釵、黛重圓,襲、晴復聚,又添了鵑、鶯兩個,四兒、五兒,藕、蕊等輩皆歸園內,再推己及人,小紅、齡官、萬兒亦皆得遂其願,獨苦了死過這幾個人。便把心事告訴了衆人,想要延請羽士超度,以慰香魂。黛玉問道:"要超度的是那幾個呢?"寶玉道:"第一個是尤家三姐,他因柳二哥退了親,懷貞抱璞,霎時玉碎珠沉,委實的可憐可敬。第二個就是金釧姐姐,爲了太太幾句話攆他出去,就憤激投井死了,豈不可惜!"

黛玉道:"正是要問你一句話,我記得金釧投井是在夏天。那一天鳳姊姊生日,你到園子裏去搗鬼什麼?"寶玉道:"我也不必瞞你們,金釧姐姐就和鳳姐姐一天生日的。不是頭裏派分子給鳳姊姊做生日,我也爲這個遠遠的跑到北門外水仙庵裏拈了香,回來遲了,老太太還教訓我的。"黛玉道:"這虧你好記性。"寶玉道:"我也忘了,因你們提了鳳姊姊的生日才想起來呢。如今你們大家給我想想,該超度的還有什麼人?"探春道:"還有一個,二哥哥忘了,尤家二姐不也是吞金死的嗎？"寶玉道："他是已歸璉二哥的人，不用我去多事。"

探春道："這倒沒處想了。若病死的也算數，太太屋裏還死過一個可人。"寶玉道："病死的雖不比死於非命，但春花易老，秋月難圓，亦是人間缺陷，也該超度的。"寶釵介面道："眼前一個人也該超度，爲什麼你忘了？"寶玉想了半晌，道："我一時想不起，姊姊和我説了罷。"寶釵笑道："就是薛寶釵。"衆人聽了，怔了一怔。黛玉會意過來，便和寶釵取笑道："這一個人倒難超度呢！若論要懺悔，薛寶釵便該懺悔你；要懺悔你，又不該懺悔薛寶釵。"説得衆人都笑起來。一時笑聲未止，見四兒上來道："園門上的老婆子來回，請二爺出去會客。"寶玉知是要見的人，連忙換了衣服出去。見是雨村，坐下講了幾句話，雨村走了。寶玉徑至賈母處，適王夫人亦在裏邊。寶玉滿臉笑容向賈母道："剛才雨村本家來，提鴛鴦姊姊親事，也是孫子的同年，又是世交，不知老太太可許不許？"賈母道："鴛鴦已認在你太太跟前，便該你太太作主，不知這個人年紀多少，怎生個樣兒？"寶玉道："包管老祖宗歡喜。説起這個人來，和我差不多。"王夫人笑了一笑道："不害臊的，因是老太太歡喜了你，你就算是好的。倘然像你這樣淘氣，也是好的嗎？"賈母也笑道："果然像得寶玉來也就罷了，別他在這裏胡説。"寶玉道："老祖宗總不放心，説起這個人，老祖宗同太太都見過的，就是甄家寶玉。"賈母聽了十分樂意。王夫人笑道："璉兒媳婦回來，就説起甄老太太要和這裏結一門子親，到底被他們想了一個去。"正説著，見鴛鴦來了，大家一笑把話掩住，賈母自與王夫人另講別的。

寶玉心上又有事盤算，便出去叫小厮吩咐備馬，往天齊廟去。掃紅一面去叫馬夫，焙茗問："二爺這會兒到天齊廟去幹什麼？"寶玉和他説明緣故，焙茗道："二爺要做法事，清虛觀路又近，張道士到底敕封什麼真人的。"寶玉道："張道士討人厭，不如找王道士去。"説著，馬已伺候。寶玉帶了焙茗、掃紅，出門加鞭，徑往天齊廟來。王道士見了，忙請安送茶，向寶玉、焙茗道："二爺好久不到這裏來逛逛了，記得還是同老媽媽來還願這一會來過了再沒來呢。"寶玉道："王師父，如今的膏丹丸散越發行的遠了呢？"王道士笑道："托二爺的福，頭裏説的療妒湯，二爺回去傳給人家，可靈驗不靈驗？"寶玉道："別講這些話了，我今兒來和你商量正經事，要請幾位法師，在廟裏拜幾天懺。"王道士問道："二爺是薦祖，還是外薦？"寶玉搖頭道："都不是。因幾個未出嫁的女孩子橫死夭亡，要懺悔他們的意思。"王道士道："這是要禮拜超生，宥罪懺悔，請羽士二十七位上表祭煉，法師在外。明兒做過太平火司醮會，就起懺，七晝夜圓滿。"焙茗在旁道："二爺不到清虛觀，至至誠誠求找王師父，請的客師都要有講究呢。"王道士道："瞧不出，我王道士來往的師兄師弟都有些本領，所以西門外一帶屯裏住的人，到廟裏來求驅邪鎮宅符咒的，比王一帖名聲還遠。"

　　寶玉答道："這麼講起來，那劉姥姥家鄰居出了怪，請你去鎮治，可記得這件事嗎？"王道士想了一想道："二爺説的劉姥姥，年紀有七八十歲，在屯裏住這一個劉姥姥嗎？"寶玉點頭道："正是他。"王道士道："他是老主顧，時常擔柴到廟裏來賣的，鬍鬚是雪白的了，好精神。"寶玉聽了這話，知他又是胡謅了，便忍住了笑問道："為什麼鎮治那一家偏不靈呢？"王道士道："二爺不知，這裏頭有個緣故。先前那一個莊子上請我去拿妖，拿住了一個螃蟹精，把他裝在壇子裏，封皮封了口。我捧著壇子走到魚池邊，只聽裏邊開口問我幾時放他，我隨口應説，再到這裏放你。説著把壇子撩在池裏。

誰料劉姥姥又請我去拿妖，偏偏這一家住的離池子不遠，我一到池邊，只見興風作浪，水面上拱起曬扁大一個背脊來。我喊聲'不好了'，掇轉屁股狠命的跑，才跑脫了。"

寶玉道："你不該跑呀。"王道士道："怕妖怪趕上來吃了我呢。"寶玉道："王師父，你是有法力人家才請你拿妖，你還怕妖怪嗎？"王道士道："不瞞二爺說的，大凡道士總姓不得王。姓了王，拿起妖來便有些咬手。"寶玉問："這是什麼緣故？"王道士道："二爺不見戲裏唱的王道斬妖，鬧得他有法也沒法了。"說的寶玉同焙茗、掃紅都笑的腰也彎了。

王道士道："別講笑話了，正經請二爺把亡人的姓名、年歲開明，或死於刀，或死於繩，或是投河落井，留個底子好填疏頭。"於是寶玉逐一向王道士說明。焙茗拉了寶玉到一旁，告訴道："還有兩個人，怕二爺忘了。"寶玉問："還有那兩個？"焙茗道："不是多姑娘勾搭上了璉二爺，被璉二奶奶知道，多姑娘吃不住，一索子吊死的？"寶玉罵道："放屁，這種混賬東西，也講起他來。"焙茗哚著嘴就不言語了。

寶玉問："還有誰呢？"焙茗道："那一個也不說了，省碰二爺釘子。"寶玉再三根問，焙茗才又道："這一個就是二姑娘屋裏的司棋姐姐。"寶玉忙問道："司棋出去怎麼樣死的？我還不知呢。"焙茗道："就爲他表兄潘又安逃走了又回來，司棋情願嫁姓潘的，他娘不依，司棋烈性，撞破了腦袋。死的比投河奔井慘多著呢。"寶玉聽了，蹬足歎道："怎麼有這樣狠心的娘，連自己女孩兒也不疼的！"又暗暗想道，林妹妹不叫我改太虛宮的對聯，果然風月債難酬，可不該這樣點醒人家嗎？那時候，我睜眼瞧著他出去，沒法兒保全他，倒是我的罪孽了。呆呆的出神了一會，復又想出智能兒，雖已出了家，也是"薄命司"裏的女孩兒，還該添上。於是因智能想到秦鍾，脈脈關情，黯然回首，便去告訴王道士，疏紙上添了。焙茗上來催寶玉道："二爺快回罷，瞧這天就要下雪了。"寶玉起身，王道士送出廟門道："二爺公事忙，不必天天到這裏，打發一位管家來也使得。"寶玉上了馬，與焙茗、掃紅趕回，當下就在怡紅院襲人屋裏歇了。

次日，天才明，寶玉醒來聽見老婆子們已在院子裏掃雪，説道："今年第一場雪下了那麼大，足有一尺厚呢。"寶玉便叫起小丫頭子問："這會兒還下不下?"小丫頭連忙出去掀簾子瞧，道："已出了太陽了。"寶玉起身穿衣，襲人也著忙起來，伺候漱盥已畢，寶玉隨便吃了些點心，先到蘅蕪苑一轉，見這些老婆子們各自帶了苕帚，照分管的地界，將積雪掃開，已顯出一條路來。便吩咐他們："走櫳翠庵這條路也要掃淨，老太太去賞梅花呢。"説著，一路觀看，正喜雪霽天晴，透起一輪旭日，照耀得瓊樓琪樹分外光明。

從蘅蕪苑來到瀟湘館，黛玉尚未起身，便到麝月屋裏，見麝月正對著鏡子梳頭。寶玉放輕脚步走到背後站著，鏡子裏已照出兩個人臉兒。麝月只管梳他頭，並不回過臉來。寶玉便走到他面前向桌上拿起篦箕道："多時不與你篦頭了。"麝月便伸手過去把篦箕奪下，道："如今可再不敢勞動二爺了。"寶玉道："爲什麼如今不要我篦頭了?"麝月帶笑不笑的説道："二爺愛弄這些，新的舊的要篦頭的人還不少。"寶玉道："你才在鏡子裏瞧見了我，爲什麼不理我?"麝月道："我没瞧見。"寶玉笑道："鏡子裏明明有我，怎麼你瞧不見?"麝月道："我這面鏡子是黑的了，鏡子裏的二爺我就瞧不見。"寶玉道："黑了爲什麼不拿去明一明?"麝月道："不是鏡子黑，是我這個人黑了，對照過去，連鏡子都昏暗了。"

　　寶玉聽說麝月的話來，便道："你別性急，少不得園子裏頭的鏡子還要叫他明出幾面來就是了。今兒請老太太到半仙閣去賞梅，你也跟著奶奶去鬧熱一天。"說著，轉身便走出了瀟湘館，來到賈母處請安，道："老祖宗高興年年做'消寒會'的，前兒史大妹妹這幾個人，等天下了雪請老祖宗到園子裏去賞雪看梅，湊巧夜兒下了這場大雪。我請老祖宗去賞了雪回來再做'消寒會'，不知老祖宗高興不高興？"賈母歡喜道："有雪有梅，就在園子裏做'消寒會'，再沒那麼映時景的了，何必定要在這裏呢！見過你太太沒有？"寶玉道："先請了老祖宗，再到太太那裏去呢。"賈母道："你去對太太說，就打發人去請了姨太太，珍大嫂子那邊也去說一聲，今年大大的做個'消寒會'。"寶玉得了賈母的話，越發興頭，忙去告訴了王夫人，仍回怡紅院來。

　　襲人見了寶玉，道："如今遵瀟湘館奶奶吩咐，春衣冬衣雖然該晴雯、紫鵑他們經管，但是你在這裏出去的，他們那裏知道，天才下了雪，衣服也該添換，怎麼一閃眼就跑了出去！"正說著，晴雯也來道："我早上醒來，聽說下了雪，知道二爺是起得早的，趕忙穿好衣服出來，誰知他已跑得沒影兒了。今兒愛穿什麼衣服早言語一聲兒，讓人家去翻騰出來。"襲人笑道："有一件衣服他兩三年不肯穿了，如今有了俄羅斯國匠人，可該拿出來穿穿。"晴雯聽了，知道說的是孔雀裘，並會意寶玉所以不肯穿的緣故，便要去開箱找尋，道："一個紫鵑是生手，我雖然經由過的，也隔了兩三年，一時摸不著頭路。"寶玉忙拉住晴雯道："在自己家裏換什麼衣服？就是出門會客，你們手頭找出什麼衣服，我便穿什麼，也值得費那麼些力氣？"晴雯道："你自然不講究這些，太太同奶奶們看見了，難免說我們不經心，底下須得同紫鵑費兩天工夫，把箱子統翻疊過一遍，才有頭緒呢。"襲人道："我還有些記得,同你們找罷。"於是襲人便進去指點,開那一只箱。

　　寶玉也跟著,見開了一只箱子沒有孔雀裘,上面疊著一套烏云豹,寶玉道："就穿這好。"晴雯取了出來與寶玉換上,聽自鳴鐘點子已交巳正初,忙傳寶玉的飯菜,伺候用畢,然後各人都吃了飯。寶玉催他們快走,自己先到賈母處,見王夫人、鳳姐、寶琴、玉釧已在屋裏,不多時便有尤氏帶了佩鳳、文花,並邢夫人、薛姨媽、香菱陸續到來。賈母早命王夫人打發人到園子裏止住他們,說："地上掃不盡的雪凝凍滑擦,不必到這裏來回的跑。"所以園子裏的人在半仙閣等。這裏鳳姐同鴛鴦兩邊兩個人扶了賈母,一群人簇擁著步出園門,早備暖轎在門首伺候。賈母坐了,一徑抬至半仙閣下轎。李紈、寶釵、湘云這班姊妹早迎了出來,一同進內。

　　賈母先在閣子底下瞧了一瞧,然後慢慢步上扶梯,見屋子裏居中炕榻上安設一位獨坐墊,賈母便叫添上一副坐墊靠枕。薛姨媽坐了客位,細細瞧閣子窮工極巧,彩飾煥然,便道："我記得,這一座門子裏向來沒有上來過呢。"鳳姐在旁笑道："這是寶兄弟的孝心,因要請老祖宗來看梅賞雪,嫌這裏沒個坐落地方,夏天才動工起造的。"賈母歡喜道："就是太富麗了些,想起來這窗子也必得用玻璃鑲嵌才有趣。若別的窗子裝在上頭,望到外面去就瞧不見,推開了窗未免風冷,這定是寶玉的盤算了。"薛姨媽陪笑道："難得哥兒的孝心,想出這樣佈置,也虧他們一時就找出那麼大的玻璃來。"

　　賈母道："咱們何不把炕榻抬過去,靠近窗子些瞧的才清楚。"一句話,早有七八個家人媳婦過來,動手把炕榻移近窗前,賈母與薛姨媽照舊坐下。薛姨媽道："這麼著,果然滿園子的雪景都瞧見了。那一帶的紅梅開在雪裏，覺時分外紅的有趣。"賈母道："咱們上了幾歲年紀，老眼模糊，下雪後賞梅也這配看這些紅的，再別聽他們說梅花是白的雅靜，對著白茫茫一片，只好聞些香，那裏還瞧出花來呢?"薛姨媽道："不要說老太太享了那麼大的壽年，我還趕不上老太太一半年數，這一帶梅花變了白的，怎麼認得清這是梅那是雪呢?"

賈母正和薛姨媽閑話，鳳姐過來回道："今兒老祖宗愛瞧戲，還是聽清音，就去傳他們來。"賈母向薛姨媽道："咱們瞧幾出戲熱鬧些，連清音班也傳了來，可憐他們天天拘束在那裏，叫都來瞧瞧這新閣子，散蕩一天。"鳳姐忙叫人去傳，一時兩班女孩子都到，賈母、薛姨媽隨意點了兩齣戲。因天冷，恐賈母不耐煩熬夜，早就擺開筵席。坐的是薛姨媽、賈母、邢、王二夫人、尤氏、李紈、鳳姐、史湘雲、薛寶琴、李紋、李綺、迎春、探春、惜春、鴛鴦、玉釧、黛玉、寶釵、寶玉，紗子外四席是香菱、佩鳳、文花、平兒、晴雯、紫鵑、襲人、鶯兒、彩云、翠縷、麝月、秋紋、侍書、素云、雪雁、同貴、文杏、入畫這一班人。琥珀、玻璃、翡翠輪替出來伺候賈母，晴雯、紫鵑又拉了各位姑娘帶來的丫環隨便入座，坐的地方一色玻璃窗子。

賈母最喜歡熱鬧的，滿閣子裏一瞧，道："我記得上年沒做'消寒會'，今年做的比往年有興，也算補了上年的虧缺。"說著，向紗子裏面一瞧，道："那黑鴉鴉坐的半屋子都是些什麼人?"鳳姐陪笑道："那都是跟姑娘們的丫頭，同咱們自己家裏的。林妹妹叫都來伺候老太太，賞他們也樂一天。"

賈母道："原該是這麼樣，我記得當年，先你爺爺晚上叫寶玉的老子念書，講的什麼《孟子》上的'獨樂樂，不如與人樂樂。'"眾人從沒聽見賈母講過四書，猶如聽賈政講笑話一般。又聽賈母把四個

樂字都作圈聲念了，先是湘云怕要笑出來，拿手帕子握了嘴勉强忍
住，便尋話向黛玉道："大嫂子擺酒這天，你們換出新樣兒來孝敬老
祖宗。今兒可能再想出什麼法兒來，算你們好的。"寶玉道："文花
姑娘唱的好小曲，佩鳳姑娘會吹簫，不是珍大嫂子叫他唱，怕未必
肯。"鳳姐聽道："我去説去。"便站起身來到那邊席上，向尤氏附耳
説了兩句話。尤氏便叫文花過來，要他唱曲。

　　文花笑著搖頭，鳳姐笑道："我看珍大嫂子瞎碰了這個釘子怎
麼下臺？"寶玉道："文姑娘唱了曲，我串一齣戲文給你們瞧。"説著，
便叫清音裏的孩子取了一枝簫來交給佩鳳。鳳姐兩只手拉了他們
兩個，到賈母炕榻旁邊道："珍大嫂子叫文花姑娘唱小曲孝敬老祖
宗來了。"賈母笑道："我就愛聽這個。"便叫他們在小杌子上坐了，
戲文暫且煞了臺，文花再不能推辭，只得唱了一支。剛才戲文正唱
《神亭嶺》孫策大戰太史慈，大鑼大鼓煞了場，忽聽鶯聲婉囀，一縷
清音裊如散絲，和以簫韻悠揚，覺分外悦耳怡神。聽的賈母樂了，
又叫接唱兩支。鳳姐道："老祖宗，聽文花姑娘唱的曲兒，比劉姥姥
的高底兒響叮噹怎麼樣？"一句話引的賈母也笑起來。賈母又問了
他們幾句話，文花、佩鳳然後退下。

　　文花眼睃寶玉微笑，道："你的戲不唱，我可不依你的。"湘云便
要寶玉與晴雯同唱《小宴》。晴雯發急道："史大姑娘，你別鬧我了，
老太太、太太都在這裏，算什麼呢！我本來是病西施，如今一唱戲，
倒真成了醉楊妃了。"湘云道："原是爲老太太在這裏，變法兒要他
樂一樂，包管太太再不説你什麼就是了。"於是平兒、紫鵑這班人你
拉我扯，擁晴雯到戲房裏紮扮起來。寶玉扮了唐明皇，一出場剛唱
了"天淡云閑"四個字，晴雯臉上臊，走不出來，重又回了進去，害得
滿座的人都交頭接耳笑個不止。那時蕊官要接唱《埋玉》，已扮就

身子，便上場替了晴雯。賈母叫琥珀取眼鏡戴上，盯著眼把扮唐明皇的瞧個仔細，道："這不像是寶玉嗎？"王夫人道："可不是這混賬東西嗎？"鳳姐忙陪笑道："寶兄弟就爲老祖宗瞧這班子裏幾個孩子都爛熟的了，想法兒自己上場，這才真是斑衣舞彩呢。"賈母笑道："他多早晚兒學會了這個？在自家家裏玩兒也沒有什麼使不得，便是他鳳姐姐說的，也算這孩子的孝心。太太你別說他淘氣。"王夫人只得陪笑應了一聲"是"。薛姨媽也笑道："托老太太的福，帶挈咱們瞧瞧哥兒的戲還不好嗎？"

一時《小宴》進場，寶玉卸了妝，藕官自同蕊官接唱《埋玉》。寶釵道："我最不愛瞧這種戲。唐玄宗平日養癰爲患，倉卒避兵西蜀，不能保全一妃子。'此日六軍同駐馬，當時七夕笑牽牛'，該有李義山的詩句譏誚他。什麼戲串不得，要唱這樣頹喪的戲。"湘云道："寶姊姊，你自己不會唱，二哥哥白唱給你瞧了，偏有這些講究。"寶釵道："我原不會唱戲，我會唱是要唱《琵琶》、《荊釵》裏節義可風的戲文。"湘云道："詞曲一道，流品本低，戲場上的忠臣孝子，不過是優孟衣冠。所以詩集中寧存溫李淫靡之詞，不選青史流芳之戲曲。至於陶情取樂，無可無不可，難道定要唱錢玉蓮投江，趙五娘吃糠嗎？"寶釵道："你們聽云丫頭的話，不知說到那裏去了，真可謂強項矣。"探春道："咱們別再講戲了，就聽史大妹妹的話，玩品實是高的。他同二哥哥兩個鬧了半年的詩社還沒鬧成，如今年也近了，趁這新閣子落成，人也齊全，咱們到這裏來起一社好過年。明兒的束就算了史大妹妹的。"寶玉聽了歡喜道："虧是三妹妹提醒，鬧了幾個月戲，竟把這件事忘了。咱們何不就定了明兒？遲了一兩天，怕滿園子裏雪被太陽收拾了去，減了梅花的精神，就掃了咱們的詩興了。先算算有幾個人。"寶釵道："先前詩社裏頭的人都在這裏，沒短一個。"黛玉道："還添了琴妹妹、紋妹妹、綺妹妹、香菱四個人。"探春道："可巧二姊姊昨兒回來了，還要拉大嫂子在那裏。"李紈道："賀林妹妹新婚詩，我胡謅了幾句。你們起詩社，別拉扯我。"寶釵道："大嫂子不高興，這裏人也夠了。"當下約定。

......

（道光十三年藤花榭刊袖珍本）

施公案（節録）

[清]無名氏

第四三三回
口占雀屏允稱快婿　夢聯鴛枕竟遂良緣

話説計全、李昆看了新房，由殷龍陪伴出來，仍到客廳飲了一回酒，這才散席。賀人傑今日却不曾來，仍在南莊。那屋内有殷龍的兩個兒子陪他。計全、李昆回去，殷猛、殷勇這才回來。當下計全、李昆就把新房内所有陳設如何精緻，如何繁華，與人傑説了一遍。人傑外面害臊，心裏却甚歡喜。光陰迅速，早又是十六。這日一早，殷龍就派人拿了名帖及衣冠等類過來，請二位大媒並新郎過去。當由計全、李昆將衣冠接過來，令人傑裝束。不一會那邊又放三乘大轎過來，却好人傑已裝束停當。計全、李昆先上了轎，然後人傑也上了轎，還有鼓樂在前引導，一路吹吹打打，不一刻已到莊前。

那莊口上早有人在那裏盼望，一見新貴人已到，趕著有人取了一掛旺鞭點燃起來。只聽炮聲震耳，那鼓樂更是不住吹打。三乘大轎由正門而進，到了前廳，三人下了轎。計全、李昆引著人傑趨蹌而進。裏面早有許多親戚朋友迎接出來，一齊進了正廳。計全、李昆先與殷龍道喜，然後賀人傑由殷龍起挨次行禮，拜見諸親友。見禮已畢，又有儐相將人傑領入後堂，拜見岳母等人。當下殷龍體貼入微，就命儐相此時不必拜見，隨後一起見禮罷，儐相答應退出。此時客廳上來看新姑爺的人，已擁擠的數層，你言我語。有的道："這新姑爺真是好體面的！"有的道："你知他生得體面，不知他的武藝更好呢！"

又有的道："我是知道他武藝的，那年在我們這裏爭鬥的時節，我們老莊主都不曾贏他一刀一槍，你道他本領可好不好呢！"那個又道："那年他在這裏的時節，那身材比現在還要小呢，看將去真是個小娃娃，不過隔了兩三年就長成爲大人了。"又有一個道："看將起來，他不過十八九歲。"那個又道："何嘗不是呢。我老說比老莊主的女兒大一歲，今年賽花姑娘十七歲，他一定是十八歲了。"又有的道："以我們家賽花姑娘匹配把他，這才是：'天生一對，地生一雙'呢！兩個人模樣兒又好，武藝兒又好，真是選也選不出來的。"那個又道："如果不是這樣，我們老莊主也不肯就答應嫁他呀。"又有一個道："不知我們賽花姑娘曾看見過他麼？"那個又道："你不是發糊塗麼！你不記得那年，賽花姑娘還與他戰了好幾陣，兩個人一般的不分勝負。"

大家正說笑之間，忽聞得一片鼓樂之聲從裏面吹出，原來是儐相率著樂人出來，請賀人傑進去沐浴更衣，參拜天地。當下賀人傑隨著儐相進去；停好一會，復由儐相、鼓樂將人傑引導出來。只見人傑此時不似進門時模樣，但見朝衣朝服、披紅插花簇簇新一個新貴人。到了客廳略坐片刻，有莊丁擺上酒席，大家依次入席。今日賀人傑是首席首座，大家坐定。由殷龍送酒已畢，然後各人胡亂自吃了一頓飽。爲的是巳正二刻吉時新人交杯合卺，因此大家不便鬧酒，惟恐耽誤吉時。且留著量晚間痛飲，因此吃得頗爲快速。午飯已畢，又稍停了片刻，只見儐相來請新貴人登堂交拜。賀人傑即隨儐相進入，裏面紅氈貼地，殷賽花早有兩位攙親全福太太並喜娘人等攙扶出來。

儐相贊禮，二位新人先拜了天地、祖宗，然後彼此交拜，送入洞房。由賀人傑帶著紅巾，二人坐床撒帳，合卺交杯，諸事已畢；儐相在外又請兩位新人出堂，恭拜親戚故舊。喜娘在裏面答應。不一刻二新人扶出洞房，來到客廳，分上下首站起。此時廳上所有親友齊列兩旁，只聽殷龍開口説道："請二位大賓老爺開拜。"儐相迎接奉請，計全、李昆二人即便上前，儐相便請二位新人拜見，共計拜了四拜。計、李二人亦復回拜了四拜。那邊殷龍還道："諸事大賓費神，理當再拜四拜。"計、李二位再三遜謝，儐相這才止住。接著家內親戚，挨次拜畢。最後請殷龍夫婦暨殷猛、殷勇夫婦，殷剛、殷强等人，拜畢，諸親友退下。復由喜娘攙扶新娘進房，人傑亦隨了進內。兩位新人就在洞房稍歇片刻。儐相復又出來，請諸位親友去看看新娘。殷龍首先邀了計全、李昆二人，其餘親友亦各隨其後，大家一起來到小桃源。

計全、李昆首先進房。喜娘一見大賓老爺進來，當即請新娘立起迎接。計全、李昆近前將賽花上下看了一遍，極口稱讚道："風流莊靜，體態端凝，將來定準是一位夫人，真生得好個福相。"説罷，又掉轉頭來望殷龍説道："老大哥！這是你的福氣。這樣一對佳兒佳婿，你也算得心滿意足了。"殷龍道："這總是托老弟及大人的恩典，成全他們的良緣，劣兄有什麼福分呢。"接著諸親友挨次近前看了一回，無非是稱讚個好字。大家看過新娘，復由殷龍邀同出去。裏面還有些女眷去看新娘，我也不必細表。

此時是仲冬天氣，俗話説得好："十一月中，梳頭吃飯工。"極言日短之意。就是這兩個新人拜堂已畢，送入洞房，交杯合巹，復又出來參拜親友，大家看過新娘，卻又是上燈時分。只見前後各處所有的燈燭，只點得一色的通明，如同白晝。殷龍因喜歡熱鬧，又雇了兩班清音，分爲前後，演唱曲詞。此時諸事已畢，兩班清音便一齊打了鑼鼓開唱戲文。只聽得鼓樂喧天，聲音嘹亮，前後都大唱起來。不一刻廳上又擺出酒席，晚間的首席座便是計、李二位。廳中一順排了兩席。計全年齡稍長，就在上首一桌首席上坐下；李昆年齡稍輕，就在下首一席首座坐下。殷龍在計全這席相陪，其餘諸親友各依年齡坐定。

殷龍又叫人將人傑請出來，派他在第三席坐下。人傑再三相讓不敢先坐，諸親友亦再三相讓，人傑只得坐下。酒過三巡，清音拿了戲目上來，請諸位尊客點戲，乃送至計全面前請點。計全也不看戲目，只點了一齣《滿床笏》。其次李昆點了一齣《佳期》。再其次即挨到人傑，人傑不敢。先各親友，招呼班頭送往他客先點。各親友有點《教子》的，有點《梳妝跪池》的，有點《大宴》的、《小宴》的，還有點《賞荷》的，各人點畢。挨到殷龍點了一齣《甘露寺相婿》接唱《洞房》。大家一看殷龍這齣戲，齊聲笑道："你看這老兒自命得太厲害了！誰不知你相得好女婿，你還怕人説你眼力不好，偏要點這出戲炫耀於人。你這老兒也未免太狂了。"説罷，大家笑個不止。

於是清音就唱起來。諸親友傳杯弄盞，互相痛飲。酒至半酣，大家皆吃得高興。如何大鬧洞房，且看下回分解。

（道光十八年刊本）

紅樓幻夢（節錄）

〔清〕無名氏

第十六回
深悟道雙玉談因　小游仙群釵入夢

話說寶玉、黛玉聽了翠羽的話，趕回瀟湘館。一面走，一面問是什麼東西。翠羽道："不認的。"黛玉道："是那裏來的？"翠羽道："竹子上長的。今兒張媽打掃竹林，月洞窗前，有根竹子梢上長出件東西來，像蘆花似的。三姨娘剛才瞧見，他說從來沒有的。"

……

一日新涼，晚荷舒豔，各種秋花開得極盛。到處香風撲鼻。黛玉邀齊諸姊妹在百花廊賞玩秋芳，先看了一回晚荷，再集百花廊。黛玉道："我想做一個玩意兒的會。"湘云道："你別說，待咱們猜。"一面到階前掐了一朵花，遞與黛玉道："可是做這花的會？"群釵同看，原來一枝翠海棠。黛玉笑而未言。探春道："這花的顏色新奇極了，詠這詩可不容易。"黛玉道："不必做詩，倒要唱曲。"湘云道："怎麼樣呢？"黛玉道："咱們來鬥花。各人去采十種，拿來比，同的罰唱曲，不會唱的免。鬥花所采的花，將各式瓶幾陳設起來，聞花香，聽曲韻，名曰香韻會。如何？"群釵同說："這個會雅極了。"

探春道："瀟湘的文思愈出愈奇，咱們采花來鬥。"於是各人尋花覓草，過了一晌，紛紛袖花而至，比並起來，同的甚多。湘云道："今兒的曲子夠唱了，明兒早些鬥花，曲子更多。"鳳姐道："咱們唱的費力，大嫂子合四姑娘不唱曲，只坐著聽，該替咱們張羅張羅，叫丫頭們時常倒茶、打扇子才是。"李紋道："你才學了兩支曲子，就得意的這個樣兒。他們會吹會彈，曲子又多又好，豈不要把我當丫頭使喚嗎?"

大眾笑了一陣，氍單鋪處，換膜和弦，浪起調來，一一輪唱。黛玉唱了一套《尋夢》，寶玉打鼓板，晴雯吹笛，妙玉彈弦，喜鸞呼笙，這套曲，五人合就的音節韻度，妙到遏云繞梁。晴雯唱了一套《寫真》，妙玉唱了一套《離魂》，喜鸞唱了一套《圓駕》，寶釵唱了一套《盤夫》，寶玉唱了一套《玩箋》，接唱一套《草地》，湘云、香菱對唱《小宴驚變》，寶琴、李綺對唱《折柳陽關》，鳳姐唱了一支《喬醋》，探春唱《游園》接《驚夢》，再挨到紫鵑的《他把俺小癡兒終日胡纏》，襲人的《春來萬卉鬥妖姹》，麝月的《陵谷變》，蕙香的《苦日裏有個本蓮僧》，這套曲是紫鵑、鶯兒鼓板，弦子合純的滾頭，精妙異常，人人喝采。秀筠的《只見漢嶺云橫雷蔽》，輕云的《我兒夫築死在長城底》，這兩套也是紫鵑、鶯兒鼓板，三〔弦〕配合的絕技，其餘新學的丫頭又唱了幾支。音靜飲闌，群釵才散。

（道光二十三年□景齋刊袖珍本）

品花寶鑒（節錄）

〔清〕陳　森

第一回
史南湘制譜選名花　梅子玉聞香驚絕豔

京師演戲之盛，甲於天下。地當尺五天邊，處處歌臺舞榭；人在大千隊裏，時時醉月評花。真乃說不盡的繁華，描不盡的情態。一時聞聞見見，怪怪奇奇，事不出於理之所無，人盡入於情之所有，遂以游戲之筆，摹寫游戲之人。而游戲之中最難得者，幾個用情守禮之君子,與幾個潔身自好的優伶,真合著《國風》好色不淫一句。先將搢紳中子弟分作十種,皆是一個情字。

一曰情中正,一曰情中上,一曰情中高,一曰情中逸,一曰情中華,一曰情中豪,一曰情中狂,一曰情中趣,一曰情中和,一曰情中樂;再將梨園中名旦分作十種,也是一個情字。

一曰情中至,一曰情中慧,一曰情中韻,一曰情中醇,一曰情中淑,一曰情中烈,一曰情中直,一曰情中酣,一曰情中豔,一曰情中媚。這都是上等人物。還有那些下等人物,這個情字便加不上,也指出幾種來。一曰淫,一曰邪,一曰黠,一曰蕩,一曰貪,一曰魔,一曰祟,一曰蠱。大概自古及今,用情於歡樂場中的人,均不外乎邪正兩途,耳目所及,筆之於書,共成六十卷,名曰《品花寶鑒》,又曰《怡情佚史》。書中有賓有主,不即不離,藕斷絲連,花濃云聚。陳言務去,不知費作者幾許苦心;生面別開,遂能令讀者一時快意。正是:鴛鴦繡了從教看,莫把金針暗度人。

此書不著姓名,究不知何代何年何地何人所作。書中開首說一極忘情之人。生一極鍾情之子。這人姓梅,名士燮,號鐵庵。江南金陵人氏;是個閥閱世家,現任翰林院侍讀學士,寓居城南鳴珂里。其祖名鼎,曾任吏部尚書;其父名羹調,曾任文華殿大學士,三代單傳。士燮於十七歲中了進士,入了翰林,迄今已二十九年,行年四十六歲了。家世本是金、張,經術復師馬、鄭。貴冑偏崇儒素,詞臣竟屏紛華。藹藹乎心似春和,凜凜乎却貌如秋肅。

人比他為司馬君實、趙清獻一流人物。夫人額氏,也是金陵大家,為左都御史顏堯臣之女,翰林院編修顏莊之妹,父兄皆已物故。這顏夫人今年四十四歲,真是德容兼備,賢淑無雙,與梅學士唱隨已二十餘年。二十九歲上夢神人授玉,遂生了一個玉郎,取名子玉,號庚香。這梅子玉今年已十七歲了,生得貌如良玉,質比精金,寶貴如明珠在胎,光彩如華月升岫。而且天授神奇,胸羅斗宿,雖只十年誦讀,已是萬卷貫通。士爕前年告假回鄉掃墓,子玉隨了回去,即入了泮,在本省過了一回鄉試未中,仍隨任進京,因回南不便,遂以上舍生肄業成均,現從了浙江一個名宿李性全讀書。這性全系士爕鄉榜門生,是個言方行矩的道學先生。顏夫人將此子愛如珍寶,讀書之外時不離身。宅中丫鬟僕婦甚多,僕婦三十歲以下,丫鬟十五歲以上者,皆不令其服侍子玉,恐為引誘。而子玉亦能守身如玉,雖在羅綺叢中,却無紈綺習氣,不佩羅囊而自麗,不傅香粉而自華。惟取友尊師,功能刻苦;論今討古,志在云霄。目下已有景星慶云之譽,人以一睹為快。

一日,先生有事放學,子玉正在獨坐,却有兩個好友來看他。一個姓顏名仲清,號劍潭,現年二十三歲,即系已故編修顏莊之姪,為顏夫人之姪。這顏莊在日,與士爕既系郎舅至親,又有雷陳至契。不料於三十歲即赴召玉樓,他夫人鄭氏絕食殉節。那時仲清年甫三齡,士爕撫養在家,又與鄭氏夫人請旌表烈。仲清在士爕處,到十九歲上中了個副車。是年士爕與其作伐,贅於同鄉同年現任通政司王文輝家為婿。這王文輝是顏夫人的表兄,與仲清親上加親,翁婿甚為相得。那一位姓史名南湘,號竹君,是湖廣漢陽人,現年二十四歲,已中了本省解元。父親史曾望現為吏科給事中。這兩人同是才高八斗,學富五車,但兩人的情性却又各不相同。仲清是孤高自潔,坦白為懷。將他的學問與子玉比較起來,子玉是純粹一路,仲清是曠達一路。一切人情物理,仲清不過略觀大概,不求甚解。子玉則鈎探索隱,精益求精。往往有仲清鄙夷不屑之學,經子玉精心講貫,便覺妙義環生。亦有子玉所索解不得之理,經仲清一言點悟，頓覺白地光明。這兩個相聚十餘年，其結契之厚，比同胞手足更加親密。那南湘是嘯傲忘形，清狂絕俗，目空一世，倚馬萬言，就只賞識子玉、仲清二人。

這日同來看子玉，門上見是來慣的，是少爺至好，便一直引到書房與子玉見了。仲清又同子玉進內見了姑母，然後出來與南湘坐下。三人講了些話，書僮送上香茗。南湘見這室中清雅絕塵，一切陳設甚精且古，久知其胸次不凡，又見那清華尊貴的儀錶，就是近日所選那《曲臺花譜》中數人，雖然有此姿容，到底無此神骨。但見其謙謙自退，訥訥若虛，究不知他何所嗜好，若有些拘執鮮通，膠滯不化，也算不得全才了。便想來試他一試，即問道："庾香，我問你，世間能使人娛耳悅目，動心蕩魄的，以何物爲最？"子玉驀然被他這一問，便看著南湘，心裏想道："他是個清狂瀟灑人，決不與世俗之見相同，必有個道理在內。"便答道："這句話却問得太泛，人生耳目雖同，性情各異。有好繁華的，即有厭繁華的。有好冷淡的，也有嫌冷淡的。譬如東山以絲竹爲陶情，而陋室又以絲竹爲亂耳。有屏蛾眉而弗御，有攜姬妾以自隨。則娛耳悅目之樂既有不同，而蕩心動魄之處更自難合，安能以一人之耳目性情，概人人之耳目性情？"南湘道："不是這麼説，我是指一種人而言。

現在這京城裏人山人海，譬如見位尊望重者，與之講官話，説官箴，自頂至踵，一一要合官體，則可畏。見酸腐措大，拘手孿足，曲背聳肩而呻吟作推敲之勢，則可笑。見市井逐臭之夫，評黃白，論市價，俗氣熏人，則可惡。

見俗優濫妓，油頭粉面，無恥之極，則可恨。你想，凡目中所見的，去了這些，還有那一種人？"子玉正猜不著他所説什麼，只得説道："既然娛悅不在聲色，其唯二三知情朝夕素心乎？"仲清大笑。

南湘道："豈有此理！朋友豈可云娛耳悦目的？庚香設心不良。"説
罷哈哈大笑。子玉被他們這一笑，笑得不好意思起來，臉已微紅，
便説道："你們休要取笑。我是這個意思：揮麈清淡，烏衣美秀，難
道不可娛耳，不可悦目？ 醇醪醉心，古劍照膽，交友中難道無動心
蕩魄處麼？"南湘笑道："你總是這一間屋子裏的説話，所見不廣，所
游未化。"即從靴韝裏取出一本書來，送與子玉道："這是我近刻的，
大約可以娛耳悦目，動心蕩魄者，要在此數君。"仲清笑道："你將此
書呈政於庚香，真似蘇秦始見秦王，可保的你書十上而説不行。他
非但没有領略此中情味，且未見過這些人，如何能教他一時索解出
來？"子玉見他們説得鄭重，不知是什麽好書，便揭開一看，書目是
《曲臺花選》，有好幾篇序，無非駢四儷六之文。南湘叫他不要看
序，且看所選的人。子玉見第一個題的是：瓊樓珠樹袁寶珠。寶珠
姓袁氏，字瑶卿，年十六歲。姑蘇人。隸聯錦部。善丹青，嫻吟詠。
其演《鵲橋》、《密誓》、《驚夢》、《尋夢》等齣，豔奪明霞，朗涵仙露。
正使玉環失寵，杜女無華。纖音遏云，柔情如水。《霓裳》一曲，描
來天寶風流。春夢重尋，譜出香閨思怨。平時則清光奕奕，軟語喁
喁，勵志冰清，守身玉潔。此當於郁金堂後築翡翠樓居之。因贈
以詩：

> 舞袖輕盈弱不勝，難將水月比清澄。自從珠字名卿後，能
> 使珠光百倍增。

> 瘦沈腰肢絶可憐，一生愛好自天然。風流別有消魂處，始
> 信人間有謫仙。

子玉笑道："這不是説戲班裏的小旦麽？ 這是那裏的小旦，你
贊得這樣好？"仲清道："現在這裏的，你不見説在聯錦班麽？"於玉
道："我不信，這是竹君撒謊。我今年也看過一天的戲，幾曾見小旦

中有這樣好人?"南湘道:"你那天看的不知是什麼班子,自然沒有好的了。"子玉再看第二題的是:瑤臺璧月蘇惠芳。……

再看第三題的是:碧海珊枝陸素蘭。素蘭姓陸氏,宇香畹,年十六歲。姑蘇人。隸聯錦部。玉骨冰肌,錦心繡口。工書法,雖片紙尺絹,士大夫爭寶之如拱璧。善心爲窈,骨逾沉水之香;令德是嫻,色奪瑤林之月。常演《制譜》、《舞盤》、《小宴》、《絮閣》諸戲,儼然又一楊太真也。就使陳鴻立傳,未能繪其聲容;香山作歌,豈足形其仿佛。好義若渴,避惡如仇。真守白圭之潔,而凜素絲之貞者。豐致之嫣然,猶其餘韻耳。爲之詩曰:

芙蓉出水露紅顏,肥瘦相宜合燕環。若使今人行往事,斷無胡馬入撞關。

此曲只應天上有,不知何處落凡塵。當年我作唐天寶,願把江山換美人。

……

第六回
顏夫人快訂良姻　梅公子初觀色界

話說年年交代,只在除夕,明日又是元旦,未免有些慶賀之事。忙了兩天,至初三日,王文輝處就有知單並三副帖子來,知單上開的是:户部侍郎劉、内閣學士吳、翰林院侍讀學士梅、詹事府正詹事莊、左庶子鄭、通政司王、光禄寺少卿周、國子監司業張、吏科給事中史、掌山西道陸、兵部員外郎楊、工部郎中孫、共十二位。士爕看了比去年人更少了,叫小厮拿兩副帖,到書房裏去與魏、李兩位少爺。

到了初五日,顏夫人也要請客,請了他表嫂王文輝的陸氏夫

人，並他家孫氏少奶奶，與兩位表侄女，又請了孫亮功的陸氏夫人，
與其大姑娘，並兩位少奶奶，就是孫大姑娘辭了不來。

這王、孫兩家的陸氏夫人，是嫡堂姊妹，王家的陸氏夫人，是陸
御史宗沅的堂妹，他親哥哥叫陸宗淮，現任四川臬司。

孫家的陸氏夫人，是陸宗沅的胞妹。王家的陸夫人年四十一
歲，孫家的陸夫人年三十九歲。這兩位夫人都是續娶的。雖在中
年，卻還生得少艾，不過像三十來歲的人，而且性愛穠華，其服飾與
少年人一樣。王文輝的夫人生得風流窈窕，是個直性爽快人，與文
輝琴瑟和諧。這孫家的陸夫人，容貌也與乃姊仿佛，但性情悍妒，
本將亮功有些看不起，又為他前妻遺下來三個寶貝，都是絕世無
雙，心頭眼底刻刻生煩，閑來只好將亮功解個悶兒。這亮功從前的
前妻，是極醜陋的，也接接連連生了一女兩男，後娶了這位美貌佳
人，便當著菩薩供養。這個陸夫人，也是自小嬌憨慣的。到了如今
二十餘年，已是四十來歲人，性氣倒好了些，也把亮功看待比從前
好得多了。無奈亮功已中心誠服在前，目下夫人雖能格外施恩，他
卻是一樣鞠躬盡瘁。

陸夫人就生了王恂的少奶奶一個，名叫佩秋，生得德容兼備，
愛若掌珠，十八歲嫁與王家去了。還有個白頭的大姑娘，是不能嫁
人的，新年已二十九歲。嗣徽二十六，嗣元二十四，這兩個廢物，都
已娶了親。嗣徽娶的沈氏，是國子監司業沈恭之女，名字叫做芸
姑。生得齊齊整整，伶俐聰明，嫁了過來，見了那樣丈夫，便想自尋
短見，被他的丫鬟苦勸，只得自己怨命。後來回了娘家，不肯過來。

那位司業公，是個古板道學人，將女兒教訓了一頓，送了過來。
這沈姑娘實在無法，又遇嗣徽淫欲無度，那個紅鼻子常在他臉上擦
來擦去，鬧得沈姑娘肉麻難忍，後來只得將一個陪房的大丫頭，叫

嗣徽收了。這丫頭名叫松兒，生得板門似的一扇八寸長的脚，人倒極風騷的，嗣徽本先偷上了幾次，試用過他那件器物，倒是個好材料，便愛如珍寶，竟有專房之寵。這沈姑娘如何還有妒心，恨不得他們如蛤蚧一般，常常的連在一處，也脫了他的罪孽。外面侍奉翁姑，頗爲承順，背地却時時垂淚。

這嗣元娶的是巴氏，名字叫做來鳳。父親巴天寵，是上江鳳陽人，清白出身。自小當兵，生得一表人材，精於弓馬，又得了軍功，年才四十餘歲，已升到總兵之職，現在天津鎮守海口。聽了媒人謊話，將個愛女嫁了嗣元。

這位巴姑娘生得十分俊俏，桃腮杏臉，腰細身長，柳眉暈殺而帶媚，鳳眼含威而有情，性氣燥烈異常，少小嬌癡已慣，可憐十七歲就嫁了過來。他只道文官之子是個風流佳婿，蘊藉才郎，一見嗣元那個猴頭狗腦的嘴臉，又是期期艾艾，一口結巴，就在帳裏哭了半日。到晚嗣元上床，要與他脫衣，就被他打個嘴巴。嗣元半邊臉，已打得似個向陽桃子，便嚷將起來，似狗狺的一般，揎拳擄臂，也想來打巴姑娘。巴姑娘趁他走近身時，便站將起來，索性的劈胸一拳，把嗣元打了一交，嗣元爬起來往外就跑，伴送婆、家人媳婦、陪房的丫頭一齊拖住，再三的勸他，又將巴姑娘也勸了一會。這巴姑娘原也一時使氣，仔細一想，原悔自己太冒失了，鬧起來不好看，且兼娘家又遠，照應不來，只得忍耐不語。嗣元嘴裏亂說，被伴送婆掩了他的口，與他們卸了妝，脫了衣，再三的和解，服侍他們睡下，方才出去。嗣元經了這兩下，心已悔了，再不敢尋他，只得避在脚頭，睡了一夜。過了幾天，巴姑娘的乳母苦苦的喻以大義，說官家之女，怎好打起丈夫來，就是丈夫生得不好，也是各人前定的姻緣。巴姑娘原是個聰明人，也知木已成舟，不能怎樣，只好獨自灑淚。

這嗣元過了幾天，見他和平些了，便想也行個周公之禮。等他睡著了，便解開了他的衣褲。巴姑娘本要不依，一想吵鬧起來便不好聽，且看看這呆子怎樣。誰想這個孫嗣元，樣樣鄙夷乃兄，獨這件事却沒有乃兄在行，始而不得其門，及得了門時，已是涕淚潸潸，柔如繞指了。孫嗣元又急又愧，巴姑娘又恨又氣，以後非高興時，便輕易不許嗣元近身，所以巴姑娘做了五六年媳婦，尚未得人倫之妙，這也不必敘他。

那一日，文輝的夫人帶了二女一媳，香車繡擡的到了梅宅。顏夫人領著一群僕婦丫鬟迎將出來，引進了內堂。這顏夫人雖四十外的人，尚覺丰采如仙，其面貌與子玉仿佛。顏夫人見瓊華小姐更覺生得好了，清如浣雪，秀若餐霞，疑不食人間烟火食者。而蓉華小姐朗潤清華，外妍內秀。那個孫氏少奶奶佩秋，媚妍婉妙，和順如春。兩夫人見過了禮，然後兩位少奶奶、一位姑娘，齊齊的拜見了顏夫人，各敘了些寒溫。陸夫人問起子玉來，顏夫人說他父親帶他出門去了，瓊華小姐心裏始覺安穩。忽見僕婦報導：「孫家太太與少奶奶到。」顏夫人也降階迎接，陸氏夫人是常見的，那兩位少奶奶雖見過兩次，看今日裝飾起來愈覺嬌豔，顏夫人也深知其所適非天，便心裏十分疼愛起來。當下各人見禮已畢，談起家常來，文輝的夫人，總稱贊子玉，似有欣羨之意。亮功的夫人笑道：「姐姐，你的外甥固好，就我的外甥女也不錯。你既然這樣心愛，你何不將我的外甥女，配了你的外甥，也如我將我的外甥，配了你的外甥女一樣。你們親上加親，教我也沾個四門親的光兒不好嗎？」顏夫人初聽，竟摸不清楚，後來想著了，就笑道：「姊姊好口齒，這麼一繞，叫我竟想不出誰來？我們是久有此心，恐怕自己的孩子頑劣，不敢啟齒，怕碰起釘子來。我想表嫂未必肯答應的。」

文輝的夫人道:"姑太太是什麼話,咱們至親,那裏還有這些客話。倒是我的孩子配不上外甥是真的。姑太太想必不肯作主,還要讓姑老爺得知,姑老爺心裏怎樣?"顏夫人道:"我們老爺也久有此心,在家也常說起來。去年表兄來托我們做媒,我就要說出來,剛剛有件什麼事情來,就打斷了,沒有能說,至今還耿耿在心的。"亮功的夫人冒冒失失道:"就這樣罷,兒女之事,娘也可以作得主的,定要父親嗎?"顏夫人道:"若別家呢,我就不敢做主,自然要等他父親答應。若說這外甥女,是我們二人商量過許多回了,都是一心一意的,只要表嫂肯賞臉就是了。"文輝的夫人道:"我們也是這樣。"亮功的夫人道:"既如此,你們兩親家見一個禮,一言為定罷。"顏夫人就對文輝的夫人拜了一拜,文輝的夫人也拜了。亮功的夫人實在爽快,將顏夫人頭上仔細一看,拔下一枝玉燕釵,就走到瓊華面前與他戴上,瓊華兩頰發報,用手微攔。亮功的夫人笑道:"這是終身大事,不要害臊。"羞得瓊華小姐置身無地,說又不好,避又不好,除下釵子又不好,低了頭,雙波溶溶,幾乎要羞得哭出來。他的母親與顏夫人看了,皆微微的含笑,眾少奶奶也都笑盈盈的。蓉華見妹子著實為難,便拉著他到闌幹外看花,又到別處屋子裏去逛,眾少奶奶一齊跟著去了。亮功的夫人道:"我這個媒做得好麼,你們兩親家,都應感激我,真個是郎才女貌,分毫不差。比不得我們那三個廢物,兩個廢男,已經害了兩位姑娘,還有個廢女在家,難道也能害人麼? 這也就可以不必了。"文輝的夫人道:"你們兩位少奶奶倒和氣麼?"亮功夫人冷笑道:"怎麼能和氣? 人心總是一樣,難道我還能幫著兒子說媳婦不好? 我自己看看也過意不去。大房呢,他外面還能忍耐,不過悶在心裏,閒時取笑取笑他。二房的性子比我還燥。我們那老二更不如老大,嘴裏勒勒勒勒的勒不清,毛手毛脚不安靜,我聽得常挨他媳婦打,打得滿屋子嚷,滿屋子跑,我也只好裝聽不見。花枝兒般的一個媳婦,難道還説他不好?叫他天天與個猴兒做伴,自然氣苦交加。我是最明白的,不比人家護短,就自己兒子好。也只有你妹夫才生得出這樣好兒女來。"説得兩位夫人皆笑。且説衆少奶奶同著瓊華小姐,逛到一處,是個三小間的套房,甚是精緻。

名書古畫,周鼎商彝,羅列滿前。内裏有兩個小丫頭,送上茶來。沈氏少奶奶問道:"這間屋子是誰住的?"小丫頭道:"是少爺住的。"沈氏少奶奶道:"少爺不在屋裏麼?"小丫頭道:"不在屋裏。"衆少奶奶便放了心逛起來。到了里間,見小小的一張楠木床,錦帳銀鉤,十分華豔,似蘭似麝,香氣襲人。

衆少奶奶見這屋子精雅,便都坐下。巴氏少奶奶是没有見過子玉的,見鏡屏裏畫著一個美少年,麪粉唇朱,秀氣成采,光華耀目,覺眼中從未見過這樣美貌人,便拉孫氏少奶奶同看道:"姑奶奶你看這畫,畫得好麼?"孫氏少奶奶一笑道:"這個就是我們將來的二姑爺,真畫得像。"蓉華與沈氏少奶奶都來看子玉的小照,惟有瓊華不來,獨自走到書桌邊。隨手將書一翻,見有一張花箋,寫著幾首七言絶句,題是《車中人》,像是見美人而有所思。看到第三首末句,是押的瓊字韻,用的是仙女許飛瓊;第四首末句是押的華字韻,用的是仙女阮淩華。

瓊華看了心裏一驚,想道:這位表兄原來這般輕薄,他倒將我的名字拆開了押在韻裏,適或被人見了怎好。遂趁他們在那裏看畫,即用指甲挖去了那兩個字,臉上紅紅的,獨自走了出去。

那邊衆少奶奶也出來,巴氏少奶奶還將子玉的小照看個不已,出來時還回頭了兩次,不覺失口贊道:"這才是個佳公子呢。"

　　衆佳人微笑。顏夫人著丫鬟來請坐席，衆佳人方才出來。這席分了兩桌：三位夫人一桌，五位佳人一桌。席間兩位陸夫人好不會講，這邊那幾位少奶奶，也各興致勃勃。唯有瓊華小姐，今日心神不安，坐在席間說也不說，心裏恨他的姨母將顏夫人的釵子戴在他頭上，便覺得這個頭，就有千斤之重，抬不起來。

　　衆少奶奶知他的心事，雖尋些閒話來排解他，他却總是低頭不語，懊悔今日真來錯了。這兩位夫人，與衆佳人敘了一日，直到晚飯後定了更才散。

　　次日，要說妨蘇會館團拜的事了，一早梅學士先去了。聘才於隔宿已向子玉借了一副衣裳，長短稱身。只有元茂嫌自己的衣服不好，悶悶的不高興，見了子玉華冠麗服的出來，相形之下頗不相稱，便賭氣脫下衣裳，仍穿了便服，說道："我不去了。"子玉就命云兒進去。稟知太太，將我的衣服拿一副出來，說李少爺要穿，云兒隨即捧了一包出來。誰知子玉雖與元茂差不多高，而身材大小却差得遠甚。元茂項粗腰大，不說別的，這領子就扣不上；束起腰來，短了三寸。子玉道："不好，我的衣服你穿不得，不如穿我們老爺的罷。"又叫云兒進去換了，拿了梅學士的衣服出來。這梅學士生得很高，兼之是兩件大毛衣服，又長又寬。元茂穿了，在地下亂掃。聘才替他提起了兩三寸，束緊了腰，前後抹了幾抹，倒成了個前雞胸後駝背。

　　再穿了外面的猞猁裘，子玉又將個大毛貂冠給他戴了，覺得毛茸茸的一大團，車裏都要坐不下去，惹得子玉、聘才皆笑。帶了四個書童出來，外面已套了兩輛車，四匹馬。子玉獨坐一車，聘才、元茂同坐一車，一徑來到姑蘇會館，車已歇滿了。

　　三人進內，梅宅的家人見了，迎上前來，道："王少爺、顏少爺來了多時了，諸位老爺早已到齊。"遂一直引至正座，見已開了戲。座中諸老輩，子玉尚有幾位不認識，士燮指點他一一見了禮，這些老前輩個個稱讚不休。隨後聘才、元茂上來與王文輝見禮。聘才還生得伶俐，這元茂又系近視眼，再加上那套衣服，轉動不便，一個揖作完，站起來，不料把文輝的帽子碰歪在一邊。文輝連忙整好，元茂也脹紅了臉，就想走開。

偏有那司業沈公，年老健談，拉住了子玉，見他這樣豐神秀澈，如神仙中人，想起他那位嬌客來，真覺人道中，有天仙化人、魑魅魍魎兩途。便問了目下所讀何書，所習何文的話，子玉一一答了。子玉尚是年輕，被這些老前輩，你一句我一句的贊，倒贊得他很不好意思。沈大人放了手，子玉等告退，來至東邊樓上，王恂、顏仲清便迎上來，都作揖道："我們已等久了，怎麼這時候才來？"子玉道："今日起遲了些，那孫大哥、孫二哥還沒有來麼？"王恂道："也該快來了。"王、顏二人又與聘才、元茂款接了一番。只見對面樓上來了幾個，先是右侍郎的少君劉文澤做主，請了史給事的少君史南湘、吳閣學的外甥張仲雨、姑蘇名士高品、國子監司業沈公之子沈伯才、天津鎮守海口巴總兵之子巴霖，這兩位就是孫氏弟兄的妻舅。還有一個本京人，原任江蘇知縣之子馮子佩，尚未到來。這一班人，子玉除了南湘、文澤之外，恰不認識。這劉文澤字前舟，系中州世家，已得了二品蔭生。這人最是和氣，性情闊大，藹然可親，尤好結交，與徐子雲、華星北均稱莫逆。那個張仲雨是揚州人，生得俊秀靈警，是進京來趲異路功名的，就住在他舅舅吳閣學家。一切手談博弈，吹竹彈絲，各色在行，捐了個九品前程，是個熱鬧場中的趣人。這高品是蘇州人，號卓然，是個拔貢生。聰明絕世，博覽群書，善於詼諧，每出一語，往往顛倒四座。與沈司業有親，因此認得孫氏弟兄，時相戲侮。這沈伯才是個舉人，年已三十餘歲，近選了知縣，將要赴任去了，是個精明強幹的人。這巴霖却從他父親任上來看他姐姐的。他的相貌與他姐姐一樣俊俏，年才二十歲，文武皆能。因與孫氏昆仲不對，情願住在店裏，與劉文澤倒是相好。

當下王恂、仲清引了子玉過去，與他們一一見了，彼此都是年誼世交，各敘了些仰慕之意。劉文澤道："庸庵，你請客怎麼不通知我一聲。就是你請這二位生客，我們在一處也很好，何必又要另坐在那邊。"王恂笑道："不是我定要與你們分開，庾香是不用說的，就是這李、魏二位長兄，也是最有趣的人。我今日還請了孫氏昆仲，這兩位與衆不同的，沈大哥雖不接洽，還不要緊，想能容得他。我實在怕巴老三一見他們，就要鬧起來。"衆人皆笑。

巴霖道："王大哥，這就是你不該。你既然有三位尊客，就不應請那兩個惡客，教人食不下咽，不過看著裙帶上的情分罷了。"說得衆人大笑。高品道："最好，最好，我們今日就并在一處，爲什麼食不下咽？有了'蛀千字文'，'韻雙聲譜'，還勝如《漢書》下酒呢。"史南湘道："怕什麼？搬過來，搬過來！正席上有許多老前輩在那裏，巴老三想必也不動手的。"王恂只得叫將那邊兩桌，就搬過這邊，一同坐下，南湘道："庾香，你今日就看見好戲好人了，你才信我不是言過其實呢。"子玉笑道："你定的第一，我已經請教過了。"南湘道："何如，可賞識得不錯？"子玉笑而不言。王恂道："你幾時見過的？"子玉道："你好記性，那天還問你要飯吃，拉住了你，你倒忘了？"南湘側耳而聽，聽這說話詫異，將要問時。王恂笑道："冤哉！冤哉！那個那裏是袁寶珠，那是頂黑的黑相公，偏偏他的名字也叫保珠，庾香一聽就當是你定的第一名。我也想著要分辨，就被那保環纏住，沒有這個空兒。"南湘大笑，子玉才知道另是個保珠，不是《花選》上的寶珠。

只見王家的家人報導：“孫少爺到。”嗣徽昆仲先到正席上見了禮，然後上樓，衆人都笑面相迎。嗣徽舉眼一望，見了許多人，便作了一個公揖。見了高品、沈伯才，心中甚是吃驚，暗道：“偏偏今日運氣不佳，遇見了這兩個冤家。”嗣元見了巴霖，也覺心跳，也與衆人見了禮，巴霖勉勉强强，作了半個揖。樓上分了四桌。劉文澤道：“都是相好，也不必推讓，隨意坐最好”。大家都要遠著孫氏弟兄，便亂坐起來。劉文澤、沈伯才、巴霖、張仲雨坐了一席；史南湘、顏仲清、高品拉了子玉過來，坐了一席；聘才、元茂坐了一席；嗣徽、嗣元坐了一席，王恂只好兩席輪流作陪。孫嗣徽又之乎者也的鬧了一會，問了魏、李二位姓名、籍貫。一面就擺上菜喝酒。高品見嗣徽的臉上疙瘩更多了好些，喝了幾杯酒，那個紅鼻子如經霜辣子，通紅光亮。

高品對著沈伯才笑道：“天下又紅又光的，是什麼東西，不准說好的，要說頂髒的東西。”伯才已明白是說嗣徽的鼻子，便笑道：“你且說一個樣子來。”高品道：“我說：紅而光，臘盡春回狗起陽。”衆人忍不住一笑。嗣徽明白，瞪了高品一眼，道：“惡用是貌貌者爲哉？雞鳴狗吠相聞，而達乎四境。”衆人又笑。沈伯才笑道：“我也有一句：紅而光，屎急肛門脫痔瘡。”衆人恐正席上聽見，不敢放聲，然已忍不住笑聲滿座。巴霖道：“我也有一句，比你們的說得略要乾淨些。”即說道：“紅而光，酒糟鼻子懸中央。”高品笑道：“不好了，教你說穿了題，以後就沒有文章了。”嗣徽道：“好不通。這些東西，有什麼紅，有什麼光？”即說道：“紅而光……”便頓住了，再說不出來。

衆人看了他那神色，又各大笑。嗣元呵呵的笑起來，那只吊眼睛索落落的滴淚，說道：“我、我、我有一句：紅紅紅紅而光，一一一

一團火球飛上床。"衆人笑得難忍,將要高聲笑起來。顔仲清道:
"這一燒真燒得個紅而光了。"高品道:"這一燒倒燒成了孫老二的
三字經。"衆人不解其說,高品道:"那救火的時候,自然說來、來、
來!快、快、快!救、救、救!搬什物的搶、搶、搶!逃命的跑、跑、
跑!風是呼、呼、呼!火是烘、烘、烘!燒著東西,爆起來,呸、呸、
呸!剥、剥、剥!人聲嘻雜,嘻、嘻、嘻!出、出、出!不是一部《三字
經》麼?"巴霖道:"孫老二還有兩門專經,你們知道沒有?"高品笑
道:"我倒不曉得他還有專經。"巴霖道:"打手銃,倒溺壺,這兩門是
他的專經。"衆人聽他罵得太惡,倒不曉得他有何寓意,便再問他。
巴霖道:"也是個三字經,打手銃是捋、捋、捋,倒溺壺是别、别、别。"
衆人大笑。子玉贊道:"這兩經尤妙,實在說得自然得很。"從此嗣
元又添了一個"未批三字經"的諢名。嗣元將要翻臉,又因他父親
在上,且從前被巴霖打過幾回,吃了痛苦,因此不敢與較,只好忍氣
結舌。唯把那只眼睛睁大了,狠狠的瞪著他滴淚。

　　停了一會,見聘才的跟班走到聘才身邊道:"葉先生送來的戲
單。"子玉過來,與聘才同看,見頭幾齣是《掃花》、《三醉》、《議劍》、
《謁師》、《賞荷》,都已唱過;以下是《功宴》、《瑶臺》、《舞盤》、《偷
詩》、《題曲》、《山門》、《出獵》、《回獵》、《游園驚夢》,末後是《明珠
記》上的《俠隱》,子玉悄悄的向聘才道:"戲倒罷了,只不曉得有琴
官的戲沒有?"一語未了,只聽得樓下有人嚷道:"沒有袁寶珠的戲,
是斷不依的。"

　　子玉等往下看時,却是王文輝在那裏發氣,見一個人只管陪著
笑,又向文輝請安。又聽文輝說道:"就是在徐老爺那裏,唱一齣再
去何妨;況且定戲時,怎樣交代你的?"那人道:"這齣《驚夢》有個新
來的琴官,比寶珠還好。大人不信,叫他先唱一齣瞧瞧,如果不中

大人的意，再趕著去叫寶珠來，包管不誤。"劉侍郎道："也罷，唱了
《瑤臺》之後，就唱《驚夢》也使得。"那人答應幾個"是！"看著文輝不
言語，也就進戲房去了。聘才向子玉道："你聽見沒有？"子玉點頭，
心上很感激文輝。《功宴》唱完了，是《瑤臺》出場。子玉一見，吃了
一驚，心上迷迷糊糊倒先當他是琴官，又看不大像，比琴官略大些。
只見得這人，如寶月祥云，明霞仙露，香觸觸，春靄靄，花開到八分，
色豔到十足。已看得出神，便問南湘道："這是誰？有此秀骨。"南
湘道："這個算好嗎，只怕也難入品題。"子玉知南湘故意譏誚他，便
問仲清，仲清道："這就是《花選》上第二的瑤臺壁月蘇惠芳。"子玉
歎道："天地鍾靈盡於此矣，我竟如夏蟲不可語冰，難怪竹君怪我。"
南湘哈哈大笑道："我也不怪的，幸你自行檢舉。"文澤道："怎麼？
庾香連蘇媚香也不認識。"南湘道："他是秀才不出門，焉知天下
事。"少頃《瑤臺》唱完，便是《驚夢》。子玉倒有些不放心，恐琴官也
未必壓得下這蘇惠芳，且先聚精會神等著。上場門口，簾子一掀，
琴官已經見過二次，這面目記得逼真的了。手鑼響處，蓮步移時，
香風已到，正如八月十五月圓夜，龍宮賽寶，寶氣上騰，月光下接，
似云非云的，結成了一個五彩祥云華蓋，其光華色豔非世間之物可
比。這一道光射將過來，把子玉的眼光分作幾處，在他遍身旋繞，
幾至聚不攏來，愈看愈不分明。幸虧聽得他唱起來，就從"夢回鶯
囀"，一字字聽去，聽到"一生愛好是天然"、"良辰美景奈何在"等
處，覺得一縷幽香，從琴官口中搖漾出來，幽怨分明，心情畢露，真
有天仙化人之妙。再聽下去，到"一例、一例裏神仙眷，甚良緣，把
青春拋的遠"，便字字打入子玉心坎，幾乎流下淚來，只得勉強忍
住。再看那柳夢梅出場，唱到"忍耐溫存一晌眠"，聘才問道："何
如？"子玉並未聽見，魂靈兒倒像附在小生身上，同了琴官進去了。

偏有那李元茂冒冒失失走過來，把子玉一拍，道："這就是琴官，你
說好不好？"倒把子玉唬了一跳。眾人都也看得出神。

　　原來琴官一出場，早已看見子玉，他是夢中多見了一回，今日
已是第四回了，心裏暗暗歡喜道："難得今日這位公子也在這裏。"
到第二次出場，唱那"雨香云片"這支曲子，一面唱，那眼波只望著
子玉溜來，子玉心裏十分暢滿。文澤低低的對南湘道："這個新來
的相公，倒與庚香很熟，你瞧這一片神情，盡注意著他。"南湘向子
玉道："這個相公叫什麼名字？"子玉道："他叫琴官。"南湘道："你們
盤桓過幾回了？"子玉答道："我尚不認識他。"文澤笑道："庚香叫相
公，是要瞞著人的。這樣四目相窺，兩心相照的光景，還說不認得，
要怎樣才算認得呢？"大家都微笑看著子玉，子玉有口難辯，不覺臉
紅起來。這齣唱過，又看了陸素蘭的《舞盤》、金漱芳的《題曲》、李
玉林的《偷詩》，都是無上上品，香豔絕倫，子玉唯有向南湘認錯
而已。

　　席間那個張仲雨與聘才敘起來是親戚，講得很投機。聘才又
把合席的人都恭維拉攏了一會。子玉又見那些相公，到正席上去
勸酒的勸酒，講話的講話；頗覺有趣。又見他的舅舅王文輝，分外
比人高興，後又看了一齣戲。正席上劉侍郎、梅學士、吳閣學、沈司
業先散。子玉見他父親走了，天也不早，也要回去。剛起身時，忽
見一個美少年上樓來。文澤的家人說道："馮少爺來了！"馮子佩上
前與眾人見禮，子玉見他還不過十八九歲，生得貌如美女，十分嫵
媚。劉文澤道："人家都要散了，怎麼這時候才來？"馮子佩道："我
早上進城到錦春園華府去拜年，原打算不耽擱的。華星北定要拉
住吃了飯，又聽了他們幾齣戲，才放我走，還是急急的趕出來的。"
子玉同了元茂、聘才告辭，諸人都送到樓門口，文澤、王恂、仲清送

下樓來。

文澤對子玉道："初九日弟備小酌，屈吾兄一敘，作個清談雅集。人不多，就是竹君、劍潭、庸庵、卓然幾位，吾兄斷不可推辭。"子玉應允，又謝了。王恂、聘才、元茂也同道了謝，一徑先回。那些人又談了一會，也各散去。不知後事如何，且聽下回分解。

第十五回
老學士奉命出差　佳公子閑情訪素

話說史南湘進內與仲清、王恂見了，喝了幾杯茶，王恂問其所從來，南湘將日間的事，一一說了，又將春航、蕙芳的光景說了一會。王恂、仲清羨慕不已。仲清道："不料蘇媚香竟能這樣，從此田湘帆倒可以收心改過了。"也將前日題畫規勸之事說了，又說春航且有徵恫。南湘道："改日我與你們和事如何？"義問起子玉來，仲清道："庚香日間在此，他的李先生於月初選了安徽知縣，就要動身了。"南湘說了幾句，也就回去不題。

却說子玉在王恂處談了半天回家。李先生已經解館，要張羅盤纏，魏聘才替他拉了一纖。託張仲雨問西容借了一票銀子，占了些空頭，有二百餘金，添補些衣服，也叫了幾天相公。李元茂要在京寄籍，性全也只得由他。

當晚子玉與聘才在書房閑話。那日是忌辰，日間聘才獨自一人到櫻桃巷去，找著了葉茂林，兩人談了半天。聘才拉他在扁食樓上吃了飯，即同到那些小旦寓處，打了幾家茶圍。末了到琴言處，琴言倒出來與聘才談了幾句，即問起子玉來。聘才就將子玉的心事，再裝點了些，說得琴言著實感激，並與琴言約定了，明日同子玉前來相會。回來與子玉說知，子玉便添了一件心事，一夜未曾睡著。是夕士燮在尚書房值宿未回。到了次日，子玉正要打算和聘才去看琴言。忽見門上梅進滿面笑容的進來，說道：「恭喜少爺，老爺放了江西學差，報喜的現在門口。」子玉聽了也覺喜歡，便同著梅進到裏頭報與顏夫人知道，顏夫人欣喜更不必說。李性全就同元茂、聘才到上頭去道了喜。少頃，士燮回家，有些同僚親友陸續而來，一連忙了幾日。便接著李先生赴任日期，士燮又與先生餞行。到動身那一日，子玉同了元茂、聘才直送出城外三十五里，到宿店住下。性全囑咐他一番，又教訓了元茂幾句道：「庾香年紀雖小於你，學問却做得你的先生，你以後須虛心問他。」元茂連聲答應。性全又對聘才道：「小兒本同吾兄出來，我看他將來是一事無成的，一切全仗照應。」聘才亦諾諾連聲。子玉是孝友性成，臨別依依，不忍分手，只得與元茂送了先生，同了聘才灑淚而別。

　　士燮也擇於三月初十日動身，今日已是初五了。顏夫人與士燮說道：「新年上，孫家太太為媒，與王表嫂面訂了二姑娘，將玉簪子為定。你如今又遠行了，也須過個禮，不是這樣就算的，別要教人怪起來。」士燮笑道：「你不說我竟想不起，這個是必要的，明日就請孫伯敬為媒就是了。」正說話間，孫亮功來拜，士燮出見，問了起程日子，便說起他的夫人的意思來，說：「新年與王家訂親，彼此是娘兒們行事，究竟也須行過禮，方才成個局面。況你此去也須三年才回，不應似這樣草草。」士燮道：「我們正商量到此，原打算來請吾兄。明日先過個帖，大禮俟將來再行罷。」亮功答應了。

　　次日，顏夫人備了彩盒禮帖，請亮功來，送了過去。文輝處回禮豐盛，有顏仲清幫同亮功押了回來，士燮備酒相待。是日不請外客，就請聘才、元茂相陪。這李元茂今日福至心靈，說話竟清楚起來。性全出京時留下二百兩銀子與他，元茂買了幾件衣裳，混身光亮。亮功眼力本是平常，今見了元茂團頭大臉，書氣滿容，便許爲佳士，大有餘潤之意，便問起他的姻事來。仲清早已看明，便竭力讚揚。李元茂不知就裏，樂得了不得，心裏著實感激仲清。且按下這邊。

再說子玉在家無趣，趁他們吃酒時，便帶了云兒去找劉文澤、史南湘。先到了文澤處，不在家，去找南湘，恰好文澤的車也到南湘門口。子玉道："我方才找你。"文澤道："失候。我去找馮子佩，適值他進城去了。"說著遂一同進去，到南湘書房坐了。伺候南湘的龍兒送了茶道："我們少爺，這時候還沒有起身呢！"說罷進去了，一盞茶時候，見南湘科頭赤腳，披著件女棉襖出來道："你們來得好早。"子玉見了，便笑道："我吃過了飯才來的。"文澤道："好模樣，拿你們夫人的衣裳都穿出來，難道你們夫人也沒有起身麼？"南湘道："他起身多時了。我方才睡醒，聽見你們二人來，我不及穿衣，隨手拉著一件就出來的。"就有龍兒拿上臉水，還有個虎兒送出衣裳靴帽。南湘洗了臉，慢慢的穿戴起來，便笑嘻嘻的向子玉作了一個揖道："恭喜，恭喜！你瞞著我們定的好情。"子玉只當說他定親，倒害臊起來。文澤道："定得什麼情？"南湘道："前日我在度香處，他說有個叫杜玉儂，是古往今來第一個名旦，被庚香獨佔去了。他們還在怡園唱了一齣《定情》。"文澤道："那個叫杜玉儂？我們怎麼也沒有見過。"南湘道："好得很。據度香、靜宜品題，似乎在寶珠之上，我卻不認得。庚香今日何不同我們去賞鑒賞鑒？"子玉聽了，才知不是問他定親，然却是初出茅廬，不比他們舞席歌場鬧慣的了，却臊得回答不出。文澤再三盤問，只得答道："這玉儂就是琴言，你們也都見過的。"文澤道："真冤枉殺人，我們不要說沒有見過，連這名字都沒有聽見過。"子玉道："怎麼冤枉你們？難道正月初六在姑

蘇會館唱《驚夢》那個小旦，你們忘了不成？"文澤想了一會道："是
了，是了。這麼樣你更該罰。那一天你們四目相窺，兩心相照，人
人都看得出來。我問你，你還抵賴說認都不認得，如此欺人。今日
沒有別的，快同我們去，難道如今還能說不認得麼？"南湘大笑道：
"認得個相公，也不算什麼對人不住的事情。庚香真有深閨處女，
屏角窺人之態。今日看你怎樣支吾，快去，快去！今日就在他那裏
吃飯。"子玉被他們這一頓說笑，就想剖白也剖白不來，只覺羞羞澀
澀的說道："憑你們怎樣說罷，我是沒有的，我也不知道他住在什麼
地方。"南湘道："你又撒謊。"文澤道："若是那一個，我倒打聽了，只
知道他叫琴官，是曹長慶新買的徒弟，住在櫻桃巷秋水堂。"南湘
道："走罷！"即向龍兒吩咐外面套車。子玉道："我是不去。"南湘
道："好，好！有了心上人，連朋友都不要了，你是要一人獨樂的。"
便拉了子玉上車，一徑往櫻桃巷琴言處來。

　　文澤的跟班進去，一問琴言不在家，聽得裏頭說道，就是劉大
人帶到春喜園去了。文澤一個沒趣，子玉倒覺喜歡。南湘道："那
裏去？我還沒有吃飯，對門不是妙香堂素蘭家麼，咱們就找香畹
去。"文澤道："只怕也未必在家。叫人去問一問。"素蘭卻好在家，
裏頭有人出來，請了進去，到客廳坐下，送了茶。文澤問子玉道：
"香畹你見過沒有？"子玉道："沒有。"

　　南湘道："此君丰韻，足並袁蘇，爲梨園三鼎足。"不多一會，素
蘭出來，與南湘、文澤見了，又與子玉相見。素蘭把子玉細細打量
了一番，問文澤道："這位可姓梅？"文澤向子玉道："又對出謊來了，
你方才說不認識他，他怎麼又認識你呢？"子玉真不明白，恰難分
辯，倒是素蘭道："認是並不認得，被我一猜就猜著了。"南船道："我
恰不信，那裏有猜得這麼准。你若是猜得著他的名字，就算你是神

仙。"素蘭道："他名字有個玉字，號叫庚香，可是不是的?"南湘、文澤大笑道："這却叫我們試出來了，還賴說不認識。我們當庚香是個至誠人，誰知他倒善於撒謊。"說得子玉兩頰微紅，這個委屈，無人可訴。細看素蘭的面貌，與自己覺有些相像，恐怕被南湘、文澤看出說笑，他便走開，去看旁邊字畫。南湘對文澤道："你可看得出香畹像誰?"文澤道："像庚香，我第一回見庚香，我就要說他，因爲他面嫩，所以沒有說出來。"子玉權當不聽見，由他們議論。素蘭道："你們不要糟蹋他，怎麽將我比他?"說罷拉了子玉過來，到這邊坐下。南湘道："我們還沒有吃飯，你快拿飯來。"素蘭即吩咐廚房備飯。子玉雖見過素蘭的《舞盤》，那日爲了琴言，恰未留心。今見素蘭，秀若芝蘭，穠如桃李，極清中恰生出極豔來。年紀是十七歲，穿一件蓮花色縐綢綿襖，星眸低纈，香輔微開，真令人消魂蕩魄。便暗暗十分讚歎，也不在琴言、寶珠之下，只不知性情脾氣怎樣。外面已送進酒肴來，三人也不推讓，隨意坐了。素蘭斟酒，謂子玉道："你是頭一回來，須先敬你。"子玉接了。……

第三十五回
集葩經飛花生並蒂　裁豔曲紅豆擲相思

話說聘才走進房中一看，不見箱子、拜匣，心中著急。忙到院子內菜園門口看時，門却鎖好，牆邊扔下零星物件，便嚷道："快請和尚來看!"和尚已知道了，同了衆人一齊進來。聘才急道："這怎麽好! 賊是菜園裏扒牆過來的。沒有別的說，你去叫拿種菜的來問問。天天打更的，怎麽今日有三更多了，還不曾聽得起更?"衆人道："且不用忙，我們開了這門出去看看。"和尚即忙叫拿了鑰匙，開了門，幸喜得月明如畫，倒也不消火把。和尚先喊醒了種菜的起來。種菜的聽得此事，嚇得膽戰心驚，連忙叫他夥計出來，叫了數聲不見答應，種菜的更覺心慌，各處找尋，杳無影響。園門仍是關好。走到園子西北角，見有一只箱子放在那裏。種菜的道："好了，箱子在這裏。"大家去看時，是個空箱子，剩了幾件棉衣、小衣、零碎等物在內。地下又見一個洋表，踏得粉碎。和尚道："這賊是牆外進來，牆上出去的，我們且開了園門從外看看。"聘才道："去也去遠了，還看他做甚麼。"富三道："你且進去查點東西，開了單子來，明早好報。"和尚見種菜的形色慌張，便疑心起來，把話嚇他，說他通同引賊，明日就送他到坊裏去，不怕他不認。便叫大家先到他屋裏搜一搜，搜了一回，毫無所有，只見一個老婆子在土炕上發抖。和尚道："你那夥計呢，怎麼不見？"種菜的也在那裏發抖，呆了一回，道："不知那裏去了，他還比我先睡，說睡了一覺出來打更。如今門也未開，就不見了。"聘才道："這無疑了。"和尚道："這還講什麼，不是你通同偷的還有誰呢？"於是叫火工、老道等把這種菜的拴了起來，那老婆子便叫冤叫屈，大哭起來，和尚一併把他拴了。恐他們尋死，交與看街士兵看守。

聘才同眾人鬧紛紛的進來，聘才請和尚陪了客在外邊，自己去查點了一回。箱內是七件細毛衣服，有十五兩金子、二百兩銀子。拜匣內有三十幾兩散碎銀，二兩鴉片烟，還有幾樣零件玉器。衣包內是幾件大毛衣服。幸虧賺富三的銀子並有些錢票都放在別處，沒有拿去。算起來已過一千餘金。聘才即草草的開了一個單子，拿出來給眾人瞧。眾人見聘才有事，不便再留，況已交卯初，大家都要作別。此時已經開城，富三與楊八也要回去。外面正在套車，只見蓉官坐了車來。富三的家人道："客要散了，你才來。"蓉官甩著袖子，急急走進來，見了眾人，請了安，見要散的樣子，富三道：

"好紅相公！十四日叫了，要十五日才來。"蓉官見了天香、翠官，便冷笑道："既然大家要散了，也要回去。我還要叫剃頭的剃頭呢。"說罷，把腰一彎，徑自去了。兩個剃頭的甚是局促，衆人也沒有話說，各人上車而散。兩個剃頭的重新進來安慰，聘才每人賞了四兩銀子，歡喜而去。

明日聘才報了失單，坊里將種菜的審問，實系不知情。有個夥計姓蔡，去年年底新來，向來認識。本在個二葷鋪打雜，因散了夥，情願來幫同灌園打更。那晚睡後即不見了，委系無同謀窩竊情節。坊里問了幾回，總是一樣，只得送部。知會九城，嚴緝賊匪蔡某，且按下不題。

再説王恂、顏仲清、文澤、春航，從十三日至十五日都在怡園賞燈飲酒。子玉也去了一天，因想去年此日初見琴言，今年似成隔世，不覺傷感了一回。新年上，諸名旦彼此紛紛請客，熱鬧了十餘日。到了十七日，王恂、顏仲清飛了札來與子玉。子玉看時，才知道明日是寶珠的生日，請名士、名旦在他寓裏一敘，子雲便要在他園裏辰刻畢集。子玉作了回札應允。

到了明日，只説怡園請酒，稟明瞭顏夫人，即到王恂處，一同來到怡園。次賢那日要在紅茶仙館裏面，一切都是他預備，不要子雲費心，却説那紅茶仙館是去年新辟的，地方在梅崦之前，梨院海棠春圖之後，本是空地，只有一個亭子。亭外有兩塊英州靈石，一塊有一丈二尺高，一塊四尺餘高。有一株大玉蘭花，樹身已有一抱有餘，就倚著那塊大石。那小石邊也有一棵紅茶花，是千層起樓的，名爲寶珠山茶，已有六尺多高，開出千朵紅花，嬌豔無比。就在那裏起了二十四間房子，把這兩棵花圍在中間。又添了些玉蘭、山茶、迎春等花，芬芳滿院。

　　裏面即刻了十二個花神，系嵌在牆上。次賢因寶珠命名之意與此相同，故要在此處。且厭平時酒菜不能翻新，三日前即把酒菜器皿通身親手檢點，意欲與平日不同。是日絕早即將子云行廚挪到仙館厢房裏來。次賢每一樣菜開一個做法，怎樣烹調，怎樣膾炙，油鹽醬醋各有分量。費了一日心，配成三十二樣菜。

　　是日名旦中有幾個不得來，都有堂會戲，不能分身。寶珠之外，來的是蕙芳、素蘭、玉林、漱芳四人。這邊名士，怡園二位之外，是劉文澤、顏仲清、王恂、田春航、梅子玉五人。共十二人。衆客到齊，寶珠先叩謝了。

　　此日天氣陽和，轉了東南風，大家換了中毛衣服。園中花香透人，前面梅崦中數百枝梅花齊放，看去儼是個瑤臺雪圃。

　　衆人都到園中散步了一回，子玉看見梅崦廊上新嵌了一個石刻，鑴有二行半字，下麵年月尚未刻完。即來看時，是一首五言絕句，道：“春已隨年轉，花如人返魂。料他惜花客，坐月到黃昏。”子玉看了，心中想道：“此詩是誰做的？却才刻起，像個望花而不見的意思。”故羨慕起來。子云和衆人也來看這詩，子云道：“庾香，此詩如何，可好麼？”子玉道：“詩意甚好，但何以單刻這一首，想是新詠。”子云道：“這是玉儂近日懷梅崦的詩，瑤卿抄了他的出來，也是個望梅止渴的意思，我故把他刻了。真是花是人非，吾兄尚憶去年否？”幾句話提起子玉的心事，不覺一陣悲酸，忍住了，也不言語，走開了。仲清道：“玉儂近日也學做詩了？”寶珠道：“我搜他的，已有二十餘首，就不肯給人瞧，這首是無意中看見的。”大家嗟歎了一聲，即重到裏面來。次賢道：“今日十二人，一桌又擠，兩桌又離開了。”子云道：“依我，把兩張大方桌併攏來，就可坐了。”擺好了坐位，是東西對面八坐，南北對面四坐。文澤、仲清、王恂、春航、子玉、次賢、子云坐了東西，上下是蕙芳、素蘭、玉林、漱芳、寶珠。寶珠坐了末位。

今日酒肴器皿，件件新奇。桌上四隅放四把銀壺，也不用人斟，酒壺自會斟出酒來，只要個杯子接著壺嘴。壺中有心，心裏有個銀桔槔，一條銀索子，一頭在蓋子裏面搭住，貯滿了酒，把蓋子左旋，裏面桔槔戽動，酒便從壺嘴裏出來，斟滿了把蓋子右旋，就住了。當下眾人把壺試了，個個稱讚。子云道："靜宜實在有這想頭，不知怎樣想出來，真是胸有造化。"次賢笑道："這沒有什麼奇。少停有兩個杯子，却會走路，要到誰就到誰。"大家忙問道："何不就拿出來試試？"次賢道："少時行令時便用他，就只有兩個。這兩個叫銀匠改了四五次，費了一個月工夫才成。"蕙芳道："快拿出來瞧瞧，一樣可以喝得的，何必定要行令呢。"次賢便叫人到房中拿了一個花梨匣子出來，却有兩個不大不小鍍金杯子，外面極細攢花，底下一個座子，如鐘裏輪盤一樣，下有四個小車輪。次賢拿了出來，放在桌上，却不見動。文澤道："怎樣不走？"把他推了一推，略動一動，便又住了。眾人不解其故。次賢笑道："你應了喝一杯，他便會走了。"文澤道："只要他會走，我就喝一杯。"次賢便拿了杯子放在自斟壺前斟滿了一杯，便道："請寶貝轉身敬劉老爺一杯。"那只杯子便四輪飛動，對著文澤走來。文澤喜歡的了不得，便輕輕的拿起來，一飲而盡。便也斟了一杯，也說道："回敬蕭老爺一杯。"那杯子忽然走錯了，走到王恂面前住了。文澤道："怎麼我叫他就不靈？"重新拿了過來放在面前，又說了一遍，那杯子又往下首走去，到了寶珠面前住了。文澤道："作怪。"子玉道："此中必有原故，你摸不著。"眾人皆猜不出機巧。只見次賢又把杯子取了過來，又說："敬劉老爺一杯。"那杯子又往文澤面前來了。文澤奇得了不得，說道：

“你能個個走到我才佩服，不然也是碰著的。”次賢道：“合席都要走到的。”於是敬仲清、王恂、春航、子玉以及五旦，走來走去，又穩，酒又一滴都不灑出來。喜得個個眉飛色舞，別人叫又不靈，個個稱奇。

蕙芳便把杯子四面看了，却一點記號都沒有。及看座子裏那輪盤中，有一個絶小的小針，好像指南針一樣，却是呆的，心上想道：“或者這一個針的緣故。”便斟了一杯酒，暗記著針頭所向，把他對著次賢，說聲：“敬蕭老爺酒！”那杯子果然望次賢走來。蕙芳大笑，衆人亦皆歡喜道：“被他識破機關了。”次賢笑道：“好個聰明賊，果然利害。”文澤即問蕙芳所以然的緣故，蕙芳笑道：“等我再試一遍，方可相信。”於是又把杯子看了看，記好了，斟了酒，說聲：“敬徐老爺酒！”那杯便送到子云面前。子云笑道：“十二個人，怎樣單是他看得出？我偏不信。”於是也把座子下看了一遍，斟了酒，說道：“敬媚香一杯！”那杯錯走到子玉面前，引得衆人大笑。子云笑道：“真有些古怪，我也叫不應他。”子玉把酒飲了，細看輪盤裏，已懂了八分，便笑道：“我也來試試，不知靈不靈。”斟了酒，說道：“這杯酒敬瑤卿！”那杯子便對著寶珠走來，走到面前，碰著箸子住了。蕙芳拍手笑道：“又一個人知道了。”子玉也甚歡喜，寶珠飲了酒，便道：“我是不服，偏要想想。”子玉又將杯子起來細看，被寶珠一手搶來，四面揣摹。仲清便問子玉道：“你怎麽看出來的？”子玉道：“待我再試一試。”便斟上了酒，把杯子的記號對著子云，將要放時，忽然想道：“離得甚近，恐怕走過了。”便站起把杯子放遠了些，說道：“敬徐老爺一杯！”那杯子果然直走到子云面前。子云稱異，喝了。子玉笑道：“是了，不錯的了。”蕙芳對子玉道：“你恐怕走的遠，故放遠些。我看靜宜於近處則斟得淺，於遠處便斟得滿。此杯想是要重

了才得遠呢。"子玉點頭道:"果然。"次賢道:"可惡之極,輕重遠近
都被他知道了。"王恂問子玉道:"到底你從何處看出?"子玉道:"你
們何嘗不看,但總看輪盤外面,没有看輪盤裏面。你不見輪盤裏有
個絕小的小針,對著誰就到誰。"衆人看了,大家試過,一些不差,群
服子玉、蕙芳聰慧。

　　次賢道:"今日雅集,不可無令。前舟你是首坐,出個令,大家
頑頑罷。"文澤道:"甚好。但我的令没甚新鮮的,待我想想看。"想
了一回道:"我們今天是十二個人,還是念句唐詩飛觴罷,用數目字
飛。第一個飛一字,一字到誰誰喝酒。接飛二字,到那人,那人也
照樣喝酒。又飛三字,一輪到十二爲止。錯者罰酒,可好麽?"衆人
都説:"好。"陸素蘭與金漱芳等道:"這個苦了我們,搜索枯腸,那裏
就有這些湊巧數目飛出來?"文澤道:"你們也能,只怕唐詩還比我
們熟些。如果那數目飛不出來,便照數目多少罰酒。"寶珠道:"譬
如要飛十二,飛不出就要罰十二杯麽?"文澤道:"自然。"子雲道:
"這也過多,且到臨時再斟酌罷。前舟你且起令,看飛到誰。"文澤
道:"我們坐在東邊的,轉過去自下而上,你們在西邊的,須自上而
下,方順手。"次賢道:"不差,請先喝令杯。"便斟了一杯,走到文澤
面前。文澤喝了,便説道:"梅花柳絮一時新。"一字在第五,數到是
漱芳。文澤斟了酒,向著漱芳起來。漱芳喝了道:"頭一句,我就不
知道是誰的。"寶珠道:"我記得是趙彦昭《苑中人日遇雪應制》。"漱
芳道:"我就要飛二字了。"想了一想,念道:"柳暖花春二月天。"

　　數二字,又在第五,輪到次賢,杯子就到次賢面前。次賢喝了,
念道:"願陪鸞鶴回三山。"數到仲清,喝了酒,把酒斟了,走到春航
面前,道:"羅帳四垂紅燭背。"春航喝了,道:"好個'羅帳四垂紅燭
背',香豔無比。"把酒喝了,即斟了酒,念道:"刺繡五紋添弱線。"數

到寶珠。寶珠喝了酒，說道："六字本來少，偏輪到我，只怕要罰酒了。"子玉道："六字亦有。"

寶珠想了一會，道："此句是誰喝酒，我沒有算過。"念道："床上翠屏開六扇。"數天玉林，玉林道："這句不要是你編的。"素蘭道："你還說天天念詩，連花蕊夫人《宮詞》都不記得了。"玉林笑道："正是。我恐怕他有心要我喝酒。"便喝了道："要說七字了。"想了有半刻工夫，飛到王恂道："門前才下七香車。"王恂喝了，飛出八字是薛逢《夜宴贈妓》的"愁傍翠蛾深八字"。數到了子云，子云喝了酒，道："這九字只怕少些，就有也沒有好句了。"因想了一會，念道："寶扇迎歸九華帳。"一數數到素蘭，素蘭喝了酒，飛出十字道："閨裏佳人年十餘。"數到了漱芳，漱芳道："我輪到兩回了。"只得喝了酒，道："幸虧還記得一句'十一月中長至夜'。"便對寶珠道："你喝一杯罷！"寶珠道："你自己也要喝一杯，十字還在你身上呢。"

漱芳也只得了一杯。寶珠喝了，想了一會，飛出一句道："南陌青樓十二重。"飛到子玉。子玉喝了酒，道："已經十二了，還要飛嗎？"次賢道："座中媚香還沒有輪到。輪到了他，我們再換令罷。如今只可飛十三了。"子玉飛出一句是："娉娉裊裊十三餘。"飛到了仲清，仲清喝了酒，想了一想道："這一飛，輪到數目皆要喝酒，等媚香飛一句收令罷。要十幾的數目相連，也就少了。"即念道："'花面丫頭十三四。'瑤卿、媚香各飲一杯。媚香飛一句算結罷。"蕙芳道："其實輪不到我，應該是度香。"子云道："你飛了罷。"蕙芳想了一想，道："幸虧還記得這一句，靜宜與庾香都喝一杯。"即道："年初十五最風流。"次賢道："很好。"即與子玉喝了酒，收了令，吃了幾樣菜，幾樣點心。

談了一回，次賢道："我有一個令，就費心些，但是今日坐中卻好都是喜歡行令的,想必不嫌煩碎,我們就照這個令行一行。"蕙芳道:"你不要又拿《水滸傳》來頑笑人了。"次賢笑道:"你還記得雪天戲叔麼? 那日也就夠你受了。"即叫書童到書架上把第三筒牙籌取來。少頃,書童捧了出來,衆人見是象牙筒,内有滿滿的一筒小籌,一根大籌。次賢先抽出大籌給衆人看時,是個百美名的酒令。大籌上刻著"百美捧觴"四個隸字,下有數行規例,刻著是:"此籌用百美名,共百枝,以天文地理、時令花木等門分類。每人掣一枝,看籌上何名,系屬何門。先集唐詩二句,上一句嵌名上一個字,下一句嵌名下一個字。平仄不調、氣韻不合者罰三杯另飛,佳妙者各賀一杯。唐詩飛過後,飛花各一個,集《毛詩》二句,首句第一字,與次句第一字,湊成一花爲並頭花,自飲雙杯,並坐者賀二杯。

首句末字,與次句末字,湊成一花爲並蒂花,自飲雙杯,對坐者賀兩杯。首句末字,次句首字,湊成一花,爲連理花,自飲雙杯,左右並坐者皆賀一杯。每句花名字樣,皆在每句中間,字數相對者爲含蕊花,自飲半杯,席中最年少者賀半杯。若兩句花名字數不對,或上一句在第一字,下一句在第二、第三者,爲參差花,自飲一杯,左右隔一位坐者賀一杯。如飛出花名雖成,氣不接、類不聯者,罰三杯。如美人應用何花,籌上各自注明,不得錯用。"大家看了一看,説道:"此令太難,一時如何集得起來?"寶珠、蕙芳道:"此令我們是不能的,只好你們七個人去行。"仲清道:"倒是集《毛詩》湊花名不易。若説唐詩要飛兩句,也不過與方才的數目差不多。"子玉道:"《毛詩》中湊花名,却也有幾個。不過要並頭、並蒂的難些。"王恂道:"也好,橫豎大家費點心,也可以消消食,不然這些東西在肚子裏何以消化。就恐他們要湊《毛詩》,未免苦人所難了。"子雲道:"不然,單是我們七人行這個苦令,他們五人另行一個甜令,何如?

我們搜索枯腸想不出時，聽了他們行得好的，也可觸動靈機，或者倒湊出來呢。"坐中一齊說："好！但不知叫他們行個什麼令呢？"子云道："我也有個令。"於是叫書童拿兩顆骰子，並一個小碟子來。子云道："這骰子名色，幺爲月，二爲星，三爲雁，四爲人，五爲梅，六爲天。如擲出幺二色樣，即是一月一星，須集兩句曲文，一句說月，一句說星，也要氣韻聯屬。如本來兩句連綴更佳，各人賀一個雙杯。如在一套曲裏者，各人賀一杯。說得不好者，罰一杯。說顛倒者，譬如月在前星在後，倒先說星，後說月，那就要罰的。如幺三爲月爲雁，即二四有星有人，其餘照此。如兩個骰子相同，或是兩個人、兩個天之類，兩句中也須還他兩個人字、兩個天字，如人人、天天等字更佳，各人賀雙杯，說不出罰三杯，餘皆照此。"蕙芳、寶珠聽明瞭，又說了一遍道："也不容易，幸虧我們的曲子，還有幾支在肚裏。"子云謂次賢道："索性叫香畹、佩仙坐到這裏來，好在一處擲骰，我們與他二人換個坐兒。"次賢、子次與玉林、素蘭換了坐位。

次賢把籌和了一和，遞給文澤，先揲了一枝，把籌筒擱過一邊。王恂道："何不一同抽出，按著次序說不好嗎？"次賢笑道："那就太便宜了，後頭可以細想改換，再罰不成酒了。"文澤看那籌時，服飾門，美人名玉環，注："飛七言唐詩二句，集《毛詩》說並頭花。"文澤想一想，出坐走了幾步道："這倒不是行令，倒是考文了。"次賢笑道："總以早交卷爲妙。"有一盞茶時，文澤欣然入坐，念道："上句我是元微之的，下句用杜少陵的，合起來是：玉鉤簾下影沉沉，環佩空歸月下魂。"

大家都贊道："妙極！"次賢道："並且玉環二字也在句首，倒與並頭花相合。請說《毛詩》並頭花罷，我們先賀一杯。"

文澤道："想得好好的又忘了，再想不起什麼花。"偶見酒杯是個雞缸,倒便觸著了兩句,念道:"雞既鳴矣,冠緌雙止。雞冠是個並頭花。"並坐是劍潭,該賀兩杯。仲清道:"你且飲了再賀。"文澤欣然,自己飲了兩杯。仲清便掣籌,文澤道:"你的賀酒還沒有喝呢!"仲清道:"你想這兩句連不連?還要人賀酒。"子玉道:"雞冠却是並頭,就是句子欠貫串些。"文澤道:"你們除此句之外,再找一個冠字在上的,我就服你們。"忽又說道:"我想起先的一個來了。吁嗟乎騶虞,西方美人。"仲清道:"更要罰了。這個雖好,却不是並頭花。"文澤一想,道:"呸!果然錯了。"次賢道:"我替你們講和,劍潭賀一杯罷。"仲清只得飲了一杯,抽出籌來,是天文門,美人名朝云,下:"飛七言唐詩二句,集《毛詩》並蒂花。"仲清想了一會,說道:"我上句用韋莊的詩,下句用杜詩,合著是'朝朝暮暮陽臺下,云雨荒臺豈夢思'。"又說道:"我其夙夜,妻子好合。夜合花是並蒂花。"大家贊了幾聲,次賢道:"並且這花名與唐詩多聯合的,我們共賀一杯。對坐的是媚香,應賀兩杯。"那蘇蕙芳擲了一個二五,正在那裏凝思,這邊要他賀酒,他只得喝了兩杯,倒湊著兩句,念道:"全沒有半星兒惜玉憐香,只合守篷窗茆屋梅花帳。"旁邊子玉拍手稱妙道:"好個溫柔旖旎!倒轉來,偏這樣湊拍,倒比原文還好。"文澤道:"這是《訪素》的曲文,是一支上的,我們也賀一杯。"這邊王恂掣了枝是鳥門的,美人名飛燕,花名也是並蒂花。王恂素來文思略遲,只得思索起來。看著素蘭擲了個麼四,也在那裏凝思。忽見素蘭想著了兩句,念道:"月明云淡露花濃,人在蓬萊第幾宮。"春航贊道:"更妙!"子玉道:"我們說的句子,倒沒有他們的香豔。"素蘭道:"你們是詩,我們是曲,占了這點便宜。你們又要人名,又要並頭、並蒂就難了。"漱芳道:"我才把他們行過的要想兩句,再想不出來。幸虧不行這個令,不然要罰死了。"恂尚未想出,次賢道:"這是《琴挑》一支上的，我們各賀一杯。"衆人喝了。

只見玉林擲了一個二四，念了《聞鈴》兩句道："長空孤雁添悲哽，峨嵋山下少人行。"衆人也説："好。"子云道："就是情景淒涼些。"也各賀了一杯。這邊王恂想著了，説道："我用裴虔余一句，溫飛卿一句，合著是：玉搔頭裊鳳雙飛，燕釵落處無聲膩。"子云、文澤大贊道："妙，妙！此二句如一句，實在接得妙。"王恂又説道："奉時辰牡，顏如渥丹。是並蒂牡丹花。"衆人尚未開口，仲清道："菜還没有上得一半，燒豬倒先拿了出來。"衆人不解，留心四顧，王恂道："那裏有什麼燒豬?"仲清笑道："就是你想吃燒豬，你説得'奉時辰牡，顏如渥丹'，不像個燒豬麼?"衆人聽了，大笑起來，王恂自己也笑了。次賢道："庸閣，你那第二句像説錯了一字，或是刻本之訛也論不定。我記得是'玉釵落處無聲膩'，不是'燕'字，且是李長吉的《美人梳頭歌》，你又記錯是溫飛卿，該罰一杯。"王恂道："名字我説錯了，似乎'燕'字没有記錯。"春航："或者别的選本作'燕'字亦論不得的。總之這兩句好。"於是大家也賀了一杯。

只見寶珠擲了兩個二，便念道："今夜淒涼有四星。"衆人大贊道："這句實在巧妙，全不費力。"各賀一杯。春航掣了顏色門的，美人名紅拂，花名是個連理花。亦想了一回，説道："我上句用韋莊，下句用杜，合著是：千枝萬枝紅豔春，釣竿欲拂珊瑚樹。花名是'既溥既長，春日載陽。'長春是連理花。"衆人贊了幾句，也賀了一杯。漱芳擲了一個麼四，即念道："月移花影，疑是玉人來。"衆人道："這句自然，好得很，該賀兩杯。"皆喝了。

子玉掣了個地理門，美人名洛神，花是並頭花。想了兩句不見甚佳，才要另想，只見蕙芳擲了一個麼三，想了一想，念著《偷詩》上兩句道："恨無眠殘月窗西，更難聽孤雁嘹嚦。"子玉贊道："實在繡口錦心，愧煞我輩。"子云道："這個令，叫我們行，也没有這些好句。"大家滿賀了一杯。子玉得了，即道："我用冷朝陽《送紅綫》詩一句，孟浩然《登襄城樓》一句，合著是：還似洛妃乘霧去，更凝神女弄珠游。"子玉方才念完，次賢、仲清、春航等大贊道："方才飛的以此爲第一，好在對得工穩。旖旎風光，却是庾香本色。"子玉又説並頭花道："月出皎兮，季女思饑。月季是並頭花。"衆人道："這個花名也好極，我們應賀三杯，方可賞此佳句。"子玉謙了幾句。又見素蘭擲了一個麼六，也想了一想，湊起《酒樓》上兩句念道："驀現出嫦娥月殿，絶勝仇池小有天。"衆人也説好，又都賀了。

　　次賢掣了時令門，美人名夜來，花是並蒂花。子云道："等你多想一想，我們用點菜再説。"大家又吃了一回菜，又上了五六樣，俟點了燈，各人權且散坐。次賢道："我有了白香山一句，李太白一句，合著是：八月九月正長夜，情人道來竟不來。"衆人賞歎道："老氣橫秋，又是'願陪鸞鶴回三山'一例的，真是你的口氣。"次賢道："慢説好，恐怕這花名要罰酒呢。我却用個別名，却也不是隱僻，是人人常説的。"念道："既見君子，吉日庚午。子午花是並蒂花。今天却是庚午日，算我説著了。"同人稱讚不已，各賀三杯。

　　玉林擲了一個四五，想了一回，念出《絮閣》上兩句道："爲著個意中人，把心病挑。俏東君，春心偏向小梅梢。"蕙芳笑道："這齣《絮閣》比《聞鈴》好得多了。"於是各賀了兩杯。子云道："我就獻醜了。"掣了一根，是花木門的，美人名蓮香，花是連理花。子云心上要想兩句好的出來，不肯輕説。一面看著他們擲骰，見寶珠擲了一個二四，想了一想，念出《春睡》上的曲文道："星眼倦摩呵，一片美人香和。"子云道："好！也該賀。"大家各賀了一杯。漱芳又擲了個么二，也想了一想，念道："月上東牆，最可人星明月朗。"子云道：

"好！該賀一杯。"眾人喝過。文澤道："你自己令也應交卷了，只管看著人交卷，難道你這腹稿還沒有打完麼？"子云笑道："快了。"於是又看蕙芳擲了一個麼四，想了半刻工夫，念著《偷曲》上的兩句道："山入寒空月影橫，闌干畔，有玉人閑憑。"子云道："更好，該賀個雙杯。我也交卷了，我就用溫飛卿《采蓮曲》上的兩句，湊起來是：綠萍金粟蓮莖短，露重花多香不消。"大家説好，次賢道："這兩句很佳，可惜'不'字與'莖'字不對。"寶珠將眼睛看了子云一看，心中若有所思。次賢道："不是這兩字，也與庚香一樣可以賀三杯。子云等諸位喝兩杯也罷了。"再説花名道："南有喬木，堇荼如飴。木堇是連理花。"眾人道："這兩句却自然，該賀兩杯。"這一天大家思索也都乏了，都要吃飯。子云道："尚早，再看他們擲幾回。他們到底比我們少用些心。"素蘭擲了一個重四，即想出一句《窺浴》上的曲文道："兩人合一付腸和胃。"仲清拍案叫絕道："這個是天籟，我們快賀三杯。"於是合席又賀了三杯。玉林擲了個重三，也念《小宴》一句道："列長空數行新雁。"次賢道："他們越説越好了，真是他們的比我們的好。"王恂道："詞出佳人口，信然。"春航道："他們也實在敏捷，我們只好甘拜下風了。"文澤道："難爲他們句句貼切，也從没有人罰過一杯，倒叫人賀了好幾十杯。"子玉道："我早説我們不及他們。他們若行我們的令，只怕比我們總要好些。然而也是時候了，可以收令吃飯罷。"子云道："等他們輪完了歇罷。他們也煞費苦心，爭這一杯賀酒。"於是輪到寶珠，擲了一個重二，即念《密誓》上一句道："問雙星，朝朝暮暮，爭似我和卿。"眾人説妙，又賀了一杯。大家看著寶珠一笑，寶珠不覺臉上一紅，於是大家更笑起來，寶珠亦只得垂頭微哂。不覺又到漱芳，已是每人輪了三次，也要收令了，擲了一個重四，也就念《窺浴》的曲子道："意中人，人中意。"衆皆大贊道："這一結,方把今日這些人都結在裏面,都是個意中人,人中意了。我們應照字數各賀了六杯吃飯。"大家也高興飲了,吃完飯、漱口、更衣已畢。鐘上已是亥末,大家也要散了,遂揖別主人,主人和五旦直送到園門。五旦重復進來,又講了一回,各自散去。

次賢對子云道："我明日要將這兩個令刻起來,傳到外間,也教人費點心,免得總是猜拳打擂的混鬧。"子云道:"也好,況今日也没有什麽不好的在裏面。"又談了一回,子云也自進去。不知後事如何,且聽下回分解。

第三十七回
行小令一字化爲三　對戲名二言增至四

且説琴言回寓,氣倒了,哭了半日,即和衣蒙被而臥。千悔萬悔,不應該去看聘才。知他通同一路,有心欺他,受了這場戲侮,恨不得要尋死,淒淒慘慘,恨了半夜。睡到早晨,尚未曾醒,他小使進來推醒了他,説道:"怡園徐老爺來叫你,説叫你快去,梅少爺已先到了。"琴言起來,小使折好了被,琴言淨了臉,喝了碗茶。因昨日氣了一天,哭了半夜,前兩天又勞乏了,此時覺得頭暈眼花,口中乾燥,好不難受。勉強紮掙住了,換了衣賞,把鏡子照了一照,覺得面貌清減了些。又復坐了一會,神思懶怠。已到午初,勉力上車,往怡園來。

此日是二月初一,園中梅花尚未開遍,茶花、玉蘭正開。今日之約,劉文澤、顏仲清、田春航不來,因爲是春航會同年團拜,文澤、王恂是座師的世兄,故大家請了他。春航並請仲清,仲清新受感冒,兩處都辭了。王恂也辭了那邊,清早就約同子玉到怡園,次賢、子云接進梅崦坐下。這梅崦是個梅花樣式，五間一處，共有五處。長廊曲檻鉤連，綠蕚紅香圍繞。外邊望著，也認不清屋宇，唯覺一片香雪而已。子玉每到園中，必須賞玩幾處。子云道："今日之局，人頗不齊，這月裏戲酒甚多。我想玉儂回來，尚有二十餘日之久，這梅花還可開得十天。我要作個十日之敍，不拘人多人少，誰空閒即誰來，即或我有事不在園裏，靜宜總在家，盡可作得主人。庸庵、庾香以爲何如？"王恂道："就是這樣。如果有空，我是必來的。"子玉道："依我，也不必天天盡要主人費心，誰人有興就移樽就教也可，或格外尋個消遣法兒。"次賢道："若說消遣之法盡多，就是我們這一班人，心無專好，就比人清淡得多了。譬如幾人聚著打牌擲骰，甚至押寶搖攤，否則打鑼鼓，看戲法，聽盲詞，在人皆可消遣。再不然叫班子唱戲，槍刀如林，筋斗滿地，自己再包上頭，開了臉，上臺唱一齣，得意揚揚的下來，也是消遣法。還有那青樓曲巷，擁著粉面油頭，打情罵俏，鬧成一團。非但我不能，諸公諒亦不好。"子云等都說："極是，教你這一說，我們究還算不得愛熱鬧，但天下事莫樂於飲酒看花了。"王恂對子云道："我有一句話要你評評。"子云道："你且說來。"王恂道："人中花與花中花，孰美？"子云笑道："各有美處。"王恂道："二者不可得兼，還是取人，還是取花？"子云笑道："你真是糊塗話，自然人貴花賤，這還問什麼呢？"次賢道："他這話必有個意思在內，不是泛說的。"子云微笑。王恂笑道："我見你滿園子都是花，我們談了這半日，不見一個人中花來，不是你愛花不愛人麼？"子云笑道："你不過是這麼說呀，前日約得好好兒的，怎麼此刻還不見來呢？"少頃，寶珠、桂保來了，見過了。子云道："怎麼這時候還只得你們兩個人來？"寶珠道："今日恐有個不能來。玉儂還沒有來嗎？"桂保道："今日聯錦是五包堂會，聯珠是四包堂會。大約盡唱崑戲，腳色分派不開，我們都唱過一堂的了。"王恂道："何以今日這麼多呢？"桂保道："再忙半個月也就閑了。"寶珠道："我見湘帆、前舟在那裏，劍潭何以不來？"王恂道："身子不爽快。"桂保謂子玉道："今年我們還是頭一回見面。"子玉道："正是，我却出來過幾次，總沒有見你。"寶珠道："今日香畹與靜芳苦了，處處有他們的戲，是再不能來了。"子云道："我算有六七人可來，誰曉得都不能來。"將到午正，桂保往外一望，道："玉儂來了！"大家一齊望著他進來。子玉見他比去年高了好些，穿一套素淡衣賞，走入梅花林內，覺得人花一色，耀眼鮮明。大家含笑相迎，琴言上前先見了次賢、子云、王恂，復與子玉見了，問了幾句寒喧。子云笑道："如今人也高了，學問也長了。你看他竟與庚香敘起寒溫來，若去年就未必能這樣。"琴言聽了，不好意思道："他是半年沒有見面了。"子云道："我們又何曾常見面？"琴言笑道："新年上你同靜宜來拜年，不是見過的？"次賢笑道："是了，大約見過一次，就可以不說什麼了。"說得琴言笑起來。王恂道："只有我與玉儂見面時最少。"琴言也點一點頭，然後與寶珠、桂保同坐一邊。寶珠推他上坐，他就坐了。

　　子云吩咐擺起席面來，也不送酒。子云對王恂道："論年齒，吾弟長於庚香，但今日之酌特爲玉儂而設，要玉儂坐個首席，庚香作陪。"琴言道："這個如何使得？我是不坐的。"子玉道："應是庸庵。"子云道："往日原是這樣，今日却要倒轉來。"便拉定琴言坐了首席，子玉並之。桂保坐了二席，王恂並之，不准再遜，遜者罰酒十杯。子云又叫寶珠坐在上面，寶珠要推時，見蕙芳來了。子云道："好，好，你來坐了，次賢相並。"蕙芳不肯坐在次賢之上。次賢道："今日所定之席，皆是你們爲上，我們爲次，你不見已定了兩位嗎？"蕙芳只得依了，下麵寶珠也只得坐在子云之上。坐定了，王恂笑道："外邊館子上，若便依這坐法，便可倒貼開發。"衆皆微笑，互相讓了幾杯酒，隨意吃了幾樣菜。

寶珠看琴言的眼睛似像哭腫的，想是爲師傅了。子云也看出來，太息了一聲道："玉儂真是個多情人，長慶待他也不算好，他還哭得這樣，這也難得。"衆人盡皆太息。琴言聽了，觸起昨日的氣來，便臉有怒容。又見子玉在旁，總是爲他而起，他一陣酸楚，流下淚來。衆人齊相勸慰，殊不知琴言別有悲傷，並不是爲了長慶。衆人既不知道，又不便告訴人，悶在心裏，越想越氣，要忍也忍不住，把帕子掩了面，想道："魏聘才這東西專會捏造謡言，將來必説我在他那裏陪酒，奚十一賞鐲子等語，不如我説了，也可叫人明白。況且諒無笑我的人。"又停了一會，問子玉道："你幾時見聘才的？"子玉道："尚是去年十月内見過一次，如今住在城外宏濟寺，也絶不到我家來。"

琴言道："我昨日見他，他説今年見你三次了。"子玉道："何曾見過？ 最可笑的是大年初一天明的時候，在門外打門。門上人才穿衣起來，他説了一聲，留下個片子，到如今還没有見著他。你是那裏見他的？"琴言罵了一聲道："這魏聘才始終不是個東西。"蕙芳道："早就不是個東西，何須你説。"子玉又問琴言，琴言含淚説道："原是我不好，我到他寓裏，要他同我去看你。"子玉聽到此，一陣心酸，眼皮上已紅了一點。衆人盡聽他説，王恂道："你看他，他怎樣待你？"琴言道："聘才起先還好，如今有一班壞人在那裏引誘。"子云問道："是誰呢？"琴言道："一個奚十一，一個潘其觀，還有一個和尚，就是聘才的房東。"蕙芳聽了，皺了皺眉，問道："你怎樣呢？"琴言也恨極了，索性細細的將奚十一故意先走，後聘才攛了潘三，奚十一忽又送菜來，後奚十一、潘三、和尚先後的闖進，並將席間諸般戲侮，與砸了他的鐲子，都説了出來。子玉聽了，甚是生氣，説道："這是聘才的壞，定是他設的計，故意叫他們糟蹋你的。"琴言道："可不是他通同的麼？幸虧我如今不唱戲了，他們還不敢十分怎樣。不然還了得，只怕你們今日也不能見我的。"子雲道："這三個惡煞，怎麼你一齊都遇見了，這也實在爲難你。"次賢、王恂皆笑。桂保道："那個奚十一，我倒没碰見他，就是佩仙、玉豔吃了他的大虧。"琴言道："我是兩次了。"王恂謂桂保道："你若遇見了奚十一，便怎樣呢？"桂保道："我若遇見了他，也叫他看看桶子，叫個趕車的頑頑他。"説得衆人大笑。蕙芳道："我們如何想個法兒收拾他？"次賢笑道："你若要收拾他，須得用個苦肉計，恐怕你不肯。"蕙芳啐了一聲，次賢復笑起來。子雲問道："你想著什麼好笑？"次賢道："我想奚十一就是那個東西作怪，何不拿他來割掉了，也就安分了。"王恂笑道："這倒不容易，除非媚香肯行苦肉計方可。"蕙芳道："你何不行一回？"王恂道："我與他無怨無仇，割他作甚。你倒别割奚十一，且先割了潘三，也免了你多少驚恐。"蕙芳連啐了幾聲，忽斟一杯酒來，對次賢道："總是你不好，誰叫你講這些人。"次賢也不推辭，一笑喝了。忽見子玉與琴言四目相注，各人飲了半杯酒。子玉不覺微笑，問子玉道："你與玉儂同過幾回席了？"子玉道："這是第二回，已一年之久。"子雲道："只得兩回，可憐，可憐！真是會少離多了。"琴言笑道："也第三回了。"次賢道："庾香有些貪心不足，以多報少。去年你們瞞著人私逛運河，不算一回麼？"子玉道："我偶然忘了。"子雲道："我請吾弟與玉儂作十日之歡，閣下不知嫌煩否？"子玉道："名園勝友，若得常常歡聚，不勝之幸，何敢嫌煩。只怕弟無此香福，猶恐福薄災生。"子雲大笑，次賢道："十日之敍，已無此福，若華星北之福，真是福如東海了。"説得衆人大笑。琴言與子玉此時，已覺十分暢滿。王桂保對著子云笑道："我有個一字化爲三字的令，我説給你聽，説不出者罰一杯。"子云道："你且説來。"桂保道："一個大字加一點是太字，移上去是犬字，照這麼樣也説一個。"子云笑道："這是犬令，誰耐煩行他。"桂保笑嘻嘻的對著蕙芳道："你説一個。"蕙芳想了一想，道："一個王字加一點是玉字，移上去是主字，不比你那犬字好些嗎?"桂保點點頭道："真好。"忽又笑道："你可不該，方才度香罵我，你又罵了度香了。"蕙芳道："我幾時罵他?"衆人也不解，桂保道："他是主人，你説的是主字，連上犬字，不是罵他嗎?"蕙芳也笑。子云罵桂保道："你這小狐精，近來很作怪，偏有這些油嘴油舌。"寶珠道："我有個木字，加一劃是本字，移上去是未字。"子云笑道："我有個脱胎法，未字減一筆是木字，移下去是本字。"衆皆大笑。琴言道："我有個水字，加一點是氷字，移上去是永字。"次賢道："這個永字些須欠一點兒，也只好算個薄水氷。然眼前的却也沒有多少。"王恂道："只怕就是幾個，被他們想完了。"桂保道："我還有一個十字，加一劃是士字，移上去是幹字。"大家説道："好。"蕙芳道："我有個杏字，加一筆是查字，稱上去是香字。"衆人贊道："更好!"寶珠道："我有個丁字，加一筆是於字，移上去是亍字。"子云道："這字却冷些。"子玉道："也可用。"寶珠道："彳亍二字也不算冷。"琴言道："我有個蔔字，加一筆是上字，移上去是下字。"次賢道："這個好得很。"桂保道："我有個白字，加一筆是自字，移上去是百字。"蕙芳道："略短些。"王恂道："我有個曰字，加一筆是田字，移上去，"説到此頓住了，桂保道："移上去是什麼字?"王恂大笑，子玉道："只要説透上去，便成個由字。"子云道："我叫他拖下來成個甲字。"次賢笑道："你們一個要上，一個要下，要爭競起來。我叫他一頭往上，一頭往下，作個申字何如?"衆人大笑。吃了些點心，又喝了幾杯酒。王恂問蕙芳道:"你見湘帆、前舟沒有?"蕙芳道:"原是爲他們在那裏，所以耽擱了好一回，將我的戲挪上了才來的。我今天見了一個老名士，說是前舟的業師，相貌清古，有六旬之外了。"子云道:"姓什麼?"蕙芳道:"姓得有些古怪，我想想著，好像姓瞿，穿著六品服飾，覺得議論風生，無人不敬愛他。"子云想了一想，道:"要是姓屈，不是姓瞿。"蕙芳道:"是姓屈，我記錯了。"次賢道:"不要是屈道生麼?"子云道:"一定是他，我聽說他到了。"子玉道:"他名字可叫本立?"子云道:"正是，你認識他麼?"子玉道:"我却不認識，我見他幾封書札與家嚴的，有論些史事疑難處，却獨出卓見，真是只眼千古。家嚴將他裱成一個冊頁，我倒常看的。"次賢道:"這道生先生今年六十歲了，與先兄同舉孝廉方正。他在江西作知縣，爲何來京?"子云道:"去年題升了通判，想是引見來的。遲日我請他來，大家敘敘。雖是個方正人，然是看花吃酒也極高興。"子玉道:"他是我的父執，恐不好相陪。"子云道:"何妨?"次賢道:"道生雖是個古執人，筆墨却極游戲。其著作之外，還有些零碎筆墨，一種名《忘死集》，一種名《醒睡集》，都是游戲之筆。"琴言道:"這兩種書名就奇。"王恂道:"内中説些什麼呢?"次賢道:"我當年在人家案頭略翻一翻，也沒有看他。記得《醒睡集》内有些集詞爲詞、集曲爲曲等類，還有些集經書詩詞的對子，却甚有趣。好像末後還有個對戲目的對子，是兩個字的多，可惜沒有細看。"子云道:"你看道生的詩文，與侯石翁如何?"次賢道:"據我看，是道翁高於石翁。石翁的才雖大，格却不高，且系駁雜不純。道翁才也不小，其格純正，却是可傳之作。就是石翁也很佩服他的。"王恂道:"我們江寧的侯石翁麼，他却自負天下第一才子。據我看來，也不見得。"子云道："才是大的,博也博的,到他那地位,却也不易。"又說道："我想戲目頗可作對,譬如《觀畫》就可對《偷詩》,《偷詩》又可對《拾畫》等類,倒也有趣。我們八個人分著四對,我給你對一個,你也給我對一個。有一字不工穩者罰一杯,兩字不工者罰兩杯,半字不工欠對者罰半杯,有巧對絕對者,賀一杯。"次賢道："很好,就請庾香、玉儂先對起來。"子玉道："還是你與媚香先對,次度香、瑤卿,次庸奄、蕊香,末後輪到我們罷。"子云道："也罷,你作個先鋒,他作個後勁,把我們放在中間,容易討好些。"次賢道："頭難,頭難,我一時想不出好的。我前日見瘦香的《題曲》唱得甚好,就出《題曲》罷。"蕙芳道："《題曲》就可以對《偷詩》。"寶珠道："將現成人家方才對過的,你又揀了來,這麼就牽扯不清了。你先罰一杯。"蕙芳道:"不算就是了,又要罰什麼。"子云道:"要罰的,不然盡對對不喝酒了。"即罰了蕙芳一杯。蕙芳想了一想,道:"《教歌》可以對麼?"次賢道:"好。"於是都說一聲"好。"蕙芳道:"既說好,就應賀一杯。"子云道:"應該。"即勸合席賀了一杯。蕙芳即出了《埋玉》,次賢對了《拾金》。王恂道:"這工穩極了,也賀一杯。"又各賀一杯。應子云出對了,子云出了《踏月》的上對,寶珠想了一想,對了《掃花》。桂保道:"好極了。"子云道:"論對却好,但兩個字似乎平仄都要相配,掃字也是仄聲。此中稍欠工穩。"次賢道:"你却論得是。據我想來,戲目雖多,內中可對者却也甚少,下一字須講平仄,上一字尚可恕,不比泛對故實,可以隨我們去搜索,此是有數的。與其平仄調而字面不工,莫若字面工而平仄稍爲參差,也可算得。至於第二字,是不可錯的。"子云一想也真沒有多少,也就依了。寶珠出了《山門》,子云想了一回,對了《石洞》,也算工穩,賀了一杯。到了王恂、桂保了,王恂出了《彈詞》,桂保對了《制譜》。次賢道:"我想這上對，總要新鮮的才了，太平正了覺得不見新奇。"桂保謂王恂道：
"我就出個新奇的與你對，是《偷雞》。"王恂道："我對《伏虎》。"大家
贊道："却也工穩。"要賀一杯。次賢道："要賀也可賀，但《偷雞》二
字纖小，《伏虎》二字正大，你們以爲何如？"王恂道："你這評論，真
是毫髮不爽，我改了《訪鼠》罷。"次賢道："這該賀了。"各人都賀一
杯。到了子玉，出的是《看襪》，琴言對的是《借靴》。大家説道："這
個對得好，要賀兩杯。"蕙芳道："一杯也夠了，這對子也對得快。若
兩杯兩杯的賀起來，將人喝醉了，倒對不好了。"次賢道："説得是，
以後頂好的方賀一杯，好的賀半杯，平平的不賀。"於是各賀了一
杯。琴言出了《醉妃》，子玉聽得王恂的《伏虎》，就觸著了，對了《醒
妓》。衆人道："這個對得有趣，滿賀一杯。"琴言道："巧在一醉一
醒，這倒難得的。"輪到次賢，次賢道："我出《撇斗》。"蕙芳道："好個
《撇斗》。"想了一想道："我對《搜杯》。"次賢道："也好個《搜杯》，這
裏面工穩，賀一滿杯。"大家喝了。停了一會，次賢催他出對，蕙芳
道："我有一個對，恐怕沒有對的，因此遲疑。"次賢道："若真沒有對
的，也只好喝一杯過去。你且説來，教我想想也好。"蕙芳道："《女
盜》有名《牝賊》，這兩字却新奇，你對出來，我情願喝三杯。"次賢
道："真的？"衆人也暗暗想了一回，對不出來。子云道："我對難
對。"次賢忽然笑起來，謂蕙芳道："你且喝三杯，我對給你。"蕙芳
道："你對了，我再喝。"次賢道："要喝的。那《勢利》又叫《勢僧》，這
不是絶對麼？"蕙芳道："勢字怎麼對得牝字？"子玉一想，不覺撫掌
大笑道："妙極，妙極！就是勢字才可對得牝字，真是絶對。"琴言與
寶珠尚未明白，子云、王恂也想出來了，也笑起來，贊道："真好心
思，把這兩字當這兩件東西，真是異想天開了。"四旦尚未想出，蕙
芳猶呆呆的想，王恂道："你們尚未想著，你們不知男子陽爲勢嗎？"

蕙芳等恍然大悟，便都笑起來，都也説好。蕙芳真喝了三杯，餘皆賀一杯。

子云出了《打店》，寶珠對了《逃關》。寶珠出了《搶嬌》，子云對了《殺惜》。都爲工穩，賀了一杯。王恂出了《草橋》，桂保對了《麻地》，忽又説道："這地字還差半個字，我改作《絮閣》罷。"王恂道："這《絮閣》借對得好，可賀半杯。"桂保出了《花婆》，王恂想了一會，對了《火判》。大家已經贊好要賀，王恂道："慢著，我還要改。"又改了《草相》，衆人道："更好，新奇之極。"各賀了。子玉出了個《封房》，琴言對了《辭閣》，也算工穩，賀了半杯。琴言出了《卸甲》，子玉也思索了一回，沒有新鮮的，偶想起《桃花扇》上有出《哄丁》，便把《哄丁》借對了，衆人極口贊妙，各賀了滿杯。次賢出了《飯店》，蕙芳對了《茶房》。蕙芳出了《拔眉》，子云道："這更難對了。"次賢對了《開眼》。蕙芳道："這真工巧極了。"次賢道："還有《刺目》覺得更好些，就只刺字是個仄聲。"子玉道："這兩個都好，倒像是天造地設，再沒有比他好的了。"又到子云，子云出了《跌雪》，寶珠道："這個寬了，便宜了我。"既又説道："這個跌字也不容易。"遂想了一想，對了《墮冰》。一齊贊好，道："好個《跌雪》、《墮冰》，真是一副好對，是一意化作兩層法。"蕙芳謂寶珠道："你想個難的給他對。"寶珠點點頭。子云道："你何故要他難我，無非想我罰杯酒。"蕙芳笑道："正是。"子云向寶珠道："你儘管出難的來。"寶珠想了一會，出了《扶頭》。子云笑道："這個真不容易。"忽然把桌子一拍道："有個好對，我對《切脚》，你們説好不好？"子玉道："妙，妙！這個與《拔眉》、《刺目》，可稱雙絕。"次賢道："比《拔眉》、《刺目》還好，這頭、脚兩字都是虛的，裏面是一樣，平仄又調，真是好對。倒是媚香激出來的，我們要賀雙杯。"於是大家賀了，吃了一回菜。到了王恂，王恂出了

《花鼓》。桂保想來想去，没有對，急得臉都紅了。王恂催他，桂保道："不料這個倒没有對的。只有《聞鈴》上那個《雨鈴》好對，却不是戲目。《草橋》這橋字也不甚對，其餘我想不出來，我喝一杯罷。"桂保喝了半杯酒，出了個《跪池》，王恂對了《投井》，大家説好，也賀了半杯。到了子玉，子玉出了《折柳》。子云笑道："庾香蕙顧著玉儂，出這樣稀鬆的對子出來。"子玉道："我一時想不出生的，我看倒是對對易，出對難。"琴言對了《掃松》。子玉道："我一對連我的上對都好了。"衆人也賀半杯。琴言道："我就出個掃字的上對，是《掃秦》。"衆人道："這個難了。"子玉道："這個真難。秦是姓，又是國名，很不容易。"忽然的想起了一個，也很得意，説道："竟有這麽一個現在的，我對《擋漢》。"衆人道："妙絶了，天然，秦、漢二字，掃、擋兩字，也對得好，我們賀雙杯。"於是，大家已輪到三轉，也好半天，已點了燈，略爲歇息，又説些閒話。次賢道："又輪到我了，我也學庾香惠顧人，出個容易的。"出了《酒樓》，蕙芳對了《書館》，便説道："我也學玉儂的連環出法，我就用書字出個《改書》。"次賢道："你就難我，我偏要對個好的。"因想了一會，對了《追信》。王恂道："書、信兩字甚好。"次賢又道："我又想了一個《放易》，易這好似信字。"大家齊聲贊道："這個更好，該賀雙杯。"各賀了。子云道："《見鬼》。"大家没有留心。停了一會，寶珠催其出對，子云笑道："你倒不對，還來催我。"寶珠道："你還没有出對，叫我對什麽呢?"子云道："我方才説的《見鬼》，就是這對。"寶珠一想，果然有這個戲目，便對了《離魂》。子云點點頭道："對也對得好。"賀了半杯。寶珠出了《吃糠》，子云對了《潑粥》。到了王恂，出了個《冥判》。次賢道："這不容易。這個判字半虛半實，蕊香只怕要罰酒。"桂保想了一回，道："有一個好對，就新些，却不是老戲。《空谷香》上有出《佛醫》，我對《佛醫》。"次賢道："果然好，非但不罰，還要賀呢。"桂保道："我想出一個難的來了，我出《驚醜》。"王恂想了一會道："我有個好對，這四個這比起來，還是一樣的顏色，你們要賀雙杯。我對《嚇癡》。"衆人大笑道："真是黑沉沉的一樣顏色，我們要賀雙杯。"各人賀畢。子玉道："這對可以結了，天也不早了。況我一早出來，過遲了恐家慈見問。請以此對收令罷。"王恂道："也是時候了，對了吃飯罷。"子云道："且看，其實天還早呢。"子玉道："既要敘幾天，也宜留些精神在明日，今日早散爲妙。"子玉見琴言有些倦間，故要收令。子云只得依了。子玉道："我出個三字對罷。"遂出了《飛熊夢》。衆人道："三個字就難些，好對的也少得很。"琴言想了一會，對了《伏虎韜》。衆人大爲稱讚，賀了一杯。琴言笑道："就這一對完結了，我出四個字對罷。"衆人道："四個字的更難。"琴言道："罰酒也只得一杯了。若是大家都要對四字的，自然就難了，這一兩個只怕還有。"便出了個《賣子投淵》。子玉也想了一會，對了個《思親罷宴》，衆人拍案稱妙。子云道："情見乎詞，庚香方才説回去過遲，恐怕伯母見問，真是思親罷宴了。這個本地風光，我們各賀三杯吃飯。"這一回每人對了四轉，共有三十二副對子，是六十四個戲目。也費了好些心，喝了幾十杯酒，各有醉意，便也不能再飯。三杯之後，吃過了飯，略坐了一坐，子玉、王恂告辭，子云又約了明日。到明日又添了文澤、春航，名旦中也添了幾個，又在怡園敘了一日。陸素蘭單請子玉、琴言二人，又敘了一日，這一日清談小敘，更爲有趣。一連敘了三日，子玉也心滿意足，人也乏了。徐子云要請屈道生，却好史南湘已到京，作一個詩酒大會。子玉不能推辭，只得赴約。且聽下回分解。

第五十回
改戲文林春喜正譜　娶妓女魏聘才收場

　　話説春航已聘了蘇侯的小姐，只等七月七日完畢婚姻。五月過了，正是日長炎夏，火傘如焚。且説劉文澤補了吏部主事，與徐子云同在勳司，未免也要常常上衙門。這些公子官兒，那裏認真當差，不過講究些車馬衣服，借著上衙門的日子，可以出來散散。戲館歌樓，三朋四友，甚是有興。一日，文澤回來，路過林春喜門口，著人問了春喜在家，文澤下了車進去。遠遠望見春喜穿著白紈絲衫子，面前放著一個玻璃冰碗，自己在那裏刷藕，見了文澤，連忙笑盈盈的出來。文澤道：“你也總不到我那裏去，你前日要我那白磁冰桶，我倒替你找了一個，而且很好，不大不小的，我明日送來給你。”春喜道：“多謝費心，我説白磁的比玻璃的雅致些。”文澤看了書室中陳設，便道：“你又更換了好些？”春喜道：“你看我那幅畫是黃鶴山樵的，真不真？”文澤道：“據我看不像真的。”春喜道：“靜宜給我的，他説是真的。”

　　文澤笑道：“若是真的，他也不肯給你，知你不是個賞鑒家。”春喜笑道：“好就是了，何必論真假。”文澤見春喜兩間書室倒很幽雅。前面一個見方院子，種些花草，擺些盆景，支了一個小卷篷。後面一帶北窗牆子內，種四五棵芭蕉，葉上兩面皆寫滿了字，有真有行，大小不一，問春喜道：“這是你寫的麽？懸空著倒也難寫。”春喜道：“我想‘書成蕉葉呢文猶綠’之句，自然這蕉葉可以寫字。我若折了下來，那有這許多蕉葉呢？我寫了這一面，又寫那一面。寫滿了，又擦去了再寫。橫豎他也閑著，長這些大葉子，不是給我學字的麽？我若寫在紙上，教人看了笑話。這個蕉葉便又好些。我還畫些草蟲在上面,我給你瞧,不知像不像。"便拉了文澤走到後面,把一張小蕉葉攀下來,給文澤看,是畫些蜻蜓、螳螂、促織、蜂蛛各樣的草蟲。文澤笑道:"這倒虧你,很有點意思,只怕你學出來,比瑤卿還要好些。"春喜道:"瑤卿近來我有些恨他。他的畫自然比我好,但他學了兩三年,我是今年才學的。春間請教請教他,不是笑我,就是薄我,問他的法子,他又不肯說。近來我也不給他看了,他倒常來要我的看。我總要畫好了才給他看呢。我問靜宜要了許多稿子,靜宜說我照著他畫,倒不要看那芥子園的畫譜。"又笑嘻嘻的對著文澤道:"我與你畫把扇子。"文澤道:"此時我不要,等你學好了再畫。"春喜道:"你們勢利,怎見得我此時就畫得不好? 你若有好團扇,我就加意畫了。"說罷就跑了進去,拿了一柄團扇出來,畫著一枝楊柳,有一個螳螂捕蟬。那翅張開,一翅在螳螂身下壓住,很像嘶出那急聲來。那螳螂兩臂紮住了,蟬項口去咬他,兩眼鼓起,頭上兩須一橫一豎,像動的一樣。文澤看了,大贊道:"這是你畫的麼?"春喜點點頭。文澤道:"我不信。"春喜道:"你不信,我當面畫給你看。"文澤道:"你將這把扇子給我罷。"春喜道:"這扇子我自要留的。"文澤道:"我不管你留不留,我只要這把,你落了款罷。"春喜只得落了款,送與文澤。文澤道:"看你這畫,已經比瑤卿好了,字也寫得好。"春喜道:"瑤卿原只會畫蘭竹與幾筆花卉,山水尚是亂畫的,草蟲他更不會。此時說我比他好,我也不安,將來或者趕得上他。"正說話間,只見仲清、王恂同著琪官、桂保進來。

文澤見了大喜,問道:"怎麼今日不約而同,都到這裏來?"仲清道:"庸庵要到蕊香那裏去,卻遇見玉豔,想同到新開的莊子裏去坐坐。見你的車在門口,所以進來。"文澤道:"莫非就是那唐和尚開的安吉堂麼？聞得那地方倒好，他又將寺裏的幾間房子也通了過去，我們就去。"春喜道："怪熱的天，在這裏不好嗎？"桂保道："那裏也好，内中有幾間屋子，擺滿了花卉，大天篷涼爽得很。倒是那裏好。"即催了春喜，換了衣裳，都上車，到了安吉堂對門車廠裏，卸了車。文澤等走進，掌櫃的忙出櫃迎接，即引到後面一個密室，却是三間，隔去一間，並預備了床帳枕席。外面擺了兩個座兒，一圓一方，都是金漆的的桌凳。上面鋪炕，掛了四幅屏畫，是畫些螃蟹，倒還畫得像樣。上頭掛一塊桃紅綢子的賀額，寫著"九重春色"四字，上款是"歸云禪師長兄、瑞林親台長兄開張之喜"，下款也是兩個人名字。一幅朱箋對聯，寫的金字是：磨墨再煩高力士，當壚重訪卓文君。衆人看了大笑，仲清道："怪不得這裏熱，被這些聯額字畫，看得出汗。"再看兩邊牆上兩個大橫披，一個姓馬的寫的字，其惡俗已到不堪，那一幅畫甚離奇，是畫的張生游寺。文澤等又笑了一陣。掌櫃的進來張羅了一會，親手倒了幾杯茶出去，遂換走堂進來點菜。王恂道："這裏的生炒翅子、燒鴨子是出名的，就要這兩樣。"各人又分要了好些，皆是涼菜多，熱菜少。走堂的先擺上酒杯、小菜，果碟倒也精緻。送上陳紹、木瓜、百花、惠泉四壺酒來，放下一搭紙片。那邊桌上點了一盤小盤香，中間一個冰桶，拿了些西瓜、鮮核桃、杏仁、大桃兒、葡萄、雪藕之類，浸在冰裏。首坐仲清，次文澤，次王恂、琪官、春喜、桂保相間而坐。來了幾樣菜，各人隨意小酌閒談。

　　文澤問起子玉，還是前月初七日送行時見他。仲清道："庚香巳后大約未必肯出門的了，我們去看過他幾次，他又病了幾天，儼然去年夏天的模樣。他這個元神，此時正跟著玉儂在長江裏守風，只怕要送他到了南昌，才肯回來呢。"琪官聽了，眉顰起來，神情之間，頗有感慨，説道："初六那一日，我請他們敘了半日，雖然彼此啼哭，却也還勸得住，不料至皇華亭，彼此變成這形象，我此時想起，還替他們傷心。"王恂道："那天幸是没有生人在那裏，若有生人見了他們這個光景，豈不好笑？玉儂倒還遮飾得過，有他們一班人送他，自然離別之間，倒應如此的。就是庾香遮飾不來，直著眼睛，拉他上車，還掙著不動，又有那一哭，到底爲著什麼事來？幸虧度香催道翁走了，不然，他見了也要猜疑。"文澤道："可不是？庾香與湘帆比起來，正是苦樂不同。湘帆非但與媚香朝夕相親，如今又對了闊親，偏偏又是個姓蘇的，而且才貌雙全。你道湘帆的運氣好不好？我看咱們這一班朋友，就是他一個得意。"仲清道："自然。"王恂道："竹君近來倒没有從前的意興，這是何故？"仲清道："竹君麼，他因不得鼎甲，因此挫了鋭氣。如今看他倒有避熱就涼之意，是以住在怡園，不與那些新同年往來。"文澤道："今年你們若考中了宏詞科，也就好了。倒要勸勸庾香，保養身子要緊。"仲清、王恂點頭。

桂保對王恂道："從前我在怡園，行那一個字化作三個字的令，你一個也没有想得出來。我如今又想了一個拆字法，分作四柱，叫做舊管、新收、開除、實在四項。譬如這個'酒'字，"一面説，一面在桌子上寫道："舊管一個'酉'字，新收一個三點水，便成了一個'酒'字。開除了'酉'字中間的一字，實在是個'灑'字。都是這樣。你們説來，説得不好，説不出的，罰酒一杯。"春喜道："這個容易，也不至於罰的。我就從'天'字説起，舊管是個'天'字，新收一個'竹'字，便合成了'笑'字。開除了'人'字，實在是個'竺'字。"衆人贊道："好。"琪官道："我也有一個，舊管是個'金'字，新收一個'則'字。"説到此，便寫了一個'鍘'字："開除了一個'貝'字，實在是個

'釗'字。"桂保道:"'金'字加個'則',是個什麼字?"琪官道:"有這個字,我却一時說不出來。"春喜道:"這字好像是鍘草的鍘。"琪官道:"正是。"桂保道:"以後不興說這種冷字。若要說這種冷字,字典上翻一翻,就說不盡。且教人認不真,有甚趣味?"琪官被駁得在理,也不言語。仲清道:"倒也有趣,我們也說幾個。我說舊管是個'射'字,新收一個'木'字,是'榭'字。開除了'身'字,實在是'村'字。"

桂保道:"好,說得翦截。"文澤道:"舊管是個'圭'字,新收一個'木'字,是'桂'字。開除了'土'字,實在是'杜'字。"王恂道:"舊管是個'寺'字,新收一個'言'字,是'詩'字。開除了'土'字,實在是'討'字。"桂保道:"這個比從前的'田'字講得好了。我說舊管是個'一'字,新收一個'史'字,是'吏'字。開除了'口'字,實在是'丈'字。"

琪官道:"我的舊管是'串'字,新收了'心'字,是'患'字。開除了'口'字,實在是'忠'字。"春喜道:"我舊管是'昌'字,新收'門'字,是個'閶'字。開除了'曰'字,實在是'間'字。"仲清道:"我舊管是'賤'字,新收三點水,是'濺'字。開除了'貝'字,實在是'淺'字。"文澤道:"我舊管是'波'字,新收一個'女'字,是'婆'字。開除了'波'字,實在是'女'字。"春喜道:"怎麼說?鬧錯了。舊管是'波'字,怎麼開除也是'波'字?新收是'女'字,怎麼實在又是'女'字?內中少了運化。"桂保道:"這要罰的。"文澤笑道:"我說錯了,我是想得好好兒的。"便說道:"開除是'皮'字,不是'波'字。"琪官笑道:"這是什麼字,一個'婆'字少了'皮'字?"春喜道:"要把那三點水揪下來,把'女'字抬上去,不是個'汝'字?"文澤笑道:"正是'汝'字。"桂保道:"太不自然,要罰一杯。"文澤笑道:"不與你們來了。"飲了一杯，王恂道："舊管是'眇'字，新收三點水，是'渺'字，開除了'目'字，實在是'沙'字。"桂保道："舊管是'士'字，新收了'口'字，是'吉'字。開除了'一'字，實在是個'古'字。"文澤道："這張口可惜生下了些，湊不攏，也要抬上些才好。"衆人皆笑。桂保道："這個批評未免吹毛求疵。就算略差些，也用不著抬女字的那麼使勁。"衆皆大笑。琪官道："舊管是'胡'字，新收三點水，是'湖'字。開除了'沽'字，實在是'月'字。"春喜道："舊管是'邑'字，新收個'才'字，是'挹'字。開除了'口'字，實在是'把'字。"文澤道："這個令沒有什麼意思，我不說了，還說別樣罷。"飲了幾杯酒，只聽得隔壁唱起來，衆人聽是唱的《南浦》道："無限別離情，兩月夫妻，一旦孤另。"桂保謂春喜道："小梅你近來很講究唱法，南曲逢入聲字，應斷，還是可以不斷呢？"春喜道："若說入聲，是應斷的。"桂保道："自應唱斷。你聽方才唱的，却與我們唱的一樣，笛上工尺妻字，是五六工尺工，一字，笛上工尺是六五。你聽兩月夫妻一旦孤另，這'一'字怎麼斷呢？"春喜道："這是要把板眼改正了，就斷了。如今唱的工尺妻字的五字自中眼起，六字的腰板，工字的頭眼，尺字的中眼，工字的末眼，一字上的工尺是六字的頭板、頭眼、中眼，五字的末眼。如此唱法，一字怎麼能斷？ 然一字不斷，究竟不合南曲唱入聲的規矩。你要這一字斷，却也不難，只要將妻字上的工尺五字拖長，六字改爲中眼，工字改爲一字的頭板，尺字改爲一字的頭眼，六字改爲中眼，五字改爲末眼，音節截斷，便合南曲入聲唱法。"一手拍著桌子道："你聽，兩月夫妻，一旦孤另。"桂保道："你真講得不錯。"又道："你知道唱南曲，有用一凡工尺的沒有？"春喜道："南曲是沒有一凡的，是人人盡知。惟有一處，我問過你令兄，他是個刺殺旦。我問他南曲笛子上有一凡沒有，他也說沒有。我說你做《刺

梁》那一齣,是南北合套,梁冀所唱之曲皆系南曲,到看報時唱的
'酒困潦倒'這'潦倒'上的工尺,就吹出一凡。因爲鄔飛霞接唱北
曲,不能不出調,所以非一凡不可。你説南曲用一凡,就只有此一
處,並無第二處。"桂保點點頭道:"我也聽得我哥哥與人講,大約還
是你對他説的。"春喜道:"若説不講究唱也罷了,既要講究,唱錯的
還不少呢。譬如那《小宴》一齣,南北合套音節最好。若以人之神
情摹想當日光景,至《驚變》處,唱到'怎道是失機的哥舒翰',非用
五六五出調高唱不可。既驚變矣,則倉皇失措之神自在言外。且
下文還有社稷摧殘等語,慢騰騰低唱是何神理?"琪官道:"這也論
得極是。我想那些口白,也都有不妥當處,一氣説完,後來唱出,全
無頭緒,若斷章摘句起來,幾至不通。"春喜道:"可是不麼。譬如
《陽告》一齣,出場時一口説盡,所以後頭唱的曲文,與口白文氣不
接。如今班中唱的個個是如此。要依我,就改他口白。"桂保道:
"怎樣改呢?"春喜道:"你記第一段的口白是:'望大王爺早賜報
應',與《滾繡球》一只'他因功名阻歸',文氣不接。第二段口白:
'在神前焚香設誓'與《叨叨令》一只'那天知地知',文氣又不對。
第三段口白'勾去那廝魂靈與奴對證',與《脱布衫》一只'他好生忘
筌得魚',文氣又不接。依我要把第一段口白'奴家敫桂英,因王魁
負義再娶,要到海神廟把昔日焚香設誓情由哭訴一番,求個報應。
來此已是,不免徑入。'把這一段説完進廟,再向大王爺案前哭訴,
之後也只説'奴家敫桂英,與濟寧王魁結爲夫妻,誰想他負義又娶。
媽媽逼奴必嫁,奴家不從,致遭毆辱,忿恨難伸,故到殿前把已往從
前之事訴告一番,求大王爺早賜報應。當時那王魁呵'再唱那《滾
繡球》一只,文氣便接。唱完之後,再説'定盟之時,神前設誓,誓同
生死,若負此心,永墮地獄。呵喲,是這麽的噓。'這才是'神前設

誓，天知地知呢’。這只唱完，說道‘不是奴家心腸忒狠，他到京中了狀元，另娶韓丞相之女爲妻，一旦把奴休了，是令人氣憤不過嚧。’把他頭一段口白分作三段，這就通身文氣都接了。”仲清、文澤、王恂道：“這都改得好，但如今講究唱崑腔的也不少，怎麼就不曉得這些毛病呢？”春喜道：“唱清曲的人，原不用口白，他來改正他做什麼？唱戲曲的課師，教曲時總是先教曲文，後將口白接寫一篇，擠在一處，没有分開段落，所以沿襲下來，總是這樣。”衆人正在談得高興，只聽那間房後面角門一響，房内脚步聲，有人走出來。衆人留心看時，簾子一掀，鑽出個光頭來，穿件黄□絲短僧衣，藍綢褲子，散著褲脚，趿著青線網涼鞋，摇著鵝毛扇子。見了衆人，滿面堆下笑來，搶步上前，和著雙手，半揖半叩的見文澤等三人，又與桂保等三人拉了拉手，原來是唐和尚。文澤讓他坐了，唐和尚鞠躬如也，坐在炕沿上。走堂的倒了一鐘茶給他，唐和尚道：“這茶不好，你另沏壺雨前，放些珠蘭在裏面。少爺們在此，好好的伺候。”走堂的笑嘻嘻的答應了。唐和尚道：“今日少爺們這麼高興，到小莊來。”王恂道：“我們來過多回了。”和尚笑道：“少爺説謊，今日尚是頭一次。少爺們若到來，我没有不曉得的。如果酒多了，還可以裏面坐坐。”文澤道：“那倒不消，我們聞了那氣味就要醉的。”唐和尚道：“如今田老爺是貴人了，他搬出後，我也没有見著他。好容易一年之内，中舉、中進士、中狀元，這是天上文曲星，人間豈常有的？不是我説，也幸遇見了那位蘇相公，倒被他管好了。”

......

（道光二十九年刊本）

紅樓夢影（節錄）

〔清〕云槎外史

第十七回
邢岫烟割肉孝親　賈存周承恩賞壽

　　話說寶玉叔侄次日回明瞭王夫人，往梅宅赴席，便帶了焙茗、鋤藥、跟賈蘭的金印、小跟班的鹿頂兒。裏頭交出衣包帽盒，將要上馬，見賈環下班回來，下了馬先與寶玉請了安，賈蘭又與賈環請安。賈環問道："這麼早，那兒去？"寶玉道："梅瑟卿請吃早飯。"於是賈環進內。這裏叔侄二人到了薛家，先進去給薛姨媽請了安，又見過香菱、岫烟，都問了好。出到書房，梅瑟卿、柳湘蓮早來等候，彼此敘談了一會。寶玉向薛蟠道："早些吃飯，恐其路遠。"薛蟠道："不忙，還有人呢。"一言未了，只聽院裏笑道："我可來晚了。"只見小厮們掀起簾子，進來一人，你道是誰？原來就是那茜香羅的舊主人。

　　向眾人請安問好畢，別人還不理會，唯有寶玉這一喜真是非常之喜，忙過來拉了他的手，笑道："如今作了官了，怎麼舊日的朋友都不認得了。"蔣玉函笑道："豈敢，豈敢！皆因差使忙，所以短請安。再者，尊府上沒事也不好常去。上次與大老爺送壽禮，還是我去的。"寶玉道："我怎麼不知道呢？"蔣玉函說："想是你沒聽見說，昨日薛大爺差人叫我今日來，好容易騰挪了一天，曉得你們眾位都來，我惦記的很。"瑟卿笑道："不必說了，留著話城外說去罷。"只見眾家人調桌搬椅，不一時擺齊了飯，按次坐下。一時吃完了飯，傳出去預備車馬。

　　一行人出了城,走了半天才到。原來這紫檀堡是個小小的鎮店,這房子離村還有二里多路,門前一道小溪,上面架著座草橋,可通車馬。圍著牆盡是槐柳榆楸,牆裏的薜蘿垂於牆外。

　　過了橋,是座清水脊的門樓,東邊柵欄門,自然是車房、馬圈,不必說他。到了門前,一齊下馬。迎門一座磨磚影壁,影壁前一塊澗石,早被那薜蘿纏滿。西邊四扇灑金綠屏風,南面一溜門房,北邊小小五間客廳。廳後,東邊小角門通廚房。西邊雕花瓶兒門,望去裏面樹木陰森。正面是垂花門,進了門,一道石子嵌的十字甬路。兩邊東西廂房,院裏兩大棵西府海棠,南牆下開滿玉簪花。北面小小三間出廊的上房,玉色宮紗糊的窗隔,房中小巧,裝修十分精緻,不必細述。出了正院,剛到瓶門,一股甜香撲人。這院裏周圍游廊,堆著幾塊假山,東邊一棵梧桐,西邊一棵丹桂。看了那簌簌紅椵,陰陰綠葉,寶玉、賈蘭齊說道:"有趣!"瑟卿笑道:"自然有趣,這正是'噴清香,桂花初綻!'"說說笑笑進了書房,房內並無隔斷,前後出廊,兩面都是紗屜,設著幾張桌椅。後院裏一片竹林,兩棵口詹的大芭蕉,廊下擺著有三四十盆秋海棠,紅白相兼,花光燦爛。寶玉見了白海棠,便想起那年大家作海棠詩來,呆呆的看,眾人不知其故。

　　只聽薛蟠說:"喝酒罷!"寶玉一回頭,見酒飯已齊,便來入座。賈蘭道:"可惜沒帶了笛來。"薛蟠道:"晚上早打發人連鼓板、弦子都送來了,可唱什麼好呢?"寶玉道:"你沒聽見我們年兄說:'噴清香,桂花初綻',《小宴》就很好。"蔣玉函道:"那不是獨角戲,只好唱第四支'泣顏回,花繁秾豔想容顏'那一支。"賈蘭道:"那幾句有什麼聽頭?"薛蟠向跟班的阿巧說:"你和蔣大人唱罷!"蔣玉函笑道:"薛大爺又打趣人了。"薛蟠嚷道:"你們府裏都稱呼你大人,我們自然也該稱大人的，我先敬你一杯。"阿巧道："小的唱的不好，況且那是正生角色。"梅瑟卿斟了一杯酒，出席來遞與柳湘蓮，又作了個揖，說："柳二哥，你和蔣公唱罷！"湘蓮笑道："我唱你隨！"瑟卿道："只怕我這樣兒配不過你！"眾人哄堂大笑。於是瑟卿吹笛，湘蓮自己打鼓板，阿巧彈弦子，柳、蔣二人同唱"天淡云閑"。只這一支，便把寶玉叔侄樂的手舞足蹈。寶玉忙斟了兩杯酒，笑道："我借花獻佛。"二人站起身一飲而盡。接著，又是賈蘭、瑟卿、薛蟠每人用大玻璃盞敬酒，蔣玉函笑道："柳二爺是海量，我要是這樣喝法，真可要'影濛濛空花亂雙眼'了！"寶玉道："不怕，你要醉了，我和你同車把你送到家去。"瑟卿笑道："那又是一齣了。"蔣玉函說道："不用你們眾位說，唱完了《長生殿》，咱們再唱《花魁記》。"大家聽了都笑起來。薛蟠道："天也不早了，唱完了吃些點心，該進城了。"寶玉問湘蓮："吉期定於何日？"湘蓮道："老太太叫人擇的八月十六。"賈蘭問薛蟠："二舅舅今日怎麼沒來？"薛蟠道："他忙的很，老太太派他置辦衣服首飾，還托了我們長利當鋪周掌櫃的幫辦，總要鮮明熱鬧。"湘蓮道："爲這件事，老人家實在費心，我真不過意。"薛蟠說："家母說來，那年平安州遇見賊，若不虧了你，連我的性命都沒了，豈止銀錢呢。"湘蓮道："老人家若是以此爲念，那倒不是疼我了。"說著，吃完了點心，外面伺候已齊，各乘車馬。

　　一路上看那碧天云淡，野水波澄，柳葉添黃，蘋絲減綠，遠遠的斜日漸沉，暮煙初起。寶玉在馬上看了這秋色，又想起剛才唱的《小宴》。當日明皇與貴妃何等的恩愛纏綿，後來馬嵬驛那般結果！正然顛倒尋思，焙茗用鞭子指著說："爺順著那棵大松樹往西瞧，那不是水仙庵！那年九月初二，咱們在井臺兒上燒香。"寶玉聽了，想起祭金釧兒的事來，不由一陣傷心，不知咕咕噥噥說了幾句什麼。焙茗説："怎麼又傷了心了？"寶玉道："誰傷心？是迷了眼了！不用胡説。"不一時，進了城門。大家在馬上拱了拱手，各自回家不提。

　　且説寶玉、賈蘭到家，見過王夫人，賈蘭自回園中去見母親。寶玉回到自己房中向寶釵略説了説今日出城的事，就叫襲人服侍睡下。襲人出來悄悄向寶釵説道："二爺今日出門回來，無精打采的，不是又有什麼心事？明日叫人問問焙茗就知道了。"麝月在旁説道："常和那些人在一處，有什麼好處？"襲人因有薛蟠在內，恐寶釵嗔心，便瞅了他一眼。寶釵笑道："什麼心事，不過馬上顛了一天乏了。你也太多心了。"説罷，寶釵卸了殘妝，盥漱已畢，也就歇下。只聽寶玉在夢中説道："香斷總緣卿薄命，珠沉休怨我無情……"後頭幾句就聽不真了。

　　次日起來，寶玉自到王夫人處請安。寶釵梳著頭笑向襲人道："你倒猜著了，夢裏念了兩句詩。"襲人道："奶奶説給我們聽聽。我雖不懂，如今常聽見奶奶和爺講究，也略聽出點兒來。"寶釵便念道："香斷總緣卿薄命，珠沉休怨我無情。"襲人聽了，笑道："這成了那年祭芙蓉花神，林姑娘還給改的什麼茜紗窗。後來才知道不是祭芙蓉花神，是祭晴雯。我們還都笑那位芙蓉神。聽起這兩句來又不知是朝著誰呢？"正説著，寶玉進來問寶釵："你們説什麼兩句兩句的？"寶釵笑道："有兩句好詩。"寶玉問道："什麼好詩，誰作的？"寶釵道："我知道誰作的？"寶玉道："你念與我聽聽！"寶釵便念與他聽。寶玉聽了，便説道："因昨日他們唱《驚變》，我隨便作了兩句，又沒寫出來，你怎麼知道？"寶釵道："你夢裏説的！"寶玉笑道："真所謂'醉囈語，醒堪怕！'"於是衆人也就信了。不提。

過了幾日，到了中秋佳節，仍在凸碧堂飲酒賞月。因連年諸姊妹死的死，嫁的嫁，湘云又回家過節，頗覺岑寂，無非應酬而已。……

（光緒三年北京聚珍堂活字印本）

【按】此書亦題"西湖散人撰"。

青樓夢（節録）

[清]俞　達

第三十回
金挹香南闈赴試　褚愛芳東國從良

話說重集鬧紅會，三十六美依舊樂從，因此番人多，喚了十五只燈舫。金、鈕爲主，月素、小素、慧卿、麗仙、絳仙坐了三舟，二十九美分坐十二舫，柔櫓輕搖，鳴鑼齊進，真個花圍翠繞！河梁上人多遐矚遥觀，盡皆艷羨。片時抵山塘，龍舟爭勝，在著冶坊浜誇奢爭華。挹香即命停橈，重新各處分派，一只船上俱帶絲竹，使美人畢奏清音，一只船上使幾位美人度曲。斯時也，月媚花姣，笙歌沸水，不勝歡樂。一只船上吟詩作賦，一只船上按譜評棋。那一邊船上角藝投壺，這一邊船上雙陸鬥彩。玻璃窗緊貼和合窗，艙中美人隔舟問答，如比鄰然，人愈衆而興愈多焉。靠東那一只船上，彩衣扮戲，巧演醉妃；著西那一只船上，射覆藏鉤，名爭才女。船頭與船頭相接，或疑縱赤壁之大觀；舵尾與舵尾相連，仿佛橫江東之鐵鎖。愛卿與竹卿、月素諸人討古論今，以致往來游人盡皆駐足爭觀。

……

第五十回

鈕愛卿華堂設帨　鄒拜林北闕承恩

話說到了十八正日，親朋都來祝壽，鐵山夫婦大喜。蓋愛卿為人端莊穩重，內助稱賢，所以姑嫜十分歡喜，親戚們也十分敬重。今雖三十誕辰，居然熱鬧非凡。不一時姚夢仙夫婦二人也來慶祝，拜林一妻三妾：帶了佩蘭過來拜壽。斯時壽房內送禮人絡繹不絕，有的糕桃燭面，有的壽幛壽詩，有的賀儀自致，有的酒券單呈。謹領的謹領，璧謝的璧謝。挹香自己也去相幫開發，忙碌不堪。忽過青田遣人送禮至，乃是一副壽聯。挹香便開發了來人，取對觀之，却是隸書八言，過青田自寫。句云：

> 喜溢蘭幛半周花甲，春生梅館一慶芳辰。

挹香看罷，大喜而贊道："過青翁漢隸寫得十分蒼老而堅勁，真腕力也。"便命家人懸掛。又見周紀蓮、屈昌侯、徐福庭、周清臣四人陸續而來，挹香命乳媼照料吟梅，在壽堂拜謝。頃刻間紛紛攘攘，滿座賓朋。陸麗仙、何月娟、胡碧珠、陸綺云、吳雪琴、錢月仙、馮珠卿、王湘云、梅愛春、章雪貞、汪秀娟、何雅仙、蔣絳仙等都乘轎來慶壽。挹香命內堂素玉等相邀進內。

俄而聞報葑門吳老爺至，挹香接進岳丈，殷殷謙謝，吳家慶亦遜讓多文。挹香命家人東西兩廳排酒十二席，款待親朋。眾親朋謙遜入席，鐵山主位相陪。不多時豁拳歡鬧，聲遍兩廳。

門公又報葉宅少奶奶轎子到了，挹香叫小素去迎。慧瓊出轎入內，與愛卿等相見，喜笑滿堂。不一時仲英也至，挹香大喜道："仲哥哥，你們嫂嫂才來，你莫非押了隊，保護來的麼?"說著大家笑了一回，一同入席。斯時省親堂上一個個披風紅裙都在祝壽，老夫人與愛卿十分忙碌，命排酒筵。

　　忽聞外面已是鑼鼓喧天，天場演劇，跳了加官。兩個小旦穿了紅綠襖走下來，請了一個安，呈上戲目請點。挹香即請岳父先點。吳家慶點了二齣，一是《上壽》，一是《課子》。仲英也點了兩齣，一是《藏舟》，一是《觀畫》。夢仙道：“我也來點兩齣。”便點了《獨佔》、《佳期》，說道：“香弟有此豔福，此二齣却不可少。”挹香道：“倒是旦戲太多了。”夢仙道：“不妨，只要做得入化，我們多幾兩賞錢就是了。”於是周紀蓮點了《八陽》，屈昌侯點了《打車》，周清臣點了《盜鈴》，徐福庭點了《絮閣》。正點間，吳紫臣、陳傳云到，挹香道：“來得正好，快些點兩出。”二人看了看，傳云便點兩出，一是《彈詞》，一是《盜綃》。紫臣道：“我來點一出發松些的罷。”便點了《游殿》。衆人道：“倒也解頤。”於是挹香自己也點兩齣，一是《驚夢》，一是《團圓》。命人人現身說法，窮工極巧做來，少頃重重有賞。伶奉命開場扮演。……

（光緒十四年文魁堂刊本）

海上花列傳（節錄）

〔清〕韓邦慶

第十九回
錯會深心兩情浹洽　　强扶弱體一病纏綿

　　按朱藹人乘轎至屠明珠家，吩咐轎班：“打轎回去接五少爺來。”說畢登樓，鮑二姐迎著，請去房間裏坐。藹人道：“倪就書房裏坐哉哰。”原來屠明珠寓所是五幢樓房，靠西兩間乃正房間；東首三間，當中間爲客堂，右邊做了大菜間，粉壁素幛，鐵床玻鏡，像水晶宮一般；左邊一間，本是鋪著騰客人的空房間，却點綴些琴棋書畫，因此喚作書房。

當下朱藹人往東首來，只見客堂板壁全行卸去，直通後面亭子間。在亭子間裏搭起一座小小戲臺，簷前掛兩行珠燈，臺上屏帷簾幕俱係灑繡的紗羅綢緞，五光十色，不可殫述。又將吃大菜的桌椅移放客堂中央，仍鋪著臺單，上設玻罩彩花兩架及刀叉瓶壺等架子，八塊洋紗手巾，都折疊出各種花朵，插在玻璃杯內。

藹人見了，贊說：「好極！」隨到左邊書房，望見對過厢房內屠明珠正在窗下梳頭，相隔弯遠，只點點頭，算是招呼。鮑二姐奉上烟茶，屠明珠買的四五個討人俱來應酬，還有那毛兒戲一班孩子亦來陪坐。

不多時，陶云甫、陶玉甫、李實夫、李鶴汀、朱淑人六個主人陸續齊集。」屠明珠新妝既畢，也就過這邊來。正要發帖催請黎篆鴻，恰好于老德到了，說：「勿必請，來裏來哉。」陶云甫乃去調派，先是十六色外洋所產水果、乾果、糖食暨牛奶點心，裝著高脚玻璃盆子，排列桌上，戲場樂人收拾伺候，等黎篆鴻一到開台。

須臾，有一管家飛奔上樓報說：「黎大人來哉。」大家立起身來。屠明珠迎至樓梯邊，攙了黎篆鴻的手，趖進客堂。篆鴻即嗔道：「忒費事哉，做啥嗄？」衆人上前厮見。惟朱淑人是初次見面，黎篆鴻上下打量一回，轉向朱藹人道：「我說句討氣閒話，比仔耐再要好點哩。」衆人掩口而笑，相與簇擁至書房中。屠明珠在旁道：「黎大人寬寬衣嗅。」說著，即伸手去代解馬褂紐扣。黎篆鴻脫下，說聲「對勿住」。屠明珠笑道：「黎大人啥客氣得來。」隨將馬褂交鮑二姐掛在衣架上，回身捺黎篆鴻向高椅坐下。

戲班裏娘姨呈上戲目請點戲。屠明珠代說道：「請于老爺點仔罷。"于老德點了兩齣,遂叫鮑二姐拿局票來。朱藹人指陶玉甫、朱淑人道:"今朝俚哚兩家頭無撥幾花局來叫末那價?"黎篆鴻道:"隨意末哉。喜歡多叫就多叫點,叫一個也無啥。"

朱藹人乃點撥與于老德寫,將各人叫過的局盡去叫來。陶玉甫還有李漱芳的妹子李浣芳可叫,只有朱淑人只叫得周雙玉一個。

局票寫畢,陶云甫即請去入席。黎篆鴻説:"太早。"陶云甫道:"先用點點心。"黎篆鴻又埋冤朱藹人費事,道:"才是耐起個頭哇。"

於是大衆同踅出客堂來。只見大茶桌前一溜兒擺八只外國藤椅,正對著戲臺,另用一式茶碗放在面前。黎篆鴻道:"倪隨意坐,要吃末拿仔點好哉。"説了就先自去檢一個牛奶餅,拉開傍邊一只藤椅,靠壁坐下。衆人只得從直遵命,隨意散坐。

堂戲照例是《跳加官》開場,《跳加官》之後係點的《滿床笏》、《打金技》兩齣吉利戲。黎篆鴻看得厭煩,因向朱淑人道:"倪來講講閒話。"遂挈著手,仍進書房,朱藹人也跟進去。黎篆鴻道:"耐末只管看戲去,瞎應酬多花啥。"朱藹人亦就退出。黎篆鴻令朱淑人對坐在榻床上,問他若干年紀,現讀何書,曾否攀親。朱淑人一一答應。

一時,屠明珠把自己親手剝的外國榛子、松子、胡桃等類,兩手捧了,送來給黎篆鴻吃。篆鴻收下,却分一半與朱淑人,叫他:"吃點哩。"淑人拈了些,仍不吃。黎篆鴻又問長問短。

説話多時,屠明珠傍坐觀聽,微喻其意。談至十二點鐘,鮑二姐來取局票,屠明珠料道要吃大菜了,方將黎篆鴻請出客堂。衆人起身,正要把酒定位,黎篆鴻不許,原拉了朱淑人並坐。衆人不好過於客氣,于老德以外皆依齒爲序。第一道元蛤湯吃過,第二道上的板魚,屠明珠忙替黎篆鴻用刀叉出骨。

其時叫的局已接踵而來，戲臺上正做崑曲《絮閣》，鉦鼓不鳴，笙琶竟奏，倒覺得清幽之致（按疑應作"至"）。黎篆鴻自顧背後出局團團圍住，而來者還絡繹不絕，因問朱藹人道："耐搭我叫仔幾花局嗄？"朱藹人笑道："有限得勢，十幾個。"黎篆鴻攢眉道："耐末就叫無淘成！"再看眾人背後，有叫兩三個的，有叫四五個的，單有朱淑人只叫一個局。黎篆鴻問知是周雙玉，也上下打量一回，點點頭道："真真是一對玉人。"眾人齊聲贊和。黎篆鴻復向朱藹人道："耐做老阿哥末，勒假癡假呆，該應搭俚哚團圓攏來，故末是正經。"朱淑人聽了，滿面含羞，連周雙玉都低下頭去。黎篆鴻道："耐哚兩家頭勒客氣哩，坐過來說說閒話，讓倪末也聽聽。"朱藹人道："耐要聽俚哚兩家頭說句閒話，故末難哉。"黎篆鴻怔道："阿是啞子？"眾人不禁一笑。朱藹人笑道："啞子末勿是啞子，不過勿開口。"黎篆鴻慫恿朱淑人道："耐快點爭氣點！定歸說兩句撥俚哚聽聽，勒撥耐阿哥猜著。"朱淑人越發不好意思的。黎篆鴻再和用雙玉兜搭，叫他說話。周雙玉只是微笑，被篆鴻逼不過，始笑道："無啥說哦，說啥嗄？"眾人哄然道："開仔金口哉！"黎篆鴻舉杯相屬道："倪大家該應公賀一杯。"說畢，即一口吸盡，向朱淑人照杯。眾人一例皆幹。羞得個朱淑人徹耳通紅，那裏還肯吃酒。幸虧戲臺上另換一齣《天水關》，其聲聒耳，方剪住了黎篆鴻話頭。

......

第四十五回
成局忽翻虔婆失色　旁觀不忿雛妓爭風

按黃二姐撇下羅子富在房，踅往中間客堂，黃翠鳳、黃金鳳新妝初畢，刷鬢簪花，黃二姐即欣欣然將子富幫貼一千之議，訴與翠鳳。翠鳳一聲兒不言語，忙洗了手，趕進房間，高聲向子富道："耐洋錢倒勿少哚，我倒勿曾曉得，還來裏發極。我故歇贖身出去，衣裳、頭面、家生，有仔三千末，剛剛好做生意。耐有來浪，蠻好，連搭仔二千身價，耐去拿五千洋錢來！"子富惶急道："我陸裏有幾花洋錢嗄？"翠鳳冷笑道："該號客氣閒話，耐故歇用勿著！無姆一說末，耐就幫仔我一千，阿好再說無撥？耐無撥末，教我贖身出去阿是餓殺？"

子富這才回過滋味，亦高聲問道："價末耐意思總歸朆我幫貼，阿對？"翠鳳道："幫貼末，阿有啥勿要個嘎？耐替我衣裳、頭面、家生舒齊好仔，隨便耐去幫貼幾花末哉！"子富轉向黃二姐道："坎坎說個閒話消脫，賽過勿曾說，俚贖身勿贖身也勿關我事。"說罷，倒身望烟榻躺下。

黃二姐初不料如此決撒，登時面色氣的鐵青，一手指定翠鳳嘴臉，惡狠狠數落道："耐個人好良心，耐自家去想想看！耐七歲無撥仔爺娘，落個堂子，我為仔耐苦惱，一徑當耐親生囝仵，梳頭纏腳，出理到故歇，陸裏一椿事體我得罪仔耐，耐殺死個同我做冤家？耐好良心！耐贖仔身要升高哉呀，我一徑望耐升高仔末照應點我老太婆，難故歇末來裏照應哉！耐年紀輕輕，生仔實概個良心，無啥好個哩！"一面咬牙切齒的說，一面鼻涕、眼淚一齊迸出。

翠鳳慌忙眉花眼笑勸道："無姆朆哩，故末啥要緊嗄？我是耐個討人呀，贖勿贖末隨耐個便。——難我勿贖哉，晚歇反得來撥間壁人家聽見仔，倒撥俚哚笑話！"

翠鳳尚未說完，黃二姐已出房外，揩了把面。趙家姆還在收拾妝盒，略勸兩句，黃二姐便向趙家姆道："倌人自家贖身，客人幫貼末也多煞。倘然羅老爺勿肯幫，價末耐也好算是囝仵，該應搭羅老爺説,挑挑我;阿有啥羅老爺肯幫仔,耐倒勿許羅老爺幫？阿是羅老爺個洋錢耐定歸要一幹子拿得去？"

翠鳳在房裏吸水烟,聽了,笑阻道:"無姆嬲説哉呀！我贖身勿贖末哉,再替無姆做十年生意,一節末千把局帳,十年做下來要幾花？"自己輪指一算,佯作失驚道:"阿唁,局帳洋錢要三萬哚！故是無姆快活得來,連搭仔贖身洋錢也勿要個哉,説道:'去罷,會罷！'"

幾句説得子富也不禁發笑起來。黃二姐隔房答道:"耐嬲來浪花言巧語尋我個開心！耐要同我做冤家末做末哉,看耐阿有啥好處！"説著,邁步下樓。趙家姆事畢隨去。珠鳳、金鳳並進房來,皆嚇得呆瞪瞪的。

翠鳳始埋冤子富道:"耐啥一點無撥清頭個嗄,白送撥俚一千洋錢為仔啥哩？有辰光該應耐要用個場花,我搭耐説仔,耐倒也勿是爽爽氣氣個拿出來;故歇勿該應耐用末,一千也肯哉！"子富抱慚不辨。自是,翠鳳贖身之事撓散不提。

延過一日,子富偶閲新聞紙,見後面載著一條道:

> 前晚粵人某甲在老旗昌狎妓請客,席間某乙叫東合興里姚文君出局。因姚文君口角忤乙,乙竟大肆咆哮,揮拳毆辱,當經某甲力勸而散。傳聞乙餘怒未息,糾合無賴,聲言尋仇,欲行入虎穴探驪珠之計,因而姚文君匿跡潛蹤,不知何往云。

子富閲竟大驚,將這新聞告知翠鳳,翠鳳卻不甚信。子富乃喊管家高升,當面吩咐,令其往大脚姚家打聽文君如何吃虧,是否癩頭黿所為。

高升承命而去,剛趑出四馬路,即望見東合興里口停著一輛皮篷馬車,上面坐著一個倌人,身段與姚文君相仿。高升緊步近前,才看清倌人為覃麗娟,頗訝其坐馬車何若是之早;略瞟一眼,轉彎進弄，到大脚姚家客堂中向相幫探信。那相幫但説不關癩頭黿之事，其餘説得含糊不明。

高升遲回欲退，只見陶云甫從客堂後面出來，老鴇大脚姚隨後相送。高升站過一邊，叫聲"陶老爺"。云甫問他到此何事，高升説："打聽文君個事體。"

云甫低頭一想，然後悄向高升道："事體是無價事，騙騙個癩頭黿。常恐癩頭黿勿相信，去上個新聞紙。故歇文君來哚一笠園，蠻好來浪。耐去搭老爺説，嫑撥外頭人聽見。"高升連聲應"是"。

云甫遂別了大脚姚，出弄上車，一路滔滔，直駛進一笠園門內方停。陶云甫、覃麗娟相將下車，當值管家當先引導，由東轉北，繞至一處，背山臨湖的五間通連廳屋，名曰拜月房櫳。但見簾篩花影，簷裊茶烟，裏面却靜悄悄的，不聞笑語聲息。

陶云甫、覃麗娟進去，只有朱藹人躺在榻床吸鴉片烟，旁邊坐著陶玉甫、李浣芳，更無別人在內。正要動問，管家稟道："幾位老爺才來浪看射箭，就要來哉。"

道言未了，果然一簇冠裳釵黛，蹌濟繽紛，從後面山坡下兜過來。打頭就是姚文君，打扮得結靈即溜，比衆不同。周雙玉、張秀英、林素芬、蘇冠香俱跟在後，再後方是朱淑人、高亞白、尹癡鴛、齊韻叟暨許多娘姨、管家。齊集於拜月房櫳，隨意散坐。

陶云甫乃向姚文君道："坎坎我自家到耐屋裏去問，耐無姆説，癩頭黿昨日咘來，搭俚説仔倒蠻相信，就是一班流氓，七張八嘴有點閒話，我説也勿要緊。"

齊韻叟亦向陶云甫道："再有一椿事體要搭耐説，令弟今朝要轉去，我問俚：'阿有事體？ 倪節浪末再要鬧熱鬧熱，啥要緊轉去？'令弟説：'去仔再來。'難末我倒想著哉，明朝十三是李漱芳首七，大

約就是爲此，所以定歸要去一埭。我説漱芳命薄情深，可憐亦可
敬，倪七個人明朝一淘去吊吊俚，公祭一壇，倒是一段風流佳話。”
云甫道：“價末先要去撥個信末好。”韻叟道：“勿必，倪吊仔就走，出
來到貴相好搭去吃局。我末要見識見識貴相好同張秀英個房間，
大家去嘷俚喥一日天。”覃麗娟按説道：“齊大人再要客氣。倪搭場
花小點，大人勿嫌齷齪，請過來坐坐，也算倪有面孔。”

須臾，傳呼開飯，管家即於拜月房櫳中央，左右分排兩桌圓臺。
衆人無須推讓，挨次就位：左首八位，右首六位。齊韻叟留心指數，
訝道：“翠芬到仔陸裏去哉？今朝一逕勿曾看見俚。”林素芬答道：
“俚起來仔咿困來浪。”尹癡鴛忙問：“阿有啥勿適意？”素芬道：“怎
曉得俚，好像無啥。”

韻叟遂令娘姨去請。那娘姨一去半日，不見回覆。韻叟忽想
起一事，道：“前日天，我聽見梨花院落裏，瑤官同翠芬兩家頭合唱
一套《迎像》，倒唱得無啥。”林素芬道：“勿是翠芬哩，俚大曲會末會
兩只，《迎像》勿曾教喨。”冠香道：“是翠芬來浪唱。俚就聽俚喥教，
聽會仔好幾只喥。”陶云甫道：“《迎像》搭仔《哭像》連下去一淘唱，
故末真生活。”高亞白道：“《長生殿》其餘角色派得彎勻，就是個正
生，《迎像》《哭像》兩齣吃力點。”

齊韻叟聞此議論，偶然高興，再令娘姨傳喚瑤官。瑤官得命，
隨那娘姨而至。衆人見瑤官的礫圓的面孔，並不傅些脂粉，垂著一
根絕大樸辮，好似烏雲中推出一輪皓月。韻叟命其且坐一旁，留出
一位，在尹癡鴛肩下，專等林翠芬。

維時，上過四道小碗，間著四色點心。管家端上茶碗，並將各
種水烟、旱烟、錫加烟裝好奉上。朱藹人獨出席就榻，仍去吸鴉片
烟。陶云甫乃想起酒令來，倡議道：“龍池先生個‘四聲酒令’，倪再

行行看。"尹癡鴛搖手道："勿成功。一部《四書》,我通通想過,再要
湊俚廿四句,勿全個哉。就爲仔去、上、平、入,單有一句'放飯流
歌',無撥第二句好說。"云甫不信,道："常恐耐勿曾想到。"癡鴛道：
"價末耐再去想。有仔一句'去上平入'末,其餘就容易得勢。最容
易是'平上入去'：'時使薄斂'、'君子不器'、'而後國治'、'無所不
至'、'然後樂正'、'爲禮不敬'、'芸者不變'、'言語必信'、'今也不
幸'、'中士一位'、'君子不亮'、'來者不拒'、'湯使毫衆'、'夫豈不
義'……好像有廿幾句哚,我也記勿得幾花。"云甫想著一句道：
"'長幼之節',倒勿是'上去平入'?"癡鴛道："我說個'去上平入'無
撥呀,'上去平入'就勿稀奇：'請問其目'、'子路、曾晳'、'父召無
諾'、'五畝之宅'、'子在陳曰'、'改廢繩墨',才推扳一點點。"衆人
見說,憮然若失,皆道：《四書》末,從小也讀爛個哉,如此考據,可
稱別開生面,只怕從來經學家也勿曾講究歇哩。"

　　不想席間講這酒令,適值林翠芬摰那娘姨,穿花度柳,珊珊來
遲,悄悄的站了多時,大家都没有理會。尹癡鴛覺背後響動,回頭
看視,只見翠芬滿面淒涼,毫無意興,兩鬢脚蓬蓬鬆鬆,連簪珥釵釧
環亦未齊整,一手扶定癡鴛椅背,一手只顧揉眼睛。癡鴛陪笑讓
坐,翠芬漠然不睬。癡鴛起身雙手來攬,翠芬摔脱袖子,攢眉道：
"夠哩!"齊韻叟先"格"聲一笑,引得衆人不禁哄堂。癡鴛不好意
思,訕訕坐下。

　　翠芬豈不知這笑的爲己而發,越發氣得別轉臉去。張秀英謂
其係清倌人,倒不放在心上,意欲功和,無從搭口。還是林素芬招
手相叫,翠芬方慢慢踅往阿姐面前。素芬替他理理頭髮,捉空於耳
朵邊説了兩句。翠芬置若罔聞,等阿姐理好,復慢慢踅向遠遠地烟
榻對過一帶靠窗高椅上,斜簽身子,坐在那裏,將手帕握著臉,張開

一張小嘴,打了一個呵欠。

席間衆人肚裏好笑,不敢出聲。尹癡鴛輕輕笑道:"只好我去倒運點哉哩。"説了,便取根水烟筒,趕至烟榻前,點著紙吹,也去坐在靠窗高椅上,和翠芬隔著一張半桌。癡鴛知道清倌人吃醋,必然深自忌諱,不可勸解的,只用百計千方,逗引翠芬頑笑。翠芬回身爬上窗檻,眼望一笠湖中一對白鳧出没游泳,聽憑癡鴛裝腔做勢,並不覷一正眼兒。齊韻叟料急切不能挽回,姑命瑶官獨唱一套《迎像》。瑶官自點鼓板,央蘇冠香爲之擪笛。席間要緊聽曲,不復關心。

朱藹人自烟榻下來,順便慫恿翠芬同去吃酒。翠芬苦苦告道:"有點勿舒齊,吃勿落呀!"藹人只得走開。尹癡鴛没奈何,遂去挨坐翠芬身邊,另換一副呆板面孔,正正經經,親親密密的,特地叫聲"翠芬",道:"耐勿舒齊末,臺面浪去稍微坐一歇,酒倒勿吃也無啥。耐勿去,就是我末曉得耐爲仔勿舒齊,俚哚定歸説耐是吃醋,耐自家想想看。"

翠芬見癡鴛原是先時相待樣子,氣已消了幾分;及聽斯言,抉出真病,心中自是首肯,但一時翻不轉面皮,垂頭不語。癡鴛探微察隱,乘間要攦翠芬的手。翠芬奪手嗔道:"走開點哩,討厭得來!"癡鴛央及道:"價末耐一淘去阿好?"翠芬道:"耐去末哉呃,要我去做啥?"癡鴛道:"耐去坐仔歇原到該搭來末哉。"翠芬道:"耐先去。"

癡鴛恐催促太迫,轉致拂逆,遂再三叮囑翠芬就來,先自歸席。瑶官的《迎像》正唱到抑揚頓挫之際,席間竦然聽之。癡鴛略爲消停,即丢個眼色與林素芬。素芬復招手叫翠芬。翠芬便趁勢趦趄而前,問:"阿姐啥嗄?"素芬向高椅努嘴示意,癡鴛也欠身相讓。翠芬却將高椅拉開些，仍斜簽身子和瑤官對坐。

癡鴛等瑤官唱完，暗將韻叟本要合唱之意附耳告訴翠芬。翠芬道："《迎像》倪勿會個㬸。"癡鴛又將韻叟曾經聽得之説，附耳告訴翠芬。翠芬道："勿曾全哩呀。"

癡鴛連碰兩個頂子，並不介意，只切切求告翠芬吃杯熱酒潤潤喉嚨，揀拿手的唱一只。翠芬不忍再拗，裝做不聽見，故意想出些話頭問瑤官，瑤官不得不答。癡鴛手取酒壺，篩滿一雞缸杯，送到翠芬嘴邊。翠芬秋氣大聲道："放來浪哩！"癡鴛慌的縮手，放在桌上。翠芬只顧和瑤官搭訕問答，刺斜裏抄過手去，取那杯酒一口呷幹，丟下杯子，用手帕揩揩嘴。瑤官問翠芬："阿唱？"翠芬點點頭。於是瑤官撽笛，翠芬續唱半齣《哭像》。席間自然稱讚一番，然後用飯撤席。

那時將近三點鐘，衆人不等齊韻叟回房歇午，陸續踅出拜月房櫳，三三兩兩，四散園中，各適其適去了。林翠芬趕人不見，拉了瑤官先行，轉出山坡，抄西向北，一直望梨花院落行來。只見院門大開，院中樹蔭森森，幾只燕子飛出飛進；兩邊廂房恰有先生在內教一班初學曲子的女孩兒。瑤官徑引翠芬上樓，到了自己卧房裏。間壁琪官聽見，也踅過來，見翠芬臉上粉黛闌珊，就道："耐要捕捕面哉呀，陸裏去噪得實概樣式？"瑤官笑道："勿是個噪，爲仔吃醋。"翠芬怒道："倪倒勿懂啥個叫吃醋，耐説説看！"

瑤官不辨，代喊個老婆子舀盆面水，親去移過鏡臺。翠芬坐下，重整新妝。琪官還待盤問，翠芬道："耐問俚做啥嗄？俚乃是聽俚哚來浪説吃醋，難末算學仔個乖哉。阿曉得吃醋是啥事體！"

瑤官背地向琪官擠擠眼，搖搖頭，琪官便不做聲。不提防被翠芬在鏡中看得分明，且不提破，急急的掠鬢匀臉，撒手就走；將及房門,復回身說道:"我去哉,難兩家頭去說我末哉!"

琪官、瑤官趕緊追上攀留,翠芬竟已拔步飛奔,"登登"下樓。出了梨花院落,一路自思何處去好,從白牆根下繞至三叉石子路口,抬頭望去,遙見志正堂臺階上站立一人,背叉著手,形狀似乎張壽。翠芬逆料姐夫、阿姐必在那裏,不如趕去消遣片時再說。

第四十五回終。

(光緒二十年單行本)

繪芳錄(節錄)

[清]西泠野樵

第七回
游舊跡蔓菲遇衆惡　宴新令花月集群芳

却說王氏與宋二娘卅著意珠,洛珠巾南京回到蘇州,在閶門外尋了一處房子住下囚蘇州是他們故鄉,有兒家親友,一時掉不轉臉來做那買賣,詭言在他兄弟王家耽擱了數年,才回來的。衆親友見王氏不比從前艱苦,都來與他親熱;又見他兩個女兒生得美貌,爭來說親,王氏都用好言回復。後來人家稍行風聞他們在南京的故事,也不便說破了他,只不來說親了,王氏倒落得耳畔清淨。惟有慧珠姊妹一心只記掛著祝王二人,背地裏眼淚不知流去多少。王氏同二娘極力從中解勸,恰喜趙小憐與他家咫尺,常時接了小憐過來。小憐是蘇州有名頭的相公,時有人家接了他去,又不能帶來。慧珠暇時,只得同洛珠唱和破悶。

到了八月頭場日期,他姊妹每晚焚香禱告,但願祝王二人今科成名,也不枉結識他們一場。挨至九月中旬,叫人到書坊內買了一本《題名錄》來，揭開一看：第一名解元祝登云，第二名亞元王蘭。把兩個人樂得眉彩飛舞，合掌當空，答謝天地，又念了幾聲佛。王氏、二娘也各歡喜。過幾日，接到伯青來接他們的信，又説小風、小憐也要到南京來，又知道劉蘊這對頭進京了；忙走過來同他母親及二娘商議。王氏也不願意住在蘇州，因數月以來一點生色多沒得，二娘自然格外願意，看定日期，收拾動身。洛珠道："我們到蘇州許久的日子，連人門邊都沒有出，實在悶得很。各處名勝還是幼年去過的，都記不清了，不知近來若何？好在後日我們動身了，明日何妨至各處游玩一天。下一次不知那一年到蘇州來呢！"慧珠被他説得高興。次日大早，梳洗已畢，雇了三乘轎子，請二娘陪著他們至各處游玩，留王氏在家料理行裝。

他們所游的不過虎丘山、獅子嶺等出名的地方。足足游了大半日，又要到元妙觀去。轎子直抬到觀門口下轎，兩個小女婢扶著他姊妹二人，二娘緊隨在後。走入觀門，見兩邊買賣鋪面十分整齊，往來游人滔滔不斷。此時將交冬令，各省的人都到蘇州來販賣畫片。這元妙觀兩廊下壁間地上，鋪設得花紅柳綠，熱鬧非常。衆人進了大殿，各處瞻仰神像，又在旁廂內，歇息了一會。將要起身回去，見撞進幾個人來，爲首的是個少年人，一臉的邪氣，穿著靴子，身上衣服極其華麗；背後隨的幾個人也打扮得齊齊整整，一排兒站在慧珠姊妹面前，嘻嘻的望著他們笑。慧珠、洛珠只羞得徹耳通紅，掉轉頭來對二娘道："我們回去罷。"説著，抬身欲行，恰恰的那兩扇門被衆人攔住，走不出去。二娘發話道："人家內眷們坐在屋內，你們這班男子也擠了進來，又擋住去路，是什麽意思？"爲首的人大笑道："好笑，好笑！這元妙觀是人人游玩之地，女眷們來得，我輩官客也來得。若説怕生人，除非在自己屋內，不要出來。

我久仰芳名，無緣一見，今日不意得睹仙容，真三生之幸。若論我也算蘇州有名的人色，不致玷辱你們。而況你們的行止，我已稍知一二。"說罷，又哈哈大笑，背後那幾個人同聲贊好。

慧珠姊妹聞得來人這一番話，心內又忿又愧，不禁落下淚來。二娘聽他們語言不遜，又含著譏刺，大怒道："放屁！好大膽狂生，敢對良家宅眷胡言亂語，還不快快滾出去。若叫了地方來，說你青天白日戲弄良家內眷，只怕你要討不好看。"為首的人聽了這話，氣得暴跳如雷道："該死的虔婆，你去訪問，我少老爺不輕易同人說活的，今日也算給你們體面，倒反挺撞起我少老爺來。可惡，可惡！"意在叫背後的人打他們。

當家道士聞得此信，連忙跑出來，跪在那人面前道："祝少老爺，祝少大人，切不可動怒，諸事要看小道的狗面，鬧出事來小道是吃不起的。"又央著背後的人，幫同勸解。衆人見道士如此，只得上前做好做歹的道："少爺，還要成全道士為是。若論這班騷貨，非獨要打，還要重辦。"那姓祝的屈不過衆人與道士情面，用手扶起道士道："便宜他們了。"猶自恨恨不絕。

慧珠聽得道士稱他祝少老爺，心內分外氣苦，想這個人偏生也姓祝，何以伯青那種溫存，這人十分暴戾，可惜辱沒這個"祝"字了，不由得淚如雨下。二娘尚欲再說幾句，因見慧珠哽咽得滿臉緋紅，那樣子著實可憐；又見道士畏懼來人如虎，定然是個大有勢力的公子，也不敢多說，又想到自己明日要動身的人，何必又去惹這些是非，忍了一口氣，乘勢帶著他姊妹出來上轎，一溜烟的去了。這裏道士忙泡好茶，擺上精緻點心請衆人吃了，方才散去。

原來這為首的姓祝名道生，浙江嘉興人。他丈人尤甯，現任江南鹽法道，從前做過一任蘇州二府，置下了多少田產，又無子息，所以將女婿留在蘇州，並未隨任。這尤蕭是劉先達的門生。祝道生仗著他丈人勢力，今科中了名副榜，得意揚揚，格外肆行無忌。這幾個隨著他的人，都是道生的心腹，助桀爲虐，合城的人沒有一個不怕他。他也打聽得聶家姊妹是個絶色，曾央人去求過親，後來被人說破，心內時常想見他們一見。恰恰今日在元妙觀巧遇，內有一人認得他們，所以道生訪明白了，大膽闖進來調戲他姊妹。誰知倒受了一頓搶白，心內著實生氣，要尋個事端去收拾他們。過了一閉，再去打聽，知聶家已到南京，也只好罷了。

且説二娘與慧珠等回到家中，將在元妙觀裏的話，對王氏講王氏也替他們擔憂，幸喜無恙歸來，托天庇佑。慧珠、洛珠到了後面房內，大放悲聲，都怪自己不該抛頭露面去游玩，反惹出這場羞辱，倘或傳説到南京，豈非一世的話柄，顯見離了他們即生枝節。想到此處，尤覺傷心。二娘再三勸説，方收住了淚，晚飯都沒有吃，黛白睡了。次日，慧珠覺得身子不快，依王氏要耽擱一天，二娘怕那姓祝的來尋鬧，用了乘軟轎與慧珠坐，衆人下了船，即刻開行。沿途丹林紅葉，深秋氣象，頗爲有趣。走了四日，已抵南京。二娘對王氏道：“我們仍到陳少爺家暫住幾日，再覓房子。那方夫人是極仁慈的，我們臨行時夫人還囑咐他姊妹早到南京，料想此去定不致討厭。”洛珠介面道：“使得，我與姐姐蒙夫人厚待，如疼兒女一般，就是住在別處，也該先去請夫人的安。不如到他那裏，倒省却多少周折。”二娘央船户叫了幾名脚子擔著行李箱籠，衆人坐轎，一徑向三山街來。到了陳府下轎，直入門內恰好雙福在頭門口玩耍，見了衆人道：“你們又來了。”二娘笑吟吟的道：“雙二爺，少爺在家麼？”雙福道：“在書房與王少爺下棋呢。”領了衆人至春吟小榭，搶一步進去道：“聶奶奶與他家兩個姐兒到了。”

小儒、王蘭立起看時，見二娘同衆人進了書房，上前給兩人請了安。王蘭見洛珠丰姿如故，好不歡喜，近前執手問好，四目相視，又涔涔欲淚。小儒邀衆人坐下，雙福遞上茶來。小儒道：「你們幾時起程的，爲何今日才至？伯青、者香一日要念好幾次呢！晼秀、柔云好很心，也不怕把人望壞了。」洛珠正與王蘭依依話別，聽得小儒說這番話，回過頭來笑道：「小儒平時是個長厚人，今日山會說幾句巧話，眞所謂『三日不見，便當刮目相看』。小儒如今日辯之學大有長進，明春定要中進士的。」小儒大笑道：「柔云這張利口，久不領教。你道我有長進，我看你格外長進了。」

慧珠與洛珠要入內叩見方夫人，小儒領他們到後堂。方夫人見了二珠，很爲歡喜道：「好呀！這時候才來，把我都望夠了，想你們在蘇州過的比這裏好。」慧珠道：「蒙夫人錯愛，刻骨不忘，身子雖在蘇州，這心却如在夫人左右侍奉一般。」又說了多少別後的話，才退出來。小儒吩咐備酒與他們洗塵，又叫請了伯青過來。

不一會，伯青已至，進門早見二娘同王氏在那裏看著衆人搬運行李對象，已知慧珠等到了，只喜得心癢難撓，忙忙的走入書房。一抬眼，見慧珠坐在窗前，容顏雖然如舊，覺得消瘦了多少，越顯出楚楚可憐的樣子。不由得心窩裏一酸，直酸到頭頂上，那眼淚忍都忍不住。也不同衆人招呼，搶行一步，近前兩只手握住慧珠的膩腕，癡呆呆的望著他，一句話也說不出，掙了好半刻，掙出兩個字來道：「你好！」慧珠見伯青進來的時候，心內不由悲喜交集，早哭得如淚人一般，聽得伯青問他的好，也只能點點頭。大衆見他兩人這等模樣，無不歎息，反把王蘭同洛珠引得哭起來。小儒走到兩人面前，勸住了他們。坐下，伯青方慢慢的道：「自從你姊妹去後，我心內猶如失去了一件緊要東西，一日之中十二時辰，竟沒有一個時辰放得下呢。就是中舉那幾日，也不過一時兒歡喜，總之喜處總不能多似愁處。今日見了你們，我這心內尚疑是夢。我有一肚子話要和你說，怎麼此時一句都說不出。"說著，又哂嗗住了。慧珠顫顫的聲音道："我心中也同你所說的一樣，自從到了蘇州，多虧愛卿妹妹時來探望我們，後來愛卿去了，愈覺寂寞。好容易挨到九月內，得了你與者香中舉的信，方解去了幾分愁苦。又接到你的信，其時恨不能脅生雙翼，飛至南京。即至到了南京，又懶於見你，生恐一肚皮的話，不知從那頭說起。"兩人談一回，哭一回，又笑一回，絮絮叨叨，若癡若狂。旁邊的人也不知陪去了多少眼淚，王蘭、洛珠更不必說了。

只見雙福進來道："外面有個姓蔣的，帶著兩個女子，說由揚州而至，要見祝王二位少爺。"王蘭知道是小鳳、小憐來了，心內歡喜，道："請他們進來就是了。"對小儒道："這來的即是所說那蔣芳君，趙愛卿了。"原來小鳳、小憐到了南京，去訪祝府住落，方知道聶家姊妹亦至，寓在三山街陳府。今日祝王二人也在那邊，所以一徑直至三山街來，行李等物仍在船中，待見過了慧珠等人，再議住處。少停，雙福引著他二人到了書房。小儒是初次謀面，細細的打諒一番，只覺得玉色花香一時都遜，小鳳是細骨珊珊，小憐是柔情脈脈，小儒暗地讚歎不已。

眾人迎至窗前，小鳳、小憐各各問好，又與小儒請了安，挨次坐下。小鳳道："畹秀姐姐幾時到此地的？我們好幾年不見了，姐姐還是這般樣兒。"慧珠道："也是才到的，你不見我們行李才下肩麼？"又問小鳳連年光景，洛珠與小憐也寒暄了幾句。此時慧珠心內好不暢快，既見了伯青等人，又喜幼年同學的姊妹一時聚首，說說笑笑十分高興。又領著小鳳，小憐至後堂去見方夫人，夫人見小鳳、小憐亦是絕色,歎道:"金陵山川秀氣都被你四人奪盡,怎不叫人又羨又妒,連玉梅那丫頭都覺不俗。"談了半會,方退出來。外面酒席已備,小儒又將漢槎約了過來。座中衆人無不心滿意足,痛飲歡呼。

王蘭道:"我們代子騫做個媒罷,他與愛卿年齒最幼,又都不喜歡多話,倒是一對溫存性兒。"洛珠介面道:"妙!"一手把小憐扯到漢槎肩下坐了,又斟杯酒送到他們面前。漢槎初見小憐,即有愛慕之意,今見衆人說了出來,反不好意思,臉一紅,低頭不語。小憐見他淡淡的,也不好同他說話,惟有對面偷覷而已。過了半會,趁衆人談笑正濃之際,方慢慢的說起話來。王蘭望著洛珠對他們努努嘴,洛珠點頭微笑道:"今日滿座皆樂,就是小儒一人冷清些,他本是個道學人,我猜他沒有什麼過不去。"小儒笑道:"柔云又來取笑我了,你生得會說,偏偏又碰見個者香也是一張利口,倒是天生……"說到此處,忍住了。洛珠臉一紅道:"天生什麼?你話要說清了,休要討我罰你的酒。"

小鳳又說起從龍隨征的話,伯青道:"在田志本不凡,有此際遇,正是他雲程得路之時,我倒替他歡喜。"慧珠亦說游元妙觀遇見個姓祝的。王蘭笑道:"幸虧他姓祝,不然畹秀還要作氣呢!到底看姓祝這一點情分。而且有那一個祝道生,更顯得這一個祝伯青出色。"慧珠瞅了一眼道:"明明一句好話,到了你嘴裏都有齟嚼,真正象牙不會出在那件東西口內。"說得衆人大笑。伯青道:"若說這尤鼎還與我家有世交呢,他的伯伯與家父同年,他到鹽法道任的時候,還來拜過幾次。隨後家父聞得他是個貪婪的官兒,所以如今與他疏遠了。"衆人直飲到三更以後方散,慧珠等四人至後堂陪夫人歇宿。

　　來日，小儒叫了一起有名頭的小福慶班子來唱一天戲，請衆人看戲飲酒，就在春吟小榭石橋外搭起平臺，上面用五色彩棚遮滿，戲房在假山石後，亦用錦幛拉起隔間，地上全用紅氍毹鋪平。外面一席，在春吟小榭，是小儒、伯青、王蘭、漢槎四人；對面錦云亭滿掛珠簾，裏面也是一席，是方夫人與慧珠、洛珠、小鳳、小憐等五人，内外皆張掛燈彩。少停，席面擺齊，衆人入了座，見唱小旦的美官梳了頭，送上戲目來。伯青等見他生得頗爲秀媚，裝成如好女子一般，伯青點了一齣《叫畫》，王蘭點的是《花婆》，漢槎點的是《訪素》，小儒點的是《山門》。美官又把戲目送進簾子裏面，方夫人點了一齣《看狀》，慧珠、洛珠點的是《絮閣》、《偷詩》，小鳳點的是《卸甲》，小憐點的是《佳期》。於巳初開鑼，唱至二更才住，内外皆有重賞。小儒又叫了美官來與諸人把盞，到半夜始散。伯青等人輪流復席，一連聚宴了數日。……

　　　　　　　　　　　　　　　　（光緒二十年石印本）

【按】《繪芳録》，又名《紅閨春夢》。

九尾龜（節録）

張春帆

第二十二回
香車寶馬陌上相逢　紙醉金迷花前旖旎

　　　　　　　　……

　　半月之前，邱八在范彩霞家請客，有一個姓馬的客人把黛玉叫到席上。黛玉素來認得邱八，況又久聞大名，極意應酬了邱八一回，暗想：范彩霞做著了這種客人，也是他交的花運甚好。邱八見了黛玉,雖是向來相識,恰見他回眸顧盼,賣弄風頭,一到席間就唱一折崑腔《長生殿》裏的《絮閣》。原來林黛玉的崑腔,上海頗頗的有名,輕易不肯就唱,真是穿云裂石之音,刻羽引宫之技。唱完之後,又把在席主客一個個的應酬轉來,絲毫不漏。邱八著實贊了黛玉幾句,心中也在暗想:"彩霞的應酬工夫雖然不錯,若要比起林黛玉,未免較遜一籌。"心中便存了個要做黛玉的念頭。兩下都有些意思。

……

(光宣間上海點石齋發行本)

聽老伶周甫臣演《聞鈴》《彈詞》感賦七首(有序)

劉冰研

嗚呼!麥秀禾油,大夫曾慟亡國;庭花玉樹,商女猶唱隔江。天下最傷心悽苦之事,迨無過於亡國者矣。余於日昨在群仙園聽老伶周甫臣(即周花臉)演《聞鈴》《彈詞》二齣,如泣如訴,可悲可歌,抑揚頓挫,觸予懷,如聽開元宮人談天寶遺事,爲之泫然。洵不愧乎名伶也。嗟嗟,氤年一曲,杜老傷神;商婦六么,香山感泣。問故宮於禾黍,猶悵哀弦;傳法曲於江湖,都如隔世。傷今悼古,有恨何如。雖登場襲孫叔之衣冠,實借酒澆步兵之塊壘。時局如斯,河山依舊。世有知我者,其在哀絲豪竹間乎?

劫後梨園白髮秋,新聲如按舊梁州。樽前重與談天寶,不道張徽亦淚流。

一曲《霓裳》老淚橫,開元遺事記華清。傷時頗有新亭感,腸斷淋鈴夜雨聲。

春花秋月冷鷗弦，風景河山杜老憐。杯酒怕聽南内曲，白頭愁見李龜年。

江湖法曲慨飄蓬，剩水殘山熱淚紅。座客那知亡國怨，今宵重聽説玄宗。

清歌一疊殿漁陽，樂府淒涼舊院荒。皓首幾疑遺老在，重將殘恨説興亡。

哀絲豪竹借生涯，載酒湖山兩鬢華。唱到《羽衣》聲咽處，恍聞頓老泣琵琶。

一笛哀音慟黍離，淒風冷雨按歌時。傷心如讀《江南賦》，愁絕連昌宮裏詞。

（《四川公報》增刊《娛閑録》，1914 年第 10 期）

【按】原署“冬心”。劉冰研（1881—1951）字冬心，四川華陽（今屬成都）人。清末秀才，南社成員。辛亥革命前後，他在《民呼》《民立》等報報社任主筆，宣傳革命。1913 年，任成都《天聲報》社長兼編輯，並在《娛閑録》《民權素》《國民（上海）》《歜浦》等刊物發表反映和評論時事的詩詞、政論文。抗戰期間，他創作了大量鼓吹抗日救國的多體裁的作品，一度成爲《明是日報抗日專刊》《師亮週刊》《西南週報》《時事週報（成都）》《民族詩壇》《戰時日報》等報刊的主要供稿人。他是民國時期成都著名詩社可社（原名竹林社）的倡立者之一和骨幹成員。他通曉音律，性好戲曲，與吳虞、吳焕章、何振義等人爲戲院常客，對當時的蜀中名伶皆有評點，如雷澤紅、楊素蘭、劉世照、陳碧秀、白牡丹、周甫臣、周蕙芳等。他工詩文、詞曲，兼擅書畫篆刻。平生撰有作品多種，今有楊啟宇整理《江子愚劉冰研詩詞存稿》，黄山書社 2018 年稿。劉冰研的生平、交遊和著述，詳見叢海霞《晚晴民國巴蜀詞壇研究》第四章“民國後期巴蜀詞

壇的強盛(1937—1949)"第三節"幾根鐵骨撐天地,冷抱秋心續楚
騷:論劉冰研詞",吉林大學博士論文,2020年。

太真還魂記

郁愛群

　　張果者,不知何許人也。鶴髮童顏,仙風道骨,駝背,恒游汾
晉,黿齡過松喬。天寶末,黃屋聘來,白衣召對。帝坐沉香亭,楊太
真侍焉。果請玄宗近君子遠小人;又謂太真:椒房日短,君王漫詡
眉齊;蓬島春長,妃子漸遭尸解。但洞里桃花,一旦雖偕秦晉;奈禁
中瓜果,三生曾訴牽牛。終必活玉貌於人間,合花鈿於月下。因奏
帝曰:異時有道士自蜀來者,臣之弟子也。能上碧落而下黃泉,生
死人而肉白骨,足爲陛下補情天,填恨海。語頗譎詭。帝笑置之。
未幾,唐殿神仙,群說升天而去;漁陽鞞鼓,忽傳動地而來。車駕驟
而萬騎同奔,坡駐馬而六軍不發。將士披猖,君王割愛;丞相之冰
山已倒,貴妃之玉樹旋埋。而其芳魂未散,遺恨難平,與兄國忠相
值,泣訴間,來一烏帽、藍袍、磔鬚、努目者,自稱道士,家在終南。
竟縛阿兄,押投有北。檻車飄忽,城堞參差。反見太真,曰:"誤國
賊萬死難贖,娘子勿驚。"假以白鼻騧乘之,導其入冥都焉。時閻摩
王早朝,鍾馗呈奏前國忠戰慄階下。王即判曰:"國忠位黃閣,誤蒼
生,破南山之竹,罪不盡書;燒東壁之床,甕其請入。太真則狐媚惑
主,蛾眉嫉人。可恕者,無燕啄之兇,無牝晨之煽;免縲絏,任胎
生。"將遣之尋蚌母,化麟兒,而張果適至。捧冊示王,謂是天帝玉
音,唐宗餘慶。讀之,冊文云:"唐之明皇,朕之少子,青華帝君前身
即是。不久上升,偕妃楊氏。"冥王賀妃曰:"若與唐主鳳鏡能圓,鸞

膠易續。」妃見果，珠淚頻揮，粉黛交下，厭塵世，慕鬼仙。果言：「他日吾弟子來，若當復生。今暫居若以白雲鄉，食若以青精飯也。」於是鶴唳風清，此則蓬萊築室；烏啼花落，渠則劍閣停鑾。無何，位傳靈武，兵起朔方，鷹揚則光弼、子儀，鼠竄則思明、慶緒。妖氛淨而露布來，兵氣銷而天河挽。於肅宗之至元二年，上皇還駕西京，天子奉居南內。斯時也，殿冷長生，池荒太液；徒開鼓子之花，間長瓢兒之菜。凡楊太真之舞館歌臺、妝樓寢閣，猶有壞裙化蝴蝶以飛，墜瓦學鴛鴦而舞。自分徒召畫師，安識春風之面？不逢力士，難歸月夜之魂矣。會岐王府裏來一術士，瘖瘝可通鬼神，精誠能致魂魄。初王有愛妃，祿山陷長安時，睨其驚鴻之度、墮馬之妝，劫之而竟同玉碎，不以瓦全。王歸後，百恨俱生，一思不置。而術士襲少翁之智，召艷姬之靈。王異之，秘告上皇，遣尋楊氏。彼請帝御望仙樓，屏闈人，去宮婢，宵分而貴妃當至。語頗荒唐，跡猶祕詭，喃喃咒餘，奄奄睡去。良久張目惶恐曰：「死罪死罪！小人御尻輪，馳神馬，上至天闕，下至泉臺，不見貴妃之所在也。」帝亦不罪其人也。然當春之時，秋之夜，桃李著花，梧桐落葉，竟至量來萬斛相思，摧損一簪華髮。食熊蹯而無味，眠鳳褥而未安。猛記張果之言，若合符節，命使人入蜀，訪其門弟子焉。而乃有臨邛道士者，自言承張果之學，識上皇之心。中使邀至京師，請居客館。高力士引見上皇，帝睹其麈尾蠅拂，鶴骨鶯姿，飄飄然有出塵意。詔問曰：「子張果門人歟？仙師今得毋採藥仙山，煉丹雲洞？曩謂貴妃有尸解之緣，羽化之樂，何以佛堂梨樹，尺組旋負紅顏；墟慕斜陽，羅襪竟埋碧草。然而仙師言子能上碧落而下黃泉，生死人而肉白骨。子其爲朕盡仙術哉。」爾乃叩縮地法，誦升天行：聖主齋心望眼，冀玉環之至；星娥覿面憑肩，談天寶之私。傾國傾城，比翼比目，豈知竟成虛語,難保麗容。然其衰危極矣,哀悼深矣。而子宜至海嶠最高處,可以得見仙姿,不辱君命。子且先行,我將後至。道士遂浮弱水,上神山,一路而瑤草馨琪花放,樓閣重複,巾幗往來。中有字太真者,玉顏宛在,清夢初回。道士待抽頭上簪,叩雲中戶,忽聞玉妃將出游,侍梳洗而著霞帔者三兩人,聽呫嗟而備雲軿者六七女。俄而玉妃出,頓啟獸環密密,忽逢鶴氅氊氊;鳳舄玲瓏,魚冠整肅,仙佩鏘霓,旌駐道士。急傳唐天子命,妃驟聞"唐天子"三字,潸然淚下焉。既而勞使者奔走問明皇之起居,擘舊時之花盒寶釵,訴巧夕之盟山誓海,謂道士曰:"寄語太上皇:星霜慎重,鈿盒堅持,天上人間,會相見也。"迨至仙蹤返,故物呈,帝更如醉如癡,可歌可泣。高力士詰之曰:"子不能召李夫人之至,解漢武帝之思,新垣平負,詐將毋同?"帝聞之,杖中官之饒舌,祈力士以招魂。渠見其誠復觚羽車覓瓊戶,值張果在純陽處晏歸,訊弟子之從來,決太真之會合,出藥一丸授之曰:"此還魂丹也。相遣唐主,可活楊妃。"語畢,曳杖而去,御風而行。道士跨東海,至西廂。雙鬟曉汲,訝其重來。太真則詢故堅辭,學仙最喜,豈有身居碧海,腳插紅塵?忽應門值仙娥入告:渡河之天孫降臨。語呢呢而勸之曰:"若暫離洞府,至宮庭,會當共出塵寰,同居月殿。不然,張果之攜若來,斯天帝有譴也。"妃則低眉不語,俛首沉思。織女又曰:"大唐有再造之慶,太真有更生之樂,不是萍因絮果,敢為月老冰人。"因以一梭相贈,謂其組織天章者也。霞能為綺,雲可成羅。妃也疑懷莫化,名物偏辭。迨彼駕鸞軿,還鵲渡,委梭在地。妃誤蹴之,而梭竟化為龍,挾以俱飛。駭極,轉瞬而金碧樓台,蘭苕翡翠,萬象悉成烏有,隻身不可勾留。瞥見黃埃散漫,白楊蕭疏,黎島迢遙,馬嵬髣髴,猶聞織女語方士曰:"子其早還鳳闕,相慰龍顏。上皇勿悲,太真將活,不得為冢中枯骨也。"道士歸,帝聞而乍驚乍喜,半信半疑,未有實驗也。阿監忽奔而奏曰:"龍池之荷芰,並蒂而開矣;鹿野之牡丹,雙頭而獻矣。"道士勸上皇修金屋,裝玉樓,召狗監,舉鴉鋤,親從駕至阿環葬處。帝停車,人發壙,旋一陣羊角風吹來墓側。帝祝之曰:"貴妃,貴妃,孤雲何依。勿飲恨而長卧蒿里,可還魂而重侍金扉。"須臾,掘見桐棺,喜存蕙質。道士請以重衾覆尸至蘭若間房處,復獻還魂丹,曰:"余師張果九轉而成,千金不易者也。"妃〔復〕(服)之,花容可復,雲髻重新,不難吹蘭芬,挺身玉立,果然仙人有術,造物無權,拔白蓮於泥中,醒焦桐於爨下。一霎而玉臺香頓,銀海波回,花泫欲啼,柳眠能起。兩人疑爲夢夢。道士曰:"非夢也。"遂整黃冠,辭紫禁,歸復張果之命焉。由是承恩侍宴,復歡會於花陰;匿跡銷聲,仍捉迷於月下。以張果之功爲不可没,金鑄范蠡,絲繡平原;復命吳道子染柔翰,繪真形,詔天下老子之宮、浮屠之室皆圖畫焉,香火焉。一夕共談往事,相訴離情依稀若有稱妃子長生者,凝視之,恍見張果在假山後回首而羽帔蜕衣不見,雲車風馬早升矣。時李輔國炎權獨攬於北司,宮車敢還西内;乘肅宗之昏闇,流力士於遐荒。帝患之,執太真手,太息云:"金貂石璠之輩,誰善蒭除? 瓊樓玉宇之中,朕思移住。倘獲仙居,免聞時事,雲雨常新,乾坤不老。"夜夢一紫綃麗人,自稱廣寒姮娥,書一函而相授受,功百日而可飛升。欲細詢之,雲鶴驟騰,天雞已唱。醒枕同談,秘方尚在。習之,果淡塵心,漸更凡骨。歷數月,忽聽笙簫隱隱,自雲中下,素娥再見,白鹿雙臨,君妃御之。夜靜而寺人罔覺,宮女不知。御榻存竹夫人二,月姊幻化之,笑曰:"陛下仙去,駭人聽聞。此可代也。"急整鸞驂,導游蟾窟。桂子當頭,冰壺濯魄。見有揮玉斧、伐瓊枝者,其人非吳剛,乃張果云。余感其事,故記之。

(《眉语》第 1 卷第 8 期,1915)

《埋玉》開篇

佚　名

胡兒造反范陽城，驟起干戈到處驚。文武朝臣齊護駕，御林統領六軍行。

將軍押隊陳元禮，四壁刀槍鼓譟聲。楊國忠誤國先誅戮，不斬楊妃不進兵。

可憐天子渾無主，無可如何割舊情。陳元禮，負朕恩，枉爲極品大將軍。

不知職守因何事，只管宮人不管兵。一幅香羅欽賜死。

香消玉碎片時長，佳人斷送如花貌。孤負當年七夕盟，長生殿裏拜雙星。

今生夫婦難偕老，來世夫妻未必真。一種癡情難消遣，返魂香安得返香魂。

旨酒一杯香一炷，望香揮淚奠佳人。每到無聊哭出聲，天子長愁妃子恨。

年來花月盡無心，贏得人間薄倖名。

（《咪咪集》第 1 卷第 5 期，1934 年 8 月 1 日）

《聞鈴》開篇

佚　名

峨嵋山下少人經，苦雨凄風撲面迎。風流天子情難盡，龍淚紛紛泣玉人。

　　昨日馬嵬情太慘，六軍忽地變軍心。早難道三星難照賢妃子，劫數該遭的楊太真。

　　而今追憶長生殿，人影衣香七夕盟。願生同羅帳死同陵，香魂艷魄歸何處。

　　翠鳳青鸞兩地分，教就梨園歌一曲。《霓裳》從此絕知音，沉香亭有誰與我奏《清平》。

　　陳元禮，狠負情，陽奉陰違負朕恩。以致於安禄山兵變范陽城，從今一別難相見。

　　喚力士開箱取白綾，見綾如見賢妃面。妃子嚇，並不是江山情重美人輕。

　　高力士，啟聖君：楊娘娘已死豈能生？請加鞭追趕羊腸道，劍閣聞鈴欲斷魂，杜鵑風雨夜三更。

（《咪咪集》第 1 卷第 5 期，1934 年 8 月 1 日）

《絮閣》開篇

佚　名

　　天寶年間正太平，特頒恩詔選妃嬪。當時考試才歸選，絕色佳人江采蘋。

　　性愛梅花甘冷淡，賜梅妃小字出君恩。誰識風流唐帝主，又寵弘農楊太真。

　　金釵鈿盒私盟誓，鑒此牽牛織女星。願生同羅帳死同陵。

　　梅妃冷落長門裏，無限傷心無處云。賜明珠揮淚磨成墨，説何必明珠慰素心。

　　詩成一字一傷神。開元天子重憐舊，私召梅妃敍舊情。

被楊妃搜出花鞋子,絮絮叨叨傾醋瓶。從此梅妃貶冷禁,直待到安禄山兵變范陽城。

不斬楊妃不進兵,未見太平先割愛。江山情重美人輕。

楊妃死後梅妃老,依舊尚沾雨露恩,上皇聊解晚年心。

(《咪咪集》第 1 卷第 5 期,1934 年 8 月 1 日)

《驚變》開篇

佚　名

天淡雲閒爽氣多,數行新雁半空過。忙壞侍臣高力士,御園中灑掃費工夫。

内園秋色無窮景,到處池塘有芰荷。少頃報説明皇到,寵幸楊妃左右扶。

無數桂花香馥郁,有時鸚鵡自相呼。排開御宴花亭上,海味山珍滿席鋪。

纖纖玉手捧金壺,君按板,妃唱歌,霓裳妙舞世間無。

太真跪進三杯酒,天子含歡把御手扶。楊妃醉倒楊妃榻,一幅海棠春睡圖。

見醉態醺容愈著了魔,那曉得歡喜未完愁已到。

報説安禄山兵變逞干戈,直逼京師奈若何。大唐天下承平久,文武朝臣禦敵無。

速令六軍嚴護駕,匆匆車馬走長途。暫避烽烟幸蜀都。

可憐弱質如花女,玉碎香消一幅羅。片時賜死在馬嵬坡。

(《咪咪集》第 1 卷第 5 期,1934 年 8 月 1 日)

劍閣聞鈴

董蓮枝唱

馬嵬坡下草青青，今日猶存妃子陵。題壁有詩皆抱恨，入詞無客不傷情。萬里西行君請去，何勞雨夜歎聞鈴。楊貴妃梨花樹下香魂散，陳元禮帶領著軍卒保駕行。

歎君王萬種淒涼千般寂寞，一心似醉兩淚如傾。愁漠漠殘月曉星初領略，路迢迢涉水登山那慣經。好容易盼到行宮歇倦體，偏遇著冷雨淒風助慘情，劍閣中有懷不寐的唐天子，聽窗兒外不住的叮咚作響聲。忙問道："外面的聲音卻是何物也？"高力士："奏林中的雨點合簷下的金鈴。"這聞此語君王長吁氣，說道："正斷腸人聽斷腸聲！"

似這般不作美的鈴聲，不作美的雨，怎當我割不絕的相思，割不斷的情。灑窗櫺點點敲人心欲碎，搖落木聲聲使我夢難成。鐺唧唧驚魂響自簷前起，冰涼涼徹骨寒從被底生，孤燈兒照我人單影，雨夜兒同誰話五更？從古來巫山曾入襄王夢，我何以欲夢卿時夢不成？莫不是弓鞋兒懶踏三更月？莫不是衫袖兒難禁五更風？莫不是旅館蕭條卿嫌悶？莫不是兵馬奔馳你心怕驚？莫不是芳卿心內懷餘恨？莫不是薄倖心中少至誠？既不然神女因何不離洛浦？立教我流乾了眼淚盼斷了魂靈！

一個兒枕冷衾寒臥紅薄帳裏，一個兒珠沉玉碎埋黃土堆中；連理枝暴雨摧殘分左右，比翼鳥狂風吹散各西東。料今生璧合無期珠還無日，就只願泉下追隨伴玉容。料芳卿自是嫦娥歸月殿，早知道半途而廢又何必西行。悔不該兵權錯付卿乾子，悔不該國事全憑你令兄。細思量都是奸臣他誤國，真冤枉偏説妃子你傾城，衆三軍何恨何仇合卿作對，可愧我想要保你殘生也是不能。

可憐你香魂一縷隨風散。卻使我血淚千行似雨傾，慟臨危直瞪瞪的星眸，格吱吱的皓齒，戰兢兢的玉體，慘淡淡的花容。眼睜睜既不能救你，又不能替你，悲慟慟將何以酬卿，又何以對卿？噯！最傷心一年一度梨花放，從今後一見梨花一慘情！我的妃子呀！我一時顧命就誣害了你，好教我追悔新情憶舊情！

再不能太液池觀蓮並蒂，再不能沉香亭譜調清平，再不能玩月樓頭同玩月，再不能長生殿裏祝長生。我二人夜深私語到情濃處，你還説恩愛夫妻世世同。到如今言猶在耳人何處，幾度思量幾慟情！那窗兒外鈴聲兒斷續雨聲兒更緊，房兒內殘燈兒半滅冷榻兒如冰，柔腸兒九轉百結百結欲斷，淚珠兒千行萬點萬點通紅。這君王一夜無眠悲哀到曉，猛聽得內官啟奏請駕登程。

（《廣播週報》第 23 期，1935 年 2 月 23 日）

讀《太真外傳》

祁維谷

端正樓中一段春，卻驚鼙鼓動胡塵。馬嵬似爲成名地，贏得千秋説太真。

鈿合金釵記舊盟，不堪回首話長生。人間縱有鴻都客，已恨瑤宮九萬程。

（《國專月刊》第 2 卷第 1 期，1935 年 9 月）

鳳凰臺上憶吹簫·觀韓白演《長生殿》

王嘯蘇

花簇芳亭,月籠星殿,倚肩同話牽牛。更龍池屏敞,袚盡春愁。欄外風荷蕩漾,香動後欲散仍留。驚心是遥天鼓角,絶塞貙貅。
悠悠,馬嵬別恨,蓦一曲《霓裳》,已換《涼州》。付日邊仙侣,輕囀珠喉。私怯崑山音寂,梁繞處空對瓊樓。逢人道淋淋雨鈴劍閣殘秋。

(《南社湘集》1937 年第 7 期)

【按】原署"长沙王嘯蘇疏盦"。

丁丑四月十三夜瓠厂彩演《長生殿》曲邀觀敬賦

君 坦

箏篴鳴宵萬籟俱,華燈流艷上紅觚。衣裳天寶身親試,鼙鼓漁陽世不殊。

沉醉驪山供作戲,新聲蟬煞暫爲娛。當歌自是蜂場事,此曲人間似已無。

(《青鹤》1937 年第 5 卷第 15 期)

瓠厂招觀《長生殿》曲和君坦韻

伯 明

想像鈞天幻念俱,華笙吹夢上氍毹。金釵鈿合春如在,醉月飛花事豈殊。

苦樂中年誰與遣，衣冠故國且相娛。曲終更憶開元盛，白髮尊前恐已無。

（《青鶴》1937 年第 5 卷第 15 期）

浣溪沙·漢上聽秦淮舊人董蓮枝歌《聞鈴》一曲

吳徵鑄

十載珠吭動石城，新來翠袖漸伶俜，世間箛鼓誤雙成。

淡月清溪多少夢，晴川芳草不勝情，那堪重聽《雨霖鈴》。

（《新四川》第 1 卷第 5 期，1939 年 9 月 30 日出版）

《太真外傳》一個小問題

禪　翁

陳元禮眉心點絳

梨園後臺這枝彩筆，其權威無異董狐的史筆。舉凡歷史上人物，將要在舞臺上出現，若經彩筆在臉上一抹，賢不肖立判，千百世不滅。像曹操、嚴嵩等的大塊文章，更毋庸言；即如《太真外傳》的陳元禮，一寸眉心，塗上絳紋，就把馬嵬驛中六軍之所以不發、貴妃之所以賜死這責任都在他一身了。

梅蘭芳演《太真外傳》，劇情説明："……貴妃寵擅專房，與兄國忠同干政事，朝野側目；悦胡兒安禄山，認爲義子，穢聲四播。未幾禄山反，陷長安。玄宗西幸，至馬嵬坡，六軍不發，太真乃賜死……"這裏面，似乎禍之起因，不干陳元禮事。但在演出方面，由張春彦飾陳元禮，頂盔貫甲，眉心點有絳色紋數條，如小孩童之"胭脂俏"。

這顯然在昭示人們，陳元禮護駕西行，不無功績，故以老生應工；而馬嵬驛中威迫帝妃、跋扈之事，亦不能辭的。

崑曲《長生殿》《埋玉》折中，將楊國忠被殺、貴妃賜死這兩件事，都委諸軍士們。陳元禮處身其間，似乎還有些欲阻不能的苦衷。試觀劇中表演："……內喊介：楊國忠專權誤國，今又交通吐蕃造反，我等快殺賊臣，以洩公憤……"接演四軍卒提刀趕國忠繞場，追及殺之。"末飾陳元禮上白：臣啟陛下；衆將言道：國忠雖死，貴妃尚在。不肯啟行。望陛下割恩正法。"這件"宛轉蛾眉馬前死"的慘劇，皆出六軍的衆意，與陳元禮毫不相涉。

難道後臺的彩筆冤屈了陳元禮麼？不，並不。宋朝直史館的太常博士樂史著有《太真外傳》。此傳列入《顧氏文房小說》，曾一度被人誤選入《唐人說薈》。對陳元禮的事，記述頗詳。

一、楊國忠被殺的因果。"……潼關失守，上幸巴蜀，貴妃從。至馬嵬，右龍武將軍陳玄禮懼兵亂，乃謂軍士曰：今天下崩離，萬乘震蕩，豈不由楊國忠割剝甿庶，以至於此？若不誅之，何以謝天下？衆曰：念之久矣。會吐蕃和好使在驛門遮國忠訴事，軍士呼曰：楊國忠與吐蕃謀叛。諸軍乃圍驛四合，殺國忠，並男暄等。"可見首創殺國忠之説者，乃陳玄禮。

二、楊貴妃賜死的前後。"六軍圍不解，上顧左右責其故。高力士對曰：國忠負罪，諸將討之。貴妃即國忠之妹，猶在陛下左右，群臣能無憂怖？伏乞聖慮裁斷。京兆録韋鍔進曰：乞陛下割恩忍斷，以寧國家。上入行宮，撫妃子出廳門，至馬道北牆口而別之，使力士賜死。嗣以繡衾覆床，至驛庭中，勒玄禮等入驛視之。玄禮抬其首，知其死，曰：是矣。而圍解。"可知六軍的解圍，只須陳玄禮説出"是矣"二字。而陳玄禮在貴妃未死以前，又決不肯輕易吐出"是矣"二字。這種緊張局面的造成者,非陳玄禮而誰。

傳中又載:"至德二年,收復西京。上自成都還,欲改葬貴妃,禮部侍郎李揆奏曰:龍武將士,以國忠反,故誅之。今改葬故妃,恐龍武將士疑懼。遂不果。"想不到陳玄禮的權高震主,一至於此。後臺彩筆,在他眉心畫了幾條絳紋,還算是從寬處分呢。

(《半月戲劇》第 2 卷第 8 期,1940 年 1 月 11 日發行)

談談《馬嵬坡》

愚

平劇《馬嵬坡》有兩本,一本重楊貴妃,一本重唐明皇。重貴妃的本子,我知道黃桂秋、王芸芳各編有一種;重明皇的崑曲有《迎像哭像》一折,汪笑儂所編的《馬嵬坡》本子,就是由《迎像哭像》來改編的。其實這二本可以連唱,因爲重楊貴妃的本子是至"馬嵬坡"賜死爲止,重唐明皇本子是明皇在平安禄山回來,途徑"馬嵬坡",回憶前情,命設楊貴妃像而哭祭之。只須接連處加一二場平安禄山就可以了。最近搜集粵曲,關於《馬嵬坡》的有兩折,一名《明皇幸蜀》,一是《殿角聞鈴》。前面的是敘安禄山兵逼皇城,明皇倉皇逃遁,由陳元禮保護,駕幸西川,兵經"馬嵬坡",已是天暗,就在坡上紮營。後面的戲是明皇回宮後追想貴妃一段故事。現在都把它錄在下面。

《明皇幸蜀》

(武生梆子首板)聞報道出都門驚慌不定,(慢板)想此身好比那天上流星。一路上見烽烟紛紛傳警,那風聲和鶴唳草木皆兵。

無奈何皇這裏不辭萬里把西川來幸，冒風霜忘寢食晝夜兼程。涉崇山登峻嶺崎嶇難進，回頭望那京華塵埃滾滾殺氣騰騰遍地妖氛。思朕躬從前事自思自省，不由得叫爲君悔恨交縈。（慢板）想當初在朝廷不求治政，宮幃內流連酒色宴享升平。安禄山在河東真是養癰遺病，才至有今日裏背叛朝廷。他那裏偵探得邊陲無備邁然思逞，初陷雁門再困睢陽進逼神京。那遼兵那過處望風而潰如入無人之境，長驅破竹真是神鬼皆驚。歎中原太平日久將不知兵憑誰效命，滿朝中無良將更有誰人能守孤城。無奈何攜著玉環我就倉皇逃遁，策單騎無侍從何等孤清。陳元禮老愛卿忠心耿耿，領御林追蹤而至保護行旌。這幾天馬不停蹄加鞭馳騁，到此間漸不聞戰伐之聲。皇這裏才覺得神魂少定，向西川擁車駕迤邐而行。猛抬頭不覺是天將昏暝，（尾聲）到不如馬嵬坡上權紮行營。

《殿角聞鈴》

（武生梆子首慢）爲妃子長令孤滿胸懷恨，（慢板）一心心掛念著楊氏美人。憶當年他初進宮來得承寵幸，在溫泉來洗浴侍兒扶起嬌無力真果是媚態橫生。皇見他新月眉天然風韻，皇愛以腰肢楊柳擧動消魂。最可人小弓鞋下有羅裙相襯，還可愛秋波眼美目傳神。雖然是六宮中許多妃嬪，但爲皇三千寵愛在他一身。（中板）夜夜裏鴛鴦帳內同衾共枕，看將來最難消受美人恩。實只望地久天長常承寵幸，怎知道安禄山造反橫行，漁陽鼓動地來驚破了《霓裳》仙韻。皇無奈攜同妃子萬里蒙塵。有誰知路經馬嵬六軍心憤，齊說道這場大禍都是爲著貴妃一人。口聲聲要爲皇賜他軍前自刎，若不從六軍不肯用命。那時節心如刀割真果是難捨難分，望塵頭又只見敵兵追近。皇無奈紅羅親賜嗚呼一命玉碎珠沉，從此後黃土壟中常埋金粉,問一聲楊妃子何日得返香魂,越思想怎不令人長恨。(過板)又只見空階黃葉落紛紛,雁陣驚寒霜露冷,有誰人今夜共聯襟。白首宮娥霜盈鬢,西宮南苑闃寂無人。最怕秋風吹陣陣,何堪細雨近黃昏。唉我腸斷幾回呀呀有誰人過問,(尾聲)撩人愁恨最怕是殿角聞鈴。

(《十日戲劇》第 3 卷第 8 期,1941 年)

聽歌想影錄(節錄)

張厚載

姚石泉氏祝壽堂會戲

民國四年四月廿九日,軍政各界人物在織雲公所爲姚石泉(名錫光)參政暨德配史夫人六旬雙壽稱觴慶祝,且召菊部演戲,以娛來賓。余於是日午後四鐘餘,前往祝壽,藉得觀劇,午夜三鐘始歸。翌日,曾舉所觀各劇,一一記之,用誌其盛,茲特逐錄如下:

《彈詞》 此劇在崑腔中,並無身段,而唱工特別繁重,〔九轉貨郎兒〕,有愈轉愈高之勢。故劇界內行能唱者,雖不乏人(如劉春喜、陳子田輩,皆能之),而皆不常出演,一則難唱,二則吃力且不討好也。是日係客串惲君蘭蓀所唱,聲調鏗鏘,頗爲動聽,且音韻蒼勁,能得李龜年衰老氣象。惲君溪薇蓀學士之令兄,善演此劇,久負盛名,一時至有"惲彈詞"之稱。薇蓀學士在劇中亦扮演李暮一角,塤篪合奏,可稱雅人深致。龜年流落江南,追懷舊時宮廷盛況,所謂白髮宮人,談天寶遺事,一唱三歎,自極有文學上之價值,然演時究覺枯寂,苟非解人,未易感受風趣。崑腔之所以不振,或亦以此之故歟?

......

天樂園之昆劇

民國七年，韓世昌新學《癡夢》一劇，曾於是年袁寒雲所辦之餞秋社一演，頗受士流歡迎。是年十一月間，又在天樂園貼出此戲，上座極盛，季鸞、子敬諸君，特於是日盡包男座之厢，遍延報人及昆曲家前往顧曲。余忝在被邀之列，當以所觀諸劇，略誌於下。

......

高腔《聞鈴》　高腔《聞鈴》，余未之前聞，此蓋第一次也。聞李寶成之高腔，在弋陽一帶，夙負盛名，飾唐玄宗，唱工亦殊繁重。趙子敬云，高腔之詞句曲牌，與昆曲初無大殊，惟其唱腔迥不相侔耳，然高腔居然講反切，昆曲尚未必有此精審也。

......

是日昆曲家趙子敬、吳瞿安、陳萬里、張季鸞諸君，均涖場觀劇，頗極一時之盛。余與趙子敬君作片時談話，頗有足紀者。趙君謂韓世昌自八月起從彼學昆曲，至今已學得《小宴》《問病》《癡夢》三劇，可謂聰穎，其《遊園驚夢》劇，下月當可上台。梅蘭芳處彼一星期去兩次，對於說白唱腔，頗爲指點。賈璧雲向來不會唱一句昆曲，近學成《長生殿》，真難爲他云云。余又問以天樂之昆曲究竟是否正宗，趙君云，真正之昆曲，或原來之昆曲，皆無武戲，惟四六班有之，四六班又有蘇徽之別，蘇四六但用笛不用胡琴，而徽四六則兼用胡琴。天樂園之昆曲，不用胡琴，而亦有武戲，當是出於蘇四六之系統也。按趙君爲南中昆曲大家，其昆曲之精博，南北曲家，莫不歎服。北京是時昆曲，日形發展，皆趙君提倡之力。是年已六十有二，精神矍鑠，談笑生風，亦振奇人也。

袁寒雲氏之消夏社

民國七年夏,名曲家袁寒雲氏在舊都組織消夏社。是年九月某晚,借江西會館開會彩唱,老供奉孫菊仙演《釣釧大審》,紅豆館主人演《應天球》,寒雲與陳德霖演《折柳陽關》,劇目異常精彩,故座客極盛。是晚余於六鐘半往,已冠蓋如雲矣。所見各劇,列記於下:

……

《小宴》 朱杏卿君飾楊貴妃,唱白均佳,身段略欠純熟。陳德霖在簾內,頗注意朱君之唱作也。老曲家趙逸叟之唐明皇,唱工清越嘹亮,神氣亦極活潑。

《醉酒》 小翠花飾楊妃,唱工尚佳,美目流盼,尤饒風韻。至銜杯、折腰諸技,以有幼工,故倍覺工穩。腰腿上之工夫,可與當時元元旦相頡頏矣。孫菊仙是時亦在台下觀之,極加讚美。

……

《迎像哭像》 趙逸叟扮唐明皇。此爲最有情感之戲,而亦爲最難演唱之戲。唱工之繁重,非精諳昆劇者,決不敢嘗試。趙君昆曲之精湛,無待贅述。演唱此戲,最稱精美。唱工悲涼沉痛,仿佛有一片哭聲在內,真絕唱也。

以上各劇,均爲當日袁寒雲君在北京組織消夏社所演之佳構。迨菊仙、逸叟,後先謝世,而寒雲亦不在人間,此曲只應天上有矣。

（《聽歌想影錄》,1941 年 10 月天津書局初版）

【按】《聽歌想影錄》,一名"國劇春秋",係由張厚載於 1913 年至 1918 年間發表於《亞細亞日報》《公言報》上的劇評文字結集而成。原署"張聊公"。張厚載(1895—1955),字采人,號膠子,簡署镠,别號衆多,江蘇青浦（今屬上海市）人。自幼篤嗜戲劇,入北京簧學會票房,先後師從戴韻芳、陳福勝、李洪春、王福壽,曾多次登台票戲。長於評戲,自1911年起在報上發表劇評多篇,開劇評風氣之先。張厚載係"梅黨"中堅人物之一,時人目爲梅蘭芳之"左右史"。1918年,曾與胡適、陳獨秀、錢玄同、劉半農等就舊戲評價問題展開論争,在《新青年》上發表《新文學及中國舊戲》《我的中國舊戲觀》《"臉譜"——"打把子"》等文章反對關於戲劇改良的偏激觀點。著有《聽歌想影録》、《歌舞春秋》、《京戲發展略史》等。

聽歌想影續録（節録）

張厚載

《天河配》之再演（民八）

加演明皇、太真密誓一幕

民國八年,舊曆七夕,各園競演《天河配》,以新明院梅蘭芳所演爲最佳,連演三晚,均經賣滿,而後至向隅者,尚不計其數,多引爲遺憾。恰值是年,有閏七月,鵲橋再會,佳劇重排,於是新明院,於閏七月七夕,復連演三晚,凡上次未得觀者,聯翩涾止,其愉快之狀,當亦不減於雙星之重逢也。余於其第三夕,特再往觀,極爲滿意,蓋此爲是年《天河配》之末日,而亦爲歷次《天河配》之結晶,爰志其演唱之特色,與改良之特點如次：

……

梅之《天河配》,是年計演六次,是夕爲最後之一次。每一次演唱必設法改進一步,故是夕亦爲改良之大成。其所改之點最顯著,約有兩端：

（一）增加唐明皇、楊太真密誓一幕，此惟是夕有之，前一夕尚未排演也。程艷秋飾楊貴妃，宮裝穠艷，幽意纏綿，身段神情，均極美秀。姚玉芙飾唐明皇，掛黑髯，亦具雅度，頗肖余叔岩。芙蓉草飾高力士，做工白口，亦殊老練。此伶聰穎，幾無所不嫻。聞程、姚、趙（芙蓉草名趙桐珊）三伶，當日始排演此節，即夕加入演出，可謂速成，而唱作穩當，無疵可摘，乃類夙搆。玉芙、艷秋合唱崑曲，宛然"七月七日長生殿，夜半無人私語時"之光景。及明皇、貴妃聯袂下場，牛郎織女鵲橋相會之景，始湧現如臺上，此於全劇穿插，自是生色不少。

（《三六九畫報》第 14 卷第 18 期，1942 年 4 月 29 日）

【按】　原署"寥公"。1942 年至 1944 年間，張厚載將其於 1919 年至 1923 年間所發表的劇評文字編爲《聽歌想影續錄》。

梅演《太真外傳》之回憶

佚　名

梅蘭芳十餘年前，在開元演一至四本《太真外傳》，爲高陽齊如山按唐史手編，並經某文豪撰説明目錄，宗旨取意既深，由梅演來尤博觀者讚賞。是年臘月二十四日，承華社封箱，連演新排第三本《太真外傳》兩晚。予喜其劇及目錄作者之文，爰志戲情項目，思及往昔之盛，與今日梅氏淡泊歌場，實不堪回首也。第三本情節，首敍楊妃好食荔支，南蜀州貢荔，差徭苦虐，驛傳疲於奔命，所謂"一騎紅塵妃子笑"者也。次爲楊國忠與安禄山爭權不睦，啟禄山還鎮作亂之漸；次爲楊妃七夕乞巧，以金盆貯水撈月，夜半與明皇密誓於長生殿。再爲國忠、禄山朝堂互訐，明皇命禄山回范陽本鎮；次爲虢國夫人與國忠交結情事；次爲楊妃聞禄山歸藩，度其必反，使

高力士諷諭之。結場則楊妃生日，賜宴驪宮，樂工李龜年等率梨園
子弟奏曲，楊妃舞於翠盤，明皇親爲撾鼓，敕賜纏頭三百萬，大酺三
日，蓋天寶繁華全盛時也。

苦差徭蜀氓疲貢荔，各官職胡虜肇爭權。秋清淺玉輦乍窺星，
意玲瓏金盆初撈月。華清宮巧筵開七夕，長生殿私語誓三生。斥
珂馬楊相訐陰謀，放豬龍祿兒售奸計。話穢聞置人藏複壁，炫素面
騎馬入宮門。楊貴妃反狀料胡雛，高力士正言規悍帥。瑤圃千秋
管弦如沸，紅塵一騎錦繡成堆。宣菊部別苑召伶官，導花神彩旗陳
仙樂。十二番奇傳翠盤舞，三百萬敕賜錦纏頭。

（《立言畫刊》第 288 期，1944 年 4 月 1 日）

觀木偶戲《長生殿》所感

鄭　料

木偶戲不但是兒童娛樂的一個出色的對象，並且它能夠提醒
我們成人已經失掉的童心，這是木偶戲最大的魅力。至於木偶們
很靈活的在舞臺上發揮奇想天外的，或夢幻的動作，這確是在一般
演劇的舞臺上所表現不到的，木偶戲特有的長所。所以最近各國
都很注重這規模雖小而發揮顯著的功效的木偶戲，銳意利用它啟
發一般民衆，提高小國民的藝術的情操。不過在中國還有一般認
識不足的人，以爲木偶戲不過是兒童娛樂的對象，而不值得成人的
鑒賞，這實在是一個很大的錯誤。

上海木偶劇社成立以來，還不夠三年，節目也不過只有《原始
人》、《天鵝》、《長生殿》的三種，可是這次在蘭心戲院重演的《長生
殿》是頗值得我們的注意的。因爲這班木偶的尺寸比過去的《原始

人》、《天鵝》差不多大一倍，提絲技術、佈景、燈光方面都有著長足的進步。並且脚本是根據著白居易的《長恨歌》詩意，對於楊貴妃的爲人也加上一種新的解釋，以忠君愛國的思想爲主題，使觀衆感覺到淫樂之足以亡國。劇中選擇《長生殿》中最精采的片段曲詞，配上管弦國樂和崑曲的韻音，全劇在演出商有著美滿的成績。我看《長生殿》的時候，感覺得這種演出的方式，跟日本的文樂座木偶戲的演出有很多相似的地方，因爲文樂座也是用"三味線"（三弦琴）伴奏的古曲《淨琉璃》來作伴的。雖然文樂座不是以絲線提弄木偶而在木偶的背後有著老練的師父（動作複雜的時候就有兩三個師父）用手提弄，但是因爲文樂座的木偶戲是始源於十七世紀的初葉，已經有了很長久的歷史和傳統，並且每一個提弄木偶的師父都經過二十年以上的訓練，所以他們驅使木偶的技術，實在是會令人驚愕感歎的。甚至到後來在江戶時代發達起來的歌舞伎劇（日本的京戲）的優伶得演技，動作也受了不少文樂木偶的影響，因此日本政府也憂慮這個有著高度的文學性（因爲在初期有了一個天才的淨琉璃作者近松門左衛門的出現）的特殊藝術的衰減，所以特別加以保護來維持它的生命。

在日本除了許多夜業餘的木偶劇團之外，有一個結城孫三郎主宰的職業木偶劇團，因爲常在大戲院裏公演，所以木偶和舞臺都比《長生殿》還大一點，並且提絲的人都坐在舞臺上頭掛著的棚上提弄，這一點也可以説是特別的方式。

最後，我想對於《長生殿》的一個缺點説一下，就是這班木偶的臉孔表情不夠誇張強調，不能充分表現每一個木偶的個性，尤其是楊貴妃和其他的侍女，差不多看不出她們的異點，所以我以爲木偶的臉孔和身體都應該有相當的 deformation（變形）和充分的漫畫化得表情。

　　我希望中國各木偶劇團更加奮勉，能夠常常和小朋友們見面。（筆者，中國文化協會上海分會企劃處長）（按：附圖圖示文字：第一幕"從此君王不早朝"的場面；第二幕"七月七日長生殿"的場面；第三幕"驚破霓裳羽衣曲"的場面；第四幕"婉轉娥眉馬前死"的場面；第五幕"蓬萊宮中日月長"的場面）

（《大陸畫刊》第 5 卷第 8 號，1944 年 8 月 14 日印刷，

8 月 15 日發行）

大同開篇彙集（節錄）

張秋颿編

醉酒（宮怨）

　　西宮夜靜百花香，欲捲珠簾春恨長。貴妃獨坐沉香榻，高燒紅燭候明皇。

　　高力士，啟娘娘：今宵萬歲落昭陽。娘娘聞聽添愁悶，軟洋洋自去卸宮妝。

　　想正宮有甚花容貌，竟把奴奴撇半傍。將身靠在龍床上，短歎長吁淚兩行。

　　衾兒冷，枕兒涼，見一輪明月上紗窗。勸世人切莫把君王伴，伴駕如同伴虎狼。

　　到不如嫁一個風流子，朝歡暮樂度時光，紫薇花相對紫薇郎。

尋　魂

　　世間好物不常留，馬嵬坡紅粉葬荒邱。風流天子悲無限，命力

士尋魂到處求。

乾坤遍覓無蹤跡，不知，艷魄香魂何處游。安得返魂香一炷，眼前聊解上皇憂。

五嶽三山皆閱遍，偶觀海上起蜃樓。幸遇仙姑來指引，說貴妃魂在此中留。

一步一參登玉殿，誠心稽首訴根由。聞說長安天使至，整衣裙合掌啟雙眸。

深深襝衽頻頻謝，深感君王爲妾愁。金釵舊物煩呈上，親奉開元天子收。

倘然不信卿家奏，只要說，曾經七夕拜牽牛。此情無有人知曉，願生生夫婦結鸞儔。

恨終身福薄未曾修，歸見上宮煩寄語。說重逢時節在中秋，天上人間離咫尺。

不妨再向月宮游，重訴新愁與舊愁。

馬嵬坡

唐代功勛今古宣，英雄畢竟數爭先。他那是，東征高麗臣拱服，西平蠻貊銳攻堅。

開出玉門關口望，桑麻遍野陌連阡。三萬里長疆土拓，哥舒翰，蓋世英名猛著鞭。

運神用武千秋業，唐太宗，馬上爲王十八年。創得宏基開業廣，王朝留與子孫賢。

無奈是，習俗已深從古說，荒淫酒色愛天仙。

今古誰能稱傑士，不過是，適逢其會執仔肩。

唐朝武力平天下，兵劫年年百姓愆。南征北討征兵制，他那是，百萬雄師兵甲全。

頃刻之間能召集，功成身退各歸田。所以是，征兵最好唐朝法，天下皆兵百姓賢。

真個是，令出如山搖撼動，誰能不聽法當先。可是江山如鐵甕，也曾大破躲連連。

只爲太真楊氏女，安禄山，節制范陽三鎮牽。一朝三省興人馬，所向披靡不敢前。

破得長安貴妃奪，誰知道，明皇駕馬走西川。兵進馬嵬坡下過，六軍不發鬧金錢。

說道是，君王本是聰敏主，只爲那楊妃致禍延。若然不把楊妃死，今日六軍永不前。

於是那，明皇含淚楊妃死，三尺白綾樹上懸。所以是，馬嵬坡下憑人吊，不見貴妃涕泗漣。魂歸離恨幾重天。

（上海大同業餘彈詞研究社出版、張秋驪編《大同開篇彙集》，中國新光印書館 1946 年初版）

【按】原有《絮閣》、《醉酒（宮怨）》、《埋玉》、《聞鈴》、《驚變》、《尋魂》、《馬嵬坡》七篇，因《絮閣》、《埋玉》、《聞鈴》、《驚變》與前《咪咪集》所載相同，故略。

關於大鼓中的《劍閣聞鈴》

朱壽亭

《劍閣聞鈴》一劇，是梨花大鼓裏的"王帽戲"，我曾經在以前説過的。不料京韻大鼓行的筱綵舞，昨夜貼演此一節目。我真不知以前劉寶全或白雲鵬……等前輩鼓伶是否唱過，抑是筱綵舞開始把它改調子的？這倒暫且不去管它，反正改調子的人，確是一個腦筋靈敏者！

這一段《劍閣聞鈴》鼓詞，全篇只有七十六句。它是一篇極有詩意的作品，內容敘唐天子於楊貴妃香消玉殞後，路宿行宮內，忽值風雨交加，簷下鈴聲，叮噹作響，和著外面的風雨聲！而心中觸動了淒涼孤寂的情感，致傷心的回憶著往事！它是一出透頂的悲劇，無論在何種大鼓裏，都不易演得適合劇情。從前，我在秦淮河畔，曾聽過董蓮枝的梨花調。前年孫大玉，也曾唱過。但在京韻裏，我卻沒有聽過，偏巧，昨夜筱綵舞演出此劇，我恰恰因工作關係，也沒有去聽，誠屬可惜！昨夜，我雖然沒有去聽，但那一種哀感欲泣的神情，卻使我深深地憧憬在腦海裏！

我每每會感覺到，京韻大鼓的詞句，過於冗□。演員演唱起來，精神中氣，稍形鬆弱一點，便極易弄得虎頭蛇尾，不得美滿奏效。但這一段玩意兒，卻是既短而又雋的。初學京韻大鼓的人，不妨在學會《丑未寅初》、《八愛》、《風雨歸舟》……以後，來研究這一段玩意兒，倒是挺有興趣的呀！

（《大地（週報）》第 126 期第 9 版，1948 年 9 月 20 日）

《洪昇年譜》《孔尚任年譜》證補

　　清代文人、劇作家洪昇（1645—1704）和孔尚任（1648—1718）各以其名劇《長生殿》、《桃花扇》聞名於後世，並稱"南洪北孔"。實際兩人在詩文創作方面也有較大成就，在當時文壇交游廣泛，具有較大影響。兩人生活於同一時代，又均因其劇作肇禍，引來後人不斷的推測和探討。研究、瞭解兩人的生平事蹟對於探討、理解和確認兩人及其各自劇作、詩文的成就、價值和在文學史、戲曲史上的地位具有直接關係和重要意義。研究洪昇生平事蹟的成果有章培恒先生的《洪昇年譜》（上海古籍出版社 1979 年版）（以下簡稱"章《譜》"）、曾永義的《清洪昉思先生升年譜》（臺灣商務印書館 1981 年版）等。研究孔尚任生平事蹟的成果有容肇祖的《孔尚任年譜》（《嶺南學報》第 3 卷第 2 期，1934 年）、袁世碩先生的《孔尚任年譜》（以下簡稱"袁《譜》"）、陳萬鼐的《清孔東塘先生尚任年譜》（臺灣商務印書館 1980 年版）、徐振貴的《孔尚任評傳》（山東大學出版社 1991 年版、南京大學出版社 2011 年版）等。

　　章《譜》後附"演《長生殿》之禍考"，全書實際完成於 1962 年。該書因受當時的階級分析研究方法的影響，對譜主和其他人物的行爲、思想的評價上帶有較爲鮮明的時代色彩。但因引用了豐富的文獻材料，考辨翔實、嚴謹，在學界產生了很大影響，是研究洪昇及其《長生殿》必讀的著作。"演《長生殿》之禍"案作爲清代文壇上的疑案之一,清代的衆多著述都有記載,但對於具體演劇時間、地點、案件起因、涉事人物等關鍵資訊又或語焉不詳,或歧見疊出,引起後來研究者的不斷關注和探討,至今未取得一致意見。

袁《譜》初成於 1961 年,次年由山東人民出版社出版。後經補充、修訂,由齊魯書社於 1987 年出版修訂版,全書字數增加近一倍(以下簡稱"齊魯書社版")。2021 年 3 月,該年譜又被列爲《袁世碩文集》的第三冊,由人民文學出版社出版(以下稱"新版")。《袁世碩文集》全書卷首的"整理說明"中稱相較於齊魯書社版,新版"微調了《交游考》的編排體例"①,實際爲統一了全書總目中《交游考》部分的細目和正文中的標目。"整理說明"中又稱"核校了全書引文,其餘内容如舊"②,實際情況是改正了齊魯書社版中的個别錯誤,而另一些錯誤却一仍其舊。如年譜正文前所列孔尚任著作的末一種爲《桃花扇》,齊魯書社版將該劇的版本之一的蘭雪堂本誤作"雪蘭堂本"③,新版已改正(13 頁)。康熙三十五年的年譜中,"交郓城琵琶高手樊裪"一則之末謂:"孔尚任結識樊塪,當自此始。"④其中的"樊塪"應作"樊裪"。新版已改正(117 頁)。康熙二十七年的年譜中謂:"春,寓揚州天寧市東廡待漏館。"⑤其中的"天寧市"應作"天寧寺"。齊魯書社版(68 頁)和新版(62 頁)均誤。康熙四十一年的年譜起首作"康熙四十一年(1701)"⑥,實際應是"康

①② 《〈袁世碩文集〉整理說明》,袁世碩文集(第一冊),人民文學出版社 2021 年版,第 1 頁。
③ 袁世碩:《孔尚任年譜》,齊魯書社 1987 年版,第 15 頁。
④ 同上書,第 126 頁。
⑤ 同上書,第 68 頁。
⑥ 同上書,第 167 頁。

熙四十一年(1702)"。齊魯書社版(167頁)和新版(154頁)均誤。康熙四十七年紀事末引《(乾隆)天津縣志》,"一變而入大曆、元貞之室"(齊魯書社版189頁),其中"元貞"應作"貞元",爲唐德宗年號。《孔尚任交游考》中的"劉中柱(雨峰)"條引劉中柱的《題〈桃花扇〉傳奇》(303頁),闕末四句:"離合悲歡夢一場,憑將兒女譜興亡。坐中亦有多情客,莫向當筵唱斷腸。"新版也未補全(272頁)。"徵引書目"中《侯方域年譜》的作者應作侯恂,即侯方域之父,齊魯書社版誤作"侯洵"(325頁),新版已改正(293頁)。不過,瑕不掩瑜,該書在較大量文獻資料的基礎上,對孔尚任的家世、生平、交游、著述等做了較爲詳細的梳理、介紹和考證,嘉惠學林,促進了孔尚任研究的發展。但由於孔尚任本人交游廣泛,著述較多,三十餘年來也不斷有其佚文被發現,所以袁《譜》有一些可以和需要補充之處,以使全書更爲完善、詳備。

一、《洪昇年譜》證補

康熙二十八年　己巳　一六八九　四十五歲

八月,招伶人演《長生殿》,在京名士多醵分往觀。值佟皇后病逝,尚未除服,爲黄六鴻所劾,"演《長生殿》之禍"案發。王應奎《柳南隨筆》載本案所涉人物"士大夫及諸生除名者幾五十人"[1]。而具體姓名可考者有:洪昇、朱典、趙執信、翁世庸、查慎行、李澄中、徐嘉炎、陳弈培等。

陳弈培涉案,由其弟陳弈禧《虞州續集》卷二所載《得子厚兄京師近問志感》詩和詩注可證,該詩作於康熙二十八年(己巳1689)。

---

[1]　清王應奎:《柳南隨筆》卷六,《借月山房匯鈔》本。

此由章培恒先生首先發現和提及。而清李孚瑞《後圃編年稿》卷七《北游稿》（"起己巳閏三月，盡是年冬"）有《送陳子厚歸海寧（時以飲酒觀劇被累）》詩亦可爲證。陳子厚，即陳弈培，字子厚。此詩前隔三題爲《重陽後一日九畹厚文小集寓齋別後以詩索和率答二首》，可知此詩作於康熙二十八年重陽後至年末，也可證"演《長生殿》之禍"案發確在康熙二十八年。全篇如下：

風波多處是長安，一曲聽來徑出關。但見酒杯傾子美，不聞絲竹累東山。

浙江潮白搖鄉夢，薊苑塵紅變客顏。雞肋且拋君莫恨，歸歟身脫是非間。①

李孚瑞在詩中既爲陳子厚的不幸遭遇抱不平，又對他進行安慰、寬解。

陳弈禧《虞州續集》卷一有《與子厚兄晤語玥侄同自虞入都》詩。全篇如下：

弟已四旬逾二歲，兄今五十又三年。中年兄弟憐萍聚，宦後家門奈罄懸。

半職從人誰掛齒（予兄弟皆出身州邑佐），排詩言志杜差肩（兄有寄梁真定、王新城長律百韻）。丹山攜得新雛好，盼取秋風向日邊。②

由此可知，陳弈禧小其兄陳弈培 11 歲。而陳弈禧生於清順治五年（1648），故陳弈培生於明崇禎十年（1637）。

陳弈培科舉蹭蹬，宦途坎坷。陳弈禧《虞州集》卷一《予舊年作

---

① 清李孚瑞：《後圃編年稿》卷七，康熙刊本。
② 清陳弈禧：《虞州續集》卷一，康熙刻本。

汝穎之游同子厚兄過伏城驛是正月望今新春四日往山西宿此奉寄
兼呈三兄子榮》詩有注云：“兩兄今歲被放，家居不出。”①《虞州集》
卷四有《歲暮得子厚兄京師書十四韻》詩，從中亦可見陳弈培生平
遭際。全篇如下：

> 吾兄富才識，經藝素能嫻。豈墮風塵際，偏遭運數艱。
>
> 無媒通鳳闕，流恨滿燕山。書笈編應絕，星華鬢欲斑。
>
> 頻年甘遠寄，故國肯虛還。叢枳棲難穩，高梧未得攀。
>
> 熊羆窺棘水，載籍訪河間。（書云被放後游東光間）
>
> 猶是三千士，空餘十八鬟。寒沙延野望，斜日帶愁顏。
>
> 江介諸生老，（三兄子榮亦困守門戶）河東小吏閑。
>
> 冰霜分異地，花萼最相關。遺夢池塘隔，開書涕淚潸。
>
> 飛鳴遠天雁，難問大刀環。獨抱殘冬被，牽情任體屏。②

陳氏爲海寧望族，但陳敬璋原編、陳其謙、陳大綸重輯的記載
陳氏族人生平、著述的《海寧渤海陳氏著録》中卻無陳弈培的姓名，
可能便是因爲他一生既無功名，又未曾任過官。

此外，古正、古雲同編《阿字無禪師光宣臺集》卷二十“七言律”
有《送陳子厚、子文昆玉扶其尊人薑亦先生靈櫬歸海昌》、吳雯《蓮
洋詩鈔》卷七有《送陳子厚之燕二首（録一首）》、梁清標《棠村詞》中
有《念奴嬌·其二十》“座中贈陳子文。是日陳心簡、陳子厚諸子同
集蕉林”、陳維崧《陳迦陵儷體文集》卷五有《陳子厚〈關中紀游詩〉
序》。“阿字無禪師”，即釋今無。

陳弈培父爲陳殿桂（1614—1666），海寧人，字岱清，號玉窗。

---

① 清陳弈禧：《虞州集》卷一，康熙刻本。
② 清陳弈禧：《虞州集》卷四，康熙刻本。

齋名問青堂。撰有《行役草》、《樂樂草》、《嶺南草》、《弦閣吟草》、《與
袁堂文集》等。曾任職方郎廣東高涼郡理官。《海寧渤海陳氏著
錄》引《州志·文苑傳》，謂其"字長生，號岱清。崇禎癸未進士，曆
官廣東高州府推官。以子弈禧貴，贈奉政大夫、户部郎中。"①陳殿
桂撰有《與袁堂詩集》十卷、《文集》四卷、《行役草》一卷、《嶺南浮沉
草》一卷、《弦閣詩》一卷。

陳弈禧(1648—1709)，字子文。他與洪昇有交往，其《虞州集》
卷五有《閩南道上懷湯西厓、洪昉思》詩。《海寧渤海陳氏著錄》引
《山西通志》，謂其"字子文，號香泉，海寧人。以貢生任安邑丞。負
詩名，工書法。由部郎分司大通橋，出知石阡府，補南安。所至，人
皆乞其書，爭相寶貴。"②陳弈禧撰有《文海》、《金石遺文録》十卷、
《小名補録》、《皋蘭載筆》二卷、《陳子日記》、《雲中紀行》一卷、《益
州於役記》四卷、《北行日記》一卷、《奇花異木記》一卷、《北解雜述》
一卷、《晉陽行紀》一卷、《虞州集》十卷、《續集》二卷、《春靄堂集》十
八卷、《含香新牘》一卷、《葑叟題跋》一卷、《積雨齋集》一卷、《笑門
集》一卷、《綠陰亭集》一卷、《隱綠軒題識》一卷。

王永寬先生主編《中國戲曲通鑒》中康熙二十八年己巳(1689)
"八月，洪昇因演《長生殿》劇招禍"條謂："其他受處分的官員還有
讀學朱典、臺灣太守翁世庸及奕培、奕禧兄弟等。"③有誤。陳奕培
當時不是"官員"，其弟陳奕禧也並未涉案，更未受到處分。

康熙三十九年庚辰　一七〇〇　五十六歲

章《譜》謂："六月，朱襄來杭，索《長生殿》上半讀之。爲作序

---

①②　陳敬璋原編、陳其謙、陳大綸重輯：《海寧渤海陳氏著録》，1933 年版。
③　王永寬主編：《中國戲曲通鑒》，中州古籍出版社 2008 年版，第 540 頁。

文。"朱襄《序》中云："後五年爲康熙庚辰歲,夏六月,複至武林,乃索其上半讀之,而後驚詫其行文之妙。"但文末署"是歲嘉平月,弟無錫朱襄序"。所以,朱襄讀《長生殿》上半部是自本年六月始,但作《序》是在同年的十二月。王永寬先生主編《中國戲曲通鑒》中也將朱襄爲《長生殿》作序系於康熙三十九年庚辰(1700),應是受到了章《譜》的誤導,同時也不了解"嘉平月"即指十二月。

二、《孔尚任年譜》證補

康熙二十五年(1686)　丙寅　三十九歲

本年,孔尚任奉命隨孫在豐往淮揚疏浚黃河海口,聘徐時夏爲記室。

《國朝松陵詩徵》卷十收徐時夏詩一首,題《東夜集孔東塘行署》,云:

相從執轡過江東,酒社詩壇處處同。五字吟成飛莫雨,七絲彈罷感焦桐。

論文入座多耆舊,作客頻年忽老翁。共對華燈渾不寐,推窗殘月又朦朧。①

徐時夏,字丙文,一字常於。《國朝松陵詩徵》中徐時夏小傳後引周笠川言,云:"常於能詩文,兼工書。嘗游京師,寥落無所就。歸自廣陵,值山東孔東塘治下河,聘常於爲記室。讌會賦詩必與,然卒不合而去。晚年以詩一冊置懷中,徒步里門,踽踽無所納。予兄弟憐之,每下榻連宵劇談,夜分不倦也。一夕,暴卒於殊勝寺僧舍。詩稿散佚。其子服畊在梅堰。"②

---

①② 　清袁景輅編:《國朝松陵詩徵》卷十,乾隆松陵袁景輅愛吟齋刻本。

　　孔尚任本年八月至淮揚,十一月與冒襄等宴集於揚州寓所。孔尚任《湖海集》卷一有《仲冬,如皋冒闢疆、青若、泰州黃仙裳、交三、鄧孝威、合肥何蜀山、吳江吳聞瑋、徐丙文、諸城、丘柯村、松江倪永清、新安方寶臣、張山來、諸石、姚綸如、祈門李若谷、吳縣錢錦樹,集廣陵邸齋,聽雨分韻》。後有黃仙裳注,云:"此先生在廣陵第一會也。"①徐丙文與會,說明此時其已爲孔尚任記室。

　　康熙二十六年(1687)正月初二,徐時夏又參與在孔尚任寓所舉行的集會。《湖海集》卷二有《春正二日李厚餘、吳戩山、黃仙裳、交三、秦孟岷、徐丙文偶集寓園,得晴字》詩。同年三月初九,孔尚任在泰州宮氏北園寓所大會詩友,徐時夏於與會。《湖海集》卷二有《暮春張筵署園北樓上,大會詩人漢陽許漱石、泰州鄧孝威、黃仙裳、交三、上木、朱魯瞻、徐夒攄、山陰徐小韓、遂寧柳長在、錢塘徐浴咸、吳江徐丙文、江都閔義行、如皋冒青若、彭縣楊東子、休寧查秋山、海門成涉三、家樵嵐、琴士興化陸太丘、畫士武進李佐民、泰州姜尺玉、琵琶客通州劉公寅,時閔義行代爲治具,各即席分韻》詩。同年六月,孔尚任招宋實穎等集拱極臺飲宴、納涼,徐丙文與會。《湖海集》卷三有《拱極臺招宋既庭、蔣玉淵、柳長在、李艾山、湯孫、皇望、周安期、朱天錦、汪柱東、徐蘭江、丙文、陳鶴山納涼,即席分韻》。後有黃仙裳注,云:"公至昭陽第一會詩,步止安閒,信足扶風振雅。"②孔尚任此後的詩歌中再未提及徐時夏,故徐時夏因與孔尚任不合,因而辭記室職而去,應在康熙二十六年(1687)年內,具體則在六月後。

---

①　徐振貴主編:《孔尚任全集輯校注評》,齊魯書社 2004 年版,第 724 頁。
②　同上書,第 794 頁。

康熙二十六年（1687）　丁卯　四十歲

二月十七日，孫在豐自岡門興工修下河海口，孔尚任應在現場。

清陶煊、張璨選輯《國朝詩的》卷八“江南”收有俞楷《丁卯二月十七日孫大司空自岡門興工修下河海口楷目擊大興賦詩紀事》詩。俞楷，字陳芳，泰州人。“孫大司空”即孫在豐。岡門鎮，清置，屬鹽城縣。即今江蘇鹽城市西龍岡鎮。《清一統志·淮安府一》載岡門鎮在“鹽城縣西十八里。舊置稅課司，今裁。”①

康熙二十七年（1688）　戊辰　四十一歲

重九，邀集鄧漢義、宗元鼎諸人登梅花嶺。

袁《譜》引《廣陵記事》卷七，此次登梅花嶺賦詩諸人，除孔尚任外，有鄧漢儀、吳綺、蔣易、宗定九、桑豸。

清陶煊、張璨選輯《國朝詩的》卷三“江南”收有陳翼《九日陪東塘夫子及鄧孝威、吳園次、蔣前民、宗梅岑、桑楚執諸先生梅花嶺登高》詩，云：

> 綠郊古嶺夕陽西，佳節重來望眼迷。一水白看群雁没，萬山青愛隔江齊。
>
> 煙荒馬鬣餘碑文，香散梅花剩菊畦。霞管也知人慷慨，聲聲吹落碧雲低。②

可見另有陳翼也參與了此次活動。陳翼，字羽聖，長洲人。著有《待隱堂遺稿》四卷、《敬齋詩鈔》一卷、《春秋義》十二卷。

康熙二十八年（1689）　己巳　四十二歲

八月，同程邃、杜岕、鄭簠、余賓碩、王概、蔡（上仍下土）等二十

① 《清一統志》卷六十四“淮安府一”，《欽定四庫全書》本。
② 清陶煊、張璨選輯：《國朝詩的》卷三，康熙六十一年刻本。

餘人宴集於冶城西山道院。

同月,過訪戴本孝,索畫石門山圖。戴本孝賦詩四首贈之。

戴本孝《餘生詩稿》卷十有《曲阜孔東塘過訪索畫石門山圖將搆孤雲草堂於其中峰洙水之源在焉因賦四首贈之》詩,云:

南來東魯客,北海有遺風。禮樂弦歌裏,江山樽酒中。

行藏深自得,蹤跡忽相通。顧我披蓁莽,寧嗟吾道窮。

避世向千載,岌嶤想石門。中峰涵聖澤,曲磴繞洙源。

指點生圖畫,經營就討論。孤雲堂一望,端不負乾坤。

出處生平事,雲山豈偶然?谷遷虞伐木,磵洑瀉鳴弦。

絕學開千聖,空山指九仙。蒼茫意象外,原不在言傳。

(東塘精於律呂,能定大樂。九仙乃石門外群峰名。)

秋去亦雲駛,江空正好吟。吟成皆可畫,畫罷更宜琴。

良會屬天意,衷言獲我心。夢仍瞻闕里,頹仰歎高深。

(時東塘將返邳,大集同人於冶城,多有倡和。)

前一題作《是秋余先龔柴丈五日而疾及余疾起忽聞柴丈遽逝矣柴丈畫法獨以用墨擅長一時罕有其倫也些山以五言二首吊之因和焉》。"龔柴丈"即龔賢,逝世於本年八月,孔尚任"爲經理其後事,撫其孤子,收其遺文"[1]。而孔尚任返揚州在九月。所以,他過訪戴本孝也在八月,其時在孔尚任集諸人宴集冶城道院後。"秋去亦雲駛"亦可爲證。

---

[1] 袁世碩:《孔尚任年譜》,齊魯書社 1987 年版,第 88 頁。

康熙二十九年（1690）　庚午　四十三歲

本年，在京結識李嶟瑞。李嶟瑞示以所作詩歌，向孔尚任請益。孔尚任讀後，向李嶟瑞示以所作《湖海集》，請爲評定。李嶟瑞作詩盛讚之。

李嶟瑞《後圃編年稿》卷八《北游稿》（"起庚午，盡辛未二月"）有《孔東塘國博一見拙詩，亟加賞歎。因示所著〈湖海集〉，索爲評定。遂書其後四十韻》詩。全篇如下：

> 學詩二十年，自謂頗有得。鳳樓百尺登，蠶叢五丁辟。
>
> 長語敢欺人，生平實著力。挾此以自娱，寒餓當衣食。
>
> 吟多稿成堆，懶不自收拾。昨歲來燕山，囊偶攜一册。
>
> 問之長安人，半錢都不值。子昂空碎琴，中郎那辨笛。
>
> 惟有新城公（副憲王阮亭先生），一見輒歎息。
>
> 時時對公卿，獎藉如弗及。曰李生長歌，我朝之太白。
>
> 舍是何寥寥，甚且施彈射。覽字少分明，雙瞳豈不黑。
>
> 今年落第後，杜門守岑寂。怪事向空書，日作悲秋客。
>
> 破帽冷蒙頭，誰曾解憐惜。傾蓋逢博士，相親如舊識。
>
> 我把所爲詩，請以高深益。先生讀之驚，顧乃欲避席。
>
> 昌歜嗜周文，羊棗癖曾皙。亦如王中丞，稱道口嘖嘖。
>
> 探橐出新編，曆落厚愈尺。謂我可與言，命效他山石。
>
> 再拜捧持歸，挑燈諷終夕。紙上走煙濤，行間飛霹靂。
>
> 聳如崖畔松，冷比霜中荻。澹擬雨後峰，細甚機頭織。
>
> 字字俱生奇，篇篇總及格。大致出《離騷》，原本從三百。
>
> 江左安足言，浸淫漢氏室。我生百無能，貢諛尤未習。
>
> 見人佞文章，往往面發赤。心折湖海吟，誇詡無慚色。
>
> 物態悉撈籠，人情極鏤刻。詩人如牛毛，見此舌應咋。
>
> 吾道就衰微，頹廈望扶植。國子清灑官，風波稀指摘。

牛耳啟雞壇，生徒自雲集。勝事傳京華，麗句騰胸臆。
孔李舊通家，何妨稱莫逆。①

【按】李嶟瑞，生卒年不詳，清康熙時人，字蒼存，江蘇盱眙人。工詩，王士禛稱其詩文縱横有奇氣，江、淮間才士。撰有《後圃編年稿》十六卷、《續稿》十四卷、《題像詩》一卷、《詞稿》二卷、《焚餘稿》等。《清詩别裁集》卷二五録其詩三首。

康熙三十年(1691)　辛未　四十四年

本年春，在京師向李嶟瑞出示漢銅尺，請李作詩詠歎。

李嶟瑞《後圃編年稿》卷九《歸來稿》(“起辛未四月，盡壬申三月”)有《漢銅尺歌爲孔東塘國博賦(並序)》詩。全篇如下：

國子博士孔東塘先生，博雅好古，爲文有宋大家之風。康熙甲子，上幸闕里，以講《大學》、《周易》稱旨，特授是官。會上念淮揚水災，命副少司空孫公疏浚海口。先生使節所臨，不廢嘯詠。遇古名勝，輒留連不能去。嘗於江都閔氏得銅尺一枚，有文曰：“慮俿銅尺，建初六年八月十五日造。”慮俿其人不可考，建初則東漢章帝年號也。先生以爲漢去周未遠，且《禮經》皆出漢儒，漢尺之存，即周尺之存也。乃以歸之曲阜，凡造先師廟禮樂器，皆准之。予客京師，先生出此尺相示，索予爲歌，以傳於世。會將南還，遂不果作。頃歸故園，杜門結夏。眠食之暇，走筆成長歌寄之。先生固嘗爲此尺作記與辨矣，而未有詩。其見予言，當必輾然而更有所賦也。

博士宣尼老孫子，生平志在垂青史。文章道德冠一時，魯人之論皆如此。

① 清李嶟瑞：《後圃編年稿》卷八，康熙刊本。

我見新城司馬公（王公士禎），公無時賢在眼中。

時時屈指天下士，於向只數斯人雄。憶昨翠華臨闕里，御案説經稱上旨。

格外新恩特授官，教導生徒來國子。東南民力竭河防，瓠子秋風歎武皇。

廷推宜副司空出，帝曰俞哉爾往裏。先生耽古從天性，好事時時多逸興。

星軺奉使出京華，江山到處求名勝。廣陵自昔聚風流，故物遺蹤往往留。

閔家忽贈銅尺一，蝌蚪文存識慮侯。慮侯名氏史遺載，年紀建初認時代。

朱碧繡錯光陸離，漢尺之存周尺在。指量黍試辨微茫，不爽絲毫一寸長。

三代法物邈難見，瑚璉收□思夏商。今者得之聚由好，珍藏謹貯先師廟。

禮樂凋零器缺如，鼎彝鐘簴皆憑造。（木輦）橇湖海朝暮勤，三載歸朝難奏勛。

清狂但比蘇司業，冷落仍如鄭廣文。我客長安嗟不偶，輕薄兒郎竊相醜。

獨有青眸一見憐，日説項斯不離口。手持漢尺索我歌，謂我歌足奴陰何。

我時買棹急南返，蒼皇無興聳肩哦。結夏故園消永晝，搜索枯腸苦吟就。

只愁信筆肆塗鴉，蚓竅蠅聲詞語陋。燕山迢遞白雲昏，雙鯉何時到薊門。

詩古能如尺古否，還向先生索一言。①

【按】　據《後圃編年稿》卷九《歸來稿》前的俞化鵬所作序，可知李崶瑞於康熙二十八年（己巳 1689）初夏至京，次年（辛未 1690）春南歸。而《歸來稿》的第一首詩題作《歸自京師，織子、無疆、菊村先後枉過。因賦長句四首爲答，兼呈母舅和仙先生》。孔尚任"嘗爲此尺作記與辨"，指孔尚任所作的《漢銅尺記》和《周尺辨》。

康熙三十一年（1692）　壬申　四十五歲

十一月十五日，同陳于王、李崶瑞、方玫士、吳啟元、程瑞祊集顧彩寓齋待月。

程瑞祊《槐江詩鈔》卷一有《十一月望日同孔東塘、陳健夫、李蒼存、方玫士、吳青霞集顧天石寓齋待月》。此詩前一題爲《贈龐雪崖先生》，題下自注云："時以詞林改工部員外。"兩詩應作於同年。龐雪崖即龐塏（1657—1725），字霽公，號雪崖，直隸任丘人。康熙十四年舉人。十八年（1679）以博學鴻儒科授官翰林院檢討參與修纂明史，後歷任内閣中書舍人、工部都水司主事、員外郎、户部廣西司郎中。康熙三十七年（1698）調任建寧知府。龐塏《叢碧山房詩三集》目録首葉首行題"叢碧山房詩目録　工部"，卷一爲"壬申京集詩五十五首"。《叢碧山房詩三集》正文首葉首行題"叢碧山房詩三集　卷一"，可知"三集"所收詩爲其任職工部期間所作。《叢碧山房詩三集》所收第一首詩題作《壬申元旦候駕》，後有詩題《初入水曹書懷》（凡七首），此詩前有《清明日同鳳舉寓中小飲》、《讀王少宗伯（昊廬）先生清明感懷詩即次原韻》、《崇效寺賞海棠得侵字》，可知龐塏改任工部在壬申年春。《贈龐雪崖先生》中有句云"霽日

---

①　清李崶瑞：《後圃編年稿》卷九，康熙刊本。

園林春尚淺”，亦可證。所以，前詩詩題中的“十一月望日”應爲壬申（康熙三十一年1692）十一月望日。

方玫士，名不詳。吴青霞，即吴啟元，字青霞，績溪人。有《秀濯堂詩》。

《槐江詩鈔》卷一又有《贈孔東塘博士》、《爲孔岸堂題文衡山畫松障子得齊字》。卷二有《寄孔東塘兼憶顧湘槎、陳健夫、劉北固、方玫士、李蒼存、方葆羽、王漢卓、何屺瞻諸同社》。顧湘槎即顧彩，劉北固即劉輝祖，方葆羽即方正玉。卷末汪由敦《覃恩誥贈中憲大夫槐江程先生墓志銘》中云：“先生初入都，與東明袁杜少、任邱龐雪崖、曲阜孔東塘爲社友。”

康熙三十二年（1693）　癸酉　四十六歲

初秋，奉使還曲阜，摹寫御書“萬世師表”匾額。

與此相關的記述除袁啟旭《送孔東塘尚任奉使歸闕里摹御書“萬世師表”匾額》詩和龐塏《送孔東塘國博奉使歸闕里臨摹御書十韻》詩外，尚有李孚瑞《送孔東塘國博歸闕里摹御書》詩，載於其《後圃編年稿》卷十一《北游續稿》（“起癸酉三月，盡是年冬”）。全篇如下：

> 榛蕪吾道就衰微，牛耳雞壇手獨揮。桐已拼焦如我少，眼能不白似君稀。

> 浪游薊苑人重聚，出使燕山路又違。猶喜皇華非異地，只如休沐暫時歸。

> 魯宫新額照前除，蝌蚪淋漓頡造初。勒就久驚天煥采，摹成應比帝重書。

> 鼠須體健分輕重，戈脚形完間密疏。半水待懸須報命，秋風好返使臣車。[①]

[①]　清李孚瑞：《後圃編年稿》卷十一，康熙刊本。

康熙三十三年(1694)　甲戌　四十七歲

本年,宴集岸堂,與秦濟等同觀小忽雷,並出示與顧彩合著之《小忽雷》傳奇。

清秦濟《止園集》卷三有《午日孔東塘岸堂宴集觀明皇小忽雷亦示〈小忽雷〉傳奇》詩二首。全篇如下:

> 明皇絶技有誰知,漢帝銅丸豈遜之。忽聽人歌黄絹句,一時紙價貴京師。

> 爲泛蒲觴任側冠,欣將古調向人彈。岸堂一曲一杯酒,盡日高歌興未闌。(時有范子振能彈此器。)①

【按】顧彩《桃花扇序》云:"猶記歲在甲戌,先生指署齋所懸唐朝樂器小忽雷,令予譜之。一時刻燭分箋,迭鼓競吹,覺浩浩落落,如午夜之聯詩,而性情加曶。翌日而歌兒持板待歌,又翌日而旗亭已樹赤幟矣。"②可知《小忽雷》傳奇創作完成於康熙三十三年(1694)。而從秦濟《午日孔東塘岸堂宴集觀明皇小忽雷亦示小忽雷傳奇》的詩意來看,應創作於該劇完成後不久,故系於本年下。

康熙三十四年(1695)　乙亥　四十八歲

二月初一,請李孚青改花朝詩。

李孚青《後圃編年稿》卷十四《北游續稿》("丙子年")有詩《花朝集東塘宅分得年字》,題下有注云:"乙亥二月初一,東塘邀予改花朝詩,今轉瞬一年矣。坐中諸子大半非去歲人,故有三、四一聯。"③

三月十四日,出左安門,游十里河園亭,同等人分韻賦詩。

---

①　清秦濟:《止園集》卷三,乾隆十六年刻本。

②　清顧彩:《桃花扇序》,王季思、蘇寰中、楊德平合注《桃花扇》,人民文學出版社1959年版,第275頁。

③　清李孚青:《後圃編年稿》卷十四,康熙刊本。

　　李嶟瑞《後圃编年稿》卷十三《北游續稿》（"乙亥年"）有《三月十四日出左安門游十里河園亭，同馬蘅原黄門、孔東塘國博、袁杜少翰編、胡孟行翰撰、叢汝霖、龔于路兩庶常、劉元叔、周策銘、蔣静山、王符躬、徐芝仙諸同學、偉載、樹居兩上人分韻得"江"字》詩。全篇如下：

　　　　過橋風啟板扉雙，駘蕩春光在石淙。新鳥悠揚來曲檻，好花爛熳對晴牕。

　　　　綺波平放青油舫，蠻榼輕攜緑蟻缸。摇筆成吟公等在，分題也到賈長江。①

　　【按】袁杜少，即袁佑，字杜少，號霽軒，直隸東明人。康熙十一年（1672）拔貢，官内閣中書。康熙十八年（1679）召試博學鴻辭，授編修，歷官中允。撰有《霽軒集》。《清詩别裁集》卷十二選其詩二首。《晚晴簃詩匯》卷四十一選其詩二十五首。

　　胡孟行，即胡任輿，字孟行，又字芝山，江蘇上元人。康熙二十年（1681）解元，康熙三十三年（1694）狀元，授修撰，侍講筵，歷升諭德。袁枚《隨園詩話》卷一四第一二則載："余知江寧時，胡秀才某招飲，席間出乃祖《甲戌臚唱圖》屬題，系邗江王雲所畫。卷首何義門云：'鴻臚三唱名姓香，一龍驤首群龍翔。金吾仗引從天下，長安門外人如堵。方山神秀信有鐘，焦夫子後生胡公。江左周星推首冠，意氣肯輸渴睡漢？'胡公名任輿，字芝山，康熙甲戌狀元，未十年而卒。同年高章之哭云：'十年不分君終此，累月猶疑死未真。'卷中題者如彭定求、陳恂、楊仲訥，大半追挽之章。余題云：'九閶天門蕩蕩開，先皇親手策群才。南宫莫訝祥雲見，臣自白門江上來。'

'我亦曾追香案蹤,卅科前輩企高風。人間春夢醒何速,未了浮雲一夢中。''名園晚到夕陽斜,老樹無聲覆落花。贏得兒童齊拍手,縣官還醉狀元家。'此乙丑冬月事也。詩不留稿,丙午閏七夕,重展此卷,爲之憮然。"①

　　周策銘,即周彝,字策銘,婁縣人。康熙三十六年(1697)進士,選庶吉士,授編修,主雲南鄉試。《(乾隆)江南通志》卷一百六十六"人物志""文苑"二載其"初在太學,祭酒王士貞奇其才,教爲詩古文,遂有名。在翰林,凡纂修御書,必與焉。"②撰有《華鄂堂詩稿》十一卷、《華鄂堂集》二卷、《研山十詠》一卷、《東甌紀游》一卷。

　　龔于路,周起渭(1665—1714)《桐埜詩集》(《黔南叢書》本,據陳氏煥煒齋刻本校印)卷三有《爲同年龔于路題畫二首》詩。

　　叢汝霖,清查慎行《敬業堂詩集》卷四十八"粤游集下"(起戊戌正月,盡四月)有《飲同年叢汝霖桂林學署兼志別》詩。蔣靜山,即蔣仁錫,字靜山,順天大興人,一作臨汾人。康熙四十八年(1709)進士,官禮部主事。撰有《綠楊紅杏軒詩集》。《清詩別裁集》卷二十二選其詩一首。《晚晴簃詩匯》卷五十五選其詩二首。

　　王符躬,即王元巘,字元躬,溧水籍上元人。康熙四十八年(1709)進士。《顏氏學記》卷十載其"從學李先生(塨),覽周易傳注,以爲雷霆震而日月明也。"③

　　徐芝仙,即徐蘭,字芝仙,又字芬若。常熟人。能詩,工繪事。曾入年羹堯幕。生平事蹟可參見《嘯亭雜錄》卷七"馬僧"條。

　　夏,與李鎧、袁佑等集碧山堂,送張玉山之濟南。

①　清袁枚:《隨園詩話》,人民文學出版社 1982 年版,第 470 頁。
②　清尹繼善等修、黄之雋等纂:《(乾隆)江南通志》卷一百六十六,乾隆元年刻本。
③　清戴望:《顏氏學記》卷十,同治八年刻本。

　　李嶟瑞《後圃編年稿》卷十三《北游續稿》（"乙亥年"）有《夏日同公凱學士杜少編修東塘國博暨諸同人集碧山堂送張玉山之濟南二首》詩。全篇如下：

　　　　步屧虛堂小徑深，鶯啼夏木正陰陰。酒徒避暑如河朔，愁聽陽關惜別音。

　　　　布袍懶受軟紅侵，曆下亭高此重尋。邊李風流猶未絕，濟南名士待君吟。①

　　【按】李公凱，即李鎧，字公凱，號惺庵，山陽人。順治十八年（1661）進士，歷知綏陽、蓋平二縣。康熙十八年（1679）舉博學鴻儒，特授編修，分纂明史。累擢內閣學士兼禮部侍郎。康熙四十三年（1704）冬以疾告歸，卒。撰有《史斷》、《讀書雜述》十卷等。生平見《讀書雜述》卷首王士禛撰《李閣學傳》。

　　七月，李嶟瑞過訪岸堂，作詩詠岸堂內所植之黃葵、紅蓼。

　　李嶟瑞《後圃編年稿》卷十三《北游續稿》（"乙亥年"）有《過岸堂詠黃葵紅蓼絕句四首》詩。全篇如下：

黃　葵

　　　　檀暈分明一朵鮮，寂寥慣自耐秋天。墻陰獨立無人問，博士朝回最解憐。

　　　　玉人病起道家妝，朱粉慵施只淡黃。不似唐朝輕薄柳，年年賣笑永豐坊。

紅　蓼

　　　　紅染斜陽映碧濤，昔年記見在江皋。誰知燕市風塵藪，一派蕭然出屋高。

---

① 　清李嶟瑞：《後圃編年稿》卷十三，康熙刊本。

晚涼風細舞婆娑,點綴空階似澗坡。野卉喜從閑處長,冷官宅裏得秋多。①

【按】此篇詩的前一篇題作《七夕集賈梅庵齋中送羅以獻歸漢陽分得簷字》,後一篇詩《送紅蘭主人奉使出塞》(二首)的第二首的首聯作"漢北經年雪不消,嚴風七月襲豐貂"。據此和《過岸堂詠黃葵紅蓼絕句四首》的詩意,可以確定李嶧瑞過訪岸堂在七月。

九月下旬至冬至間,由國子監博士遷戶部主事。

李嶧瑞《後圃編年稿》卷十三《北游續稿》("乙亥年")有《東塘國博遷戶曹以詩爲賀》詩。全篇如下:

薪積頻生汲黯傷,量移路阻海茫茫。三時已久安殘蠹,十載今才別瘦羊。

版部務殷需妙屬,珠曹例在得清郎。(國朝文士多起家戶部)

除書下日人尤羨,得近龍標數仞墻。(時新城公爲左侍郎)②

【按】此篇前有《九月十三日同田有大山北固子未壇長幼服君山符躬集香林亭分得如字》詩,此篇後一首爲《長至前三日集古藤書屋分得同字》詩。

康熙三十五年(1696) 丙子 四十九歲

二月初一日,花朝,社集岸堂,分韻賦詩者尚有李嶧瑞。

李嶧瑞《後圃編年稿》卷十四《北游續稿》("丙子年")有詩《花朝集東塘宅分得年字》,題下有注,見前所引。全篇如下:

河上流澌柳上煙,風光又到艷陽天。酒人已換非前度,花社重開接去年。

---

①② 清李嶧瑞:《後圃編年稿》卷十三,康熙刊本。

潦倒只慚時節好，疏狂也結友朋緣。分題且勿論工拙，喜事如君亦自賢。[1]

秋，在岸堂與袁佑等聽樊袨彈琵琶。

袁佑《霽軒詩鈔》卷五《歸田集》（"起丙子，至戊寅"）有《岸堂聽樊花坡彈琵琶》詩二首。全篇如下：

蓼花荻葉散秋聲，一曲琵琶動客情。何俟潯陽江上聽，已教元閣伴凄清。

哀角入雲出塞歌，舞陽將種羨花坡。那須秦女繁弦引，幾樹西風落淚多。[2]

【按】《霽軒詩鈔》卷首總目下標明《歸田集》所收詩"起丙子，至戊寅"，即康熙三十五年至三十七年。康熙三十五年，袁佑典試浙江。據《岸堂聽樊花坡彈琵琶》前的《九月朔出湧金門泛西湖》、《過鳳陽》、《龐霽公招同人飲崇效寺分韻得木字》、該篇詩後的《寓齋秋感》等和詩意，可知該篇詩作於康熙三十五年秋。

另，李嶟瑞《後圃編年稿》卷十四《北游續稿》（"丙子年"）有《聽郵城樊生彈琵琶即席走筆四首》詩，約作於九月。全篇如下：

手截曹綱妙入神，六么動處慣新。吳兒莫漫誇弦索，聽取山東放撥人。

疏疏落雁滿瀟湘，哀怨須臾又激揚。不用把杯先已醉，天涯此曲斷人腸。

紫虆珍重裹檀槽，只出凄清對我曹。貴主親王休見覓，生來不獻鬱輪袍。

---

[1] 清李嶟瑞：《後圃編年稿》卷十三，康熙刊本。
[2] 清袁佑：《霽軒詩鈔》卷五，康熙刻本。

于一傳成湯叟著（南昌王猷定有《湯琵琶傳》），梅村歌就
白翁傳（吳祭酒偉業爲通州白在湄作《琵琶行》）。

卻慚李白無名位，不得教君重九天。①

如爲同一次彈奏、聽賞，則可確定其具體月份。

秋，同何焯、汪文升、陳弈禧、陳叔毅等在紅蘭室主人岳端宅分
韻賦詩。

陳弈禧《春藹堂集》卷三"含香集卷之一"載有《同孔東堂何屺
瞻汪文升家叔毅集紅蘭室訂訪菊約分得十三覃應教》詩。此詩前
有《十月朔午門頒丙子曆》、《兔兒山元氏舊物在明在西苑丙子秋游
觀慨焉有作》，後有《送宋山言歸商丘》、《夏夕寓堂……》、《丁丑十
二月廿日初被大通橋之命東視河堤有作》，可確定其撰作年份。

康熙三十七年（1698）　戊寅　五十一歲

春，同岳端、雪齋兩宗室、博爾都、尚端文、顧而立、根潔大師、
陳弈禧等雨中看杏花，分韻賦詩。

陳弈禧《春藹堂集》卷三"含香集卷之一"載有《雨中看杏花陪
紅蘭雪齋兩殿下洎博問亭將軍孔東塘同曹尚端文公子顧而立山人
根潔大師兒泰侍席分得庚字》詩。

按：此詩前有《戊寅二月二日雨中游月河寺》、《春日》、《雪霽
後》、《植山桃二絕》、《東便門見柳色悵然有感》、《春日讌集儀美園》
等詩，後有《送澹人宮詹學士請告終養歸裏》。"澹人宮詹學士"即
高士奇，高士奇自康熙三十七年（1698）七月起第二次在籍賦閑。
由此可確定此詩的撰作時間。

"紅蘭"即紅蘭室主人岳端，"博問亭"即博爾都。孔尚任與博

---

① 清李鍇瑞：《後圃編年稿》卷十四，康熙刊本。

爾都有交往,博爾都《問亭詩集》中的《東皋雜詠》載有《杏墅讌集同
孔東塘梅耦長顧天石陳健夫作》、《東皋同孔東塘梅耦長顧天石陳
健夫泛舟作》、《九日聞孔東塘招友人登慈仁寺閣予在東皋舟中寄
此詩》。另,《問亭詩集》中的"聯句"載有《東皋聯句》,其中有孔尚
任所作一聯:"汀蘭渚荇菁蔥甚,不及芳草待王孫。"①

康熙三十八年(1699)　己卯　五十二歲

七月,同内弟秦濟在岸堂聽雨、夜話。

清秦濟《止園集》卷三有《己卯初秋岸堂聽雨與東塘姊丈夜話》
詩二首。全篇如下:

> 蘿軒飛細雨,竹向亂空庭。一别頭都白,相逢眼尚青。
> 秋雲多變幻,沽酒半凋零。共話北窗下,瀟瀟耳怕聽。

二

> 坐久雲生處,微涼暑欲消。濛濛浥砌草,暗暗到窗蕉。
> 感慨憑詩句,離愁付酒瓢。室家何足問,風雨任飄飄。②[11]卷三

康熙四十四年(1705)　乙酉　五十八歲

二月,康熙帝第五次南巡中視察黃河海口及沿途運河堤防。
孔尚任赴濟寧州,旋歸。袁《譜》稱"疑爲隨衍聖公孔毓圻迎駕,冀
有賜環重召之遇"③,但只是猜測,未給出確實證據。而清秦濟《止
園集》卷二有《和孔東塘暮春濟水恭迎聖駕作》詩,可以作爲確證。
此詩前一首題作《甲申暮秋重過孟子廟時同謁者天來大兄暨秋搏
約齋橞煒諸侄孫》,可知此詩作於乙酉年。全篇如下:

---

① 　清博爾都:《問亭詩集》,康熙刻本。
② 　清秦濟:《止園集》卷三,乾隆十六年刻本。
③ 　清袁世碩:《孔尚任年譜》,齊魯書社 1987 年版,第 181 頁。

鑾輅南來下澗阿，蘭橈徐泛趁陽和。扇搖春水微微動，風送輕帆處處歌。

香霧氳氳團御座，彩旗縹緲映山河。寄聲洙泗垂綸叟，聖主巡游雨露多。①

康熙四十七年（1708） 戊子 六十一歲

春，客平陽，同劉棨、劉佃野、高孝本、榆村至平陽西郊訪花，登姑射山，遇雨宿神居洞，出山過金龍池觀水，又過婆婆城看竹。

清高孝本《固哉叟詩鈔》卷五"晉遊集"有七律詩題《同青岑太守、東塘、巘遇、佃野、榆村西郊訪花，因登姑射山，遇雨再宿神居洞，出山過金龍池觀水，又過婆婆城看竹》，凡三首。《固哉叟詩鈔》卷首"總目"中卷五"晉遊集"注云："丙戌秋至庚寅春客河東。山郵野寺，到處疥壁。稿隨手棄去，存者無幾。"據袁世碩《孔尚任年譜》，孔尚任於康熙四十六年仲冬至平陽，助平陽知府劉棨修《平陽府志》，次年二月下旬離平陽，返曲阜。青岑太守即劉棨。則孔尚任同劉棨等出遊平陽西郊，當在本年春。高本孝詩首句云"西郭春光迥不同，邨村都在綠楊中"，亦可爲證。巘遇即劉允升，桐城人。佃野，名不詳，劉允升弟。榆村，姓名均不詳。

天津佟鋐游曲阜過訪，助金刊行《桃花扇》。

佟鋐，字蔗村，號隱君，又號空谷山人。

查爲仁《蔗塘未定稿》中的《是夢集》（"起康熙庚子四月，盡壬寅"）收有《初夏佟蔗村隱君招同高雲老人、錢橡村孝廉集空谷園，遇雨分賦》（作於庚子年）、《雪中六韻和蔗村韻》（作於庚子年）、《八月初四日招同張眉洲前輩、傅閬林編修、佟蔗村隱君游依綠園，即

---

① 清秦濟：《止園集》卷二，乾隆十六年刻本。

席分賦》（作於壬寅年，並附佟鋐同作）、《偕蔗村游稽古寺》（作於壬
寅年）。查爲仁《押簾詞》中有《踏莎行》（訪佟蔗村空谷山房）、《鬥
百草》（過宜亭舊址懷吳寶厓、沈麟洲、佟蔗村、錢橡郲諸同學）。

　　沈麟洲，即沈元滄，字麟洲，號東隅，晚號晚聞翁。浙江仁和
人。康熙四十四年（1705）、五十六年（1717）兩中副榜，以教習官文
昌知縣。以事戍寧夏，卒於戍所。後以子廷芳貴，贈通議大夫。撰
有《滋蘭堂集》十卷、《禮記類編》三十卷。沈德潛《清詩別裁集》卷
二十三載：“家麟洲以諸生受聖天子知，命入武英殿纂修，與諸詞臣
齒，真異教也。之官後，亦多善政，因親屬被罪，牽連及禍，人並冤
之。詩與查他山先生唱和，品兼唐、宋人之長。”①選其詩八題九
首。《晚晴簃詩匯》卷五十九選其詩一首。

　　傅閬林，即傅王露，字良木，號玉笥，又號閬林，晚號信天翁，會稽
人。康熙五十四年（1715）探花，授編修，曆官左中允。撰有《玉笥山房
集》、《西湖志》四十八卷等。《晚晴簃詩匯》卷五十九選其詩一首。

　　錢橡村，即錢陳群。其《香樹齋詩集》卷二有《秋暮玉紅草堂夜
席醉歸聯句》（錢陳群與佟鋐共作）、《同東溟蔗村溪堂小飲》、《秋日
訪蔗村歸來馬上作》。

　　佟鋐去世於雍正元年（癸卯 1723）。查爲仁《蔗塘未定稿》中
的《抱甕集》（“起雍正癸卯，盡乙卯”）所收第三首詩爲《哭佟蔗村》
（二首），可證。全篇如下：

　　　　當代論通隱，如君復幾人。浮榮輕散屣，肥遁托垂綸。

　　　　詩格陰何敵，交情張範親。一朝歌《薤露》，執紼淚沾巾。

　　　　空谷山房好，幽棲二十年。誰教賦鵬鳥，長此閟重泉。

---

① 　清沈德潛：《清詩別裁集》卷二十三，上海古籍出版社 1983 年版，第 949 頁。

村傍浣花住，樓從艷雪傳。他年扶展至，淒絕月娟娟。①

康熙五十年（1711）　辛卯　六十四歲

長至日，爲秦濟《止園集》作序。

清秦濟《止園集》卷首有寫刻孔尚任所作序文一篇，末署"康熙辛卯長至日，云亭山人孔尚任拜撰"。署名下有陰文"孔尚任印"印、陽文"東塘"印各一方。此篇序文，汪蔚林編《孔尚任詩文集》（中華書局 1962 年版）和徐振貴主編《孔尚任全集輯校注評》（齊魯書社 2004 年版）均未收錄。全文如下：

余舅水心先生筮仕蜀吴，著有《蜀吴游草》，蒼潤奇秀，能肖其山川風土。余弱冠得卒讀，奉爲指南。惜余從事帖括，未能三復請益。及余被徵出山，先生亦再起刺定武，風塵鞅掌，更失從游之願。兩内弟公楫、公霖，隨侍琴鶴，親聆風旨，各有著作，成一家言。曾寄余京邸，余驚見二陸，舌矯目眩，不敢稍有優劣也。今公楫補令狄道，行李已載矣，乃出全稿見示。其體裁不一，而皆取其精而至者：如古體，則似《十九首》；選體，則似鮑、謝、徐、庾；唐人，則似錢、劉，駸駸而入李、杜之堂；宋人，則似蘇、陸；元以後，及明之北地、信陽、曆下、太倉，則不屑屑爲矣。近人多趨新城，竊其粉澤，以相服媚，而公楫猶厭薄之。故其詩澹而腴、麗而清，琴筑之音，若有山水雜而和之，使人傾眉移情，不能定其何響。所謂自成一家言，而在天下附和品騭之外者也。餘每握手與之論詩，公楫但俯而笑。余卑之不敢高論，恐失言也。孰知其暗修精進，已得此中三昧。今驅車出三秦，邊塵獵騎，白草黄羊，唐人所詠歟塞外風物，無不歷

---

① 清查爲仁：《蔗塘未定稿·抱甕集》，乾隆八年精刊本。

歷目睹,觸發雄思,仗劍長吟。其晚年諸作,必更進而大變,當非余鈍筆之所序已。①[20]

【按】秦濟(1652—1735),字公榤,號忍庵,人稱止園先生,山東鄒縣人。貢生。康熙四十六年(1707),筮選得江南常州府靖江令。適康熙帝南巡,當謁選。更銓帖下,授陝西臨洮府狄道縣知縣。康熙五十四年(1715),以憂去官。性至孝,少隨父宦游蘇州、定州,即以詩文名,嘗與吳偉業、蔣超等唱和。後謝事居家,築止園,益工於詩。生平詳見牛運震撰《文林郎陝西臨洮府狄道縣知縣鄒邑秦公墓志銘》,載於牛運震《空山堂文集》卷七。秦濟撰有《止園集》,包括詩六卷、附詞一卷,現存乾隆十六年(1751)刻本,孔尚任曾參與校訂。《止園集》卷端,孔尚任列名"鑒定"。孔尚任《序》中所稱"水心先生"即秦濟之父秦生鏡,"公霖"即秦濟弟秦渥。有關秦生鏡、秦濟、秦渥父子的生平及其與孔尚任之關係,可參看筆者的《孔尚任佚文與秦生鏡生平考論》(《古典文獻學術論叢》第七輯,2019)。

康熙五十七年(1718) 戊戌 七十一歲

正月十一日,孔尚任卒於家。

孔傳鐸《申椒二集》中有《戊戌上元後二日挽家東塘戶曹五十韻》(按又載於《繪心集》卷下),從中可見孔尚任生平、略曆,亦可藉以確定孔尚任去世的確切日期。兹附錄於下:

　　山川寶間氣,盛世產英賢。吾族多簪笏,惟公更接聯。

　　髫齡方卓卓,舉止即翩翩。刻玉磋磨切,鏤金攻治專。

　　興酣搖彩筆,句就劈蠻牋。五庫俱成誦,六經盡貫穿。

　　班楊堪並駕,潘陸足齊肩。奮志雲霄上,置身泰岱巔。

---

① 清孔尚任:《序》,秦濟《止園集》卷首,乾隆十六年刻本。

涵虛餘滓絕，裕體蘊光堅。瀟灑胸襟浩，弘深腹笥便。
大公忘物我，至道悟魚鳶。處世欽和藹，秉心歎塞淵。
達觀如鏡朗，洞矚有犀燃。典故修全志，宗支補闕編。
瞽工嫻籩翟，晨夕藉陶甄。度數初無舛，威儀始不愆。
經營非率爾，禮樂自昭然。翠輦臨文廟，宏名達黼前。
駿奔多贊助，祭祀實周旋。遂沐宸衷眷，頻膺鳳詔宣。
校書分秘閣，視草傍花磚。鋒銳屠龍劍，才雄赴墼川。
聲華騰國學，性理闡經筵。臣節冰霜勁，君恩雨露偏。
山濤初拜職，賈誼屢超遷。伏莽文章著，垂紳經濟傳。
淮揚曾奉使，湖海有新篇。碩畫抒疏浚，豪吟葉管弦。
涉江探古跡，渡澗問漁船。漸奏安瀾效，能通治水權。
功成應復命，旨下促朝天。鳳駕因回魯，驅車又入燕。
農曹贏國計，郎署博寒氈。退食甘蔬食，留賓愛給鮮。
俸資求字價，貧欠買山錢。但得千秋志，何須二頃田。
本無圭組戀，豈為利名牽？三徑來陶令，一官老鄭虔。
課兒辭黽勉，奉母意勤拳。鴻案齊眉後，萊衣拜舞先。
占星歡聚會，對月快團圓。詩酒平生業，林泉宿世緣。
家園饒竹樹，別墅富雲煙。嘯傲石門畔，優游泗水邊。
花村行勒馬，柳巷坐鳴蟬。時論歸申甫，前身定偓佺。
方期臻耄耋，何遽厭留連。觀化尋蝴蝶，招魂托杜鵑。
仙游嗟七日，鶴返痛千年，無限人琴感，臨風一涕漣。①

　　孔傳鐸此詩作於戊戌正月十七，據“仙游嗟七日”，可知此時孔
尚任已去世七日，即當天爲孔尚任的“頭七”，則孔尚任當去世於正
月十一。

---

①　清孔傳鐸：《申椒二集》，孔氏紅萼書屋鈔本。

徵引書目

古籍及影印、整理本

B

（唐）白居易《白氏長慶集》，1955 年文學古籍刊行社影印宋紹興年間吳刻本。

（清）貝青喬《半行庵詩存稿》，同治五年葉廷琯等刻本。

C

（清）蔡殿齊編《國朝閨閣詩鈔》，道光嫏嬛別館刻本。

（清）蔡壽祺輯《故友詩録》，同治八年嫏嬛別館刻本。

（清）蔡應龍《紫玉記》傳奇，乾隆二十四年清夢山房刻本。

（清）曹雪芹《脂硯齋重評石頭記（庚辰本）》，人民文學出版社 2010 年版。

（清）常煜輯《潞安詩鈔後編》，道光十九年寡過未能齋刻本。

（清）陳大章《玉照亭詩鈔》，乾隆四年刻"黃岡二家詩"本。

（清）陳夔龍《松壽堂詩鈔》，宣統三年京師刻本。

（清）陳鵬年《陳恪勤公詩集》，康熙刻本。

（清）陳森《品花寶鑒》，道光二十九年刊本。

（清）陳熙《騰嘯軒詩鈔》，道光二年刻本。

（清）陳弈禧《虞州集》，康熙陳世泰刻本。

（清）陳弈禧《虞州續集》，康熙陳世泰刻本。

（清）陳弈禧《春藹堂續集》，康熙四十七年刻本。

（清）歸鋤子《紅樓夢補》，道光十三年籐花榭刊袖珍本。

D

（清）鄧廷楨《雙硯齋詩鈔》，清末刻本。

丁紹儀輯《清词综補》，中華書局 1986 年版。

（清）董潮《紅豆詩人集》，道光十九年董敏善刻本。

F

（清）范來宗《洽園詩稿》，清刻本。

（明）馮夢龍輯評《情史》，康熙芥子園刻本。

G

（清）高孝本《固哉叟詩鈔》，乾隆三十一年刻本。

（清）顧彩《往深齋詩集》，康熙四十六年孔毓圻辟疆園刻本。

H

（清）韓邦慶《海上花列傳》，光緒二十年單行本。

（清）何兆瀛《心盦詩存》，同治十二年刻本。

（清）洪昇《長生殿》，康熙間稗畦草堂刻本。

（清）洪昇《長生殿》，光緒十六年上海文瑞樓刻本。

（清）洪昇《長生殿》，清末民初暖紅室《彙刻傳劇》本。

（清）洪昇《長生殿》，暖紅室《匯刻傳劇》第二十八種本。

（清）胡敬《崇雅堂詩鈔》，道光二十六年刻本。

（清）胡榮《容安詩草》，康熙刻三色套印本。

胡曉明、彭國忠主編《江南女性別集初編》，黃山書社 2008 年版。

（清）黃景仁撰、李國章標點《兩當軒集》，上海古籍出版社 1983 年版。

黃協塤輯《海曲詩鈔三集》，1918 年國光書局鉛印本。

J

（清）紀大奎《雙桂堂稿續編》，嘉慶十三年刻紀慎齋先生全集本。

（清）蔣士銓《忠雅堂詩集》，稿本。

（清）焦循《劇説》，國家圖書館藏稿本。

（清）金埴《不下帶編·巾箱説》，中華書局 2016 年版。

（清）靳榮藩《綠溪詩》，乾隆四十二年刻本。

（清）景星杓《拗堂詩集》，乾隆蘭陔堂刻本。

K

（清）孔傳鐸《申椒集》，康熙四十五年刻本。

（清）孔傳鋕《補閑集》，康熙刻本。

（清）孔毓埏《遠秀堂集》，清抄本。

（清）孔毓埏《遠秀堂集》，乾隆八年刻本。

（清）況周頤《餐櫻廡隨筆》，山西古籍出版社 1995 年版。

L

（清）李苞輯《洮陽詩集》，嘉慶三年刻本。

（清）李寶嘉《庚子國變彈詞》，光緒二十八年上海世界繁華報館刊印線裝巾箱本。

（清）李必恒《樗巢詩選》，嘉慶十四年半舫齋夏氏刻本。

（清）李斗《揚州畫舫録》，中華書局 1960 年版。

（清）李孚青《道旁散人集》，光緒三十年集虛草堂刻本。

（清）李海觀著、欒星校注《歧路燈》，中州書畫社 1980 年版。

（清）李星沅《李文恭公詩集》，同治五年李概等刻本。

（清）李芝《淺山園詩集》，嘉慶元年序刻本。

（清）李嶟瑞《後圃編年稿》，康熙間刻本。

（清）厲鶚《東城雜記》，商務印書館 1936 年版。

（清）梁恭辰《北東園筆錄》，中華書局 1985 年版。

（清）梁廷枏《曲話》，道光十年刻藤花亭十種本。

（清）梁章鉅《浪跡叢談續談三談》，中華書局 1981 年版。

（清）凌泰封《東園詩鈔》，光緒十六年重刻本。

（清）凌廷堪《校禮堂詩集》，道光六年張其錦刻本。

（清）劉廷璣《在園雜志》，中華書局 2005 年版。

（清）劉墉《劉文清公遺集》，道光六年劉氏味經書屋刻本。

魯迅校錄《唐宋傳奇集》，北新書局 1927 年版。

M

（清）毛奇齡《西河文集》，康熙刻、乾隆印、嘉慶印西河合集本。

（清）毛祥麟《對山書屋墨餘錄》，同治九年吳氏湖州醉六堂刻本。

N

（清）訥音居士《三續金瓶梅》，道光元年刊本。

P

（清）潘素心《不櫛吟續刻》，道光三年刻本。

（清）潘永芳《藏春園初集》，光緒二十二年芝城周氏木活字印本。

（清）彭啟豐《芝庭詩文稿》，乾隆刻增修本。

（清）捧花生《畫舫餘譚》，《叢書集成續編》本，臺灣新文豐出版有限公司 1989 年版。

Q

（明）祁彪佳《遠山堂劇品》，《續修四庫全書》第 1758 册，上海古籍出版社 2002 年版。

（清）秦瀛《小峴山人詩集》，嘉慶二十二年刻道光年間補刻本。

R

（清）阮元輯《淮海英靈集》，嘉慶三年小瑯嬛僊館刻本。

S

（清）沈德潛《沈歸愚詩文全集》，乾隆教忠堂刻本。

（清）沈起鳳《諧鐸》，人民文學出版社 1985 年版。

（清）石卓槐《留劍山莊初稿》，乾隆四十年刻本。

（清）舒位《瓶水齋詩集》，光緒十二年刻本。

（清）四樂齋主人《〈長生殿〉時劇》，光緒十一年三月排印本。

（清）孫鳳儀《牟山詩鈔》，康熙四十二年刻本。

T

（清）唐英《〈長生殿〉補闕》，乾隆、嘉慶間唐氏古柏堂《鐙月閑情十七種》本。

（清）唐英《女彈詞》，乾隆、嘉慶間唐氏古柏堂《鐙月閑情十七種》本。

（清）陶元藻《泊鷗山房集》，清刻本。

W

（清）汪沈琇《太古山房詩鈔》，清鈔本。

（清）汪遠孫輯《清尊集》，道光十九年錢塘汪氏振綺堂刻本。

（清）王昶《春融堂集》，嘉慶十二年塾南書舍刻本。

（清）王霖《弇山詩鈔》，道光五年刻本。

（清）王莘《二十四泉草堂集》，康熙五十六年文登于氏刻本。

（清）王式丹《樓邨詩集》，雍正四年刻本。

（清）王蘇《試畯堂詩集》，道光二年重刻本。

（清）王韜《淞隱漫録》，人民文學出版社 1999 年版。

（清）王錫《嘯竹堂集》，乾隆二十二年刻本。

王學奇等校注《關漢卿全集校注》，河北教育出版社 1988
年版。

（清）王友亮《雙佩齋文集》，嘉慶間刻本。

（清）魏嘉琬《咀蔗居詩集》，乾隆十二年刻本。

（清）文昭《紫幢軒詩》，康熙、雍正文昭刻本。

（清）無名氏《施公案》，道光十八年刊本。

（清）無名氏《紅樓幻夢》，道光二十三年□景齋刊袖珍本。

吳重熹編《石蓮盦彙刻九金人集》，光緒間海豐吳重熹石蓮盦
刻本。

（清）吳綺《林蕙堂全集》，乾隆三十九年、四十一年衷白堂刻本。

（清）吳清鵬輯《吳氏一家稿》，咸豐五年刻本。

（清）吳嵩梁《香蘇山館全集》，道光二十三年刻本。

X

（清）西泠野樵《繪芳錄》，光緒二十年石印本。

（清）先著《之溪老生集》，清刻本。

（清）熊璉《澹仙詩鈔》，嘉慶二年金陵杜新甫刻本。

［日］幸田露伴《書齋閒話》，陳德文譯，中華書局 2008 年版。

（清）許志進《謹齋詩稿》，康熙間資敬堂刊本。

Y

（清）楊恩壽《詞餘叢話》，光緒間長沙楊氏坦園刻本。

（清）楊芳燦《真率齋初稿》，嘉慶刻本。

（清）楊復吉《燕蘭小譜附海鷗小譜》，宣統三年長沙葉氏校
刻本。

（清）楊士瑤《問山樓詩稿》，同治活字印本。

（清）姚燮《复庄詩問》，道光姚氏刻大梅山館集本。

（清）葉觀國《綠筠書屋詩鈔》，乾隆五十七年刻本。

（清）葉堂《納書楹曲譜》，《續修四庫全書》第 1756 册，上海古籍出版社 2002 年版。

佚名《後補〈長生殿〉》，國家圖書館藏抄本。

（清）寅保《秀锺堂詩鈔》，嘉慶五年刻本。

（清）于學謐《焚餘詩草》，乾隆間榮慶堂刻本。

（清）俞達《青樓夢》，光緒十四年文魁堂刊本。

（清）俞樾《春在堂詩編》，光緒二十五年刻春在堂全書本。

（清）袁枚《隨園詩話》，乾隆五十五年、五十七年隨園自刻本。

（清）袁枚《小倉山房詩集》，乾隆刻增修本。

（清）袁枚《隨園詩話》，人民文學出版社 1982 年版。

（清）雲槎外史新編《紅樓夢影》，光緒三年北京聚珍堂活字印本。

（清）惲毓鼎《惲毓鼎澄齋日記》，浙江古籍出版社 2004 年版。

Z

（明）臧懋循輯《元曲選》，明萬曆吳興臧懋循雕蟲館刻本。

（清）曾燠輯《江西詩徵》，光緒五年棣華書屋重刻本。

（清）查慎行《敬業堂詩集》，康熙五十八年刻本。

張次溪編纂《清代燕都梨園史料（正續編）》，中國戲劇出版社 1988 年版。

張春帆《九尾龜》，光緒、宣統間上海點石齋發行本。

張廷華輯《香艷叢書》，人民文學出版社 1992 年版。

（清）張塤《竹葉庵文集》，乾隆五十一年刻本。

（清）趙執信《飴山詩集》，乾隆刻本。

（清）周世滋《淡永山窗詩集》，同治間刊本。

（清）朱春生《铁箫庵詩鈔》，清刻本。

［日］竹村則行、康保成箋注《〈長生殿〉箋注》，中州古籍出版社 1999 年版。

現代著述

郭英德編《吳梅詞曲論著四種》，商務印書館 2010 年版。

郭則澐《十朝詩乘》，福建人民出版社 2000 年版。

黃仕忠《日藏中國戲曲文獻綜錄》，廣西師範大學出版社 2010 年版。

黃曙輝編校《劉咸忻學術論集·文學講義編》，廣西師範大學出版社 2007 年版。

李孟符《春冰室野乘》，山西古籍出版社 1995 年版。

盧前《明清戲曲史》，商務印書館 1930 年版。

盧前《中國戲劇概論》，上海世界書局 1934 年初版。

盧前《盧前曲學四種》，中華書局 2006 年版。

盧前《盧前曲學論著三種》，商務印書館 2014 年版。

苗懷明《吳梅評傳》，南京大學出版社 2012 年版。

苗懷明《從傳統文人到現代學者——戲曲研究十四家》，中華書局 2013 年版。

齊森華、陳多、葉長海主編《中國曲學大辭典》，浙江教育出版社 1997 年版。

錢靜芳《小說叢考》，商務印書館 1916 年版。

［日］青木正兒《中國文學概說》，隋樹森譯，開明書店 1938 年版。

〔日〕青木正兒《清代文學評論史》,陳淑女譯,台灣開明書店1969年版。

〔日〕青木正兒《中國近世戲曲史》,王古魯譯、蔡毅校訂,中華書局2010年版。

孫靜庵《栖霞閣野乘》,山西古籍出版社1997年版。

全婉澄《日本明治大正年間的中國戲曲研究》,鳳凰出版社2016年版。

王國維《王國維文學論著三種》,商務印書館2010年版。

王季烈《螾廬曲談》,商務印書館1925年版《集成曲譜》附。

王永健《"蘇州奇人"黃摩西評傳》,蘇州大學出版社2000年版。

王永寬主編《中國戲曲通鑒》,中州古籍出版社2008年版。

王芷章《腔調考原》,雙肇樓圖書部1934年刊行。

吳梅《中國戲曲概論》,上海大東書局1926年10月初版。

吳梅《元劇研究ABC》,世界書局1929年版。

徐珂《清稗類鈔》,1917年商務印書館初版。

許之衡《曲律易知》,飲流齋1922年刊行。

許之衡《戲曲史》,講義本,國家圖書館藏。

許之衡《戲曲源流·曲律易知》,中國戲劇出版社2015年版。

葉德均《戲曲論叢》,日新出版社1947年版。

易宗夔《新世說》,1922年鉛印本。

張厚載《聽歌想影錄》,天津書局1941年初版鉛印本。

張起南《橐園春燈話》,商務印書館1917年版。

張秋颿編《大同開篇彙集》,中國新光印書館1946年初版。

趙景深《瑣憶集》,北新書局1936年初版。

鄭騫《景午叢編》,臺灣中華書局1971年版。

後　記

　　本書的編著緣起於我的博士論文《〈桃花扇〉接受史》的寫作。我在博士論文寫作之初，爲研究《桃花扇》的版本流變，同時也爲了完成《全清戲曲》中的《桃花扇》整理的任務，在北京大學圖書館查閱了館中所藏的《桃花扇》清康熙間介安堂刻本，發現該版本卷首、卷末所載的衆多"副文本"和其中的眉批、出批在後來的清刻本、現代排印本和王季思先生等的整理本中都未得到完整的收錄。我後來又從袁行雲先生的《清人詩集敘錄》中了解到"至詠《桃花扇傳奇》及觀演《桃花扇》劇詩，散見後人詩集者極多"，於是根據袁先生所列的人名、書名按圖索驥搜集、輯錄了一些有關《桃花扇》的詠劇詩；又通過翻閱《清代詩文集彙編》、《四庫未收書輯刊》等大型叢書，搜集到更多的詠劇詩。在徐扶明先生的《〈牡丹亭〉研究資料考釋》、侯百朋先生的《〈琵琶記〉資料彙編》和伏滌修先生的《〈西廂記〉資料彙編》的啟發、影響下，我開始有意整理、匯集以上所提及的《桃花扇》衆多版本中的"副文本"、有關《桃花扇》的詠劇詩和其他有關《桃花扇》的清代資料，並利用"晚清民國期刊全文數據庫"、"大成故紙堆"等數據庫錄入和整理了較大量的現代（1912—1949）刊印的《桃花扇》資料。

　　伴隨著博士論文的寫作、修改，我對所搜集、整理的《桃花扇》資料進行了逐條、逐篇的研究，確定其創作時間、背景，並效法朱一玄先生的"中國古典小説名著資料叢刊"的體例，對資料按其内容的不同性質進行分類編排。經過數年間不斷的搜集整理，至 2020 年初我的博士論文出版時，我匯集的清代和現代有關《桃花扇》的資料加上考釋文字已逾百萬字，使我萌生了將其修訂出版的念頭。同年，我以"《長生殿》接受史研究"爲題成功申報了教育部人文社會科學研究青年項目。在先前翻閱《清代詩文集彙編》、《四庫未收書輯刊》等叢書時，我也對相關其他劇目的詠劇詩的有關信息，如作者、出處、所在冊數、卷數、頁數等做了簡要記錄。爲申報教育部項目，我對清代有關《長生殿》的資料進行了初步的搜集、整理，所得也有三十餘萬字。在以上所述前期工作和成果的基礎上，由於王夢佳師妹的鼓勵和幫助，我聯合上海人民出版社以"《長生殿》《桃花扇》資料彙編考釋"爲題申報了 2021 年度的國家古籍整理出版資助項目，幸運地成功獲批。此後，我又對兩部書稿進行了修改和增補，主要是從部分清詩總集中新搜集到一些詠劇詩。

　　袁行雲先生在《清人詩集敘錄》中指出"詠《桃花扇傳奇》及觀演《桃花扇》劇詩"的數量"較諸詠《長生殿傳奇》不啻數十百倍"。袁先生所言或略有誇張，但由目前我所搜集、整理的有關兩劇的詠劇詩的數量對比來看，兩者的差距確實較大。造成這一現象的原因是可以而且需要進一步思考、討論的。

　　孔尚任生平撰有戲曲作品兩種：《小忽雷》（與顧彩合作）、《桃花扇》。吳梅先生在《中國戲曲概論》卷下"二　清人雜劇"中所列的清人雜劇"可見者"有"孔尚任一本：《大忽雷》"。但未說明根據，不可信從。《小忽雷》傳奇目前有兩種整理校注本，均將《大忽雷》作爲附錄予以收入。王毅校注本（中州古籍出版社 1986 年版）的"前言"對於《大忽雷》的作者也表示"存疑"，稱"其作者姓名無考"，因該劇"在思想和藝術上均有可取之處，爲了廣其流傳，我們照舊保留它"。而後出的戴勝蘭、徐振貴校注本（齊魯書社 1988 年版）則對爲何附錄《大忽雷》未做任何説明。孫書磊老師曾發表《〈大忽雷〉雜劇考》一文（《南京師範大學文學院學報》2009 年第 3 期，後收入其《南京圖書館藏孤本戲曲叢考》，中華書局 2011 年版），稱《大忽雷》的作者當爲顧彩。故爲全面呈現孔尚任的戲曲創作的成就和影響，《〈桃花扇〉資料彙編考釋》僅將有關《小忽雷》一劇的資料作爲附錄收入。

因《〈桃花扇〉資料彙編考釋》原稿的篇幅已逾百萬字，其中現代（1912—1949）部分的資料約有四十餘萬字，故我最後決定先將清代部分提交出版，以符合古籍整理對象的時間範圍要求。我將現代部分的資料以"現代（1912—1949）《桃花扇》資料集存考釋"爲題作爲另一項目的最終成果提交、申請結項，並希望以後能有機會再修改出版。

我在碩博階段都是修讀的元明清文學方向，但碩士期間偏重詩文方面，當導師朱萬曙先生不以猥陋將我招入門下，賜我問學人大的機會，使我得聞絳帳弦歌時，我幾乎完全是戲曲和戲曲研究的門外漢（當然現在也不敢説是"門裏人"）。當本自駑鈍的我在入學前的暑假裏遵從朱老師的建議和要求，較大量地閱讀戲曲史著作和戲曲作品，略略窺知戲曲領域的"天高地厚"之後，對於因機緣巧合而闖入的這一廣闊園地和神聖殿堂更感懵懂和惶惑，但也爲之所吸引，希望能夠感受其魅力。自己所能做的和必須要做的只有從"零"開始，全力以赴，盡心投入，積極、踏實地學習。隨著時間的推移，我對於"學然後知不足"的感受也日益強烈而真切。入學後，因爲我參與朱老師的國家社科基金重大項目"《全清戲曲》整理編纂及文獻研究"，承擔其中孔尚任的戲曲作品的整理任務，朱老師建議以"《桃花扇》接受史"作爲我的學位論文的題目。於是,我一邊整理《桃花扇》的劇本,一邊搜集有關該劇的傳播、接受的資料。在用了半年時間集中地搜集資料後,我開始了論文的正式寫作。因爲前述研究方向轉移的緣故,在寫作的過程中踟躕和忐忑還是一直伴隨著我。而朱老師對於論文從確定選題、建構框架到搜集材料、具體寫作,再到後來的修改、擴充等各個方面,都對學術訓練不足、專業基礎薄弱的我給予了悉心指導,傾注了不少心血。"經師易遇,人師難遭",而朱老師的道德、文章都讓我有高山仰止之感。我能夠忝列門牆,從學受教,既得識學術研究的門徑,又瞭解爲人處世的道理,感到十分幸運。我在修改博士論文、提交出版時,因特殊原因影響,未請朱老師賜序批評。我内心爲此一直惴惴不安,今年年中在北京與朱老師相見時,朱老師還提起此事,使我更感愧疚。在兩部書稿申報國家古籍出版資助項目時,朱老師撰寫了寶貴的專家推薦意見。待到書稿將要出版之時,朱老師卻又有恙在身,不便賜序。我也不敢冒昧打擾,而對於朱老師的身體狀況則終日懸念,祝願朱老師早日康復。

　　苗懷明老師也爲書稿申報國家古籍出版資助項目撰寫了寶貴的專家推薦意見,並表示會在書稿出版後在其主辦的"古代小説網"微信公衆號上進行推介。我早先拜讀過苗老師的多部大作,也每天都會關注和閱讀"古代小説網"的推文,尤其喜愛苗老師生動、別緻的課堂教學方法和所佈置的課下作業,並曾在教學中有過借鑒。2019 年 11 月,我在北京大學藝術學院舉辦的"吳梅與近代以來的中國戲曲文化"學術論壇上首次當面領略了苗老師的風采,使我更爲欽佩。我的博士論文出版後,苗老師也曾在"古代小説網"上進行推介。今年是盧前先生逝世七十週年,苗老師計劃編輯出版一部有關盧前先生的紀念文集，收入小文一篇，以附驥尾，使我更加受寵若驚。

2021 年 4 月 27 日，朱恒夫先生蒞臨我院舉行講座。我參與了講座之後的一個小型座談，與朱先生相識。後經朱先生的高足王建浩師兄介紹，我與朱先生建立了通信聯繫，於是不揣冒昧請朱先生爲拙作撰序。朱先生慨然應允，並在序文中提出了不少寶貴的意見和建議。河南省社會科學院文學研究所的王永寬老師是我碩士學位論文的答辯委員會的主席。時隔多年之後，因此一點因緣，我請王老師賜序，王老師也欣然允諾，在百忙之中閱讀書稿，提出了寶貴的意見和建議。我在攻讀博士學位期間曾通過電子郵件向江巨榮先生請教學術問題，江先生熱情回復，使我頗爲感激。我將書稿寄予江先生，請先生賜序，江先生認真、細緻地閱讀書稿，隨時提出問題，但最後因身體有恙，未能完成序文，使我倍感遺憾，祝願江先生身體健康。我謹在此向朱恒夫先生、王永寬老師和江巨榮先生表示誠摯的感謝。

在求學和博士論文寫作過程中，我先後得到了不少師長熱情而無私的關愛、鼓勵、指導和幫助，銘刻在心，不敢言謝，謹藉此尺幅、寸管表達懷佩不忘之意。首先要感謝我的碩士導師李聖華老師，李老師使我與元明清文學結下因緣，並在元明清詩文研究方面爲我指示了門徑、方法。我雖然至今沒有再從事詩文的專門研究，但當時的學習對後來《桃花扇》接受研究的相關部分打下了一定的基礎。在鄭州大學讀研時，徐正英老師既已對我多有照顧。我入中國人民大學讀博後，徐老師更是在修改、推薦發表論文和聯繫工作就業等多方面給予了指導和幫助。在兩部資料彙編的書稿申報國家古籍整理出版資助項目時，我也得到了徐老師的大力肯定和幫助。在博士論文搜集資料和寫作中，鄭志良老師也給予了細心、認真的指點。王紫緒改本《桃花扇》清抄本的存藏，即得自鄭老師的告知。鄭老師的勤奮、執著，也使我們頗爲敬佩。冷成金老師和王昕老師的課程使我獲益良多。冷老師不幸於今年三月因病去世，使我頗感意外、震驚和哀傷。我們入學之時，李炳海老師已經不再開課，不能一睹李老師在課堂上的風采，只能從李門弟子的描述中想象和神往，並感佩李老師的筆耕不輟。三位老師還在預答辯和正式答辯時給予了很多寶貴的意見和建議，使我認識到自己的疏漏和不足，得以有所進步。感謝廖可斌老師、張國星老師、杜桂萍老師在論文答辯中給予的批評、鼓勵和支持。張國星老師還在後來我的論文的部分文字發表時不厭其煩地仔細審閱、修改，並兩次親筆致信，給予具體的指點，使我非常感激。

感謝夏曉虹老師、吳書蔭老師和徐振貴老師原諒我的冒昧打擾，在論文的有關問題上給予幫助、指導。感謝臺灣政治大學耿湘沅老師和美國喬治‧華盛頓大學的陳凱莘老師惠賜她們的大作。需要特別感謝的是臺灣中山大學的王璦玲老師，她的論文給了我很多啟發。我並有幸在2014年9月舉行的國際漢學大會期間向她當面請教。王老師優雅的舉止談吐、和藹可親的態度，和她講述的自己生活、治學的經歷，都給我留下了深刻的記憶。

朱門弟子間的關係總是那麼和諧、融洽，親如兄弟姐妹。張瑩師姐親切、細心，無論籌備會議，還是聚餐點菜，無不考慮周到、井井有條，以至於在她畢業後，我們遇事時常希望有她在身邊指點。師姐幸福的家庭和兩個可愛的女兒，也令我們羨慕不已。感謝夢佳、寒羽、袁睿、王正、小亮、武婧、心言、靜雪，大家的相遇相識、互幫互助、愉快共處，頗爲難得。同專業的董宇宇、黃剛、劉洋、馬芳和我在三年裏經常切磋琢磨，互相啟發，共同進步，結下了深厚的友誼。感謝室友閆克，聰明、認真，真誠、善良，在許多人生問題上提供了很多經驗和教導。尤其是彼時大家在宿舍讀書會上共同讀書、發表觀點、互相辯駁的熱烈情景和良好氛圍，使人後來時時懷想。如今諸位同門和同窗多天各一方，我在此遙謝之餘，致以深深的祝福。

我還要特別感謝父母、妻兒的包容和支持。身爲大學教師的父親從事古典文獻學的研究，是我的學術領路人，使我在論文寫作中的文獻基礎較爲扎實；又最早通讀了論文的初稿，給出了許多具體的指導和建議。父親對我既有鼓勵、支持，又對學業嚴格要求，耳提面命，言傳身教，但自己卻有不少讓他失望的時候和地方。母親則更多地在生活方面不斷給我溫暖、貼心的叮囑和關懷，使我能夠安心求學。感謝我的弟弟，經常要忍受和包容我的急躁，沒有給他足夠多的關心和理解。感謝我的妻子周勇輝一直以來對我的支持和理解，並不時督促我修改論文，使我沒有過於懈怠。從相識到博士畢業的三年多時間裏，兩人都是聚少離多，我不能多在她身邊陪伴和照顧，至今也未能給她富足、優裕的生活，她卻無怨無悔。感謝岳父母近十年來對我的理解、支持，在博士論文出版、收到樣書呈給岳父閱看之後不久，他因突發心梗遽然離世，使我們至今悲痛不已。小兒王劭俊剛滿三歲，當我寫下這篇文字的時候，他不時湊到電腦前，牽牽我的手，希望我跟他一起做遊戲，我的心裏都不免愧疚。儘管因爲工作的原因，可以在家照顧他，但不能一直陪在他旁邊，他可能不理解，卻肯定有不滿。希望以後當他來牽我的手時，能少一些悻悻而歸。

我的碩士研究生周敬、黃雪琦兩位同學在書稿的修改過程中對於全書目録進行了細緻的核對、修正，並指出了其中的一些格式錯誤，爲此付出了不少時間和精力，特向兩位同學表示感謝。

此外，本書在寫作中吸收了衆多前輩時賢的已有成果，還有其他不少師友親人多年來關心幫助我的學習、生活和成長，此處無法一一列名，謹致以誠摯的感謝和祝福。

最後還要特別感謝夢佳師妹的肯定、鼓勵和幫助，使得兩部書稿能夠申報和獲批國家古籍整理出版資助項目，得到出版面世的的資金和机会。在我的博士論文修改和出版的過程中，夢佳師妹就曾提供寶貴的意見和建議。在本書初稿提交之後，我發現其中存在不少文字和標點錯誤，於是不斷修改、更正。感謝夢佳師妹不厭其煩地接收，並指出問題。感谢責任編輯老師爲此書的校对、编辑付出的心血。因本人学力所限，書稿中肯定还存在不少疏漏和舛误，敬请各位专家、学者和朋友给予批评指正。

王亞楠

庚子年冬至於鄭州

圖書在版編目(CIP)數據

長生殿資料彙編考釋/王亞楠編著.—上海:上
海人民出版社,2023
ISBN 978-7-208-18055-0

Ⅰ.①長… Ⅱ.①王… Ⅲ.①傳奇劇(戲曲)-劇本-
中國-清代 ②《長生殿》-研究 Ⅳ.①I237.2

中國版本圖書館 CIP 數據核字(2022)第 224355 號

責任編輯 崔燕南
封面設計 許　菲

長生殿資料彙編考釋
王亞楠 編著

出　　版　上海人民出版社
　　　　　　(201101　上海市閔行區號景路 159 弄 C 座)
發　　行　上海人民出版社發行中心
印　　刷　商務印書館上海印刷有限公司
開　　本　890×1240　1/32
印　　張　22
插　　頁　2
字　　數　479,000
版　　次　2023 年 2 月第 1 版
印　　次　2023 年 2 月第 1 次印刷
ISBN 978-7-208-18055-0/I・2057
定　　價　118.00 圓